中国古典文学名著丛书

怡情佚史

上

[清] 陈 森 著

华夏出版社
HUAXIA PUBLISHING HOUSE

图书在版编目（CIP）数据

怡情佚史／（清）陈森著. —北京：华夏出版
社，2013.01（2024.09重印）
（中国古典文学名著丛书）
ISBN 978 - 7 - 5080 - 6402 - 4

Ⅰ. ①怡… Ⅱ. ①陈… Ⅲ. ①章回小说 - 中国 - 清代
Ⅳ. ①I242.4

中国版本图书馆 CIP 数据核字（2011）第 083261 号

出版发行：华夏出版社
　　　　　（北京市东直门外香河园北里 4 号　邮编 100028）
经　　销：新华书店
印　　制：永清县晔盛亚胶印有限公司
版　　次：2013 年 01 月北京第 1 版
　　　　　2024 年 09 月北京第 2 次印刷
开　　本：670×970　1/16 开
印　　张：38.5
字　　数：588.1 千字
定　　价：77.00 元（上下）

前　　言

　　《怡情佚史》是我国第一部以优伶为主人公来反映梨园生活的长篇小说，又称《品花空鉴》，为清代知名禁书。鲁迅先生在《中国小说史略》中以《怡情佚史》为清末"狭邪小说"的始作俑者。

　　作者陈森（1796—1870），清代小说家，字少逸，号采玉山人，又号石函氏，江苏常州人。道光年中任书塾先生，其间曾撰《梅花梦传奇》一部；曾乡试落弟，郁郁潦倒，终日排遣于歌台舞馆，品评梨园人物，作《怡情佚史》十五卷；后受聘为幕僚而到广西，游历天下山水风光，遍览青楼戏馆，殊方异俗令其耳目一新；归京途中秉烛续写十五卷；在京城某尚书鼓励之下，于道光二十八年（1848）完成全书六十卷；因羁愁困顿，曾挟书稿遍游江浙大官僚之间，阅之以书，而获其赠金，赖此为生；平生白衣，卒于同治九年（1870）。

　　从唐代以来，教坊勾栏各朝都有，但历代禁止士大夫涉足，更禁止其挟妓侑酒。然而贵族公子、达官名士为了冶游行乐，满足色欲，往往钻朝廷禁令的空子，以男伶代替，使歌舞调笑，加之一些下流文士的揄扬咏叹，遂使这种狎优之风相沿成习。至乾隆年间，"京师狎优之风，冠绝天下，朝贵名公，不相避忌，互成惯俗"（《菽园赘谈》）。当时，梨园里的男旦竟公然被呼为"相公"、"像姑"或"花"，有的甚至被当作妓女，调笑辱弄，供人玩耍，甚至成为色鬼们发泄变态性欲的对象，悲惨至极。《怡情佚史》就是专门描写这种颓废变态社会现象的佳作之一。

　　鲁迅先生曾将《怡情佚史》归入"狭邪小说"一类。他在《中国小说史略》中评论说，《怡情佚史》除了"劝惩之意"、"佳人非女"、理想结局这三点不同于明代世情小说外，其余则沿袭旧套，不足称道。的确，《怡情佚史》与明清世情小说在写法上没有什么两样，但作者"以游戏之笔，摹写游戏之人"（第一回）的审视角度却有其深刻的意义。

　　小说以所谓"乾隆盛世"作为社会背景，以梅子玉与杜琴言之间的

"感情"纠葛为情节主线,叙述了梅子玉、徐子云等一大批公子名士与杜琴言、苏蕙芳等十名男旦伶人之间互相交往的故事。叙述之中,还穿插描述了奚十一、魏聘才等淫棍篾片之流的卑劣猥亵巧言作恶片段,以及蓉官、二喜等黑相公调笑卖弄的下流无耻行为。这些都充分暴露出封建社会末期病入膏肓、腐朽没落的社会特点,即使是所谓的"乾隆盛世",也同样充斥着政治黑暗、官场腐败、物欲横流的社会深层病态,预示了封建社会末日的到来。但是,由于作者命意于"游戏之中最难得者"(第一回),故而作品中的人物正与邪、雅与俗泾渭分明,警鉴意义明显。

《怡情佚史》正是以上层官僚贵族、王孙公子,下层恶吏市井、伶人百姓等一系列人物的所作所为为纵向线索,以梨园、青楼、府第为横向网络,多层次地展现了清代贵族公子的豪华奢侈生活和当时梨园的真实情景,尤其揭露了官吏的腐败及当时吏制的某些弊端,诸如捐官、蠹吏、科举考试中枪手迭出的情景,较为广泛而深刻地反映了病态社会的现实生活,具有一定的欣赏价值和认识价值。

《怡情佚史》从善恶因果报应的思想出发,用较为细腻的笔法描写了作者所生活的时代及其社会文化生活,塑造了一批具有时代特点的人物形象。作者通过这些人物形象抒发了揭露病态社会现实、戏诫世人的理想,具有一定的积极意义。但由于时代和作者创作趣味的限制,小说在描写人物时尚未完全摆脱《红楼梦》的影响,其艺术品位也不算高,同时小说还流露出封建腐儒喜好吟风弄月填词嘱对的时尚和玩赏伶人的习气,这是值得注意的。

在这次再版中,我们约请了相关学者对原书进行了大量的较为精细的校勘、补正和释义,对原书原来缺字的地方用□表示了出来,尽量为读者扫除阅读障碍。由于时间仓促,水平有限,难免有疏漏之处,望各位专家及广大读者予以指正。

编 者
2011 年 3 月

序

余谓游戏笔墨之妙,必须绘形绘声。作真者能绘形而不能绘声,传奇者能绘声而不能绘形,每为憾焉。若夫形声兼绘者,余于诸才子书并《聊斋》、《红楼梦》外,则首推石函氏之《品花宝鉴》矣。

传闻石函氏本江南名宿,半生潦倒,一第蹉跎,足迹半天下。所历名山大川,聚为胸中丘壑,发为文章,故邪邪正正,悉能如见其人,真说部中之另具一格者。余从友人处多方借抄,其中错落不一而足。正订未半,而借者踵至,虽欲卒读,几不可得。后闻外间已有刻传之举,又复各处探听,始知刻未数卷,主人他出,已将其板付之梓人①。梓人知余处有抄本,是以商之于余,欲卒成之。即将所刻者呈余披阅,非特鲁鱼亥豕②,而与前所借抄之本少有不同。

今年春,愁病交集,恨无可遣,终日在药炉茗碗间消磨岁月,颇觉自苦,聊借此以遣病魔。再三校阅,删订画一,七越月而刻成。若非余旧有抄本,则此数卷之板竟为爨③下物矣!至于石函氏与余未经谋面,是书竟赖余以传,事有因缘,殆可深信!

尝读韩文云:“大凡物不得其平则鸣。”又云:“择其善鸣者而假之鸣。”余但取其鸣之善,而欲使天下之人皆闻其鸣,借纸上之形声,供目前之啸傲。镜花水月,过眼皆空;海市蜃楼,到头是幻。又何论夫形为谁之形,声为谁之声?更何论夫绘形绘声者之为何如人耶?世多达者,当不河汉余言。是为序。

幻中了幻居士

---

① 梓人——指木工。
② 鲁鱼亥豕——“鲁”和“鱼”、“亥”和“豕”的篆文字形相似,容易写错。后指书籍撰写或刊印的文字错误为“鲁鱼亥豕”。
③ 爨(cuàn)——灶。

《品花宝鉴》题词

一字褒讥寓劝惩，贤愚从古不相能。

情如骚雅文如史，怪底传钞纸价增。

骂尽人间谀诌辈，浑如禹鼎铸神奸。

怪他一只空灵笔，又写妖魔又写仙。

闺阁风流迥出群，美人名士斗诗文。

从前争说《红楼》艳，更比《红楼》艳十分。

卧云轩老人题

目　　录

第　一　回

史南湘制谱选名花　梅子玉闻香惊绝艳

　　京师演戏之盛,甲于天下。地当尺五天边,处处歌台舞榭;人在大千队里,时时醉月评花。真乃说不尽的繁华,描不尽的情态。一时闻闻见见,怪怪奇奇,事不出于理之所无,人尽入于情之所有。遂以游戏之笔,摹写游戏之人。而游戏之中最难得者,几个用情守礼之君子,与几个洁身自好的优伶,真合着《国风》"好色不淫"一句。先将搢绅①中子弟分作十种,皆是一个"情"字:

　　　　一曰情中正　　一曰情中上　　一曰情中高
　　　　一曰情中逸　　一曰情中华　　一曰情中豪
　　　　一曰情中狂　　一曰情中趣　　一曰情中和
　　　　一曰情中乐。

　　再将梨园中名旦分作十种,也是一个"情"字:

　　　　一曰情中至　　一曰情中慧　　一曰情中韵
　　　　一曰情中醇　　一曰情中淑　　一曰情中烈
　　　　一曰情中直　　一曰情中酣　　一曰情中艳
　　　　一曰情中媚。

　　这都是上等人物。还有那些下等人物,这个"情"字便加不上,也指出几种来:

　　　　一曰淫　　一曰邪　　一曰黠　　一曰荡
　　　　一曰贪　　一曰魔　　一曰祟　　一曰蠹②

　　大概自古及今,用情于欢乐场中的人,均不外乎邪正两途。耳目所及,笔之于书,共成六十卷,名曰《品花宝鉴》,又曰《怡情佚史》。书中有宾有主,不即不离,藕断丝连,花浓雪聚。陈言务去,不知费作者几许苦

---

　　① 搢(jìn)绅——同缙绅。古代称有官职的或做过官的人。

　　② 蠹(dù)——蛀。

心;生面别开,遂能令读者一时快意。正是:

　　　鸳鸯绣了从教看,莫把金针暗度人。

　　此书不著姓名,究不知何代何年何地何人所作。书中开首说一极忘情之人,生一极钟情之子,这人姓梅,名士燮,号铁庵,江南金陵人氏,是个阀阅①世家,现任翰林院侍读学士,寓居城南鸣珂坊。其祖名鼎,曾任吏部尚书;其父名羹调,曾任文华殿大学士,三代单传。

　　士燮于十七岁中了进士,入了翰林,迄今已二十九年,行年四十六岁了。家世本是金张,经术复师马郑,贵胄②偏崇儒素,词臣竟屏纷华,蔼蔼乎心似春和,凛凛乎却貌如秋肃。人比他为司马君,实赵清献一流人物。夫人颜氏,也是金陵大家,为左都御史颜尧臣之女,翰林编修③颜庄之妹,父兄皆已物故。这颜夫人今年四十四岁,真是德容兼备,贤淑无双,与梅学士唱随已二十余年。二十九岁上,梦神人授玉,遂生了一个玉郎,取名子玉,号庚香。这梅子玉今年已十七岁了,生得貌如良玉,质比精金,宝贵如明珠在胎,光彩如华月升岫,而且天授神奇,胸罗斗宿,虽只十年诵读,已是万卷贯通。士燮前年告假回乡扫墓,子玉随了回去,即入了泮④。在本省过了一回乡试未中,仍随任进京。因回南不便,遂以上舍生肄业成均,现从了浙江一个名宿李性全读书。这性全系士燮乡榜门生,是个言方行矩的道学先生。颜夫人将此子爱如珍宝,读书之外,时不离身。

　　宅中丫环仆妇甚多,仆妇三十岁以下,丫环十五岁以上者,皆不令其服侍子玉,恐为引诱。而子玉亦能守身如玉,虽在罗绮丛中,却无纨袴习气,不佩罗囊而自丽,不傅香粉而自华。唯取友尊师,功能刻苦,论今讨古,志在云霄,日下已有景星庆云之誉,人以一睹为快。

　　一日,先生有事放学,子玉正在独坐,却有两个好友来看他:一个姓颜,名仲清,号剑潭,现年二十三岁,即系已故编修颜庄之子,为颜夫人之

---

① 阀阅——阀,指功劳,阅,指经历。阀阅世家指有功勋的世家。
② 贵胄(zhòu)——贵族的后代。
③ 编修——官名,明清翰林院编修以一甲二三名进士及庶吉士之留馆者充任,无定员,亦无实职。
④ 入泮——科举时代,称州、县考试新录取的生员入学为入泮。

侄。这颜庄在日，与士燮既系郎舅至亲，又有雷陈①至契，不料于三十岁即赴召玉楼②，他夫人郑氏绝食殉节。那时仲清年甫三龄，士燮抚养在家，又与郑氏夫人请旌表烈。仲清在士燮处，到十九岁上中了个副车，是年士燮与其作伐，③赘于同乡同年现任通政司④王文辉家为婿。这王文辉是颜夫人的表兄，与仲清亲上加亲，翁婿甚为相得。那一位姓史，名南湘，号竹君，是湖广汉阳人，现年二十四岁，已中了本省解元⑤。父亲史曾望，现为史科给事中⑥。这两人同是才高八斗，学富五车。但两人的情性却又各不相同：仲清是孤高自洁，坦白为怀。将他的学问与子玉比较起来，子玉是纯粹一路，仲清是旷达一路。一切人情物理，仲清不过略观大概，不求甚解：子玉则钩深索隐，精益求精。往往有仲清鄙夷不屑之学，经子玉精心讲贯，便觉妙义环生；亦有子玉所索解不得之理，经仲清一言点悟，顿觉白地光明。这两人相聚余年，其结契之厚，比同胞手足更加亲密。那南湘是啸傲忘形，清狂绝俗，目空一世，倚马万言，就只赏识子玉、仲清二人。

　　这日同来看子玉，门上见是来惯的，是少爷至好，便一直引到书房，与子玉见了。仲清又同子玉进内见了姑母，然后出来与南湘坐下，三人讲了些话。书童送上香茗。南湘见这室中清雅绝坐，一切陈设甚精且古。久知其胸次不凡，又见那清华尊贵的仪表，就是近日所选那曲台花谱中数人，虽然有此姿容，到底无此神骨；但见其谦谦自退，讷讷若虚，究不知他何所嗜好，若有些拘执鲜通，胶滞不化，也算不得全才了，便想来试他一试，即问道："庾香，我问你，世间能使人娱耳悦目，动心荡魄的，以何物为最？"子玉蓦然被他这一问，便看着南湘心里想道："他是个清狂潇洒人，决不与世俗之见相同，必有个道理在内。"便答道："这句话却问得太泛，人生耳目虽同，性情各异。有好繁花的，即有厌繁华的；有好冷淡的，也有

---

①　雷陈——指东汉雷义和陈重，两人交谊甚密。后用以比喻友谊的深笃。

②　玉楼——仙人住处，此处指去世。

③　作伐——替人作媒。

④　通政司——明代始设，是预防恶弊和下情上达的处理机关。

⑤　解元——唐制，乡试第一名称为解元。

⑥　给事中——官名，其职为天子身边的顾问。

嫌冷淡的。譬如东山以丝竹为陶情,而陋室又以丝竹为乱耳;有屏峨眉而弗御,有携姬妾以自随。则娱耳悦目之乐既有不同,而荡心动魄之处,更自难合,安能以一人之耳目性情,概人人之耳目性情?"南湘道:"不是这么说,我是指一种人而言。现在这京城里人山人海,譬如见位尊望重者,与之讲官话,说官箴,自顶至踵,一一要合官体,则可畏;见酸腐措大,拘手挛足,曲背耸肩,而呻吟作推敲之势,则可笑;见市井逐臭之夫,评黄白,论市价,俗气薰人,则可恶;见俗优滥妓,油头粉面,无耻之极,则可恨。你想凡目中所见的,去了这些,还有哪一种人?"

子玉正猜不着他所说什么,只得说道:"既然娱悦不在声色,其唯二三知己朝夕素心乎?"仲清大笑。南湘道:"岂有此理! 朋友岂可云娱耳悦目的? 庾香设心不良!"说罢,哈哈大笑。子玉被他们这一笑,笑得不好意思起来,脸已微红,便说道:"你们休要取笑。我是这个意思:挥麈①清淡,乌衣美秀,难道不可娱耳,不可悦目? 醇醪醉心,古剑照胆,交友中难道无动心荡魄处么?"南湘笑道:"你总是这一间屋子里的说话,所见不广,所游未化。"即从靴鞡里取出一本书来,送与子玉道:"这是我近刻的。大约可以娱耳悦目、动心荡魄者,要在此数君!"仲清笑道:"你将此书呈政于庾香,真似苏秦始见秦王,可保的你书十上而说不行。他非但没有领略此中情味,且未见过这些人,如何能教他一时索解出来?"

子玉见他们说得郑重,不知是什么好书,便揭开一看:书目是《曲台花选》,有好几篇序,无非骈四俪六之文。南湘叫他不要看序,且看所选的人。子玉见第一个题的是:

琼楼珠树 袁宝珠

宝珠姓袁氏,字瑶卿,年十六岁,姑苏人,隶"联锦部"。善丹青②,娴吟咏。其演《鹊桥密誓》、《惊梦》、《寻梦》等出,艳夺明霞,朗涵仙露,正使玉环失宠,杜女无华。纤音遏云,柔情如水。《霓裳》一曲,描来天宝风流;春梦重寻,谱出香闺思怨。平时则清光奕奕,软语喁喁,励志冰清,守身玉洁。此当于郁金堂后,筑翡翠楼居之。

---

① 挥麈(zhǔ)——麈,古书上指鹿一类的动物,尾巴可以做拂尘,挥麈即挥动麈尾,晋代文人清谈,手执麈尾以助谈兴。后称谈论为挥麈。
② 丹青——泛指绘画艺术。

因赠以诗：

> 舞袖轻盈弱不胜，难将水月比清澈。
>
> 自从珠字名卿后，能使珠光百倍僧。
>
> 瘦沈腰肢绝可怜，一生爱好自天然。
>
> 风流别有销魂处，始信人间有谪仙。

子玉笑道："这不是说戏班里小旦么！这是哪里的小旦，你赞得这样好？"仲清道："现在这里的，你不见说在'联锦班'么？"子玉道："我不信！这是竹君撒谎。我今年也看过一天的戏，几曾见小旦中有这样好人？"南湘道："你那天看的不知是什么班子，自然没有好的了。"

子玉再看，第二题的是：

瑶台璧月　苏蕙芳

蕙芳姓苏氏，字媚香，年十七岁，姑苏人。本官家子，因飘泊入梨园，隶"联锦部"。秋水为神，琼花作骨。工吟咏，尚气节，善权变，慧心独造，巧夺天工，色艺冠一时。其演《瑶台盘》《秋亭会》诸戏，真见香心如诉，娇韵欲流。吴绛仙秀色可餐，赵合德寒泉浸玉，苏郎兼而有之。尝语人曰：余不幸坠落梨园，但既为此业，则当安之，谁谓此中不可守贞抱洁，而必随波逐流以自苦者？其志如此，而遥情胜概，罕见其匹焉。为之诗曰：

> 风流林下久传扬，苏小生来独擅长。
>
> 一曲清歌绕梁韵，天花乱落舞衣香。
>
>
> 箫管当场犹自羞，暂将仙骨换娇柔。
>
> 一团绛雪随风散，散作千秋儿女愁。

再看第三题的是：

碧海珊枝　陆素兰

素兰姓陆氏，字香畹，年十六岁，姑苏人，隶"联锦部"。玉骨冰肌，锦心绣口。工书法，虽片纸尺绢，士大夫争宝之如拱璧。善心为窈，骨逾沉水之香；令德是娴，色夺瑶林之月。常演《制谱》《舞盘》、《小宴》《絮阁》诸戏，俨然又一杨太真也。就使陈鸿立传，未能绘其声容；香山作歌，岂足形其仿佛。好义若渴，避恶如仇，真守白圭之洁，而凛素丝之贞者。丰致之嫣然，犹其余韵耳。为之诗曰：

芙蓉出水露红颜，肥瘦相宜合燕环。

若使今人行往事，断无胡马入潼关。

此曲只应天上有，不知何处落凡尘。

当年我作唐天宝，愿把江山换美人。

再看第四题的是：

嵊山艳雪　金漱芳

漱芳姓金氏，字瘦香，年十五岁，姑苏人，隶"联珠部"。秀骨珊珊，柔情脉脉。工吟咏、吹箫，善弈棋，楚楚有林下风致。其演戏最多，而尤擅名者，为《题曲》一出。真檀口生香，素腰如柳，比之海棠初开，素馨将放，其色香一界，几欲使神仙堕劫矣！其余《琴挑》、《秋江》诸戏，情韵如生，亦非他人所能。而香心婉婉，秀外慧中，是真娜嬛掌书仙，岂菊部中所能觑耶？为之诗曰：

纤纤一片彩云飞，流雪迴风何处依。

金缕香多舞衣重，只应常著六铢衣。

芙蓉输面柳输腰，恰称花梁金步摇。

就使无情更无语，当场窄步已魂消。

再看第五题的是：

玉树临风　李玉林

玉林姓李氏，字珮仙，年十五岁，扬州人，隶"联珠部"。初日芙蕖，晓风杨柳。娴吟咏，工丝竹，围棋马吊，皆精绝一时。东坡《海棠》诗云："嫣然一笑竹篱间，桃李漫山总粗俗"。温柔旖旎中，自具不可夺之志，真殊艳也。其演《折柳阳关》一出，名噪京师。见其婉转娇柔，哀情艳思，如睹霍小玉生平，不必再读《卖钗》、《分鞋》诸曲，已恨黄衫剑客，不能杀却此负情郎也。再演《藏舟》、《草地》、《寄扇》等戏，情思皆足动人。真琼树朝朝，金莲步步，有临春结绮之遗韵矣。为之诗曰：

舞袖长拖艳若霞，妆成鬓鬟髻云斜。

侍儿扶上临春阁，要斗南朝张丽华。

慧绝香心酒半酣,妙疑才过月初三。

动人最是阳关曲,听得征夫恨不堪。

再看第六题的是:

火树银花　王兰保

兰保姓王氏,字静芳,年十七岁,扬州人,隶"联锦部"。翩若惊鸿,婉若游龙。通词翰,善武技,性尤烈,不屈豪贵,真玉中之琤琤有声者。其演《双红记》、《盗令》、《青门》诸出,梳乌蛮髻,贯金雀钗,衣销金紫衣,系红绣襦,著小蛮锦靴,背负双龙纹剑,如荼如火,如锦如云,真红线后身也。其《刺虎》、《盗令》、《杀舟》诸戏,侠情一往,如见巾帼身肩天下事,觉薰香傅粉,私语喁喁,真痴儿女矣。温柔旖旎之中,绮丽风光之际,得此君一往,如所李三郎击羯鼓,作《渔阳三挝》,渊渊乎,顷刻间见万花齐放也。为之诗曰:

侠骨柔情世所难,肯随红袖倚阑干。

平生知己无须嘱,请把龙纹仔细看。

纷披五色起朝霞,鼙鼓声声气倍加。

戏罢卸妆垂手立,亭亭一树碧桃花。

再看第七题的是:

秋水芙蓉　王桂保

桂保即兰保之弟,字蕊香,年十五岁,与兄同部。似兰斯馨,如花解语;明眸善睐,皓齿流芳。嬉戏自出天真,娇憨皆生风趣。能翰墨,工牙拍,喜行令诸局戏。善解人意,虽寂寥寡欢者,见之亦为畅满。意态姿媚,而自为范围。其演《乔醋》一出,香弹红酣,真令潘骑省心醉欲死矣。又演《相约》、《讨钗》、《拷艳》诸小出,如娇鸟弄晴,横波修黛,观者堵立数重,使层楼无坐地。时人评论袁、苏如"霓裳羽衣",此则"紫云回雪",其趣不同,其妙一也。为之诗曰:

盈盈十五已风流,巧笑横波未解羞。

最爱娇憨太无赖,到无人处学春愁。

我欲当筵乞紫云,一时声价偏传闻。

红牙拍到销魂处,檀口清歌白练裙。

再看第八题的是：

天上玉麟　　林春喜

春喜姓林氏，字小梅，年十四岁，姑苏人，隶"联锦部"。好花含萼，明珠出胎，十二岁入班，迄今才二年，已精于声律，兼通文墨，生旦并作。所演《寄子》、《储谏》、《回猎》、《断机》、《番儿》、《冥勘》、《女弹》等戏，长眉秀颊，如见乌衣子弟佩紫罗香囊，真香粉孩儿，令人有宁馨之美。其《哺啜》皆可观，数年后更当独出头地，价重连城也。为之诗曰：

> 别有人间傅粉郎，销金为饰玉为妆。
>
> 石麟天上原无价，应捧炉香侍玉皇。

> 才啭歌喉赞不休，黄金争掷作缠头。
>
> 玉郎偶驾羊车出，十里珠帘尽上钩。

子玉看了只是笑，不置一词。南湘问道："你何以不加可否？"子玉道："大凡论人，虽难免粉饰，也不可过于失实。若论此辈，真可惜了这副笔墨。我想此辈中人断无全璧，以色事人，不求其媚，必求其诮。况朝秦暮楚，酒食自娱，强笑假欢，缠头是爱，此身既难自洁，而此志亦为大卑。再兼之生于贫贱，长在卑污，耳目既狭，胸次日小，所学者婢膝奴颜，所工者谑浪笑傲。就使涂泽为工，描摹得态，也不过上台时放个麒麟楦①，充个没字碑，岂有出污泥而不滓，随狂流而不下者？且即有一容可取，一技所长，是犹拆锦袜之线，无补于缝裳；炼铅水之刀，不良于伐木。其脏腑秽浊，出言无章；其骨节少文，举动皆俗。故色虽美而不华，肌虽白而不洁，神虽妍而不清，气虽柔而不秀。有此数病，焉得为佳？若夫红闺弱质，金屋丽姝，质秉纯阴，体含至静；故骨柔肌腻，肤洁血荣，神气静息，仪态婉娴。眉目自见其清扬，声音自成其娇细；姿致动作妙出自然，鬌影衣香无须造作，方可称为美人，为佳人。今以红氍毹②上，演古之绝代倾城，真所谓刻画无盐，唐突西子。所以我不愿看小旦戏，宁看净末老丑，翻可舒荡

---

① 麒麟楦——用驴子装成麒麟为戏，唐人称此驴为"麒麟楦"。比喻虚有其表。

② 红氍毹(qú shū)——毛织的地毯，代表舞台。

心胸,足助欢笑。吾兄不惜笔墨,竭力铺张,为若辈增光,而使古人抱恨,窃为吾兄有所不取!"这一番话,把个史南湘说出气来。

仲清笑道:"庾香之论,未尝不是;而竹君之选,也甚平允。但庾香不知天地间有此数人,譬如读《搜神》之记,《幽怪》之书,而必欲使人实信其有,又谁肯轻信?是非亲见其人不可。我们明日同他出去,亲指一二人与他看了,他才信你这个《花选》方选的不错。我想庾香一见这些人,也必能赏识的。天地之灵秀,何所不钟?若谓仅钟于女而不钟于男,也非通论。庾香方说男子秽浊,焉能如女子灵秀,所为美人佳人者。我想古来男子中美的也就不少,称美人佳人者亦有数条可指,如毛诗①'彼美人兮',杜诗'美人何为隔秋水',《赤壁赋》'望美人兮天一方'之类。男子称佳人者,如楚词'唯佳人之永都兮',注云'佳人指怀王';《后汉书》尚书令陆闳,姿容如玉,武美叹曰:'南方多佳人';《晋史》陶侃击杜弢,谓其部将王贡曰:'卿本佳人,何为从贼?'并有女子称男子为佳人者,如苻秦时窦滔妻苏蕙,作《璇玑图》,读者不能尽通。苏氏叹曰:'非我佳人莫之能解。'可见美色不专属于女子,男子中未必无绝色。如汉冲帝时李固之搔头弄姿,唐武后时张易之之施朱傅粉,不独潘安、仁卫、叔宝之昭著一时也明矣!"子玉听了,心稍感动。

南湘道:"且不仅此,草木向阳者华茂,背阴者衰落,梅花南枝先北枝后;还有凤凰、鸳鸯、孔雀、野雉、家鸡,有文采的禽鸟都是雄的。可见造化之气,先钟于男而后钟于女。那女子固美,究不免些粉脂涂泽,岂及男子之不御铅华自然光彩?更有一句话最易明白的,我将你现身说法,你自己的容貌难道还说不好?你如今叫你家里那些丫头们来,同在镜里一照,自然你也看得出好歹,断不说他们生得好,自愧不如。只这一句,你就可明白了。"

子玉不觉脸红,细想此言,也颇有理,难道小旦中真有这样好的?既而又想:"天地之大,何所不有,岂必斤斤择人遂赋以美材?就是西子也曾贫贱浣纱,而杨太真且作女道士,甚至于美人中传名者,一半出于青楼曲巷。或者天生这一种人,以快人间的心目,也未可知。但夸其守身自洁,立志不凡,唯择所交,不为利诱,兼通文翰,鲜蹈淫靡,则未可信。"便

---

① 毛诗——汉代《诗经》的古文学派。

如有所思，默然不语，南湘狂笑了一会，说道："庾香此时难算知音，我再去请教别人罢。"便拉了仲清去了。

子玉送客转来，又将南湘的《花选》默默的一想，再想从前看过的戏与见过的小旦，一毫不对，犹以南湘为妄言，借此以自消遣的，便也不放在心上了。李先生回来，仍在书房念了一会儿书，颜夫人然后叫了进去。过了两日，子玉于早饭后告了半天假，去回看南湘、仲清。禀过萱堂①，颜夫人见今日天气寒冷，起了朔风，且是冬月中旬，便叫家人媳妇取出副葡萄狨的猞猁裘，与他穿了，吩咐车里也换了白狐狸暖围。两个小使一个云儿一个俊儿，骑了马先到他表母舅王通政宅内。适值通政出门去了，通政的少君出来接进。

这王通政的少君名字单叫个恂字，号庸庵，年方二十二岁。生得一表非凡，丰华俊雅，文才既极精通，心地尤为浑厚，纳了个上舍生，在北闱②乡试，与子玉是表弟兄，为莫逆之交。接进了子玉，先同到内里去见了表舅母陆氏夫人。这夫人已是文辉续娶的了，今年才四十岁。又见了王恂的妻室孙氏，那是表嫂；仲清的妻室蓉华，那是表姊。还有个琼华小姐，没有出来，因听得他父亲日前说那子玉的好处，其口风似要与他联姻的话，所以不肯出来见这表兄了。陆夫人见子玉，真是见一回爱一回，留他坐了，问了一会家常话，子玉告退。

然后同王恂到了书房，问起仲清，为高品、南湘请去。子玉说起前日所见南湘的《花选》，过于失实。王恂道："竹君的《花选》，据实而言尚恐说不到，何以为失实？现在那些宝贝得了这番品题，又长了些声价，你也应该见过这些人。"子玉听了，知王恂也有些旦癖，又是个好为附会的人，便不说了。王恂道："你见竹君的《花选》怎样？还是选得不公呢，还是太少，有遗珠之憾么？好的呢也还有些，但总不及这八个。这是万选青钱③，若要说尽他们的好处，除非与他们一人序一本年谱，才能清楚。这几句话，还不过略述大概而已。"子玉心里甚异，难道现在真有这些人？又想这三人也不是容易说人好的，何以说到这几个小旦都是心口如一？

① 萱堂——母亲的尊称。
② 北闱——礼部会试考房。南人北人分房取中，谓之南闱、北闱。
③ 青钱——即青铜钱。

总要眼见了才信，不然总是他们的偏见，便说道："我恰不常听戏，是以疏于物色。你何不同我去听两出戏，使我广广眼界？"王恂道："很好。"即吩咐套了车备了马，就随身便服，子玉也叫云儿拿便帽来换了。王恂道："那《花选》'联锦'有六个，'联珠'只有两个，自然听'联锦'了。"即同子玉到了戏园。

子玉一进门，见人山人海坐满了一园，便有些懊悔，不愿进去。王恂引他从人缝里侧着身子挤到台口，子玉见满池子坐的没有一个好人，楼上楼下略还有些像样的。看座儿的见两位阔少爷来，后头跟班夹着狼皮褥子，便腾出了一张桌子，铺上褥子，与他们坐了，送上茶香火。此刻是唱的《三国演义》，锣鼓盈天，好不热闹。王恂留心，非但那六旦之中不见一个，就有些中等的也不见；身边走来走去都是些黑相公，川流不息，四处去找吃饭的老斗。

子玉看了一会闷戏，只见那边桌子上来了一个人，招呼王恂，王恂便旋转身子与那人讲话。又见一个人走将过来，穿一件灰色老狐裘，一双泥帮宽皂靴，看他的身材，阔而且扁，有三十几岁，歪着膀子，神气昏迷，在他身边挤了过去，停了一会儿又挤了过来，一刻之间就走了三四回，每近身时必看他一眼，又看看王恂，复停一停脚步，似有照应王恂之意。王恂与那人正讲的热闹，就没有留心这人。这人只得走过又挤到别处去了。子玉好不心烦，如坐涂炭。王恂说完了话，坐正了。

子玉想要回去，尚未说出。只见一人领着一个相公，笑嘻嘻的走近来，请了两个安，便挤在桌子中间坐了，王恂也不认的。子玉见那相公约有十五六岁，生得蠢头笨脑，脸上露着两块大孤骨，脸面虽白，手却是黑的。他倒摸着子玉的手问起贵姓来。子玉颇不愿答他，见王恂问那人道："你这相公叫什么名字？"那人道："叫保珠。"子玉听了，忍不住一笑。又见王恂问道："你不在桂保处么？"那人道："桂保处人多，前日出来的。这保珠就住在桂保间壁，少爷今日叫保珠伺候？"王恂支吾，那保珠便拉了王恂的手问道："到什么地方去？也是时候了。"王恂道："改日罢。"那相公便缠住了王恂，要带他吃饭。子玉实在坐不住了，又恐王恂要拉他同去，不如先走为妙，便叫云儿去看车。云儿不一刻进来说："都伺候了。"子玉即对王恂道："我要回去了。"王恂知他坐不住，自己也觉得无趣，说道："今日来迟了，歇一天早些来。"也就同了出来。王恂的家人付了戏钱,那相公还拉着王恂走了几步,看不像带他吃饭的光景,便自去了。子玉、王恂上了车,各自分路而回。

子玉心里自笑不已,何以这些人为几个小旦颠倒得神昏目暗,皂白不分?设或如今有个真正绝色来,只怕他们倒说不好了。一路思想,忽到一处挤了车。子玉觉得鼻中一阵清香,非兰非麝,便从帘子上玻璃窗内一望:对面一辆车,车里坐着一个老年的,外面坐了两个妙童,都不过十四五岁。一个已似海棠花,娇艳无比,眉目天然;一个真是天上神仙,人间绝色,以玉为骨,以月为魂,以花为情,以珠光宝气为精神。子玉惊得呆了,不知不觉把帘子掀开,凝神而望。那两个妙童也四目澄澄的看他,那个绝色的更觉凝眸伫望,对着子玉出神。子玉觉得心摇目眩,那个绝色的脸上似有一层光彩照过来,散作满鼻的异香。正在好看,车已过去,后头又有三四辆,也坐些小孩子,恰不甚佳。

子玉心里有些模模糊糊起来,似像见过这人的相貌,好像一个人,再想不起了。心里想道:“这些孩子是什么人,也像戏班子一样?但服饰又不华美。那一个真可称古今少有,天下无双。他既具此美貌,何以倒又服御不鲜,这般光景呢?真委屈了此人!当以广寒宫贮之,岂特郁金堂、翡翠楼即称其美?这么看来,‘有目共赏’的一句,竟是妄言了。把方才这个保珠比他,做他的舆台①也还不配!”子玉一路想到了家。不知后事如何,且听下回分解。

---

①　舆台——古代奴隶中两个等级的名称。后泛指地位低贱的人。

第 二 回

魏聘才途中夸遇美　王桂保席上乱飞花

话说子玉在车里，一路想那所见的绝色美童。到了家，见门口一车三马，认得王通政的家人，知道通政在此，便进来到书房，见他父亲陪着王文辉在那里说话，上前见了，说道："方才到舅舅处请安。"文辉笑容可掬的道："我一早出来，还未到家。"子玉站在一旁，见文辉说："开春同年团拜，已定了'联锦班'在姑苏会馆唱戏。这回只怕人不多，现在放外任与出差的不少，大约不过三四桌人。"梅学士道："袁海楼巡抚云南，苏列侯奉命山右，其余学差者有二人，司道出京者三人，余下不过此眼前数人，大约还不满四席了。"王文辉又到里头去见了颜夫人，彼此道了些家常闲话，即提起他次女琼华十六岁了，尚未字人，托士燮留心物色。士燮答应，随又说道："择女婿也是一件难事，尽有外貌甚好内里平常，也有小时聪明大来变坏的。"颜夫人接口说道："这总是各人的姻缘。非但拣女婿难，就是要替你外甥定一头亲事，也是不容易的。"文辉道："要像外甥这样好的，哪里去选呢！"

正说着，只见一个仆妇手里拿着两个红帖，走进二门，士燮问道："是谁来了？"仆妇将帖呈上，说道："门上说是家乡来的，现在二门外等回话。"士燮看时，一个全帖，上写着"世愚侄魏聘才"；一个写着"门下晚学生李元茂"。士燮道："这称呼是小门生，不知哪里来的。这魏聘才又是谁呢？"王文辉道："'世愚侄'，不要是魏老仁的儿子么？"士燮道："只怕是的。今年夏间接着老仁的信，说要打发他儿子进京，弄一小功名，托我收留照应的话。若论老魏人品，实在下作，唯在你我面上还算有点真情。"文辉道："若论老魏，原是个上等聪明人，要发科甲也很可发的，就是阴骘①损多了，成了个泼皮秀才。既是他儿子远来投奔，老弟也是义无所

---

①　阴骘(zhì)——此处指阴德，即暗中有德于人的行为。

辞的。"士燮叫梅进进来问了，果然是他；一个是西席①李先生之子。吩咐梅进："请他们在花厅上坐，说我就出来。"文辉也就起身告辞。

士燮送到门口，转身到花厅垂花门首，即叫跟班的到书房去请少爷出来，遂即踱进花厅。只见上首站的一个少年，身材瘦小，面目伶俐；下首一个，身材笨浊，面色微黄，浓眉近视，俱约有二十几岁光景。那上首的抢步上前，满面笑容，口称"老伯"，就跪下叩头。士燮还礼不迭，起来看道："老世台的尊范，与令尊竟是一模一样！"聘才正要答应，李元茂已高高的作了一个揖，然后徐徐跪下，如拜神的拜了四拜。士燮两手扶起，说道："你令尊正盼望你来，一路辛苦了！"那李元茂轩唇动齿的咕噜了一句，也听不明白。士燮让他们坐了。聘才道："家父深感老伯厚恩，铭刻五内，特叫小侄进京来给老伯与老伯母请安，还要恳求栽培！"士燮问了他父母好。子玉出来，见过了礼，士燮即叫子玉引元茂去见他父亲。子玉即同了元茂、聘才到书房去了。士燮吩咐家人许顺，收拾书房后身另院的两间屋子，给他们暂且住下；又吩咐同了他们的来人去搬行李，才到上房去了。

这边子玉引李、魏二人到了书房。性全已知道他儿子来了，等他叩见过了，然后与魏聘才见礼，问了姓名。性全让他上坐，聘才只是不肯。子玉想了一想："先生父子乍见，定然有些话说。"就引聘才到对面船房内坐下。云儿与俊儿送了茶。聘才笑道："世兄可还认得小弟么？"子玉道："面善得很，实在想不起了。"聘才笑道："从来说贵人多忘事，是不差的。那一年世兄同着老伯母进京，小弟送到船上，世兄双手拉住了腰带，定要叫小弟同伴进京，老伯母好容易哄骗方才放手，难道竟不记得了？"子玉笑道："提起来却也有些记得，那时弟只得五岁。似乎仁兄名字有个'珍'字。"聘才道："正是。我原说像吾兄这样天聪天明的人，既蒙见爱，定是忘不了的。"子玉问道："仁兄同李世兄来，还是水路来的，还是起早来的？"聘才道："虽是坐船，还算水陆并行。说也话长，既在这里叨扰，容小弟慢慢的细讲。"正说着，见云儿走来请吃饭，遂一同到书房来。

性全忙让聘才首坐，聘才如何肯僭？仍让先生坐了，次聘才，元茂与子玉坐在下面。席间，性全问起一路来的光景，又谢聘才照应。聘才谦让未遑，又赞了元茂许多好处，性全也觉喜欢，道是儿子或许长进了些。那

---

① 西席——称家塾的教师或幕友为"西席"。

李元茂闷着头，不敢言语。用完了晚饭，那时行李已取到，房间亦已打扫，喝了一会茶，说了些南边年岁光景。聘才知道元茂不能熬夜，起身告辞，性全也体谅他们路上辛苦，就叫元茂跟了过去。子玉送他们进屋，见已铺设好了，说声"早些安歇罢"，也就叫俊儿提灯照进上房去了。

次日，聘才、元茂到上屋去拜见了颜夫人，又将南边带来的土仪①与他父亲的书信一并呈上。书中无非恳切求照应的话。另有致王文辉一信，士燮叫他迟日亲自送去。这聘才本是个聪明人，又经乃父陶熔，这一张嘴真个千伶百俐，善于哄骗，所以在梅宅不到十天，满宅的人都说他好。子玉虽与其两道，然觉此人也无可厌处，尚可借以盘桓，遣此岑寂。

一日晚上，元茂睡了，子玉与聘才闲谈。聘才问道："京里的戏是甲于天下的，我听得说那些小旦称呼'相公'，好不扬气！就是王公大人也与他们并起并坐，至于那中等官宦，倒还有些去巴结他的，像要借他的声气，在些阔老面前吹嘘吹嘘。叫他陪一天酒，要给他几十两银子，那小旦谢也不谢一声，是有的么？"子玉笑道："或者有之，但我不出门，所以也不大知道外面的事。"聘才道："戏是总听过的，那些小旦到底生得怎样好呢？"子玉道："我就没有见过好的。这京里的风气，只要是个小旦，那些人嘴里讲讲都是快活，因此相习成风，不可挽回。"聘才道："我也是这么说。南京的戏子本来不好，小旦也有三四十岁了，从没有见过叫这些人陪酒。但如今现在出了两个小旦，竟是神仙落劫，与我一路同来，且在一个船里，直到了张家湾起旱，也是同一天到京的。"

子玉笑道："怎么叫做神仙落劫？"聘才道："这神仙里头只怕还要选一选呢，若是下八洞的神仙，恐还变不出这个模样。京里有个什么四大名班，请了一个教师到苏州买了十个孩子，都不过十四、五岁，还有十二、三岁的，用两个太平船，由水路进京。我从家乡起身时，先搭了个客货船，到了扬州，在一个店里遇见了这位李世兄，说起来也是到这里来的，就结了伴同走。本来要起早，因车价过贵，想趁个便船从水路来，遂遇见了这两个戏子船在扬州。那个教师姓叶，叫茂林，是苏州人，从前在过秦淮河卞家河房里教过曲子，我认得他，承他好意，就叫我们搭他的船进京。在运河里粮船拥挤，就走了四个多月，见他们天天的学戏，倒也听会了许多。

---

①　土仪——用土产作为送人的礼品。

我们这个船上有五个孩子，顶好的有两个，一个小旦叫琪官，才十四岁，他的颜色，就像花粉和了胭脂水，匀匀的搓成，一弹就破的，另有一股清气，晕在眉稍眼角里头。唱起戏来，比那画眉黄鹂的声音还要清脆几分！这已经算个绝色了，更有一个唱闺门旦的，叫琴官，十五岁了，他的好处真叫我说不出来。再将世间的颜色比他，也没有这个颜色；要将古时候的美人比他，我又没有见过古时候的美人。世间的活美人，是再没有这样好的，就是画师画的美人，也画不到这样的神情眉目。他姓杜，或者就是杜丽娘还魂，不然就是杜兰香下嫁，除了这两个姓杜的，也就没有第三个了。"

子玉不觉笑起来，心里想道："他这般称赞是不可信的，但他形容这两个人，倒可以移到我前日车里所见的那两个身人，倒是一毫不错的。世间既生了这两个，怎么还能再生两个出来？ 断无是理！ 不必信也。"即说道："吾兄说得这样好，天下只怕真没这个人。"聘才道："这是你可以见得着的，他们与我同一天到京，此时自然已经进了班子，难道将来不上台唱戏的？ 那时吾兄见了，才信小弟这对眼睛是个识宝回回，不是轻易赞好的。就是一样，这两个相貌好了，脾气恰不好，凭你怎样巴结他，要他一句好言好语也不能。那一个更古怪，他索性不理人，若多问了他几句话，他就气得要哭出来。只怕这种性情，到京里来也没人喜欢。若论相貌，就算京城里有好相公，也总压不下他，恐还要比不上他呢。"

子玉心里想道："他说这两个人与他同一天进京；我那日看见那两人之后，他就到了。不要他说的就是我见的？ 那一班人却像从南边来的模样。"便又问道："你说那个顶好的叫什么名字？"聘才道："叫琴官，那个叫琪官。"子玉道："琴官进城那一天，穿的什么衣裳？"聘才道："都是蓝绉绸皮袄，酱色泥德胜褂。"子玉见衣服已经对了，又问他："一人一个车呢，还与人同坐一个车？"聘才道："他与琪官、叶茂林同坐一个车。那车围是蓝布的，骡子是白的。"子玉又道："那叶茂林有多少岁数了？"聘才道："五十以外。"子玉不禁拍手笑道："我已见过这两人！ 你果然赞得不错，真要算绝色了！"聘才大乐道："如何？ 你几时见过的？"子玉就将那日挤了路，见四辆车都是些小孩子，头一辆就是这三个人，"那琪官已经好了，那琴官真可说天下无双！"

聘才乐得受不得，便又问道："比京里那些红相公怎样？"子玉笑道："前日车里那两个，我皆目所未见，那个琴官更为难得。但不知此时在什么班里?"聘才道:"明日我出去打听,打听着了,我们去听他的戏。"子玉点头,再要问时,忽见灯光一亮,一个小丫头在门外说道:"太太叫请少爷早些睡罢。"子玉只得起身进去。这一宿,就把聘才的话想了又想,又将车中所见模样神情,细细追摹一回,然后睡着。自此子玉待聘才更加亲厚。

次日,聘才带了他的小子四儿,将王文辉的信送去。适文辉一早出门未回,王恂也不在家,只得请颜仲清会了。聘才见仲清一表非凡,叙了一番寒温,知是文辉之婿,又是士燮的内侄,免不得恭维一番。正要告辞,只见一个跟班捧着一包衣服进来,说:"老爷回来了。"聘才只得坐下。停了一会,听得外面有说话的声音,像是定班子唱戏的话。然后靴声秃秃,见一个大方脸,花白长须,三品服饰,仪容甚伟,貂裘耀目,着粉底皂靴,走将进来。聘才知是主人,连忙上前作揖叩见。文辉双手拉住道:"岂敢,岂敢! 作什么行这样大礼! 那一天你们到京,我就知道了。可是在舍亲梅铁庵处住的?"聘才答应了"是"。文辉让聘才坐下,自己就盘起腿来。仲清坐在靠窗凳上。

聘才见这大模厮样的架子,心里筹划了一筹划,便站起来道:"小侄在诸位老伯荫庇之下,一切全仗栽培。家父曾吩咐过小侄,说大人的尊范,必要位至极品,趁如今拜识拜识,将来可以提拔寒畯①。"说罢,取出书子来双手呈上。文辉一手接着,看看信面,就放下哈哈大笑道:"你令尊怎么这样疏远我,写起'大人安启'来?"又叹口气道:"可惜了令尊这一手好八股! 那一年与我同案进学,我中那一科,你令尊本要中解元②的,已经定了元。主考忽看见那本卷面上,画了一把刀、一枝笔,笔底下一团墨浸,直印到卷底,揭开看时,像一个人头,越揭下去越清楚,连眉目都有了,因此知他捐了阴骘,便换了人。也不晓得令尊何意,这一管好笔,不做文章,去做状子,至今还是个穷秀才,也没见他发过财。每一任学台出京,我总重托的,不然访闻了这枝刀笔,还了得!"说得聘才局促不安。

文辉又手理长髯说道:"前年魏府尊选了江宁,出京时问我要个朋友,我就荐了令尊,他一口答应说要请的。后来不见你令尊的信来,我甚

---

①　寒畯(jùn)——贫穷的读书人。

②　解元——乡试第一名。

疑心。及魏府尊的禀帖来,说上司荐的人多,不能不请,又说侯石翁又硬荐了两个亲戚,只好代为设法,或转荐别处。后来到底转荐没有呢?"聘才茫然,并不曾见有此事,只得躬身道谢,又说"也没有转移。"文辉道:"想必他又听了什么闲话了。但此时令尊还是处馆,还仍旧做那勾当?"聘才道:"此刻家父在一个盐务里司事,比处馆略宽展些。"文辉道:"这倒好。一年有多少修金呢?"聘才道:"也有三百金。"文辉道:"也够浇裹了。论起来,我做了三品京堂,一年的俸银也不过如此。"说罢,又仰面而笑。

聘才也无话可说,正想告辞,忽见一个俊俏跟班,打扮得十分华丽,凑着文辉耳边说了一句话。聘才是乖觉人,知道有事,便起身告辞。文辉要送出去,聘才道:"还同颜大哥有话讲,大人请便。"文辉便住了脚,弯一弯腰,大摇大摆的进去了。仲清送出了门,聘才想道:"这个老头儿好大架子,不及梅老伯远甚!"便自回梅宅不题。

且说仲清到自己房中吃了饭,与其妻室蓉花讲了些话,来到王恂书斋。恰值王恂才回,刚说得一两句话,有王恂两个内舅前来看望,一个叫孙嗣徽,一个叫孙嗣元,本是王文辉同乡同年孙亮功部郎之子。这嗣徽、嗣元两个,真所谓难兄难弟,将他们的外貌,内才比起王恂来,真有天渊之隔。这嗣徽生得缩颈堆腮,脸色倒还白净,就是肺火太重,一年四季总是满脸的红疙瘩,已堆得面无余地,而鼻上更多,已变了一个红鼻子;年纪倒有二十六岁,《五经》还不曾念完,文理实在欠通,却又酷好掉文,满口"之乎者也",腐气可掬。有个苏州拔贡①生高品,与他相熟,送他两个混名:一个是"虫蛀千字文";又因他那个红鼻了有时擦得放光透亮,又叫做"起阳狗肾"。乃弟嗣元,生得枭唇露齿,又是个吊眼皮,右边一只眼睛高高吊起,像是朱笔圈了半圈;文理与乃兄不相上下,却喜批评乃兄的不通,又犯了口吃的毛病,有时议论起来,期期艾艾,愈着急愈说不清楚。高品也送他一个混号,叫做"叠韵双声谱"。

这两个废物,真是一对!是日来到王宅,适文辉请客。客将到了,王恂即同他们到书房内来。仲清躲避不及,只得见了,同王恂陪着坐下。嗣徽先对仲清说道:"今日天朗气清,所以愚兄弟正其衣冠,翩然而来奉看

---

① 拔贡——科举制度中贡入国子监的生员之一种。经过朝考合格,可以充任京官、知县或教职。

的。"王恂、仲清忍不住要笑。嗣徽又对王恂说道："适值尊驾出门，不知去向，若不是鸟倦飞而知还，则虽引弓而射之，亦徒兴弋人之慕矣。"仲清正要回言，那嗣元道："哥、哥哥，你这句话说、说错了，怎么把鸟来比起人来？你、你、你还要将箭射、射、射他，那就更岂有此理了！"

嗣徽道："老二，你到底腹中空空如也，不知运化书卷之妙。这是我腹笥便便，不啻若自其口也。这句'鸟倦飞而知还'，是出在《古文观止》上的。若说鸟不可以比人，那《大学》上为什么说可以人而不如鸟乎呢？"仲清暗笑道："天下也有这样蠢材！"便道："大哥的鸟论极通，岂特大哥如鸟，只怕鸟还不如大哥。要晓得靖节先生此言，原是引以自喻的。"嗣徽侧耳而听，又说道："老兄所看的《古文观止》，只怕是翻版的。小弟记得逼真，做这篇古文是个姓陶的，并不是姓秦。"王恂忍不住，装作解手出去，抿着嘴笑了一会。仲清笑道："大哥实在渊博之至，连那做古文的姓都知道"。

嗣徽只道仲清果真佩服他，便意气扬扬，脸上的红疙瘩如出花灌了浆一样，一颗颗的亮澄澄起来，便对嗣元道："老二，但凡我们读书人，天分、记性是并行不悖、缺一不可的。"嗣元道："敢、敢、敢子，若不是记性好，也不、不、不把狗来对人了；若不是天分好，也不把牛来对先生了。"说着大笑，那只吊眼皮的眼睛已涌下泪来。那嗣徽便生了气，两腮鼓起，就像癞蛤蟆一样。

仲清故意问道："想必令兄又是引经据典，倒要请教请教。"嗣元道："论、论、论文理呢，家兄到底多读两年书，小、小、小弟原赶、赶、赶不上，但是错的地方极多。有一天，先生出、出、出了一个对，是叫将书对书的，上对是'人能宏道'，家、家、家兄却对得快，写了出来，是'狗、狗、狗无恒心'。先生道：'这不是书。'家、家、家兄道：'是《孟子》上的。'先生道：'岂、岂、岂有此理！'家兄只当先生忘了，便乐、乐、乐得了不得，连忙翻、翻、翻出来看，原来是草字头'苟'字，不是反犬旁的'狗'字！"仲清笑了一笑，道："若不是狗记错了，倒是一副好对子。"

嗣元道："又一日，先生出了一个做起讲的题、题、题目，是'先生何将之'。家兄就、就、就将'牛何之'做了起头。先、先生拿笔叉、叉、叉了几叉，痛骂了一顿。"这一番说得嗣徽羞忿难耐，便在屋子里乱踱起来，说道："屁话，屁话！"便起身告辞。王恂也恐他们弟兄斗气，不便挽留，同仲清送了出来。

刚到二门口，可巧碰见孙亮功进来。孙氏兄弟站在一边，王恂、仲清上前见了礼。亮功问道："客到齐了么？"王恂道："没有。"仲清看亮功，虽是个紫糖色扁脸塌鼻子，但五官端正，又有了几根胡须，比两位贤郎好看多了。亮功正要与他儿子说话，适值王桂保进来，见了亮功并王恂、仲清，也站在一边。亮功看看桂保，对他儿子说道："你们回去不要说什么。"嗣徽兄弟会意答应，于是亮功即拉了桂保进去。仲清、王恂送了他弟兄出门，进来大家换了衣裳，在书房内晚饭，对酌闲谈。

王恂道："我们这两位舅兄，真可入得《无双谱》的。"仲清道："为什么同胞兄妹，丝毫不像？假使尊夫人生了这样嘴脸，那就够你受罪了。"王恂笑道："幸亏内人是如今这位岳母生的。你不晓得，我们还有个大姨子在家，是个天老，一头的白发，那是不能嫁人的，差不多有三十岁了。"仲清问道："听得令岳母泼妒异常，未知果否？"王恂道："这个醋劲儿却也少有的。"且按下这边。

却说孙亮功同了桂保进来，见过主人。不多一刻，客已全到，便安起席来。这些客都是文辉同年，轮年纪孙亮功最长，因系姻亲，便让兵部员外①杨方猷坐了首席，对面是光禄寺少卿周锡爵，监察御史②陆宗沅坐了第三席，孙亮功坐了第四席，文辉坐了主席。桂保斟了一巡酒，杨方猷命他入席，对着王文辉坐了。文辉问他哥哥兰保为什么不来。桂保道："今日本都在怡园逛了一天，徐老爷知道这里请客，才打发我来的。兰保、宝珠、蕙芳、漱芳、玉林都还没有散，只怕总要到四五更天才散呢。"文辉道："这徐度香也算人间第一个快乐人了。"陆宗沅道："听说他这个怡园，共花了五十多万银子才造成。"杨方猷道："本来地方也大，也造得过于精致。"文辉道："我前月逛了一天，还没有逛到一半。"桂保道："我们今日逛了'梅峰'与'东风昨夜楼'两处，这两处就有正百间屋子，实在造得也奇极了，几几乎进去了出不来。"孙亮功道："你应该打个地洞，藏在里头！"说得大家都笑。桂保道："你会骂人！"便斟了一大杯酒来罚他。亮功始不肯喝，桂保要灌，便也喝了。

———————

① 兵部员外——官名。
② 监察御史——官名。

上了几样菜,文辉道:"这样清饮无趣,蕊香,你出个令罢。"桂保道:"打擂最好,什么都放得进去。"孙亮功道:"完了,把个令祖宗请了来了!"文辉命人取了六个钱来,周锡爵道:"这杯分个大小才好。"杨方猷道:"我们两个一杯三开罢。"陆宗沅道:"未免太少些。你们一杯两开,我们都是一杯一开如何?"俱各依允。桂保伸出一个拳来,问文辉吃多少杯。文辉道:"不必累赘,我们六个人,竟以六杯为率,不必增减,准他一杯化做几杯就是了。也没有闷雷霹雷,哪个猜着,就依令而行,最为剪截。"

桂保便问杨方猷道:"第一杯怎样喝?"杨方猷道:"一杯化作三杯,找人划拳。"又问孙亮功:"第二、三杯怎样喝?"亮功道:"两杯都装作小旦敬人。"周锡爵道:"我们这样的胡子,倒有些难装。"亮功道:"只要做作得好,便有胡子也不妨。"桂保又问陆宗沅道:"第四杯呢?"陆宗沅道:"把瓜子抓一把,数到谁就是谁。"桂保道:"这杯便宜了。"又问周锡爵道:"五、六两杯行什么令?"周锡爵道:"两杯化作六杯,花字飞觞。"桂保先问文辉道:"几个?"文辉道:"一个。"顺手便问亮功道:"几个"?亮功伸着两指道:"就是两个。"桂保笑道:"好猜手,一猜就着!"放开手看时,正是两个。遂取了三个杯子,斟满了酒,放在亮功面前。亮功道:"这是杨四兄的令,就和你豁。"杨子猷道:"我是半杯,说过的。"亮功道:"豁起来再讲。"可可响了三响,亮功输了三拳,便道:"今日拳运不佳,让了你罢。"第二、三杯即系亮功自己的令,便道:"这装小旦倒是作法自弊了。也罢,让我来敬两个人。"即站起来,左手拿了杯酒,右手掩了胡子,把头扭了两扭,笑眯眯软腰细步的走到杨方猷面前,请了一个安,娇声娇气的道:"敬杨老爷一杯酒,务必赏个脸儿!"说着把眼睛四下里飞了一转,宛然"联锦班"内京丑谭八的丑态,引得合席大笑,桂保笑得如花枝乱颤。杨方猷只得饮了一杯。

孙亮功掐了一枝梅花插在帽边,又取了一个大杯,捻手蹑脚的走到陆宗沅面前,斟了酒道:"陆都老爷是向来疼我的,敬你这一杯!"陆宗沅道:"这大杯如何使得?"孙亮功道:"想来都老爷是要吃皮杯的。"说罢,呷了一口,送到宗沅嘴边。宗沅站起来笑道:"这个免劳照顾!"大家狂笑起来。亮功忍不住要笑,酒咽不及,喷了陆宗沅一脸,众人一发哄堂大笑,陆宗沅忙要水净了脸。

第四杯是数瓜子令。亮功抓了一把,数一数是二十五粒,恰好数到自己,陆宗沅道:"这个极该!"第五、六杯是飞花令,孙亮功看着桂保道:"岂宜重问后庭花。"数一数,又是自饮。亮功道:"晦气!我改一句吧。"众人道:"这个断使不得,改一句罚十杯!"桂保斟了一杯酒道:"请孙老爷'后庭花'饮酒。"众人从新又笑。亮功把桂保拧了一把,也喝了。

下手是王文辉飞觞。桂保把嘴向孙亮功一呶,文辉会意,便道:"桃花细逐杨花落。"轮应陆宗沅、孙亮功各一杯。陆宗沅因亮功喷了他酒,便道:"无可奈何花落去。"接着杨方猷便道:"索性一总喝两杯罢。"亮功道:"很好,你说罢。"杨方猷道:"笑隔荷花共人语。"桂保斟了两杯,孙亮功喝了。

轮着桂保飞花,想了一想,说道:"好将花下承金粉。"数到又是亮功,众人说:"好!"亮功道:"不好,不好,这句是杜撰的,不是古人诗。"桂保道:"怎么是杜撰?现在是陆龟蒙的诗。"周锡爵道:"不错的,你不能不喝这杯。"亮功道:"他想了半天,有心飞到我的。他若能随口说两句,飞着我我就喝。"桂保道:"真么?你不要赖!"亮功道:"不赖,不赖。"桂保一连说了三句,道:"月满花香记得无,漱齿花前酒半酣,楼上花枝笑独眠。"众人拍手称妙。亮功无法,倒饮了三个半杯。

末一杯是周锡爵,说道:"飞花寂寂燕双双。"亮功道:"你们好么,大家齐心都叫我一个人喝酒!"要周锡爵代喝,周锡爵不肯。亮功道:"我再装作小旦奉敬如何?"周锡爵笑道:"饶了我罢,我代喝就是了!"说得大家又笑。桂保笑道:"这个飞花不公,我有一个飞花最公道。"便将几朵梅花揉碎了,放在掌中,说道:"我一吹,落到人身上,都要喝的。"亮功嘻着嘴,望着桂保道:"很好,你且试吹一吹,不知落到谁。"桂保故意往外一望,说道:"孙老爷家里打发人来了!"亮功扭转脸去望时,桂保对着他脸一吹,将些花瓣贴得他一脸。亮功酒多了出汗,因此花瓣粘住了,一瓣还吹进了鼻孔,打了一个喷嚏,惹得众人大笑。

陆宗沅道:"这个花脸好,不用上粉!"孙亮功连忙抹下。这边桂保犹飞了一句道:"自有闲花一面春。"众人又笑了又赞。亮功要走过来不依桂保,恰好真见一个跟班进来,凑了亮功耳边说了两句。亮功登时失色,便道:"你先回去,我即刻就回。"便向王文辉道:"酒已多了,快吃饭罢。"文辉与座客均各会意,点头微笑。桂保道:"准是太太打发人来叫,回去迟了,是要顶灯的!"众人又笑了一阵。文辉道:"好么,连众人一齐打趣在内。"亮功罚了桂保一杯,屁滚尿流的催饭。大家吃完,洗漱毕,就随着亮功同散。

　　文辉赏了桂保二十两银子。桂保谢了,走到书房来找王恂、仲清,谈了一会,说道:"我们班里新来了两个,一个叫琴官,一个叫琪官,生得色艺俱佳,只怕史竹君的《花选》又要翻刻了。"又坐了一会,也自回去。不知后事如何,且听下回分解。

第 三 回

卖烟壶老王索诈　砸菜碗小旦撒娇

　　话说魏聘才回来,书房中已吃过饭了。正在踌躇,想到外面馆子上去吃点心。走到账房门口,忽见一个小厮托着一个大方盘,内放一只火锅,两盘菜,热气腾腾的送进去了。随后见有管事的许顺跟着进去,见了聘才,便问:"大爷用过饭没有?"聘才道:"才从外头送信回来的。"许顺道:"既没用饭,何不就请在账房吃罢。"这许顺夫妇是颜夫人陪房过来的,一切银钱账目皆其经手。聘才进了账房,许顺要让聘才先吃,聘才不肯,拉他同坐了。

　　吃过了饭,许顺泡了一碗酽茶递给聘才,说了一会闲话,看壁上的挂钟已到未初。偶然看见一个紫竹书架上有几本残书,顺手取了两本,看时却是抄写的曲本,无非是《牡丹亭》、《长生殿》上的几支曲子。又取一本,薄薄的二、三十页,却是刻板的,题著《曲台花选》,略翻一翻,象品题小旦的。再拿几本看时,是不全的《缀白裘》。聘才道:"这两本书是自己的么? 想来音律是讲究的。"许顺道:"哪里懂什么音律? 不知是哪个爷们撂在这里的。"聘才要借去看看,许顺道:"只管拿去。"聘才抽了出来,到自己房里歪在炕上,取那本《花选》看了一会,记清了八个名氏,一面想道:"原来京里有这样好小旦! 怪不得外省人说'要看戏,京里去'。相貌非但好,个个有绝技,且能精通文墨,真是名不虚传。这样看起来,那琴官虽然生得天仙似的,只怕未必比得上这一班。"忽又转念道:"这书上说的,也怕有些言过其实。若论相貌,我看世界上未必赛得过琴官。"从新又将这八个人的光景逐一摹拟一番,又牢牢的记了一记。只见四儿跑进来说道:"同路来的叶先生找少爷说话,现在账房里。"聘才道:"这也奇了,他怎的到这里来?"就将《花选》塞在枕头底下,带上房门,出来到了账房。见叶茂林同着个白胖面生的人在那里坐着,见聘才进来,都站起了,上前拉手问好。聘才道:"叶先生到此,有何贵干?"叶茂林笑嘻嘻的道:"晓得尊驾在此,特来请安的。"聘才知道他是顺口的话,便道:"我还没有来奉拜,倒先劳你的驾过来。"又问:"那位贵姓?"叶茂林道:"这是我们大掌班金二爷,来请梅大人定戏的。"

聘才待再问时,只见许顺从上头下来说道:"大人吩咐,既是正月初五以前都有人定下,初六、七也使得,就是不许分包。"那金二道:"不分包这句话却不敢答应。正月里的戏,不要说我们联锦班,就是差不多的班子,哪一天不分三包两包?许二爷,劳你驾,再回一声罢。"许顺道:"已经回过了,是这么吩咐下来,再去回时也是白碰钉子。要不然,到王大人那里去商量罢。"金二道:"这日子呢?"许顺道:"一发和王大人商量,不拘初六、初七,定一天就是了。"叶茂林道:"到王大人宅子去,回来还要在此地经过,不如我在此等一等。你同许二爷去说结了,回来同走罢。"金二道:"也好。"便同许顺去了。叶茂林即问聘才:"可曾看过京里的戏?"聘才回说:"没有。"茂林就说行头怎样新鲜,角色怎样齐全,小旦怎样装束好看,园子里怎样热闹,堂会戏怎样排场,说得聘才十分高兴。问起同船的人来,知琴官在曹长庆处,现今患了几天病,也渐渐好了;琪官定于腊月初十日上台;其余各自跟他师傅,也有在联锦班的,也有过别班里去的。聘才又问他的寓处,说在杨柳巷联锦班总寓内。聘才道:"改日过来奉看。"茂林道:"这如何敢当!只好顺便去逛逛。"说着,许顺已同了金二回来,已经说妥,定于正月初六日在姑苏会馆,不论分包不分包,只要点谁的戏不短角色就是了。许顺上去回明,付了定银各散。是晚子玉课期,未得与聘才闲谈。

次日,聘才记着叶茂林的话,吃了早饭想去听戏,叫四儿带了钱,换了衣裳。因元茂在书房读书,不好约他,独自步行出门,不多路就到了戏园地方。这条街共有五个园子,一路车马挤满,甚是难走。遍看联锦班的报子,今日没有戏,遇着传差。聘才心上不乐,只得再找别的班子。耳边听得一阵锣鼓响,走过了几家铺面,见一个戏园写着"三乐园",是联珠班。进去看时,见两旁楼上楼下及中间池子里,人都坐满了,台上也将近开戏。就有看座儿的上来招呼,引聘才到了上场门靠墙一张桌子边。聘才却没有带着垫子,看座儿的拿了个垫子与他铺了,送上茶壶香火。

不多一回开了戏,冲场戏是没有什么好看的。望着那边楼上,有一班像些京官模样,背后站着许多跟班;又见戏房门口帘子里有几个小旦,露着雪白的半个脸儿,望着那一起人笑,不一会就攒三聚五的上去请安。远远看那些小旦时,也有斯文的,也有伶俐的,也有淘气的;身上的衣裳却极华美,有海龙,有狐腿,有水獭,有染貂,都是玉琢粉妆的脑袋,花嫣柳媚的神情;一会儿靠在人身边,一会儿坐在人身旁,一会儿扶在人肩上。这些人说说笑笑,像是应接不暇光景。

聘才已经看出了神,又见一个闲空雅座内来了一个人。这个人好个高大身材,一个青黑的脸,穿着银针海龙裘,气概轩昂,威风凛烈,年纪也不过三十来岁。跟着三、四个家人,都也穿得体面。自备了大锡茶壶、盖碗、水烟袋等物,摆了一桌子。那人方才坐下,只见一群小旦蜂拥而至,把这一个大官座也挤得满满的了。见那人的神气,好不飞扬跋扈,顾盼自豪,叫家人买这样买那样,茶果点心摆了无数,不好的摔得一地,还把那家人大骂。聘才听得怪声怪气的,也不晓得他是哪一处人。

正在看他们时,觉得自己身旁又来了两个人。回头一看,一个是胖子,一个生得黑瘦,有了微须,身上也穿得华丽,都是三十来岁年纪。也有两个小旦跟着说闲话,小厮铺上坐褥,一齐挤着坐下。聘才听他们说话,又看看那两个相公,也觉得平常,不算什么上好的。忽见那个热闹官座里有一个相公望着这边,少顷走了过来,对胖子与那一位都请了安。这张桌子,连聘才已经是五个人,况兼那人生得肥胖,又占了好多地方,那相公来时已挤不进去。因见聘才同桌,只道是一起的人,便向聘才弯了弯腰。聘才是个知趣的人,忙把身子一挪,空出个座儿。这相公便坐下了。即问了聘才的姓,聘才连忙答应,也要问他名氏。忽见那胖子扭转手来,在那相公膀子上一把抓住,那相公道:"你做什么使这样劲儿!"便侧转身向胖子坐了,一只手搭在胖子肩上。那先坐的两个相公便跳将下去,摔着袖子走了。只听得那胖子说道:"蓉官,怎么两三月不见你的影儿?你也总不进城来瞧我?好个红相公!我前日在四香堂等你半天,你竟不来,是什么缘故呢?"那蓉官脸上一红,即一手拉着那胖子的手道:"三老爷今日有气?前日四香堂叫我,我本要来的,实在腾不出这个空儿。天也迟了,一进城就出不得城。在你书房里住原很好,三奶奶也很疼我,就听不得青姨奶奶骂小子打丫头,摔这样砸那样;再和白姨奶奶打起架来,教你两边张罗不开。明儿早上好晒我在书房里,你躲着不出来了……"蓉官没有说完,把那胖子笑得眼皮裹着眼睛没了缝,把蓉官嘴上一拧,骂道:"好个贫嘴的小幺儿!这是偶然的事情,哪里是常打架吗?"聘才听得这话说得尖酸有趣，一面细看她的相貌，也十分可爱，年纪不过十五、六岁，一个瓜子脸儿，秀眉横黛，美目流波，两腮露着酒凹，耳上穿着一只小金环，衣裳华美，香气袭人。

这蓉官瞅着胖子说道："三老爷，你好冤人！说你常在全福班听戏，花了三千吊钱替小福出师，你瞧瞧小福在对面楼上，他竟不过来呢！"那胖子道："哪里来这些话！小福我才见过一两面，谁说替他出师？你尽造谣言。"蓉官道："倒不是我造谣言，有人说的！"蓉官又对那人道："大老爷是不爱听昆腔的，爱听高腔杂耍儿！"那人道："不是我不爱听，我实在不懂，不晓得唱些什么。高腔倒有滋味儿，不然倒是梆子腔还听得清楚。"

聘才一面听着，一面看戏。第三出是《南浦》，很熟的曲文，用脚在板凳上踏了两板，就倒了一杯茶，一手擎着，慢慢的喝。可巧那胖子要下来走动，把手向蓉官肩上一扶，蓉官身子一晃，碰着了聘才的膀子，茶碗一侧，淋淋漓漓，把聘才的袍子泼湿了一大块。那胖子同蓉官着实过意不去，赔了不是。聘才倒不好意思，笑道："这有什么要紧？干一干就好了。"说着自己将手巾拭了，又听了一回戏。

只见一个老头子弯着腰，颈脖上长着灰包似的一个大气瘤，手内托着一个小黄漆木盘，盘内盛着那许多玉器，还有些各样颜色的东西，口里轻轻的道："买点玉器儿，瞧瞧玉器儿！"从人丛里走近聘才身边，一手捏着一个黄色鼻烟壶，对着聘才道："买鼻烟壶儿！"聘才见这壶颜色甚好，接过来看了一看，问要多少钱。那卖玉器的道："这琥珀壶儿是旧的，老爷要使，拿去就结了。人家要，是十二两银，一厘不能少的，你要算十两银就是了。"聘才只道这壶儿不过数百文，今听他讨价，连忙送还。那卖玉器的便不肯接，道："老爷既问价，必得还个价儿。你能瞧这壶儿又旧，膛儿又大，拿在手里，又暖又不沉，很配你能使，你能总得还个价儿！"聘才没法，只得随口说道："给你二两银子。"卖玉器的便把壶接了过去，说："太少，买假的还不能。"停一会又说："罢了，今日第一回开张，老爷诚心买，算六两银。"聘才摇着头说不要，那卖玉器的叹口气，道："如今买卖也难做，南边老爷们也精明。你瞧这个琥珀壶儿，卖二两银，算了！底下你能常照顾我就有了。"说着又把壶儿送过来。

聘才身边没有带银子，因他讨价是十两，故意只还二两，是打算他必不肯卖的，谁知还价便卖，一时又缩不转来，只得呆呆的看戏不理他，然脸已红了。那卖玉器的本是个老奸巨滑，知是南边人初进京的光景，便索性放起刁来，道："我卖了四十多年的玉器，走了几十个戏园子，从没有见还了价重说不要的。老爷哪里不多使二两银？别这么着！"靠紧了聘才，把壶儿捏着。聘才没奈何，只得直说道："今日实在没有带银子，明日带了银子来取你的罢。"那卖玉器的哪里肯信，道："老爷没有银子，就使票子。"聘才道："连票子也没有。"卖玉器的道："我跟老爷府上去领。"聘才道："我住得远。"卖玉器的只当不听见，仍捏着壶儿紧靠着聘才。

那时台上换了二簧戏，一个小旦才出场，尚未开口，就有一个人喊起好来，于是楼上楼下几十个人同声一喊，倒像救火似的。聘才唬了一跳，身子一动，碰了那卖玉器的手，只听得扑托一响，把个松香烟壶砸了好几块。聘才吃了一惊，发怔起来。那卖玉器的倒不慌不忙，慢慢的将碎壶儿拣起，搁在聘才身边，道："这位爷闹脾气，整的不要要碎的。如今索性拉交情，整的是六两银，碎的算六吊大钱，十二吊京钱。"聘才便生起气来，道："你这人好不讲理！方才说二两，怎么如今又要六两？你不是讹我么！"旁边那些听戏的都替聘才不平。聘才待要发作，只见那个胖子伸过手来，将那卖玉器的一扯，就指着他说道："老王，你别要这么着！"聘才连忙招呼，那胖子倒真动了气，又道："老王，你别要混憎，怎么拿个松香壶儿，不值一百钱，赚人二两银，砸碎了就要六两？你瞧他南边人老实，不懂你那憎劲儿，你就憎开了。我姓富的在这里，你不能！"那卖玉器的见了他，就不敢强，道："三爷，你能怎么说怎么好。"那胖子就叫跟班的给他四百钱。卖玉器的尚要争论，那一位也说道："富三爷哪里不照应你？这点事你就这么着！况且富三爷是为朋友的，下次瞧瞧有好玉器，我们多照顾你一点就够了。"蓉官接口道："这老头子，好讨人嫌！弯着腰，托着那浪盘子，天天在人空里挤来挤去，一点好东西都没有。谁要买，德古斋还少吗？"卖玉器的只得忍气吞声，拿了碎烟壶走了出去，嘴里咕噜道："闹扬气，充朋友，照顾我？也配！有钱尽闹相公！"又挤到别处去了。聘才心里甚是感激，连忙拉着富三的手道："小弟粗鲁，倒累三爷生气。"又向那人也拉了拉手，就叫四儿拿出二百大钱来，双手送上。富三笑道："这算什么？"接过来递与聘才的四儿道："算我收了，给你罢。"四儿不敢接，聘才又笑道："断不敢要三爷破钞，还请收了！"又将钱交与富三的家人。富三接过来，往桌上一扔，道："你太酸了！几个钱什么要紧，推来推去的推不了!"聘才只得叫四儿收了,叫他请了安,谢了赏。

聘才已听得人叫他富三爷,自然姓富了。便问那一位的姓,是姓贵,名字叫芬,现在部里做个七品小京官。这富三爷叫富伦,是二品荫生,现做户部主事。——领教过了,富、贵二人也问了聘才的姓,又问了他是哪一处人,现在当什么差。聘才道:"小弟是江宁府人,才到京,尚未谋干什么。此时寓在鸣珂坊梅世伯梅大人处。"富三道:"江宁是个好地方,我小时候跟着我们老爷子到过江宁。那时我们老爷子做江宁藩司,我才十二岁,后来升了广东巡抚。你方才说鸣珂坊梅大人,他也在广东做过学差,与我们老爷子很相好。以后大家都回了京,我们老爷子做了侍郎,不上一年就不在了。我是没有念过书,不配同这些老先生们往来,所以这好几年不走动了。闻得他家玉哥儿很聪明,人也生得好,年纪也有十六七岁了,不知娶过媳妇儿没有?"聘才一一回答了,又与贵大爷寒暄一番。聘才已知富三是个热心肠,多情多义的人,那个贵大爷却是个谨慎小心,安分守己的一路。当下三人倒闲谈了好一会。

蓉官又到对面楼上去了,聘才望着他又去与那黑脸大汉讲话,又见那个卖玉器的挤上楼去,捏着些零碎玉件,到那些相公身边混了一阵,只管兜搭,总要卖成一样才去的光景。那个黑大汉好不厌他,便吆喝了一声,那卖玉器的尚不肯走,嘴里倒还讲了一句什么,那个黑大汉听了大怒,便命家人揿他出去。众家人听不得一声,将他乱推乱搡。那个老头子见势头不好,便也不敢撒赖,腰驼背曲的一步步走出来,又要照应盘内东西,珰珰瑯瑯的,把些料壶儿、料嘴子砸了好些,弯了腰拣了一样,盘里倒又落下两样。心里想拚着这条老命讹他一讹,看看那位老爷的相貌先就害怕,更非富三爷可比,只得含着眼泪,一步步的走下楼来。下了楼,才一路骂出戏园。看得那些相公个个大笑,都探出身子看他出了戏园,才住了笑。这边富三看了,也拍手称快。聘才更乐得了不得,但不知这个人是个什么阔人,少顷等蓉官来问他。只见那黑大汉已起身,带了四个相公,昂昂然大踏步的出去了。那些没有带去的相公,又分头各去找人。

不一刻,蓉官又过来坐下。富三笑道:"空巴结他,也不带你去。磨了半天,一顿饭都磨不出来。"蓉官点着头道:"不错,我磨他。他叫我也不去,这位老爷不是好相交的!"富三道:"这人是哪里人,姓什么?"蓉官道:"是广东人,我只听得人都称他奚大老爷,我也是才认识他,且他也到京未久。他就待春兰待得好,今日春兰身上穿那件元狐腿子的,是奚大老爷身上脱下来的,现叫毛毛匠改小的。"说罢,即凑着富三耳朵问了一句。富三道:"怎么,你今日又有空儿?"蓉官笑嘻嘻的,两手搭着富三的肩,把他揉了几揉。

富三见聘才人品活动,又系梅氏世谊,便道:"魏大哥,今日这戏没有听头,咱们找个地方喝一盅去罢。"聘才见富三是个慷慨爽快的人,便有心要拉拢他,说道:"今日幸会,但先要说明,赏兄弟的脸作个东。"富三笑道:"使得。"就在靴鞡里拿出个靴页子来,取一张钱票交与他跟班,给看座儿的:"连这位老爷的戏钱也在里头。"聘才又再三谢了。于是带了蓉官,一同出来。

他们是有车来的,聘才搭了蓉官的车,四儿也跨了车沿,跟兔坐了车尾。聘才在车里随口的说笑,哄得蓉官十分欢喜,又赞他的相貌,要算京城第一,说说笑笑,已到了一个馆子。一同进去,拣了雅座坐了。走堂的上来张罗,点了菜,蓉官斟了酒。只听得隔壁燕语莺声,甚为热闹。蓉官从板缝里望时,就是那个奚大老爷带了春兰,还有三个相公在那里。

聘才问富三道:"老太爷的讳①,上下是哪两个字"富三不解所问,倒是贵大爷明白,即对富三说道:"他问大叔官名是叫什么?"富三道:"你问我们老爷的名字么?我们老爷叫富安世。"聘才即站起身来,道:"怪不得了,三爷是个大贤人之后!你们老大人在我们南京地方已成了神!三年前,地方上百姓共捐了几千银子,造了一个名宦祠,供了老大人的牌位。还有一位是江宁府某大老爷,这老大人生前爱民是不用说了,到归天之后,还恋着南京百姓,遇着瘟疫、蝗虫、水旱等灾,常常的显圣,有求必应,灵验得很。只怕督抚就要奏请加封的,那些百姓感戴到一万分,愿老大人的世世子孙位极人臣,封侯拜相,这也是一定的理。今看三爷这般心地,那样品貌,将来也必要做到一品的!"几句话把富三恭维得十分快乐,倒回答不上来。

贵大爷道:"这个话倒也可信。大叔在江宁年数本久,自知府升到藩司,也有十几年,自然恋着那地方上了。"富三道:"我们老爷在江宁十六年,自知府到藩司,没有出过省,真与南京人有缘。我是生在江宁府衙门

---

① 讳——此处指名字。旧时对帝王将相或尊长不敢直称其名,谓之避讳。

里的,所以我会说几句南京话。"聘才又将贵大爷恭维一番。贵大爷道:
"我这个功名是看得见的,要升官也难得个拣选,不是同知①就是通判②,
并无他途。"聘才道:"将来总不止于同、通的。"蓉官笑道:"你瞧我将来怎
样?"聘才笑道:"你将来要到月宫里去,会成仙呢!"富三、贵大皆笑。蓉
官罚了聘才一杯酒,道:"你此时倒会说话,为什么见了那个卖玉器的就
说不出来?"聘才笑道:"今日幸遇见了三爷、大爷,不然我真被他缠不清
了。"富三道:"这种人是怕硬欺软,你越与他说软话,他越不依的。你不
见楼上那个人,将他轰出来,砸掉了许多东西,他何曾敢说一声? 不过咱
们不肯做这样霸道事,叫苦人吃亏。其实四百钱还是多给的,他那个料壶
儿准不值一百钱!"聘才又赞了几声仁厚待人、必有厚福。

蓉官道:"那奚老爷的爷们好不利害,将这老王推推搡搡的。我怕跌
了他,把他那浪盘子的臭杂碎全砸了,不绝了他的命? 倒幸亏没有砸掉多
少,只砸了两个料嘴子,一个料烟壶。有一个爷们更恶,在他脖子那个灰
包上一挼,那老王噎了一口气,两个白眼珠一翻,好不怕人! 这个奚大老
爷的性子也太暴,适或挼死了他,也要偿命的!"蓉官说到此,只听得隔壁
雅座里闹起来;听得一人骂道:"鸡巴攮的,又装腔做作了!"蓉官低低的
说道:"不好了,那位奚大老爷又翻了,不知骂谁。"便到板壁缝里去望他
们。这边聘才与富三、贵大都静悄悄的听。

听得一个相公说道:"你倒开口就骂人! 好便宜的鸡巴,做起菜来,
你口里还吃不尽呢!"听得那人又骂道:"我最恨那装腔做作的,一天一个
样子!"又听得那相公说道:"就算我装腔做作了,你也不能打死了我!"又
听得那人骂道:"我倒不打死你,我想攮死你!"听得珰瑯一声,砸了一个
酒杯。那人又说道:"这声音响得小,要砸,砸大的!"听得那相公说道:
"你爱听响的?"便又一声响,砸破了一个大碗。那人道:"你会砸,我不会
砸?"也砸了一个。那相公道:"你爱砸,谁又拦你不砸!"便接连叮叮啷啷
砸了好几个。那人怒极了,说道:"你真砸得好!"便索性把桌子一掀。这
一响更响得有趣,那三个相公一个已唬跑了,两个死命的解劝,口中不住

①　同知——官名,明清为知府、知州的佐官,分掌督粮、缉捕、海防、水利等,分
　　驻指定地点。
②　通判——官名,明清设于各府,分掌粮运及农田水利等事务。

的"大老爷"、"干爹"、"干爸爸"的求他不要生气。那个砸碗的相公也跑到院子里，呜呜咽咽的哭起来了。掌柜的，走堂的一齐进来劝解，都不敢说一句话，尽赔着笑脸，大老爷长，大老爷短。那掌柜的又去安慰那相公，嘻嘻的笑说道："春官，做什么与大老爷这么怄气？你瞧，崭新的元狐腿子，溅了油了，快拿烧酒来擦。"就有伙计们拿了烧酒，掌柜的替他抹干净了。一面把那位奚老爷请了出来，另到一间屋子坐了，拉了那相公上前，劝他赔个不是。那相公只管哭，不肯赔礼。那姓奚的见掌柜的如此张罗，也有些过意不去，说道："倒吵闹了你们。这孩子一天强似一天，令人生气！"那掌柜的倒代这相公请安作揖的，在那里做花脸。那姓奚的气也平了，那相公也住了哭。

掌柜的又将那三个相公也找了进来，吩咐伙计们照样办菜，拿上好的碗盏，与大老爷消气和事。掌柜的又说那走堂的道："老三，你不会伺候！这砸碗的声音是最好听的，你应该拿顶细料的瓷碗出来，那就砸得又清又脆，也叫大老爷乐一乐。这半粗半细的瓷器，砸起来声音也带些笨浊！你瞧，大老爷当赏你五十吊，也只赏你四十吊了。"说得众伙计哈哈大笑，一面去扫地抹桌子。这一地的菜，已经有四条大狗进去吃得差不多了，大家抢吃，便在屋里乱咬起来，四条大狗打在一处。众伙计七手八脚，拿了棍子、扫把赶开了狗，然后收拾。

你道这掌柜的为什么巴结这个姓奚的？他知道这个姓奚的是广东大富翁，又是阔少爷，现带了十几万银子进京，要捐个大官。已到了一月有余，差不多天天上他的馆子，已赚了他正千吊钱了。这一桌菜连碗开起账来，总要虚开五、六倍，应五十吊，大约总开三百吊。那位姓奚的最喜喝这杯"快乐酒"，你再开多些，他也照数全给，断不肯短少。这是海南大纨袴，到京里来想闹点声名，做个冤桶的。此时只晓得他排行是十一，就称呼他为奚十一。那个砸碗的相公，就是蓉官说的春兰了。

富三与聘才、贵大都在门口看了一会进来，蓉官吐了吐舌，说道："好不怕人！这才算个标子！"富三笑道："这种标也标得无趣。但不知为什么事闹起来？"蓉官道："这位奚大老爷的下作脾气，是讲不出来的。"于是富三与聘才、贵大豁了一会拳，此时天气尚短，他们也要进城。贵大爷先抢会帐，聘才又要作东，富三爷道："都不要抢，这一点小东，让我富老三做了罢。明日就吃你，后日再吃他。"大家只得让富三爷会了账。

　　富三、贵大得了聘才一番恭维，心里着实喜欢。聘才又问了两个人的住处，说："明日要来请安。"富三道："我住在东城金牌楼路西，茶叶铺对门。"指着贵大爷道："他就在茶叶铺间壁，门上都是户部封条。明日如果来，我们就在家里等你。"聘才说："一定来的，咱们从此订交。只是我是个白身人，仰扳不上。"富三、贵大同说："罚你！咱们哥们论什么？你不嫌我们粗鲁就是了。"富三赏了蓉官八吊钱，跟兔两吊钱。蓉官谢了赏，辞了贵大爷与聘才先走了。

　　此时日已西沉，富、贵两人急急的赶城。聘才送了他们上车，同着四儿慢慢步行而归，到家时点了灯了。子玉、元茂都在书房夜课，聘才换了衣裳，趿着鞋，喝了几杯茶，坐了一回。少停，子玉、元茂出来，同到聘才房里。只见聘才解下腰间的褡包，一只手揣在怀里，剩着一只空袖子，悠悠荡荡的在房里走来走去转圈儿。见了子玉、元茂进来，便嘻嘻的笑。元茂道："今日什么事，到此刻才回？"又凑到他脸上一看，道："酒气熏熏，一定是叶茂林请你的。可曾见那些小孩子么？"聘才道："我没有去找叶茂林，我倒听了联珠班的戏。那班里的相公足有五六十个，都是生得很好的。遇见一个相好，是从前南京藩台的少爷，与我们也有世谊，他请我吃饭，叫了个相公，也是上等的。"子玉道："大哥，你前日说那琴官脾气不好，又爱哭，是怎样脾气？"聘才道："那琴官的脾气是少有的，大约托生时，阎罗王把块水晶放在他心里，又硬又冷，绝没有一点怜悯人的心肠。这个人，与他讲'情'字是不必题了！我因为他脑袋生得好，生了一片怜香惜玉之心，奴才似的巴结他，非但不能引他笑一笑，倒几次惹得他哭起来。这个脾气！教人怎样说得出来？总而言之，他眼睛里没有瞧得起的人就是了。"

　　子玉想道："果然有这样脾气，这人就是上上人物，是十全的了。"便呆呆思想起来，便又转念道："人海中庸耳俗目，都喜献媚逢迎，只怕这清高自爱的佳人必遭白眼。除非有几个正人君子，同心协力提拔他，使奸邪辈不得觊觎，然后可以成就他这铮铮有声、皎皎自洁，使若辈中出个奇人，倒也是古今少有的。"子玉想到此，这条心有些像柳花将落，随风脱去，摇曳到琴官身上了。忽见李元茂把风门一开，说道："了不得了！"不知后事如何，且听下回分解。

第 四 回

三名士雪窗分咏　一少年粉壁题词

　　却说子玉正在体贴琴官心事,只听元茂开着风门说道:"了不得了!"倒把子玉等唬了一跳,问道:"为什么大惊小怪?"元茂道:"你看地下已铺了一层这棉花大的朵子,下起来,一夜就有一尺多了!"子玉同聘才到门口看时,果然飘飘洒洒下起雪来。子玉道:"这腊雪是最好的,今年一冬风燥,现在求雪,幸亏我们说着琴官,所以感召天和,祥霙①献瑞。"聘才道:"今晚若下得一宿,明日我们就可以赏雪了!"云儿已拿了斗篷风帽来,请子玉穿戴了进去。这一夜足足下了有五寸多雪,直到天明,一阵阵的朔风吹来,寒冷异常,雪才止了。真是琼妆世界,玉琢乾坤,一派好景!

　　那李性全先生,清早起来冒了寒,头晕咳嗽,仍上床躺了,觉得心里烦闷,不令子玉等读书。性全自己精于药理,便叫书童去抓了几味发散药吃了,蒙头安睡。子玉命两个书童在书房外好好伺候,自己到了一个小三间书屋,名为"二十四琴斋",这块匾额还是其祖文穆公手笔。子玉无聊,翻出谢惠连的《雪赋》阅看,至"皓鹤夺鲜,白鹇②失素"句,叹赏古人工于摹绘。忽见天又阴得沉了,又悠悠扬扬的起来。那房上树上的雪,被风刮得如梨花乱舞,即吩咐云儿,叫厨房多备几样菜,请魏、李两位少爷赏雪。

　　少顷,送过一桌佳肴,请了聘才、元茂过来,一同赏玩。子玉是不能饮酒的,勉强相陪,又将琴官的光景来问聘才。聘才见他心甚注意,便改了口风,索性将琴官的身份性气一赞,赞得子玉更为倾慕,又想:"这个雪天,若见琼枝玉立,何异瑶岛看花? 真笑党家锦帐中,醇酒羔羊,终不脱武夫气象矣!"吃完之后,煮雪煎茶,闲谈一会,聘才、元茂各自回房去了。忽见俊儿拿了一封书信来,签子上写着"梅少爷手展",旁有一行小字:"内信笺一纸,诗笺四纸",认得仲清笔迹。便问俊儿:"是谁送来的?"俊

---

　　①　霙(yīng)——指雪花。

　　②　白鹇(xián)——鸟,产于南方,是有名的观赏鸟。

儿道："是颜少爷的健儿。"子玉道："叫他等一等。"拆开看时,信笺上写着
是:

昨日庸庵同居虚室,玉杯寒重,始知六出花飞;银烛光残,才见十
分雪艳。冰山叠叠,围成云母屏风;宝塔层层,照见琉璃灯火。美人
装罢,玉戏猫儿;罗汉堆来,球抛狮子。黄昏选韵,白战分题,愧乏琼
词,聊为砖引。谨呈冰鉴,乞报瑶章。庾香仁弟文几。庸庵嘱候。仲
清手肃。

子玉看了道："好工致的尺牍!"再看诗笺上写着《雪窗八咏》:

　　　雪　山
此峰真个是飞来,白玉芙蓉一朵开。
着屐好吟亭畔絮,骑驴难觅岭头梅。
几看如滴非苍翠,便使多残岂劫灰。
云雨夜深寒冻合,那堪神女下阳台。

　　　雪　塔
散花人到梵王宫,多宝庄严尽化工。
四角有时还碍日,七层无处不惊风。
月中舍利光何灿,水面浮图色更空。
乘兴若容登绝顶,愿题名字问苍穹。

　　　雪　屏
梁园昨夜报阳春,玉案珠帘斗崭新。
云母好遮花御史,水晶应赐虢夫人①。
不摇银烛光偏冷,便画金鹅梦未真。
怪杀妓围俱缟索,近前丞相合生嗔。

　　　雪　灯
桃檠②几度咏尖义,此夜焚膏赛九华。
织素有光宁向壁,读书无火是谁家?
清寒已尽三条烛,照睡还看六出花。

---

① 虢(guó)夫人——唐杨贵妃姊,嫁裴氏。天宝七年(公元748年)封虢国夫
人。
② 檠(qíng)——灯台。

记取元宵佳节近，闹娥残柳莫争夸。

庸庵王恂初稿

子玉看了道："好诗！这四首之中，自然以《雪塔》为第一，《雪屏》第二，《雪山》次之，《雪灯》又次之。"再看仲清的诗是：

雪　狮

居然幻相长毛虫，白泽呼名偶擅雄。

乘气岂能腾海外，因风只合吼河东。

黄金高座非难灿，红树新妆愧未工。

若使龙邱居士见，定抛拄杖又谈空。

子玉想道："《雪狮》此题，却不好做。看他用典，举重若轻，雅与题称，非名手不办！"再看是：

雪　猫

漫赌围棋枕两奁，狸奴如玉傍雕檐。

聘来那得鱼穿柳，引去还宜饭裹盐。

比似虎头原有样，奈他鼠辈只趋炎。

牡丹此日飞红尽，冷眼无须一线添。

子玉道："这首做得更好，第三联调侃不少。"再看下去，题目是《雪罗汉》、《雪美人》。子玉想了一想，题目比前六个更加枯寂，却难着笔，只见是：

雪罗汉

朝来谁为启禅关，面壁瞿昙杖锡还。

解脱有心如止水，游行无意定寒山。

经翻贝叶空濛里，社结莲花顷刻间。

自是此身同幻影，点头莫叹石多顽。

雪美人

玉骨珊珊未有瑕，是耶毕竟又非耶？

春心已似沾泥絮，妾貌应同着雨花。

后夜思量成逝水，前身风味记煎茶。

卖珠侍婢今何在？依竹无言日又斜。

剑潭仲清脱稿

子玉看毕，又轻轻的吟哦了几遍，觉得仲清这几首，《雪狮》镂金错采,《雪猫》琢玉雕琼,《雪罗汉》吐属清芬,莲花满座,《雪美人》双管齐下,玉茗风流,却在王恂之上。因想:"依韵再和八首,未必能如原唱浑成,不如另拟四题,不落窠臼。他这八个题目,都是从后着想,以虚作实,借宾定主;我却从未下雪以前着想,竟用四个虚字连着'雪'字作题。我想未下雪之前,彤云密布,空空濛濛,先有了下雪的意思,把《雪意》做了第一个题目。到了雪花飘了,模模糊糊,就有雪影子;初下雪的时候,那雪珠渐渐沥沥,就有了雪的声儿。把《雪影》做了第二,《雪声》做了第三。已经下了雪,那白皓皓一片,自然就有《雪色》,做了第四题,倒也新鲜别致!"就构思起来。

才做了两首,却被元茂、聘才进来看见,子玉遂叫他们也做几首。元茂道:"'雪'字下连了一个虚字眼儿,我是做不来的。我只好咏咏雪罢了。"聘才道:"就是咏雪,要对却费力,我只好做首绝句。"元茂道:"七个字一句的累赘,我只会做五言律诗。"子玉道:"都使得。"他们各自搜索枯肠去了。不多一会,子玉四首都已做成,用一张冷金笺写了,又写了一封回书。正要缄封,聘才却笑吟吟的拿了一张诗稿来,道:"做得不好,你替我改改。"子玉接来看时,题目是《咏雪》,诗是:

舞向梅梢片片斜,蛾儿粉蝶满天涯。

分明仙品瑶台上,独占人间第一花。

子玉诧异道:"我倒不晓得你有这样本领,你在诗上头想是很用过工夫的。"聘才道:"我哪里有什么工夫!就是记得几支曲子,随便凑上的。"子玉道:"什么曲子?"聘才道:"那'舞向梅梢片片',及'蛾儿粉蝶',是《江天雪》的《走雪》上的。"子玉道:"下两句呢?"聘才道:"第三句是空的,末了一句用《占花魁》上《独占》这一出戏,我就拉他来用做古典。"子玉道:"倒难为你凑得不着痕迹。"说着,元茂却也做完,端端正正写了来。子玉看了,却甚费解,只得赞道:"工稳得很,何不都写起来,送去与他们看看。"元茂见子玉称赞,必定是好极的了,便道:"请教请教他们也好。"倒是聘才自知分量,忙道:"我的不必拿去献丑罢。"子玉道:"这又何妨!我替你们写。"另用一张纸写了,又在回书后面添了两句,封好了,打发云儿与健儿同去。

那边仲清接着回札,与王恂同看,只见上写着:

书奉朵云,词霏香雪。芙蓉灯炧①,嵌空佛塔玲珑;翡翠屏寒,指点仙山飘渺。白地现金身罗汉,狮驯拄杖之旁;缟衣来玉骨美人,狸睡棋枰之侧。新露盥手,古雪浣肠,明月自来,阳春寡和。赋诗七字,惭珠玉之在前;俚语四章,愧琼瑶之莫报。手疏复此,目笑存之。

剑潭、庸庵两兄同览。子玉拜手。外附拙作四首,又七绝五律各一首,即乞郢正。

仲清等再看子玉的诗题,是《雪意》、《雪影》、《雪声》、《雪色》。仲清向王恂道:"这四个题目太空,比我们更难着笔。庾香必有佳制。"说着看诗,只见上写着:

雪　意
三千世界望盈盈,知有瑶花酝酿成。
未作花时先剪水,已同云上欲飞霙。

仲清道:"起句题前蓄势得好,第二联刻画'意'字,真是神化之笔!"再看下去是:

人间待种无瑕璧,天外将开不夜城。
冻合玉楼何处是?群仙想象列蓬瀛。

雪　影
六出霏微点缀工,玉阑干外写玲珑。
依迷照水摇虚白,依约栖尘漾软红。
飞入梅花痕始谈,舞回柳絮色都空。
清寒合称瑶池梦,琪树分明映月中。

王恂一句一击节。仲清道:"这首把题的魂都勾出来了!"再看下去是:

雪　声
寒空匼匝②散琼瑶,入夜焚香慰寂寥。
糁径珊珊先集霰,洒窗瑟瑟趁回飙。
穿松静觉珠跳碎,筛竹轻宜玉屑飘。
待到晓来开霁景,滴残寒漏一痕消。

---

① 炧(xiè)——同炌。蜡烛的余烬。
② 匼匝(kē zā)——周围环绕。

雪　色

谁从银海眩瑶光？群玉山头独眺望。

蕉叶无心曾著绿，梨云有梦竟堆黄。

浓浮珠露三分艳，淡借冰梅一楼香。

照眼空明难细认，白沙淡月两茫茫。

当下看完，仲清拍案叫绝，同王恂朗吟了几遍。仲清道："这几首诗把我们的都压下去了。"再看聘才的那首绝句，王恂道："这首亦甚好，只不知庾香又做这一首做什么？"仲清道："这首也还下得去，然断不是庾香所作。"再看元茂的五律，起二句写着是：

天上彤云布，来思雨雪盈。

王恂道："这'来思'两字怎么讲？"仲清忽然大笑道："你往下看。"王恂再看第二联是：

白人双目近，长马四蹄轻。

沉吟道："'马蹄轻'想是用'雪尽马蹄轻'了，为什么加上个'长'字呢？上句实在奥妙得很，我竟解不出来。"再看下联是：

掘阅蜉蝣似，挖空狮子成。

王恂道："这两句就奇怪得很，怎么用得上来？上句想是用《诗经》上的，因为'麻衣如雪'这个'雪'字，遂把'蜉蝣掘阅'用上来了。这个'挖空狮子'又有什么典故在里头？"仲清道："也不过说堆的雪狮子就是了。"再看结句是：

出时献世宝，六瑞太阶平。

王恂道："这还用得着颂扬么？这首诗准是那个老魏做的，看他有些油腔滑调，自然就有这笑话出来。"仲清道："不然。我看老魏虽不是正路人，但看他像个聪明人，笨不至此。只怕那首七绝是他的，这首必是那个李世兄的佳章，有些诗如其人！"王恂道："李世兄不应如此，看他斯斯文文，却还有些书气。"仲清道："唯其有了书气，所以没有诗气。"王恂道："庾香叫我们批，我们还是批不批？"仲清道："你就何妨批他一批。"王恂道："我为什么得罪人呢？"仲清道："我来。"先把聘才这首全圈了，批了一个批语，是："得天工玉戏之神。"元茂的诗第一、二联单圈，下四句全圈，批语云："裁对工稳，用古人化，足可嗣响元徽。"王恂把子玉的诗用针在碧纱橱内戳了，来看批语，笑道："却批得好，就是太挖苦些。"仲清道："可惜天不早了,这雪也不住,不然倒可以去与庾香谈谈。"王恂道:"明日去罢,此刻去也谈不久了。"

是日,又下了一天一夜,积得有一尺厚了。次日晴了,朔风一吹,将一个世界竟冻成了一个玉合子,耀眼鲜明。仲清、王恂早饭后,两人同坐一车,两个跟班骑了马,来访子玉。到了半路,碰着一辆车来,两家跟班都下了马,王恂看是孙嗣徽。两车相对,王恂问道:"你往哪里去?"嗣徽道:"只因家父夫妻反目,噬肤灭鼻,几几乎血流漂杵。有一王大夫,以人治人,有以去其旧染之污,睨而视之曰:无伤也。今病小愈,不能不绥之斯来耳。"王恂笑了一笑道:"我回来就来的。"嗣徽应了,匆匆而去。

仲清道:"此君无所不用其文,真荒唐可笑! 这'虫蛀千字文',真生可为名,死可为谥①,世间想无第二人似他的了。"王恂笑道:"我看此君,只怕到敦伦时,还要用两句文。倒可惜了我们那个舅嫂,虽不生得十分怎样,但端庄贞静,不言不笑,嫁了这种人,真抱恨终身的了!"仲清笑道:"或者他倒有一长可取,也未可知的。"一路说说笑笑,已到了梅宅。

门上通报了,子玉出来迎了进去,便道:"两兄做得好诗,佩服之至! 拙作草草涂鸦,未免小巫见大巫。"仲清道:"兄等所作,粗枝大叶,哪里及得老弟的佳章,恬吟密咏,风雅宜人!"王恂道:"我最爱《雪意》、《雪色》这两首,清新俊逸,庾鲍兼长。"子玉道:"吾兄这四首,冰雪为怀,珠玑在手,那《雪山》、《雪塔》两首,起句破空而来,尤为超脱。至剑潭的诗中名句,如'奈他鼠辈只趋炎'及'后夜思量成逝水'一联,寓意措词,情深一往。东坡所谓'不食人间烟火食',自是必传之作!"仲清道:"偶尔借景陶情,这'传'字谈何容易!"王恂道:"那一首七绝,一首五律,是何人手笔?"子玉笑道:"你们没有猜一猜吗?"王恂就将昨日话说了。子玉道:"剑兄眼力到底不错。你们批了来没有呢?"王恂从袖内取出,子玉看了那首五律的批语,不解其意,何为"元徽"? 王恂又将孙氏昆仲与他说了。子玉也笑,就叫人请了聘才、元茂出来,大家见了。

子玉把各人的诗交给了,说道:"这都是颜大兄评定的,称赞得了不得。"聘才看了批语,暗想道:"颜仲清这人真可谓博古通今,我用的戏曲,

---

① 谥(shì)——同谥。君主时代帝王、贵族、大臣死后,依其生前事迹所给予的称号。

都被他看出来了。"当向仲清道了谢。仲清道："魏兄诗笔甚俊,声律兼优,想是常做?倒像'曲不离口'的。"聘才道："小弟本来没有底子,又抛荒了这几年,哪里还成什么诗?不失粘就罢了。"子玉向仲清道："聘兄的诗却还不很离谱。"仲清点了点头。

那元茂把仲清圈的这几句及批语,凑在脸上看了又看,有好一会工夫,始将这诗笺放在茶几上,用双手折叠了,解开皮褂纽扣,揣在怀里。王恂道："李大哥大著,谅来多的?"李元茂只道说他皮褂虼多了,冒冒失失的答道："虼得还好,因水路来,闷在舱底下受了水气,因此虼了些。穿过这一冬,明年也要收拾了。"大家听了,不晓他说些什么。聘才晓得他听错了,说道："王大哥是说你的诗做得多,不是说你的皮褂子。"大家方才省悟,见他脸上涨得通红,一言不发,只得忍住了笑。

仲清问道："尊作'长马'、'白人'想是用的《孟子》。这'双目近'三字,有所本么?"元茂把仲清瞅了两眼,道："我是从来没有夹本的。我看古人诗里也有把自己写在里面,就是这个意思。"王恂方才恍然。又说了一会闲话,仲清等告辞,子玉等送到门口。仲清道："何不同出去看看雪景?"元茂听了,就高兴愿去。子玉道："先生今日尚未全好,我们须在家伺候,改日再奉陪罢?"元茂撅了嘴不言语,仲清等告辞而去。

子玉送出大门,进来与聘才、元茂又谈了一会诗。忽又问起琴官来,聘才见他有点意思,便轻轻的挑他一句道："改日何不偷个空儿,同去认认那个琴官?"元茂道："明日就去,我只说去看路上同来的朋友。"指着子玉道："你说到王家去回拜他们。只要出了这两扇牢门,还怕什么人!"子玉笑道："过几日再看。"且按下这边。

再说仲清、王恂由南小街走到洼子眺望,只见白茫茫一片,也辨不出田原路径。远远望见徐子云的怡园,琪树参差,烟岚回合,重重的层楼耀目,隐隐的高阁凌云。望了一会,只见对面一辆车来,车沿上坐的看见了,先跳了下来,随后看是一个相公,也要下车。仲清等连忙止住。那相公便挪出身子,生得香雕粉捏,玉裹金妆,原来是《花选》上最小的那个林春喜。王恂问道："你从哪里来?"春喜道："我从怡园回来。你们也到怡园去么?"仲清道："我们是看雪景的,也就转去了。"王恂道："我们何不就上小街那个酒楼坐坐?也可望望野景。"春喜道："如果你们高兴,我也奉陪。"仲清道："很好。"就转回车来。

到了小街,有个馆子,内有两座楼,系东西对面。仲清等上了东楼,今日天虽寒冷,楼上却没有风。仲清索性叫把窗子开了,也望到好远地方。点了菜,三人闲谈了一会。春喜道:"这月里,我们八个人在怡园三日一聚,作消寒会,今日是第五会了。每一会必有一样玩意儿,或是行令,或是局戏。今日庾香要叫我们做诗,出了个《冰床》题目,各人做七律一首,教苏媚香考了第一。"仲清道:"你记得他的诗么?"春喜道:"我只记得他中间四句。"即念道:

> 舟楫竟成床第稳,风波得与坦途同。
> 谁言青海填难满,不信蓬山路未通。

"都说他运用灵妙,不著一死句,所以胜于他人。"王恂道:"你的呢?"春喜道:"我的不好,也记不得了。"仲清道:"只怕你是第八了。"春喜嘻嘻的笑道:"被你一猜就猜着。"王恂道:"这难怪他,他方十四岁,若教他学上两年,怕赶不上他们?"春喜道:"我原不肯做的,他们定要我做。今日大家的诗都也没有什么好,但就蕊香与我倒了平仄,因此蕊香定了第七,我定了第八。我以后再不做这不通诗了,等我学了一年,再与他们来。"又说道:"我们班里来了两个新角色,一个叫琴官,一个叫琪官,你们见过没有?"仲清道:"前日蕊香说起两人来,刚说时,就有人来打断了,没有说下去。"王恂问道:"这两人怎样?"春喜道:"好极了!那个琴官与瑶卿不相上下,那个琪官与蕊香难定高低。此刻都还没有上台,但一天已有三五处叫他。前日庾香见了,也大加赏赞,即赏了好些东西,把他们的衣服通身重做了几套。这两人是要大出名的。就是琴官脾气冷些,不大好说话。"

这边正在谈心,忽听对面楼上窗子一响,也开了。仲清等举目看时,见一个美少年,服饰甚丽,身穿鹔鹴①裘,头戴紫貂冠,面如冠玉,唇若涂朱,目光眉彩,觉有凌云之气,举止大雅,气象不凡。看他年纪,不过二十余岁的光景,带了四个相公,倚着楼窗而望。仲清、王恂暗暗吃惊,看他这品貌,足可与庾香匹敌,真是人中鸾凤;听他口音,也像江宁人,却又有些扬州话在里头。再看那四个相公,却非名下青钱,不过花中凡艳。王恂认得一个是蓉官,那三个都不认得。因问春喜,春喜道:"穿染貂的是玉美,

---

① 鹔鹴(sù shuāng)——古书上说的一种鸟。

穿倭刀①的是四喜,穿水獭的是全福,都是登春班的。"

　　只见那位少年将这边楼上望了一望,也就背转身子坐了。听得那些相公燕语莺声,觥筹交错,好不热闹。这边三个人相形之下,颇自觉有些郊寒岛瘦起来。听得那美少年说道:"我听人说,戏班以联锦、联珠为最。但我听这两班,尽些老角色唱昆腔,且一个好相公也没有。在园子里串来串去的,都是那残兵败卒。我真不解,人何以说好?"蓉官道:"我们这二联班,是堂会戏多,几个唱昆腔的好相公总在堂会里,园子里是不大来的。你这么一个雅人,倒怎么不爱听昆腔,倒爱听乱弹?"那少年笑道:"我是讲究人,不讲究戏。与其戏雅而人俗,不如人雅而戏俗。"又听得那玉美讲道:"都是唱戏,分什么昆腔、乱弹? 就算昆腔曲文好些,也是古人做的,又不是你们自己编的。乱弹戏不过粗些,于神情总是一理。最可笑那些人,只讲昆腔,不爱二簧。你们二联班内,将来那几个出了班子不唱戏时,班里就没有支得住的人,只怕听的人就少,这班子还要散呢!"四喜道:"依我说总是一样。二簧也是戏,昆腔也是戏,学了什么就唱什么。"蓉官笑道:"是了。不必论戏,咱们喝酒。"又听得他们猜拳行令的,喝了一会酒。

　　那少年又说道:"我听戏却不听曲文,尽听音调。非不知昆腔之志和音雅,但如读宋人诗,声调和平,而情少激越。听筝琶弦索之声,繁音促节,绰有余情,能使人慷慨激昂,四肢蹈厉,七情发扬。即如那梆子腔,固非正声,倒觉有些抑扬顿挫之致,俯仰流连,思今怀古,如马周之过新丰,卫玠之渡江表,一腔惋愤,感慨缠绵,尤足动骚客羁人之感。人说那胡琴之声是极淫荡的,我听了凄楚万状,每为落泪,若东坡之赋洞箫说:'如怨如慕,如泣如诉,似逐臣万里之悲,婺②妇孤舟之泣',声声听入心坎。我不解人何以说是淫声? 抑岂我之耳异于人耳,我之情不合人情? 若弦笛鼓板之声,听得心平气和,一无感触。我听是这样,不知你们听了也是这样不是?"那四个相公皆不能答。

　　仲清低低对王恂说道:"此人议论虽偏,但他别有会心,不肯随人俯仰之意已见。且其胸中必多积忿,故不喜和平而喜激越。丝声本哀,说胡

———————————————————

　　①　倭(wō)刀——古代日本所制的佩刀,以锋利著称,倭,古指日本。

　　②　婺(wù)——古星名,即"女宿"。旧时用作对妇人的颂辞。

琴非淫声,此却破俗之论,从没有人听得出来的。我看此人恰是我辈,决非庸庸碌碌的人,几时倒要访他一访。"王恂道:"听其语言,观其气度,已可得其大概了。"只见那少年问店家要了笔砚,在粉墙之上写了几句,便带着四个相公下楼去了。

仲清等也不喝了,吩咐跟班的去算了账,带了春喜走到西楼来。只见墨沈淋漓,字体丰劲,一笔好草书,写了一首《浪淘沙》,其词曰:

红日已西斜,笑看云霞,玉龙鳞散满天涯。我盼春风来万里,吹尽瑶花。

世事莫争夸,无念非差。蓬莱仙子挽云车,醉问大罗天上客,彩凤谁家?

仲清、王恂看了,都点头称赞。春喜道:"这首词倒像神仙做的,有些仙气。"仲清道:"此人是个清狂绝俗、潇洒不羁的人,为何赏识的又是那一班相公? 真令人不解。"再看落款,是"湘帆醉笔",也不知其姓名。因叫店家上来,问他可认得这人。店家答道:"这位老爷是头一回来,方才算账,他们二爷交了现钱去的,倒没有问他姓名住处。"仲清道:"这首词好得很,是个才子之笔,使你蓬筚生辉。你千万留了他,不要涂刮了。"店家答应了下去。春喜道:"这人来历,蓉官总应晓得,待我见他时一问,便知此人是何等样人了。"三人说着,亦即下楼各散。未知后事如何,且听下回分解。

第 五 回

袁宝珠引进杜琴言　富三爷细述华公子

前回说林春喜与仲清等讲起在怡园作消寒赋诗之会,我今要将怡园之事序起来:有个公子班头、文人领袖,姓徐,名子云,号度香,是浙江山阴县人。说他家世,真是当今数一数二的,七世簪缨①之内,是祖孙宰相,父子尚书②,兄弟督抚③。单讲这位徐子云的本支,其父名震,由翰林出身,现做了大学士,总督两广。其兄名子容,也是翰林出身,由御史放了淮扬巡道。其太夫人随任广东去了,单是子云在京。

这子云生得温文俊雅,卓荦不群,度量过人,博通经史,现年二十五岁,由一品荫生④得了员外郎,在部行走,二十二岁又中了一个举人。夫人袁氏,年方二十三岁,是现任云南巡抚袁浩之女,生得花容绝代,贤淑无双,而且蕙质兰心,颂椒咏絮,正与子云是瑶琴玉瑟,才子佳人。夫妻相敬如宾,十分和爱。已生一子一女。

这子云虽在繁华富贵之中,却无淫佚骄奢之事。厌冠裳之拘谨,愿丘壑⑤以自娱,虽二十几岁人,已有谢东山丝竹之情,孔北海琴樽之乐。他住宅之前有一块大空地,周围有五六里大,天然的崇邱洼泽,古树虬松,原是当初人家的一个废园。

子云买了这块空地,扩充起来,将些附近民房尽用重价买了。他有个好友,是楚南湘潭县人,姓萧,名次贤,号静宜,年方三十二岁,是个名士,以优贡入京考选,他却厌弃微名,无心进取,天文地理之书,诸子百家之

---

① 簪(zān)缨——簪和缨,古时达官贵人的冠饰,用来把冠固定在头上。此处指做官者。

② 尚书——官名,明清以六部尚书分掌政务。

③ 督抚——清总督及巡抚的合称。

④ 荫生——清代称藉祖先的功劳、官职而进入国子监读书的为荫生。

⑤ 丘壑——隐者所居的深山幽谷。引申指人胸中或诗文中的深远意境。

学,无不精通。与子云八拜之交,费了三四年心血,替他监造了这个"怡园"。真有驱云排岳之势,崇楼叠阁之观,窈㟝嵚崎之胜,一时花木游览之盛,甲于京都。成了二十四处楼台,四百余间屋宇,其中大山连络,曲水弯环,说不尽的妙处。

子云声气既广,四方名士星从云集。但其秉性高华,用情恳挚,事无不应之求,心无不尽之力。最喜择交取友,不在势力之相并,而在道义之可交。虽然日日的座客常满,樽酒不空,也不过几个素心朝夕,其余泛泛者,唯以礼相待,如愿相偿而已。史南湘《花选》中的八个名旦,日夕来游,子云尽皆珍爱,而尤宠异者唯袁宝珠。这一片钟情爱色之心,却与别人不同,视这些好相公,与那奇珍异宝、好鸟名花一样,只有爱惜之心,却无亵狎之念。所以这些名旦个个与他忘形略迹,视他为慈父恩母,甘雨祥云,无话不可尽言,无情不可径遂。那个萧次贤更是清高恬淡,玩意不留。故此两人不独以道义文章交相砥砺,而且性情肝胆,无隔形骸。

一日,子云在堂会中见了新来的琴官、琪官两个,十分赞赏,叹为创见。正与那八个名旦一气相孚,才生了物色的念头,叫袁宝珠改日同他们到园来;又见他们的服饰未美,即连夜制造了几套赏给了他们。这两个相公自然感激的了。但那个琴官却又不然,且先将他的出身略叙一叙。

这个琴官姓杜,父亲叫做杜琴师,以制琴弹琴为业,江苏搢绅子弟争相延请教琴,因此都称他为"杜琴师"。生了这个儿子,就以琴字为名,叫为琴官。琴官手掌有文,幼而即慧,父母爱如珍宝。到了十岁上,杜琴师忽为豪贵殴辱,气愤碎琴而卒,其母一年之后亦悲痛成病而死。遗下这个琴官,无依无靠,赖其族叔收养。十三岁上叔叔又死,其婶不能守节,即行改嫁,遂以琴官卖入梨园,适叶茂林见了,又从戏班中买出,同了进京。

这琴官六岁上即认字读书,聪慧异常,过目成诵。到了十三岁,也读了好些书,以及诗词杂览、小说稗官都能了了。心既好高,性复爱洁,有山鸡舞镜、丹凤栖梧之志。当其失足梨园时,已投环数次,皆不得死,所以班中厌弃已久,琴官藉以自完。及叶茂林带了来京,顿介薰沐①,视如奇珍,在人岂不安心? 他却又添了一件心事,以谓出了井底又入海底,犹虑珊网难逢,明珠投暗,卞珍莫识,按剑徒遭,因此常自郁郁。到京前一夕,夜间做了一

---

① 薰沐——以香料涂身而沐浴,表示恭敬洁净。

梦,梦见一处地方,万树梅花,香雪如海。正当游玩,忽然自己的身子陷入一个坑内,将已及顶,万分危急。忽见一个美少年,玉貌如神,一手将他提了出来。琴官感激不尽,将要拜谢,那个少年翩翩的走入梅花林内不见了。琴官进去找时,见梅树之上结了一个大梅子,细看是玉的,便也醒了。

明日进城,在路上挤了车,见了子玉,就是梦中救他之人,心里十分诧异,所以呆呆看了他一回。但陌路相逢,也不知他姓名居处,又无从访问,如逢堂会,园子里四下留心,也没见他。后来见了徐子云十分赏识他,赏了他许多衣裳什物,心里倒又疑疑惑惑。又知道是个贵公子,必有那富贵骄人之态,十分不愿去亲近他。无奈迫于师傅之命,只得要去谢一声。

是日琪官感冒,不能起来,袁宝珠先到琴官寓里。这个宝珠的容貌,《花选》中已经说过了,性格温柔,貌如处女。他也爱这琴官的相貌与己仿佛,虽是初交,倒与夙好一般。两人已谈心过几回,琴官也重宝珠的人品,是个洁身自爱的人。宝珠又将子云的好处细细说给他听,琴官便也放了好些心。二人同上了车,琴官在前,宝珠在后。正是天赐奇缘,到了南小街口,恰值子玉从史南湘处转来,一车两马劈面相逢。子玉恰不挂帘子,琴官却挂了帘子,已从玻璃窗内望得清清楚楚,不觉把帘子一掀,露出一个绝代花容来。子玉瞥见,是前日所遇、聘才所说、朝思夕想的那个琴官,便觉喜动颜开,笑了一笑。见琴官也觉美目清扬,朱唇微绽,又把帘子放下,一转瞬间,各自风驰电掣的远离了。

子玉见他今日车裘华美,已与前日不同,心里暗暗赞叹:“果信夜光难掩,明月自华,自然遇了赏鉴家,但不知所遇为何等人?”又想:“聘才说他脾气古怪,十分高傲,想必能择所从,断不至随流扬波,以求一日之遇。”这边琴官心里想道:“看这公子,其秀在骨,其美在神,其温柔敦厚之情,粹然毕露,必是个有情有义的正人,绝无一点私心邪念的神色。我梦中承他提我出了泥涂,将来想是要赖借着他提拔我,不然何以梦见之后就遇见了他?但那日梦中,见他走到梅花之下就不见了,倒见了一个玉梅子,这又是何故呢?”只管在车里思来想去,想得出神。不多一刻,进了怡园。

宝珠询知子云今日在“海棠春圃”。这“海棠春圃”平台曲榭,密室洞房,接接连连共有三十余间。宝珠引了进去,到了三间套房之内。子云正与次贤在那里围炉斗酒,见了这二人进来,都喜孜孜的笑面相迎。琴官羞羞涩涩的上前请了两个安,道了谢,俯首而立。子云、次贤见他今日容貌,华妆艳服,更加妍丽了些。但见他那生生怯怯、畏畏缩缩的神情,教人怜惜之心,随感而发。便命他坐下,琴官挨着宝珠坐了。

子云笑盈盈的问道:"前日我们乍见,未能深谈,你将你的出身家业,怎样入班的缘故,细细讲给我听。"琴官见问他的出身,便提动他的积恨,不知不觉的面泛桃花,眼含珠泪。定了一定神,但又不好不对,只得学着官话,撇去苏音,把他的家世叙了一番。说到他父母双亡,叔父收养,叔父又没,婶母再醮①等事,便如微风振箫,幽鸣欲泣。听得子云、次贤颇为伤感,便着实安慰了几句。又问了他所学的戏是那几出,琴官也回答了。次贤道:"我看他哪里像什么唱戏的? 可惜天地间有这一种灵秀,不钟于香闺秀阁,而钟于舞榭歌楼,不钗而冠,不裙而履,真是恨事!"子云道:"他与瑶卿真可谓軃②云趖雪,方驾千里,使易冠履而裙钗,恐江东二乔③"犹难比数! 想是造物之心,欲使此辈中出几个传人,一洗向来凡陋之习,也未可知。"即对琴官道:"我们这里是比不得别处,你不必怕生。你各样都照着瑶卿,他怎样你也怎样。要知我们的为人,你细细问他就知道了。瑶卿在这里,并不当他相公看待,一切称呼都不照外头一样,可以大家称号,请安也可不用。你若高兴,空闲时可以常到这里来,倒不必要存什么规矩,存了规矩就生疏了。"琴官也只得答应了,再将他们二人看看,都是骨格不凡,清和可近,已知不是寻常人了。

次贤对子云道:"你这话说得最是。他此时还不晓得我们脾气怎样,当是富贵场中必有骄奢之气,谁知我们最厌的是那样。你这个人材是不用说了,但人之丰韵雅秀,皆从书本中来,若不认字读书,粗通文理,一切语言举止,未免欠雅。你可曾念过书么?"琴官尚未回答,宝珠笑道:"他肚子里比我们强得多呢! 我们如今考起来,只怕媚香还考不过他。"子云听了,更加欢喜,便问琴官道:"你到底念过书没有?"琴官道:"也念过五六年的书。"次贤道:"念过些什么书呢?"琴官道:"《四书》之外,念了一部《事类赋》,两本《唐诗》。"子云道:"也够了,你可会做诗?"琴官道:"不会做。"宝珠道:"那是他没有学过,将来一学就会的。前日他与我讲那些

---

① 再醮(jiào)——再婚,元明以后,专指女子夫死改嫁。

② 軃(duǒ)——同軃,下垂。

③ 二乔——本作二桥,东汉太尉桥公有二女,大桥、小桥,皆国色,也称二桥。

戏曲,哪种好,哪种不好,讲得一点不错。有这样天分,岂有学不来的?"琴官低头不语。子云道:"他这个名字不好,静宜,你与他改一个字,将这'官'字换了罢,再与他起个号。"次贤想了一会道:"改为琴言,号玉侬,可好么?"子云道:"很好。这'琴言'二字,又新又雅;'玉侬'之号,雅称其人。"宝珠叫琴官道谢,琴官又起身请了两个安。次贤道:"方才已说过的了,怎么又请起安来?"子云道:"我们立下章程,凡遇年节庆贺大事,准你们请安,其余常见一概不用。'老爷'二字永远不许出口,称我竟是度香,称他竟是静宜。"琴言站起身来说道:"这个怎么敢!"子云道:"你既不肯,便当我们也与俗人一样,倒不是尊敬我们,倒是疏远我们。且'老爷'二字何足为重? 外面不论什么人,无不称为老爷。你称呼他人,自然原要照样,就是到这里来,不必这样称呼。"琴言尚不敢答应,宝珠笑道:"既是度香这样吩咐,你就叫他度香就是了。"琴言见宝珠竟称他的号,但自己到底初见,不好意思,便笑了一笑。子云见这一笑,唇似含樱,齿如编贝,妍生香辅,秀活清波,真足眩目动情,惊心荡魄,不觉心花大开,便命家人摆上酒来。

四人坐了,席间宝珠又将各样教导他一番。琴言见箫、徐二公并无戏谑之言,调笑之意,语言风雅,神色正派,真是可亲可近之人,也渐渐的心安胆放,神定气舒。宝珠又行了些小令与他看了,还与他讲了好些当今名下士,将来见了,应该怎样的。琴言一一听教,心里又想起车内那位公子,不知宝珠认得不认得,度香往来不往来,又不知道他的姓名,也难访问。

是日在怡园耽搁了半日。酒毕之后,子云、次贤领着他到园内逛了一逛。这些房屋与那些铺设古玩等物,都是生平创见,倒细细的游玩了一会。子云又赏了好些东西,又嘱:"将来如有心爱的玩好,只管问我要就是了。"琴言道谢而去。自此以后,便同了宝珠等那一班名旦,常在怡园,几回之后,也就熟了,且按下不题。

再说子玉今日又遇见了琴官,十分快意。回家之后,急急的找了聘才,与他说知。聘才也有些喜欢,因将路上的光景细说与子玉。原来聘才与叶茂林同行到济宁州时,那一班相公上岸去了,独见琴官在船中垂泪,便问了他好些心事,总不答应,及说到"敢是不愿唱戏,恐辱没了父母"的话,他方把聘才看了一眼。聘才从此便想进一步,竟不打量打量自己,把块帕子要替他拭泪。刚要拭时,被他一手抢去扔在河里,即掩面哭起来。聘才因此恨了他,今见子玉喜欢,遂无心说了这一节事出来。子玉心里更加钦敬,敬他这个贞洁自守,凛乎难犯,便敬中生爱,爱中生慕,这两个念头在心里辘轳似的转旋起来。所以天下的至宝,唯有美色为第一,如果真美色,天下人没有不爱的。子玉前日在戏园的光景,倒像那个宝珠沾染了他什么,那片心应该永远不动才是。谁知一个琴官见了两次,还如电光石火,一过不留,心里就时时的思念。何况他人其自守本不如子玉,又能与美人朝夕相见,自然爱慕更切,把个百炼钢化为绕指柔了。

聘才自知与琴官无缘,巴结不上,虽也爱其容貌,其实恨其性情。如今见子玉爱他,以局外人想局中事,不过说些怂恿之言,生些逢迎之意,自己倒也不十分留意。当下子玉出去,亦就将此事搁开了。

一日,天气晴和,雪也化了,聘才想起富三爷来,要进城去看他,便叫四儿去雇了一辆车坐了,望东城来。又面遇着一群车马,泼风似的冲将过来。先是一个顶马,又一对引马,接着一辆绿围车,旁边开着门。聘才探出身子一看,只觉电光似的一闪就过去了。就这一闪之中,见是个美少年,英眉秀目,丰采如神,若朝阳之丽云霞,若丹凤之翔蓬岛,只好二十来岁年纪,看他穿着绣蟒貂裘,华冠朝履;后面二三十匹跟班马,马上的人都是簇新一样颜色的衣服。接着又有十几辆泥围的热车,车里坐着些粉装玉琢的孩子,也像小旦模样。后面又有四五辆大车,车上装些箱子衣包,还有些茶炉酒盒行厨等物。那些赶车的都是短袄绸裤,绫袜缎鞋,雄赳赳的好不威风,倒过了好一会。

聘才想道:"这是什么人? 这样的排场!"忽听得他赶车的说道:"老爷可知道这个人?"聘才答道:"不知道是什么人,这等阔!"赶车的道:"这是锦春园的阔大公子! 这京城里有四句口号,人人常说的,道:'城里一个星,城外一朵云,两个大公子,阔过天下人。'这公子的家世,我也不知细底,只晓得他家老爷子是个公爷,现做镇西将军。他那所房子,周围就有三四里。他们有个管牲口的爷们卢大爷,我曾听他说有一百几十匹马,七八十个大骡子。你说这人家阔不阔!"聘才道:"他姓什么?"赶车的道:"他姓华,人家都叫他华公子。"聘才道:"马上那些人自然是家人了,车里头那些孩子倒象相公模样的,又是什么人呢?"赶车的道:"就是相公。他家里有班子,每逢外面请他喝酒看戏,他必要带着自己的班子唱两出。就是外头的相公,只要他看得中,也就不惜重价买了回去。听说他现在一个跟班也是相公,他去年花八千两银子买的。你想这个手段,谁赶得上他?"聘才道:"真阔! 但他家父母由他这样,不管他的么?"赶车的道:"他家老爷子、老太太在万里之外呢! 再说他府里的银子太多,就多使些什么要紧? 今日想必出去赴席,所以带着班子。"一面说着,已进了东城。

到了金牌楼,找着茶叶铺对门一个大门门口,住了车。聘才命四儿投了片子,自己在车里等着。看墙上有两张封条,一张是原任兵部右堂,一张是户部江南清吏司。门房内有人拿了片子,往里头去了。不多一会出来说:"请。"聘才下车,同着管门的进去。进了二门,是一个院子,上面是穿堂。进了穿堂,便是正厅,两边有六间厢房。富三早已站在正房檐下,迎将出来,聘才抢步上前拉了手。富三即引到正厅后,另有两间小书房内坐了,问了几句寒温。聘才道:"这几天下雪耽搁了,不然前日就要过来奉拜的。在家好不纳闷,唯有刻刻的想念三爷。"富三道:"彼此,彼此。"

此处是富三的书房,离内屋已近,只隔一个院子。聘才略观屋中铺设:中间用个楠木冰纹落地罩间开,上手一间铺了一个木炕,四幅山水小屏,炕几上一个自鸣钟。那边放着一张方桌,几张椅子,中间放了一个大铜煤炉。上面墙上一副绢笺对子,旁边壁上一幅细巧洋画,炕上是宝蓝缎子的铺垫。只见一个跟班的走来,穿件素绸皮袄,一个皮帽子尅着眉毛,后头露着半个大发顶,托着茶盘,先将茶递与聘才。聘才道:"奶奶前替我请安!"跟班的尚未回答,富三道:"今日你嫂子不在家,回娘家去了。你今日就在这里吃饭,咱们说说话儿。"聘才连忙答应,又问:"贵大爷今日可来?"富三道:"不定。昨日听他说有事,要到锦春园求华公子说情,谅来此刻去了。"

聘才听说锦春园的华公子,便问道:"我正要问那个华公子。"就将那路上看见的光景,车夫口内说的话,述了一遍。富三道:"赶车的知道什么! 这华公子名光宿,号星北。他的老爷子是世袭一等公,现做镇西将军。因祖上功劳很大,他从十八岁上当差,就赏了二品闲散大臣。今年二十一岁,练得好马步箭,文墨上也很好。脑袋是不用说,就是那些小旦也赶不上他。只是太爱花钱。其实他刚不骄不傲,人家看着他那样气焰排场,便不敢近他。他家财本没有数儿,那年娶了靖边侯苏兵部的姑娘,这妆奁就有百万。他夫人真生得天仙似的,这相貌只怕要算天下第一了,而且贤淑无双,琴棋书画,件件皆精。还有十个丫头,叫做'十珠婢',名字都有个'珠'字,都也生得如花似玉,通文识字,会唱会弹。这华公子在府里，真是一天乐到晚，这是城里头第一个贵公子，第一个阔主儿！我与他关一点亲，是你嫂子的舅太爷。我今年请他吃一顿饭，就花了一千多吊。酒楼戏馆是不去的，到人家来，这一群二三十匹马、二三十个人，房屋小就没处安顿他们。况且他那脾气，既要好又要多，吃量虽有限，但请他时，总得要另外想法，多做些新样的菜出来，须得三四十样好菜，二三十样果品，十几样的好酒。喝动了兴，一天不够，还要到半夜。叫班子唱戏是不用说了，他还自己带了班子来。叫几个陪酒的相公也难，一会儿想着这个，一会儿想着那个，必得把几个有名的全数儿叫来伺候着。有了相公也就罢了，还有那些档子班、八角鼓、变戏法、鸡零狗杂的玩意儿，也要叫来预备着，凑他的高兴。高兴了，便是几个元宝的赏；有一点错了，与那脑袋生得可厌的，他却也一样赏，赏了之后，便要打他几十鞭子，轰了出去。你想这个标劲儿！他也不管人的脸上下得来下不来，就是随他性儿。那一日我原冒失些，我爱听‘十不闲’有个小顺儿，是‘十不闲’中的状元了，我想他必定也喜欢他。那个小顺儿上了妆，刚走上来，他见了就登时的怒容满面，冷笑了一声，他跟班的连忙把这小顺儿轰了下去，叫我脸上好下不来！看他以后，便话也不说，笑也不笑，才上了十几样菜，他就急于要走，再留不住，只得让他去了。还算赏我脸，没有动着鞭子。他这坐一坐，我算起来，上席、中席、下席，各色赏耗共一千多吊，不但没有讨好，他倒说我俗恶不堪，以后我就再也不敢请他的了。他有一个亲随林珊枝，真花八千两银子买的！"聘才听了，点头微笑，说道："这个阔公子，与他拉交情是不容易的。"富三道："难，难！除非真有本领教他佩服了，不然，就是巴结到二十四分！这个人是最喜奉承的。"说到此，便已摆上饭来，一壶酒，四碟菜，一只火锅。富三道："今日却是便饭，没有什么吃的。"二人对酌闲谈。

聘才听得里头有些娘儿们说话，说得甚热闹。不一刻，就像两人口角，有些嘈杂起来，还夹些丫头老婆子解劝之声，又有些笑声。富三欲待不管，因聘才在此，听得不好意思，便走了进去。聘才静听，只听得出富三声口，说"有客，有客"的两句，那些女人说话就略低了些，疏疏落落的，犹有些牵藤蔓葛。富三走了出来，与聘才喝了一杯酒。里头又闹起来，富三坐不住，又跑了进去。这一回闹得很热闹，就富三进去也弹压不下，倒越闹得甚更。又听得富三嚷道："你们也替我做点脸儿，不是这样的！"又听得一个娘儿们带着哭带着嚷的，就是说话太急些，外边听得不甚清楚。聘才无心喝酒，也不便问,先要饭吃了。富三又出来,聘才看他心神不定,便告辞了,又谢了饭。富三见聘才已经吃饭,里头又闹得这样,便也不好留他,只得说道:"今日简慢极了! 别要笑话,内人一出门,这些人就没有了拘束,乱吵起来。"聘才也不好答应,一径出来,富三送出大门,看上了车方回。

聘才又到贵大爷处,没有在家,投刺①而去。聘才在车里想道:"前日戏园里,蓉官说他青姨奶奶、白姨奶奶打架起来,摔这样砸那样,我当是玩话。今日看来,是真的了。"回去尚早,出了城,打发了车,又从戏园门口各处逛了一逛而回。

日子甚快,过了几日,不觉到了年底,梅宅自有一番热闹。李先生也散了学,时常出去找些同乡同年聚谈消遣。到了除夕这一天,聘才、元茂在书房闷坐,大有作客凄凉之感。少顷,子玉出来,对他二人说道:"昨日听得王母舅于团拜那一日,格外备两桌酒请我们,还有孙氏弟兄。"元茂道:"我是不去的,我又不是同乡。"子玉道:"那不要紧,一来是王母舅单请我们的,又不与他们坐在一处;二来也是庸庵的意思。你若不去,就大家无趣了。"聘才笑道:"若果如此,那一天可以见着琴官的戏了。"子玉一笑道:"我还有一点事。"说罢进去了。

晚间,李性全回来,进门时已见满堂灯彩,照耀辉煌。望见大厅上,梅学士与夫人及子玉,围着一群仆妇,在神像前上供。急忙来到书房,见书房中也点着两对红烛,四盏素玻璃灯。元茂上前叩了头,聘才也来辞岁。性全连忙还礼,即同了他们到老师、师母跟前辞岁。士燮挡住了,颜夫人即吩咐子玉出去叩贺先生。梅学士即领了子玉来到书房,彼此贺毕,便摆上酒肴。梅学士恭恭敬敬与性全斟了酒,性全连称"不敢"。又要与聘才、元茂斟酒,聘才连忙接过酒杯,自己放好了,依次坐下。士燮是个言方行矩的人,更配上那个李性全,席间无非讲些修身立行、勉励子玉的话。李元茂拘拘束束,菜也不敢吃,坐着好不难受。倒是聘才还能假充老实,学些迂腐的话,与他们谈谈。不多一会,也就散了席,梅学士又在外坐了一会儿,讲了好些话,然后同了子玉进去。性全、元茂等亦各安寝。且待下回分解。

---

①　投刺——投递名帖以求见。此外指留下名帖。

第 六 回
颜夫人快订良姻　梅公子初观色界

　　话说年年交代,只在除夕,明日又是元旦,未免有些庆贺之事。忙了两天,至初三日,王文辉处就有知单并三副帖子来。知单上开的是户部侍郎刘,内阁学士吴,翰林院侍读学士梅,詹事府正詹事庄,左庶子郑,通政司王,光禄寺少卿周,国子监司业张,吏科给事中史,掌山西道陆,兵部员外郎杨,工部郎中孙,共十二位。士燮看了,比去年人更少了,叫小厮拿两副帖,到书房里去与魏、李两位少爷。

　　到了初五日,颜夫人也要请客,请了他表嫂王文辉的陆氏夫人,并他家孙氏少奶奶与两位表侄女;又请了孙亮功的陆氏夫人,与其大姑娘并两位少奶奶。就是孙大姑娘辞了不来。这王、孙两家的陆氏夫人,是嫡堂姊妹。王家的陆氏夫人,是陆御史宗沆的堂妹,他亲哥哥叫陆宗淮,现任四川臬司①;孙家的陆氏夫人是陆宗沆的胞妹。王家的陆夫人年四十一岁,孙家的陆夫人年三十九岁。这两位夫人都是续娶的,虽在中年,却还生得少艾,不过像三十来岁的人,而且性爱秾华,其服饰与少年人一样。王文辉的夫人生得风流窈窕,是个直性爽快人,与文辉琴瑟和谐。这孙家的陆夫人容貌也与乃姊仿佛,但性情悍妒,本将亮功有些看不起,又为他前妻遗下来三个宝贝都是绝世无双,心头眼底刻刻生烦,闲来只好将亮功解个闷儿。这亮功从前的前妻是极丑陋的,也接接连连生了一女两男,后娶了这位美貌佳人,便当着菩萨供养。这个陆夫人也是自小娇憨惯的,到了如今二十余年,已是四十来岁人,性气倒好了些,也把亮功看待比从前好得多了。无奈亮功已心诚服在前,目下夫人虽能格外施恩,他却是一样鞠躬尽瘁。陆夫人就生了王恂的少奶奶一个,名叫佩秋,生得德容兼备,爱若掌珠,十八岁嫁与王家去了。还有个白头的大姑娘,是不能嫁人的,新年已二十九岁;嗣徽二十六,嗣元二十四,这两个废物都已娶了亲。

────────────

　　①　臬(niè)司——即按察使,官名。

嗣徽娶的沈氏，是国子监司业①沈恭之女，名字叫做芸姑，生得齐齐整整，伶俐聪明。嫁了过来，见了那样丈夫，便想自寻短见，被她的丫环苦劝，只得自己怨命，后来回了娘家，不肯过来。那位司业公是个古板道学人，将女儿教训了一顿，送了过来。这沈姑娘实在无法，又遇嗣徽淫欲无度，那个红鼻子常在她脸上擦来擦去，闹得沈姑娘肉麻难忍，后来只得将一个陪房的大丫头叫嗣徽收了。这丫头名叫松儿，生得板门似的一扇八寸长的脚，人倒极风骚的。嗣徽本先偷上了几次，试用过他那件器物，倒是个好材料，便爱如珍宝，竟有专房之宠。这沈姑娘如何还有妒心？恨不得他们如蛤蚧一般，常常的连在一处，也脱了她的罪孽，外面侍奉翁姑，颇为承顺，背地却时时垂泪。

这嗣元娶的是巴氏，名字叫做来凤。父亲巴天宠，是上江凤阳人，清白出身，自小当兵，生得一表人才，精于弓马，又得了军功，年才四十余岁，已升到总兵②之职，现在天津镇守海口。听了媒人谎话，将个爱女嫁了嗣元。这位巴姑娘生得十分俊俏，桃腮杏脸，腰细身长，柳眉晕杀而带媚，凤眼含威而有情，性气燥烈异常，少小娇痴已惯，可怜十七岁就嫁了过来。她只道文官之子，是个风流佳婿，蕴藉才郎；一见嗣元那个猴头狗脑的嘴脸，又是期期艾艾一口结巴，就在帐里哭了半日。到晚嗣元上床，要与她脱衣，就被她一个嘴巴，嗣元半边脸已打个似个向阳桃子，便嚷将起来，似狗狺的一般，揎拳掳臂，也想来打巴姑娘。巴姑娘趁他走近身时，便站将起来，索性的劈胸一拳，把嗣元打了一跤。嗣元爬起来往外就跑，伴送婆、家人媳妇、陪房的丫头一齐拖住，再三的劝他，又将巴姑娘也劝了一会。这巴姑娘原也一时使气，仔细一想，原悔自己太冒失了，闹起来不好看，且兼娘家又远，照应不来，只得忍耐不语。嗣元嘴里乱说，被伴送婆掩了他的口，与他们卸了妆、脱了衣，再三的和解，服侍他们睡下，方才出去。嗣元经了这两下，心已悔了，再不敢寻她，只得避在脚头睡了一夜。

过了几天，巴姑娘的乳母苦苦的喻以大义，说官家之女怎好打起丈夫来？就是丈夫不好，也是各人前定的姻缘。巴姑娘原是个聪明人，也知木已成舟，不能怎样，只好独自洒泪。这嗣元过了几天，见她和平些了，便想

---

①　司业——学官名。

②　总兵——官名。

也行个周公之礼,等她睡着了,便解开了她的衣裤。巴姑娘本想不依,一想吵闹起来便不好听,且看看这呆子怎样。谁想这个孙嗣元样样鄙夷乃兄,独这件事却没有乃兄在行。始而不得其门,及得了门时,已是涕泪潜潜,柔如绕指了。孙嗣元又急又愧,巴姑娘又恨又气。以后非高兴时,便轻易不许嗣元近身,所以巴姑娘做了五六年媳妇,尚未得人伦之妙,这也不必叙她。

那一日,文辉的夫人带了二女一媳,香车绣幌的到了梅宅,颜夫人领着一群仆妇丫环迎将出来,引进了内堂。这颜夫人虽四十外的人,尚觉丰采如仙,其面貌与子玉仿佛。颜夫人见琼华小姐,更觉生得好了,清如浣雪,秀若餐霞,疑不食人间烟火食者。而蓉华小姐,朗润清华,外妍内秀。那个孙氏少奶奶佩秋,媚妍婉妙,和顺如春。两夫人见过了礼,然后两位少奶奶、一位姑娘齐齐的拜见了颜夫人,各叙了些寒温。

陆夫人问起子玉来,颜夫人说他父亲带他出门去了,琼华小姐心里始觉安稳。忽见仆妇报道:"孙家太太与少奶奶到。"颜夫人也降阶迎接。陆氏夫人是常见的,那两位少奶奶虽见过两次,看今日装饰起来,愈觉娇艳,颜夫人也深知其所适非人,便心里十分疼爱起来。当下各人见礼已毕,谈起家常来。文辉的夫人总称赞子玉,似有欣羡之意。亮功的夫人答道:"姐姐,你的外甥固好,就我的外甥女也不错。你既然这样心爱,你何不将我的外甥女配了你的外甥,也如我将我的外甥配了你的外甥女一样。你们亲上加亲,教我也沾个四门亲的光儿不好吗?"

颜夫人初听,竟摸不清楚,后来想着了,就笑道:"姊姊好口齿,这么一绕,叫我竟想不出谁来。我们是久有此心,恐怕自己的孩子顽劣,不敢启齿,怕碰起钉子来。我想表嫂未必肯答应的。"文辉的夫人道:"姑太太是什么话,咱们至亲,哪里还有这些客话!倒是我的孩子配不上外甥是真的。姑太太想必不肯做主,还要让姑老爷得知。姑老爷心里怎样?"颜夫人道:"我们老爷也久有此心,在家也常说起来。去年表兄来托我们做媒,我就要说出来,刚刚有件什么事情来,就打断了,没有能说,至今还耿耿在心的。"亮功的夫人冒冒失失道:"就这样罢,儿女之事,娘也可以作得主的。定要父亲吗?"颜夫人道:"若别家呢,我就不敢做主,自然要等他父亲答应;若说这外甥女,是我们二人商量过许多回了,都是一心一意的,只要表嫂肯赏脸就是了。"文辉的夫人道:"我们也是这样。"亮功的夫人道:"既如此,你们两亲家见一个礼,一言为定罢。"颜夫人就对文辉的夫人拜了一拜,文辉的夫人也拜了。

亮功的夫人实在爽快,将颜夫人头上仔细一看,拨下一支玉燕钗,就走到琼华面前,与他戴上。琼华两颊发颊,用手微拦,亮功的夫人笑道:"这是终身大事,不要害臊。"羞得琼华小姐置身无地,说又不好,避又不好,除下钗子又不好,低了头,双波溶溶,几乎要羞得哭出来。她的母亲与颜夫人看了,皆微微的含笑,众少奶奶也都笑盈盈的。蓉华见妹子着实为难,便拉着她到栏杆外看花,又到别处屋子里去逛,众少奶奶一齐跟着去了。

亮功的夫人道:"我这个媒做得好么? 你们两亲家都应感激我,真是个郎才女貌,分毫不差! 比不得我们那三个废物? 两个废男已经害了两位姑娘,还有个废女在家,难道也能害人么? 这也就可以不必了!"文辉的夫人道:"你们两位少奶奶倒和气么?"亮功夫人冷笑道:"怎么能和气? 人心总是一样,难道我还能帮着儿子说媳妇不好? 我自己看看也过意不去。大房呢,她外面还能忍耐,不过闷在心里,闲时取笑取笑她。二房的性子比我还躁,我们那老二更不如老大,嘴里勒勒勒勒的勒不清,毛手毛脚不安静。我听得常挨他媳妇打,打得满屋子嚷、满屋子跑,我也只好装听不见。花枝儿般一个媳妇,难道还说她不好? 叫她天天与个猴儿做伴,自然气苦交加。我是最明白的,不比人家护短,说自己儿子好。也只有你妹夫,才生得出这样好儿女来!"说得两位夫人皆笑。

且说众少奶奶同着琼华小姐逛到一处,是个三小间的套房,甚是精致,名书古画,周鼎商彝①,罗列满前。内里有两个小丫头,送上茶来。沈氏少奶奶问道:"这间屋子是谁住的?"小丫头道:"是少爷住的。"沈氏少奶奶道:"少爷不在屋么?"小丫头道:"不在屋里。"众少奶奶便放了心逛起来,到了里间,见小小的一张楠木床,锦帐银钩,十分华艳,似兰似麝,香气袭人。众少奶奶见这屋子精雅,便都坐下。巴氏少奶奶是没有见过子玉的,见镜屏里画着一个美少年,面粉唇朱,秀气成采,光华耀目,觉眼中从未见过这样美貌人,便拉孙氏少奶奶同看道:"姑奶奶,你看这画画

---

① 周鼎商彝——周鼎,周代的传国宝鼎。商彝,商朝的青铜器。此处比喻宝物。

得好么？"孙氏少奶奶一笑道："这个就是我们将来的二姑爷，真画得像！"

蓉华与沈氏少奶奶都来看子玉的小照，唯有琼华不来，独自走到书桌边，随手将书一翻，见有一张花笺，写着几首七言绝句，题是《车中人》，像是见美人而有所思。看到第三首末句，是押的"琼"字韵，用的是仙女许飞琼；第四首末句，是押的"华"字韵，用的是仙女阮凌华。琼华看了，心里一惊，想道："这位表兄原来这般轻薄，他倒将我的名字拆开了，押在韵里，适或被人见了怎好！"遂趁她们在那里看画，即用指甲挖去了那两个字，脸上红红的，独自走了出去。那边众少奶奶也出来，巴氏少奶奶还将子玉的小照看个不已，出来时还回头了两次，不觉失口赞道："这才是个佳公子呢！"众佳人微笑。颜夫人着丫环来请坐席，众佳人方才出来。

这席分了两桌，三位夫人一桌，五位佳人一桌。席间，两位陆夫人好不会讲，这边那几位少奶奶也各兴致勃勃。唯有琼华小姐今日心神不安，坐在席间话也不说，心里恨她的姨母，将颜夫人的钗子戴在她头上，便觉得这个头就有千斤之重，抬不起来。众少奶奶知她的心事，虽寻些闲话来排解她，她却总是低头不语，懊悔今日真来错了。这两位夫人与众佳人叙了一日，直到晚饭后定了更才散。

次日，要说姑苏会馆团拜的事了。一早梅学士先去了，聘才于隔宿已向子玉借了一副衣裳，长短称身。只有元茂嫌自己的衣服不好，闷闷的不高兴。见了子玉华冠丽服的出来，相形之下，颇不相称，便赌气脱下衣裳，仍穿了便服，说道："我不去了。"子玉就命云儿进去禀知太太："将我的衣服拿了一副出来，说李少爷要穿。"

云儿随即捧了一包出来。谁知子玉虽与元茂差不多高，而身材大小却差得远甚，元茂项粗腰大，不说别的，这领子就扣不上，束起腰来短了三寸。子玉道："不好，我的衣服你穿不得，不如穿我们老爷的罢。"又叫云儿进去换了，拿了梅学士的衣服出来。这梅学士生得很高，兼之是两件大毛衣服，又长又宽，元茂穿了，在地下乱扫。聘才替他提起了两三寸，束紧了腰，前后抹了几抹，倒成了个前鸡胸、后驼背；再穿了外面的猞猁裘，子玉又将个大毛貂冠给他戴了，觉得毛茸茸的一大团，车里都要坐不下去，惹得子玉、聘才皆笑。带了四个书童出来，外面已套了两辆车，四匹马。子玉独坐一车，聘才、元茂同坐一车，一径来到姑苏会馆，车已歇满了。

三人进内，梅宅的家人见了，迎上前来道："王少爷、颜少爷等了多时了，诸位老爷早已到齐。"遂一直引至正座，见已开了戏。座中诸老辈，子玉尚有几位不认识，士燮指点他一一见了礼。这些老前辈个个称赞不休。随后聘才、元茂上来，与王文辉见礼。聘才还生得伶俐，这元茂又系近视眼，再加上那套衣服转动不便，一个揖作完，站起来，不料把文辉的帽子碰歪在一边。文辉连忙整好，元茂也涨红了脸，就想走开。偏有那司业沈公年老健谈，拉住了子玉，见他这样丰神秀澈，如神仙中人，想起他那位娇客来，真觉人道中有天仙化人、魑魅①魍魉②两途，便问了目下所读何书，所习何文的话。子玉一一答了。子玉尚是年轻，被这些老前辈你一句我一句的赞，倒赞得他很不好意思。沈大人放了手，子玉等告退。

来至东边楼上，王恂、颜仲清便迎上来，都作揖道："我们已等久了，怎么这时候才来？"子玉道："今日起迟了些。那孙大哥、孙二哥还没有来么？"王恂道："也该快来了。"王、颜二人又与聘才、元茂款接了一番。只见对面楼上来了几个。先是刘侍郎的少君刘文泽做主，请了史给事的少君史南湘，吴阁学的外甥张仲雨，姑苏名士高品，国子监司业沈公之子沈伯才，天津镇守海口巴总兵之子巴霖——这两位就是孙氏弟兄的妻舅；还有一个本京人，原任江苏知县之子冯子佩，尚未到来。这一班人，子玉除了南湘、文泽之外，恰不认识。

这刘文泽字前舟，系中州世家，已得了二品荫生，为人最是和气，性情阔大，蔼然可亲，尤好结交，与徐子云、华星北均称莫逆。那个张仲雨是扬州人，生得俊秀灵警，是进京来赶异路功名的，就住在他舅舅吴阁学家，一切手谈博弈，吹竹弹丝，各色在行，捐了个九品前程，是个热闹场中的趣人。这高品是苏州人，号卓然，是个拔贡生，聪明绝世，博览群书，善于诙谐，每出一语，往往颠倒四座，与沈司业有亲，因此认得孙氏弟兄，时相戏侮。这沈伯才是个举人，年已三十余岁，近选了知县，将要赴任去了，是个精明强干的人。这巴霖却从他父亲任上来看他姐姐的，他的相貌与他姐姐一样俊俏，年才二十岁，文武皆能，因与孙氏昆仲不对，情愿住在店里，与刘文泽倒是相好。

当下王恂、仲清引了子玉过去，与他们一一相见了。彼此都是年谊世

①　魑魅（chī mèi）——古代传说中山泽的鬼怪。
②　魍魉（wǎng liǎng）——古代传说中的精怪名。

交,各叙了些仰慕之意。刘文泽道:"庸庵,你请客怎么不通知我一声?
就是你请这二位生客,我们在一处也很好,何必又要另坐在那边?"王恂
笑道:"不是我定要与你们分开,庾香是不用说的,就是这李、魏二位长
兄,也是最有趣的人。我今日还请了孙氏昆仲,这两位与众不同的。沈大
哥虽不浃洽,还不要紧,想能容得他,我实在怕巴老三—见他们就要闹起
来。"众人皆笑。巴霖道:"王大哥,这就是你不该!你既然有三位尊客,
就不应请那两个恶客,教人食不下咽,不过看着裙带上的情分罢了。"说
得众人大笑。高品道:"最好,最好!我们今日就并在一处,为什么食不
下咽?有了'虫蛀千字文'、'叠韵双声谱',还胜如《汉书》下酒呢!"史南
湘道:"怕什么?搬过来,搬过来!正席上有许多老前辈在那里,巴老三
想必也不动手的。"王恂只得叫将那边两桌就搬过这边,一同坐下。南湘
道:"庾香,你今日就看见好戏好人了,你才信我不是言过其实呢!"子玉
笑道:"你定的第一,我已经请教过了。"南湘道:"何如,可赏识得不错?"
子玉笑而不言。王恂道:"你几时见过的?"子玉道:"你好记性!那天还
问你要饭吃,拉住了你,你倒忘了?"南湘侧耳而听,听这说话诧异,将要
问时,王恂笑道:"冤哉,冤哉!那个哪里是袁宝珠,那是顶黑的黑相公!
偏偏他的名字也叫保珠,庾香一听,就当是你定的第一名。我也想着要分
辩,就被那保珠缠住,没有这个空儿。"南湘大笑。子玉才知道另是个保
珠,不是《花选》上的宝珠。

只见王家的家人报道:"孙少爷到。"嗣徽昆仲先到正席上见了礼,然
后上楼,众人都笑面相迎。嗣徽举眼一望,见了许多人,便作了一个公揖。
见了高品、沈伯才,心中甚是吃惊,暗道:"偏偏今日运气不佳,遇见了这
两个冤家!"嗣元见了巴霖,也觉心跳,也与众人见了礼。巴霖勉勉强强
作了半个揖。楼上分了四桌,刘文泽道:"都是相好,也不必推让,随意坐
最好。"大家都要远着孙氏弟兄,便乱坐起来。刘文泽、沈伯才、巴霖、张
仲雨坐了一席;史南湘、颜仲清、高品拉了子玉过来,坐了一席;聘才,元茂
坐了一席;嗣徽、嗣元坐了一席;王恂只好两席轮流作陪。孙嗣徽又之乎
者也的闹了一会,问了魏、李二位姓名籍贯,一面就摆上菜喝酒。

高品见嗣徽的脸上疙瘩更多了好些,喝了几杯酒,那个红鼻子如经霜
辣子,通红光亮。高品对着沈伯才笑道:"天下又红又光的是什么东西?
不准说好的,要说顶脏的东西。"伯才已明白是说嗣徽的鼻子,便笑道:

"你且说一个样子来。"高品道："我说：

　　红而光，腊尽春回狗起阳。"

众人忍不住一笑，嗣徽明白，瞪了高品一眼道："恶用是貌貌者为哉！鸡鸣狗吠相闻，而达乎四境。"众人又笑，沈伯才笑道："我也有一句：

　　"红而光，屎急肛门脱痔疮。"

众人恐正席上听见，不敢放声，然已忍不住笑声满座。巴霖道："我也有一句，比你们说的略要干净些。"即说道：

　　"红而光，酒糟鼻子悬中央。"

高品笑道："不好了，教你说穿了题，以后就没有文章了。"嗣徽道："好不通，这些东西有什么红？有什么光？"即说道："红而光……"便顿住了，再说不出来。众人看了他那神色，又各大笑。嗣元呵呵的笑起来，那只吊眼睛索落落的滴泪，说道："我我，我有一句：

　　红、红红、红而光，一、一一、一团火球飞上床。"

众人笑得难忍，将要高声笑起来。颜仲清道："这一烧，真烧得个红而光了！"高品道："这一烧，倒烧成了孙老二的'三字经'。"众人不解其说，高品道："那救火的时候，自然说：来来来，快快快，救救救，搬什物的抢抢抢，逃命的跑跑跑，风是呼呼呼，火是烘烘烘，烧着东西爆起来，哔哔哔、剥剥剥，人声嘈杂，谙谙谙、出出出，不是一部三字经么？"巴霖道："孙老二还有两门专经，你们知道没有？"高品笑道："我倒不晓得他还有专经。"巴霖道："打手铳，倒溺壶，这两门是他的专经。"众人听他骂得太恶，倒不晓得他有何寓意，便再问他，巴霖道："也是个三字经，打手铳是捋捋捋，倒溺壶是别别别。"众人大笑。子玉赞道："这两经尤妙，实在说得自然得很！"从此嗣元又添了一个"硃批①三字经"的诨名。嗣元将要翻脸，又因他父亲在上，且从前被巴霖打过几回，吃了痛苦，因此不敢与较，只好忍气结舌，唯把那只眼睛睁大了，狠狠的瞪着他滴泪。

停了一会，见聘才的跟班走到聘才身边道："叶先生送来的戏单。"子玉过来与聘才同看，见头几出是《扫花》、《三醉》、《议剑》、《谒师》、《赏荷》，都已唱过；以下是《功宴》、《瑶台》、《舞盘》、《偷诗》、《题曲》、《山门》、《出猎》、《回猎》、《游园》、《惊梦》；末后是《明珠记》上的《侠隐》。

---

①　硃批——清制，皇帝亲以朱笔写在奏章上的批示，叫硃批。

子玉悄悄的向聘才道："戏倒罢了，只不晓得有琴官的戏没有？"一语未了，只听得楼下有人嚷道："没有袁宝珠的戏是断不依的！"子玉等往下看时，却是王文辉在那里发气。见一个人只管赔着笑，又向文辉请安。又听文辉说道："就是在徐老爷那里，唱一出再去何妨？况且定戏时，怎样交代你的？"那人道："这出《惊梦》，有个新来的琴官，比宝珠还好，大人不信，叫他先唱一出瞧瞧。如果不中大人的意，再赶着去叫宝珠来，包管不误。"刘侍郎道："也罢，唱了《瑶台》之后，就唱《惊梦》也使得。"那人答应几个"是"，看着文辉不言语，也就进戏房去了。聘才向子玉道："你听见没有？"子玉点头，心上很感激文辉。

《功宴》唱完了，是《瑶台》出场。子玉一见，吃了一惊，心上迷迷糊糊，倒先当他是琴官，又看不大像，比琴官略大些。只见得这人如宝月祥云，明霞仙露，香触触，春霭霭，花开到八分，色艳到十足。已看得出神，便问南湘道："这是谁，有此秀骨？"南湘道："这个算好吗？只怕也难入品题。"子玉知南湘故意讥诮他，便问仲清，仲清道："这就是《花选》上第二的瑶台璧月苏蕙芳。"子玉叹道："天地钟灵，尽于此矣！我竟如夏虫不可语冰，难怪竹君怪我！"南湘哈哈大笑道："我也不怪的，幸你自行检举！"文泽道："怎么，庾香连苏媚香也不认识？"南湘道："他是秀才不出门，焉知天下事！"

少顷，《瑶台》唱完，便是《惊梦》，子玉倒有些不放心，恐琴官也未必压得下这苏蕙芳，且先聚精会神等着。上场门口帘子一掀，琴官已经见过二次，这面目记得逼真的了。手锣响处，莲步移时，香风已到，正如八月十五月圆夜，龙宫赛宝，宝气上腾，月光下接，似云非云的结成了一个五彩祥云华盖，其光华色艳，非世间之物可比。这一道光射将过来，把子玉的眼光分作几处，在他遍身旋绕，几至聚不拢来，愈看愈不分明。幸亏听得他唱起来，就从"梦回莺啭"一字字听去，听到"一生爱好是天然"、"良辰美景奈何天"等处，觉得一缕幽香从琴官口中摇漾出来，幽怨分明，心情毕露，真有天仙化人之妙。再听下去，到"一例一例里神仙眷，甚良缘，把青春抛的远"，便字字打入子玉心坎，几乎流下泪来，只得勉强忍住。

再看那柳梦梅出场，唱到"忍耐温存一晌眠"，聘才问道："如何？"子玉并未听见，魂灵儿倒象附在小生身上，同了琴官进去了。偏有那李元茂冒冒失失走过来，把子玉一拍道："这就是琴官！你说好不好？"倒把子玉唬了一跳。众人都也看得出神。

原来琴官一出场，早已看见子玉，他是梦中多见了一回，今日已是第四回了，心里暗暗欢喜道："难道今日这位公子也在这里。"到第二次出场，唱那"雨香云片"这支曲子，一面唱，那眼波只望着子玉溜来，子玉心里十分畅满。文泽低低的对南湘说："这个新来的相公倒与庾香很熟，你瞧这一片神情，尽注意着他。"南湘向子玉道："这个相公叫什么名字？"子玉道："他叫琴官。"南湘道："你们盘桓过几回了？"子玉答道："我尚不认识他。"文泽笑道："庾香叫相公是要瞒着人的，这样四目相窥，两心相照的光景，还说不认得，要怎样才算认得呢？"大家都微笑看着子玉。子玉有口难辩，不觉脸红起来。这出唱过，又看了陆素兰的《舞盘》，金漱芳的《题曲》，李玉林的《偷诗》，都是无上上品，香艳绝伦，子玉唯有向南湘认错而已。

席间，那个张仲雨与聘才叙起来是亲戚，讲得很投机。聘才又把合席的人都恭维拉拢了一会。子玉又见那些相公到正席上去，劝酒的劝酒，讲话的讲话，颇觉有趣。又见他的舅舅王文辉，分外比人高兴。后又看了一出戏，正席上刘侍郎、梅学士、吴阁学、沈司业先散。子玉见他父亲走了，天也不早，也要回去。刚起身时，忽见一个美少年上楼来，文泽的家人说道："冯少爷来了。"冯子佩上前与众人见礼。子玉见他还不过十八九岁，生得貌如美女，十分妖媚。刘文泽道："人家都要散了，怎么这时候才来？"冯子佩道："我早上进城，到锦春园华府去拜年，原打算不耽搁的，华星北定要拉住吃了饭，又听了他们几出戏，才放我走。还是急急的赶出来的。"

子玉同了元茂、聘才告辞，诸人都送到楼门口。文泽、王恂、仲清送下楼来，文泽对子玉道："初九日弟备小酌，屈吾兄一叙，作个清淡雅集。人不多，就是竹君、剑潭、庸庵、卓然几位，吾兄断不可推辞。"子玉应允，又谢了王恂，聘才、元茂也同道了谢，一径先回。那些人又谈了一会，也各散去。不知后事如何，且听下回分解。

第 七 回

颜仲清最工一字对　史南湘独出五言诗

话说子玉从会馆回来,将琴官的戏足足想了两日,以谓天下之美,莫过于此,又将苏蕙芳、陆素兰、金漱芳、李玉林的色艺品评,都为绝顶。细细核来,蕙芳的神色尤胜于诸人,次则素兰可以匹敌,然较比琴官起来,毫厘之间,终觉少逊。又想:"琴官这个美貌,若不唱戏,天下人也不能瞻仰他、品题他,他也埋没了,所以使其堕劫梨园,以显造化游戏钟灵之意,也未可知。故生了这个花王,又生得许多花相,如百花之辅牡丹。但好花供人赏玩,不过一季;而人之颜色,可以十年。唯人胜于花,则爱人之心自然比爱花更当胜些。谁想天下人的眼界竟能相同,我意史竹君、王庸庵等,必有言过其实之处,如今看来,真还刻画不到,想必那些能诗能画之说,也是的确无疑了。"便又想:"今日虽然见了琴官的戏,也未能稍通款曲,此后相逢,不知又在何日!但看他今日双波频注,似乎倒有缱绻之意;前此在车内掀帘凝望,又似非以陌上相逢看待,这也不知何故?"便愈想愈不明白起来,想把前日所咏的《车中人》翻出看看,再添两首,便取了出来。忽见三四两首挖去了两个字,心甚诧异,即问小丫环道:"这两日谁到这里来看我的书?"小丫环道:"前日太太请客,有一班少奶奶,还有王家的二姑娘,都进来闲逛。那些少奶奶将少爷的'行乐图'看了半天,那二姑娘看少爷的书,其余没有人进来。我见二姑娘看书的时候,翻出一纸来看了看,用指甲挖破一处,仍旧夹在书里。"又笑道:"前日我听得二姑娘的雪儿说,孙家太太做媒,将二姑娘配了少爷,二姑娘还戴了太太一根簪子回去。"子玉似信不信的问道:"我不信,你敢是撒谎的?"小丫环道:"我敢撒谎?我那天看着房,没有敢走开。这是雪儿说的,只怕咱们家里人都也知道。"

子玉听了,心内甚喜。猛想起这二表妹的容貌,也有些像琴官的模样,便将他们比较起来,不知谁好。又把挖去的字一想,恍然大悟:"谁知竟犯了她的讳,无意之间,天然辏合,这也奇极了!她看了,当我必是有心想念她,心里定然怪我,这便怎样?我又无从与她分辩,这竟是个不白之冤!"继又想道:"既订了姻,就怪我也不妨。"子玉复因"琼华"两个字触动琴官,一意缠绵,怜香慕色之心从此而起。到了初九日,刘文泽又着人来邀了,子玉告禀萱堂,更衣乘舆而去。

且说文泽所请的客,颜仲清、王恂、史南湘已经到了,随后梅子玉、高品一同到门。家人引着走过大厅,到了花厅之旁垂花门进去。系石子砌成的一条甬道,两边都是太湖石叠成高高低低的假山,衬着参参差差的寒树,远远望去,却也有台有亭,布置得十分幽雅。转了两三个弯,过了一座石桥,甬路旁边,一色的都是绿竹绕着一带红阑,迎面便是五间卷棚。颜仲清等都在廊下等候,刘文泽早已降阶迎接。高品、子玉上前先与主人见了礼,然后大家见了。叙齿,史南湘、高品是二十五岁,高品二月生的,月份长于南湘;颜仲清二十四,王恂二十三,子玉十八;文泽虽二十四岁,却是主人。大家依次入座,免不得叙几句寒温。内中唯子玉初次登堂,留心看时,只见正中悬着一块楠木刻的蓝字横额,上面刻着"倚剑眠琴之室",两旁楹帖是桃榔木的,刻着:

　　茶烟乍起,鹤梦未醒,此中得少佳趣;
　　松风徐来,山泉清听,何处更着点尘。

署款是"道生屈本立书",书法古拙异常。下面一张大案,案上罗列着许多书籍。旁边摆着十二盆唐花,香气袭人,令人心醉。

子玉看了,又想起琴官那日作戏光景,真是宝光夺人,香气沁骨,不觉有些模糊起来。忽听文泽道:"这屋子太敞,我们里面坐罢。"随同到东边,有书童揭起帘子进去,却是三间书房,中间玻璃窗隔作两层。从旁绕进,玻璃窗内又是两间套房,朝南窗内即看得见外面。上悬着董香光①写的"虚白"二字,一幅倪云林②的枯木竹石,两旁对联是:

　　名教中有乐地,风月外无多谈。

屋内正中间摆着一个汉白玉的长方盆,盆上刻着许多首诗,盆中满满的养着一盆水仙,此时花已半开。旁边盆内一大株绿萼白梅,有五尺余高,老干着花,尚皆未放,向窗一面,才有一两枝开的。

文泽因此屋中有地炕和暖酒,席即摆设在内。主人送了酒,大家坐下。

---

①　董香光——即董其昌,明书画家,字元宰,号思白、香光居士等。
②　倪云林——即倪瓒,元画家,字元镇,号云林、净居居士等。

南湘道:"可惜今日没有叫几个人来"。文泽道:"我也打算叫的,因打听他们今日都在怡园送九,作消寒会,连堂会里都没有一个去的,所以没有去叫,怕倒叫他们为难。"南湘又道:"今日我们可为'软红尘中一时雅集'!"

仲清坐在高品肩下,高品即凑着仲清耳边轻轻的说了一句,仲清哑然失笑。众人问仲清:"他说什么?"仲清向高品道:"我说罢?"高品摇了摇头。仲清道:"那第七字对得尤妙!"说着两人相视而笑。南湘最是性急,便道:"你们说了,我情愿吃一杯。"高品道:"喝十杯再说。"文泽晓得南湘酒德平常,道:"我来讲和,三杯罢。"高品道:"竹君三杯,诸公各饮一杯,赏识这句话。"仲清道:"我是请教过了的,免饮。"高品笑道:"几时?"仲清道:"真正你这张狗嘴里生不出象牙来!"南湘道:"快拿酒来喝了,等他说。"真个喝了三杯,其余也都喝了。高品笑向仲清道:"你是请教过的,你说罢。"仲清笑着罚了高品一杯酒,道:"他说'虚白室里三对鸡巴'!"众人都不解。文泽道:"这有何可笑?"南湘忽然想着,抚掌大笑,道:"这促狭鬼,实在可恶!难为他,实在对得敏捷。"子玉等悟着也都笑了,道:"'雅'字竟当他实字,真对得工稳。"文泽道:"卓兄,我出一对你对,却不许思索。如对得好,我吃三杯,对不出罚十杯,不好罚五杯。"高品道:"从来说'出对容易对对难',对不出三杯,对不好一杯,如何?"南湘道:"也要看上对出得难不难,你且说来。"文泽向子玉道:"要借重大名,就是'子玉人如玉'。"仲清道:"这倒不容易呢。"一语未了,高品道:"我已对着了,你喝三杯!"文泽道:"你说。"南湘道:"如果对得好,我们还要公贺一杯。"高品笑道:"'卯金面是金',何如?"王恂道:"'卯金'对'子玉'却是绝对。"南湘道:"就是'面是金'欠典切些。"高品道:"典虽不典,切却甚切。你没有见过中秋节,摊子摆的兔儿爷脸上都是金的么?"说得哄堂大笑起来。文泽道:"你这刻薄鬼,连盟弟都骂起来了!"高品道:"箭在弦上,不得不发。"主人只得照数领了,合席也各饮了一杯。南湘道:"如此饮酒,罚来罚去,也觉无味。前日我们打了一天诗牌,却极有趣,瑶卿打成两首绝好的,可惜他们今日又在怡园。咱们何不再想一个新鲜酒令?"刘文泽道:"今日我们将那对诗的令行一行罢。"子玉问道:"怎样对诗?"仲清道:"这是极容易的。出令的把一句诗拆开了,一个个的说给人对,凑起来,文义通的免饮,一字不连罚一杯。往往闹出笑话来,最有趣的。"高品道:"就是对诗。主人先饮令杯。"

　　文泽饮毕,命人取了一块粉板,顺着衣襟开了姓,便道:"我先出对了。"写了个"中"字,众人想了一想,颜对了"外",高对了"后",梅对了"上",史也对"上",王对"里"。文泽又出了一个"凤"字,颜对"鸿",高对"鸡",梅对"鸾",史对"鸦",王对"乌"。文泽又出一个"下"字,南湘道:"有卷先交,我对'归'字。"高品接着对"前"字,仲清、子玉同声对"来"字,王恂对"回"字。文泽一一写了,又道:"'扶'字,"高抢对了"靠"字,史对了"送"字,颜对"寄"字,王对"驭"字,梅对"听"字。文泽道:"'双'字,"仲清对"孤"字,高品对"八"字,子玉对"九"字。王恂道:"不好了,顺着数儿就是'十'罢。"南湘道:"是了,我这个字倒有些难下,也罢,对'三'字罢。"文泽道:"'辇'字。"南湘道:"我晓得一定是这句诗!"子玉抢对了一个"琴"字,王恂对了"车"字,南湘对了"船"字,只有高品未对,文泽催道:"再迟要罚酒了。"高品笑了一笑道:"'舟'字"。

　　令官重新写起来,出的是"双凤云中扶辇下"。仲清对的是"孤鸿天外寄书来",大家赞好。高品对的是"八鸡露后靠舟前",大家一看,忍不住都笑起来。文泽道:"这个实在不通得离奇了,没有一个字连的! 也有难倒他的时候! 大家公议,该喝几杯?"南湘道:"就只'舟前'二字算连,其余实在不贯。五杯是断不能少的。"高品只管笑,也不辩,也不饮。主人道:"你到底怎样?"高品随凑着仲清耳边说了一句话,把仲清笑得出了席,走到外间屋内放声大笑。南湘不解,连忙出席来问仲清,仲清向他说了,那史南湘更拍着桌子狂笑。子玉等向高品问时,高品只是笑,说道:"你们且看完了大家的,再说不迟。"文泽道:"这罚酒是要喝的。"高品道:"自然。"仲清拉着南湘进来,文泽道:"不晓得他又在那捣些什么鬼!"南湘、仲清听了这句话,复又大笑,笑得眼泪直流,经小厮拧了手巾擦了,方才笑声稍住。

　　再看子玉对的是"九鸾天上听琴来",大家赞道:"这句真对得字字稳惬,又在剑潭之上。"于是公贺了一杯。南湘对的是"三鸦水上送船归",文泽道:"竹君此对,未免杂凑。"南湘道:"你这试官少所见而多所怪,要挖眼睛了。这才对得工呢!"子玉道:"真对得好。"文泽道:"这个我倒要请教请教。"子玉道:"'三鸦水上一归人',是韩翃①的诗。"文泽恍然道:

———————

　　①　韩翃(hóng)——唐诗人,字君平,今河南人。其诗多酬赠之作。

"可是《送襄垣王君归别墅》的诗？我记性真坏极了，该打，该打！"南湘道："幸亏你还记得娘家，不然总要罚十杯酒的。"再看王恂对的是"十乌日里驭车回"。王恂道："我的对坏了。"文泽道："就是'十乌'二字不连。"高品道："前舟又错了，'日中有乌，尧时十日并出'，难道不是'十乌'么？"文泽道："这却强词夺理，到底勉强些。"于是公论，推子玉第一，南湘第二，仲清第三，王恂第四，高品居末。就依名次，轮作考官。

文泽道："还有卓然的罚酒未饮。刚才到底说什么，笑得这样？如果实在说得好，免罚何妨。"南湘道："若说了，非但不能免罚，还要倍罚。"文泽道："莫非又是糟蹋我么？"仲清道："然也。"文泽道："只要糟蹋得有理，罚酒也可以少减。"高品道："想来五杯是不能免的，若要再加，万万来不得了，只好不说罢。"文泽道："不加就是了。"高品道："把我的对句倒转来念，你说好不好？"子玉同王恂、文泽暗暗的念了一遍，都不觉鼓掌大笑起来。子玉笑得伏在桌上，王恂笑得靠着南湘，引得南湘、仲清又笑了一阵。文泽道："卓然将来死了，定坐拔舌地狱！"小厮斟了酒，高品道："五杯一口气喝，定要醉倒，还是与各人豁一拳，或者可以希冀。"随顺手一个个豁完，却也有输有赢，各饮毕。

子玉作令官，一个个出四字，是"费影收肠"。南湘对的是"惊声放胆"，王恂是"融香浣乳"，文泽是"翻公小舌"，仲清是"多仙散发"，独高品对得别致，是"除伊放粪"。大家看了，已经发笑。子玉又出了一个"台"字，南湘道："这句好生。"沉吟了一会，对了"馆"字，王恂对"屋"，文泽对"榭"，仲清对"岛"。高品道："我住在宏济寺里，就对'寺'。"子玉又出了个'鸾'字，南湘道："这字更奇。"王恂先抢了一个"燕"字，仲清对了"鹤"字。南湘道："不好，抢不过你们。我偏不用飞禽一门，对'鼠'字罢。"文泽道："难道是'影鸾'不成？我这'么'字下连个什么字好？也罢，'么鸟'二字是连的。"高品道："你对'鸟'，我也对'鸟'。"子玉道："'舞'字。"南湘道："一定是'舞鸾'。只好对'射'字。"文泽抢对了"歌"字，王恂对了"华"字，仲清对了"瑶"字，高品道："'巴'字好对么？"众人一齐笑道："你只要肯罚酒，有什么对不得？"子玉写出来，出的是"舞台收影费鸾肠"，南湘道："哦，极眼前的诗句，都想不着了！"仲清道："试官犹有所思乎？"子玉正写着南湘的对子，笑了一笑，没有答应。大家看南湘对的，是"射馆放声惊鼠胆"，众人道："对得很好。"高品道："他是想天鹅肉吃，不要吓坏了。"南湘道："搁着你这贫嘴，回来和你算账。"再看王恂的，是"华屋浣香融燕乳"，子玉已经连圈了，众人道："这可融洽得很。"共贺了一杯。文泽道："我是落第了。"众人看他对的，是"歌馆小幺含鸟舌"，南湘道："也讲得下去。"高品道："歌馆内有小幺，是极连贯的。就是那小幺儿太苦些。"南湘道："为什么？"高品道："又是鸟，又是舌头，分不清楚，那里含得了这些！想来对对的人是含惯的。"文泽道："狗屁，胡说！你的'粪'对琼来也不见得高。"仲清对的是"瑶鸟散仙多鹤发"，子玉已经夹圈了，众人同声称赞。南湘对王恂道："只怕他抢了第一去了。"子玉道："文如其人，这两副对子却很配他们两人。"高品道："我的抹了罢，不必献丑了。"南湘道："我记得他的，是'巴寺放伊除鸟粪'，该死，该死，不晓得放些什么屁！"文泽道："阿弥陀佛！你会挖苦人，也有今日。你且讲讲，有一个字连的么？"子玉从新一看道："两兄且不要糟蹋他，卓兄此对也有道理在内。"南湘看一看，点点头道："不差，这人实在坏极了！"文泽道："难道还有点通气么？"南湘道："可恶在不很不通！"高品只是笑着一言不发。

　　王恂走过仲清这边来问道："那'巴寺'二字，出在哪里？"仲清道："我记得戴叔伦诗，有'望刹经巴寺'一句。"王恂道："只要现成，就可以。"文泽道："下五字呢？"仲清道："这里有《传灯录》么？"文泽令那识字的书童从外间书架上取了书来。仲清翻出，只见上写着："崔相公入寺，见鸟雀于佛头上放粪，乃问师曰：'鸟雀还有佛性也无？'师曰：'有。'崔云：'为什么向佛头上放粪？'师曰：'是伊为什么不向鹞子头上放？'"仲清道："据此看来，这句还说得过去。"文泽道："究竟'放伊'两字难解，'鸟'字若换了'雀'字，不好么？"文泽想了一想，却也有理。子玉就只取了仲清、王恂两副对句，其余文泽、高品罚了酒。

　　以下轮着南湘出令，出了一个"春"字。文泽对"夏"字，高品对"正"字。王恂道："平对平使得么？"众人道："使得，已经对过了。"王恂道："'晨'字。"仲清是"秋"字，子玉是"冬"字，南湘又出"月"字，高品道："竹君的心思与众不同，这两字必定不连的。我对'阳'字。"王恂对"霜"，子玉对"雪"，仲清对"空"。文泽道："管他连不连，我们只管对我们的。"对了"云"字。南湘出了一个"三"字，高品道："何如！不是三月，就是三春。我们都对一字，总连得上的。"俱各依允。就是文泽道："我偏不和你一样,对'半'字。"南湘又道:"'改'字。"子玉道:"这字很奇,我对'敲'字。"文泽道:"我对'堆'字"。王恂是"丰"字,仲清是"盘"字,高品信口对了一个"伏"字。南湘道:"'兔'字,你们对罢。"王恂道:"'貂'字。"仲清道:"鹰能制兔,我对'鹰'字。"子玉道:"骑着驴子放鹰,想来是没有的,且借他来对对,就是'驴'字。"文泽道:"我对'乌'字。"高品道:"我就是'龟'字。"文泽道:"原来如此,失敬失敬!"众人哗然大笑。南湘道:"这是你自画供招,以后尊名竟改作高龟何如?"高品自知失口,缩不转来,便道:"这两字杜撰,不如转赠吾兄。'史龟'二字,本是古人名最典雅的。"文泽道:"你听卓然这张嘴,自己落了便宜,又移到别人身上去了。"大家笑了一回,静听南湘出对。南湘只管吃菜,总不出声。文泽道:"你怎么不出对了?"南湘笑道:"卷子已经交完了,还要题目么? 我是一顺出的,'春月三改兔'五字。内中前舟的'夏云半堆乌','乌'字原也借对很好,然凭文取之,究不若剑潭的'秋空一盘鹰'浑脱,还该让他第一。庾香的'冬雪一敲驴',庸庵的'晨霜一丰貂'都对得很工。最不好的是卓然的'正阳一伏龟',这'正阳'二字如何加得上!"高品笑问文泽道:"贵处是哪里?"文泽道:"你这狗头实在恨不死人! 你还想翻供么?"大家想想高品的话,又笑得了不得。原来文泽正是河南正阳县人,刚刚含着这句对,你道巧不巧?文泽又灌了他一大杯酒,方出了气。

以下仲清做令官,一个个字出的对,是"丝、发、白、日、如、新"六字。高品对的是"笠、毛、朱、天、入、长,"子玉对的是"镜、颜、华、年、对、好",南湘是"竹、唇、朱、声、吹、慢",王恂是"剪、衣、乌、时、试、拂",文泽是"草、麻、黄、朝、起、视。"

仲清写出上联,是"白发如丝日日新",把文泽的"黄麻起草朝朝视"取了第一,子玉的"华颜对镜年年好"取了第二,南湘的"朱唇吹竹声声慢"夹圈了,取了第三。大家都道:"这两副对都好,似乎竹君的较胜,令官甲乙似不甚公。"仲清道:"这两本卷子都好,是不用说的。面子上看去,竹君的'竹'对'丝','朱唇'对'白发',工巧极矣。'声声慢'又暗藏曲牌名,似乎在庾香之上,我所以把他夹圈了。但上对即是一字字拆开,必得一字字恰对方好,庾香以'年'对'日'最妥;竹君以'声'对'日'就不很对。假使'日'字不是叠用,或者竟是'白日',那'朱声'就讲不去了,到底不及庾香的稳当,而且句子大方,不落纤巧,诸公以为然否?"几句话说得众人很服。南湘向来不肯让人，此时亦甚首肯。高品道："然则我以'天'对'日'，比庾香的更好，为什么又不取我的呢？"仲清道："等我写出来，你讲给我听。"先写王恂的，是"乌衣试剪时时拂"。众人道："这句也自然得很。"仲清道："这回考试，除了卓然，原是一榜尽赐及第的。"高品笑道："留心眼睛，我这本卷子是打不得的。"仲清写出看时，是"朱毛入笠天天长"，仲清用笔又了几叉。大家看了，笑得不亦乐乎。

南湘忍着笑道："他这用的古典，我晓得了：当初红毛国王把大人国伐灭，占了他的江山，那大人国中有座笠城，就是国王建都之所。红毛国王进了这城，住了两日，觉得浑身肿胀，一天长似一天起来。——想来用的这个古典了！"说着放声大笑。王恂似信不信的问道："后来呢？"南湘笑道："这古典甚长，只说够他对的就是了。"文泽问道："在什么书上？"仲清道："《史氏外编》。"王恂、文泽才明白过来，复又笑声大作。高品道："你们混说乱道，难道'四子书'都记不得？这就是《孟子》所说：'一毛不拔，追豚入笠之扬朱。'所以谓之'朱毛入笠'。这才算得用古入化呢！"仲清道："那'天天长'三字怎讲？"高品道："你这试官，真是糊涂！他既是一毛不拔，自然天天长了。"众人听了，这一阵笑，若不是房屋深邃，只怕街上行路的也听见。主人罚了高品三杯酒。

然后王恂作令官，出的是"香、尽、南、人、销、国、美"。文泽对的是"曲、多、东、妓、谱、山、名"，仲清对的是"赋、难、东、士、链、都、学"，高品对的是："斗、长、西、圣、驾、方、齐"。众人留心高品对的，一个个都是平正通达的字。文泽道："此番卓然大概要取第一了，字字对很很稳。"子玉对的是"情、深、西、旦、感、昆、名"，南湘的是"图、多、西、士、画、名、园"。

一对毕，王恂写出出句，是"香销南国美人尽"。文泽对的是"曲谱东山名妓多"，仲清是"赋镇东都学士难"，高品是"斗驾西方齐圣长"，子玉是"情感西昆名旦深"，南湘是"图画两园名士多"。王恂道："这第一不消说是竹君了。庾香'名旦'二字不典，不及剑潭的浑成，只怕第二是他，前舟次之。卓兄这句我实在不懂，若有典故在内，不妨说明，不要批屈了你的。"高品道："我没有见过主考阅文要请教士子！典故却有，若告诉了你，只说我通关节中的了。"仲清道："他这典故出在东土大唐。"高品道："剑潭是主考至亲，倒应回避，不许乱说。"

原来王恂却没有看过《西游记》，只管呆呆的看着粉板。南湘正在喝酒,忽见高品用手搭着凉蓬向王恂一望,忍不住笑将出来,酒咽不及,喷了出来,还咳嗽不已,引得合席都笑。南湘向王恂道:"等我笑完了,说《西游记》给你听。"文泽接着说道:"就是齐天大圣送唐僧往西天取经的故典。"王恂恍然大悟道:"岂有此理! 就是如此,那'斗驾'及'长'字总连不上。"南湘笑道:"你不晓得,孙行者驾起筋斗云,就是十万八千里,这路还不长么?"主人要罚高品的酒,高品再三央求,喝了一杯。

末了是高品出令。高品一口气说了六个字,是"千、里、言、召、禾、口"。仲清想道:"通共只有七个字,他一说就是六个,难道不怕人想着么? 必是用拆字法来混人。"便道:"你这六个字,可是'重诏和'三字么? 若不说明,我们就罢考了。"高品被他猜着,只得笑嘻嘻的点点头。子玉对了"卓、言、贯"三字,南湘对了"品、阳、长"三字,王恂对了"一、令、庆"三字,文泽对了"品、奸、动"三字,仲清对了"管、毫、定"三字。

高品又一连出了四字,是"九、喜、气、凤"。仲清道:"这倒不是拆字的。我就对'一、高、标、兔'。"文泽道:"我就对'一、欢、心、鸡'。"王恂道:"我对'第、长、年、龟'。"子玉对了"超、元、精、人",南湘对了"一、精、神、龙"。高品背着人写了上联,搁着笔,把大众的看了一回,鼻子里笑了一笑,就用纸蘸着酒,把粉板上的字一齐擦了。众人都诧异道:"这又奇了,难道一卷都没有好的么?"南湘道:"不是,不是,如果不好,他必定写出来,把人取笑了。我想想他出的那几个字,凑起来看,是一句什么。"仲清道:"他写的时候我瞧见,起头是'凤诏'两个字。"子玉想了想道:"莫非'凤诏九重和喜气'这句诗?"南湘道:"一点不错!"高品道:"不是,不是。"仲清道:"我们且各自记出对句来,就明白了。"子玉道:"我的'人言超卓贯元精',这句却不见好,也没有什么不通。"南湘道:"他是因他号卓然,这'卓贯元精',因他受不住的缘故。"仲清道:"我的是'兔毫一管定高标',必定因'兔高'二字犯了他的讳。"王恂道:"我记得是'龟令第一庆长年'。"南湘道:"好对! 好对! 第一定了,这又为什么?"文泽道:"你不见他巍然首座么?"南湘点点头道:"我的对更明明指着他了。"众人问是什么,南湘道:"龙阳一品长精神!"文泽道:"我的更说穿了,是'鸡奸一品动欢心'! 这也奇怪,为什么牵名道姓,都骂起他来?"南湘道:"这也是天理昭彰,嘴头刻薄的报应!"高品道:"你们瞎猜些什么? 我的上对并不是这样。因为你们对的都不通,不出你们的丑就罢了,难道一定要献丑

么?"众人道:"我们下场的人是不怕丑的,只管说。"高品手指着钟上道:
"你们看什么时候了,还不吃饭么?",众人看时,已是亥①正二刻多了。文
泽道:"倒底是不是,你说了我们吃饭。"高品道:"就算是的,我落点便宜
何如?"于是大家吃饭,洗漱毕,因夜色已深,告辞出来。

子玉一面走着,向主人道:"这园子点缀得很幽雅。"文泽道:"这算什
么园子!不及徐度香怡园十分之一。几时我同你去逛逛。"这里宾主二
人讲着,那高品对仲清道:"你可晓得京里又来了一个精品么?"仲清笑
道:"想是高品的弟兄。"高品道:"这人却也可以做得我的弟兄。闻他也
是南京人,现寓在宏济寺内,却没有与他往来。看他人甚风雅,而光景很
阔,你可晓得是什么人?"仲清道:"这又奇了,你们同在庙里,倒不认得,
来问我?"说着已到门口,各人上车,分路而回。此一番诸名士雅集,却有
两个俗子苦中作乐,要穷有趣,却讨没趣的事。且听下回分解。

---

① 亥——十二时辰之一,即晚九点至十一点。

第 八 回

偷复偷戏园失银两　乐中乐酒馆闹皮杯

话说子玉从刘文泽家饮酒回来,已是二更多天。先见过父母,换了衣裳,来寻聘才、元茂说话,却见静悄悄的掩了房门。那边虎儿走来道:"少爷出去后,师爷就有人请出去了,今日不回来。李少爷、魏少爷吃了早饭出去的。"子玉道:"他们往哪里去了,这时候还不回家?"说罢,就往里头去了。

却说聘才、元茂因子玉出了门,便觉纳闷。元茂自初六那一天见了些标致相公,心上很想作乐,一来为他父亲拘管,二来手内无钱,不能随心所欲,即对聘才道:"今日你也该请我看本戏。"聘才道:"我若有钱怕不请你,还等你说?"元茂便皱着眉,拢着袖子闲踱,踱了一会道:"我们两人听戏,三百大钱就够了。"聘才道:"若论三百钱呢,我还打算得出来;就是冷清清的听那几出戏,也无甚趣味。你不见人家带着垫子坐官座,一群相公围着,嘻嘻笑笑的,好不有趣! 听了几出,便带了他们上馆子饮酒。那陪酒的光景,你自没有见过,觉得口脂面粉,酒气花香,燕语莺声,伪嗔佯笑,那些妙处,无不令人醉心荡魄。其实所花也有限,不过七八吊京钱,核起银子来,三两几钱,在南边摆一台花酒,也还不够。我就没有这几吊钱,作不起这个东道。"

元茂听了,心痒难挠,便道:"我是没有衣服可当,你还有几件,何不当票当请我?"聘才道:"当了就没有穿的。"元茂道:"到账房去借,你与那管账的倒很相好。"聘才道:"好意思? 才来了几天,为着听戏去借钱,也叫人瞧不起。"元茂道:"那就难了。当又不当,借又不借,只好拉倒。我是没有方法想。"聘才道:"你倒有方法,你有银子不肯使。"元茂道:"我有银子? 在路上就短了,到京后又没有人给我,哪里来的银子?"聘才道:"你尊翁箱里总有银子,何不暂借几两出来用用? 将来我打算到了,照数还你,你也不必告诉他。"元茂道:"这恐怕使不得,倘或查问起来,怎样回答?"聘才道:"如果不查更好,若一查起来,只说我们路上借了叶茂林的盘缠,他今日来讨,一时不好意思,所以还他的。"元茂道:"说倒也说得像,但旧年没有提过,恐怕不信。"聘才道:"这有什么不信? 你只说向来只道我已还了,所以没有提起。"元茂又想了一想,径到他父亲房中,开了箱子,伸手在箱里摸索,摸着了一大包,有好几十两,打开看了,内中碎的很多,便拣了五六块。元茂住手要包,聘才道:"花酒两样,大约要二十吊钱,你索性再拣两块出来。"元茂又拣了两块,约有八九两了,一总放在褡裢里,掖在腰间,把银子仍旧包了放好,锁了箱子。吃了饭,带了四儿,拿了马褂子,雇了车,急急往戏园来。

　　将到戏园,元茂道:"我们听什么班子呢?"聘才道:"自然联锦班了。"到墙上去看报子,联锦班在太和园,聘才是去年闲逛熟了的,一径同元茂进了戏园。聘才走的快,元茂见那戏园门口摆些五花云彩,又有老虎,又有些花架子,花花绿绿的,只管往前观看,信着脚步走,不妨总径路口横着一张矮长板凳,绊了一跤,作了个倒栽葱。四儿正要来扶,旁边有一人走过来,双手将元茂拉起,替他拍去了身上灰土,笑嘻嘻的道:"瞧着路走,这跤栽的不轻! 幸亏我拉的快,倘或摔坏膀子,碰伤了脑袋,便怎样? 不是图欢乐,倒是寻烦恼了。"元茂不好意思,谢了一声。进去觅着聘才,在楼上坐了一张小桌子。已开过台,做了两出,此刻唱的是《拾金》。元茂见不是小旦戏,便不看他,左顾右盼,四下里闲望,非但琴官等不见,连叶茂林也不在台上。

　　正无精打采的坐着,忽见一人走来,对着他点点头,元茂颇觉面善,一时想不起来。那人便走到聘才背后,拍一拍肩,说声:"高兴!"聘才回头,见是张仲雨,便满面堆下笑来,连忙让坐,问道:"二哥独自一人来,还有人同来的?"仲雨道:"我哪里有工夫听戏? 清早到锦春园华公府走了一走,出来又到怡园徐二爷处商量件事,遂同起盛银号潘老三在天香楼吃了饭。昨日宏济寺的唐和尚有件事,约我在这里等他。"说罢拿起了玉烟壶递与聘才,聘才接了过来。元茂此时方想起,是初六那一天见过的,重叙了几句寒温。仲雨又将烟壶递与元茂,元茂不知好歹,当着闻痧①药的,一闻即连打了七八个嚏喷,眼泪鼻涕一齐出来,惹得仲雨、聘才都笑。

　　仲雨问聘才在梅宅光景,聘才随口答应了几句。仲雨道:"老弟,以

---

① 痧(shā)——中医指霍乱、中暑等急性病。

后如有缓急,可到愚兄处商量。"聘才谢了一声,仲雨也不看戏,只与聘才说话。聘才说起琴官,仲雨道:"我也见过这人,相貌倒好,就是人冷些,如今是天天在怡园徐度香处。还有个琪官,略比他和气些。"聘才道:"这个琴官,是我们梅庾香最得意的。"仲雨道:"他也喜欢琴官吗?我倒不大见他出来。"

元茂却默默听着,见有一个相公走来,到张仲雨面前请了安,又照应了聘才,对着元茂也弯了弯腰。元茂擦擦眼睛,聚起了眼光把那相公一看,原来是前日在会馆里唱戏的,孙嗣徽极口称赞他。那相公便靠着张仲雨坐了,仲雨却冷冷的。聘才问仲雨道:"他叫什么?"仲雨未及回答,那相公急应道:"我叫二喜。"就问:"你能贵姓?"聘才与他说了,又问元茂道:"前日你在苏州会馆听戏,你和孙大少爷说话,你们相好有交情么?"元茂想道:"这个相公很多情,见了我他就记在心里,这也难得的。"便含着两个黄眼珠,细细的睃着他。二喜索性过来,与他一凳坐了,问道:"你能常听戏?你喜欢哪一家的戏?"元茂便支吾了两句。二喜把元茂的短烟袋装好了烟,吸着了,送过来,元茂甚是得意,那两只眼愈觉水汪汪的含着露水一般,心里喜欢极了,倒突突的跳,喉咙里痒痒的说不出话来。那相公便坐着不动。

换了一出《嫖院》,便又一个相公到张仲雨身边,也坐着不走。聘才问他的名字,叫保珠。台上又换了一出《女弹词》,一出场,聘才认得是琪官,看他打扮得十分香艳,颇有花含晓露,月印暗川之致,两边楼上喝彩不迭。仲雨道:"这个就是琪官。"聘才点头含笑道:"这琪官比去年更觉好了。"元茂也认不清楚,只与二喜说话,又看看保珠,却没有余情照应到台上。那保珠见元茂喜欢他,也挨了过来,二喜便拦着他,不叫他过来,保珠便绕到那边坐了。两个黑相公,夹着个怯老斗,把个李元茂左顾右盼,应接不暇。保珠、二喜抢装烟,抢倒茶,一个挨紧了膀子,一个挤紧了腿,李元茂得意洋洋,乐得心花大放。

琪官唱完,进了场,卸了妆,在帘子边站了一站,望见了聘才,即微微的一笑。聘才对他点点头,又见他衣裳华美,靴帽时新,迥非从前模样,意谓其必过来招呼。果见他进了戏房,候了一会,猛一抬头,只见他已坐在对面楼上,同着前日唱《题曲》的那个小旦,陪着两个华冠丽服的人。不多一会,那两人带着他们走了,聘才好不扫兴。

只听得二喜问元茂道："今日在什么地方？"元茂不懂，只把头点。又听得保珠问道："今日咱们上哪个馆子？我伺候你罢。"元茂支吾，说不出来。二喜又道："今天才开了两三家，若去迟了，恐怕没有座儿。"元茂心里想："这两个却都好。看这光景，两个都要去的，但恐所带的银子不够。"又想道："两人给他十二吊钱，吃五六吊钱的酒菜，也够了。"便向聘才道："我们走罢。"保珠便拉了元茂的手道："到哪个馆子？"聘才看这两个相公，心里不大喜欢，因是元茂花钱，与他无干，乐得热闹热闹，便对仲雨道："二哥同走罢，我们去饮一杯。"仲雨道："你们先请，我还要候一候。"聘才道："同走罢，这时候不来，是未必来的了。"便拉了仲雨同下楼来，却忘了还戏钱。看座的上来，拉住四儿道："慢些走，你们没有给戏钱。"聘才听了，住了步问元茂，仲雨道："是我的，交代掌柜的就是了。"看座的答应。才出了戏园，两个跟兔的跟着。

聘才问仲雨道："哪个馆子好？"仲雨道："前面的春阳馆就很好。"不多几步，走进了馆子。掌柜的都站了起来，叫声："张老爷，新年好！升官发财！"又作了个揖。仲雨也应酬了几句，拣了个雅座，仲雨首坐，元茂第二，聘才第三，二喜、保珠一凳坐了。走堂的送了茶，便请点菜。仲雨让元茂、聘才，二人又推仲雨先点，仲雨要的是瓦块鱼，烩鸭腰；聘才要的是炸肫火腿；保珠要的是白蛤豆腐，炒虾仁；二喜要的是炒鱼片、卤牲口、黄焖肉。元茂道："我喜欢吃鸡，我就是鸡罢。"走堂的及二喜都笑。拿了两壶酒，几碟水果，几样小菜来，各人饮了几盅酒。先拿上炸肫、鸭腰、火腿、鱼片四样菜来。

聘才便要划拳，仲雨对二喜道："你出个令罢。"二喜道："乐中乐，苦中苦。第一杯输了，要唱个小曲儿；第二杯输了，要说个笑话；三杯输了，敬人皮杯。"元茂道："这三样我都不来。"聘才道："那不能！既这么着，头一个就是你来。"二喜便斟了三满杯，放在面前道："李老爷来吧。"元茂便眯齐了眼道："你们替我看着，我眼睛不仔细，恐怕要错。"便伸出手来，与二喜豁，一拳就输了。仲雨笑道："请唱。"元茂道："唱是再不会的，我情愿多吃一杯。"保珠道："说唱就要唱的。"元茂饮了一杯酒，求保珠代唱。二喜道："代唱了罚十杯酒。"保珠便不敢代。元茂对他作了一个揖道："好人，你代我唱一唱罢！这些东西我是一句不会的。"众人见他果是不会，保珠便代唱了一枝《银钮丝》。

再划第二拳，二喜输了。二喜道："有一人请客，没有钱买酒，拿一只空杯子放在客人面前。主人说：'请！'客人不动手。主人又说：'请！'客人道：'酒还没有来，请什么？'主人家就走过来，拿着杯子一瞧，道：'原来这杯酒是干巴巴的，你就这么饮了罢！'"二喜就拿杯子送到元茂嘴边，元茂乐极，一饮就干。仲雨、聘才齐声说："好！"保珠道："这个笑话，实在说得有趣！"便也斟了一杯酒，送到聘才嘴边，叫道："干爸爸，饮这杯！"聘才也喜欢，干了。保珠又斟了一杯，送到仲雨面前，也叫了一声"干爸爸"，仲雨也干了。

划第三拳，又是元茂赢了。二喜便含着一口酒，双手捧了元茂的脸，口对口的灌下。元茂心里快活，脸上害臊，已咽了半口，忽低着头一笑，这口酒就从鼻孔里倒冲出来，绝像撒出两条黄溺，淋淋漓漓标了一桌。李元茂的脑门子又痒又辣，便伏在二喜肩上，抬不起头。保珠笑得坐不稳，已塌下凳子，坐在地上。仲雨笑的翻了一身酒。聘才笑的腹痛，捧住了肚子。二喜带笑，拍着元茂的胸，元茂才抬起了头，闭了眼，张开口，鼻孔里还觉痒憼憼的，打了几个嚏喷。停了多时，方才说道："有什么好笑！"众人见他这光景，又笑了一会。

吃了几样菜，二喜便斟了酒，与张仲雨豁了一拳，仲雨输了，元茂便催仲雨唱。仲雨道："这不难。"饮了一杯酒，唱了个《马头调》，大家却赞声"好"。第二杯又系仲雨输了，要说笑话。仲雨抬头，见屋子里钉着一个小神龛，供一张赵玄坛①骑个黑虎，即对二喜道："你们见了有钱的老斗便喜欢道：'财神爷到了，肯花钱'！穷老斗见了黑相公便害怕道：'老虎来了，逢人就要吃的！'你瞧上头，到底是财神爷骑黑老虎，还是穷老斗跨黑相公？"聘才拍案叫绝，元茂罅②着鼻孔要笑，保珠却仰面看那龛，二喜便斟了一杯酒，送到仲雨面前，道："该罚！你挖苦得利害！"仲雨接过来饮了，道："这里却没有怕相公的穷老斗。"又与二喜豁第三拳，二喜输了，要敬仲雨皮杯。仲雨道："咱们倒不用这么着，方才李老爷那杯没有吃得好，这杯我烦你转敬他。"二喜便拿着杯子呷了一口，又送到元茂嘴边。

---

① 赵玄坛——道教所奉祀的神。名公明，相传在秦时入钟南山修道，道成封"正一玄坛元帅"，即今民俗所奉手执鞭骑黑虎的财神。

② 罅（xià）——缝隙。

元茂摇着头,闭紧了嘴不受。二喜便跨在元茂身上,端端正正的将元茂的头捧正,往上一抬,元茂便仰着脸。二喜却把那一点珠唇紧贴那一张阔嘴,慢慢的沁将出来,一连敬了三口。元茂便如醍醐灌顶,乐不可言。大家听他喉咙里头咭咯咭咯的咽了三咽,二喜又斟了酒。

轮到聘才了。第一拳是二喜输了,唱了一枝《九连环》。第二拳是聘才输了,聘才先笑了一笑道:"人家姑嫂两个,哥哥不在家,姑娘就和嫂子一床睡觉。嫂子想起她丈夫,便睡不着,叫这姑娘学着他哥哥的样儿,伏了一会。那嫂子乐得了不得。道:'好虽好,只是不大在行,淌出水来。'姑娘道:'这是头一回,二次就在行了。咱们起他个名儿才好。'嫂子道:'本来有个名儿,叫磨镜子。'姑娘道:'不像,镜子是圆的,还是叫他敬皮杯罢。'"这一阵笑却笑得可听。元茂笑出眼泪来,骂道:"你这个恶人,明日就要变哑巴了!"笑得保珠滚在聘才怀里。二喜便过来,把聘才打了一下,道:"哪里有这样坏人,骂人骂入骨的!"

第三拳偏偏又是二喜输了,二喜拿着酒道:"怎样喝?你吩咐。"聘才即板起脸来道:"你听了张老爷的话,不听我的话,你就瞧不起我,我今儿不依你!"二喜吃惊道:"我没有得罪你!"聘才道:"你虽然没有得罪我,总得听我的话。"二喜道:"你且说。"聘才道:"我说这皮杯,还去敬李老爷。"二喜又拿着酒对了元茂。元茂道:"好吗,你们今日拿我开心当顽儿,我今番再不上当了!"仲雨道:"李老大,你不吃这一杯,我再编个笑话来骂你。"聘才道:"呸!原来是银样蜡枪头,这么不中用,一说就不敢了!"元茂想道:"说是说不过他们的,管他,天下无难事,只要老面皮,占便宜的总是好的。"便道:"我倒不像你们这些人怕害臊。来,来,来,你看我再饮。"倒捧着二喜的脸,吃了这一杯,人倒不能笑他。二喜的令完,保珠照样与元茂豁了一拳,保珠唱了个《满江红》。

聘才忽见一个和尚走进来,口中说道:"我的二老爷,你在这里!我走了七八个戏园子,哪一处不寻到!"二喜、保珠见了和尚,都请了安;聘才、元茂也站起来招呼。和尚都作了揖,与仲雨一凳坐了。聘才看那和尚相貌,是个紫糖色方脸,两撇浓须,有四十来岁,戴个绒僧帽,穿件宝蓝绸狐皮僧袍,腰拴黄丝绦,足下挖云青缎毛儿窝,也没有出家人的光景,定是酒肉和尚,但看他倒也和颜悦色,很会张罗。当下即问了聘才、元茂姓名寓处,便对仲雨道:"二老爷,明日事完了,不是姑苏会馆就是天庆堂,再约上你这两位令友，与这两位相公，咱们高高兴兴乐一天。今日实在不好耽搁，那边人已到齐了，就候你去成事。"仲雨道："不用忙，你也吃一盅，咱们就走。"那和尚将胡子抹了一抹，嘻着嘴吃了一盅酒，吃了一片火腿。保珠笑嘻嘻的道："唐老爷，你那位少爷倒没有带出来？"唐和尚笑道："岂有此理！和尚连奶奶都没有，哪里来的少爷？"二喜道："你那位少爷也与奶奶一样。"唐和尚一手就伸到二喜脸上来，二喜笑道："我说和奶奶的模样长得一样，没有说错呀！"唐和尚见有聘才、元茂在座，便也假装斯文，缩回手来说道："你们糟蹋佛门弟子，是有罪过的！"仲雨、聘才大笑。唐和尚又催仲雨起身，仲雨道："再略坐片时也不妨。"二喜见壁上挂着一个葫芦，指着问唐和尚道："这个像什么？"唐和尚笑道："这个像你的嘴。"二喜道："不通，不通，怎么说像我的嘴？分明像你的脑袋，光光儿的，一根毛没有。"和尚笑道："原是光的，你不听见说，天上有'三光'，人间倒有'四光'，是和尚脑袋媳妇腿，老斗银包相公嘴。和尚脑袋是剃光的，媳妇腿是磨光的，老斗银包是花光的，相公嘴是吃光的！"说着，哈哈大笑，拉了仲雨就走，又对聘才弯了弯腰，笑道："我是乱道，二位不要见笑。"仲雨道："待我去算了账好走。"聘才道："二哥既有事，请便吧。东是兄弟的。"仲雨道："二位请多饮几杯，我走一走就来。"说罢辞了二人，同了和尚出去了。

聘才、元茂与保珠豁了一轮拳，保珠也敬了两次皮杯。二喜又要了几样菜，重又闹了好一回。已点了半支蜡烛，约有定更后了，两个相公也困乏，两个跟兔在风门口站着。李元茂不知颠倒，饮汤饮酒，除下帽子，头上热气腾腾，如蒸笼一般。聘才道："咱们也好散了。"轻轻的凑着元茂耳边道："你拿那东西出来，交给柜上算钱罢。"元茂便向腰间摸了两摸，失张失致的道："奇怪！"站起来，把衣裳后衿揭起，对聘才道："你看可有？"聘才道："有什么？"元茂道："褡裢袋儿！"聘才道："没有。"元茂脸上登时发怔道："这又奇了，哪里去了？"保珠道："丢了什么？"元茂不答应，又从怀里乱摸一阵，也没有，那脸上就一阵阵白起来，解了腰带，抖一抖不见有。聘才着急起来道："不要忘了？"元茂道："什么话？你也看见带着的！"又将袍子揭起来，在裤带上摸了一转，没有。聘才即拉了元茂到窗外，又有两个跟兔站着，只得到院子里低低的道："这怎么好？你想想，到底在哪里丢的？"一语提醒了元茂，道："哦，我知道了！我进戏园的时候，跌了一跤,有人拉我起来,替我拍一拍灰儿,准是被这人偷去了!"聘才道:"我没见你跌,几时跌的?"元茂道:"那牢门口横着一张板凳,我哪里留心? 一进门时就跌了一跤。"聘才虽是灵变,却也没法。

二喜走出来道:"你们在院子里商量些什么?"二人重又进屋坐下。二喜便说:"天不早了。"又到元茂耳边一凑:"你到我家里去,我伺候你。"元茂听了这句,心里又喜又急,脸上发起烧来,只顾看着聘才发怔。保珠、二喜猜不出什么意思。聘才只得对元茂道:"丢了这包银子,如今怎样呢?"元茂道:"原是还有些东西在内,一齐偷去了!"保珠道:"什么?"元茂道:"银子! 在戏园门口叫小利割去了!"二喜道:"我同你出去,没有见小利。"元茂道:"进门时丢的!"二喜道:"进门时就丢的,怎么你看了半天的戏,吃了半天的酒,还不知道,直到要走才说呢? 不是你忘记带出来,还在家里?"元茂发急道:"岂有此理! 难道我耍赖?"二喜冷笑一声。聘才道:"不是这么说,我们并不是没有带钱,想漂你的开发。李老爷自不小心丢了,原不好对你说。你放心,明日我们听戏,连保珠的一总送来。"即问保珠道:"你相信不相信?"保珠道:"我倒没有什么不相信,况且二位老爷都是头一回的交情,决没有安心漂我们的。但我们回去是要交帐的,再是新年上,更难空手回去,非但难见师傅,也对不住跟的人。求你能哪里转一转手,省得我们为难!"即对二喜道:"喜哥,可不是这样么?"元茂道:"与你们说你们不信,我今日是带着八块银子,足有十两多,也没有包,装在一个褡裢袋里,他倒连袋子都拿去了。此时要我们别处去借,哪里去借? 不是个难题目难人!"

二喜鼻子里"哼"了一声道:"此时尚早,你何不叫你们二爷回去取了来,咱们在这里坐一坐就得了。"说罢,又推着元茂坐了。元茂摇头道:"这断断不可!"二喜道:"不可,那就是安心了。咱们陌陌生生的,陪了一天酒,李老爷,你能想想,到敬皮杯的交情也就够了。我们也叫出于无奈,要讨老爷们喜欢,多赏几吊钱,在师傅跟前挣个脸。若总照今日的样儿,我们这碗饭就吃不成了! 李老爷,你既然不肯打发人回去,如今这么着,劳你能驾送我回去,对我师傅说一声,你赏不赏都不要紧。"保珠道:"你这话说的很是,只要咱们师傅知道了,就好了。咱们要什么钱!"把个李元茂急得无法,脸上涨的通红,一句话也说不出来。聘才只得说道:"咱们认识了,难道就这一回,没有后来的交情了? 你要他同去对你师傅说,也不怕你师傅不依,但我倒没有见过相公要请出师傅来对账的!"保珠道:"这原是不认识的才这样,若伺候过三年两载相熟了,原不用这样。"

二人正在为难,只见四儿进来道:"孙大少爷也在这里,方才走出来。"聘才一想,知他认得这些相公,便说道:"你去请孙大少爷进来。"四儿忙赶出去。嗣徽尚在柜上说话,也带着一个相公,那相公先上车走了。嗣徽也认不清四儿,听得有人请他,便又进来,方知是元茂、聘才,见了二喜、保珠,笑道:"今日二公何其乐也!"元茂、聘才作了揖,二喜、保珠请了安,复又坐将下来。聘才就将元茂今日丢了银子,此时没有开发,许明日给他们,他们也不肯的话说了一遍。

嗣徽把帽子一掀,又把红鼻子摸了一摸,指着李元茂说道:"李大哥,我知道了。你一包的'金生丽水',竟成了'落叶飘飘',倒不去'诛斩贼盗',反在这里'散虑消遥'。你当我是个'亲戚故旧',把以把我急急的'戚谢欢招'。我见他们这样'渠荷的历',我底下已突然的'园莽抽条'。你差不多要对我'稽颡①再拜',我心里也有些'悚惧恐惶'。我见你们这顿'具膳餐饭',算起账来就吓得你'骇跃超骧'。他两个只管的'藤牒②简要',全不顾你当完了'乃服衣裳'。你且叫他去'骸垢想浴',然后同他上了'蓝笋象床'。拿出你那个'驴骡犊特',索性与他'适口充肠'。顽得他'矫手顿足',你自然'悦豫③且康'!"

孙嗣徽随口胡嘲,把魏聘才、李元茂早已笑倒,两个相公也听不明白,不知他说些什么,好像串戏一样,也笑得了不得。元茂支支吾吾说不出,聘才无奈,只得说要他担一肩,明日给他们。嗣徽听了心里一惊,便道:"余力不能举百钧,任重而道远,恐难担也!"聘才只得又再三央求,嗣徽勉强答应,说道:"明日可以与则与之,人而无信,不知其可也。"即对二喜、保珠道:"来,余与尔言:盍去诸,明日亲送之门,毋逼人太甚也!"两个相公不能明白,嗣徽只得说了几句平话。保珠、二喜见嗣徽担了,也就没法,只得勉勉强强谢了一声而去。孙嗣徽恐他们又要他担起馆子帐来,便急急的走了。

---

① 稽颡(qǐ)——古时一种跪拜礼,表示极度的悲痛或感谢。
② 藤牒(dié)——藤,同笈。牒,古代的书板。或指凭证。
③ 悦豫——愉快,喜悦。

　　这边走堂的进来，一样样的报了账，连内外共五十六吊七百八十文。元茂一听，伸了伸舌头，道："这个打几折儿？"走堂的道："实折不扣。"李元茂便掐着指头一算，道："十折是五千六百七十八个京钱，二千八百三十九个老官板儿，公道得很！以后倒要常来照顾你家。"走堂的笑道："我们的帐是不打折头的，五十六吊七百八十个京钱。"元茂道："怎么就有这许多？"走堂的道："不敢多开。"聘才对元茂道："你醉了，不要多话，咱们到柜上去写罢。"

　　遂到柜上，走堂的又交代了一遍，掌柜的把算盘拨了一回，看着聘才、元茂道："你们二位是同着张二老爷来的，怎么张二老爷又先走了？你们二位同他是同乡还是什么？"聘才道："我们是亲戚，他有事先走了。"掌柜的又问道："你们二位贵姓？寓在什么地方？到京来有什么贵干？"聘才答了几句，问他要账条子，掌柜的迟迟疑疑的，又说道："大新年上钱窄，今儿还是头一天，向例这正月里总叨光几个现钱。况且今日咱们又是头一回的交情。魏老爷即是张二老爷的亲戚，我也不好意思不叫写帐，但是记着，不要拖长下去。"便拿了一张条子递与聘才。聘才心里好不有气，便照数写了，又加了两吊酒钱，注了"鸣珂坊梅宅魏"字。掌柜看了一看，夹在帐里。走堂的送上一个灯笼，四儿接了。出了馆子，两人各低了头，一步步踱回，可谓乘兴而来，扫兴而返。未知后事如何，且听下回分解。

第 九 回

月夕灯宵万花齐放　珠情琴思一面缘悭

话说魏聘才、李元茂回家时已三更,梅宅关了门落了锁,四儿敲了半天,才有人来开了。两人走到房中,聘才免不得将不小心丢银子的话抱怨了元茂两句,元茂无言可答,各自安睡。到了次日,只得央了许顺,借了十吊钱的票子,分作两张,写了一封字,叫四儿送与叶茂林,分给二喜、保珠。后来子玉盘问,聘才、元茂只推张仲雨请去听戏下馆子,却将实情瞒过了。

过了两日,已是元宵佳节。李性全带着元茂到会馆中吃年酒去了,聘才出去逛灯未回,子玉一人正在无聊,恰好梅进进来说道:"刘少爷、颜少爷、王少爷请少爷出去逛灯,都在门口等着。"子玉禀过父母,梅进即叫套了车,云儿跟着出来。仲清等却在车里等着,见子玉出来,便下了车。刘文泽道:"如此良宵,千金一刻,我们趁着灯月,倒是步行好些。把车跟在后头,回来再坐罢。"子玉道:"甚好。"四人慢慢的走,一路闲谈,不多时就到了灯市。

一进灯棚里,便人山人海的拥挤过来,还夹着些车马在里头。子玉等在那些店铺廊下慢慢的走。只见那些店铺都是悬灯结彩,有挂玻璃灯,有挂画纱灯,有里头摆着灯屏,有门外搭着灯楼,还有那些卖灯的,密密层层的摆着。幸喜街道宽阔,不然也就一步不能行了。还有那些人在门口放泥筒,放花炮,流星赶月,九龙戏珠,火树银花,锣鼓丝竹,真是太平景象,大有丰登,因此人人高兴,庆赏元宵。又见有一队香车绣幰过来,也都开着帘子,丫环仆妇坐在车沿上,点着九合沉速香,那些奶奶们在大玻璃窗内左顾右盼。文泽、王恂等也留神凝视,有好看的,有不好看的,但华妆艳服,灯光之下,也总加了几个成色。四人走路也不能齐集,有些参前落后起来。约过了七八辆后,又有了几辆接上前队,便挤住了走不开。

此时子玉在前,刚刚被那车轴拦住,过不去。文泽见车里一个少妇,生得颇好,打扮也十分华美,子玉恰恰的挤在车前。文泽见那少妇目不转睛的看着子玉,见子玉倒低了头,却无路可走。见那少妇一手把着车门,将身子一松,伸出一只脚来,正是三寸莲钩,纤不盈握,见她先盘了那边的腿,然后将莲钩缩进盘好坐了,那只纤手也就放下,见她对着子玉嫣然微笑。

文泽扯扯王恂的衣服,低低的说道:"你看,似为着庾香,要显显她的莲瓣。"王恂点头。仲清又在文泽后面说道:"焉知她不是为着你?"文泽笑道:"不像。"又低低的叫道:"庾香,那《施公案》有什么好看,你尽望着那几对灯?"子玉回转脸来,却与那少妇相对,见那少妇还在玻璃窗内看他,颇觉不好意思。一会儿车才开动,文泽见那车沿下挂了一个小洋灯,画着两个如意,一面写着四个小字,是"起盛号潘"。后头又是一辆,也是一个少妇,却生得奇丑,堆满了一脸黑肉,涂起粉来,虽然晚上,也看得是紫油油的,打扮倒各样的讲究,还在里头抹巾幛袖的做作。文泽看她灯笼上贴着一个"花"字,开动车,接着过去了。

四人又逛了几处,街道又窄小起来。文泽对子玉道:"方才这个少妇那样顾盼你,你也不回个情儿,倒只管看那旧纱灯,什么意思?难道那样少妇还不足以当一盼么?"子玉笑道:"我没留心她,她也不曾看我,是物色你们的。"四人说说笑笑,又看了几处灯。

只见一群妇女也是步行,结着队乱撞过来。四人看这妇女们有十几个,有绸衣的,有布服的,油头粉面,嘻嘻笑笑,两袖如狂蝶穿花,一身如惊蛇出草,她也不顾人好让不好让,直拥过来。内中一个想是大脚的,一脚踏来,踏了王恂靴头。王恂一只新皂靴,黑了半边,被她踏得很疼,说不出来,觉得这一脚就有三十多斤气力,王恂急忙让开。又见一个三十几岁妇人,身量生得很高,穿着双高底鞋,眼望着灯,脚下踏着了一块砖,身子一歪,几乎栽倒,恰恰碰着子玉,她就把子玉的胸前一揪牢,才站稳了。子玉倒几乎跌下,唬得心中乱跳,正不知她是何缘故。那人放了手,哧哧的笑,一齐挤了过去。听得有个妇人说道:"这些爷们实在可恨!睁着大眼睛瞧人,难道他家里没有娘儿们的?故意挡了路不放人走!"

仲清等听了大笑。王恂道:"真晦气!被她这一脚踏得我很痛,她还说我们挡了路看她。"子玉方定了神说道:"我方才被她这一揪,真唬杀我!我当她认错了人,不要动手打起来,这不是晦气!不料妇女中竟有这样蠢材,较起才见的车中人,真又有天壤之隔了!"文泽哈哈大笑道:"不上高山,不见平地,你原来是皮里阳秋,暗中摸索。那个车中少妇得你这一赞,也不枉她顾盼多时了!"子玉也觉微笑,又道:"这些灯也没有什么好逛,路又难走,不如坐车回去罢!"王恂道:"早得很,回去也无甚意思。"文泽道:"我们到怡园去看灯罢,还听得有好灯谜,去猜几个玩玩也好。"子玉道:"我不认得主人,既是晚上,又是便服,如何去得?"仲清道:"这倒不妨。徐度香这个人却是我辈,全不在形迹上讲究的。况且他园中还有萧静宜,更是个清高潇洒的人,就去逛逛倒也不妨。"三人都要去,子玉也只得同去。于是各上了车,书童跨了车沿,望怡园来。

约有二里路,过了南横街,到怡园门口下了车。只见一带都是碎黄石砌成的虎皮园墙,园门口是绸子扎成的五彩牌坊,只空出见方五尺"怡园"两个大字,下挂着四盏一串八行五色画花琉璃灯。进了园门,屋内八扇油绿洒金的屏门。靠门一张桌子,围着六七个人,在那里写灯虎字条。旁边一张春凳,摆着些荷包、花炮及文房四宝,预备送打着的彩。正中间顶篷上悬着个五色彩绸百褶香云盖,下挂一盏葫芦式样玻璃灯。再进里边,却是三面栏杆,靠墙一个方亭子,墙上一盏扁方玻璃灯上,贴着许多字条,底下围着一簇,约有二十来人。走上亭子台阶,却已看见迎面写着八个灯谜。

仲清将要看时,只见怡园的家人上来请安说:"少爷们何不到里边逛逛?"文泽即问他主人,那人说道:"我们老爷在外赴席未回,萧老爷在家。"王恂道:"我们猜了几个灯谜再进去不迟。"于是同看第一个,是"双栖稳宿无烦恼,认得卢家玳瑁①梁",下注《礼记》一句。子玉正在思索,只听得王恂问仲清道:"这可是'知其能安,燕而不乱也'?"仲清道:"只怕是的。"再看第二个,是"任他万水千山远,雁帛鱼书总得来",下注《易经》一句。仲清道:"这个真是'行险而不失其信'。"子玉道:"那第四个'落花人独立,微雨燕双飞',打一字的,准是'俩'字。"文泽道:"这第七个'荒村雨露眠宜早,野店风霜起要迟'两句,打古人名的,想是息夫躬。"子玉道:"不错。"王恂道:"我们去报罢。"仲清道:"我们索性把那四个也打完了,再报不迟。那第二个'鸦背夕阳明',打《礼记》一句,必是'日在翼'。"子玉道:"那首七律,打古乐府八题的,第一联'记得儿家朝复暮,秦淮几折绕香津',准是《子夜》与《金陵曲》"。仲清道:"第二联下句

---

① 玳瑁(dài mào)——爬行动物,形状像龟。

'月影偏嫌暗糷尘'，是《夜黄》。那上句'雨丝莫遣催花片'，不知是什么。"文泽道："或者是《休洗红》。那第三联是'长夜迢遥闻断漏，中年陶写漫劳神'，必是《五更钟》《莫愁乐》。"王恂道："第七句'鸦儿卅六双飞稳'，不消说是《乌生八九子》了。"仲清道："末句'应向章台送远人'，大约是《折杨柳》。就是第五条'降生辰巳之年'，打《诗经》一句，及第八条'不着一字，尽得风流'，打唐诗一句，猜不着。"

只听得有人问道："降生辰巳之年，可是'维虺①维蛇'？"园门口的人回说："不是。"文泽道："不要给人抢去了，我们去报罢。"大家走下亭子，子玉道："那打《诗经》的，我已想着了，必是'不属于毛'。"仲清道："很是，这句实在亏你想！"王恂道："那打唐诗一句的，不要是'殷子正书空！'"文泽道："且报一报试试。"大家到园门口，一个个报去，里头都答了"是"，就是末后一个没有猜着。王恂道："'白也诗无敌'。"里头也答应了"是"。只见一人又拿了一盏灯出来，将先挂的那盏灯换下。

见屏门后头走出了一个人来，子玉见他有三十来岁，生得眉清目秀，气体高华，穿着一身雅淡衣服，闲闲雅雅的过来。见文泽、仲清、王恂三人一齐迎上前来，称呼他为"静宜先生"。那人与三人见了礼，又向子玉作了个揖，子玉连忙还礼。文泽即对萧次贤说道："这位是梅庾香，是当今无双士。静宜先生没有会过么？"次贤道："今日识荆，实为万幸！"便请四人进内。子玉道："今晚便服，未免不恭，容另日专诚晋谒罢。"次贤笑道："庾香先生当今名士，不应琐琐及此。况主人也不在家，我辈聊以聚谈，切勿拘以礼节。"子玉难以固辞，只得同着走出亭子。

两旁却是十步一盏的地灯，照见一块平坦空地；迎面不远，就是很高的峭壁了。峭壁之下，一带雕窗细格的五间卷棚，檐下挂着一色的二十多盏西番莲洋琉璃灯。次贤让进屋内，分宾主坐下，与文泽、王恂、仲清都是认识的，单与子玉叙了些倾心仰慕的话。子玉见他出言有体，举止不凡，也知道是个名士，便也颇为洽洽。谈了一会，用过了茶，有书童从里间出来，送出一分一分的灯谜彩来，摆在桌上，是些湖笔徽墨、端砚雅扇之类。唯有子玉所猜的"落花人独立，微雨燕双飞"的彩最重，是古锦囊裹的瑶琴一张。子玉见琴，忽忽如有所思，因见彩礼过重，与仲清等再三推却。

---

①　虺（huǐ）——古书上的一种毒蛇。

次贤问道:"这琴是庾香先生猜着的么?"子玉道:"是小弟胡猜的,断不敢当此厚赠!"次贤道:"这是园主人为杜玉侬而设,另有深意,幸勿见却!琴后尚须镌铭,俟镌好再行送上。"说毕,便令小厮仍将瑶琴抱了进去,其余彩礼交给各跟随收存。

原来琴言因制灯谜时,喜诵"落花人独立"这一联,度香随嘱次贤以词意为琴言写图,所以这灯谜即以琴作彩,原是于游戏之中寓作合之意。非但子玉不知杜玉侬为何人,就是仲清、文泽等也未能悉。大家问时,次贤不即说明,答以"久后必知"。

闲谈了一回,仲清说起都中值此试灯时节,可惜无南来巧灯,殊为减色。次贤道:"诸兄要看灯么? 也容易。非来自南边,却还不俗。"便令小厮引道,沿着峭壁走有一箭多远,却是一层层的石磴,上了三十余级,转了峭壁,后面就是一个白石平台,中间团团的一个亭子,那窗子都是用内凹外凸的整玻璃镶成。走进亭内,地下铺着栽绒毯子,中间一张大圆桌,周围都是扇面式凳子,拼起来,刚刚扣着桌子一个圈儿。仲清等因是夜天气不寒,就在外面迴栏上坐着。小厮们抬了些圆茶几来,每人面前一张,送了茶。仰观淡月朦胧,疏星布列;俯视流烟澹沱,空水澄鲜,颇觉心旷神怡。远远望去,只见回峦叠嶂,飞阁层楼,隐隐约约,看视不明,尚未见一盏灯火。

忽见亭子前面太湖石山洞,一对明灯照出一对玉人来,走到面前看时,一个是袁宝珠,一个是金漱芳。仲清问道:"你们藏在哪里?"宝珠道:"我们在前面小船室下棋。"文泽道:"相公阿曾点个只眼?"宝珠、漱芳都笑了一笑。座中就是子玉不认得,那日虽见漱芳的《题曲》,也是上妆容貌。此时看他骨香肉腻、玉洁晶莹,宝珠亭亭玉立、弱不胜衣,便想道:"这两个姿色可与琴官相并,但不知性情何如。"

正想着,猛听得台下云锣一响,对面很远的树林里放起几支"流星赶月"来;便接着一个个的泥筒,接接连连、远远近近放了一二百筒。那兰花竹箭射得满园,映得那些绿竹寒林,如画在火光中一般。泥筒放了一回,听得接连放了几个大炮,各处树林里放出黄烟来。随有千百爆竹声齐响,已挂出无数的烟火,一边是"九连灯",一边是"万年欢",一边是"炮打襄阳城",一边是"火烧红门寺",一边是"阿房一炬",一边是"赤壁烧兵"。远远的金阗鼓骤,作万马奔腾之势。那些火鸟火鼠,如百道电光,穿绕满园,看得子玉等目眩神骇。

文泽想道:"可惜无酒,负此花灯!"听得次贤说道:"如此良夜,诸兄何不小饮几杯?"即吩咐取酒来。不一会,小厮们取了四壶酒,交给宝珠、漱芳,走到各人面前,将茶碗撤去,把茶几揭起了一层盖子,便是一个镶成的攒盒,共有十二碟果菜,银杯象箸,都镶在里面,十分精巧。宝珠、漱芳都斟了酒,次贤说:"请!"大家浅斟细酌起来。

酒过数巡,台下云锣一响,四处的烟火放完。只见各处树梢上,颤巍巍的挂起无数彩灯来,有飞禽,有花朵,错错落落,越添越多,不一时,周围四面约有数千。树上的灯都点齐了,地上又舞出几百片彩云灯来,五色迷离,盘折回绕。锣声响处,舞出一条金龙,有十数丈长,飞舞如真龙一般。少顷,神仙洞里舞出一条青龙,接着又是一条白龙,那树林里舞出一条乌龙,烟火光中又舞出一条火龙,都是十余丈长,滚成一处。数十面锣声,闹得像惊涛骇浪,变幻烟云,甚是好看!又滚出几十个大大小小球灯,在那云龙中间滚旋,引得那五条龙张牙舞爪,夭矫攫拿,看得众人个个出神。

忽见怡园家人上前说道:"史少爷来了。"大家起身看时,只见两人扶着史南湘,踉踉跄跄,一步步的跺着石蹬上来,将到台前,便霍然的大吐起来。吐了一会,摇着头,喘吁吁的在台前站住,指着众人道:"你们好……你们好……"便说不出来。小厮先拿了一碗温水与他漱了口,又说道:"你们好乐!"仲清道:"你且坐下,歇歇再说。"扶上亭子,他就坐在地下。宝珠等上去见他,他把头点点。文泽道:"你在哪里喝得这样?"南湘又摇摇头。宝珠到次贤耳边说了几句话,次贤命小厮去拿了一个小小的金盒子,取出一丸药来,放在碗内,用开水化了,递给宝珠,捧到南湘身边,弯了腰给他喝。南湘摇头不要,宝珠道:"这是醒酒汤,喝了就好了。"南湘心里明白,把汤喝完,闭着眼道:"我醉欲眠君且去……",便放身欲睡。次贤恐着了凉,便命家人扶他到后面小坐落里炕上去睡。扶了南湘进去,把门带上。子玉问次贤:"这是什么丸?"次贤道:"这是度香自制的,任凭喝得烂醉,只须一丸下去,宿酒尽消,且补元气,名为'仙桃益寿丸'。"

不多一会,只见南湘已开了门走将出来,说道:"有趣,有趣!几作了刘元石一醉三年,险些儿被人埋在地下!"仲清道:"你酒已醒了,还说醉话。"漱芳已拧了一块湿手巾来,南湘擦了脸,道:"这是什么地方?"众人皆笑。次贤笑道:"竹君,这是黄鹤楼,你怎么认不清了?"南湘近前一看,狂笑起来,说道:"原来静宜也在这里! 你们到底几时来的?"众人听了又笑。宝珠、漱芳拉他到亭外看了一会,南湘方知道是怡园,细细一想,便又大笑。

将要问时,忽然满园的金鼓盈天,爆声大发,风驰火骤,声势骇人。四面八方,百兽齐集,尽是五色绸纱糊的,彩画得毛片逼真。一边驰出一队象灯,一边驰出一队虎灯,一边驰出一队犀牛,一边驰出一队狮子,还有黑熊、白兕①、赤豹、黄熊,奇奇怪怪,约有数百。足下都有四个小轮,用人拉着飞跑,鼻里生烟,口中吐火,觉得如雷轰电掣,地塌山崩,看得子玉等神惊肤栗。这边百兽,那边群龙,合将拢来,黑雾冲天,火光遍地,大有赤壁鏖②兵之势。闹了好一会,猛听得一声响,半天里放起一个九子炮来,只见地下火光一散,如穿梭一般,霎时满园寂寂,不见一灯。众名士齐声喝彩道:"真有天地化工,孙吴兵法之妙! 我们皆目所未见!"

仲清道:"今日舞这一会灯,我算起来,至少也有一千余人,这园里哪里来这许多人?"次贤道:"若尽用人自然就多了。这五条龙灯是尽用人为,那些百兽与彩云,都用轮子展动,一人能玩得好几个,以兽索兽,就要明白进退疾徐之节,也是预先操演的。今日所用,大约还不满二百人。"众名士尽皆叹服。

次贤让客下山,到了宽大地方小憩。大家未便就散,只得随着他下了山。穿过几处神仙洞,依着树屏竹径,走到一处,是梨花园。次贤让客进内,也过了好几重门户,进了朝东五间三明两暗的西洋房。此中点缀得甚佳,琴床画桌,金鼎铜壶,斑然可爱。正中悬着一额,是屈本立写的"宜春阁"三字;一边是陆素兰写的几幅小楷,一边是袁宝珠画的几幅墨兰。中间地上点着一盏仿古鸡足银灯,有四尺高,上面托着个九瓣莲花灯盏,点着九穗,照得满屋通明。

一一坐了。次贤道:"我们何不再饮几杯?"众人道:"我们在亭子上已饮多了,可以不必酒了,到是清淡罢。"南湘道:"我今日的酒不晓得怎样醒的!"宝珠道:"我们今日醒眼观醉眼,倒也有趣。"南湘道:"瑶卿,我记得你还灌我一大碗酒。"众人笑道:"这人醉糊涂了! 到底饮了多少酒来?"南湘道:"今日我同高卓然、张仲雨带了王静芳、李佩仙,在酒楼上饮

---

① 兕(sì)——兽名。

② 鏖(áo)——苦战。

了一天,也不晓得有多少。他们都醉得先走了,我送静芳回去,顺路到庸庵家,问知出外逛灯,我也去逛灯。也不知赶车的什么意思,就拉我到这里。园门口的人说你们在里面赏灯,就扶了我进来。"一面说就从怀里掏出一团灯谜字条,大家看时,一个是"春风一曲费缠头",一个是"马儿快快随",都打戏名:一个是《赏秋》,一个是《赶车》。

宝珠对漱芳笑道:"你的一个,我的一个,都被他猜着了。"南湘笑道:"原来是你们做的。"即对子玉道:"庾香,此二君何如? 你看他们的相貌才艺,你评评,还是我说谎的么?"又指着两边的书画道:"你再看看,这是瑶卿画的,那是香畹写的。你看外边那班假名士,能够如这班真相公吗?"子玉笑道:"小弟早已认过,吾兄尚还刻刻在心。"南湘道:"以后你们这一班见我们,不许请安,只许称号,如违了要罚的!"宝珠道:"这倒与度香、静宜一样脾气,就是这样便了。"王恂道:"庾香,你看这瑶卿,与你去年戏园所见的怎样? 这真伪可能相混么?"子玉笑道:"瓦砾岂可僭称珠玉? 那个名字叫他改了才好。"宝珠不解,便问王恂,王恂就将去年听见"保珠",子玉听错的话说了,宝珠嫣然而笑。

于是漱芳拉了王恂下棋,文泽观局。子玉同宝珠看那墨兰,赞不绝口。南湘、仲清、次贤同坐在醉翁床闲话。南湘道:"静宜兄,还记得'只在酒狂名下士,醉吟许上岳阳楼'佳句否?"次贤道:"哪里及得'只恨仙人丹药少,不教酒满洞庭湖'名句足传!"仲清道:"若敬酒满洞庭湖,只怕史竹君早已醉死了。静宜先生,明日可与他写个《竹醉图》。"次贤点头微笑。子玉乘他们说话时,悄悄的问宝珠道:"这两天可曾见你们同班的琴官?"宝珠听了,把子玉打量了一番,问道:"你同琴官相好么?"倒把子玉问住了,很不好意思,只得答道:"向未交接,不过闻名思慕。"宝珠道:"他如今不叫琴官,改名琴言。今日可惜迟来一步,度香带他赴席去了。"子玉心里想道:"我与他直如此缘悭,要接谈的福分都没有!"一面想,怔怔的看着宝珠,宝珠也怔怔的看着子玉,四目勾留,都出了神。刘文泽一回头看见这光景,轻轻的向子玉肩上一拍,道:"瑶卿好不好?"子玉当是问琴言,便道:"他的《惊梦》这一出,真是天上神仙!"宝珠軃①然一笑。子玉回想过来,自知所问非所答,幸而话未说错,随同文泽走到南湘这边来。

---

① 軃(duǒ)——下垂。

　　仲清问次贤:"可有好灯谜被人打去?"次贤道:"就是昨日有两封情书,被一个少年猜去,适值我有事走开,没有问得这人姓名住址。"仲清向次贤要出那两封情书底稿来,同着众人看时,一封是药名,一封是花名。只见上写着:

　　小忆去年(细辛),金闺款聚(苏合);黄姑笑指(牵牛)油壁香迎(车前)。猥以量斗之才(百合),得逐薰衣之队(香附)。前程万里,悔觅封侯(远志);瘦影孤栖,犹思续命(独活)。问草心而谁主(王孙),怕花信之频催(防风)。虽傅粉郎君,青丝未老(何首乌);而侍香小史,玉骨先寒(腐婢)。唯有申礼自持(防己),残年独守(忍冬)。屈指瓜期之将及(当归),此心茶苦之全消(甘遂)。书到君前(白及),即希裁答(旋覆)。五月望日(半夏),玉蟾萧衽(白敛)。

　　子玉道:"好个春灯谜面子!"宝珠道:"我最爱'傅粉郎君'一联。"南湘道:"我们这里只有庾香算得傅粉郎君,你爱他么?"宝珠笑了一笑,子玉倒臊得脸都红了。再看那封回书,是:

　　尺缣传馥(素馨),芳东流丹(刺红)。肠宛转以如回(百结),岁巡环而既改(四季)。忆前宵之欢会(夜合),恨祖道之分飞(将离)。玉女投壶,微开香辅(含笑);金莲贴地,小步软尘(红蹢躅)。一自远索长安,空怜羞涩(米囊);迟回洛浦,乍合神光(水仙)。在卿则脂盈粉育,华容自好(扶丽);在我已雪丝霜鬓,结习都忘(老少年)。过九十之春光,落英几点(百日红);祝大千之法界,并蒂三生(西番莲)。计玉杓值寅卯之间(指甲),庶钿合卜星辰之会(牵牛)。裁成霜素(剪秋罗),欲发偏迟(徘徊)。二月十六日(长春),寅刻名另肃(虎刺)。

　　仲清道:"这两封情书,就不是灯谜,也香艳极了!况且隐藏药名花名,恰切不移。这猜着的人,直是个绝世聪明人了,可惜不知是谁。"文泽道:"这两封书都是静宜先生的手笔么?"次贤道:"那封原书是度香的手笔。"说着,王恂已经下完了棋,倒输了漱芳三子。子玉因夜色已深,随同南湘等告辞,子玉并说"度香来园,先为致意,改日专诚再来"的话。次贤答应着,送出各人上车而散。再听下回分解。

第　十　回

春梦婆娑情长情短　花枝约略疑假疑真

话说子玉等散后，徐子云才回，因夜色已深，时交子末，便一径回宅。

琴言自去年谒见子玉之后，也随着一班名花天天常到怡园，子云爱之不亚于宝珠。但琴言生性高傲，冷冷落落，不善应酬，但凭黄金满斗，也买不动他一笑。一切古玩饮食衣服，只要他心爱，徐子云无不供给，也算相待十分。琴言未尝不知感恩，却只算得半个知己。

自那进京这一天，路上见了子玉，便认得是梦中救他出陷坑的人，时时刻刻放在心上。又姑苏会馆唱戏那一日，见他同了一班公子还有魏聘才、李元茂在座，问起叶茂林，始知这位公子就姓梅，已应了梅花树下之兆，从此一缕幽情，如沾泥柳絮，已被缠住。这几日晚间，梦见子玉好几次，恍恍惚惚的，不是对着同笑，就是对着同哭；又像自己远行，子玉送他，牵衣执手；又像远行了重又回来，两人促膝谈心，模模糊糊，醒来也记不真切。虽知道是个世家公子，却不知道他的性情嗜好与度香何如，又恐他是个青年轻薄、寡情短行之人，又恐他豪贵骄奢，要人趋奉的人，但细看他温存骨格，像个厚道正人，断不至此。一日，又梦见宝珠变了他的模样，与自己唱了一出《惊梦》，又想不出这个理来。

次日，子云到园来，次贤讲起昨晚诸人来园看灯，并子玉打着了琴言的灯谜，即将子玉的才貌痛赞了一番。子云听了，心里颇为喜欢，即道："这个梅庚香，他虽不认得我，我去年恰见过他。我们也有世谊，他令祖相国与先叔祖总宪公是同年至好。这梅庚香的外貌却没有说的，不知品行如何。"次贤道："持重如金，温润如玉，绝无矜才使气的模样。虽然片时相晤，我已知其不凡。"二人谈了半天。

子云没有出门。到酉刻①，宝珠同了琴言到园。子云见了，笑道："玉侬，此番好了！我替你觅着了配对，你却不要忘了我。"倒把琴言吓了一

---

① 酉刻——指下午五点钟到七点钟的时间。

跳,登时发起急来,止不住眼泪直流,道:"度香,我承你盛情,不把我当下流人看待,我深感你的厚恩! 即使我有伺候不到处,你恼我恨我骂我撵我,我也不敢怨你,只不犯着勾引人来糟蹋我! 请问什么叫配对不配对?倒要还我一个明白!"子云自知出言孟浪,觉得无趣,只得叫宝珠陪着他,用好言劝慰,自己便借看画为名,到次贤房中去了。

这里袁宝珠用手帕替他擦了泪痕,就将史南湘的醉态,又妆点情形,说得琴言欢喜了,便同在一张床榻上坐着,道:"看昨日这几个打灯谜的人,内中一个叫梅庾香的,年纪不过十七八岁,相貌生得最好。"琴言道:"这人也姓梅么!"宝珠道:"他曾问起你来。"琴言沉吟道:"姓梅的他说会过我么?"宝珠道:"便是奇怪得很,我因他就只问你一个,只道你们自然在一处饮过酒。问他可与你相好? 他支吾了一句,说什么向未交接,不过闻声思慕,似乎不像见过的。又说看见你《惊梦》这出戏,唱得很好。"琴言想道:"不要这姓梅的,就是那天看戏的梅公子?"因问宝珠道:"这梅公子,可是初六那天在姑苏会馆东边楼上看戏的?"宝珠笑道:"那天我又没有唱戏,哪里知道是他不是他?"琴言呆呆的想了半晌,又问宝珠道:"他的相貌可同我们班里陆香畹差不多? 就只眼睛长些,觉得光彩照人;鼻子直些,觉得满面秀气,是不是呢?"宝珠道:"这么说,你们很熟的了,为什么要瞒着人呢?"琴言无言可答,想起那天的梦来,便道:"你同这姓梅的相好几年了?"宝珠道:"昨日才见面的。"琴言道:"我不信! 若是昨日才见,怎么前日晚上,倒会变了他的样儿呢?"琴言说了这句话,用袖子掩着嘴笑,倒将宝珠懵住了,道:"玉侬,你说些什么鬼话?"琴言道:"不是鬼话,你变了他模样,还唱柳梦梅呢!"宝珠益发摸不着头脑,道:"你到底还是装疯,还是做梦?"琴言嫣然一笑,就把那天梅公子看戏,以及梦见了他唱戏的话,细细说了一遍。

宝珠道:"这人原也生得好,若真个的同你配着唱这出《惊梦》,倒是一对,就可惜我不会变。"琴言默然良久,道:"咳! 可惜昨日出去了,没有见他一面。"宝珠试出琴言属意子玉,便道:"你可晓得今日错怪了庾香么?"琴言道:"怎么?"宝珠道:"他所说替你觅着的配对,你道是哪个?"琴言悄悄的道:"难道就是梅公子不成?"宝珠道:"不是他是谁!"琴言道:"我当是度香有心糟蹋我,却不晓得他所说打灯谜的人就是他!"宝珠道:"据我看来,你同这梅公子大有缘法。我去叫度香明日请他来,与你会一会面,你说好不好?"说着站起身来要走。琴言一把拉住宝珠衣服,道:"你又胡闹了! 一来我从未与梅公子会过,知道是他不是他? 万一不是他,便怎样? 就算是他,也不晓得他心性何如。二来刚才我冲撞了度香几句,怎么转得过脸来?"

这里说得热闹,哪晓得徐子云同萧次贤早已转到隔壁套间内,窃听得逼真。把门一推,子云、次贤走将出来,琴言一见,羞得红了脸,就背转身坐了。子云道:"玉侬,还怪我不怪?"琴言低头不语。子云道:"就算我说错了一句话,也是无心之言,况且你又不是女孩子,怕什么配对不配对?难道真把你配了梅庾香不成?"说得次贤、宝珠都笑起来。宝珠道:"不要说了,他已经明白过来了。我们何不去请了庾香来与他见一见?"子云道:"知道是他不是他? 我自有道理。"宝珠、琴言即在怡园吃了晚饭,坐到二更而回。

次日,子云即去拜望子玉。彼此道了些景仰渴想的话,就约定于十九日晚间一叙。出来顺道到王恂、刘文泽、史南湘等处看望,俱未晤见。回来想道:"这梅庾香果然名不虚传,玉侬又属意于他,将来见了面,不消说是他的人了。"又想道:"玉侬的脾气,差不多的人都猜摸不着,倘或一言不合,就可以决绝的。即使梅庾香是个多情人,也未必能像我这样体贴。据瑶卿说来,与玉侬改了名字,他全然不知,可见素未浃洽。就看过一出戏,想来也不过赏识他的相貌,未必心上只有这个琴言。我倒要试他一试。"又想道:"若是十九那一天,竟叫玉侬陪酒,他初交见面,就是彼此有心,也难剖说,旁人也看不出来。我如今用个移花接木之计,先把玉侬藏了,另觅一个像玉侬的人,用言打动他,看他如何,自然就试出来了。"主意已定,即向次贤、宝珠说知。

到了十九日,这一日一切安排停当。申刻①时候,梅子玉到了怡园,主人迎接,进了梅嵝。这梅嵝是园中名胜,且值梅花盛开,在大山之下,梅林丛中,有数十间分作五处,屋围着花,花围着屋,层层叠叠,望之林屋不分。内中陈设古玩不能细说,只觉人在花中,不数罗浮仙境,真人间香雪海也。居中一所,是个梅花心,以五间并作一间,复间作五处,上悬一块匾额,就是"梅嵝"二字。两旁一副对联,是:

---

① 申刻——旧式记法指下午 3 时至 5 时的时间。

梅花万树鼻功德,古屋一山心太平。

中悬着林和靖的小像,迎面摆一张雕梅花的紫檀木榻,榻上陈着一张古锦囊的瑶琴。子云让子玉进内坐了。子玉道:"前日斗胆,在此试灯,已成不速之客;今日又蒙宠召,坐我瑶斋。主人情重,何以克当!"子云道:"庾香先生,景星卿云,相见恨晚,前日失迓为罪!今蒙不弃,惠然肯来,私心实深欣幸!"子玉问道:"今日坐间尚有何客?静宜先生何以不见?"子云道:"静宜现有小事,少刻奉陪。"即指着榻上的琴道:"今日此酌,专为玉侬赠琴而设,未便另邀他客,致挠情话。"子玉道:"弟正要动问,前日因何为打一灯谜,有此厚赠?这玉侬究系何人,吾兄如此郑重?"子云便令小厮将琴囊解开,双手送交子玉道:"琴后镌有铭款,请试一观。"子玉接过琴来看时,玉轸珠徽,梅纹蛇断,绝好一张焦尾古琴。后面刻着两行汉篆,其文曰:

琴心沉沉,琴德愔愔;其人如玉,相与赏音。

四句琴铭下,又镌着一行行书小字,是:"山阴徐子云为玉侬杜琴言移赠庾香名士清赏。"下刻图章两方,阴文是"次贤撰句"四字,阳文是"静宜手镌"四字。子玉想起宝珠改名之言,知道玉侬就是琴官,却喜出望外,便深深一揖,道了谢,仍令小厮裹好。子云试他道:"闻说吾兄与玉侬相与最深,可是真的么?"子玉道:"弟因家君管教极严,平素足不出户。就只开春初六那日,在姑苏会馆看见他一出《惊梦》的戏,有人说起他的名字叫琴官,觉得色艺俱佳。直到前日在此,于无意中询知阁下替他改名为琴言,却从未与他会过,相与之说,恐是讹传,吾兄将来晤见琴言,尚可询问。"子云道:"吾兄赏识不错,可晓得琴言颇有情于吾么?"子玉笑道:"情之一字,谈何容易!就是我辈文字之交,或臭味相投,一见如故,或道义结契,千里神交,亦必两意眷注,始可言情,断无用情于陌路人之理!琴言之于弟,犹陌路人也。弟已忘情于彼,彼又安能用情于弟乎?"

子云道:"据吾兄品评琴言,比前日所见宝珠何如?"子玉因想琴言、宝珠都是子云宠爱,未便轩轾①,便道:"大凡品花,必须于既上妆之后观其体态,又必已卸妆之后视其姿容,且必平素熟悉其意趣,熟闻其语言,方能识其情性之真。弟于宝珠、琴言均止一见,一系上妆,一系卸妆,正如

---

① 轩轾——车子前高后低叫轩,前低后高叫轾。引申为高低、轻重。

走马看花,难分深浅。"子云道:"假使有人以琴言奉赠吾兄,将何以处之?"子玉道:"怜香惜玉,人孰无情?就使弟无金屋可藏,有我度香先生作风月主人,正不愁名花狼藉也!"

正说着,只见宝珠同着花枝招展的一个人来。子玉一看,不是别人,就是朝思暮想的琴言,心里暗暗吃惊。又听得子云道:"玉侬,你的意中人在此,过来见了。"琴言嫣然一笑,走上来请了一个安,倒弄得子玉坐不是站不是,呆呆的只管看那琴言。那琴言又对子云也请了安。宝珠道:"庾香,我竟遵竹君的教,不为礼了。"子玉道:"是这样,脱俗最好。玉侬何不也是这样?"琴言微微的一笑,不言语。子玉看看琴言,又看宝珠,觉宝珠比琴言面目清艳了好些,吐属轻倩了好些,举止闲雅了好些,心里寻思道:"原来琴言不过如此,何以那两回车中瞥见如此之好,而唱起戏来又有那样丰神态度呢?而且魏聘才赞不绝口,徐子云又钟情到这样,真令人不解!"一面想,那神色之间微露出不然之意来。子云却早窥出,颇得意用计之妙。

宝珠道:"你们彼此相思已久,今日初次见面,也该说两句知心话,亲热亲热,为什么大家冷冰冰的都不言语?"说着就拉琴言的手,送到子玉手内。子云道:"可不是,不要因我们在这里碍眼,不好意思。"说得子玉更觉接不是,不接又不是的,只得装作解手出来,又在窗外看了一回梅花,经子云再三相让,然后迟迟疑疑的进屋。子云道:"这里太敞,我们到里间去坐,"宝珠走近镜屏一摸,那镜屏就像门似的,旋了一个转身,子玉等走了进去,那镜屏依旧关好。

子玉看套间屋子也像五瓣梅花,却不甚大。正留心看那室中,只见玻璃窗外一个人拿着个红帖回话说:"贾老爷要见。"子云道:"我在这里陪客,回他去罢。"那人道:"这位老爷说有要紧话,已经进来了。"宝珠道:"不是贾仁贾老爷么?"子云道:"可不就是他。"宝珠道:"我正要去寻他,我们何不同去见他一见。"子云道:"尊客在此,怎好失陪。"子玉道:"我们既是相好,何必拘此形迹。"子云告了罪,宝珠又嘱咐琴言好生陪着,遂一同出去。那镜屏仍复掩上。

屋内只剩子玉、琴言两人。琴言让子玉榻上坐了,他却站在子玉身旁,目不转瞬的看着子玉,倒将子玉看得害羞起来,低了头。琴言把身子一歪,斜靠着炕几,一手托着香腮,娇声媚气的道:"梅少爷,大年初六那天,你在楼上看我唱戏的不是?"子玉把头点一点。又道:"你晓得我想念你的心事么?"子玉把头摇一摇。琴言道:"那瑶琴的灯谜,是你猜着的么?"子玉把头点一点。又道:"好心思! 你可晓得度香的主意么?"子玉又把头摇一摇。琴言用一个指头将子玉的额抬起来,道:"我听得宝珠说,你背地里很问我,我很感你的情。今日见了面,这里又没有第三个人,为什么倒生分起来?"子玉被他盘问得没法,只得勉强的道:"玉侬,我听说你性气甚是高傲,所以我敬你。为什么到京几天,就迷了本性呢?"琴言道:"原来你不理我是看我不起,怪不得这样不瞅不睬的。只是可惜我白费了一番心!"说着,脸上起了一层红晕,眼波向子玉一转,恰好眼光对着眼光,子玉把眼一低,脸上也红红的,心里十分不快。琴言惺惺忪忪两眼,乘势把香肩一侧,那脸直贴到子玉的脸上来。子玉将身一偏,琴言就靠在子玉怀里,咮咮的笑。子玉已有了气,把他推开,站了起来,只得说道:"人之相知,贵相知心。你这么样,竟把我当个狎邪人看待了!"琴言笑道:"你既然爱我,你今日却又远我! 若彼此相爱,自然有情,怎么又是这样的? 若要口不交谈,身不相接,就算彼此有心,即想死了,也不能明白。我道你是聪明人,原来还是糊糊涂涂的!"子玉气得难忍,即说道:"声色之奉,本非正人。但以之消遣闲情,尚不失为君子。若不争上流,务求下品,乡党自好者尚且不为。我素以此鄙人,且以自戒,岂肯忍心害理,荡检逾闲! 你虽身列优伶①,尚可以色艺致名,何取于淫贱为乐? 我真不识此心为何心! 起初我以你为高情逸致,落落难合,颇有仰攀之意。今若此,不特你白费了心,我亦深悔用情之误! 魏聘才之赞扬固不足信,只可惜徐度香爱博而情不专,唯以人之谄媚奉承为乐,未免纨袴习气。其实焉能浼②我!"说着,气愤愤的要开镜屏出去。哪晓得摸不着消息,任你推送,只是不开。

　　正急的无可如何,只听得镜屏里轻轻的一响,子云、次贤、宝珠都在镜屏之外,迎面笑盈盈的走进来。那琴言一影就不见了,把个子玉吓得迷迷糊糊的。只听得子云笑道:"好个坐怀不乱的柳下惠! 失敬,失敬! 就是骂我徐度香太挖苦些。"子玉一回转头来,哪知众人都在镜屏对面套间之

---

①　优伶——古代以乐舞戏谑为业的艺人的统称,后指戏曲演员。
②　浼(měi)——污染。

内，子玉与次贤见了礼，即向子云告辞道："今日出门，忘了一件要事，只好改日再来奉扰。"子云笑道："庾香兄必是因适才唐突，见怪小弟。里间屋内酒席已经摆好，请用一杯，容小弟负荆请罪！"次贤道："小弟才来，正拟畅谈衷曲，足下拂然欲去，是怪我奉陪得迟了？"宝珠一手拉着子玉，进套间屋内道："你且再看看你的意中人，不要哭坏了他。"

子玉见一人背坐着，在那里哭泣，只道就是刚才的那个琴言。因想他既知哭泣，尚能悔过，意欲于酒席中间慢慢的用言语感化他。哪晓得他倒转过脸来，用手帕擦擦眼泪，看着子玉道："庾香，你的心我知道了！"子玉听这声音，似乎不是琴言，仔细一看，只觉神采奕奕，丽若天仙，这才是那天车中所遇、戏上所见的这个人！子玉这一惊，倒像有暗昧之事被人撞见了似的，心里突突的止不住乱跳，觉得有万种柔情，一腔心事，却一字也说不出来。发怔了半晌，猛听得有人说道："主人在那里送酒了。"子玉如醉方醒的，走上去还了礼，却忘了回敬；宝珠递了一杯酒来，方才想起，把酒送在自己坐的对面。次贤道："足下是客，哪有代主人送酒之理？"子玉始知错了座位，只好将错就错的送了一杯，定了神，又替主人把盏。子云再三谦让，便道："这杯酒我代庾香兄转敬一人。"就摆在子玉肩下道："玉侬，你坐到这里来。"琴言只得依了，斟了一杯酒，送在子云面前；又与宝珠斟了酒，然后入席。

天色已暮，点上灯来。子玉道："今日之事甚奇，方才难道是梦境迷离？"说得合席都笑。琴言向来不肯轻易一笑，听了这句话，也不觉齿粲①起来。那美目流波光景，令人真个销魂，不要说子玉从没见过，就是子云与他盘桓了将及一月，也是破题儿第一回。知他巧笑是为着子玉，未免爱极生妒；所喜宝珠的丰姿意态，也赶得上琴言；更见子玉温文尔雅，与琴言并坐，却是一对玉人，转又羡而忘妒。这里子玉重把琴言细看，觉日间所见的琴言，眉虽修而不妩，目虽美而不秀，色虽洁而不清，面貌虽有些像，而神色体态迥然不同。猜不透是一是二，遂越想越成疑团，却又不便问他们。

酒过数巡，次贤道："庾香兄，今日可曾见那瑶琴上镌的字么？"子玉道："我倒忘了道谢，铁笔古心，的是名手！但此灯谜也还易打，度香先生所说为玉侬而设，究竟不知其故。"子云指着琴言道："弟是为他看我制灯

---

①　粲（càn）——笑时露出牙齿的样子。

谜时,喜诵'花落''微雨'两句;又因他名字是琴,所以借此为彩,原是要替他卜个生平知己。可巧是吾兄猜着,不枉弟一番作合之心。"子玉道:"却之不恭,受之有愧,当为玉侬珍重藏之!"琴言面有豫色,宝珠见了,将唐诗改了一字,念道:"寻常一样琴前月,才有梅花便不同。"子云、次贤同声赞道:"琴字改得好!"子玉看琴言颜色微愠,知是宝珠以他名字为戏,便道:"若非瑶卿胸有智珠,不能改得如此敏妙!"子云等还道是寻常赞语,唯有琴言深感子玉之情,替他报复了这个琴字。

次贤道:"今日玉侬何以一言不发?"子云道:"他本来像息夫人似的,将来静宜可将那'花如解语还多事,石不能言最可人',替他写一副对子。"子玉只管点头。宝珠道:"他是只会作梦,哪里会说话!"琴言瞅了宝珠一眼。子玉想道:"这分明与前见的一些不同,难道竟是两个人!"

子云见子玉、琴言两意相投的光景,便道:"庾香兄不是有事么?为什么不打发人回去?我们可以畅饮。"子玉支吾道:"虽有小事,迟到明日尚却不妨。足下好客,可惜前日同来的一班好友都不在此。"子云道:"他们是常来的,不妨另日再叙。"子玉道:"此外尚有个卓然高品。"子云道:"我也认识。"琴言道:"这个名字倒起得别致。"子云举杯照子玉道:"难得玉侬开了金口,我们当浮一大白!"子玉饮毕,又照了次贤,也饮干了。宝珠道:"我们今日何不以玉侬说话为令?他说一句话,我们合席饮一杯。"子云笑道:"这令很新,就是这样。"子玉道:"说一句话,合席饮一杯酒,这个令未免酒太多。他和谁说,谁饮一杯不好么?"琴言点头。宝珠道:"这个恐怕有弊。"子云道:"不妨,就吃醉了,我有醒酒丸。"于是大家依允。

琴言问子云道:"是什么醒酒丸?这丸叫什么名字。"子云一一说了,共是两杯。琴言问次贤道:"今日为什么回来这样迟?"次贤道:"替人做媒,回来迟了。"也饮一杯。琴言把子玉看了一看,却不言语,回转头来问子云道:"这园梅花共有多少株?"宝珠咳嗽一声,子云道:"约有二千株。"该是一杯。宝珠过来替子云斟了,就便向子云耳边说了一句。琴言道:"你们改令,是要罚十杯!"子玉道:"没有人改的。"宝珠过来要与子玉斟酒,琴言把子玉的杯子拿了道:"我又没有和他说话,为什么要给他酒吃呢?"宝珠道:"他和你说话也是一样。"琴言道:"这个我不依。"子玉倒不好意思道:"我原是想酒吃罢了,吃一杯罢。"琴言道:"你要吃,用他的杯子。"

宝珠要来取琴言的酒杯,琴言早已抢在手内藏了。宝珠没法,只得另取一只酒杯，斟了酒，送到子玉面前。子玉正要伸手去取，琴言用左手盖着酒，只不许饮。大家看这只手，丰若有余，柔若无骨，宛然玉笋一般，任你铁石心肠，也怦怦欲动。子云虽曾经握过，此时也只能艳羡而已。子玉忆起日间那个琴言的手，又粗又黑，始知必非一人。宝珠心生一计，便道："你们大家看他的纤纤玉手作什么？"琴言把手一缩，宝珠随即取了这杯酒，送在子玉手内。琴言向子玉道："这杯酒你偏不要吃。"子玉答应。子云道："玉侬，你该替我做主人，敬客一杯才是。"宝珠接口道："况这个令那头一句话，就不算向庾香说的，难道这句话，也是和别人说的不成？"琴言想了一想，这话有理，只得一笑。

子玉饮完酒，便问宝珠道："方才这个玉侬，到底是谁？"宝珠笑道："这个，要问你的玉侬。"子云笑着唤道："玉龄，你再来给梅少爷瞧瞧。"只见里面套间内走出一个人来，却是头里那个假琴言，垂手正色，侍立在子云身旁。这假琴言是华公子家"八龄班"内的一个，名字叫玉龄，本是子云家人，送给华公子，因其面貌有些相像，所以叫回应用，这就是子云移花接木之计。子玉一见，颇难为情，始恍然知初见那个琴言实在是假的，疑团尽释。

子云道："我是要试试庾香的眼力，所以刻画无盐，唐突西子。今果被识透，足见高明！"就令玉龄取了两个大玉杯来，道："你代我敬梅少爷一杯。"玉龄斟了送与子玉。子玉接着道："酒已多了，天也不早了，我们用饭罢。"子云道："吾兄若不饮这杯酒，是真怪小弟了！玉龄，你替我陪一杯，代我赔罪。"玉龄果将那一杯也斟了，大大的饮了一口。宝珠给他几片春桔过酒，又饮了两口，方才饮完。子玉没法，只得一口气饮了一半，吃了些水果，琴言又挤了些春桔水在酒内，然后慢慢的饮干。

子玉今日初会琴言，天姿国色，已经心醉，又饮了这一大杯，虽说酒落欢肠，究竟饮已过量，觉得眼前花花绿绿的，支持不住。子云不敢再敬，大家吃饭。洗漱毕，子玉便要告辞。倒是琴言恐怕他醉了不受用，向子云要了一服仙桃益寿丸，泡制好了，吹得不甚热，给子玉服了。不多一会，子玉心里十分清爽，又把琴言饱看了一番，虽彼此衷曲不能在人前细剖，却已心许目成，意在不言之表了。子玉令云儿抱了瑶琴，向子云、次贤道了谢出来。琴言悄悄的问后会之期，子玉心里觉得十分难受，勉强的道："稍得空闲，即当相聚。"大家送到上车地方，大有依依不舍之意，一直望他车子出了园门。宝珠、琴言也各上车回去。欲知后事，再听下回分解。

第 十 一 回

三佳人妙令翻新　六婢女戏言受责

话说徐子云送子玉出园之后，与萧次贤谈了一会，即便回宅。子云的住宅也离园不远，就在对面，还是他曾祖老太爷住的相府，府中极其宽大。现在父母兄嫂都不在京，在此宅内仅子云夫妇二人，其余都是家人。

子云与他夫人讲起琴言、子玉的事来，又羡慕他们缱绻的情致。袁氏夫人微笑，即问道："这些相公对了你们怎样的光景？到底有甚好处？"子云笑道："这些人你都见过，也听过他们的戏，难道还说不好？"袁夫人道："我见他们唱戏时，也不过摹拟那闺阁的模样，至于下装时也还生得清清秀秀。若要说他是无价的至宝，我就不知。据我看来，似乎还不及我这几个丫头！"子云道："你们眼里看着，自然是女孩子好。但我们在外边酒席上，断不能带着女孩子，便有伤雅道。这些相公的好处，好在面有女容，身无女体，可以娱目，又可以制心，使人有欢乐而无欲念，这不是两全其美么？"袁夫人笑道："你却说得冠冕！"子云也笑道："我是心口如一的，生平总没有说过违心话。"袁夫人道："就算你如此，难道你那些朋友也是这样么？"子云道："他们若不是这样，就与我冰炭不入了。方才我不是说，那梅庚香教玉龄略说了两句戏话，他就气得什么似的，连我都骂起来，这不是可以相信的么？况那几个孩子也不喜人与他戏谑的。"说了一会闲话，袁夫人说起明日是华夫人生日，且系二十岁正寿，是必要去走一走的。子云道："自然该去。且你去年生日，他也过来，还送了好些东西。我们也备几样玩好送他。"一宵无话。

次早，袁夫人捡出了十样玩好，都是重价之珍，开了一个单子，是：

　　琼瑶玉连环　七宝钗　翠羽扇　珊瑚搔头　镂金博山炉　青瑶玉琴轸　沉水香瑟柱　奇楠香串　玛瑙印章

先着人送去。遂于十二红丫环中，带了红雪、红霓、红香、红玉、红薇、红雯六个，都是盈盈十五，窈窕多姿，识字能书，工诗善绣。伺候夫人晓妆已毕，红雪道："今日天气寒冷，似有雪意，须多带几件衣服。"便向大毛衣服内检出一件天蓝缎绣金紫貂鼠披风,红缎绣金天马皮蟒裙,玉佩玎珰,珠璎珞索。格外又带了一个大红锦包袱,包了两三件衣裳。一切花钿珍饰,用个锦匣装了。六红也打扮停当,上了香车,外面家人骑上了马,往华府来。

且说那华公子年方二十一岁,其容貌虽见于魏聘才之目,性情述于富三之口,究未得其详。这华公子气焰虽豪,性情却极纯粹,不过在那起居服食上,享用些富贵豪华之福。养尊处优,不喜酬应;骑射既精,词赋更妙;也曾千卷罗胸,不难七步随口。这华夫人母家姓苏,父名臣泰,也是功臣之后,世袭列侯,现任兵部尚书。并无嗣子,只生二女,长名浣香,次名浣兰,皆生得华容绝代,每于花下闲行,有百蝶随舞。精于诗词音律,书画琴棋,各臻微妙。外间有两句口号说道:"不愿得龙宫十斛珠,只愿一见侯门大小苏。"这浣香十八岁上嫁了华光宿,真是瑶琴玉瑟,鱼水和谐,说不尽咏月吟风,闺房潇洒。又有十个美婢,名字都有一个珠字:宝珠、明珠、爱珠、花珠、荷珠、蕊珠、掌珍、珍珠、画珠、赠珠。这十珠都有十分姿色,年皆十五六岁,真像十样鲜花,一群粉蝶,个个慧心香口,莲步柳腰,针凿巧夺天工,词令皆成妙品。比郑康成之诗婢,少道学之风规;较郭令公之家姬,得风流之香主。华公子夫妇二人这样的妙才浓福,也就人间少有的了,兼之高堂未老,雄镇西夷①,恩承七叶之荣,爵列三公②之首。

这日是华夫人生日,外边恰一概不知。昨日公子与夫人家宴了一日,命"八龄班"唱了一天戏。这"八龄"名字都有一个"龄"字,无非金龄、玉龄、兰龄、桂龄之类。有几个是家僮教的,有几个是各班选的,虽不能如《花选》中之名旦,却也胜于寻常戏旦,闲时原叫其伺候书房。这日华夫人知其胞妹浣兰小姐要来,复又见徐府中送了十样珍玩,知袁夫人也要来。与华公子清早拜过了家庙,供过了佛,公子本要再与夫人家宴一天,因他姨妹与盟嫂来,只好回避。

不一会,苏小姐已到,香车到了穿堂,用软肩舆一直抬进了内堂院子里,四个丫环扶了小姐下轿。华夫人出接,姐妹二人见了礼,华公子也进

---

①　西夷——即西戎,古代西北少数民族地区的总称。

②　三公——古代辅助国君治理军政要务的最高官员,明清以太师、太傅、太保为三公,但只用作大臣的最高荣衔。

来见过了。公子问过他岳父、岳母的安,将要坐下,家人报道:"徐府夫人已到。"华公子回避出去,华夫人姐妹出堂迎接。见轿帘启处,六个美貌丫环拥着一个天仙出来,金莲细步进了中堂,挽了华夫人的手,笑盈盈的对拜了。苏小姐又与袁夫人拜年,说道:"明日就打算到姐姐处来,家母与姨娘们都要来的。"袁夫人道:"我这两天本要请年伯母与妹妹们过来坐坐,若承下顾,那就妙极了。"华夫人道:"贱齿之辰,上承眷注①,宠赐多珍,教我不敢不拜领!"袁夫人笑道:"些须微物,聊以将意,何足尚龁及。我想昨日就要过来,偏偏有事耽搁了。"

苏小姐道:"十一那一天,家母遣人来问候姐姐,来人回来说姐姐花园里请些太太们赏灯。她把那些灯足足就讲了半天,说试一回要用几千人,说得天花乱坠,教我晚间做梦竟到姐姐园里来看灯,又并没有看见。"说着自己先笑了,袁夫人也笑道:"灯却可以看得,几千人是用不着,二三百人是要呢。我抢先同了姐妹们于十一日试了一天,后来就有些官客们,接接连连闹到十八日,也没有空得一日。又因你们都在城里,只得日间来看,不能晚上赏玩,所以没有来请。"华夫人也甚为羡慕。袁夫人又对苏小姐道:"承年伯母惦记,反赏东西。"苏小姐道:"家母那日因姐姐回去时,说有些不快,心上常惦记着呢。"袁夫人又欠身谢了。十珠婢与苏小姐的丫环都向袁夫人请了安,袁夫人的六红婢也向华夫人、苏小姐请了安。

大家谈了些闲话,叙了些家常。华夫人便要唱戏,袁夫人道:"我们姐妹谈心甚是有趣,倒不必要他们来嘈杂。"即略逛了几处屋子,走进华夫人卧房来。华夫人的卧房是五大间:三间套房,外面两间做了书室,图书满架,彝鼎纷陈。袁夫人略略赏玩了一番,只见群珠上来请示摆席,华夫人道:"就摆在这里罢。"一面就摆起席来。华夫人送了酒,坐定了,就不尽玉液金波,山珍海错。三人谈谈笑笑,饮了一会,袁夫人道:"我新见人行一个酒令,倒也有趣。用五句成语凑成一串,但嫌其没有韵,而且第四、五句还添两个虚字在里头,略欠自然。他第一句用古文,第二句唐诗,第三句用骨牌名,第四句用曲牌名,第五句用时宪书,凭人自己检便容易了。我们如今六个骰子,随手掷出什么色样,就从这个色样起。第一句

---

① 眷注——关怀。

用骨牌名,第二句用五言唐诗,第三句用《西厢》曲文,第四句用曲牌名,第五句用《毛诗》这五句须要有韵,念出来才觉得铿锵入调。"苏小姐听了十分高兴,便问她姐姐要骰子出来试行这令。华夫人道:"好虽好,只是难些,又要自然,又要有韵,你不怕费心么?"便命丫环取过骰盆放了骰子,送与袁夫人道:"姐姐先行个样儿出来。"

袁夫人取过骰子,掷了几掷,成了色样,是个"群鸦臊凤",便望着骰盆想了一会,说道:"我献丑了,说得不好,你们不要笑话。"即念道:

群鸦噪凤,箫鸣凤下空,分明伯劳飞燕各西东。五更转,甘与子同梦。

华夫人与苏小姐大赞。华夫人道:"这五句实在说得好,三句至五句尤妙! 香心旖旎,读之令人心醉。这个恐我不能。"袁夫人笑道:"你凡事总有一番谦退,及至行出令来,必定又十分用心,不肯让人一毫。"华夫人也笑了,即取过骰子掷了几掷,掷了个"铁索揽孤舟"的色样,便想了一想,即念道:

铁索揽孤舟,沧江急夜流,他归期约定九月九。夜行船,载沉载浮。

袁夫人道:"何如? 我说你必有惊人之句。这五句如一句,比我的好得多了。这句《续西厢》更用得有趣。再要看兰妹的,想必更好,定是后来居上!"华夫人犹谦了几句。苏小姐性急,急于要掷,也无暇谦让,把骰盆移过来,咱嘟嘟嘟掷了好几掷,才掷成了一个"将军挂印",好不喜欢,便把秋波凝住,想了一想,凑成了五句,即笑吟吟的念将出来,是:

将军挂印,独立三边静,总为君瑞胸中百万兵。得胜令,公侯干城。

袁夫人赞道:"我说后来居上是不错的。兰妹这个令真叫我五体投地,唯有贺一个满杯罢!"苏小姐颇自得意,喜孜孜的倒谦了一句。华夫人也赞道:"果然好,但也是掷着了那个好色样,成了她。"也贺了一杯,并命伺候丫环们每人都饮一杯酒,作个大犒三军,公贺将军挂印。十珠、六红等都饮毕。爱珠拉拉红雪的袖子,低低说道:"你们奶奶的'五更转,甘与子同梦'说得有情;我们奶奶的'铁索揽孤舟,搭着夜行船',说得有理;二小姐的说得有声有势,三个各有好处。"红雪点点头道:"你说得一点不错。"袁夫人等听了,亦都微笑。

袁夫人再掷,掷了一个色样,是"落红满地"。袁夫人要争奇取胜,不肯就说,细细的想了一会,想成了一个,也甚得意,便念道:

　　落红满地,拭翠敛蛾眉,只是昨宵今日清减了小腰围。骂玉郎,不醉无归。

苏小姐赞道:"姐姐这个实在好极,怎么能说这般蕴藉风流? 为什么我说不到这样,觉得有点粗气。这个我们该贺!"各贺了一杯。袁夫人笑道:"你是李杜大家,我是温李靡艳,如何比得上你来?"华夫人笑道:"这首绝妙,与题相称。我想姐姐是骂二哥天天带着相公,在园里喝醉了回来,教姐姐腰围都清减了。"袁夫人颇不好意思,说道:"你来取笑我,你留心了色样,这是有还礼的!"华夫人、苏小姐皆笑。那十珠、六红等听了,也各微微的笑,听她们主人说笑甚是有味。

华夫人取过骰子,掷了一个"二士入桃源",也构思了一会,想着了几句妙语。但方才取笑了袁夫人,如今说出来又恐他要报复,不觉迟迟的,红泛桃腮;若改换了,便觉可惜,只得念道:

　　二士入桃源,桃源路可寻,新婚燕尔天教定。傍妆台,携手同行。

苏小姐听了,对着华夫人微笑。袁夫人笑道:"你怎么忽然想起初嫁的时候来? 这几句可谓风华旖旎已极,如见薰香对景,画眉人偎倚妆台,喃喃私语,索口脂香。我们今日在此,未免不情!"华夫人笑道:"我知道你必要还礼。我所以踌躇了一会,欲要改两句,又不及这个好。原是我不是,招出姐姐这番话来。"说着大家都笑,群婢也都齿粲。又各贺了一杯,又到了苏小姐,掷了一个"梅梢月上",想了一想念道:

　　梅梢月上,花树香玲珑,人间玉容深锁绣帏中。琐窗寒,零露浓浓。

华夫人先赞了好,袁夫人道:"你这个可谓温柔香艳之至矣,又恰是闺秀口气。我略比你长了几年,就说不到这样秀韵,这真是勉强不来的。"苏小姐只是含笑,又贺了一杯。

那边红香低低对宝珠说道:"你听各人行的令,真像各人的语言情性,连相貌都像。这是什么缘故? 若教彼此换一个过儿,就便都不像本人了。"宝珠等微笑。袁夫人又取过骰子来,掷了一个"观灯十五夜"。苏小姐:"这是姐姐的本地风光,可以把那些百鸟百兽、神龙癫象、火树银花一齐说出来,做个热闹灯节了!"袁夫人笑道:"我也这么想,但我未必有这力量。"想了一会，凑不上来，只得重换了，念道：

现灯十五夜，未醉岂劳扶，一声声道不如归去。步步娇，谓行多
露。

华夫人、苏小姐大赞。华夫人道："姐姐风流倜傥，情见乎词。这几句如见姐姐扶着婢女一步步的走来，又像姐姐在园里看灯的光景，令人羡慕。"于是各贺了一杯。

此时华夫人便叫宝珠等，同着两家的丫环到后房去吃饭，这边伺候的人已少了好些。袁夫人听得后房也在那里"啴啷啴啷"的掷骰子，有些哧哧的笑，与互相褒贬讥诮之声。苏小姐道："他们在那里行令呢，不知行出来的怎样？"华夫人笑道："就算他们也能说两句，未必有什么好的出来，总不如我们的。"于是又移过骰盆，掷了一个"桃红柳绿"，想了一会，念道：

桃红柳绿，花与思俱新，隔花人远天涯近。醉花荫，鼓瑟吹笙。

袁夫人道："这个也把你的情韵都写出来，我如见你在花荫之下，绿妥红酣，芳情自遣，真是碧桃花下神仙侣！"华夫人道："觉得我的出语总平些，没有姐姐的灵警。今日终是姐姐考第一，一片的香腻光泽都在字里头透出来，我只好甘拜下风！"袁夫人道："哪里！清华明艳都被你们姐妹二人占尽了。昔谢灵运①说'天下之才共一石，曹子建②独得了八斗'。我看如今你们二位共占了六斗，还有一个小才女来抢了三斗，只剩一斗，天下闺秀分起来，到我分不到一合了。"说得华夫人、苏小姐皆笑。

苏小姐道："姐姐说那个小才女是谁家？"袁夫人道："这人你们不认得么？是王质夫年伯的第二个女儿，名叫琼华，我们都是世姐妹。"华夫人道："是通政司卿那位王年伯么？我们倒没有往来过。"苏小姐道："这王琼华怎样好呢？"袁夫人道："她今年十七岁，相貌是没有比得上她的，与二位真可鼎足为三。我前日请他们姐妹来看灯，她在席上就成了一首《灯月词》，顷刻之间，洋洋洒洒七八百字，光怪陆离，骇人耳目，绝像太白复生，此岂闺阁中所能的！"苏小姐道："这首诗，姐姐可记得不记得？"袁夫人道："不记得，改日我抄一篇出来送给你。"于是各人饮了一杯酒，又

① 谢灵运——南朝宋诗人，其诗多描绘自然景物，开文学史上山水诗一派。
② 曹子建——即曹植，字子建，曹操第三子。

吃了些菜。听后房那些婢女们好掷得高兴,说笑的说笑,罚酒的罚酒。苏小姐又掷了一个"格子眼",笑道:"这个好无趣。"想了一会念道:

　　格子眼,微风韵可听,忒愣愣是纸条儿鸣。恨更长,东方未明。

　　袁夫人道:"你还说这'格子眼'无趣,倒成了这个好令,实在自然得很。"这一人三转,也有好一会工夫了。华夫人道:"停一停再行罢,我们且吃些菜,不是这么空费心的。"

　　且搁下外边,说后房那些美婢也在那里行令,有说得好,有说得不好,也有自己说不出要找人代说的,虽不敢十分嬉笑,但也交头附耳,摩肩擦鬓的挤在一堆。这徐家的十二红与华家的十珠,正是年貌相当,才力相敌,应该彼此相敬相爱才好。她们却不然,都怀着好胜脾气,两不相下,若不讲这些斯文技艺,倒还和气,若说起这些诗词、杂技,便定要你薄我,我薄你,彼此都想占点便宜,闹到后来,必至斗嘴斗舌的面红起来。这一回行令,内中有几个说得不好,已受了多少刻薄。红薇这一掷,掷了个"醉西施",半天说不出来,急得两颊通红。爱珠想了一下,笑道:"我代你说,你要谢谢媒人才好。"即笑吟吟的对着红薇,还把一个指头指着她,念道:

　　醉西施,酒色上来迟,他昨日风清月朗夜深时。好姐姐,吉之诱之。

　　众人赞好。红薇道:"你真是个好姐姐,怪不得有人要诱你!"爱珠道:"我是说你的,你这好模样还不像个醉西施吗?"众人又笑。

　　蕊珠掷了个"鳅入菱窠",嫌这名色不好,要不算,众人不依。蕊珠只得细想,也想不出来,觉句句总连络不上。红雪笑道:"我也代你说,你也要谢谢媒。"蕊珠道:"若好的你就说,若骂人的就免劳照顾。"红雪道:"不骂你,你还要感激我呢。"众人道:"你且念出来。"红雪笑道:

　　鳅入菱窠,翠羽戏兰苕,侯门不许老僧敲。秃厮儿,与子偕老。

　　蕊珠伸手过来,一把拧住了红雪的嘴,红雪急忙用手解开,大家笑得弯了腰。明珠一笑,袖子带着酒杯,砸了一个。外面夫人们也听得明白,袁夫人笑道:"他们还比我们会乐。"

　　这边红玉掷了一个"八不就",便道:"这个名色也难,凑不成的,换了罢。"宝珠道:"怎么凑不成? 我替你凑,包你一凑就凑上,总不教你'八不就'"。红玉道:"你说玩话呢,还是正经话? 你若刻薄我,我就撕你的嘴!"宝珠道:"我是不喜欢刻薄人的。"便指着红玉说道:

八不就，惊梦起鸳鸯，着甚支吾此夜长。脱布衫，中心养养。

"这个'养'字要作'痒'字解。"红玉骂道："你嘴里倒有些痒呢，我替你杀杀痒罢！"夹了一条海参塞到宝珠嘴里，宝珠一躲，把她的箸①子打落在地。桌子下跑出个白猫儿，把地下的海参吃了，众婢又笑得不可开交。

掌珠掷了个"踏梯望月"，说了一个，只是平平，不见出色。红雯道："这个令题就好得很，你这么说来就辜负了题目了，我代你说。"即说道：

踏梯望月，宋玉②在西邻，隔墙儿酬和到天明。花心动，有女怀春。

掌珠笑骂红雯道："好个女孩儿家，踏着梯子去望人，还说自己花心动呢，臊也臊死人！"红雯笑道："我是说你的，你闷在心里，不要闷出病来，倒直说了罢！"掌珠把红雯一推，红雯没有留心，往后一跌，靠在宝珠身上，踏了她的金莲。宝珠皱着眉，一手扶着红雯肩上，一手摸着自己的鞋尖，摸了一会，把红雯背上打了两下，众人又笑。

红香掷了一个"正双飞"，偏也凑不上来，想着了几句，又不是一韵。这边荷珠道："我代你说一个好的，叫你再不恨我。"红香当她是好心，便道："好姐姐，你代我了罢！"荷珠笑道："我虽代你说，这令是原算你的。"便念道：

正双飞，有愿几时谐，挨一刻似一夏。并头莲，庶几凤夜。

红香红着脸要撕荷珠的嘴儿，经众人劝住。荷珠掷了个"一枝花"，正要想几句好句子，忽见红霙对着她笑盈盈的说道："我代你说。"荷珠料她没有好话，便摇着头道："不稀罕。"红霙道："你虽不稀罕，我倒偏要说。"众人要听笑话，都要她说，红霙念道：

一枝花，还怜合抱时，这叫做才子佳人信有之。一点红，薄污我私。

众人忍不住皆笑。荷珠气极，走过来把红霙拦腰抱住，使劲的把她按在炕上，压住了她，说道："我倒要请教请教你这一点红呢？"红霙力小翻不转来，裙子已两边分开，众人见他两只金莲往外乱叉，众人的腰都笑的支不起来。红雪、红香过去拉开了红霙，头上花朵也掉了，头发也弄得蓬

①　箸(zhù)——(方)筷子。

②　宋玉——传说为历史上有名的美男子。

蓬的,便把手掠了一会,骂荷珠道:"玩得这般粗鲁! 说说罢了,就要认真!"

这一会闹,闹得华夫人、袁夫人都按捺不住了,便叫家人媳妇进来查问,不许她们玩笑。群婢才息声静气的,赶紧的吃了一碗饭,都出来伺候。夫人们看这一班顽婢,有闹得花朵歪斜的,鬓发蓬松的,还有些背转脸去要笑的,还有些气愤忿以眉眼记恨的,不觉好笑,只得对着爱珠等说道:"你们这么大了,怎么还这样顽皮? 若不为着有客在此,我今日必要责罚你们!"袁夫人也说了六红婢几句,群婢低首侍立,面有愧色。

苏小姐问道:"你们行的什么令,这般好笑?"群婢中又有些抿嘴笑起来,倒惹得两位夫人也要笑了。华夫人笑道:"这些痴丫头,令人可恼又可笑!"苏小姐又问道:"你们如行着好令,不妨说出来,教我们也赏鉴赏鉴。如果真好,我还要赏你们,就是你们的奶奶也决不责备你们的。"爱珠的光景似将要说,红香扯扯她的袖子,叫她不要说。爱珠道:"她们说得也多,也记不清了。"苏小姐急于要听,便对华夫人、袁夫人道:"她们是惧怕主人不敢说,你们叫她说,她就说了。"华夫人也知道这些婢女有些小聪明,都也说得几个好的出来,便对袁夫人微笑。袁夫人本是个风流偶儇的人,心上也要显显她的丫环的才学,便说道:"你们说的只要通,就说说也不妨;若说出来不通,便各人跪着罚一大杯酒。"红薇与明珠的记性最好,况且没有她们说的在里面,便说道:"通倒也算通,恐怕说了出来,非但不能受赏,更要受罚。"华夫人笑道:"你们且一一的说来。"于是明珠把爱珠、宝珠、荷珠骂人的三个令全说了,红薇也将红雪、红雯、红霓骂人的三个令也说了,笑得两位夫人头上的珠钿斜癫①,欲要装做正色责备她们,也装不过来。苏小姐虽嫌她们过于亵狎,然心里也赞她们敏慧,不便大笑,只好微颔而已。

这两夫人笑了一回,便同声的将那六个骂人的三红、三珠叫了过来,强住了笑,说道:"你们这般轻薄还了得! 传了出去,叫你们有什么颜面见人? 还不跪下!"六婢含羞,只得当筵跪了。苏小姐替她们讨饶道:"二位姐姐,看我面上恕她们初次。虽是风流口过,也亏她们心灵口敏,将她们这个功抵消这个过罢!"袁夫人道:"二妹说了,我也不敢不依,但也须

---

① 癫(zhǎn)——风吹颤动。

警戒警戒她们,不然说惯了,一发肆无忌惮的。"便与华夫人评定这六个令,太恶者罚一大觥酒,打手掌三板,以示薄责;其次者罚酒免责。于是红雪、红霓、荷珠、宝珠受了责罚,爱珠、红雯单罚了酒。群婢受罚起来,好不羞愧,又喝了这些急酒,觉得有些魟①宕起来,勉强扎挣住了,深悔一时高兴。

袁夫人见天色不早,也要散席,便笑对华夫人道:"你再掷一个色样,好好的说几句收令,也可解秽。"便叫一面拿饭。华夫人见天色也是时候,不好过迟,便命上菜吃饭,即取过骰子,掷了一个"金菊对芙蓉",心里暗喜这个名色甚好,便细细的一想,成了一个,念道:

　　金菊对芙蓉,盘花卷烛红,却教我翠袖殷勤捧玉钟。醉太平,万福攸同。

袁夫人、苏小姐称赞不已。华夫人又劝她们二人喝了两杯酒,然后吃饭。洗漱完毕,袁夫人见夕阳欲下,不可迟延,便道谢告辞。华夫人、苏小姐带着十珠群婢送上了轿。六红扶着轿子,细行软步,一直到了穿堂外才上了车,流水般的走了。这边苏小姐直到二更天才回去。不知后事如何,且听下回分解。

---

①　魟(huàng)——同晃。

第 十 二 回

颜仲清婆心侠气　田春航傲骨痴情

　　话说袁夫人自华府回来,到家已晚,换了衣服,卸了花钿,便与子云说起所行的令,并将婢女们的也说了,子云连声说好。后来瞒了他夫人,把这十六个令刻了出来,分作二等:夫人小姐行的十个为上令,婢女们的六个为下令。作了序,题了好些诗,不过没有注出姓名来。因第一个令是"群鸦臊凤",后有这些婢女们搅闹,就取名为"群鸦臊凤令"。外人见了,都传为美谈。及至袁夫人知道,已经传遍,也无可如何了。

　　光阴甚快,不觉已至仲春。如今要特说一个人的行事,也是此书中紧要人。你道是谁? 前回书中萧次贤说有两封情书的灯谜被人打去了,可惜没有问得这个姓名。原来这人姓田名春航,号湘帆,年二十三岁,也是金陵人,却寄居扬州。自幼失怙①,母张氏,名门世族,淹通经史,二十五岁上生了春航,二十八岁上,春航之父田浩中了进士,即殁于京师。这田夫人苦节抚孤,教养兼任,幸藉其兄张桐孙太守不时周济。这春航的学问,多半得于母教,幼有凤毛之誉,长夸骏骨之奇。十三岁进了学,十八岁中了副举。生得一貌堂堂,朗如玉山,清如秋水。情性则蕴籍风流,胸襟则卓荦②潇洒。在庠序③时,人就谓其群鸡鹤立。但时运未来,三试不中。娶妻颜氏,德容兼备,是个广文先生之女,与春航琴瑟和谐。

　　去年正月内,田夫人见其子困守乡园,终非长策,且当年其夫的同榜进士,如今置身青云者也不少,遂令春航游学京师,命一老家人田安随了,襥被④出门。先到杭州,后到苏州,两处的年谊故旧,几个当道显贵,共相帮扶。春航在那两处,勾留了半年,诗文著作,传抄殆遍,时下谓其可与侯

---

① 失怙(hù)——怙,依靠。此处指死了父亲。
② 卓荦(luò)——超绝。
③ 庠(xiáng)序——古代的学校。
④ 襥(fú)被——用包袱皮儿包扎衣被,准备行装。

太史、屈大令争名,因此囊橐充盈,黄白满箧,不消说题花载酒,访翠眠香,几至乐而忘返。及接了他太夫人的手谕,催其速行进京,春航不得已,即择日起身。先寄了千金回家,又收了两个俊仆,裘马辉煌,妓女饯行,狎客阻道,一路上风花诗酒,游目骋怀,好不有兴!复饶道而行,东瞻泰岱,西谒华山,直到十一月底才到京,寓居城南宏济寺,就与高品前后隔院住着。一切同乡年谊,未暇探访,独自一人,日日在酒楼戏馆作乐陶情。幸亏此地的妓女生得不好,扎着两条裤腿,插着满头纸花,挺着胸脯,肠肥脑满,粉面油头,吃葱蒜,喝烧刀,热炕暖似阳台,秘戏劳于校猎,把春航女色之心,收拾得干干净净。见唱戏的相公却好似南边,便专心致力的听戏,又不听昆腔,倒爱听乱弹,因此被几个下作的相公迷住。

春航这片情真似个散钱满地,毫无贯串。且系心慈面热,只要人待得他好,他就将这人当作宝贝一样,断不肯割爱。到京数月,倒也没有干过一件正事,天天带着几个相公,吃喝之外,还要做衣服,买玩器,随分子。春航这点囊橐,哪里经得大闹,过了年,竟花得干净了。后来就尽当衣服,衣服将要当完,这些相公有些看得出他的光景来,渐渐的与他疏远。这春航是个胸襟阔大的人,却也毫不介意。田安虽常苦谏,他哪里肯听,还是一样的苦中寻乐。他预先存着一个主意,是"财尽而交绝"的一句,若能乐得一天,算一天,实在到水尽山穷时,方肯歇手。

此时高品与春航已经认识,日夕聚在一处,甚为莫逆。高品也常于谑浪之中,寓些规劝之意,春航口虽唯唯,而心实不以为然,倒反要拉了高品出去。高品也应酬了几回。高品现在刑部候补七品小京官,一切车马服饰,外面应酬也就不易,所以不能如春航这样;而且他又不喜欢他那些相公,说他所爱的一班不好。春航不服,及见了李玉林来看高品,那一种媚妍韶秀的丰致,比蓉官等似要好些,便此心自讼了几日。

一日高品过来,适值春航吃饭,青蔬半碟,白饭一盂,苍头小子,侍立两旁,那一个俊俏大跟班早已走了。春航谈笑从容,恬然自适。高品道:"自待如此之薄,而待人又如此之厚,我看你不及小旦多矣!"春航骤然听了,当是高品奚落他,又知他是诙谐惯的,也不介意,问道:"何以见得呢?"高品道:"看你现在的服食起居,哪一样及得小旦?何于人有情,于己忘情若此?且吾兄境遇我已深知,也不过与我高卓然伯仲①之间。就

①　伯仲——指兄弟的次第,比喻事物不相上下。

算慷慨性成，挥霍惯了，然亦不犯着以有用之黄金，填无底之粪窖。请问吾兄进京来，是干功名的，还是闹小旦的？题花载酒，只可偶然。要像足下之忘身舍命，刻苦劳神，只怕黄龙洞未会歃血①之盟，白兔园早受噬脐②之害！此余所不解也。"春航哑然一笑道："我始以阁下为达人，今听了你这些话，你尚未达。你读二十年书，连'性理'二字都不解，也来论白道黑？我替你说了。"高品道："倒要请教。"春航道："真实无妄便是诚，自诚而明便是性。有一分假处，有一分虚处，便不得谓诚了。"高品道："自然。难道真实无妄指闹相公的么？"

春航道："纵横十万里，上下五千年，哪有比相公好的东西？不爱相公，这等人也不足比数了。若说爱相公有一分假处，此人便通身是假的。于此而不用吾真，恶乎用吾真？既爱相公有一分虚处，此人便通身是虚的。于此而不用吾实，恶乎用吾实？况性即理，理即天，不安其性，何处索理？不得其理，何处言天？造物既费大气力生了这些相公，是造物于相公不为不厚。造物尚于相公不辞辛苦，一一布置如此面貌，如此眉目，如此肌肤身体，如此巧笑工颦，娇柔宛转，若不要人爱他，何不生于大荒之世，广漠之间？与世隔绝，一任风烟磨灭，使人世不知有此等美人，不亦省了许多事么？既不许他投闲置散，而必聚于京华冠盖之地，是造物之心，必欲使缙绅先生及海内知名之士品题品题，赏识赏识，庶不埋没这片苦心。譬如时花美女，皎月纤云，奇书名画，一切极美的玩好，是无人不好的，往往不能聚在一处，得了一样，已足快心。只有相公，如时花却非草木；如美玉不假铅华；如皎月纤云，却又可接而可玩；如奇花名画，却又能语而能言；如极精极美的玩好，却又有千娇百媚的变态出来。失一相公，得古今之美物不足为奇；得一相公，失古今之美物不必介意。孟子云：'人少则慕父母，知好色则慕少艾，仕则慕君。'我辈一介青衿③，无从上圣主贤臣之颂，而昊天燕地，定省既虚，唯'少艾'二字，圣贤于数千载前已派定我们思慕的了。就是圣贤，亦何尝不是过来人？不然那能说得如此精切！我最不解今人好女色则以为常，好男色则以为异，究竟'色'就是了，又何

① 歃（shà）血——古代举行盟会时，嘴唇涂上牲畜的血，表示诚意。
② 噬（shì）脐——以口咬破腹脐，比喻不可及。今人用以比喻后悔不及。
③ 青衿——亦作青襟，指读书人，明清科举时代专指秀才。

必分出男女来？好女而不好男，终是好淫而非好色。彼既好淫，便不论色；若既重色，自不敢淫。又最不解的是'财色'二字并重，既爱人之色，而又吝己之财，以烂臭之粪土换奇香之宝花，孰轻孰重，卓然当能辨之！"

高品听了这一席话，却也无处可驳，便道："情之所钟，正在我辈，难道我是不通人道的么？所以劝你者，以君床头金尽，我又无囊可解。足下将来虽能封到荥阳郡公，恐此辈中，竟无汧国夫人。乌巾少年，纵驰名于酒肆；而鹑①小丐，恐忍饿于花街。窃恐为郑元和所笑耳！"春航笑道："大丈夫岂与守钱奴同日语！自我得之，自我失之，亦复何憾？"

二人正讲得热闹，忽见高品的下人来说："颜少爷来拜老爷。"高品即出去，到了自己屋里，见了仲清坐下，问："有好几日不见？"仲清道："自从灯节逛灯之后，便着了凉，病了好几日，已有半个多月不曾出门，在家也闷。"就说起灯节晚上南湘的醉态来，高品笑道："那一天我也在座，也醉得了不得了。我是乘间脱逃，不然也要波及无辜，难道去向酒糟头索命么？"于是大家又讲起怡园的灯与那些灯谜来。高品道："有两个好灯谜是两封情书，一封是花名，一封是药名，都被我们同庙住的一位叫田湘帆打着了，真是好心思！"仲清听得湘帆二字，便想起去年酒楼赏雪，那个题词少年款是"湘帆"，便问高品道："这湘帆怎样的人？"高品道："也是我辈。我去年对你说过的，样样精致，是个精品，如今是样样精光了。"仲清笑问："怎样？"高品便将他方才的议论与到京所为的事一一说了，又道："此人却真可惜！才貌双全，胸襟阔大，就是爱闹，太无收束。他也是你们金陵人，此时住家扬州。他说他的夫人母家姓颜，或者是你的本家，你何不会会他？"仲清道："也好，你为我先容。"高品即同了仲清进去。

仲清先已望见一个少年，神光似玉，宝气如珠，可不就是去年酒楼上所见的！高品与他们介绍了。春航见了仲清，也觉面熟。仲清说起去年在酒楼见了那首词，倾倒至今，真恨相见之晚。春航也想起那日相见，便彼此说些仰慕的话。仲清把他的家世细细问了一遍，始知春航的泰山果是他的本家叔父，不过仲清在京久了，所以不知这门亲戚。二人说的意气相投，又系亲戚，已十分相契，后来便谈起肺腑来。仲清见春航去年服饰何等华美，如今已不似从前，再想高品的话，说他"精光"，一无所有，也不

———————————

①　鹑（chún）衣——破烂不堪、补丁很多的衣服。

知他所闹的是些什么人,便问道:"闻足下颇有狎优①之癖,但不知赏识的哪几个? 可能不负品题否?"高品接口道:"他的赏识与人不同,我说给你听:

　　咭咭咯咯梆子腔,咿咿哑哑唱二簧。
　　袴花白似秋云薄,上得巫山屁也香!

仲清大笑,春航涨红了脸说道:"放屁! 你这个屁倒有些香。只可惜白香山那句好诗,夹在你那三个屁里头。"仲清笑道:"说正经话,吾兄赏识的到底是谁?"春航道:"各部名花我未曾全览,想亦妍媸不等。我也不过逢场作戏,所谓未能免俗,聊复尔尔。大约诸名班中,要推登春的玉美、全福的翠宝,其余联珠的蓉官也还可以,想都是有目共赏的。"仲清笑了一笑道:"叶公好龙未见真龙,郑人梦鹿终是假鹿! 湘帆可惜有闹相公之名,而无闹相公之实。天下相公出在京城,京城相公聚在联锦班。史竹君的《曲台花选》,品题最允,如袁宝珠、苏惠芳等方配称名花,而且诗词书画无一不佳,真可作我辈良友。若翠宝、玉美等,不过狐媚迎人,娥眉善妒;视钱财为性命,以衣服作交情;今日迎新,明朝弃旧。湘帆何其孟浪用情若此!"春航听了,半晌不语,俯首而思。仲清道:"足下莫非懊悔赏识错了么?"春航道:"这有什么错不错? 原是一时寄兴,况且各人赏识不同。大凡赏识两字,须要自己做出眼力来,不必随声附和。此辈中倒不必要他充斯文,一充斯文转恐失之造作,倒不妨有相公习气,方是天真烂漫。我如得志,便不惜黄金十万,起金屋数重,轻裙长袖侍于前,粉白黛绿居于后,伺候我数年。然后将这班善男信女,配做了玉瑟瑶琴,还了普天下八万三千大心愿,成了个欢喜世界。我便如弥勒一笑,永不合口,岂不快活!"高品道:"你那金屋中,我必要送你副对子。"即念道:

　　月明瑶岛三千里,人在蓬莱第一峰。

春航道:"这副对子也题得不切。"高品道:"切得很! 上联切你的粉白黛绿,下联切你的长袖轻裾。"仲清、春航都不甚解。高品道:"有了这副对子,人才知道他这金屋中,前面要开棚子,后面要开窑子。"仲清大笑。春航道:"你搁起那贪嘴!"三人谈笑了半日。

仲清回去,与王恂说起春航与他有亲,就是去年酒楼题词的少年,果

---

① 狎(xiá)优——狎,亲近而态度不庄重。优,指优伶。

然才貌双全,但志愿太奢,流而忘返。迟了几日,又去看望春航,一连几次总未晤及。春航竟闹得不堪回首。仲清怜其才,欲成全他,闻他窘得不堪,便张罗了二百两银子,写了一封书,说"闻其旅况不佳,少助买花之费",原是试他的心的。春航大喜,回书谢了。便又乐了十数天,依然空手,前日所赎的当仍又当了。仲清闻之,甚为叹息。

一日,春航又在戏园看戏,却看的是联珠班,一个人冷冷落落的,在下场门背暗的地方坐了。看见蓉官的戏,心上便又喜欢。正看到得意处,忽见前面一张桌子来了一个三十来岁胖子,反穿着草上霜,同着一个二十几岁伶伶俐俐的人坐下,背后站着一个跟班。那胖子是一口京话,那一个是南边人,原来就是富三与魏聘才。不多一刻,蓉官卸了妆,已坐在对面楼上与一个少年说话,下来又在楼下坐了一会,即走到这边来,一路请安照应人。忽然看见前面桌上那两个,便抢步上来照应了,就坐在中间。春航如今的衣服大非从前可比,不过剩了家常所穿的几件旧衣,又坐在背暗处,越觉得颜色黯淡,并不见蓉官过来照应他。只听得蓉官说道:"三老爷,昨日有人很感你的情!"那胖子道:"是谁?"蓉官道:"联锦班的二喜,说你很疼他,给他好些东西,在你家住了一夜,有没有?"那胖子道:"我倒不认识他。那日魏老爷同他进城,喝了几盅酒,天晚了出不了城,就留他住下。早上逛了庙,他要买了几样零碎东西,就出去的。这二喜倒罢了,肯巴结。"蓉官道:"此刻是尽讲究巴结了。我们的师傅不好,当年教戏时,就没有教会巴结。"那个后生将手搭在蓉官肩上道:"你也只要会巴结,富三老爷难道还不爱你么?"蓉官道:"我说过不会巴结。要不然你教我,我就拜你做师傅,你怎样教我,我就怎样学你。"那后生一面笑,一面把他脸上拧了一把。

蓉官一回头,见了春航,却把眼睛一低,又扑转来一注,却又别转了头,半晌又回转来,上上下下把春航一看,像要招呼又止住的光景。春航心里颇疑,便道:"难道他看不清?"此时仲春,人还穿着小中毛,春航已是一身棉衣,且这几日阴雨连绵,地下难走,又坐不起车,靴子也沾了些泥,迥非从前的模样。蓉官因此骇异,心里也想道:"这分明是田老爷,怎么穷了?冷冷清清的一人坐着。"意欲过去照应,又恐不是,及仔细看清了,才过去请了一个安坐下,倒说了好一会话。富三却不留心,聘才见了便扯扯富三的衣裳道:"你瞧蓉官,倒巴结那个人,难道这种人倒有什么巴结处么?"富三道:"那也难说的。"蓉官辞了春航,又到富三处来,聘才笑问蓉官道:"好阔老斗!"蓉官脸上一红,道:"他真阔过来。他倒从没有欠人的开发,要人替担帐。"少停,富三等即带了蓉官,又叫了一个相公出去。

天又濛濛的下起细雨来,春航也无心再看,付了戏钱,出得门来,地下已滑得似油一样。不多几步,只见全福班的翠宝,坐着车劈面过来,见了他,扭转了头竟过去了。春航心里颇为不乐,只得低着头,慢慢找那干的地方。谁料这街道窄小,车马又多,哪里还有干土!前面又有一个大骡车,下了帘子,车沿上坐着个人,与一个赶车的,如飞的冲过来。道路又窄,已到春航面前,那骡子把头一昂,已碰着春航的肩。春航一闪,踏了一个滑腿①,站不牢,栽了一交。这一交倒也栽得凑巧,就沾了一身烂泥,脸上却没有沾着。车内人见了,唬了一大跳,忙把帘子掀起,探出身子来,莺声呖呖道:"快拉住了牲口,搀起那人来!"赶车的早已跳下来,把牲口勒住了;跟班的也下来,扶起春航。

春航又羞又怒,将要骂那车夫,只见那坐车的陪着满面笑,从车中探出身子,说道:"受惊了!赶车的不好,照应不到,污了衣裳怎么好?"即把赶车的骂了几句。春航一见,原来是个绝色的相公,就有一片灵光从车内飞出来,把自己眼光罩住,那一腔怒气,不知消到何处去了。只见那相公生得如冰雪抟成,琼瑶琢就,韵中生韵,香外含香;正似明月梨花,一身缟素;恰称兰心蕙质,竟体清芬。春航看得呆了,安得有卢家郁金堂,石家锦步幛,置此佳人;就把五百年的冤孽,三千劫的魔障,尽跌了出来;也忘了自己辱在泥涂,即笑盈盈的把两只泥手扶着车沿,说道:"不妨,不妨!这是我自不小心,偶然失足。衣服都是旧的,污了不足惜,幸勿有扰尊意!"说罢,在旁连连拱手道:"请罢,请罢!"那相公重又露出半个身子,赔了多少不是而去。春航只管立着看这车去远了,方才转过身来。行路人见了,掩口而笑。春航拖泥带水的,一步步走回庙中,恰懊悔不曾问得哪一班的小旦。

进了庙门,就把衣裳脱下,交田安收拾,换去泥靴,身上只穿了一件夹袄,来到高品屋里坐下。高品见他身上不穿袍子,且下雨寒冷,便问他何以不多穿件衣服?春航答以被雨淋湿,叫田安烤去了。高品即于衣包内

① 腿(tiǎn)——污浊,肮脏。

取出一件袍子与他穿了。春航即坐下说道："我今日虽然跌了一跤,沾了些泥,但这一跤实在跌得有趣。闹了两个多月的相公,不及这一跤受用。天假奇缘,得逢绝代,就跌死了也不作怨鬼!"高品笑道："说些什么鬼话!"春航就将看见的相公说了一遍。高品道："我倒替他做章'诗经',念给你听。"随念道:

其雨其雨,梨园之东。有美一人,其车既攻。匪车之攻,胡为乎泥中? 赋也。

春航笑着,又将相公的相貌衣裳,连那骡子车围的颜色都说了,问道:"你可认得是哪一班的相公?"高品想了一会道:"据你说来,不是陆素兰就是金漱芳,不然就是袁宝珠。"春航道:"金漱芳在联珠班,我见过他的戏,生得瘦瘦儿的,不是。至于陆素兰、袁宝珠,我却不认得,不知到底是谁。"高品道:"袁宝珠是不大穿素色衣裳的。你说这光景,也不大很像陆素兰,要不然是苏蕙芳? 不错的,定是苏媚香! 那真是冰壶秋月,清绝无尘,生得不肥不瘦,一个鸡子脸儿,常穿件素色衣裳,在联锦班。史竹君定他是第二名。"春航道:"尚是第二名,第一名是谁? 难道还有比他好的么?"高品道:"第一名是袁宝珠。过两天开沟的时候,你就看见了。"春航道:"为什么?"高品道:"见第二名相公已经跌在车辙里,见第一名相公,不要倒在沟里么?"春航只管的笑,犹细细的把那相公摹想,想了一会,那相貌声音,丰神情韵,便宛然一辆大骡车,那相公坐在面前,便不言不语的傻笑。就在高品处吃了晚饭,直讲到三更天,才各安寝。

次日天晴了,春航绝早起来,把衣裳晒晾干了,刷净了泥,换了一双靴子。心里想去听戏,又苦于无资,竟无可典之物。想着田安尚有几件衣服,便走到田安房里,却不见他。也等不及他来,打开了他的衣包,见有件茧绸皮袍包在里面,便拿了出来,叫那小使张和去当了,倒有六吊钱。心中大喜,饭也不吃,一连看了五天联锦班,才见着那个相公一面。看他唱了一出《独占》,访问他的姓名,却正是苏蕙芳。蕙芳偶在春航身边走过,认得是前日跌在泥里的那一位,又见他衣裳一身斑点,未免一笑,但不好意思来照应他。

春航见蕙芳对他一笑,便如逢玉女投壶,天公开口,便喜欢得说不出来,千思万想,可惜不能叫他一回。又看他这样局面,似乎不肯轻易陪酒,断非纸条飞去、随叫随来的光景。不得主意,日间咨嗟太息,晚上梦魂颠倒,看看将要害相思病了。再经田安进来琐碎,又说当了他的衣裳,他要留着做什么的;又说煤米全无,铺内因前账未还,不肯再赊;和尚房钱催逼,明日准要。春航只当不听见,在炕上和衣卧了,心里只想着蕙芳。田安出去,嘴里却不住咕咕噜噜的抱怨。春航也有些踌躇,但生平没有求人,今日去向谁借贷?且到京两三月了,也没有去拜望一个同乡亲友,此时怎样去问人告借?忽又想起颜仲清,前日一面之交,居然就赠银二百两,况且并未向他商量,这人真是今人中之古人。想他也不是为那点葭孚①之谊,必定知我的肺腑,看来还可以与他商量商量。

过了一夜,次早写了一封书,也不明说,隐隐约约似要乞援的话,命张和送去。春航在家盼望佳音。少顷张和回来,却是空手,连回书也没有,说道:"他们门上说,颜少爷知道了,就送回信来。"春航想他必定打算银子。

吃了饭,候了一会,忽见颜仲清着人来,来人手里拿上一轴画,说:"我们少爷给老爷请安,这轴画请老爷题一题,叫小的候着带了回去。"春航听了不知何意,又不见有回信,只得打开画来一看,是唐六如②画的郑元和小象,鹑衣百结,在风雪中乞食的模样。春航知道奚落他,不觉大怒,两颊通红,然也不便对着来人发作,只得说道:"你在外边候一候,我即刻就题。"来人出去,春航气愤愤的,把画摊在桌上,见上面已题了两首七言绝句,款是"剑潭题",诗是:

> 王孙乞食淮阴日,伍相奇穷濑水时。
> 此是英雄千古③厄,岂同飘泊狭邪儿。
> 鹑衣百结破羊裘,高唱莲花未解羞。
> 若使妖姬无烈性,此生终老不回头。

春航心里想道:"他虽骂得刻毒,但理却不错,怎样的驳翻他?"他略略构思,提起笔来,一挥而就,写道:

> 欲使蛾眉成义侠,忍教骏骨暂支离。
> 此中天早安排定,不是情人不易知。

---

① 葭(jiā)孚——芦苇里面的薄膜,比喻疏远的亲戚。
② 唐六如——即唐寅,明画家、文学家。字伯虎,号六如居士等。
③ 厄(è)——同厄。

盖世才华信不虚，风流犹见敝衣余。

五陵年少休相薄，后日功名若个如！

落了款，用了印章，卷好交与来人。春航气闷，又独自出外去了。

来人回去，将画送上。仲清与王恂同看，见这两首诗，虽是强词夺理，但其志可见，未免可惜了一番。仲清原想把这两首诗去感化他，谁想倒激怒了他。又听来人说他光景更为狼狈，据他们跟班讲，今日已断了炊，不能举火，仲清与王恂皆为叹息。仲清道："这样看来，此人真是我心匪石，不可转矣！奈何？奈何？"王恂道："你前日送他二百金，不上半月，竟已化为乌有。这人这样行为，就再送给他二百金也是无济于事。除非要将徐度香的家私分一半与他，才够他挥霍。但人到断炊，也不成件事了。依我想，我们如今再帮他百金，存在卓然处，教他相机行事，慢慢点化他，或者凭卓然那张嘴，倒还劝得转他也未可知。"仲清亦以为然。王恂即备了百金交与仲清，送至高品处。未知后事如何，且听下回分解。

第 十 三 回

两心巧印巨眼深情　一味歪缠淫魔色鬼

话说仲清激怒春航之后，即将王恂所备之百金送至高品处，为春航薪水之费。春航闷坐了两日，米煤催逼，告贷无门，经高品款留，只得暂时寄食。

一日用了饭，高品拜客去了，春航即到戏园来，一心想着苏蕙芳，又没有钱听戏，只好站在戏园门口，候着那蕙芳出进。将到开戏的时候，果然见蕙芳坐了车到门口下来，偏偏有一群人进来看戏，一挤把春航挤在背后，却彼此不能照面。春航心里甚恨，急把身子挤出来，蕙芳已进去了，只得呆呆的不动，候他出来。却又看见了许多上等相公，与蕙芳不分高下，春航想道："不料联锦班内有这些好相公，果然名不虚传！"足足候了三个多时辰，始见蕙芳低着头出来。前面两个美少年，服饰辉煌；两个跟班，夹来垫子，抱着衣包，同蕙芳上车去了。春航知蕙芳没有见他，郁郁的走回来。过了一宵，明日又到戏园门口，候了一天，却没有会见，此日便为虚度，嗟叹不已。盖春航执迷已久，一时难悟，天天去寻联锦班等着蕙芳，一连十余日。

蕙芳却也看见前次跌在泥里的人，每逢上车下车之时，总站在戏园门口，如醉如痴，目不转睛的看他，心里十分诧异。因细看他的相貌，恰神清骨秀，风雅宜人，面目虽带几分憔悴，而珊珊玉骨，情韵盎然。蕙芳心上已明知此人为他而来，也未免有情，屡以秋波相赠。春航便喜得眉飞色舞，每日跟了蕙芳的车，直送到吉祥胡同蕙芳寓处门外，徘徊良久始去。

一日春航好运到了，也是各人的缘分，正跟着蕙芳的车，蕙芳留神看见，便起了几分怜念的心肠。一进了门，便叫跟班的请他进来。跟班的出去，瞧了春航两眼道："老爷是寻我们相公的？我们相公叫请老爷里面吃茶呢！"春航喜出望外，倒立定了走不进去。跟班的又请了一遍，春航终是羞羞涩涩的不好意思。忽见里面又有人出来说："请那一位跟着车走的老爷进去。"春航只得整一整衣裳，随了跟班的进了大门，便是一个院落，两边扎着两重细巧篱笆。此时二月下旬，正值百花齐放，满院的嫣红姹紫，浓艳芬芳。上面小小三间客厅，也有钟鼎琴书，十分精雅。

不多一刻，苏蕙芳出来，穿一副素色珍珠皮衣服，上前来请安。春航即一把拉住了手，却是柔荑一握，春笋纤纤。二人并立了，差不多高，原来蕙芳也十七岁了。蕙芳对着春航笑道："天天见面，尚未知贵籍大名。前日辱在泥涂，深感盛情原宥！至屡蒙青眼，实幸及三生！"春航心上十分诧异道："吐属之雅，善于词令。"便道："自睹芳容，便萦寤寐，鄙怀钦慕，只可盟心。乃不加诃谴，反蒙见招，正是巨眼深情，使我田湘帆没齿不忘！"遂将籍贯姓氏，一一说明；又道些思慕的话，便你看我、我看你，相对无言了一会，蕙芳即让春航进内。

走出了客厅，从西边篱笆内进去，一个小院子，是一并五间。东边隔一间是客房，预备着不速之客的卧处。中间空着两间，作小书厅。西边两间套房，是蕙芳的卧榻。春航先在中间炕上坐下，见上面挂着八幅仇十洲工笔"群仙高会图"，两边尽是南木嵌琉璃窗，地下铺着三蓝绒毯子，却是一尘不染的。略坐一坐，蕙芳即引进西边套房。中间隔着一重红木冰梅花样的落地罩，外间摆着两个小书架，一个多宝橱，上面一张小木炕几，米色小泥绣花的铺垫，炕几上供着一个粉定窑长方瓷盆，开着五、六箭素心兰。正面挂着六幅金笺的小楷，却是一人一幅，写得停匀娟秀；一幅是"度香主人"，一幅是"静宜逸士"，一幅是"竹君词客"，一幅是"剑潭山人"，一幅是"前舟外史"，一幅是"庸庵居士"，象是几首和韵七律诗。再看上款，是"媚香属和'长河修禊'七律六章，原韵"。春航心里更加起敬，想道："原来他会作诗。"便问道："这是和你的原韵？想必诗学是极渊深的。"蕙芳笑道："草草涂鸦，不过凑几句白话罢了，会作什么诗！"春航道："原唱呢，为何不写出来？"蕙芳道："去年袁宝珠替我写了一幅，人家拿去看，遗失了。"

春航再将蕙芳细细的看了一看，又道："我看你举止清高，吐属闲雅，绝不类优伶中人。你是几时到京来学戏的？"蕙芳脸上便有愧色，叹了一口气道："问我的出身，原也是清白人家，父亲也曾作过官。"春航立起来道："失敬了，我原说不像小家出身。但你为何要学这个行业呢？"蕙芳便眼圈红起来，道："请坐了好说。"春航坐下。蕙芳道："我小时候随宦云南，八岁上母亲死了。到十二岁，父亲被上司参劾①，一气成病，不到一月即故。本来两袖清风，毫无私蓄，就有些须囊橐，都被几个亲戚、长随豆分

---

① 参劾——弹劾。

瓜剖的去了。单剩了一个老家人,与我在云南住了一年多。可怜举目无亲,那些势利场中,谁肯照拂?全靠老家人挑步担过活。实在支持不下去了,只得同老人家回家。路上又吃尽了千辛万苦,走了一年零两月,才到苏州,只落得蔓草荒烟,桑田沧海,亲邻冷眼,袖手旁观,一枝之借,一饭之餐,竟不可得。在庙里住了几天,访得一个亲戚,在直隶作幕,又费尽了九牛二虎之力,搭了粮船进来。先上了保定,到那亲戚的住处一询,谁知他闹了一件事,已经发配口外去了。他的家眷也不知流落何处。你说这命运低不低?"春航道:"山穷水尽疑无路。以后便怎样呢?"

蕙芳道:"我们在保定作什么?便想到京来寻一条生路。可可走到前门外,即遇见一个好人,是同乡,又是我的蒙师:顾先生。他是个秀才,见了我们这般狼狈的光景,他便拉了我们到他寓处,前前后后问了一番。你说我这先生,在京里作什么?"春航道:"自然处馆了。"蕙芳道:"他却不处馆,他的行为到有些像你,到今年也才二十七岁。他进京来便天天听戏,钱都听完了,戏却听会了,认识了许多的相公,遂作了教戏的师傅。遇着那年乡试不中,他便烧了那些文章,入了联锦班,作了小生。"春航道:"这倒是达人所为,毫无拘疑。"蕙芳道:"他收留了我们,遇着空闲时便教我读书写字,并讲究些诗词,我们安安稳稳的住了。只可怜我那老家人,路上受了风霜,心内又愁闷,进了京就病,病了两月死了。那时我更觉形单影只,进退维谷,只好依着先生为命。直到前年春间,先生苦劝我学戏。我起初不愿,后来思想,也无路可走,只得依了先生,学了几句,渐渐的日积月累,久而自化。我那先生最好吟诗,每制一诗,必讲给我听,教我学作,不过不通就是了,自己却也高兴起来。谁知薄命不辰,深恩未报,先生去年夏间,又染时症物故。茕茕独立,顾影自怜。"说到此,便哽咽起来。春航听了,也着实伤心,便道:"五年中星移物换,倒尝了多少世态!"又安慰了几句。

吃了两杯茶,蕙芳便问春航道:"你既好听戏,于各班中,可曾赏识几个角色么?"春航笑道:"我是重色而轻艺,于戏文全不讲究,角色高低,也不懂得,唯取其有姿色者,视为至宝。起初孟浪,眼界未清,一遇冶容,便为倾国。及瞻仰玉颜,才觉妙在菩萨现莲花宝座内,非下界凡人所得仿佛。前此真如王右军学卫夫人书,徒费岁月耳,惭悔无尽!"蕙芳听了春航几句话,已有一半倾心,目视春航,好一会不言语,便又笑道:"你说以有姿色的为至宝,但不知所宝在哪一样?"春航便站起来,高兴得手舞足蹈,满面添花的道:

"媚香你是解人,你试猜一猜。"蕙芳便红着脸道:"我不会猜。"春航道:"我也不为别的。"蕙芳便正色问道:"你为什么?"春航道:"只要姿色好,情性好,我就为他死了也情愿!"蕙芳道:"人家好干你什么事,要为他死? 你且说那可宝处。"春航道:"你听我说。我辈作客数千里外,除了二三知己外,尚有四等好友,得之最难,即得了,又常有美中不足的不好处。就说可宝,也不能说他是至宝。"蕙芳道:"奇谈! 什么四等的好友? 定要请教。"

春航道:"第一是好天。夕阳明月,微雨清风,轻烟晴雪,即一人独坐,亦足心旷神怡。感春秋之佳日,对景物而留连,或旷野,或亭院,修竹疏花,桐阴柳下,闲吟徐步,领略芳辰,令人忘俗!"蕙芳点头道:"不错,真是好的。第二想必是好地了。"春航道:"是的。一丘一壑,山水清幽,却好移步换形,引人入胜! 第三是好书,要不着一死句,不著一闲笔,便令人探索不尽!"蕙芳也点点头。春航道:"第四便是性灵中发出来的几首好诗,也不必执定抱杜尊韩,有一句两句,能道人所不能道者,便可与古人争胜。"蕙芳道:"是极,你真是个风雅通人!"

春航道:"此四友是好的了。然也有不能全好处。好天一月能有几回? 往往有上半天好,下半天变起来,便把上半天也改坏了,到人意阑珊,便怕风怕雨的,不敢久留。好地一省有几处? 有必须徒步始通的地方,或险仄,或幽阻,沙石荆棘,十里八里的远,便令人困乏起来,往往知其好处,而不愿游览。即如书,除了家传户诵几部外,虽浩如烟海,究竟灾梨祸枣的居多,就有翻陈出新处,又是各人的手笔,亦不能尽合人意。至于诗之一道,小而难工,也有初成时如炼金,再吟时同嚼蜡,反悔轻易落笔。此四友得之既难,得之而欲其全好则更难。所以说他是宝,也不能说他是至宝。只有你们贵行中人,便是四友外,一个尽美尽善的宝友!"蕙芳笑道:"宝友二字甚奇,我们并不知自己有可宝处。"

春航道:"玉软香温,花浓雪艳,是为宝色! 环肥燕瘦,肉腻骨香,是为宝体! 明眸善睐,巧笑工颦,是为宝容! 千娇侧聚,百媚横生,是为宝态! 憨啼吸露,娇语嗔花,是为宝情! 珠钿刻翠,金珮飞霞,是为宝妆! 再益以清歌妙舞,檀板金尊,宛转关生,轻盈欲堕,则又谓之宝艺、宝人!"蕙芳道:"你这番议论,原也极是,但有些太高太过处。"蕙芳口里虽如此说,心里着实感激春航,不免流波低盼,粉靥①娇融,把春航细细的打量,越看

———————

① 靥(yè)——酒窝。

越看出好处来,眼中把那些富贵王孙、风流公子,尽压下去了。

春航道:"茶烟琴韵,风雨鸡鸣,思我故人,寸心千里,若非素心晨夕,何以言欢?而萧寺①羁愁,残灯寂寞,又安得有二三知己共耐凄凉?唯有你们这些好相公,一语半言,沁入心骨,遂令转百炼钢为绕指柔。再如你这样天仙化人,就使可望而不可即,使我学善才之见观音,一步一拜,也都愿意,何敢尚有他望!"蕙芳听了,便止不住流下泪来,便道:"你的心我知道了。不用说了,你且把到京以来,近日的光景,说给我听。"春航就细细把去冬至今说了一遍。蕙芳又笑起来道:"你真是一片痴情,十分妄想!却又难为你这两条腿,天天的跑,又站在戏园门口不动。"春航道:"若不是你,便请我也请不来。"蕙芳一笑出去,随叫人拿进几样水果、几样菜、两壶酒,让春航小酌。春航也不推辞,二人就在花梨四仙桌上对酌,各自吐了些肺腑。

此时蕙芳心里,已是十分贴切,全没有半点势利心肠。当下吃毕了饭,又让到里边屋里坐了一坐,便吩咐跟班的,叫外面套车,送田老爷回寓。蕙芳挽住了春航的手道:"今日订交,此生勿负!我苏蕙芳如有虚言,有如皎日!你以后不必再来,我非早即晚天天来看你一次。你须自己保重,努力前程,幸勿为我辈丧名,使外人物议。"春航听了,转爱为敬,直感入骨髓,已流下泪来。两人相视呜咽了一会,唯有那些跟班及使唤的人不解其意,以为怪事。一头说,一头走出来,送了春航上车,又叮嘱了几句。春航一直回寓不题。

这边蕙芳也就睡了,却细细把春航的说话记了一遍,又把他的光景想了多时,到睡了时就见春航在面前,变了华冠丽服、仪容严肃的相貌,令人生畏;又变了一个中年的人,穿着一品服饰。恍恍惚惚,作了一夜乱梦。

到明日早上,就起得迟了,已有饭时才洗了脸,吃了点心,跟班的进来道:"外面有客。"蕙芳问道:"是谁?"跟班的道:"是伏虎桥张老爷,同着开起盛银号的潘三爷。"蕙芳只得穿了衣服出来见了。原来这张老爷就是张仲雨。这潘老爷叫潘其观,是本京富翁,有百万家财,开了三个银号,两个当铺,又赢了一个香料铺,也捐了一个六品职衔。原籍山西,在京已住了两代。为人鄙吝龌龊,刻薄顽蠢,又是个色鬼,水陆并行,昼夜不倦,却

---

① 萧寺——佛寺的泛称。

有一个好处，是个怕老婆的都元帅。此刻他续娶的媳妇，倒有八九分姿色，就是性情悍妒异常，她虽不喜欢这潘三，但又不许他外边胡闹。如逢潘三一夜不归，她便坐了车，领着人各处窑子里搜寻，搜着了闹个落花流水，潘三无计可施。近生了个收买娈童①之念，在各班中留心物色，看中了苏蕙芳。今日拉了张仲雨来，要替他说合。仲雨想这蕙芳人品高雅，未必肯跟潘其观，就支支吾吾不愿作成，经其观再三恳求，许以金帛重谢，只得同来见景生情罢了。来到蕙芳家内坐下，说了些闲话。

　　你看这潘其观怎生模样：五短身材，一个酱色圆脸，一嘴猪棕似的黄骚毛，有四十多岁年纪，生得凸肚蹻臀，俗而且臭。穿了一身青绸绵衣，戴一顶镶绒便帽，拖条小貂尾，脚下穿一双青缎袜，灰色镶鞋，胸前衣襟上挂着一支短烟袋，露出半个绿皮烟荷包。淡黄眼珠红丝缠满，笑眯嘻的低声下气，装出许多谦温样子。蕙芳无奈，只得坐下陪着。张仲雨看着蕙芳，却像要说话又不说的光景。蕙芳低了头，一回站起来，到窗前看那盆内种的兰花，心上却忆着田春航，又不好回他们出去，无精打采的坐立不安。那潘其观坐着不动，也不开口，眼睛只注着蕙芳。张仲雨道："咱们也不必找地方，就在这里摆个酒儿，随便弄两样菜不好么？"潘其观道："很好，家里又清净。"蕙芳道："好是好，我今日不能久陪，二位不要挑。姑苏会馆有戏，第二出就是我的戏。"潘其观道："那不要，不去亦使得"。蕙芳道："那到不能不去的。"潘其观道："你又没有师傅，还怕什么？这样红人怕得罪谁！"蕙芳不语，只得叫跟班的快备酒来。

　　不多一会，摆上了酒菜。蕙芳让坐，潘其观推仲雨坐了首席。先饮了几杯酒，潘其观便絮絮叨叨，肉肉麻麻的说不断。蕙芳好不厌烦，便心生一计，假献殷勤，站起来敬了几杯酒，豁了几回拳，心里想灌醉了他就好走路。哪晓得潘其观最会闹酒，越喝越不醉。酒下了肚，嘴里就没有好话，便伸出那又短又肥，挺硬的那只手来，搀住了蕙芳的手道："好孩子，怎么你总不去瞧瞧我？我很想你，每见了你的戏，晚上就做梦，倒亲亲热热的，长在一块儿玩，醒了便觉得困乏。你真害死我了！我又没有儿子，要这一份大家财作什么！你与我做个干儿子，咱们爷儿俩天天的乐，不好吗？"蕙芳听了，几乎气得哭出来，眼睛一红，心里想道："这奴才也不想想自己

————————

①　娈(luán)童——美貌的童子，亦指被当作女性玩弄的美貌男子。

身份,这等可恶!待我赚他赚。"便忍住了气,装作笑容道:"三爷尽说瞎话,我这样蠢孩子,哪里巴结得上?我见你天天听戏,也不把眼睛梢瞧瞧我,也没有喊过一声好。今日在张老爷面前撒谎,尽赚人!"几句话说得潘其观骨头没有四两重了。

张仲雨心上诧异,暗想道:"这也奇了,不料苏蕙芳倒喜欢潘其观,难道钱可通神?我的财运来了,好发他一注大财。"即便凑趣道:"潘三爷真个逢人就说你好,赞你的相貌,赞你的性情才技,没有一天不说两回。常说道:只要你们有心向他,他就拿个银号给你。"即向潘其观道:"这话不是你亲口说的么?"其观点点头。蕙芳笑道:"你有几个银号?一个相公给一个,京城里有几百个相公,难道你有几百个银号不成?"潘其观道:"别人要想我一个大钱也不能,只要你肯,我什么都肯!"蕙芳心里已有了主意,对着潘其观把眼一睃,把潘其观的三魂七魄都勾了出来。仲雨也得意洋洋,把指头敲着桌子,不住的喊好。蕙芳道:"潘三爷,你既心上有我,你今日必得畅饮一天,不可藏着量儿。"其观道:"拿大杯来。"蕙芳便亲手去拿了两只大杯,将酒斟满了,一人敬了一杯,又斟了两杯道:"潘三爷,我今日本来要和你饮个成双杯,实在酒量小,不能饮。你饮这双杯。"潘其观点头播脑的饮了。又斟上两杯,对着仲雨道:"张老爷,你也饮个成双杯。"仲雨道:"你叫我和谁成双?"蕙芳道:"你和我成双好不好?今日请你先和潘三爷成双。"仲雨把蕙芳额上弹了一弹,道:"我也配!"蕙芳逼着他干,他也就干了。

此时潘、张两人的酒已有了七分。才又吃了两样菜,蕙芳便到房中,换了一身衣裳出来,益发出落得齐整。潘三便把手捏腕的肉麻起来,急得蕙芳了不得,又不好跑开,只得与他们划拳,又唱了几支小曲。张仲雨见壁上挂着一张琵琶,就取下来拨动弦索相和,慢慢的说着话。已到申末酉初时候,蕙芳见他们尚未沉醉,便试他一试道:"潘三爷,有句话论理不当说,我们没有什么交情。但是我急了,我欠人家一票银子,约明日还他,今日我打算出去张罗,偏偏你这财神爷来了,可肯通融一肩?"潘其观道:"要多少?"蕙芳道:"不多,二百两。"潘三目视仲雨,仲雨道:"你瞧,这蕙芳难道只值二百银子?你潘老三就支支吾吾起来!横竖前后一样。"其观停了半晌,向套裤里摸出一个皮账夹,有一搭钱票,十吊八吊的凑起来,凑了二百吊京钱,递与蕙芳道:"二百吊先拿去使罢。"蕙芳谢了一声,便塞在靴掖子里,又道:"怎么好受了你这重赏?"潘其观道:"凭你的良心罢。"

蕙芳笑眯眯的，对潘三丢了个眼色，喜得潘三什么似的，清涎直流出来。蕙芳即斟了一大杯酒，拿在手里道："看二百吊钱面上，今日破例敬潘三爷一个皮杯！"其观一听，已觉偏体酥麻，胸前发起喘来。蕙芳把酒含了一口，走到潘三身边，笑眯眯的重又吐将出来，笑了笑。潘三已张开口候着，蕙芳见了，便将箸子夹了一块鱼，送到潘三嘴边，潘三接了。蕙芳又夹了一块，自己吃下，便道："啊唷，了不得了！"仲雨道："不要鲠着了？"蕙芳道："怕不是。"潘其观道："快拿饭来，一噎就好了。"值席的拿了半碗饭来，蕙芳咽了几口，仰着头靠在椅背上，只说"不中用，疼得很。"仲雨道："吃青果便可消得。"蕙芳又吃了几个青果，仍说不好。潘三过来把嘴凑近蕙芳脸上，想要个乖乖，说道："你张开口，待我望望。"蕙芳便把袖子掩了脸，道："这如何望得见，总为着敬你的皮杯，只要你多吃几盅，我就不疼了。"潘三道："真么？"便饮了一大碗，问道："可好些么？"蕙芳点点头。其观又饮了两杯。才住了手，蕙芳便又呼起疼来。其观强仲雨也饮了一杯，蕙芳便又说好些，随说道："我见你们吃得爽快，便忘了疼。"潘其观此时迷了，酒已有了九分，哪里知是赚他，便拖住了仲雨，你一杯我一盏的起来。仲雨也醉了，便拿不定主意。痛喝了一阵，两人酒已到十二分，一涌上来，潘其观一个头眩，往后一靠，便两脚朝天，倒翻了一个筋斗，倒在地下。仲雨见潘三醉了，立起来哈哈的一笑，也就蹲了下去，倒在一边。两人在地上像半死的光景，一动也不动。

此时已是黄昏时候。蕙芳便叫把桌子撤了，笑道："想吃天鹅肉，自作自受！叫你今日才晓得苏媚香的厉害！"随吩咐跟班的，扶他们在客厅炕上睡了，替他们脱了外面的衣服，拿一条大被盖了，让他二人同入巫山罢。蕙芳安排已毕，一面叫套车，一面到自己房中开了箱子，拣出小毛、棉、夹、单纱五套衣服，并潘三的二百吊钱票，带了一副铺盖，一总交跟班的拿出来，放在车上。蕙芳上了车，跟班跨了沿，一齐向春航寓处来。才到了胡同口，月光下见一人站着，赶车的一看，却认得就是田春航，便住了车，叫道："田老爷，我们正到你那里去。"蕙芳和跟班的听见，一齐跳下车来。蕙芳拉住春航道："你又在这里做什么？"春航道："我候你一天不见来，我就不想活。我已在你门口立了多时，不好意思进来，所以就在这里。"蕙芳叹了口气道："你这冤家，真令人奈何不得你！"便请春航车里头坐了，自己跨着车轮，一路说话到了庙门下来。跟班的即拿了衣包，扛了铺盖,一同进来。打发车回去,明日来接。

　　高品已经睡了,春航不好去惊动他,一径到自己房内。田安伏在桌上瞌睡,春航剔亮了灯,叫醒了田安,说道:"快去泡茶。"田安擦擦眼睛,见一个美少年,只道是位公子,便急急的泡茶去了。蕙芳坐下,看他行李萧条,心里着实难过,便叫跟班的将衣裳、票子拿上来,道:"这五套衣服,都是我平日穿过的,你不嫌旧便收着,这票子送你作旅费。本来打算请你过去住,恐旁观不雅。你若短少了东西,只管问我。"春航道:"这如何使得?我断不好受!"蕙芳道:"你不受,便看轻我了! 难道我拿了东西来赚你?你总不要存心,你存了心,便连你这情都假了。你只要依我一件,以后不许出来听戏。"春航诺诺连声,又讲了些知心肺腑,彼此都有知遇之感,不禁慷慨欷歔起来。两人对坐着,倒成了道义之交,绝无半点邪念。直谈到鸡鸣,方各和衣睡了。

　　且说潘、张两人,醉到不醒人事。睡到四更,潘其观翻一个身,即骨碌碌的滚下炕来,在地上坐着。想要小解,各处摸那夜壶,摸着了自己一只鞋,拉下裤子就在那鞋里撒了一泡尿,大半撒在裤裆里头。模模糊糊的在地下乱摸,摸着了炕,重新爬上来。心里细细的想:在那里吃的酒? 虽在醉中,还被他想着了苏蕙芳,便又在炕上摸索,摸着了张仲雨,便当是蕙芳,即一把搂紧,口里道"好儿子,好心肝"的叫不绝声。便乱拉乱扯,把棉被早已撩下地了。又把仲雨的衣裳尽力的扯,扯破了一件夹袄,手也酸了。将自己的裤带用力扯断,倒不将裤子往下脱,只管往上拉。那一条尿裤,已是湿透,连褥子都浸湿了,却拉不下来,只得贴紧了张仲雨的背乱动。仲雨醒来,像有人将他抱住摇动,心头的酒,便往喉咙头直冲上来,一回头就吐,恰值潘其观张开了口,倒敬了一个满满的七窍的皮杯。潘其观脸上厚厚的堆了一层,便大嚷起来,把头乱摆,溅得各处都是。仲雨第二阵又来了,这一阵却全是酒,一浇倒把其观脸上浇净,只觉得秽味难当。

　　其观急了,坐起来,就把袖子在脸上乱擦,口里"小东西""小妖精"的骂。仲雨听了便道:"你是谁? 骂谁?"潘其观骂道:"你这害人不浅的小兔子,涂了你的爹一脸粪!"张仲雨大怒,骂道:"谁是你的爹?"双手一推,潘其观滚下地来。仲雨坐起又骂道:"那个王八羔子,敢在老爷炕上骂老爷?"潘其观道:"你这兔子该死了,公然骂起你爹来,这还了得!"爬起来到炕上要打,正值张仲雨下来,碰着了,趁手一个把掌,潘其观又栽了一跤。仲雨道："到底你是谁?"潘其观放大了喉咙嚷道："反了! 反了! 反了! 你这贼兔子,竟打起你爹来了! 你愿意和你爹睡觉,倒装糊涂不认得。难道我潘三爷来强奸你不成?"张仲雨想了一会道："什么潘三爷? 难道你是潘老三? 几时跑到这里来?"潘其观又骂道："不说你留我,倒说我跑来,你真是不死的恶兔子! 你把张仲雨藏到哪里去了?"仲雨道："呸! 这么糊糊涂涂闹不得,我就是张仲雨!"潘其观道："怎么说? 你冒充张仲雨来唬我?"

这一场闹,闹醒了一家人。那些打杂的,看门的,都点了灯进来,觉得酒气直冲,上前一照,只见张仲雨站着,脚下踏了棉被;潘其观坐在地上,满面花花绿绿,光着一只脚,将手指着张仲雨。众人见了,忍不住大笑,扶了潘其观起来。张仲雨走近,把潘其观一认,潘其观也把张仲雨一认,各背转了身子走开,惹得众人又笑。把被拉起,只见被底下湿透的一只鞋,一股尿骚臭,地下一大滩黑影,棉被也污了半条。再看炕上,便糟蹋如毛厕一般,可惜了这一床被褥。

潘其观道："我的袜子哪里去了?"寻到中间地下,有一只套裤,一只袜子,皮账夹内账底条子撒了一地。潘其观也不理会,随他们拾起来。有两人送上两大盆热水,潘、张两人净净脸,此时都已醒了酒。潘其观觉得裤裆冰冷,用手一摸,却全是湿的,穿不住,脱了,问打杂的借了一条单裤,一双鞋,穿上。张仲雨对着潘其观道："奇怪!"潘其观道："怪奇!"二人前前后后的一想,便拍手大笑了一会。

此时已经天明,太阳也出来了。潘其观便问蕙芳藏在哪里。原来蕙芳交代了一番说话,方才出门。打杂的道："昨夜你们两位老爷睡了,不料华公子住在城外,打发人来把蕙芳叫去。这位老爷谁敢违拗他! 只怕今日带进了城,要住好几天才回来。"张仲雨道："这倒难怪他,华公子是惹不得的。"潘其观无可奈何,只可惜了二百吊钱,倒买张仲雨吐了他一脸,打了他一个嘴巴,只好慢慢的日后商量再作道理,同了张仲雨郁郁而去。

这边蕙芳与春航早上起来,洗洗脸,吃了点心。蕙芳见壁上挂了张琴,即问春航道："你会弹琴么?"春航道："略知一二。"蕙芳道："何不弹一曲听听?"未知春航弹与不弹,且听下回分解。

第 十 四 回

古诵七言琴声复奏　字搜四子酒令新翻

话说蕙芳要春航抚琴,春航道:"少坐一坐。"便目不转睛的看着蕙芳。蕙芳笑道:"难道你还认不仔细?只管发呆作什么!"春航笑道:"我看卿旁妍侧媚,变态百出,如花光露气,映日迎风,眼光捉不住,倒越看越不能仔细。"蕙芳啐了一口,立起来,把春航的钮子解开,替他脱下衣裳。春航道:"待我自己来,你哪里惯,不要劳动了。"蕙芳即将衣包解开,取出一件小毛衣裳与他穿了,恰还合身,又叫他换了新靴新帽。蕙芳笑嘻嘻的,拿了镜子,倚着春航一照,映出两个玉人。春航看镜中的蕙芳,正如莲花解语,秋水无尘,便略略点了一点头,回转脸来,却好碰着蕙芳的脸。蕙芳把脸一侧,起了半边红晕。春航便觉心上一荡,禁不得一阵异香,直透入鼻孔与心孔里来。此心已不能自主,忽急急的转念道:"他是我患难中知己,岂可稍涉邪念!"便敛了敛神。蕙芳一笑走开了。

春航换了新衣,依然丰姿奕奕,神采飞扬,与从前一样。蕙芳坐了,在书案上翻了一翻书,翻着一本诗稿,半真半行的字,有数十页,面上题着《燕台旅稿》。蕙芳随手一揭,见是一首七言古诗,题是《恼公诗》,便低低的念起来道:

帘钩戛玉声玲珑,樱桃花映银丝栊。

绿云欹侧燕钗堕,年年锦字春机红。

蕙芳道:"好诗!这派诗是学温、李的三十六体,纤秾之极!"春航道:"偶一为之,亦只能貌似耳。"蕙芳又念下去道:

远山寸碧双眉翠,鲛绡半染胭脂泪。

玳瑁梁间燕子飞,鸳鸯瓦上狸奴睡。

蕙芳道:"好工致!韵亦转得脆。'狸奴'句胜似'燕子',再搭上'鸳鸯瓦',更新。"再念道:

飘烟抱月一尺腰,星眸欲妒春云娇。

蕙芳叫一声好,又道:"'行近前来百媚生,兀得不引了人魂灵','临去秋波',犹未足喻其妙也!"春航道:"光景倒像你!"蕙芳道:"我也配?"
又念下去是:

> 玉螭细细盘条脱,金雀双双飞步摇。
>
> 多情郎似桐花凤,日近云鬟身不动。
>
> 软爱香罗雾縠①轻,娇嫌锦帐银钩重。

蕙芳道:"好浓艳工稳,我见犹怜。你是为谁而作? 既'日近云鬟身
不动'了,又何必天天上戏园呢?"春航便走过来,轻轻的靠在蕙芳椅背上
道:"此人难道算不得戏园中人? 从前思近芳泽而不能,如今倒也如愿而
偿了!"蕙芳道:"是谁? 是我们班里的么?"春航点头说"是"。蕙芳道:
"等我想一想像谁。上二句纤腰抱月,星眸妒云,非袁瑶卿不足当此二
语;下两句软爱罗轻,娇嫌帐重,非金瘦香却也不称。是他二人么?"春航
摇摇头。蕙芳道:"然则是谁呢?"春航道:"还有一人,能兼二人之妙,你
倒猜不着他?"蕙芳道:"我真猜不着,你老实说了罢!"春航笑道:"我老实
说,是个寓言空空的。如果有人像他,他算那人罢了。"蕙芳也不追求,又
念道:

> 画栏珠箔悬蜻蜓,碧桃一树开娉婷。
>
> 朝朝花下许郎看,只格一扇玻璃屏。

蕙芳便掩卷想了一想道:"好美人,花容月貌;好才子,绣口锦心!
'悬蜻蜓'三字,说什么的? 想有典故?"春航道:"李义山诗'晓帘串断蜻
蜓翼,罗屏但有空青色'。"蕙芳道:"这首我见过,偶然忘了。看你底下怎
样转接呢?"又念道:

> 郎采桃花比侬面,桃花易见侬难见。
>
> 妾貌常如月二分,郎心莫学文三变。

蕙芳道:"须得如此一开,底下便生出一番话来。'文三变',可是说
你变了心么?"春航道:"是用《艺文序》上'唐文章无虑三变'的一句。"蕙
芳便看着春航道:"这么想来,你也算不得有良心的人。"春航道:"何出此
言?"蕙芳道:"他的貌呢,也不能常'如月二分';你的心,自必至'文三
变'了!"春航笑道:"论诗哪可以如此认真,便是十成死句了!"蕙芳一笑,
又念道:

---

① 縠(hú)——有绉纹的纱。

　　罗帏寂寞真珠房,麝脐龙髓怜余香。

　　锦鳞三十六难寄,碧箫吹断云天长。

　　蕙芳点头叹道:"人生世上,离欢悲合是一定有的。"又念下去道:

　　绿绣笙囊挂东壁,无花无言春寂寂。

　　怨女思弹桑妇筝,宫人愁倚杨妃笛。

　　蕙芳道:"好巧对!这'桑妇筝'、'杨妃笛',实在借对得工巧。上句自然是用的'罗敷陌上桑'了。这'杨妃笛',我记得张祜诗'小窗静院无人见,闲把宁王玉笛吹',又曾看过《贵妃外传》,明皇与兄弟同处,妃子窃宁王玉笛吹之,因此忤旨。可是用这个典故么?"春航道:"也可算得,但搭不上'宫人愁倚'四字。我是用《集异记》上'帝至蜀,月夜登楼,故贵妃侍者红桃,歌妃所制《凉州曲》,上御贵妃玉笛倚之,吹罢相视掩泣'的事。"蕙芳点头,又念道:

　　海棠醉堕蝴蝶飞,柳绵无力情依依。

　　井底水如妾心意,路旁尘惹君身衣。

　　蕙芳便觉凄然,作色道:"一往情深,缠绵悱恻,好个有情人!底下便是结语了!"念道:

　　翠毛么凤拖红尾,

　　蕙芳道:"此句劈空而来,笔势奇崛,又推开了。凤有红尾的么?"春航道:"温飞卿①诗,有'秦王女骑红尾凤'。"蕙芳又念道:

　　跨凤随郎三万里。

　　一日香心思百回,

　　闲时又逐炉烟起。

　　方才念完,只见高品进来道:"好诗!有如此娇音,方配念这香艳的佳章。但诗中有一句,要改三个字更觉贴切。"蕙芳走上一步见了,道:"昨夜要来请安,你已睡了。"高品笑道:"这么说你们已是睡过一夜的了?"蕙芳啐了一口道:"我们昨夜直谈到此刻。"高品道:"脸上气色不像。"春航道:"你说哪一句诗要改?"高品道:"'井底水如妾心意'的对句。"蕙芳便又看看下句念道:"'路旁尘惹君身衣',没有什么不好。"高品道:"好原好,太空些,不如改做'车前泥染君身衣',便真切有味!"蕙芳嫣

――――――――――――――

　　① 温飞卿——即温庭筠,原名岐,字飞卿,唐诗人、词人。

然一笑。春航道："到你开口,就没有一句好话。"高品又将春航身上细细打量了一会道："我昨日卜了一卦,是'天风垢,变山风蛊,互水天需。'其爻辞①难解得很。"即念道："'田获一兔,往遇雨,需于泥,见金夫,遇主于庙,缡有衣蒌②贞吉'。详不出来。"蕙芳却呆呆的听着。春航笑道："你自会卜,倒不会详?"高品也笑了。

蕙芳要问高品时,见窗外脚步响,有个人影来影去。春航问是谁,听得咳嗽一声应道："是我,寻高老爷,有句话说。"高品听口声便道："荪兮,荪兮!"出来一望,果然是庙里的唐和尚,问道："你有什么话说?"唐和尚便笑嘻嘻的钻将进来,与春航见了。看见了蕙芳,便合着掌道："阿弥陀佛!原来菩萨降临,小僧有失迎接,罪过、罪过!怪不得昨晚一夜的祥云瑞雨,今早佛殿上观世音旁边,一尊龙女香菩萨不见了,原来在这里!"蕙芳也认得这个唐和尚,听了掩口而笑。去年春航初到京时,也曾眠香访翠,唐和尚为其拉过皮条,所以也常到里边来走走,后来厌他恶俗,不大与他往来了。高品是与他常顽笑的,便把他的帽子揪下,在他顶上摩一摩,对着蕙芳说道："媚香,我出副对子给你对对。"即说道:

若锥处囊中,颖脱而出。

蕙芳笑了一笑。唐和尚便夺了帽子戴上,便道："高老爷你、你、你……"又不说了,嘻着嘴笑。蕙芳道："我倒对了。"即念道:

如瓢浮水面,顶圆而光。

春航、高品都笑说道："对得好!敏捷且好。"唐和尚笑道："多谢,多谢!小僧有幸,得逢菩萨赞扬,倒没有说我的像鸡巴。"便拉了高品出去,在院子里讲了几句话,便自去了。高品复又进来。

三人同吃了饭,蕙芳要听春航弹琴,便把琴取下,解了琴囊,放在桌上道："弹罢,可要焚香?"春航道："焚香倒是俗套。"高品道："有了媚香,已经香得簇脑门的了,自然不要焚香。"蕙芳便把高品推过,自己坐在琴桌边,细细看着春航和弦。高品道："我是不懂,倒像弹棉匠弹棉花一样,有什么好听!"蕙芳道："你不懂,今日便是对牛弹琴!"恰好遇着高品属牛,高品一笑道："请你就把这'对牛弹琴'对出来。"蕙芳也不去想他,随口说

---

①　爻(yáo)辞——说明《周易》六十四卦中各爻要义的文辞。

②　蒌(rú)——旧絮,破布。

道:"没有对。"高品道:"见兔放箭。"蕙芳略停一停道:"你们那个李玉林倒属兔,今年十六岁。你去叫了玉兔儿来罢。"春航也要高品去叫玉林。高品也高兴,即打发人叫玉林去了,又吩咐备了几样菜。

春航和了一会琴,一、三两弦低些,收不紧,只得和了个慢商,把一弦、三弦各慢一徽,再将二、四、五、六、七诸弦,仍用五音调法调好。散挑五,名指按十勾三;散挑三,中指按十勾一。弹了几个《陈抟得道仙翁》,又点了些泛音,弹起《结客少年场》这套琴来。从四弦九徽上泛起,勾二挑六,勾四挑五,琮琮琤琤,弹了二十二声,仍到九徽上泛止。弹的曲文是:

> 有四镜角,有马嚖嘀。镜角之田菀其特,嚖嘀之马隔花嘶。

四句后便散挑七弦六弦,勾四弦,挑六弦,勾二弦,以下便是实音。见他左手大指,在二弦九徽上揉了两揉,以下连弹了五声,作一个掐起又三声。中、食两指撮动四、六两弦,左手大指在六弦九徽上吟着,又弹了五声。撮动七、五两弦,又弹五声。撮动五、三两弦,共听得有三十四声。曲文是:

> 隔花骄马善识人,骯脏少年意气真。软细飞云履,光明一字巾。
> 绨袍季子剑,风雨冯异薪。

是第一段,却是抑扬顿挫,余韵悠然。便接弹第二段,是剔七弦,托七弦。起头吟揉绰注,便多了来往牵带,指法入细,有激昂慷慨之态出来。弹到第十声一撮,十五声又一撮,到二十三声,却听得叮咚的两声,作了一个背锁,甚是好听。以下又弹了六声。这段曲文是:

> 大哥轻死生,浩气贯红日。二哥轻钱财,恐鬼笑什一。小弟轻权
> 势,王侯不屈膝。

略顿一顿,再弹第三段,是勾一弦,左手中指注下十三徽起,以下便在十三徽上,勾二、勾三、勾四,便觉声音洪大,商中有宫。又弹了几声,忽听得哑、哑、哑的三声,在七、六、五、三弦上,弹出一个索铃来,是最好听的。以后又听到第十三声后,忽七弦上唧铃铃的四、五声,作一个短锁。又将五、七两弦,四、六两弦撮了四声,又慢慢的弹了九声住了。曲文是:

> 千秋今事业,意气在少年。二十岁以下,当头大哥前。三八多一
> 龄,二哥我比肩。白日指天青,醉酒无丁宁。

春航要站起来,蕙芳把手按住春航的手道:"正好听,快弹下去。"春航道:"弹完了。"蕙芳道:"怎么这么快?"春航道:"这套琴就只三段。"蕙芳道:"太短,再弹长的。"高品笑道:"湘帆,媚香嫌你快,又嫌你短,你总

得贴张'千娇百美膏'才好!"春航道:"胡说!"蕙芳要去撕高品的嘴,高品便深深作揖道:"宽恕小生这一次罢。"惹得蕙芳倒笑了。

　　蕙芳要春航弹《胡笳十八拍》,又要弹《洞天春晓》,说道:"这两套我听箫静宜弹得最好,他并有琴箫合谱。他曾教过我吹箫。"春航道:"《洞天春晓》这套琴却好,但太长。《胡笳十八拍》没有什么意思,于本意不大很合,不如弹一套《水仙操》罢。"又停了一会,再和好了弦,清清泠泠的弹起来。

　　这套琴共十二段,指法最细,吟揉绰注,正是一分错乱不得。到第四、五段,恍如见湘灵①鼓瑟,冯夷②击鼓。第六、七段,恍如湘娥③啼竹,列子④御风,呜呜咽咽,如怨如慕,如泣如诉。真是拔剑斫地,搔首向天,清风瑟瑟,从窗隙中来。蕙芳与高品都正襟危坐,静气敛容的听着。忽然七弦六徽二分上低了,五弦六徽上高了,四弦九徽上也差了几分。春航道:"奇了,宫商为何忽乱起来?"高品、蕙芳却听不出。春航又把弦和了一和,和不准,即住手问高品:"庙里有弹琴的人么?"高品道:"胡琴或者和尚会拉,琴是没有人会弹的。"春航道:"必有会弹琴的人在外听着,所以琴声变了!"

　　春航说完,忽听院子内狂笑起来,倒把高品等吓了一跳。高品急出来看时,不是别人,恰是史南湘。左手挽着王兰保,右手携了李玉林,面上已有了几分酒意。又见玉林手内拈一支杏花,后又跟着三、四个人。高品见自己的跟班也在院子里。高品问道:"你从何处来?"南湘道:"你叫相公瞒着我,倒问我从何处来。我今日同了静芳到怡园,他们都在家,留我吃了饭,珮仙也在座,还有瑶卿、庾香两个。吃完了饭,□仙家内有人来叫他,度香问起来,方知道是你叫的。我就辞了度香同来。"即指玉林手内的花道:"今日就在那里赏杏花。"又问高品道:"你又几时会弹琴?你要学琴,须我教你。方才这《水仙操》,倒也弹得好。"高品道:"我何尝会弹,弹琴的就是田湘帆!"南湘已听见仲清讲过田湘帆的才学,便道:"既是田

---

①　湘灵——湘水之神。

②　冯夷——水神名。

③　湘娥——指舜妃娥皇、女英。

④　列子——春秋时代的道家学者。

湘帆,何不出来会我史竹君?"高品道:"我为介绍。"

说到此,蕙芳已出来见了,即便拉了南湘进去。南湘道:"咦,你也在这里? 不料今日高卓然的斋堂,倒成了石季伦的金谷!"那边春航亦迎出来,彼此相见,未免道了些仰慕的话。玉林、兰保也与春航见了,与蕙芳坐在一处。南湘对着高品道:"卓然既叫相公,自然有酒,不要装呆,快拿出来罢。"高品道:"酒是有,只没有仙桃益寿丸。"南湘道:"我纵醉了,也不至楼上滚下楼来。"便都笑了。高品的跟班同厨子把酒肴摆了上来,大家圆桌上坐了。南湘与春航又谈了些琴谱文艺,彼此均各敬服。高品道:"当今,史竹君是梨园的狄梁公,田湘帆是戏班的李药师!"南湘道:"你又胡言乱道了。"春航道:"怎么说? 我倒不明白。"高品道:"竹君序那《燕台花选》,这些小旦便为公门桃李,兔丝马勃,尽是药笼中物,这不是狄梁公么? 湘帆弄到精光,昨夜有个夤夜①私奔的红拂来,这不是李药师么?"大家都笑,唯蕙芳红了脸道:"前日既然楼上跌下来,倒不变成了鳖,或是跌折了腿也好!"高品笑道:"楼上跌下来,总还平常。只怕在戏园门口跌在车辙里,被骡子踏杀了,那倒可怕!"南湘问起来,高品就一五一十的说了,羞得春航无地可容。南湘也大笑道:"湘帆真是韵人! 绝代佳人以一跌感之,倒是从来未有之事。古闻孙寿②堕妆,梁冀③下马;今见苏郎唱戏,田子跟车。一副好对,持赠媚香罢。"蕙芳睃着南湘道:"你何苦也学着那嚼舌头的人,挖苦我!"高品道:"这话是恨我已深。其实我与你无仇无怨,何必这样恶狠狠的?"蕙芳道:"你再说,我就卸你的底了。"高品道:"尽管卸,我却不怕。"蕙芳便念道:

> 请筵享官,赏戴貂翎,会馆副总裁。戏园行走,书画厂校对,兼管南城街道厅,各梨园乐部,稽察各处新闻事务。到一处祭酒汗淋学士,总管外务府大臣。曲部尚书,世袭一等史国公,加一急,继乐一次高。

听得众人大笑。这官衔是刘文泽编成的,席中唯有南湘一人知道,春航尚是创闻。高品道:"还有一个官衔,你没有说。"蕙芳道:"好像没有

---

① 夤(jín)夜——深夜。
② 孙寿——东汉梁冀的妻子,貌美且善于化妆。
③ 梁冀——东汉皇室外戚,淫侈凶暴,有"跋扈将军"之称。

了。"高品道："还有'监造兔园册子'呢?"南湘又笑,蕙芳不曾理会,即与兰保、玉林在各人面前敬了几杯酒。

春航前次已见过玉林,看他风致嫣然,虽逊蕙芳一筹,然比起从前赏识的一班相公,却高得多。见他桃腮粉腻,莲脸香生,另有一种体态丰姿。见他对高品更觉绸缪①,倒象各分出了疆界来。又看那王兰保,却是史南湘最得意的。春航倒有些怕他:柳眉贴翠,含娇处亦复念嗔;凤眼斜睃,似有情亦似有怒;径行自遂,倜傥不羁;年纪十七岁,是个武旦,学得一手好拳脚。南湘是个放浪形骸之外的人,从前初识兰保时,也曾大闹过几场,以后倒又相好起来。兰保也知南湘的性情脾气,倒与他十分贴切。每到南湘醉后发狂,经兰保当前,便已自醒。

今日席上唯春航不善饮酒,南湘哪里肯依,便猜拳行令的,百般闹起来。偏是春航输得多了,以后便不肯饮,南湘命兰保斟了一杯酒,去灌春航,兰保即拿着酒来,走到春航面前,蕙芳知春航不能饮酒,便凑着兰保的手饮了。兰保笑道:"这干你什么事,要你越俎而代?"蕙芳笑道:"这叫做借他人之杯酒,浇自己之垒块②。"兰保道:"既然如此,倒请多干几杯。"便斟了几满杯酒,要蕙芳饮。蕙芳道:"我不爱饮了,适可而止。"兰保道:"那由不得你。你不闻'失意睚眦③间,白刃相交加'么?"南湘、春航看着他们,高品对着王兰保作嘴作脸,要他罚蕙芳的酒。李玉林则斜斜香肩,嫣然而笑。兰保也笑道:"你真不喝?"蕙芳有些怕他,只得赔着笑道:"兰哥,饶了我罢!"玉林也再三替他讨情,兰保终是不肯,犹罚了蕙芳一杯,方才开交。

大家又饮过了一会,忽见蕙芳家内有人来叫蕙芳。蕙芳出去问道:"什么事? 那两个醉汉怎样了?"来人答道:"那两个闹了一夜,早上都回去了。方才来了一个面生人,说是广东人,姓奚,叫奚十一老爷,慕你的名,在家候着。"蕙芳道:"什么样儿? 不要又是潘其观一类人。"来人道:"看他光景很阔,带着四个跟班。三十来岁年纪。"蕙芳道:"回他去罢,说今日不回去呢!"来人去了。蕙芳进来,春航问起何事,蕙芳道:"家内有

---

①　绸缪(chóu móu)——缠绵。

②　垒块——比喻胸中郁积的不平之气。

③　睚眦(yá zì)——瞪眼睛,怒目而视,引申为小怨小忿。

人寻我，我回他去了。"高品道："是谁？"蕙芳道："不认得，来人说什么奚十一，是广东人。"高品道："好累赘姓！兜头一撇，握颈三拳，中间便丝丝的搅不清，还要假充个大老官。东方之夷有九种，不知他是哪一种！"蕙芳道："你倒好在庙门口摆个测字摊子。"说得大家笑了。

高品道："今日清饮无趣，何不拿奚十一来做个令？"南湘道："奚十一怎么好做令？"高品道："我们三个人从'四书'上搜那个'奚'字。要从第一个，说到第十一个，说差了，照字数罚酒。他们三个人，替我们分消。"春航道："'四书'上未必有这许多'奚'字。"南湘道："就有也不能凑数。"高品道："不过罚几杯酒就是了，何妨试他一试。我先说。"即说道：

　　奚。

春航道："哪一句书的奚字。要说明白。"高品道："'奚取于三家'的奚。"南湘便道：

　　子奚，女奚。

高品道："多说了一句，罚两杯！"南湘道："不兴说两句么？"

高品道："不兴！"南湘就领了。春航接着说：

　　此物奚……

高品赞道："说得好。"便道：

　　夫如是奚……

又道：

　　天子穆穆奚……

南湘道："罚人罚到自己了。谁叫你说两句？况这个奚，就是你说的第一个奚字。要倍罚十杯！"高品道："我是一句四字，一句五字，又不算雷同，怎么要罚？"南湘道："你说不兴说两句的，如何乱起令来？"高品被他们逼住了，只得罚了五杯，慢慢的饮了。

轮到了南湘，南湘便顿住了口，一时倒想不出来。高品道："罚了五杯，我代你说。"南湘又想了一会，没有，只得饮了三杯，兰保代了两杯。高品说道：

　　是亦为政，奚……

南湘道："怎么我就想不着？"春航也想了一会道：

　　虞不用百里奚。

南湘拍着桌子道："罚得冤！"

　　有庳之人奚……

春航、高品都赞好。应轮到高品说第七个,春航便抢说道:

　　则子事我者也,奚……

南湘便指着高品道:

　　如此则与禽兽奚……

大家都笑起来。高品道:"都要罚!第七个奚字轮到我说,为什么要你们抢说?"李玉林便斟起罚酒来。南湘、春航只图说得爽快,倒也意不在罚。南湘饮了五杯,兰保代了两杯;春航饮了三杯,蕙芳代了四杯。高品催南湘说第八个奚字。南湘道:"第七个你还没有说,要罚的。"便叫兰保斟酒。高品道:"岂有此理!你们都抢说了,叫我说出什么来?还要罚我,天理良心何在?"李玉林也替高品说情。南湘只得依了,便道:

　　以粟易之,曰许子奚……

春航道:"第九个倒少。"便想了一想道:

　　与礼之轻者而比之奚,与礼之重者而比之奚。

蕙芳便顿足道:"你何必要说两句?"高品道:"好啊!罚九杯!"蕙芳道:"这不能。"高品哪里肯依,先罚蕙芳五杯,再罚了春航四杯。南湘忽然想着了两句,忍不住不说,也顾不得罚酒,便一气说道:

　　南面而征北狄,怨曰:奚……以其小者,信其大者,奚……

兰保便跳起来道:"祖宗,你就爱饮也不犯拖累人!轮不到你说,要你说这两句做什么?"南湘也有些懊悔。高品道:"没得说,十八杯!"南湘道:"十八杯断乎不能。那真要服仙桃益寿丸了。"春航、蕙芳、玉林也替南湘讨情。罚了九杯。南湘赌气一人独自饮了。高品道:"我这第七个奚子,亦想着了。"便道:

　　故诚信而喜之,奚……

又接口道:

　　不以四方之食,供簿正曰奚……

春航掐指一数道:"这可该罚了,要说第十个,你说了第十一个。"高品道:"我说错了。"

　　此唯救死而恐不赡,奚……

南湘数一数,又是九个。蕙芳便立起来,执定要罚高品十九杯。高品不肯,兰保也帮着蕙芳要罚,不肯减数。经高品苦求,只罚了十一杯,玉林代了三杯，高品一连饮了八杯。南湘想了一会，手在桌上画了十画道：

　　勇士不忘丧其元，孔子奥……

　　底下是春航，也想了好一会道：

　　子路宿于石门，晨门曰奥……

　　高品道："报应得快，罚十杯！你应该说十一了。"春航一想，果然错了。蕙芳便挡住道："你也看各人的酒量，不可一味的傻罚。"高品道："酒令严如军令，自然要执一的。"蕙芳道："记着明日饮罢。"高品道："你们的开发倒可明日，酒可不能明日。"玉林道："打个对折，喝五杯罢。"蕙芳又代了三杯，春航勉强饮了两杯，底下是高品收令，想了一会道：

　　昔者赵简子使王良与嬖奥。

　　说完大家相视而笑。已有二更多天，吃了饭，各人要散。蕙芳的车已等了多时，随即辞了众人，先回去了。王兰保是同了南湘出来，李玉林的车尚未来接，都搭了南湘的车回家。南湘先送了兰保回去，又送李玉林到门口，玉林留他进去。南湘道："天不早了，改日再见罢。"便一径回家。经王恂门口走过，南湘忽然口渴，便叫跟班的进去一问王少爷可睡了没有。跟班的走到门房说知，管门的到书房探看，王恂、颜仲清尚未安睡。门上回过，王恂等便叫请进，史南湘进来。未知后事如何，且听下回分解。

第 十 五 回

老学士奉命出差　佳公子闲情访素

话说史南湘进内，与仲清、王恂见了，喝了几杯茶，王恂问其所从来，南湘将日间的事一一说了，又将春航、蕙芳的光景说了一会，王恂、仲清羡慕不已。仲清道："不料苏媚香竟能这样，从此田湘帆倒可以收心改过了。"他将前日题画规劝之事说了，又说："春航且有微愠。"南湘道："改日我与你们和事如何？"又问起子玉来，仲清道："庾香日间在此，他的李先生于月初选了安徽知县，就要动身了。"南湘说了几句，也就回去不题。

却说子玉在王恂处谈了半天回家，李先生已经解馆，要张罗盘缠。魏聘才替他拉了一纤，托张仲雨问西客借了一票银子，占了些空头。有二百余金，添置些衣服，又叫了几天相公。李元茂要在京寄籍，性全也只得由他。

当晚子玉与聘才在书房闲话。那日是忌辰，日间聘才独自一人到杨柳巷去找着了叶茂林，两人谈了半天。聘才拉他在扁食楼上吃了饭，即同到那些小旦寓处，打了几家茶围。末了到琴言处，琴言倒出来与聘才谈了几句，即问起子玉来。聘才就将子玉的心事，再装点了些，说得琴言着实感激。并与琴言约定了，明日同子玉前来相会。回来与子玉说知，子玉便添了一件心事，一夜未曾睡着。是夕，士燮在尚书房值宿未回。

到了次日，子玉正要打算和聘才去看琴言，忽见门上梅进满面笑容的进来说道："恭喜少爷！老爷放了江西学差，报喜的现在门口。"子玉听了，也觉喜欢，便同着梅进到里头，报与颜夫人知道，颜夫人欣喜更不必说。李性全就同元茂、聘才，到上头去道了喜。少顷，士燮回家，有些同僚亲友陆续而来。一连忙了几日，便接着李先生赴任日期，士燮又与先生饯行。到动身那一日，子玉同了元茂、聘才直送出城外三十五里，到宿店住下，性全嘱咐一番，又教训了元茂几句道："庾香年纪虽小于你，学问却做得你的先生，你以后须虚心问他。"元茂连声答应。性全又对聘才道："小儿本同吾兄出来，我看他将来是一事无成的，一切全仗照应。"聘才亦诺诺连声。子玉是孝友性成,临别依依,不忍分手,只得与元茂送了先生,同了聘才,洒泪而别。

士燮也择于三月初十日动身,今日已是初五了。颜夫人与士燮说道:"新年上孙家太太为媒,与王表嫂面订了二姑娘,将玉簪子为定。你如今又远行了,也须过个礼。不是这样就算的,别要教人怪起来。"士燮笑道:"你不说我竟想不起。这个是必要的,明日就请孙伯敬为媒就是了。"正说话间,孙亮功来拜,士燮出见。问了起身日子,便说起他的夫人的意思来,说:"新年与王家订亲,彼此是娘儿们行事,究竟也须行过礼,方才成个局面。况你此去也须三年才回,不应似这样草草。"士燮道:"我们正商量到此,原打算来请吾兄,明日先过个帖,大礼俟将来再行罢。"亮功答应了。

次日,颜夫人备了彩盒礼帖,请亮功来,送了过去。文辉处回礼丰盛,有颜仲清帮同亮功押了回来,士燮备酒相待。是日不请外客,就请聘才、元茂相陪。这李元茂今日福至心灵,说话竟清楚起来。性全出京时,留下二百两银子与他,元茂买了几件衣裳,浑身光亮。亮功眼力本是平常,今见了元茂团头大脸,书气满容,便许为佳士,大有余润之意,便问起他的姻事来。仲清早已看明,便竭力赞扬。李元茂不知就里,乐得了不得,心里着实感激仲清。且按下这边。

再说子玉在家无趣,趁他们吃酒时,便带了云儿,去找刘文泽、史南湘。先到了文泽处,不在家,去找南湘,恰好文泽的车也到南湘门口。子玉道:"我方才找你。"文泽道:"失候!我去找冯子佩,适值他进城去了。"说着遂一同进去,到南湘书房坐了。伺候南湘的龙儿送了茶道:"我们少爷这时候还没有起身呢。"说罢进去了。一盏茶时候,见南湘科头赤脚,披着件女棉袄出来道:"你们来的好早。"子玉见了便笑道:"我吃过了早饭才来的。"文泽道:"好模样,拿你们夫人的衣裳都穿出来,难道你们夫人也没有起身么?"南湘道:"他起身多时了。我方才睡醒,听见你们二人来,我不及穿衣,随手拉着一件就出来的。"就有龙儿拿上脸水,还有个虎儿送出衣裳靴帽。

南湘洗了脸,慢慢的穿戴起来,便笑嘻嘻的向子玉作了一个揖道:"恭喜,恭喜!你瞒着我们定得好情!"子玉只当说他定亲,倒害臊起来。文泽道:"定得什么情?"南湘道:"前日我在度香处,他说有个叫杜玉侬,是古往今来第一个名旦，被庾香独占去了。他们还在怡园唱了一出《定情》。"文泽道："哪个叫杜玉侬？我们怎么总没有见过？"南湘道："好得很！据度香、静宜品题，似乎在宝珠之上，我却不认得。庾香今日何不同我们去赏鉴赏鉴？"子玉听了，才知不是问他定亲，然却是初出茅庐，不比他们舞席歌场闹惯的了，却腺得回答不出了。文泽再三盘问，只得答道："这玉侬就是琴言，你们也都见过的。"文泽道："真冤枉杀人！我们不要说没有见过，连这名字都没有听见过。"子玉道："怎么冤枉你们？难道正月初六在姑苏会馆唱《惊梦》那个小旦，你们忘了不成？"文泽想了一会道："是了，是了！这么样你更该罚。那一天你们四目相窥，两心相照，人人都看得出来。我问你，你还抵赖说认都不认得，如此欺人！今日没有别的，快同我们去。难道如今还能说不认得么？"南湘大笑道："认得个相公，也不算什么对人不住的事情。庾香真有深闺处女屏角窥人之态，今日看你怎样支吾！快去，快去！今日就在他那里吃饭。"子玉被他们这一顿说笑，就想剖白也剖白不来，只觉羞羞涩涩的说道："凭你们怎样说罢，我是没有的。我也不知道他住在什么地方。"南湘道："你又撒谎。"文泽道："若是那一个，我倒打听了，只知道他叫琴官，是曹长庆新买的徒弟，住在樱桃巷秋水堂。"南湘道："走罢！"即叫龙儿吩咐外面套车子。子玉道："我是不去。"南湘道："好好，有了心上人，连朋友都不要了，你是要一人独乐的！"便拉了子玉上车，一径往樱桃巷琴言处来。

文泽的跟班进去一问，琴言不在家，听得里头说道："就是刘大人带到春喜园去了。"文泽一个没趣，子玉倒觉喜欢，南湘道："哪里去？我还没有吃饭。对门不是妙香堂素兰家么？咱们就找香畹去。"文泽道："只怕也未必在家。"叫人去问一问，素兰却好在家。里头有人出来请了进去，到客厅坐下，送了茶。文泽问子玉道："香畹你见过没有？"子玉道："没有。"南湘道："此君丰韵足并袁、苏，为梨园三鼎足。"不多一会，素兰出来与南湘、文泽见了，又与子玉相见。

素兰把子玉细细打量了一番，问文泽道："这位可姓梅？"文泽向子玉道："又对出谎来了。你方才说不认识他，他怎么又认识你呢？"子玉真不明白，恰难分辩，倒是素兰道："认是并不认得，被我一猜就猜着了。"南湘道："我恰不信，哪里有猜得这么准？你若是猜得着他的名字，就算你是神仙。"素兰道："他的名字有个玉字，号叫庾香，可是不是的？"南湘，文泽大笑道："这却叫我们试出来了，还赖说不认识。我们当庾香是个至诚人，谁知他到善于撒谎！"说得子玉两颊微红，这个委屈无人可诉。细看素兰的面貌，与自己觉有些相像，恐怕被南湘、文泽看出说笑，他便走开去看旁边字画。南湘对文泽道："你可看得出香畹像谁？"文泽道："像庾香。我第一回见庾香，我就要说他，因为他面嫩，所以没说出来。"子玉权当不听见，由他们议论。素兰道："你们不要糟蹋他，怎么将我比他？"说罢拉了子玉，过来到这边坐下。南湘道："我们还没有吃饭，你快拿饭来。"素兰即吩咐厨房备饭。

子玉虽见过素兰的《舞盘》，那日为了琴言，恰未留心。今见素兰秀若芝兰，秾如桃李，极清中恰生出极艳来。年纪是十七岁，穿一件莲花色绉绸棉袄，星眸低缬①，香辅微开，真令人销魂荡魄，便暗暗十分赞叹："也不在琴言、宝珠之下，只不知性情脾气怎样？"外面已送进酒肴来，三人也不推让，随意坐了。素兰斟酒谓子玉道："你是头一回来，须先敬你。"子玉接了；随又与南湘、文泽斟了。文泽问道："你今日倒不上戏园子去？"素兰道："今日没有我的戏，可以不去。"

子玉见了素兰，也是幽闲贞静一派，心里就器重他。素兰一抬头，见子玉只管偷看他，不觉一笑，便有一种幽情艳思摇漾出来。子玉把眼一低，文泽笑道："同了庾香出来，我们有多少算不来处！"子玉不解，文泽笑道："有了你，譬如逛灯那一天，车中的少妇，只爱你，不爱看我们了，不是算不来么？"说得子玉胀红了脸，道："我倒不晓得爱什么。"素兰对着南湘道："我最爱你题我的画兰那首《木兰花慢》词。"南湘道："你填的词，近来也好得多了。"

素兰忽然怔怔的看着子玉，如有所思，被文泽瞧破，便谓素兰道："你爱他么？"素兰又一笑。子玉便不好意思，倒坐立不安起来。素兰对子玉道："你今日可曾看你的相好？"子玉摸不着是谁，便道："你说哪一个？"素兰道："我只知道你这一个，不知道还有几个。"子玉益发不解；南湘、文泽也猜不出来，都问道："你说他的相好是谁？"素兰道："他的相好，倒是天天到我这里来，就住在对门。你怎么过门不入？快去请了他来。"子玉方悟出是琴言。心里想道："怎么他们都会知道了？"文泽道："何如？连庾

———————————

①　缬（xié）——眼花时所见的星星点点。

香的相好他都知道,可见你们交情很深!"南湘道:"我们先到对门,琴言不在家,方到这里来。"素兰道:"原来因他不在家,你们才过来。"子玉听了,心上恰有些过意不去,正要开口,文泽接着道:"我们从那一头来,先过他门口,自然要先问一声再过来,也是由近而远,一定的道理。"

素兰道:"不怪你们,也不必圆转。我告诉你们实话罢,我与庾香恰并无一面之识,都是玉侬告诉我的。这玉侬本来与我说得来,从正月初七日起,至今便天天过来与我长谈,甚为莫逆。近来往往叫我的号,便叫错了,叫我庾香!"子玉一听,已想着琴言的意思,便觉一阵心酸,凝神敛气的等素兰说下来。文泽指着子玉道:"他便叫庾香,怎么琴言叫起你庾香来?"南湘道:"这还要问? 这个缘故你还猜不出来?"文泽也不开口。再听素兰道:"我哪里晓得他叫庾香? 起初也不在意,后来常听他叫错,便盘问他,他不肯说。有一日瑶卿在此,我与他说起来,瑶卿便把你们的情节说了一个透彻。玉侬以后自己也说出来,道我有些像你,见我如见你一样,所以时常到我这里来,并不是与我真心相好,不过借我作幅画图小影,你道这情深不深? 人家费了这片心,难得你今日来,我所以替他明白明白,教你知道,不教他白费了这片心。"

子玉听了,便如哑子吃黄连,说不出苦来,两眼眶的酸眼泪,只好望肚子里咽。文泽、南湘连连点头道:"这真难得!"文泽又道:"玉侬于庾香的情可为二十四分了,不知庾香与玉侬的情怎么? 你可知道?"素兰道:"怎么不知道? 也是瑶卿说的。"又将徐子云将假琴言试子玉的情节说了一番,听得南湘、文泽笑了又赞、赞了又笑。子玉十分难受,只得说道:"些须小事,一经人道,便添出无数枝叶来了。"当下素兰又遣人去问琴言,尚未回来。

吃过饭,讲了些闲话,子玉便要素兰写的字。素兰道:"现成的却没有。"说罢便往里面走,不多一会,拿出一柄湘妃竹纸扇,双手呈上道:"这是方才写的,权且奉赠,只是不好,看不得。"子玉看时,铁画银钩,珠圆玉润,盎然古秀可爱,图章亦古雅。子玉作了一揖谢了。谈谈讲讲,已是申末时候,子玉要回,南湘、文泽也就同了出来。素兰送至大门,各人上车不题。

却说孙亮功回去与陆夫人商量,要将大女儿许与元茂,陆夫人冷笑了几声,不发一言。亮功不敢再说,然主意已定,明日去托王文辉为媒。文辉踌躇了半天,心里想道:"这个白人儿,怎好嫁人?"因又想道:"那李元茂也不是个佳婿,呆头呆脑的。那一天作个揖,就将我的帽子碰歪。只好娶这样媳妇!"便应允了。为这件事,特到士燮处来,将亮功之意达之士燮。士燮大喜,就请了聘才、元茂出来。聘才自然一口赞成,元茂十分畅满。士燮就与元茂代写了求允帖,交与文辉,于初六日过了礼帖。这是千里姻缘,百年前定。李元茂这个呆子,巴不得明日就赘了过去,才可免指头儿告了消乏。

初十日,仲清、王恂绝早过来送行。梅学士行李一切早已收拾停妥,已于初九日打发家人押了出城。是日,亲友拥挤不开,时候尚早,仲清、王恂先在书房,与子玉、元茂等候。仲清便对元茂道了喜道:"恭喜,恭喜!你今日真得了一个雪美人!你从前不是有句诗,是'白人双目近'么?如今倒成了诗谶①了!"元茂不解,颇自得意。少顷,士燮送了客出去,便叫出子玉来教训了一番,又叮嘱了元茂、聘才几句,然后与夫人别了,即上车起程。颜仲清、王恂、魏聘才、李元茂一起,随后颜夫人领着子玉并有些仆妇、丫环一群的车,也送出城来。城外是王文辉、孙亮功等十几个同年至好,一齐在旗亭饯别。士燮盘桓了一会,文辉等进城。天色不早,颜夫人也只得带了仆妇、丫环,洒泪先回。子玉、仲清、聘才、元茂与些家人们,随到店中,住了一夜,明日叩别。士燮又勉励了子玉几句,子玉也只得同仲清等哭泣而回。且按下不题。

那日,徐子云也在旗亭送行回来,且不进宅,一径到园,即到次贤屋里,始知次贤在桃花坞赏桃花,还有宝珠、漱芳两个。子云就到桃花坞来。虽是自己园中,也不能天天游览,数日之间,已见桃花开满,灿若晴霞,映着一水盈盈,草茵如绣,真觉春光已满。走进了第三重,始见曲榭之中,次贤与宝珠、漱芳在那里喝酒。见了子云,宝珠、漱芳已迎上来,次贤也笑面相迎。子云笑道:"静宜,今日竟偏我独乐了。"次贤道:"我知道你今日早回,先已虚左而待。"漱芳道:"你不见摆了四个座儿么?"子云即在次贤对面坐了。次贤问道:"今日送行的人多么?"子云道:"人倒不少。庾香、剑潭送到前站宿店去了,要明日才回。"即指着宝珠笑道:"唯有他们同队中,不见有一个人在那里送行,只怕这位老先生,生平也没有叫过他们。"

---

① 诗谶(chèn)——指无意中预言了未来的祸福的诗。

宝珠道："这位梅大人，每逢戏酒时，我们也伺候过几回。人倒谦雅的，就总没有赏过一句话儿，倒不料他生出那么一个风流的公子。这梅庾香，前日竟在香畹处吃饭，还到玉侬处，没有遇见。据香畹说，他待玉侬的情分，竟是有一无二的。"子云道："你怎么知道他去找玉侬的？是他一人去的么？"宝珠道："是香畹对我讲的。他恰与竹君、前舟二人同去，香畹还送了他一柄扇子。他们倒也合式①了。"次贤道："我看前日庾香、玉侬二人，真可谓用志不纷，乃疑于神。这两人既相得了，将来必要找出多少苦恼的事情来。你们慢慢的看着他们罢！"当下这四人喝了一会酒，看了一会花。

次贤对宝珠道："度香所刻那十六个酒令，你们看见没有？"宝珠道："怎么没有看见！"子云道："你们今日，何不也照这令行几个出来，也见见你们的心思？"宝珠尚未回答，漱芳道："这个我们只怕行不来。一来心思欠灵，二来这唐诗与《诗经》也不甚熟，哪里能说得这样凑拍。除非在家里把几种书翻出来，拣对路的一个个凑，才凑得成呢！"宝珠道："我们真自惭愧！这些姑娘们也与我们差不多年纪，怎么他们就有这样慧心香口，我们就这样笨？"子云道："你们今日试行一行，包管你们行得好。"便叫拿副骰子来，家人便去取了副骰子，放在盒里，送到席上。

子云便叫宝珠先掷，宝珠尚推诿不肯，经子云、次贤逼住了，只得说道："何苦要我们做笑话！我非但别样记不清，连这曲牌名也记得有限。或者庾香还能，我是定说得不好的。"只得掷起来。掷了好几掷，掷着了一个色样名为"绿暗红稀"，便呆呆的想来。想了一会，不得主意，便道："这不是寻烦恼么？"漱芳道："我且掷着色样再想。"他也掷了好几掷，掷着了"苏秦背剑"，便道："这更难了。"忽见宝珠问次贤道："《诗经》上有一句什么'永叹'？我记不真。"次贤道："每有良朋，况也永叹。"宝珠道："有是有了一个，只就是不甚好。"子云道："你且说来。"宝珠念道：

> 绿暗红稀，梦好更寻难，你晚妆楼上杏花残。懒画眉，况也永叹。

次贤、子云赞道："说得很好。第一个就这么通，真是难得！就这《诗经》一句，稍差了些，然而也还说的过。"宝珠道："这《诗经》实在难于凑拍，又要依这个韵，觉得更难了。"漱芳道："我想的更不好。《诗经》上不

---

①　合式——合适，合意。

是有一句'莫我肯顾'么?"子云道:"有,你快说。"漱芳要念时,重又顿住,觉有些羞涩,次贤又催,只得念道:

　　苏秦背剑,北阙休上书,误你玉堂金马三学士。不是路,莫我肯顾。

　　子云道:"这个说得甚好,竟句句凑拍。"次贤道:"倒实在难为他。"宝珠道:"他的比我好,不比我的杂凑。"便觉两颊微红,大有愧色。子云安慰道:"你的也好,不过你的题目宽泛些,难于贴切。他这'苏秦背剑'的题目就好,所以比你的容易见长。"宝珠得了这一番宽慰,稍为意解。便又掷了一个"紫燕穿帘",便道:"这个题目倒好。"便细细的想;想了好一会,问子云道:"我记得有'绣窗愁未眠',这一句是诗还是词?"子云道:"是韩雄的诗。"宝珠道:"这个略好些儿。"便念道:

　　紫燕穿帘,绣窗愁未眠,慢俄延,投至到枕门前面。四边静,爱而不见。

　　子云等大赞。漱芳道:"你们知道他这'四边静,爱而不见'是说什么?"次贤笑道:"大有春恨怀人之致!"子云也笑。漱芳笑道:"不是,他昨日飞去一个秦吉了。我昨日到他那里去,正遇着他急急的跑出房来,四下张看,问我道:'你看见没有?'他方才说的倒像那昨日的神气。"宝珠也笑道:"今日他又回来了。"

　　漱芳又掷,掷了一个"花开蝶满枝"。漱芳想了一会,说道:

　　花开蝶满枝,是妾断肠时,我是散相思的五瘟使。蝶恋花,春日迟迟。

　　次贤等大赞道:"这个更好!"宝珠道:"他总比我的说得好,我今日的两个都不及他。"他便又掷了一个"打破锦屏风"。便道:"这个题目恰好,然难也难极了,须要在'打破'两字上头着想。若得凑成了,倒是个好令。"漱芳道:"这个难,教我就凑不成,只怕那句《诗经》,就不容易。"宝珠怔怔的想,想着了唐诗,又凑不上《西厢》,想到了《西厢》,又凑不上《诗经》,好不着急。想了好一会,问道:"《诗经》上不是有一句'何以穿我墉①'么?"次贤道:"妙极了! 这一句已经稳妥,中间凑得连络就好了。"宝珠面有喜色,欣欣的念道:

────────────

　　①　墉(yōng)——垣墙。

打破锦屏风,暮色满房栊,吉丁当敲响帘栊。月儿高,何以穿我墉?

子云等大赞。子云道:"这个实在妙极了! 就在那十六令中,也是上等。我们恭贺三杯!"宝珠始为解颜欢喜。漱芳心里又着急起来,恐怕再行,不能及他,便道:"算了罢,实在费心得很,我不掷了。"子云道:"这令原也费心,但只五个。他得了三个,你才两个,你再掷一个罢。"漱芳道:"适或色样重了呢?"次贤道:"重了不算,须要不重的才有趣。"漱芳不得已,掷了好几个重叠色样,然后才掷出一个"楚汉争锋",便道:"掷了这个,就算完结了。"子云应允,漱芳便构思起来,一人独自走到桃花丛中去了。子云等也到花丛中游玩。漱芳道:"我想倒想着了一个,就是唐诗这一句还有些牵强。若除了这一句,我又找不出第二句来,只好将就些罢。"便念道:

楚汉争锋,君王自神武,你助神威擂三通鼓。急三枪,百夫之御。

大家赞好。子云道:"今日又得了六个,共有二十二个了,将来能凑成一百个就好了。"次贤道:"一百个是不能,况且骨牌名没有这许多,曲牌名是尽够。不如去了这骨牌名,换个别样,或者凑得成百数。若用骨牌名,可用的也不过五六十个,内中有几个有趣的,偏掷不着,如'公领孙'、'钟馗抹额'、'贪花不满三十'、'秃爪龙'等类,凑起来必有妙语。就是限定《西厢》也窄一点儿,不如用曲文一句就宽了。唯有那'推倒油瓶盖'一个难些。"子云道:"《诗经》上'瓶之罄矣'好用,曲牌名用《油葫芦》。"次贤道:"《西厢》呢,用哪一句?"子云想了一想,笑道:"《西厢》上可用的,恰又不是这个韵。"

四人在花下坐了。子云问起琴言今日何以不来,宝珠道:"今日他又替我到堂会里去了。他就有一样好处,他唱戏时,并不很留心关目,他那丰韵生得好,就将他自己的神情,行乎所当行,倒比那戏文上的老关目还好些。所以才有人说他生疏,也有说他神妙。"子云笑道:"以后梅庾香大约非玉侬之戏不看,非玉侬之酒不喝的了。"

漱芳笑道:"玉侬的行事,还没媚香的奇。近来闻他天天到宏济寺去一回,有个什么田湘帆,也是个风流名士,闹到不堪,后来见了媚香的戏,便天天跟着他的车,他往东就往东,他往西就往西,跟了整个月。媚香怜念他,与他一谈,倒谈成了知己。如今是莫逆得很,不可一日不见。"次贤笑道:"有这等事?我看媚香真算个'鹘伶渌老①不寻常',竟有人笼络得住他么?这人必是不凡。"正说得高兴时,忽子云的家人上前说有客来拜,子云便冠服出去。不知后事如何,且听下回分解。

---

① 渌(lù)老——眼睛。

第 十 六 回

魏聘才新进华公府　梅子玉初访杜琴言

　　话说前回书中，梅士燮赴任之后，一切家事，内而颜夫人掌管，外而许顺经理，井井有条。子玉仍系读书，经籍之外，研磨诸子百家。到花晨月夕，则有二三知己，明窗净几，共事笔砚，或把酒清淡，或题诗分韵。所来往者，刘文泽、颜仲清等为最密；而怡园徐度香，一月间亦过访几次，或遇或不遇。盖度香局面阔大，现处福地，为富贵神仙，所以干谒者纷纷而来，应酬甚繁；即遇无事清闲之日，又须为诸花物色，荼蘼石叶之香，鹿锦凤绫之艳；虽倾倒一时，然较之小楼深处修竹一坪，纸帐开时梅花数点，反逊子玉、竹君等之清闲自在也。

　　却说魏聘才，其人在不粗不细之间，西流东列，风雅丛中，究非知己，繁华门下，尽可帮闲。目下与李元茂同住梅宅，一无所事，唯有出外闲游。而元茂又另是一种呆头呆脑的脾气，与之长处，实属可厌。聘才思量道："我进京来，本欲图些名利，今在京数月，一事无成。且梅老伯又到江西去了，要两三年才回。王老伯终是大模大样，绝无一点关切心肠。长安虽好，非久恋之乡，不如自己弄得一居停主人，或可附翼攀鳞，弄些好处出来，亦未可定。我想富三爷交游最阔，求他觅一机会，不甚为难。"主意定了，就坐车进城，来到金牌楼富宅。先着小使到门上一问，聘才听说三爷不在家，在对门贵大爷处打牌。小使出来，聘才说："贵大爷我去年却拜过他，未曾见着，今日正好拜他。"即到对门来，传进片子，听得里面叫请，开了两扇中门。聘才进去，却是小小一个院落，只见贵大爷从正厅上走出来，迎上前，与聘才拉了手，让聘才进屋内炕上坐。聘才道："兄弟来过几次，总值大爷出门，偏偏遇不着。"贵大爷道："兄弟差使忙，轻易不出城。倒常想同富三爷出城，找吾兄逛一天，不是他没有空，就是我有事。再停两天就好了。"又讲了些闲话。

　　聘才留心屋内，却也收拾干净，一并是三间，东边隔去了一间做书房。院子内东边是粉墙，西边一个月亮门，内有一扇屏风挡住，想必是内屋了。

只见炕上挂一幅蓝地白字的回文诗句,一幅冷金笺对子,是户部①总理写的。两旁是八张方椅。东边摆一书桌,一盆小小盆景。一面是几张方杌②。聘才正要开口,贵大爷道:"富三哥在此打牌,就在那屋子里,咱们那边坐罢。"就让聘才进去。走到书房门口,有一小厮揭起了一个香色布帘。聘才跨将进去,只见富三将牌往桌上一放,打了一个呵欠,伸了一伸腰,见了聘才,便站了起来,笑嘻嘻的道:"久不见了,好啊?"聘才拉个手,见屋里尚有两人,一人面南,一人面北。那面南的即起身照应,那面北的,便似照应不照应的,略把身子松一松,就坐了,仍看着手中的牌。

聘才看那上首一位的相貌,一脸酒肉气,两撇黄须,一双蛇眼,衣帽虽新,不合官样,约有四十四、五岁。下首一位已有五十余岁,是个近视眼,戴了眼镜,身上也是一身新衣。聘才便问道:"这两位没有请教贵姓。"那上首的即答道:"姓杨,我是这里的街坊。"又问那位老年的,老年的慢慢的答道:"我姓阎。"贵大爷道:"这位阎简安先生,是华府中的师爷。那一位是精于地理的,又是富三哥的干兄弟,就在东胡同那大宅子里,号梅窗,行八。"说罢,小厮移了一张凳子,就放在富三上首,大家坐了。

富三道:"你好啊!你在城外天天的乐,你也不来瞧瞧哥哥。你知道哥哥惦记你,你不惦记我?我找你两三回,你躲着不出来。你天天儿瞧戏好乐啊!"聘才笑道:"哪里的话,哪一天不想着三爷!因梅老伯到江西去了,一切家事是托兄弟照应的,所以事情多一点儿。"那姓杨的便问聘才道:"足下在梅大人宅里?"聘才道:"是。"因问道:"认得梅宅么?"那人道:"怎么不认得?他们茔地的树还是我种的呢。"贵大爷道:"这杨老八的风水是高明的,我们内城多半是请他瞧的。"聘才便又拉拢起来。只有那个阎简安是冷冰冰的,只与富、贵两人讲话。富三爷道:"歇了罢,这牌打得闷人,就是我输了。算账罢!"阎简安便道:"怎么就歇?方才打了两转。"梅窗道:"算了,不用来了。"于是大家起身散坐,点筹码,是阎、富两人输了。聘才道:"倒是我吵散了。"富三一手捶着腰道:"我本来不喜欢这个,输了钱还惹闷。"阎简安道:"可不是。"杨梅窗笑道:"谁叫你们打得这么灿头,将牌都乱发的,不输你输谁!"阎简安笑道:"你好,我瞧见你几

---

① 户部——官署名,为旧官制六部之一。

② 杌(wù)——凳子。

时又赢过钱？不过会诇人就是了。只好在我与富三哥面前混滂①，在贵
大哥跟前就不能了。"大家说笑了一阵，贵大爷即命小厮拿出酒肴来，是
四、五样荤素菜，一壶黄酒。宾主五人小酌了一回。

　　席中，聘才对那阎简安问起华府的光景，那老阎就觉得有些高兴，便
道："敝东公子是人间少有的，府里的阔大爷是说不尽的。"聘才又问同事
几位？简安道："在府里住的有十几位，在老爷子任上的有十几位，其余
来来去去走动的，不计其数。我是老爷子三十年的交情，同着出过兵，与
那些个朋友是两样的光景，哥儿待我是父辈的礼数。其余就难讲了。"

　　原来这个阎简安是个半生半熟的老篾片②，却与华公有旧，嫌其心窄
嘴臭，脾气古怪，所以叫他在府里住着。华公子是更不对的。杨梅窗是个
土篾片，但知势利，毫无所能，又是个里八府的人，怯头怯脑。因与富三爷
是干兄弟，又拉拢了些半生半熟的阔老，仗着看风水为名，胡吹乱讲，一
味贪财。或与地主勾通，或与花儿匠、工头连手，赚下人的钱，也捐了个从
九候选，至于堪舆之学，实在不懂。是日谈次，倒与聘才合了式，便要与聘
才换贴。聘才是乐得拉拢的，便十分应酬。只是那位老阎是势利透顶的
人，如何看得起聘才？聘才也深厌其人。

　　五人欢叙了一回，各要散了，杨老八并约聘才另日再叙。聘才便同到
富三家里来，又坐了一回，便把心事讲起。富三爷道："既然如此，何不就
挪到舍下来盘桓几时？"重又说道："我们舅太爷府中朋友最多，今日听得
老阎说辞了两位出去，如今正少人呢。"聘才道："舅太爷是哪一位？"富三
道："你不记得？去年在城外瞧见那十几辆车，车内那个貂裘绣蟒的，叫
做华公子的就是。"聘才心中十分欢喜，想道："这华公子势焰熏天，若得
合了式，弄个小小的出身，也还容易。"又遂问道："他家去做朋友，不知要
办些什么事？"富三道："为什么呢？陪着喝酒，陪着看戏，闲空时写两封
不要紧的书札。你还会弹唱，是更合他的心意了。这人本是个顶好的好
人，只要尽拿高帽子孝敬他，他就喜欢；违拗他，他就冷了。我瞧你趋跄③
很好，人也圆到，你肚子里自然很通透的了。我们舅太爷笔底下也来的，

_____

①　混滂——胡乱吹牛。
②　篾片——俗称专门逢迎豪门富家以谋一点私利的门客，即帮闲。
③　趋跄——依附权势。

去年老佛爷叫他和过诗,并说好,还赏了黄辫子荷包一对,四喜搬指儿一个呢!你要去,我明日就荐你,包管可成。"聘才听得喜动颜色,忙作揖谢了。因又想着这个老阍有些碍眼,忽又想道:"各人办各人的事,不与他往来便了。"再坐了一回,辞了富三回寓。

明日,富三就到华公府来,见了华公子,就荐聘才进府帮办杂务。华公子应了,说道:"我这里倒不拘人多人少,只要人好。是你的好朋友,自然不用讲了,就请你去讲一声,请他来就是了。"即吩咐林珊枝传谕总办,将魏师爷修金饮馔①说定。富三连连答应几个是,又进去见华夫人,就辞了一径出城,通知了魏聘才,请其明日就去。

是日,聘才就与子玉说明,并谢数月叨扰。子玉吃惊道:"大哥何故要去? 莫非嫌小弟有得罪之处么?"聘才连连赔笑道:"愚兄自到贵府以来,承伯父母同弟台如此恩待,岂尚有不足? 无奈愚兄此番进京,家父谆谕自己,定要谋一前程出京。因此处稍可巴结,且富老三力为作合,且去看看光景。只隔一城,原可时常来的,弟台若不忘怀,华府园亭,闻说是极好逛的。伯母前请弟台先为禀明,明日起身时再进去叩谢。"李元茂在旁,闻得聘才要进华府,心中有些难过,道:"你去了,只剩了我,且你也少了个伴儿。我闻得华公子脾气不好,你倒不要去吃钉板,还是在此罢,过年再说。"聘才道:"各人有各人的打算。我如今比不上你了,你是知县少爷,享现成的福。我不但自己不能受用,还要顾家呢!"子玉听到这句,便知不能强留,只得进去与颜夫人说了。颜夫人道:"既然如此,只好听他自去罢。但老爷出门时,嘱咐我好生看待,且说他倒能办事。但此时也无甚多事,如果将来有事,再请他回来亦可。"是晚即命子玉与聘才饯行,又送出四十两银子与聘才,聘才感激不尽。一夜与元茂谈谈讲讲,各有难分之意。

明早,富三爷即遣人带了两辆车,来接聘才。聘才即拜别颜夫人并子玉,又辞了元茂,收拾停妥,带了四儿,一径上车。先到富宅吃了早饭,富三爷亲送到华府。到了门口,富三先着人回进去,并说魏师爷来了。聘才在车内一望,这门面就觉威严得了不得,就是南京总督衙门也无此高大。门前一座大照墙,用水磨砖砌成,上下镂花,并有花檐滴水,上盖琉璃瓦,

---

① 馔(zhuàn)——安排食物。

约有三丈多高,七丈多宽。左右一对大石狮子,有八尺多高。望进头门里,约有一箭多远,见围墙内两边尽是参天大树,衬着中间一条甬道,直到二门,就模模糊糊,不甚清楚,觉有数十人在那门口坐着。回事人进去了有半个时辰,才见出来说"请"。

富三同魏聘才便下了车,二人整整衣裳走进。将近二门,见那一班人慢慢的站起来,约有二、三十个,都是一色衣服。有几个见了富三,上前请安,并问道:"这位就是请来的师爷吗?"魏聘才亦各照应了。走进二门,又是甬道,足有一百多步,才到了大厅。回事的引着转过了大厅,四面回廊,阑干曲折,中间见方有一个院子,有花竹灵石,层层叠叠。又进了垂花门,便是穿堂。再进了穿堂,便觉身入画图,长廊叠阁,画栋雕梁,碧瓦琉璃,映天耀日。聘才是有生以来,没有见过这等高大华丽,绚烂庄严,心上有些畏惧。富三是去熟的。引路的道:"请三爷到西花厅坐罢。"那人便曲曲折折走了好一会,方到了一个水磨砖摆的花月亮门,站住了,就不进去了,咳嗽一声,里面走出四个年轻俊秀家童来。那人交代了,说请进西花厅去。聘才随富三进得门来,是一个花园,地下是太湖石堆的,玲珑透剔,下面是池水,俯见石罅中游出两个金色鲤鱼来。修竹碍人,狂花迎面。走了数十步,上了好几层参差石凳,接着一座石板平桥。过了桥是个亭子,下了亭子,又是假山挡住,绝似狮子林光景。要从神仙洞内穿出,方见一所花厅。接着又有几处亭榭,绿树浓荫,乌声噪聒。庭前开满了罂粟、虞美等花,映衬那池边老柏树上下垂来的藤花,又有些海棠、紫荆等类。

来到花厅,前面是一带雕阑,两边五色玻璃窗,中间挂一个绛色夹纱盘银线的帘子。书童把纱帘吊起在一个点翠银蝴蝶须子上。进得厅来,地下铺着鸭绿绒毡,上头是用香楠木板做成船室,刻满了细巧花草。悬着一个匾额,是王铎写的"苔花岑雨联情之馆"的墨迹,四围珠缨灵盖,灯彩无数。中间平门上刻着文徵明的草书。一张大炕,都是古锦斑斓的铺垫,炕几上供一个宝鼎,浓香芬馥。两边墙上糊着白花绫,一边挂着王右丞[①]八幅青绿的山水,一边是两个博古厨,上头尽放些楠木匣子,想是古书。所有桌凳机椅,尽是紫檀雕花,五彩花锦铺垫。正是个锦天绣地,令人目眩神乱!

[①]　王右丞——即王维。唐诗人,画家,累官至尚书右丞,也称王右丞。

富三与聘才就坐在椅子上,等有两盏茶时候,忽见一个书童出来说:"公子今日不爽快,请三爷与师爷到东花园,和各位师爷们见见,就请魏师爷在东花园与张师爷、顾师爷在一块儿住罢。"富三又说:"替我请安!"聘才也站起身道:"替我亦说到!"小厮答应了"是",窗外那个书童就请富、魏二位,到东花园去。仍由旧路出了月亮门,那东花园却在前面东首。聘才跟着富三,从新向外弯弯转转,尽走的回廊,处处有人伺候。华府规矩:每一重门,有一个总管,有事出进,都要登号簿的。聘才走了半天,心中也记不清过了多少庭院。及走到穿堂后身,东首有一条夹巷,觉有半里路长。又进了一重门,才见了一个花园。这花园却也不小,有亭有台,有山有水,花木成林,又是一样景致。

这引路小厮,交代了园中的人,就不进去了,那边又有人来接引。进了斑竹花篱,是一所厅,两进共有十间,还有些厢房。此中是张笑梅、顾月卿画画之处。顾、张二位出来相见,知道聘才是富三爷新荐来的,便陪着聚谈。聘才见那张笑梅,倒也生得俊俏,是杭州人,年纪二十上下,是画工笔人物的,就是吹竹弹丝也还来得。顾月卿是苏州人,比笑梅略长两岁,亦颇俊秀,是画山水花草的。那边还有个书启先生,叫王卿云,是老公爷的旧友,有五十余岁了。阎简安是办笔墨杂务,他二人又在一个院落。当下都请来见了,阎简安道:"不料前日一见,今日就进我们府中来,有这等奇事!"聘才道:"小弟多蒙华公子谬爱,招之门下。无奈铅刀袜线,一无所能,诸事全仗老先生们教训!"阎、王二老便道:"好说、好说!东人慕名请来的,自然是个名下无虚的了,我们都要请教!"聘才连声说:"不敢!"富三爷道:"这魏老大,是我的把弟,且系南城外梅大人的世侄,极有本事,最够朋友的。此刻新来府中,一切都不在行,先生们自然要携带携带。都是一家人,倒不要生分才好。我明日见了我们舅太爷,还要面托的。"又对聘才道:"咱们到里头屋子瞧瞧,住哪一间?"又同聘才到了里头一进,也是五间,东边两间张笑梅做房,聘才就在西边两间下塌,中间空了一间为会客之地。富三即叫将行李搬进,叫小厮们铺设好了。

正要走时,只见一人进来说道:"公子送了一桌酒席,就请三爷和各位师爷,陪着魏师爷喝盅酒。公子说不要见怪,实在坐不下,不能来陪,又给三爷道乏。"富三爷站起来道了谢,又道:"时候也不早了,该是吃饭的时候了。"大家就在中间屋子里圆桌上吃起饭来,无拘无束,甚为畅快。

聘才见这席菜,只是上不完,大碗中碗、大碟小碟,通计有四十多样。众人直饮到二更,富三方辞了众人出去。他的家人提灯伺候,聘才送到园门,富三又唠唠叨叨嘱咐一番。聘才尚要送出,富三道:"不要送了,回来你认不得进园子倒累赘,咱们歇天再见罢。"于是不顾而去。聘才进内,又与张、顾二人谈了好一回,又探问了好些府中的光景方歇。

次日,张、顾二人又引聘才去见了各项的朋友,连府中总管的爷们,以及账房、司阍①、司厨、管马号、掌库房并各处门口挂号簿的人,凡有头脑的,都一一见了。正是侯门如海,聘才初进来,是一样摸不着的,反觉拘束得很,连话也不敢多说一句,唯有小心谨慎,恭维众人而已。看官记明,从此魏聘才进了华公府了,慢慢的就生出多少事来,此是后话,且按下不提。

却说子玉因聘才去了,心中也着实思念了几天。此时是四月中旬,因有个闰五月,所以节气较迟,尚见芍药盛开,庭外又有了丁香、海棠等红香粉腻,素面冰心,独自玩赏了一回。鸟声聒碎,花影横披,不觉有些疲倦,因忆古人"风暖鸟声碎,日高花影重"二语,体物之工;复想起陆素兰那日待我的光景,又寻出素兰写的扇子,细细的看了一回。因又想道:"我也要送他些东西才好。"遂检出古砚一方,好香墨两匣,徐松陵墨兰册页十二方,团扇一柄,即将前日所作《送春》二律,用小楷写上。始而欲遣人送去。继因长昼闷人,遂起了访友的兴致,寻芳的念头。到上房禀过萱亲,说访刘、颜诸人,随了小厮,登舆遍访诸人,一无所遇,大为扫兴,只得独自来至素兰寓所。

恰值素兰从戏园中回来,迎接进内,未免也有几句寒温。子玉即将所送之物,面赠素兰。素兰谢了,细玩一番,又见字画端楷,重复谢了又谢。即同子玉到卧室外一间书室内,是素兰书画之所,颇为幽雅。因问子玉道:"今日为何独自一人出来? 可曾到过对门,见你心上人么?"子玉笑道:"今日走了好几处,没有见着一个。我本为你而来,对门也未去,不知玉侬在家不在家?"素兰叹口气,不言语。子玉心疑,便问道:"香畹因何不快?"

素兰道:"我自己倒没有什么不快。我想起你心上人,你们背地里这本糊涂账,将来怎么算得清楚! 白教没相干的眼泪淌了许多,到底也不晓

① 阍(hūn)——看门、守门。

得为什么！问他，他又不说，猜抹也猜抹不出来。其实你们又不天天见面，何以就害得人到这个模样呢？连他的师傅也不懂的，说他近来有些痰气，无缘无故，就酸酸楚楚，待人更不瞅不睬。从前见人不过冷淡些，却没有心事；自从你们怡园同席之后，他就不大招呼人。对我们讲话总喜欢说梅花，就搭不上这句话，也硬搭上来，说喜得是怡园梅峤。又要萧静宜画了四幅各色的梅花。这也罢了，忽又问起度香南边定织来的绸缎，可有那折枝梅没有？杂花的有没有？难为度香竟找出几匹来，如今现做了袍子袄儿穿上了。你说这个心思奇不奇？不是为你，是为谁！"子玉听了，便觉一阵心酸，止不住流下泪来，要说话，喉间若有物噎住说不出，只呆呆的看着素兰。

素兰又道："到底你们是怎样的交情？我是你的功臣，为你也费了些神。因我有些像你，所以常来对我讲些懵懂话儿。我说：'你这片心，不知人家知道不知道？又不知人家待你也有这种情分没有？'他倒说得好：'这是我自己的心肠，管人家知道不知道，又管人家待我怎样！横竖我自己一人明白就是了。'庾香先生，你心里到底怎样？你不妨对我说说。你当面不好意思的对他讲，我替你代说。自然你也有一番思念他的心肠，何妨说给我听听。"子玉只是不语。素兰料着是不肯说的，便说道："我们同到他家去瞧瞧罢！"子玉略一踌躇，道："去也使得。"于是素兰即同子玉走出门来，不多几步即到了秋水堂门口，见有五六辆车歇着。素兰道："这光景是里头有客，只怕不便进去。不如回去，先着人进去看看，如何？"子玉心上略有一分不自在，不晓里面所请是何客，玉侬陪与不陪？又想起他家里请客，断无不陪之理。毫无主意，只听凭素兰进退。

素兰回到自己家门口，唤人往琴言处打听。不多一刻来说，琴言卧病在床，请客是他师傅长庆请分子，是部里几位经承①先生，还是吃的早饭，不多一回就散的。素兰道："再请到里面坐着等罢。"子玉听见，心中略定，只得重进里面，无精打采的坐下。素兰只管笑嘻嘻的问长问短，又问："你到底待那玉侬何如？"子玉被问不过，只得说道："玉侬之事，其说甚长。"就把魏聘才途中所见情景说出。"至今年会馆中见他一出《惊梦》，真是绝世无双，情文互至，尚未悉其性情抱负。及到怡园为假琴官听戏，

---

① 经承——清代京师各部院役吏的总称。分供事、儒士、经承三类。

我说出'思慕琴言,原为其守身如玉,落落难合,不料其自弃如此!'那时玉侬在屏后听了,呜咽欲绝。及同席时,又彼此都讲不出什么来,倒像是前生相契,今生重逢,两人心事,你知我见,无用口说的光景。彼亦不期然而然,我亦无所为而为,总觉心头眼前,不能一刻弃置。你不说,我尚不知他背后如此牵挂。我为他,我是晓得他底蕴;他为我,难道他又晓得我什么? 且我有何感动他处,使他如此? 倒不如不见面罢,省得见面时更多感触!"子玉说到此处,更神色惨淡,似有悲泣之意。

素兰亦觉凄楚,便淌下泪来,半晌劝道:"你们两人,前生竟有些瓜葛,不然何至于此? 以君才貌而论,是人人怜爱的;但似玉侬之冰雪心肠,独为你缠绵宛转。以度香之百般体贴,亦算温柔乡中一个知己,我看玉侬待他不如待君十分之二。难得度香更加爱惜,说道:'人各有缘,此中系天定,非人情能强。且庚香属意玉侬一人,毫不移动,此真是多情种子!'非玉侬不足为庚香赏识,非庚香不足为玉侬眷恋。《国风》"好色而不淫",其庚香、玉侬之谓乎?"子玉听了,感激度香万分;且爱素兰之聪慧,不枉《曲台花选》中定作探花郎也。

因谈了许多时刻,素兰又请子玉随意用了些点心,着人再到琴言处探望。来人回来道:"起先之客倒散了,偏又来了一班人,说要叫琴言。长庆回他不在家,那些人不肯去,坐着等候。长庆因不认识他们,便不应酬,自到房里吃烟去了,被他们闯进去,将长庆的烟枪抢了,要到兵马司衙门出首他。长庆无法,只得赔礼,又请了他间壁槽房李四、缎子王三两人劝解。闲人哄满了一堂,正在那里闹不清楚呢!"

子玉听了,长叹一声道:"我与玉侬要见一面都如此之难! 今日天也不早了,我也要回去。你明日见他时,代为致意,说不可如此,必要保重身体。度香处倒要常去走走,不要叫人见怪。我是不能常出门的,迟几天再见。你若见了度香,也为我多多致谢,歇一天我尚去逛他园子呢。"素兰道:"你几时出来,约定日子,到我这里来,我约玉侬过来,倒是我这里清静。他师傅有些脾气,偏偏玉侬遭逢着他,也是玉侬运气不好。"子玉道:"他师傅怎样脾气?"素兰道:"爱钱多,怕势大,压人穷。"玉侬因度香所爱,故尚待得好,从前待别人就没有这样。子玉听了,又添了一件心事,放心不下。总之无可奈何,踌踌躇躇,见天气已晚,只得硬了心肠出来。上了车回顾了几次,一径出了胡同,方才坐好,小厮跨上车沿。

　　只见迎面两马车,走的泼风似的,劈面冲来,偏偏是王通政。子玉躲避不及,只得要下来。王文辉连忙摇手止住,问了几句话,也就点点头开车走了。

　　今日子玉出门,只与素兰谈了半日,所访不遇,倒遇见了丈人,好不纳闷。意欲去望高品,又嫌路远。且出门过久,又恐高品见责,只得怏怏而回。正是不如意事常八九。且听下回分解。

第 十 七 回

祝芳年琼筵集词客　评花谱国色冠群香

　　话说子玉从素兰处回来，见过高堂，即向书房中来。晚饭毕，一轮月上，辉映花间，和风微来，天云四皎，遂把湘帘卷起，倚栏而望。忽见小厮进来禀道："高、史、颜、王诸少爷同来。"子玉正在怅望，今见齐来，不胜之喜，遂请进同坐。子玉即把日间一一过访不遇事说过。

　　先是王恂开言道："今日我们都在卓然斋中，并会田湘帆与媚香，又遇见竹君前来。那湘帆果是吾辈，与媚香相处的光景，真令人羡慕！"高品道："湘帆此时是六根①全净，五蕴②皆空，守定了约法三章，不许你胡行乱走，始信人间果然多是惧内的。怪不得庸庵、竹君辈牢守闺房，不奉将令，不敢妄离，一步违了，晚间夹棍厉害。湘帆还是对着个半雌半雄的人，已经如此，又何怪'四畏堂'中规矩乎？"说得众人要笑。仲清道："你也是门内出身，如今隔远了，就夸口了。"南湘道："我见卓然与他细君书，如属员与上司禀帖一样，有'受恩深重、浃髓沦肌③'等语。"众人大笑。高品道："岂有此理！你这个谎也撒得不像。"众人又笑了一阵。

　　高品道："庾香，后日有一件极好的事，来与你商量。"子玉便问道："何事？"高品道："十五日是媚香生日，今日大家商议，并订前舟与你合成一剂'六君子汤'，凑一公份，找个宽敞的地方，把那些知名宝贝都叫将来，热闹一天，请湘帆与媚香做生日，你道好不好？"子玉道："好极，好极！但不知在何处聚会？"王恂道："我家亦可，但无花园子，不如前舟园里好。我们主人六个，添上湘帆七个；媚香、瑶卿、香畹、珮仙、静芳、蕊香、庾香、小梅共是八个，要三席才可坐。醵④份之说，不能预定多少，只好办了再

---

①　六根——佛家语，指眼、耳、鼻、舌、身、意。

②　五蕴——佛家语，也称五阴。指色、受、想、行、识五种。

③　浃（jiā）髓沦肌——渗透骨髓，浸入肌肤。比喻感受的深刻。

④　醵（jù）——大家凑钱。

算。"众人道:"极是。"子玉便呆呆的。仲清笑道:"庸庵,你这差使办得不
周到,要讨人怪的。"王恂尚未回答,南湘道:"何所见而言?"仲清道:"你
不问庸庵点将,把一个极要紧的人遗漏了,岂不要招人怪么?"南湘算了
一算,笑道:"果然、果然。"王恂道:"你们可不是说徐度香么? 我非遗漏,
我恐他的事情多,未必能来。"子玉道:"度香应酬虽多,然看其性情光景,
我们请他,虽有事也必来的。就是萧静宜也断不可不请。"大家说:"很
好,就添上这两位了。那是九个,合上那八个,是十七个,也就很热闹
了。"南湘道:"没有人了?"王恂道:"尚有何人呢?"南湘道:"你好记性!
你既大会群花,倒忘了一个花王。既有庾香,没有玉侬,独使他一人向隅,
是何道理?"王恂道:"是呀,我真该打! 一时竟忘了琴言,是必要他来的。
还有那个秦琪官号玉艳的,也叫了他来,凑成十个。"众人道:"如此更
妙。"子玉道:"如今我们商议起来,怎样邀客?"王恂道:"你作一小札,与
怡园徐、萧二公。前舟以及余人,我们明日自去知会。"于是大家直谈至
二更方散。

子玉送了诸人,独坐凝思了一回,想道:"后日之会,足成千古,不晓
琴言病体能否痊愈? 那时琼林十树,自然要推杜若为先。不识大夫蕙比
我玉侬何如? 想起待田君光景,是个有才有智的人,必另有一种深情。人
各有长,固不必彼此较量也。"遂即轻研蚨麋①,徐挥湘管,写道:

　　春光九十,去后难追;知己二三,来成不速。作琴樽之雅集,试花
　　鸟之闲情。总然地乏名山,却喜庭无凡卉。怜渠蕙质,堕彼梨园。会
　　我竹林,数他花信。群芳论谱,偶同织锦之人;宿慧成心,羞作数钱之
　　技。移温柔于萧寺,识风雅于泥涂。庆珠胎碧海之辰,贺玉出蓝田之
　　日。倾城名士,应共相怜;红粉青衫,也堪同揆。点鸳鸯之卅六,红豆
　　齐抛;备翡翠之千双,紫云任请。肃笺申启,代面丁宁。早发高轩,同
　　光下里。梅子玉顿白。上度香先生、静宜逸士阁下。

子玉写完封好,用上图章,即付小厮:"交与门房,明早着人送到怡
园。后日请徐、萧二位老爷,同到刘大少爷宅内饮酒,须要交代明白。"小
厮答应了。子玉亦即安寝,一夜无话。

到了明日,王恂、史南湘等就到刘文泽家来讲了。文泽甚为高兴,说:

----

① 蚨麋——古县名,以产墨著名,此处指墨。

“明日就在‘倚剑眠琴’之室布置。恰好兰蕙芬芳，又有芍药、海棠等花开满，少停即去知会群花，于明日辰刻毕集。”因说到明日花林中，恐有几个不能来：“我知道秦琪官害眼，杜琴言亦患病未痊。昨晚我见素兰，谈及庾香在彼处坐了半日，去访琴言，恰值他师傅请客，没有进去，琴言亦未知庾香去访他。明日就使他们两个不来，也有八人，很为热闹的了。度香、静宜想一定来的。”南湘道：“席间行令，新鲜的甚少。太难了又恐座客一时不能，须得雅俗共赏，易知易能的，又要避熟。射覆等令，亦觉无趣。”王恂道：“从前在此对诗的令倒可以。”文泽道：“再行此令，亦觉无味。且到明日见景生情罢。”是日，王恂等就在文泽处吃饭，又谈了一回方散。文泽又叫人各处订了，说明日务必早集，尽一日之兴，都系便服，不必冠带。来人回言都说明了。

　　却说田春航自与蕙芳订交之后，足不出户。蕙芳每日不论早晚，必来一次，或清淡，或小饮，并时进针砭之语，所以春航已心满意足，只有研磨经籍，挥洒词翰。本来是三冬富足，倚马万言，一时名动京师，当道者皆欲罗致门下。无奈春航磊落自负，以干谒①为耻，未尝怀刺②一谒要津，宁居萧寺，玉人作伴，名士同声。蕙芳又替他结交了许多好友，如徐度香、萧静宜、刘文泽、史南湘、颜仲清、王恂等。仲清前与春航不睦，原是激励春航之意，经高品将其中情节剖明，又说起仲清仍送五十金作浇裹之费，春航自然十分感激，敬佩仲清，叫蕙芳为之转弯，更觉比前相好。唯有子玉尚未谋面。是日知文泽等为蕙芳做生日，心上虽十分欢喜，又因他二人交好，竟人人共知，反有些不好意思，意欲不去，又不好却众人情面，只好践诺。

　　文泽于绝早即在“倚剑眠琴室”中铺设起来，因为题目是做生日，略须点缀，中间挂了一幅“群仙高会图”，一切古玩铺设俱极精致。长廊内湘帘之处，摆列着十余盆蕙花，趁着和风微漾，香气袭人。

　　文泽正在廊前独立，见前面走进一人，远远望见，知是蕙芳华服而来。上了阶沿，即恭恭敬敬的行起大礼来。文泽连忙扶起道：“媚香何故如此？应让我先与你祝寿才是。”蕙芳道：“贱齿之辰，上邀诸贵人眷顾，使蕙

---

① 干谒——有所求而请见于人。
② 怀刺——携带名片，准备有所谒见。刺，名片。

芳何以克当！昨日本要到各处辞谢，又恐怪我不受抬举。且今日大罗天上，众仙齐集，使芳辈鸡犬偕升，虽不得仙，亦可脱俗。故尔谨遵台命，鞠跽前来。"文泽道："此亦同人盛举，瞻仰倾城，为借花献佛耳！"说话间，陆素兰、李玉林、金漱芳同到，随后高、史、颜、王四人偕来，蕙芳一一都谢了。

　　诸人正在叙谈，只见传帖人引着子玉进来，蕙芳虽不识，心中却已猜着，上前叩谢。子玉搀住道："这可是媚香么？我庚香闻名久慕，觌面①无缘，今幸仰企下风，已觉清芬竟体。"蕙芳连称"不敢"。看了子玉仪容，心中暗暗赞赏："真是天上日星，人间鸾凤。有一段孚瑜②和粹之情，皎皎乎有出群之致，怪不得杜玉侬倾倒如此。与我田郎可谓瑜、亮并生矣！"子玉又与陆素兰等相见。忽听外面说徐老爷同萧老爷来了，众人一齐出厅迎接。只见子云同了次贤，翩翩的俨似太原公子褐裘而来；后面随着袁宝珠、王兰保二人，再后还有八个清俊书童，拿着衣包、铜盆、漱盂等物。蕙芳抢上几步，行了礼。子云、次贤两边扶起来道："媚香一向洒脱，今日忽然拘礼，不是倒累了你了？"遂进室内与诸人相见，群旦亦都见毕，叙齿坐下。

　　子云道："蒙庚香、前舟及诸兄折柬相招，今日之举可谓极盛！昨日饱读庚香珠玉，今日尚觉齿有余芬，又复当此群花大会，使弟等附骥③餐芳，实为快事！"次贤道："丹山彩凤，深巷乌衣④，裙屐风流，无过于此；而寒皋野鹤，亦可翱翔其间乎？"文泽、王恂等同说道："度香、静宜两先生，名士⑤班头，骚坛⑥牛耳，弟等无刻不思雅范。今不鄙凡陋，惠然肯来，足以快此平生矣！"南湘道："朋友之交，随分投合。以我鄙见，竟不必纯作寒暄。"仲清道："竹君快人，开口立见。今日之集，皆系至好，正可畅叙幽情，不拘形迹为妙。"只见高品笑道："今日王母早来，只有南极仙翁迟迟不到，难道半路上撞着了小行者癞斗云，碰伤了小寿星，因此行走不便么？不然或是又滑倒在车辙里了？"说得众人大笑道："卓然妙语！待寿翁来

---

①　觌（dí）面——见面，当面。

②　孚瑜——美色，颜色和悦。

③　附骥——比喻依附他人或先辈而声名远播，泛指附随。

④　深巷乌衣——指乌衣巷，在今南京市，三国吴时于此建乌衣营，兵士服乌衣。晋代贵族王导、谢安等皆居此。

⑤　名士——古指已出名而未出仕的人。也泛指有名的人士。

⑥　骚坛——诗坛、文坛。

罚其三大觥。"蕙芳似觉脸红。

宝珠道："今日的客尚短几人?"文泽道："就止寿翁一人。花部中未到的尚有四人:琴言、琪官都有病,早来辞了;桂保、春喜是必来的。等湘帆一到就可坐了。"话言未完,春航已到。大家重新叙礼,群芳亦都见了,未免取笑的取笑,诙谐的诙谐。宝珠与素兰拉过红毡铺地,摆了两张交椅,要请春航、蕙芳并坐受拜。二人如何肯坐,急行收了。此时春航、蕙芳二人真觉口众我寡,只好听凭他们取笑,若回答两句,又惹出许多话来。子玉颇敬春航仪容之洒脱,与蕙芳正是冰壶秋月,相映生辉;又复品评诸花,各有佳妙;只不见琴言前来,殊觉怦怦欲动。

文泽即命家人摆起三桌席来,因问道："今日之座,还是叙齿,还是推寿翁寿母上座?"春航、蕙芳同道："这断断不敢!自然叙齿为妙。"众人也说:"叙齿罢了。"文泽送酒先定中间一席,论齿是次贤为长。次贤自知不能推逊,只得依了。并坐者为高品,次是仲清。左首一席,子云为首,次南湘,次子玉。右首一席,田春航为首,次王恂,文泽作陪。是每席三位。定完后,王桂保、林春喜来了,皆见过了。正席上令漱芳、玉林、春喜伺候;左席上令宝珠、兰保、素兰;右席上则蕙芳、桂保。二人分派已定,各人坐了,慢慢的浅斟缓酌起来。正是:

瀛洲词客,先聚龙门;瑶岛群仙,同朝金阙。锦心绣口,九天之珠玉纷纷;月貌花肤,四座之冠裳楚楚。不亚凤羹麟脯,晋长生之酒,慧证三生;何须仙磬云璈,歌难老之章,人思偕老。玉京子、餐霞子、御风子、骖鸾子,红尘碧落今世前生;画眉人、浣纱人、踏歌人、采莲人,彩凤文凰幻形化相。抹煞山林高隐,托梅妻鹤子便算风流;任凭铁石心肠,逢眼角眉梢也成冰释。猜枚行令,将君心来印侬心;玉液金波,试郎口再沾妾口。随意诙谐游戏,颠倒雌黄;当筵短调长歌,穷工妃白。多是借名花以寄傲,无民社之攸关。籍此行乐无边,少年有待。正觉西园之雅集,仅有家姬;曲水之流觞,尚无狎客也!

这一会觥筹交错,履舄①纷遗,极尽少年雅集之乐。内中有几个已是玉山半颓,海棠欲睡的光景。

席上人人心畅,个个情欢。只有子玉念着琴言卧病在床,知是恹恹神

---

①　舄(xì)——鞋。

息,药炉半烬,深闭绿窗,不知怎样烦闷。又晓得我今日在此热闹之场,必思冷净。此时怎能走到彼处,安慰他几句,与他沦茗添香,助起他的精神来。他又不要疑我乐即忘忧,当此群花大会,便就忘了他,那时更觉闷上加闷。偏偏素兰又在此,不然他还可以过去排解排解。咳!眼前虽则如云,其奈匪我思存何!此时子玉神色惨淡,只推醉出席,去倚炕而卧。众人也不理会,且酒肴已多,不胜其量,亦各离席散坐。

家人们撤去残肴,备上香茗鲜果。春喜与桂保到太湖石畔,同坐在芍药栏边闲话。玉林、漱芳已醉卧在海棠花下。兰保在池畔钓鱼。宝珠与蕙芳对弈,素兰观局,南湘、高品在旁为宝珠指点。蕙芳道:"你们三人下我一个,就赢了也不算稀奇!"宝珠道:"我偏不用人教,也赢得你。"文泽道:"今日我们亦算极乐了。可惜花部中少了两人,那个还不要紧,第一是琴言不来,使庾香不能畅意。"子云道:"可不是。琴言的病颇为古怪,精神疲软,饮食不思,已经十余天了不见好。"次贤道:"我昨日诊他的脉,似积劳兼之感愤忧郁。昨日痰中竟有血点,非静养数月不能痊愈。"子玉在炕上听得清楚,不免更觉烦闷。

仲清道:"今日之事,不可无文辞翰墨。静宜先生可绘一图,并作一序,以记雅集,我辈藉可附骥。"次贤道:"作图呢,弟当效劳,至于高文典册,自有群公大手笔在,山人寒瘦之语,不称金谷繁花,反使名花减色。"众人道:"太谦了!"子云道:"今日起意是因媚香,引得百花齐放,胜唐宫之剪彩。弟意欲仰观诸兄珠玉,先作一联句何如?"众人道:"最好!"春航道:"古体呢近体?"次贤道:"近体发挥难透,人多恐易平直,不如古体罢。"于是以年齿为先后,仍系次贤为首,次子云,次高品,次南湘,次文泽,次仲清,次春航,次王恂,次子玉,共是九人。王恂已将子玉叫醒,净净脸,素兰取出一颗醒酒丸给子玉吃了,子玉不好意思,只得勉强扎挣。素兰见子玉不语不言,似醉非醉,心上猜着是为琴言未来。一因人多不好解慰他,二因提起琴言反恐倒勾他的心事,非唯不能宽解,越增愁闷了,反倒走开找别人说话。文泽命小厮于每位座前,列一小几,置放笔砚一副,花笺数张。研好了墨,大家就请次贤起句。次贤道:"把寿字撇开罢。"又说声"僭了",提起笔来写了一句,便念道:

　　玉树歌清晓莺乱,

　　大家听了,各写出了,注了"静"字。应是子云,子云道:"底下应该各

人两句才是。"略踌躇了一会,也即写道:

日日春风吹不散,散花天女好新奇,

众人也写了,注上"云"字,齐说道:"接得好妙!第三句一开,使人便有生发了。"应到高品,也不思索,即写道:

剪彩为花撒天半。花情花貌越精神,

众人皆道好,一一写了。

南湘道:"此句要转韵了。这花到底与真花有别,若竟把他当做花,则西子、太真又是何等花呢?"遂写道:

唯觉花心尚少真。蛱蝶有雄谁细辨,

众人拍手道:"绝妙!着此句便分得清界限,不至笼统不分。竹君始终是个妙才。"南湘道:"不敢,不敢!认题还认得清楚。"轮到文泽了,文泽道:"此句对了才有关键,不然气散了。这雄蛱蝶倒有些难对。"因细细的凝思。仲清道:"快交卷子,外边吹打要开门了。"文泽道:"有了。"

鸳鸯虽小总相亲。

次贤、子云道:"这却对得好,又工又切。"南湘道:"也亏他。"文泽就放下笔。仲清道:"怎么一句就算了?"提醒了文泽,笑道:"你摧得紧,我忘了。"又想了一想,写道:

化工细选无瑕琭,

众人道:"此句亦出得好,又转韵了。"仲清接着写道:

一一雕镌设眉目。费尽龙宫十斛珠,

轮到春航了,接道:

截来碧海双枝玉。小玉生嗔碧玉愁,

众人又赞道:"好!又提得清楚。"底下是王恂,略费思索,写道:

玉人又恐占千秋。婵娟疑窃嫦娥药,

大家正要赞好,高品道:"这句忒骂得恶!难道个个都像月宫里的兔子?"众人大笑起来,王恂倒觉不安。众旦便骂高品道:"唯有他是生平不肯说好话的,将来罚他作个哑子!"高品道:"奇了,人家骂你们,我替你们不平,自然也有不像兔子的,你们倒骂我,真是好人难做!"以下要子玉了。子玉心上正想着琴言,觉得无情无绪,众人亦都明白。子玉虽极意遮饰,终究思绪不佳,不得已,勉强写道:

顾盼曾回玉女眸。鸾篦亲掠云鬟绿,

春航道："此系上妆时了，底下倒要细细摹写呢。"子玉此时想着琴言唱那《惊梦》的神情，所以有"曾回玉女眸"一句。众人不解其故，不过见其兴致不佳，故尔意不在诗，空衍了些。

该又是次贤接道：

　　镜里芙蓉睡新足。宛转歌成白纻词①，

又转到子云接道：

　　娇柔解唱红绡曲。清眸②偶触便魂销，

高品道："魂销兮，可奈何？"即写道：

　　铜雀春深大小乔。花有连枝称姊妹。

南湘道："好便好，铜雀句有些打混。"即对道：

　　玉如合璧定琼瑶。纤腰扭入灵和柳，

众人皆赞道："这姊妹花，琼瑶玉，实在对得好，局势又振得整齐了。"文泽便接道：

　　倾国倾城世无偶。软到人间铁石肠，

众人道："妙妙！这句要对得工力悉敌才好。"仲清想了一想，又笑了一笑，写道：

　　春回世上支离叟。

春航道："这实在对得奇妙。"再看下句是：

　　嫣然一笑百媚生，

便接道：

　　缠头争掷黄金轻。郑樱桃是真殊艳，

王恂对道：

　　冯子都非浪得名。迟迟长昼当初夏，

文泽道："冯子都，如今有个冯子佩，倒像兄弟呢。"子玉道："冯子佩原不错，他有一种脾气，他偏不肯在群花堆里取乐。"王兰保冷笑道："他自然不肯在我们堆里，他见我们还要生气呢。"子玉道："何故？"桂保接口道："他有他的心肠。"子玉接道：

---

①　白纻(zhù)词——纻，同苎，白纻，细致而洁白的夏布。白纻词即白纻歌。指乐府舞曲歌辞名。

②　眸(lú)——瞳仁。

　　绮席花筵日易夜。英华美可咏同车,
一轮又到次贤,遂写道:
　　元白诗原结莲社。红氍毹上艳情多,
子云接道:
　　惯唱丁娘十索歌。苇菲①采无遗下体,
高品道:"妙妙,这句待我对一句好的。"群旦听了,料定又要取笑他们,便都围拢来看着高品写的什么。高品带笑,慢慢的写将出来道:
　　雨云行得到中阿。
众人又笑起来,群旦将高品乱啐乱打的一阵。子云笑道:"这是我不好,开出他这一句来。"南湘道:"虽然游戏,也不好过于刻薄。改一字就救转来了,将'得'字改做'岂'字罢。"群旦方才依了。高品道:"罢了,众怒难犯。"又写道:
　　天生丽质当珍惜,
南湘道:"强盗看经,屠户成佛! 卓然竟生出好心来,晓得珍惜了,这也难得。"接道:
　　莫把花枝忍抛掷。愿如王献买桃根,
文泽联道:
　　可笑王戎钻李核。
仲清笑道:"又来煞了,你们心上毕竟有些不干净。"又看文泽写道:
　　一旦天生好玉郎,
仲清联道:
　　忍教天地错阴阳。只闻雌霓成神女,
众人道:"此是规讽之辞,倒不是刻薄。世间竟亦不能无此事,但不在我辈中耳。"春航联道:
　　莫变雄风当大王。画堂终日开良宴,
众人又复笑起来。高品道:"诗言志。解铃便是系铃人。若我做了,又不是了。"此下应是王恂。王恂道:"可以收了。轮到庚香作结罢。"写道:
　　扇底窥郎留半面。拾得瑶光一片明,
众人齐赞道:"好,应结句了。这一结倒不容易,要结得住通篇才好。"子

───────────────

　　① 苇(fēng)菲——指蔓青与葛之类的菜。后用作有一德可取的谦词。

玉想了一想写道：

    雪花飞上琼枝艳。

大众齐赞结得有力，能使通篇一气。

次贤重写了一遍，朗吟数过道："竟是一气呵成，不见连缀痕迹。明日我就画一幅'群花斗艳图'如何？"众皆应道："妙极。我们何不将人花比拟一回，总要从公，不可各存偏见。"于是大家评定：以宝珠为牡丹，蕙芳为芍药，素兰为莲花，玉林为碧桃，漱芳为海棠，兰保为玫瑰，桂保为芙蓉，春喜小而多才，人人钟爱，为兰花。八大品题尽合。因又想到琴言、琪官为何花，子云道："琴言色艺过佳，而性情过冷，比为梅花最似相称，且其性爱梅，不属庾香将谁属耶？"众人说道："很是。"高品道："只怕和靖先生不依庾香，割了他靴鞠子了。"子玉不觉脸红。仲清道："琪官呢？"子云道："琪官性情刚烈，相貌极好，似欠旖旎风流，比他为菊花罢。"高品道："菊花种数不一，有白有黄，或红或紫。白的还好，其余似觉老气横秋。琪官性情虽烈，其温柔处亦颇耐人怜爱，不如比为杏花。"众人道："好个杏花，极妥当！"

文泽道："说起菊花有黄有白，你们可晓得东园里新来一个妓女，叫白菊花，可知其人么？"众人皆说不晓。高品道："天下事须瞒不过我。我知此人从广西跟了一个千总进京，如今千总弃了她出京去了，因此落在门户中。倒也生得素净，故有此雅号。但是两广人裹足者少，都系六寸，肤圆光致致，双跌着地，行走如风，人倒极风骚的。"仲清道："这就是你各处'稽察新闻事务'的头衔了！"众人又笑了。子云道："今日一叙之后，盛筵难再。十八日瑶卿移寓，诸同人可以移樽一叙否？"众人皆道："断无不来之理。如有不到者，罚他作一东，再叙一天。"宝珠道："只怕我没有这脸面，断乎不能全来的。"春航道："为什么不来？况且你是个花王，这些群花是要来朝贺的。就是我们看花人，赏到国色天香，没有不踊跃从事。"南湘道："你交给我，如有一人不到，罚我作东一天；两人不到，罚我作东两天。"宝珠道："真么？明日酒醒了，不要又想不起了。"独子玉默然不语。

大家说说笑笑，已至明月正中，红灯欲烬，三更多了。次贤道："夜已深了，我们可以散罢。"于是大家各起。宝珠又订十八日之期，皆应允了，风雨不阻,遂各登舆①四散。

　　明日,蕙芳踵门叩谢,唯有子玉病了,不曾进去。到了十八日,果然诸名士并那些名旦,都到宝珠新寓来。从午刻起直至子刻止,是日专以行令猜枚,清歌檀板,亦极欢而散。内中子玉因病不到,添了张仲雨,热闹场中最为趋奉的。花谱中添了琪官,唯琴言尚未痊愈。高品、文泽因南湘说过"一客不来,罚我做东一日",子玉是日不到,罚了南湘一天。南湘甚为乐从,即在他家里又叙了一日,唯有子玉、琴言皆未痊愈。正是:

　　　　数点梅花娇欲坠,月轮又下竹桥西。

　　未知如何,且听下回分解。

————————————

　　①　舆(yú)——车;轿。

第 十 八 回

狎客楼中教笺片　妖娼门口唱杨枝

话说琴言病体恹恹，闭门谢客，只有同班中几个相好时来宽慰。宝珠、素兰又说子玉前日的光景，"又不能常来看你，托我们传话，千万保重"等语，琴言更加伤感。自患病以来，各处不去，怡园亦屏迹已久。奈其师长庆靠他做个摇钱树，因其久病不能见客，便也少了好些兴头。

大凡做戏班师傅的，原是旦角出身，三十年中，便有四变。你说哪四变？少年时丰姿美秀，人所钟爱，凿开混沌，两阳相交，人说是兔。到二十岁后，人也长大了，相貌已蠢笨了，尚要搔头弄姿，华冠丽服；遇唱戏时，不顾羞耻，极意骚浪，扭扭捏捏，尚欲勾人魂魄，摄人精髓，则名为狐。到三十岁后，嗓子哑了，胡须出了，便唱不成戏，无可奈何，自己反装出那市井模样来，买些孩子，教了一年半载，便叫他出去赚钱。生得好的，赚得钱多，就当他老子一般看待；生得平常的，不会哄人，不会赚钱，就朝哼暮菇。一日不陪酒就骂，两日不陪酒就打。乃至出师时，开口要三千、五千吊钱。钱到了手，打发出门，仍是一个光身，连旧衣裳都不给一件。若没有老婆，晚间还要徒弟伴宿。此等凶恶棍徒，比猛虎还要胜几分，则比为虎。到时运退了，只好在班子里打旗儿、去杂角，那时只得比做狗了。此是做师傅的刻板面目！

琴言自去年腊月到京，迄今四个月，徐子云已去白金数千，不为不多，是以长庆待琴言分外好，若使琴言病了一年半载，只怕也要变了心。此是旁人疑议，且按下不题。

再说魏聘才进了华公府，满拟锦上添花，立时可以发迹。哪晓得进去了一月，宾主尚未见面；几次请见，只以有事辞之。所往来交接者，皆不三不四的人。又有那一班豪奴，架子很大，见了居然长揖，公然上坐，所说的话，无非懵懵懂懂。少年的意气扬扬，强作解事；老年的倚老卖老，一味藏奸。聘才极意要好，一概应酬，就华府内一只犬，也不敢得罪，意思间要巴结些好处来。谁知赔累已多，府中那些朋友、门客及家人们，算起来就有几百人，哪一天没有些事？应酬开了，是不能拣佛烧香的。遇些喜庆事，就要派分子。间或三朋四友聚在一处，便生出事来，或是撒兰吃饭，或是聚赌放头。还有那些三小子们，以及车夫、马夫、厨子等类，时常来打个抽丰①，一不应酬，就有人说起闲话来。虽只一月之间，府里这些闲杂人，倒也混熟了，也有与聘才合式的，也有不对的。合式的是顾月卿、张笑梅诸人，不对的是阎简安、王卿云诸人。聘才也只好各人安分，合式的便往来密些，不对的便疏远些。唯郁郁不乐者，尚未见过华公子一面，而且一无所事，不过天天与众人厮混。正是两餐老米饭，一枕黑甜乡而已。

　　这一日出门闲走，出得城来，正觉得车如流水马如龙，比城里热闹了好些。顺着路走到鸣珂坊梅宅来，进去见子玉卧病未愈，精神懒散。子玉问起聘才光景，聘才只得说好，随口撒了几句谎。又去见了颜夫人，道了谢，即出来找李元茂。只见锁着房门，遂复辞了子玉出门。冷冷清清到何处去呢？信步走到伏虎桥边，想起张仲雨住在吴宅，即向门房中一问，却好在家，即请进去坐了。仲雨问了些寒温，吃了一杯茶，略坐了一坐。仲雨道："老弟如今进城，是难得出城的，何不找个地方坐坐，听出戏解个闷儿？"聘才道："很好。这两天实也劳乏了，要去就去。"于时二人同了出来。到了戏园，拣个地方坐下，看了两三出戏，也有些相公陪着说话。远远望见李元茂同着孙嗣徽在对面楼下，聘才过去讲了几句话，又过来。仲雨道："这两个郎舅至亲，天生一对废物，照应他做什么？"是日这几出戏，觉得陈腐欠新，仲雨坐不住，说道："去罢。"算给了座儿钱，与聘才同上了酒楼，小酌叙谈。

　　仲雨见聘才似乎兴致不佳，不像从前光景，因问道："听见老弟进了华公府，那里局面宽大，且华公子是爱交接的，近来光景自然大有起色了？"聘才道："仁兄不问，弟亦不便说起。始而富三爷讲起华公子有孟尝之名，门下食客数百人。弟进去了，门客却不少，都是些势利透顶人，不是挤那个，就是杀这个。弟进去一月有余，华公子只是冷冷的。若长如此光景，弟倒错了主意了。"仲雨道："你见过华公子几次？"聘才道："见倒见过几次，不过随便寒暄几句，就走开了。他的旧人本多，新进去的自然挤不上去。"仲雨默然良久，叹口气道："如今世界，自己要讲骨气，只好闭门家

---

①　抽丰——亦作秋风，意同分肥。指利用各种关系、借口向人索取财物。

里坐。你要富贵场中走动,重新要操演言谈手脚,亦是不容易的。上等人有两个我们是学不来:一个是前贤陈眉公①;一个就是做那'十种'曲的李笠翁②。这两个人学问是数一数二的,命运不佳,不能做个显官,与国家办些大事,故做起高人隐士来,遂把生平之学问,奔走势利之门。又靠着几笔书画,几首诗文,哄得王侯动色,朝市奔趋。那些大老官还要奉承他,若得罪了,到处就可以杀他,自然有拿得稳的本领,你道可怕不可怕?这上等的如今是没有了。且说第二等人,也就一时选不出来。有十样要诀。"聘才道:"那十样呢?"

仲雨道:"一团和气,二等才情,三癖酒量,四季衣服,五声音律,六品官衔,七言诗句,八面张罗,九流通透,十分应酬。"聘才摇摇头道:"要这许多?"仲雨道:"底下每句还要加个不字呢:一团和气要不变,二等才情要不露,三癖酒量要不醉,四季衣服要不当,五声音律要不错,六品官衔要不做,七言诗句要不荒,八面张罗要不断,九流通透要不短,十分应酬要不俗。"聘才道:"这等说做人就难了。只弟是一字都没有的,如何学的全?"仲雨道:"那倒也不在乎此,只要有几件也就可以应酬了。且各人有各人的时运,不过自己总要有点本事,才叫人看得起。"

聘才道:"还有那三等呢?"仲雨道:"那三等的也有七字诀:第一是童。"聘才道:"怎么讲?"仲雨笑道:"要考过童生的,自然就念过书,略会斯文些,比那市井的人就强多了。第二是半通,会足恭,巴结内东,奴才拜弟兄,拉门面靠祖宗,钻头觅缝打抽风。这就是三等人了。"

聘才道:"不要小看这三等人,只怕如今都是些三等呢!"仲雨道:"可不是,依我看来,倒也不是印版的,就有全了十样本领,也有弄不出好处来;连那七个字没有的,也会寻出机会来,总之各人的缘法。从来说:'时来风送滕王阁,运退雷轰荐福碑。'我知道这华公子是极好相与的,现有多少人从他府里走动,弄出多少好处来!我教你个法儿,要他与你相好,很不难。这人我也认得,从前他也托过我事情。我知道他府里有个林珊枝,是他的亲随。"说到此,便竖起大拇指来道:"是个这一分儿的!言听

---

① 陈眉公——即陈继儒。明文学家,字仲醇,号眉公。

② 李笠翁——即李渔。清著名戏剧家。字笠鸿,谪凡,号笠翁,著有传奇"十种曲"等。

计从,寸步不离。你先要打通这个关节,这关节通了,就容易了。还有那个八龄班,也是不离左右的。小孩子们有甚识见?给点小便宜就得了。慢慢一言半语,吹进他耳朵里去,今日听见说魏师爷好,明日又听见说魏师爷好,就打动他的心了。这叫做放线雀儿,几十丈线放了出去,终究收得回来,只不要可惜小本钱。"

聘才点点头道:"承教,承教!"仲雨又道:"譬如你同华公子交接过了,你看他是什么脾气,喜的是什么样,恶的是什么样,自然是顺他的意见。顺到九分,总要留一分在后,不好轻易拿出来,譬如驭那劣马,若要驾驭他,违拗他的性子,是断断不能的,你跟着他跑,跑得足了,他也乏起来,便一勒就转。譬如一件事,你能想到九分,你要想到十分,这一分便是勒转劣马的本事,这就叫'收劣马'。还有那种人各样不好的,他也不与人往来。坐在房里,妻妾自奉,一人安享。也要打探他心上有一样两样喜欢的,就把这样去迎合他,献点小忠小信,没有一件事求他,他自然就放心了,说某人倒有点真心,不是赚他。他上了赚,就凭我怎么样了,这叫做'钓金蝉'。至于为人,虽要和气,也不可一味的脓包。于那些没相干、不中用的人,如阎简安、王卿云等辈,倒不要去睬他,浑去应酬他也无用。大门子里有那一种,在里头一句话都不能讲的,他却会懵人。你自己要看得清,可应酬则应酬,不必应酬就不应酬。你应酬那不中用的人,被那要紧人就看轻了。"

聘才听了,大笑道:"吾兄真是当今第一个大才!陈平之智、诸葛之谋,也不过如此。能把天下人的性情脾气,如写在手掌中。弟当以门生帖来拜老师,庶可传授心法。"仲雨笑道:"我都与你说了,还拜什么老师?依着做去,包管不错。将来有了好处,不要忘了老师,就算你门生的良心了!"说罢彼此又笑了。不觉就过了半天,仲雨算清了账,同了出来,说道:"老弟你进城罢。我还有事,不得奉陪。"说罢,拱拱手去了。

其时天气尚早,一路行来,远远望见嗣徽、元茂两人,在前转弯去了。聘才想道:"他们到何处去?"便悄悄的跟了来。到一条小胡同,只见闲人塞满,都在人家门口瞧着。聘才曾听得人说,有个东园,是婊子聚会之处,便也随着众人,站住望将进去。见那一家是茅茨土墙,里头有两间草屋。又见嗣徽、元茂,就在他前头站立,望着两个妇人坐在长凳上,约有三十来岁年纪,都脑满肠肥,油头粉面,身上倒穿得华丽。只见一个妇人对着嗣徽道："进来坐坐"。嘻嘻的笑。引得嗣徽、元茂心痒难搔，欲进不进的光景，呆呆的看着出神。又一个四十多岁的尴尬男人，在地下蹲着，穿件小袄儿，拴系了腰，挂一个大瓶抽子，足可装得两吊钱。又见帘子里一个妇人走出来，约二十余岁年纪，却生的好看，瓜子脸儿，带着几点俏麻点儿，梳个丁字头，两鬓惺忪，插了一枝花，身上穿得素净，脚下拖了一双尖头四喜堆绒蝠的高底鞋，也到凳上坐下，与那两个讲话。听他口音，不像北边，倒像南方人，一身儿堆着俊俏，觉得比众不同。听得那一个丑的唱起来，唱道：

俊郎君，天天门口眼睁睁，瞧得奴动情，盼得你眼昏。等一等，巫山云雨霎时成，只要京钱二百文！

聘才听了好笑，又想道："虽然淫词浪语，倒也说得情真。"又听得这个丑的，直对着嗣徽、元茂唱将起来。聘才再听道：

一个儿脸麻，一个儿眼花，瞎眼鸡同着癞蛤蟆。你爱的是咱，咱爱的是他，莫奢遮，温柔乡里不像老行家！

众人听不出什么来，聘才却明白是骂他们二人的，几乎放声笑起来，只得忍住。

再看那个生得好的，却像是新出来的。原来京里妓女，要进大局儿的，倒先要在东园、西厂落几天，见见市面，自然就不知羞耻，老练起来。如行院中不好的打下来，又到此两处。这个就是高品所说从广西新来的"白菊花"了。聘才看她举止，尚有几分羞涩。旁边一个小儿，捧上一面琵琶，那人接了，弹了一套《昭君怨》，便惹得门口看的人益发多了。元茂系近视眼，索性挤进去，门里呆看。聘才见那妇人，一面弹一面唱道：

杨柳枝，杨柳枝，昔年宫里斗腰支，如今弃向道旁种，翠结双眉怨路岐。画船何处系？骏马向风嘶。盼不到东君二月陌头来，只做了秋林憔悴西风里。

又见她把弦紧了一紧，和了一和，便高了一调了，再唱道：

想当年是鸳与鸯，到今是参与商，果然是露水夫妻不久长。千山万水来此乡，离鸾别凤空相望。叹红颜薄命少收场，便再抱琵琶也哭断肠。

想情郎，昂昂七尺天神样。千夫长，百夫防，洞庭南北多名望。恩爹爱娘，温柔一晌漓江上。到如今，撇下奴瘦婵娟，伶仃孤苦，真做了一枝残菊傲秋霜。石公坝追得好心伤,画眉塘险把残躯丧。全湘沅湘,三江九江,只指望赶得上桃根桃叶迎双桨,谁知道楚尾吴头天样长。又过那金陵王气未全降,瓜州灯火扬州望。渡河黄,怕见那三闸河流日夜狂,淮、徐、济、兖①无心赏。幸一路平安到帝邦,只不晓那薄幸儿郎在何处藏。我是那剪头发寻夫的赵五娘,你休猜做北路邯郸大道娼。

一面弹,一面唱,其声凄凄,唱得聘才流下泪来,想道:"这人倒是个钟情人。历诉生平,受尽难苦,不知那个负心人何处去了?"只听得孙嗣徽道:"啊哟!不好了,我身上的东西竟是空空如也。可恶,可恶!"蹬着脚,叹一口气道:"咳!君子无故,玉不去身,他竟卷而怀之。我以后便如丧不佩起来,看他便能奈我何!"元茂道:"京中这剪绺的实在可恨!我去年拿了家父十两银子,与魏老聘去看戏,到戏园子门口,绊了一跤,即有人搀我起来,还替我拍拍灰。我还当他是个好人,及到后来银子也没有了。后来家君查出来,足足骂了一天。你看这些狗东西,害人不害人!"那时听者无不暗笑。孙嗣徽道:"彼美人兮君子好逑,你何不疾趋而进之?"元茂笑道:"我不,十目所视的,怎样进得去?"聘才听了,失声一笑。元茂听得声音很熟,便瞅着眼睛,四下张望,望见是聘才,便涨红了脸,与嗣徽挤将出来,与聘才见了。嗣徽道:"魏大哥,我知道你如今是狡兔三窟,竟是鞠躬而入公门了,也不来顾盼顾盼旧日朋友。今日既一见之,我心则喜呢?"聘才道:"劳人草草,本要奉候的,因天晚了,要进城了。"元茂道:"你如今在那华府里可好?今日还进城么?"聘才道:"就进城了。"元茂道:"我们也要回去了,同走罢。"于是在路谈谈讲讲。

聘才道:"你方才听他们唱的,可听得出来?"元茂道:"我一字不懂。我倒爱那胖婆娘,对着我尽笑,尽勾我。我又不敢进去坐坐。"嗣徽道:"美哉,美哉!价廉而工省,明日我与汝姑一试之。若迟迟若行,恐为捷足先得,则虽悔莫追矣。只要其乐陶陶,又何论十目所视?"聘才听他仍是咬文嚼字,满口胡柴,忍住笑,只好由他罢了。到了路口,各人分路。聘才听得后面车声辚辚,直走过去,聘才连忙让开。只见坐在车里的,就是方才弹唱的那个媳妇,车沿上坐着一个老婆子,跑得风快的过去了。且按

---

①　兖(yǎn)——古九州之一。

下聘才那边。

要说这白菊花，是广西梧州府人，生得十分俊俏。嫁了一个姓宋的，是个不长进的人。这菊花善与人交，相识了一个营员，姓张的，是湖广人。两人在广西十分相好，誓同偕老，已有数年。去年这个张营员奉差进京，这白菊花倒是个有情有义的人，于是张营员走后，即带了些盘费，一个小丫头，赶将上来。不知怎样错了路，一直出了广西省，到了湖南，尚赶不着。又不知相去多远，且盘费已尽，举目无亲，进退维谷，在湖南住下。忽得了个谎言，说这张营员在京营作了千总，不得出京。她就卖了些衣裳作路费，搭了个便船进京。及到京时，那姓张的早已差竣回去，以致菊花流落在此，只得倚门卖笑。今日来接她的，是个开门户的陶家。这陶妈妈家里，有三个姑娘，内中一个好的，名叫玉天仙，是扬州人，生得风骚娇俏。这两天接着一个大嫖客，就是广东那个奚十一。陶妈妈打听他的家世，知他是海南大家，家有千万之富，兄弟十人，都作道府大员，老太爷是现任提台，家里开着洋行。又访他是个大冤桶，便想发他一票大财。无奈那几个姑娘，不大懂他的话，兼之奚十一是个鸦片大瘾，一天要吃一、二两。这三个姑娘虽会吃几口白土烟，吃了那黑土烟，几分就醉倒了，且彼此语言都不甚投机，因此，奚十一不大喜欢。陶妈妈知道白菊花是广西人，又生得好看，必定勾得住他，所以把她接了过来，认为义女。登时换了崭新的衣服，与诸姐妹相见，菊花与玉天仙尤为相爱。菊花受尽了狼狈，到此已如出了地狱，心里还有甚不足？一心就候那奚十一来。

且说这奚十一，自到京来，不上半年，银子已花去数万，尽填在粪窖里。有人劝他何不娶个妾？他是游荡惯的，见了那良家之女子，甚为厌恶，唯在娼妓队里物色，又没有合意的。

一日，陶妈妈转来请他，说他家新到了一个广西人。奚十一听见是广西的，便满心欢喜，叫个小跟班，带了烟具，也不坐车，昂然的步行而去。到了陶家，陶妈妈先出来见了他，便极意的胁肩谄笑了一回，然后说道："你们快请四姑娘出来。"不多一刻，见白菊花袅袅婷婷的，一身香艳，满面春情，上前见了，说了些话，彼此语言相对。奚十一看她相貌，正是娇如花，柔如水，甜如蜜，粘如饧，十分大喜。略问了几句话，便同进了房，便叫小跟班摆好了烟具，开了灯，一面吹，一面谈。这奚十一要吃大口烟的，菊花替他烧烟，先从半分一口，加到三分一口，方才合意。菊花烧烟的本事

甚好,烧得不生不熟。奚十一又喜吃面条烟,将这烟挑了一签子,在火上
四面的一烧,那条烟就挂得有五寸长,放在斗门口,奚十一咇咇咇的一口
吸尽,还闭了嘴,不放一点烟散出来。这是奚十一的生平绝技。菊花也吃
了几口,便睡到奚十一怀里来与他上烟。奚十一连吃七、八钱,也够了,便
勃然动起兴来。两人收过了灯,关了门,就作出一回秘戏。描不出蝶恋
花,颠倒鸳鸯,诸般妙处。一个猛于下山虎,一个熟似落蒂瓜。直闹到两
个时辰,方各满心意足。收拾干净了,重复开灯吃烟,便连着喝酒吃饭。

　　奚十一在那里一连住了七、八天,每一天也花几十吊钱。老鸨便欲砍
起斧子来,本人身上,作衣服,打首饰,置铺垫,是不必说了;还有那些姑娘
们要这样,要那样,连老鸨婆、帮闲捞毛的,没有一个不打把式。好在奚十
一爽快性成,从无吝啬。菊花见奚十一这个雄赳赳的相貌,比从前的相好
更胜一倍,又知道是个大老爷,在京候选的,便起了从良之念。奚十一本
为物色小星而来,见菊花这般美貌,又是个极在行的,便也要买她为妾。
倒是那个老鸨不甚愿意,菊花方来几天,且并非她的人,又无身价可勒,只
想留她在家多弄些钱,若从良去了,不是白干了这件买卖么? 便从中调
唆,在菊花面前说:"奚十一是个没良心的人,他家里有几十房小星,听他
二爷们说,娶到了家,就丢在脑后,又去贪恋别处,是个恋新弃旧的人! 这
样人断不可嫁他,你别错了主意!"在奚十一面前只说:"这菊花有本夫在
此,不肯卖她的。"又说:"菊花性子不好,吃惯了这碗饭,不能务正的。老
爷要娶姨奶奶,我包管与你拣一个十全的人,不必要她。"无奈他们两个
人,结的火热的交情,虽有老鸨打破,彼此全然不信。菊花将她的始末根
由细细告知奚十一,说:这老鸨是接她过来,"单为着应酬你的。我如今
要从良,与他们毫不相干,只要赏他几两银子就是了。"

　　奚十一定了主意,即叫了官媒婆作媒,赏了陶老鸨五十金,将菊花领
回。买了丫头,雇了老妈子,菊花便嫁了奚十一,作了姨奶奶,从此倒入了
正路。不知后事如何,且听下回分解。

第十九回

述淫邪奸谋藏木桶　逞智慧妙语骗金箍

　　话说魏聘才自得仲雨传授，依法行之，先于林珊枝面前献尽殷勤，又于八龄班赔尽辛苦。珊枝本系联锦部有名小旦，继进登春班，华公子看中了他，遂以重价买进。后来之八龄班，皆系珊枝所教，这林珊枝不消说是音律精通了。魏聘才本是个伶俐人，昆曲唱得绝好，就是吹弹也应酬的上来，更兼旧年一路同着班子来，船中又听会了许多戏文，到京后又三天两天的听戏，自然又添了好些曲子。

　　一日，林珊枝教玉龄唱曲，适值聘才闲闯进来，珊枝就请他坐了，一面教着。刚刚这曲子是聘才最得意的，便在旁帮起腔来，五音不乱，唇齿分明，竟唱得出神入妙，把个林珊倒惊倒了。即由此相好，就在华公子面前，朝朝暮暮称赞聘才。华公子是最信珊枝的，他又不轻意赞人，他肯赞好，必是真好了，心上就有了这个人。那八龄班内的都是些苏、扬人，脾气自然相合。聘才会讨好，今日送这个一把扇子，明日送那个一个荷囊，总是称心称意，小孩子欢喜的东西，觉得这位师爷实在知趣。至于管总、办事的，尤巴结得周到。不到一月，竟人人说起好来。阎、王二公是不必说，就张、顾两位，虽然也会拉拢，无如总不及聘才之和气周匝①、鞠躬尽瘁的光景。

　　一日，打听华公子出门去了，聘才约了张笑梅出城。笑梅要找冯子佩，二人同车即到冯子佩家来。这子佩是与华公子最熟的，已与聘才见过，彼此合式。冯子佩也是宦家子弟，只因早丧严亲，又积些宦囊，其母钟爱，任凭他游荡歌场，结交豪贵。后来家业渐渐萧条，又亏了几个好友帮扶，所以觉得银钱应手，服御鲜华，其一种娇憨柔媚的情况，却令人可怜可爱。这天张、魏两人出来，带着一个小使，到了子佩门口，着小使进去问了，刚好在家。请了进去，到书房坐下。聘才是初次登堂，看那屋子是朝

---

　　① 周匝——周围。

北两间,铺设倒也华丽,就觉得满桌子东西、残书、笔砚、玩器等物颠颠倒倒,杂乱无章。壁间挂些箫管琵琶,又有弓箭等物。聘才对笑梅说道:"小冯这么一个样儿,怎么屋子里东西也不检点检点?"笑梅笑道:"他未必有检点的工夫,世间人最没有他忙的。"说着子佩走将出来。此时四月尽天气,一身罗绮,愈显得袅娜多姿。未出屏门,先就是一个笑声出来,嚷道:"你们来做什么?可是来给二太爷请安的吗?"聘才笑着要说话,张笑梅上前,便一把搂得紧紧的,子佩也就搂了笑梅,大家抱了一抱腰。笑梅笑嘻嘻的道:"正是来给二太爷请安的。"便把子佩脸上闻了一闻,又道:"好香!倒不是二太爷,直是个小哥儿!"子佩道:"你又浪闹得二太爷心上受不得!"聘才在旁大笑。

　　三人厮混一阵,然后坐了,却大家讲不出什么话来。听得门口有人嚷道:"冯老二在家吗?"子佩接着道:"没有在家!"聘才听得声音很熟,只见一人直闯进来,道:"好啊,你在洞里头,还答应不在家!"众人一看,原来是杨梅窗,皆是熟识的,更为热闹了。大家说些无非是游戏欢乐的话,四人商议道:"难道今日说些闲话,就算了事不成,可不辜负了韶光么?"笑梅道:"我们是打算听戏的。"冯子佩道:"呸!乡里人进城,不认得明角镫,当是猪溺泡。今日是忌辰,还想听戏呢!"杨梅窗道:"今日果然是忌辰。咱们做什么?上馆子去罢!"三人都也高兴。子佩又进去换了衣裳,即同步行出门。

　　到了一个酒楼,走堂的见是四个少年,且认得杨、冯二人,便觉高兴,知道今日热闹的。杨八爷道:"吃什么?"冯子佩对着走堂的道:"你报上来。"走堂的一一报了数十样,四人就点了五六样,先吃起来再说。走堂的先烫上四壶黄酒,一桌果碟儿,遂一样一样摆上来。四人饮了一回,又说些笑话。梅窗道:"咱们就这么算了?叫走堂的也瞧不起。叫个人罢!"聘才是最高兴的,便道:"很好,叫谁呢?"梅窗笑道:"我意中人却多,又喜欢新鲜,不比人家天天总叫那个人。我前日见联珠班内有个叫玉林,生得很好,一下台就有人同了出去,想是很红的。"聘才道:"料没有琴官好。"梅窗道:"哪个琴官?"聘才就把新年看戏的话略述了些,又道:"这琴官除了梅庚香之外,其余见了总是冰冷的,恐怕叫他不来。"梅窗道:"哪里有叫不动的相公!今日你就叫他。"聘才心内想道:"如今我在华府,他们也应该知道了,自然看我不比从前。就去叫他,如若不来,再叫别个。"

梅窗又问笑梅道:"叫谁?"笑梅道:"我叫蓉官罢。"又问子佩,子佩道:"叫了三人也就热闹,我不叫,我算吃镶边酒罢!"梅窗笑道:"你自己算了相公罢。"子佩听了,含了一口酒,望着梅窗劈面喷来,梅窗一闪,身上却洒了好些。梅窗道:"何必一句话如此着急,必定说着了你的真病!"大家一笑,就将衫子脱下,要些烧酒喷了,放在檐下栏杆上晾了。便又笑道:"可惜这口酒糟蹋了,你何不吐在我口里?"子佩又抓些瓜子壳撒过来,梅窗也就受之而不报了。

只见那走堂的进来道:"琴官、玉林都说病着,不能来,蓉官就来。"聘才原料琴官不来的,只好罢了。倒是杨梅窗心上不快,说道:"怎么叫三个人倒有两个不来? 不知是真病呢,还是推托的?"笑梅道:"自然是真病,推托什么?"聘才道:"还有个琪官,也是很好的,我正月里叫过他几回,倒是全来的。"聘才又写了条子去叫琪官,梅窗另叫了二喜。走堂的道:"琪官打发人去叫了,二喜在那边陪客,已经吃过饭,就散了。"

走堂的知会了二喜。不多一刻,二喜就过来,对客人请过安,就在梅窗肩下坐了。斟了一巡酒,送了一巡菜,便问道:"今日席间还叫谁?"梅窗道:"叫的都是有病的,不能来。"聘才见了二喜,便不大欢喜,因正月里吃了他多少刻薄话。二喜倒不记在心,且那日开发,聘才明日即已送去,没有漂他的,所以二喜还看得起。遂问聘才道:"从前那一位姓什么? 那个瞅瞅眼儿,叫小利偷了银子的,如今总不见他。"聘才道:"我如今在城里住了,这些朋友是不大往来的了。"二喜道:"你在城里什么地方?"聘才道:"华公府。"二喜道:"哎呀,华公府!"又问张笑梅住处,笑梅道:"我同他在一个宅子里。"二喜道:"听得华公府里天天唱戏,他府里有班子?"聘才道:"有几班呢。"二喜就到各人面前劝酒、猜拳、吃皮杯的,无所不至。闹了一阵,只不见蓉官、琪官到来。笑梅道:"奇了,今日是忌辰,倒叫不出相公来!"二喜道:"还有哪个?"笑梅道:"你们班里的琪官,还有联珠的蓉官。"二喜道:"蓉官我出门时见他到三合楼去的,只怕还没有散。"梅窗道:"那玉林是你们同班的,他真有病吗?"二喜道:"玉林啊,不要说起,他同琪官前日都闹了一件事,几乎闹出人命来。他们的师傅,此刻还不依,要去告那个人。琪官今日也不能来的。"于是大家问起什么事,二喜道:"说来话长,喝两盅再说。"众人又干了几杯。聘才听说琪官闹事,便又问二喜道:"你就说来大家听听。"二喜道:"有一位广东奚十一老爷,你们相好不相好？"三人说都不相识。冯子佩道："我会过这人，却不相好，你有话尽说。"二喜道："这奚老爷是在京候选的，听说带了几万银子进来，要捐一个大官。谁知用动了，就凑不上了，只捐了一个知州。这个人真算个阔手，他一进京，先认识登春班春兰，就天天把春兰放在屋里，衣裳、金镯子、热车等类就不用讲了。春兰的戏最多，他于春兰每一出戏，做十几副行头，首饰都是金的，只怕就要值万把银子。春兰的师傅故意把春兰叫回，呕他赚他，零零碎碎又花得不少。后来替春兰出师，又花了五千吊。春兰就跟了他，天天一炕吹烟，一桌吃饭。譬如这一样菜，春兰尝一尝，说咸了，或是淡了，他就连碗砸了。几百吊钱做件皮褂子，春兰说风毛出得不好，我不要。他瞧一瞧真不好，顺手一撕，撕做几块，再做好的。这算自己的冤脾气也罢了。既同春兰这么相好，就不该闹别人了。他却不管，只要他中意，不管人肯不肯，一味的硬来。"众人都静悄悄的听他讲。

聘才道："问你玉林、琪官的事，你倒尽拿这冤桶讲不完了。"二喜笑道："一路讲下来，横竖比戏还好听些。他哄人有多少法子呢？他是嘉应州人，所以有那西洋好法儿。他引诱人，先是以银钱买动人家的心。也有那不爱银钱，倒爱人品呢？这奚老爷相貌生得粗鲁，又高又大，是个武官样儿，说话也蠢，又吹烟，一天要一两，脸上是青黑的。"梅窗道："快说，什么西洋好法儿？"二喜道："他有个木桶，口小底大，洋漆描金的，里头'丁丁当当'的响，倒像钟的声音。上头有个盖子，中间一层板，板底下有个横档儿，外头一个铜锁门，瞧是瞧不见什么。他看上了那人，要是不顺手的，便哄他到内室去瞧桶儿。人家听见里头响，自然爬在那桶边上瞧了。奚十一拿些东西，或是金银锞子，或是翡翠玩意等类，都是贵重的东西，往桶里一扔，说：'你能捡出来，就是你的！'那人如何知道细底？便伸手下去。原来中间那层板子，有两个孔儿，一个只放得一只手。摸不着又伸下那只手，他就拿钥匙往锁门里一拨，这两只手再退不出来，桶又提不起来，鞠着身子，他就不问你愿不愿，就硬弄起来，要他兴尽了才放你。你叫喊也不中用，已经如此了，即放开了，也无可如何。知机的就问他多要些东西，还有那不知机的，与他闹，他就翻了，倒说讹他，打了骂了，还要送到坊里收拾你。坊官们大半是他们一路的，送了去拘禁起来，百般的挫辱，还要师傅拿钱去赎，极少也要百十吊。这是奚十一的行为！你说玉林与琪官怎样闹事呢？就是这奚十一，头一次在玉林家吃酒，玉林是忠厚人，不会奉承的。他却看上了玉林,就是一套衣裳,一对镯子,又赏他师傅四十吊,因此动了火。第二回单请他,叫玉林陪他,并不多请人,他又赏一百吊。玉林是嫌他那个样子,总和他生生儿的,他心上就恼了。第三回他师傅又请了许多相公,再请他,他便不来了。他师傅总想他是个大头,逼着玉林去请安。他更坏,大约心里就打定主意,留玉林吃饭,又灌了玉林几杯酒,也骗他看那桶子。不晓得玉林在哪里风闻这个桶是哄人的,就不去看。他没法子,只好强奸起来,仗着力气大,就按住了玉林。玉林不依,大哭大喊的。他的跟班听见了,要进来瞧,奚家的人又不准他进来,他就硬闯了进来。只见按住了玉林,已经扯脱裤子了,看见有人进来,才放手,只得说与他玩笑,小孩子不知趣。玉林就一路整着衣裳,哭骂出来,跟班的又在门房嚷了几句。他要打玉林,没有赶得上,所以气极,送了坊了。这也可以算了,真真活该有事! 这是早上,到将晚的时候,他又叫了琪官。这琪官的性子,你们也知道的,如何肯依呢? 他就哄他去瞧桶儿,琪官不知,却上了当了,两只手都放进去,缩不出来,他也要如法炮制,来扯琪官小衣裳。琪官明白了,就是一腿,刚刚踢着那话儿,便疼得要死,就蹲了下去。"

　　说到此,张、魏二人就大乐起来,说:"该! 该! 这样东西必有天报。酒又换了,我们共贺一杯!"冯子佩也不言语。杨梅窗道:"你快说罢。"二喜也喝了酒,又说道:"这琪官也苦极了,手又缩不出来,便使起性子来,不顾疼痛,用力乱扭,把那机巧扭坏了。琪官这两只手却刮得稀烂,血淋淋的,也就哭骂出来。他因'小脑袋'疼痛,也就躲了。琪官回去告诉了师傅,他与袁宝珠相好,又告诉了宝珠,宝珠气极,便进怡园与徐老爷说了。徐老爷就大怒道:'天下有这种东西,就容他这么样,这还了得!'又晓得了玉林之事,即着人去向坊里连夜把玉林要了出来;一面打算告诉巡城都老爷,要搜他那个桶子办他。徐老爷是个正直人,说话是不知避人的。不知有人怎样通了风,奚十一也怕闹事,又因银子用完了,西帐也不拉了,赶着在吏部花了钱,告了个资斧①不继,出京去了。闻说到天津去了,只怕躲几天就要来的。所以玉林气坏了,琪官也病了,手还没有好,怎么得出来? 说完了,你们吃一大杯罢,我舌头也干了。"说得众人个个大

---

　　① 资斧——资财与利斧。资财,可以济用;利斧,可以斩棘与防身。

笑称奇。

冯子佩道："这个狗鸡巴簠的，实在可恨！他不管什么人，当着年轻美貌的，总可以玩得的。他也不瞧自己的样儿！"梅窗笑道："你这么恨他，莫非看过他的宝贝桶子么？"子佩把梅窗啐了两口。梅窗道："他这个桶子，咱们京里不知会做不会做？"笑梅笑道："你也要学样子么？"梅窗笑了一笑。聘才笑对二喜道："你讲得这么清楚，这桶子你想必看过的了。"二喜脸上一红，便斜睃了一眼，就要拧聘才的嘴。梅窗道："他未必要用着桶子！"二喜又将梅窗拧了两把，说道："咱们作买卖的人，有钱就好，何必那样拿身份呢！可惜他们不像你能会看风水，所以才吃了这场苦。"说罢，自己也笑了。

聘才心中暗忖道："倒不料琴官、琪官既唱了戏，还这么傲性子，有骨气，这也奇了！"即问二喜道："这奚十一到底是什么人？这样横行霸道，又这样有钱？"二喜道"我听得春兰讲，说也是个少爷，他家祖太爷做过布政司①，他父亲现做提督②呢！"聘才道："如今春兰呢？"二喜道："同出去了。"于是大家又谈谈笑笑，又喝了一回汤。看看天气将晚，笑梅、聘才皆要进城，只得算了账。梅窗又与二喜说定明日开发。梅窗让聘才等一同进城，他却住在城外，又到子佩处，两个同吃了一回烟，拉了子佩到胭脂巷玉天仙家去了。

再说潘其观自从被蕙芳哄骗之后，心中着实懊恼，意欲收拾蕙芳，又怕他的交游阔大，帮他的人多。二者淫心未断，尚欲再图实在。又心疼这二百吊钱，倒有些疑心张仲雨与蕙芳串通作弄他，就对仲雨唠唠叨叨，说些影射的话。仲雨受了这冤枉，真是无处可伸，便恨起潘三来："他既疑我，我索性坑他一坑！"打算要串通蕙芳来算计他。潘三又因保定府城有几间布铺，亲去查点一番，耽搁了两月回来。清闲无事，与老婆闹了几场，受了些闷气，无人可解，又想要到蕙芳处作乐。也不同张仲雨，一人独来。

是日已是傍晚，可可走到蕙芳门口，恰就遇着蕙芳从春航处回来。蕙芳一见是潘三，心上着实吃了一惊，只得跳下车来，让潘三爷进内。潘三便搀着蕙芳的手，喘吁吁走进里面，到客房坐下。蕙芳便问道："潘三爷，

---

① 布政司——官名。

② 提督——官名。

这几天总不见你,在哪里发财? 你能总不肯赏驾。记得那一天,是因华公子住在城外,传了我去,实在短伺候,你不要怪,咱们相好的日子正长呢。"潘三见蕙芳殷勤委婉,便把从前的气愤消了一半,便慢慢的说道:"我来做什么? 我也知道你嫌我,二百吊钱倒买张老二吐了我一脸酒! 兔子藏在窟窿里,叫野猫馋着嘴空想呢!"蕙芳听了这话,十分有气,只得装着笑道:"你能说话真有趣! 今日做什么? 咱们找个地方坐坐罢。"潘三道:"还找什么地方? 你这里很好。但是我发了誓,戒了酒了,我今是一口不喝了。"蕙芳听了更是着急,想道:"今日真不好了! 偏是一个人,酒也不喝。走是不肯走的,我托故要走,他未必肯依。"左思右想,脸上渐觉红晕起来,便自己怔了半天,发恨道:"索性留他! 我若怕了他,我也不叫苏蕙芳了!"便道:"三爷,你不喝酒,饭是要吃的。"潘三便点点头,蕙芳便亲自到厨房去了一回,便摆出饭来了:三荤三素,一碗绍兴汤,又一壶黄酒。蕙芳道:"虽然戒了酒,既到我这里,也要应个景儿。"便满脸带笑,拿了一个大玉杯,斟得满满的,双手送去。那潘三原未戒酒,不过怕酒误事,今见蕙芳如此,便忍不住笑嘻嘻道:"可尽这一壶,不许再添了。"蕙芳也不理他,于是两人对饮,又吃些扁食之类。

潘三已有醉意,喝来喝去,又添了一壶。见蕙芳桃花两颊,秋水双波,顾盼生娇,媚态百出,把个潘三的故态又引出来了,叹口气道:"你这个孩子真真害死我! 二百吊钱算什么? 你不犯害人! 儿子,你只要一点心在我身上,我是没有不依的。"蕙芳强笑道:"三爷,我不懂得,什么叫依不依?"潘三道:"只要你有心于我,你要什么,我总依的。"蕙芳笑道:"未必能依罢? 我要……要……是要一个银号! 这是你自己说过的。"潘三道:"银号我有三个。我已经四十八岁了,还没有儿子,给你一个银号,也没有什么要紧。你给我什么呢?"蕙芳只不言语。潘三道:"怎么又不说? 就是咱们爷儿俩,又没有外人,有什么说不得的话吗?"蕙芳总是似笑非笑的不言语。潘三便坐近来,将蕙芳搂在怀里,自己把那糖糟似的脸,想贴那粉香玉暖的脸。蕙芳将手隔住,轻轻的道:"你倒太胡缠了,你放了手我才说。"潘三把脸在他手背上擦了又擦,喘吁吁的道:"好儿子,好乖乖,快讲罢!"蕙芳故作怒容道:"三爷,你这般性急,我又不讲了!"潘三只得松了手。

蕙芳手上已流了些吐沫,便将手巾擦了,站起来正色的说道:"潘三爷，我又不是糊涂虫，你道我瞧不透你的心事？但我既唱了戏，也就讲不得干净话儿。但是我今年才十八岁，又出了师，外面求你留我一点脸，当一个人，不要这么歪缠。我有心就是了，莫叫人瞧破。你别当我是剃头篷子的徒弟。三爷，你心里想，我使了你二百吊钱，你舍不得，如果要，我也还得出来。"潘三道："好儿子，哪个要你还钱？你怪不得我，我整整儿想了半年了，你不叫我舒服一舒服？你若真有心就好了，你只怕还是赚我。你再要我上当，我就不依了。横竖你的话我没有不遵的。"蕙芳又笑道："我方才说三爷是逛惯剃头篷子的，拿我这里当作一样。我听张仲雨说，潘三爷大方得很的，只要中意那人，不但三百五百，就是一千八百吊都肯。怎么三爷又瞧得中我，你在我面上才花过二百吊钱，马上就要捞本儿。要说二百吊钱，不但三爷看不上，就是我姓苏的也不当事。难道三爷喝一杯酒，听一个曲儿，还不赏个百十吊钱吗？也像那些小本经纪人，叫一天相公，给个四吊五吊京钱？告诉你，只要你能真有心，我准不负你。你可不要忘了我，当我是个下作人。遂了你的心，你倒拉倒了，又疼别人去了，那时可莫怪我！"

潘三被蕙芳一席话，说得无言可答。听他句句应允，觉要钱多，二百吊尚少的意思。既而又想道："这等红相公，自然是不轻易到手的。"便对蕙芳道："你真不负我，我就放心了。但是口说无凭，后来恐又变了卦。"蕙芳冷笑道："你千不放心，万不放心，难道写张契约与你吗？"潘三此时色心艳艳，又要装作大方，倒不能粗鲁起来。想一想，只好再把银钱巴结他，便道："知你是个阔相公，手笔大，常要用钱。打今日起，如少钱使，即到我铺子里来取。"蕙芳道："我怎么好来？不要叫三奶奶晓得了，一顿臭骂，害得你还要受苦呢。"潘三笑道："胡闹！你实对我说，到底少钱不少钱？"蕙芳想一想道："这东西被我刻薄了他还不懂，还想拿钱来买我。索性赚这糊涂虫，也好给田郎作膏火之费。"便带笑道："钱是怎么不要呢？我不好讲。又恐三爷疑心我尽赚钱，一点好处没有，钱倒花得多呢。"说罢，便看着自己手上的翡翠镯子，便取下来给潘三瞧，道："你瞧瞧这翡翠好不好？"潘三一看，觉得璧清如水，而且系全绿的，便赞道："好翠！城里头少，只怕是云南来的。"蕙芳道："是怡园徐老爷赏的。一样四个，给了四个人，我得了一个。听说在广东买来，一个是一千块花边钱。"潘三吐了吐舌，讲道："比金的还贵！十两重的也不过二百银。"蕙芳道："好虽好,可惜没个金的配他。"一头睄着潘三手腕上,有个很重的金镯。潘三心上明白,意欲赏他,恰有十两重,值二百银,又觉心疼;若不赏他,又恐被他看不起,便不答应了。自己抬了膀子看了一回,对蕙芳道:"将这个配上就好了,你要就给你罢。"只管抬着膀子,却不见取下来。蕙芳走近身边,谢了一声,将镯子取下,刚刚带上了手,却被潘三拦腰抱住,口口"心肝儿子",脸上嗅个不住,便就抠抠摸摸起来。此番蕙芳真没有法再讲什么。潘三是再不理的了,打定主意,今日是不肯空回白转的。况且又把个金镯子出脱了,脸上已觉得十分光彩。蕙芳只得装作笑容,见他衣襟上挂着个小牙梳子,便把他的胡须梳了一回。

正在危急之际,只听外面有人嚷道:"蕙芳在家么?"又听说"老爷来了",觉有许多脚步响。蕙芳连忙挣脱道:"不好了,坊官老爷来查夜了!"潘三是个财主,所见坊官查夜就着了忙,想要躲避。蕙芳道:"躲是没有躲处的,就请走罢。省得遇着他们,查三问四起来,倒不好看。"潘三无奈,刚着手时又冲散了,只得从黑暗处,一溜烟跑出大门。不知来的果系何人,且听下回分解。

第 二 十 回

夺锦标龙舟竞渡　　闷酒令鸳侣传觞

前回书中,讲到潘三缠住蕙芳,到至急处,忽有人嚷进来,蕙芳故作一惊,说:"了不得了! 是坊官老爷们查夜。"潘三是个有钱胆小的人,自然怕事,只得溜了。原来蕙芳于下厨房时,即算定潘三今日必不甘休,即叫家里人假装坊官查夜,并请了两个坊卒,到潘三歪缠不清的时候,便嚷将进来。知道潘三是色大胆小,果然中计而去,又哄过了一次。虽然得了他一个金镯,蕙芳心中也着实踌躇,恐怕明日又来,只好到春航寓内躲避几天,再看罢了。潘三一路丧气而回,幸怕他的老婆,不敢公然在外胡闹,不然只怕蕙芳虽然伶俐,也就难招架了。今天又空闹了一场,只好慢慢儿再将银钱巴结他,买转他的心来。

这回书又要说几个风雅人,做件风雅事情。如今这一班名士,渐渐的散了。子玉自从与琴言怡园一叙之后,总未能会面。琴言之病,时好时发,也不进园子唱戏,有时力疾到怡园一走。而子玉之病,亦系忧闷而起,或到怡园时,偏值琴言不来,或到琴言寓里,偏又逢着他们有事,不是他师傅请客,就是有人坐着,又不便再寻素兰,子玉亦觉得无可奈何,只好怅恨缘悭而已。这边琴言在家,并不知子玉来过几次。又听得子玉害病,心上更是悲酸。因为没有到过梅宅,不便自去,正是一点怜才慕色之心,无可宽解,唯有短叹长吁,形诸梦寐。

看官,你道子玉去寻琴官,为什么他的师傅总不拉拢呢? 一来子玉是逢场作戏,不是常在外面的人,是以长庆不相认识,且不晓得子玉是何等地位,不过当他一个年轻读书人,无甚相与处。二来子玉在琴言身上也没有花过一个钱,子玉与琴言是神交心契,自然想不到这些上来。那长庆则唯在钱多,却不在人好。那下作相公们的脾气总是这样。那长庆生性如此,是始终不变的。

且说子玉是在家养病,不出大门;高品为河间胡太尊请去修志;刘文泽是他岳母惦记他,来接他并其室吴氏,同到直隶总督衙门去了。此中已少了三人，只有子云、次贤、南湘、仲清、春航、王恂六人不时往来。一日子云、次贤招诸名士到园看龙舟，并赏榴花。此日是五月初一，正值王通政生日，虽不做寿，家中却也有些至交好友、亲戚同年来贺。内里又有些太太姑娘们，如梅宅的颜夫人，孙宅的陆夫人之类，也觉得热闹。王恂与仲清这怡园之约，就不能去了。

是日子云、次贤知道了，也去拜拜寿。适遇南湘、春航皆在，就约了回来。仲清、王恂说：如客散得早，也来赴约，但只不要候，迟早不定。次贤等应了，才回怡园。同到了迎面峭壁之下，进了一个院落。子云便请大家宽了公服，又道："今日天气甚热，红日照人，且龙舟在'吟秋水榭'，榴花在'小赤城'，离此颇远，不如乘马过去。"家人们已预先备马伺候，即带过来，四人都乘上了。从峭壁下左手转弯，高高低低，曲曲折折，走上青石羊肠小径，有些古藤碍首，香草钩衣。走完了山径，便顺着围墙而走，那边是池水涟漪，依红泛绿，堤上一带短短红阑，修竹垂杨，还有些杂花满树，流莺乱飞，已令人尘襟尽浣。不到半里，又是一堆危石，垒成高山，有十丈多高，如罗浮一峰，俯瞰海曲，挡住去路。

子云请客下了马，从山脚走上石级三十余层，有一小亭，中具石台石凳，署名曰"缥缈亭"。对面望去，有几十株苍松，黛色参天的遮断眼界。树杪处，微露碧瓦数麟，朱楼一角。此间颇觉清风荡漾，水石清寒，飘飘乎有凌虚之想。春航道："奇奥！文心一至于此，即匡庐之香炉峰，何以过之！"南湘道："前似王麓台，此似萧尺木，幽邃处却不险仄。"子云道："此皆静宜手笔，布置时曾数易其稿。"次贤道："也亏那几株松树，不然也就一望易尽。"春航道："正不知静宜先生胸中有多少丘壑，的是驱排河岳神手。倪云林、徐青藤，定当把臂入林！"次贤只得谦让几句。

四人小憩了一回，走下石磴来。侧面有五间楼阁，恰作参差高下，两层似楼非楼，似阁非阁，画栋飞云，珠帘卷雨，又是一番气象。窗前栏杆外，就是一个十亩方塘，内有层叠荷钱，一半成盖。中间一座六曲红桥，欹欹斜斜。接着对面十数间楼榭。右边泊着几只小小的画船，都是锦缆牙樯，兰桡桂浆。次贤道："那边就是'吟秋水榭'了。"再望水榭，却是三层。左手一带是一色杨柳，低拂水面，接着对岸修竹长林，竟似两岸欲合。当下子云让客且慢过桥，先进那阁里来，恰是正正三间。细铜丝穿成的帘子，水磨楠木雕栏，阁中摆设精致异常，说不尽宝鼎瑶琴，璇几玉案。栏边

放一个古铜壶,插着几枝竹箭。中悬一额曰"停云叙雨轩"。旁有一联,其句云:

拜石有时具袍笏①,看云无处不神仙。

署款为"华光宿"。南湘失惊道:"此华公子手笔,不料其词翰如此!"子云道:"华公子天分极高,不过工夫稍浅,亦其势位所误。若论书画诗词,倒与其境遇相反的。"春航道:"若仅闻于流俗之口,几乎失是人矣! 即此联句,可见其胸次之雅;即此书法,可见其意气之豪。"

说罢,远远见水榭边荡出两个花艇来。白舫青帘,尚隔着红桥绿柳,咿哑柔橹之声,宛转采莲之曲,正是水光如镜,楼台倒影,飞燕低掠,游鱼仰吹。须臾之间,已过红桥,慢慢拢过来。只见王兰保曳起罗衫,盘了鬐发,鬓边倒插一枝榴花,手中拿一根小小的紫竹篙,一面撑,一面赶那些家凫野鸭,倒惊得鸳鸯鸂鶒乱飞起来。又有一个白鹭鸶,竟迎着栏杆翩然而来,到了檐前,把翅一侧,已飞上山岩去了。次贤笑道:"所谓'打鸭惊鸳鸯',今日见了!。"

大家正看得有趣,又见船中走出几枝花来:一只船内是宝珠、漱芳,一只船内是蕙芳、素兰,共是五个。舟人把舟泊近栏杆。南湘道:"芙蓉未开,水榭减色,有此众芳一渡,庶不寂寞。湘娥洛神,江湄游戏,我度香先生当以玉佩要之。"大家笑了一笑。群旦上来都见过了,次贤道:"你们看静芳,窄袖蹒跚的,越显得风流倜傥。竹君之赞语,'翩若惊鸿,婉若游龙',真觉得摹拟入神!"南湘道:"静芳之倜傥,媚香之灵慧,瑶卿之柔婉,瘦香之妍静,香畹之丰韵,皆是天仙化人。若以其艺而观,则赵飞燕之掌上舞,张静婉之帐中歌,可以仿佛。"

子云请客登舟。南湘等上得船来,看那船头,是刻着两个交颈鸳鸯,船身是棠梨木的,两边短短红栏,内是玻璃长窗,篷盖上罩着个绿泥洒花大卷篷,两边垂下白绫画花走水。船里是两个舱,底下铺了细白绒毯,靠后也是长窗,中间铺设一炕,两旁是鬼子穿藤小椅,间着几张茶几,中间一张圆桌,也可以坐得五六人。那一个船略小了些,是坐那侍从人的。此时王兰保却早换好了衣裳,斯斯文文的坐了。宝珠对南湘道:"你们早上到过王大人家没有?"南湘尚未回言,子云道:"我就在王宅邀来的。"

---

① 袍笏(hù)——古代官员上朝时穿的官服和手拿的笏板。

于是众人谈谈讲讲,一路看园中的景致。有几处是飞阁凌霄,雕甍①甌地;有几处是危崖突兀,老树槎枒。却也望见西北上一带长廊是桃坞,接着是杏村;正北上竹林中望去是梨院,后是牡丹香国;东北是一带玲珑巧山,下是绿阴千树,金弹离离,结满了梅子,青黄各半,把个梅嶂遮住,望不清楚。对岸树石蒙茸,却不知还有多少亭院。春航问南湘道:"这园子里共游过几处了?"南湘道:"到却到过许多回,逛却没有逛到。一喝酒就是一天,哪里能逛?约有七八处逛过。"宝珠道:"我同瘦香是逛完的了。"蕙芳道:"我就是桂岭、菊畦、兰径没有到过,其余也都逛完。"素兰道:"桂岭在前山前,兰径、菊畦是在后山后。过涧去一片大空地,有一所庄院,便是菊畦。那兰径是山下,到半山高高下下的长廊曲径,最好玩的所在。菊畦过去,还有个稻庄,有桔槔戽水②",像个村落,渔帘蟹籪③各样都有。还有两个鹤栏、鹿栅,也近在那里。"说罢,船已行了半里多,已到转弯处,池水却也空阔。"吟秋水榭"造在水中,四面周围有池水围住。共是三层,只见第一层是十二间,作个六面样式,面面开窗,纯用玻璃镶嵌的雕窗,隔作六处;一处之中,又分阴阳明暗,仍是十二处,大小方圆扁侧,又不一样,各成形势。内中的摆设是说不尽的。在这间看那间,只隔一层玻璃,到过去时,却要转了好几处方能过去。当下,诸人就在这第一层,逛了好一回时候。

子云道:"客也饿了,此刻将近午正,可以坐罢。"只见四个小童,托上四个金漆盘来,放着几碗杏酪,分送各人面前。各人吃了。春航道:"索性上那两层,再回来坐罢。"于是转上楼梯,上了第二层,略小了些,是四面样式,空出一转回廊,有栏杆回护,也用雕窗隔作八处。古玩器皿,一样的精雅。望见东北角上,柳阴中泊着龙舟,有三丈多高。舟身子是刻成彩画一条青龙,中间却是五六层架子装成,纯用五彩绸缎绫锦毡泥,制成伞盖旗幡,绣的洒线平金打子各种花卉,还搭配些孔雀泥金伞、珍珠伞、银针穿成的伞;中间又装上些剪彩,楼台庭院,王宫梵宇,装点古迹,内中人物

---

① 甍(méng)——屋脊。

② 桔槔戽(jié gāo hù)水——桔槔,井上汲水的一种工具。戽,吸。

③ 蟹籪(xiè duàn)——蟹,同蟹。籪,栏河插在水里的竹栅栏,用来阻挡以捕捉鱼、蟹等。

都是走线行动,机巧异常。一层一层的装凑起来,为锦为云,如荼如火。顶上站着一个扎成的金毛孔雀。船内用石压底,两边共有二十四人荡桨。有个八音班在内打动锣鼓丝竹、粗细十番。此是次贤在江苏看过,画出图样,选匠造制。春航是从南边来,也曾见过,即道:“实在制得华丽,就是常州府的龙舟,是甲于一省的,也不过如此!”

大家又上了第三层,却是三面式样,外面也是三面回廊,中间隔作六处。此中窗棂门户,是一色香楠木,十分古拙,更为雅静。地位既高,得气愈爽,凭栏一望,怡园的全景已收得八九分,只有山阴处尚不能见。唯觉楼台层叠,花木扶疏;芳草如碧毯平铺,清泉如水银直泻;水如萦带,山列主宾;多处不见其繁,少处不嫌其略;天然图画,“辋川①图”不过如斯;人力经营,平泉庄何足道也。

众人各自凭栏,遥望四处,只听龙舟内箫鼓悠扬,清波荡漾的划将出来。龙尾上挂着个秋千架子,两个孩子一上一下的打秋千。次贤道:“还请到底下去看罢!自上望下,不如自下望上好。”众人即下了雁齿扶梯,仍到第一层,已见正中廊前,摆了一个圆桌。此会是宾主四人、名花五人。子云便要穿衣,经史、田三位止住,只得就便服送了酒,依齿而坐。东首是南湘,子云命兰保坐在肩下;西首是春航,肩下是蕙芳;下面是次贤,肩下是漱芳;子云坐了主位,左右为素兰、宝珠二人。饮酒的话头,无非是那几套,且慢讲他。

再看那龙舟已到阁前,盘盘旋旋,来来往往荡个不了。家人远远的放了五千一串的全红百子,响得不住。大家正看得喝彩,忽见栏杆外走上四个人,穿着绿油绸短衫,红油绸裤,腊膊拴腰,红巾扎头,赤了脚穿着草鞋,腿上缠紧了蓝布,站齐在栏杆前,对上叩了一个头。南湘不解其故,待要问时,只听龙舟一声鼓响,那四个人齐齐的倒翻觔斗下水去了。子云道:“这些蠢奴,他们也要显些本领。”遂命家人去捉几对鸭子来,又叫取几个红漆葫芦,抛下水去,众人方晓得是“夺标”。家人答应,便将一个白鸭先抛下水去,那鸭子下了水,把头一钻,也翻了一个觔斗,便伸着头拍着翅,“呷呷呷”的叫了几声。那边一人便俯在水面,两脚一蹬,似梭子的穿过来。那鸭子见人来拿他,便扇起双翅,半沉半浮,走得风快。正走时,忽见

① 辋(wǎng)川——水名,即辋谷水。在陕西蓝田南。

水里探出个头来,一手把鸭子捉住。子云道:"好! 记着赏他。"又将三只鸭子,两个葫芦同抛下去。这四个人各要讨好,都竭尽其艺,或俯或仰,或沉或浮,或侧半面,或跷一腿,游来游去,玩个不了。也有拿着的,也有拿不着的,也有拿到了重新脱手的,也有拿到半路被人夺去的,引得席上个个欢笑,各个饮了好几杯。那些相公们更觉高兴,都出了席,靠着栏杆看玩艺。子云叫了进来,再斟了酒。

次贤道:"我们今日就以此为令何如?"众人问道:"怎样做令?"次贤问那些家人道:"去年园中结那些大葫芦,想来还有?"家人应有:"有十几个漆的,其余是没有漆的。"次贤便叫把漆的拿来。不多一刻,家人就提了一大串来,解开绳子,放在一张空桌上。次贤又叫拿那副酒筹来,家人又送上一个象牙酒筹。次贤随手抽出几枝,便把没有字的一面朝上,放在桌上,对众人道:"各人随手取一根,不准看那一面的字,各人注上各人的号。"大家就依了他。次贤便把葫芦揭开盖子,每一个放下一个酒筹,仍旧将盖子旋紧,命家童抛下水,看拿到哪一个的,便是那一个喝酒。这是极公道的玩意儿。众人道:"极是。但不知筹上写些什么?"次贤道:"方才这副筹是《水浒传》上的人,各有饮酒的故事,我是随手数的,不知是哪几个名字。"子云笑道:"这筹倒也好,喝得爽快。就是内中有几个大量的,抽着了却是难为!"众人道:"这也只好听天由命了。"

只见水中抢了一个出来,家童拿到席边,将手巾擦干了,开了盖子,倒出筹来,是萧次贤的。大家看那一面时,刻着七个大字,下注两行小字,大字是"李逵大闹浔阳江",注是"首二座为宋江、戴宗,末座为张顺。李逵自饮一大杯,宋、戴陪饮一小杯,即与张顺豁十拳。李逵赢拳,张顺吃酒;张顺赢拳,李逵喝开水。"众人看了皆笑。次贤先饮了门面杯,南湘、春航陪了一杯;即与子云猜拳,子云饮了六杯酒,次贤饮了四杯茶。众人道:"倒也有趣!"

又见拿了一个上来,看筹是南湘的,那面是"武松醉夺快活林",下注:"无三不过岗,先满饮三杯。对面为蒋门神,要连胜三拳方过,再打通关一转。"南湘道:"这一回太多了! 三杯我就喝,这通关免了罢。"子云道:"免是不能免的,况且你是个大量。"兰保道:"打通关或用半杯,或一杯分作三消罢。"众人亦皆依了。南湘吃了三杯,即与春航豁起拳来,倒也连胜了三拳,又打了一个通关,共吃了十二杯酒。

又见水中拿了两个出来。第一个揭出来是徐子云的，那面是"宋江怒杀阎婆惜"，注"饮两杯。并坐者为阎婆惜。宋江先自饮一杯，将一杯劝阎婆惜；婆惜不饮，仍是宋江自饮。"子云笑道："座中谁是阎婆惜呢？"众人笑了。次贤道："不消说，是并肩坐的这两个了。且仍是你自饮，用是用不着他们，但劝是要劝的。"子云带笑饮了一杯，又将一杯对素兰道："香畹你是个好人，你莫要学那阎婆惜，心上只记着张三郎，不瞅不睬的，你且饮这一杯罢！"引得众人笑起来。素兰本待要饮，因为众人一笑，便脸上红晕了一层，便把嘴向着宝珠一呶，说道："阎婆惜在那边，你叫他饮罢！"宝珠也嗤的一笑。子云又拿一杯，对着宝珠道："如何？你饮不饮？"宝珠接了杯子，对着素兰道："你上了当了！你看筹上，不饮的是阎婆惜，饮的就不是了。"即将酒饮尽。素兰一想："倒被宝珠讨了便宜。"

再拿那一根筹看时，是蕙芳的。再看那面，众人就笑起来，只有田春航强住了笑，脸上却有些红。原来这一根筹，偏偏是蕙芳，也是捉弄潘三的报应，上写着"潘金莲雪天戏叔，"注："三杯。并坐左边的为武松。第一杯要露出了胸，一手搭在武松肩上，叫声：'叔叔，你饮这一杯'；第二杯要自吃半杯，又道：'叔叔，你若有心，就吃这半杯儿残酒，'第三杯要站起来，装作怒容自饮。合席陪饮三杯。"当下蕙芳就不肯道："我们豁了这三杯罢。"子云道："这是令上写明白的，水里捞出来的，岂可改得！"次贤道："况且是你亲手写在筹上的，如今怎好翻悔？"南湘道："你如要改令，方才我们又何必照样呢？"蕙芳无奈，踌躇了半天。兰保笑道："报应之快！如今是真要上那姓潘的当了！"众人不甚明白，只道是筹上的潘金莲，却不晓得兰保是听见潘三的事。春航心内明白，只低头不语。蕙芳听了，一发脸红，也不理他，只得拿了一杯酒，站起来，靠着宝珠道："叔叔，你吃这杯罢！"宝珠正在吃菜，不提防蕙芳叫他这一声，便笑得喷了一桌，靠住了子云，把手巾擦了嘴，还笑个不住。众人哄然皆笑起来。蕙芳弄得没法，放下杯子，自己也笑了。次贤道："媚香又错了，你不看注指并坐左邻为武松，不是右边的人，怎么把这杯酒敬起瑶卿来？"蕙芳道："你到底要我敬哪一个呢？他不是与我并坐的吗？"宝珠道："我恰不好算并坐！虽然是圆桌，我却朝北，你是向东，我再料不到你叫我叔叔。"说罢又笑了。蕙芳终是不肯，子云笑道："媚香，你难道没有敬过湘帆的酒么？快些，快些！你看又捞起两个来了，你若坏了令，后来怎样，不过好歹这一次，又没有三回、两回轮着你的。"次贤道："快敬罢。"南湘道："当年金莲戏叔叔时,是要做些媚态方像,不可老老实实的。"你一句,我一言,大家逼着,蕙芳真是无奈,不道尖俐人也有吃亏时候。蕙芳只得略靠着春航,擎起了杯道："叔叔,吃这一杯。"春航也是无奈,只得老着脸饮了。第二杯蕙芳也只得先饮了一口,送到春航口边,春航不待叫就饮了。众人皆说："这一杯不算,重来。令上是要叫明才算的。"春航再三求情,只得算了。到了第三杯,却甚容易,蕙芳自斟了一杯,立起身来。次贤道："这杯要作怒容的。"素兰道："他心中本有气。"蕙芳一笑,又忙将花容一整,做出怒态,便一口干了。子云看了这光景,心上十分赞赏,便自己饮了三杯,又劝合席也饮了三杯。

于是,再看筹时,是兰保的,那面是"鲁智深醉打山门",注："先饮一大杯,首二座为金刚,每人豁三拳。"蕙芳道："他就这等便宜,我偏这么摽嗦。"兰保照令行了,与南湘、春航各豁了三拳。再看筹是漱芳的,那面是"金翠莲酒楼卖唱,要弹琵琶敬鲁达、李忠、史进各一杯"。众人道："这还可以,在不即不离之间。况且真是个姓金的,怎么遇得这般凑巧!"漱芳只得弹起琵琶,敬了南湘、春航、次贤三人。再看葫芦内筹,是田春航,春航急看那一面,想一想,又说声"不好!"众人又复拍手大笑道："今日就是媚香与湘帆牵缠不清。"蕙芳红着脸道："这是你们有心做成的,不然为什么单是这两根筹这么样呢?"次贤道："冤枉冤哉!算我有心捡出的,难道你们又有心捡过去吗?"原来筹上写的是"一丈青捉王矮虎",注："后成夫妇。与并坐的手牵红巾饮三个交杯,合席共贺一杯。"春航欲要改令,怎禁得大家不依,只得拿块帕子与蕙芳递着,各饮了半杯。第三次惹得合席说了又笑,笑了又说,道："这个合卺杯是难得见的,我们各浮一大白!"于是合席又贺了一杯,更把蕙芳臊得了不得,便道："从此难星也过完了,等我可以取笑人了。"看筹是宝珠的,那面是"王婆楼上说风情",看了注,蕙芳笑道："今番却有报应了! 不料也有人做那好样儿与人看了。"宝珠的脸已经红晕了半边。令是三杯酒:第一杯是敬右邻为西门庆,也做成挑帘的样子,将扇子打西门庆一下,敬这一杯;第二杯,要西门庆跪地,一手捏着金莲的鞋尖,敬金莲这一杯;第三杯,左邻是王婆,金莲福了一福,叫声"干娘饮这一杯。"子云笑道："可可如今轮到我了!"春航道："香尘沾膝,是件最美的事,况且莲钩在握,就饮十杯何妨!"南湘大笑道："香尘沾膝还可以,只不要跪在烂泥里,那时莲钩倒摸不着,摸着的是条驴腿!"说得众人哄然狂笑起来，把个金漱芳笑得闪了腰，直跌到次贤怀里。王兰保、陆素兰笑得走开了。宝珠道："此又是报应！天理昭彰，一毫不爽的。"大家笑得春航十分难受，又不好认真，只得忍住道："竹君刻薄，应该罚他一个恶令！"南湘笑道："我是据实而言，何刻薄之有？"蕙芳道："你也够了，不要说嘴，晓得也有失风时候。"次贤笑道："瑶卿此令如何？看来是不能改的，只好委屈些罢，倒难为了度香这膝下黄金了。"众人又复大笑。

蕙芳即催宝珠快些敬酒，宝珠是个温柔性气的人，被众人逼不过，只得老着脸，将扇子把子云轻轻打了一下，敬过这杯酒，子云笑而受之。众人说道："好！我们也各饮一杯。"子云道："酒令严于军令，没奈何，诸公休笑矮人现场。"只得斟了一杯酒，屈了一膝，来敬宝珠，宝珠连忙拉过饮了。众人又说声"好"，又各饮一杯。宝珠便将这第三杯酒对着蕙芳福了一福，道："干娘，请饮这杯。"蕙芳接来饮了，笑道："好女儿，生受你！"众人皆赞道："好个干娘、干女儿！我们再贺一杯。"又各饮了。

便剩下一根筹，知是素兰。取来看时，是"梁山泊群雄聚义，合席各饮三杯"。众人道："这却收得有趣，今日这个酒令真倒像做成的一般。"宝珠道："只是太便宜了他，又便宜了静芳。瘦香还弹了一弹琵琶，第一是我与媚香才算不来呢。"蕙芳道："有人跪了你敬酒还不好，还要怎样？"宝珠道："你要人跪你，方才何不代我行了这个令？"

些一回酒，已饮到红日沉西，也就吃了饭。盥漱毕，又饮了一回香茗①。南湘道："还有小赤城的榴花没有赏鉴，何不就趁晚霞掩映，看那榴火如焚不好吗？"子云即引众复坐船回过红桥，到西边假山前上岸，从神仙洞走出，穿过了杏楼、桃坞两处，便是小赤城。只见榴花回绕如城，约有一、二百株，红霞闪烁，流火欲燃，间有几种黄、白及玛瑙等色，相间而开，正是《天台山赋》上的"赤城霞起而建标"，所以叫做"小赤城"。

天色已晚，南湘、春航要回，小使送上衣帽，各人穿戴，谢了主人并次贤，绕道出园。子云道："今日本有一事要烦两兄，园中各处的对联，尚须添设几副，今日倒被龙舟耽误了。迟日再请一游，并约庚香、剑潭诸君何如？"史、田二人应了，遂上车而去，这边相公五人也各陆续散去。这回怡园二次宴客，可惜人少未齐。不晓下卷又叙何人，再俟细细想来。

---

①　香茗（míng）——茗，茶叶。指香茶。

第二十一回

造谣言徒遭冷眼　问衷曲暗泣同心

此回书又要讲那魏聘才,在华府中住了一月有余,上上下下,皆用心周旋的十分很好。又因华公子待他有些颜面,银钱又宽展起来,便有些小人得志,就不肯安分了。内有顾月卿、张笑梅,外有杨梅窗、冯子佩一班人朝欢暮乐,所见所闻,无非势力钻营等事,是以渐渐的心肥胆大。从前在梅宅,有士燮学士在家,虽不来管教他,自然畏惧的。而且子玉所结交的,都是些公子名士,没有那些游荡之人。譬如马困曹枥之中,虽欲泛鹜也就不能。此时是任凭所欲,无所忌惮。

一日,因张、顾二人有事,遂独自出城,雇了一辆十三太保玻璃热车,把四儿也打扮了,意气扬扬,特来看子玉之病。已到梅宅,进去见过颜夫人,即到子玉房中来。子玉已病了月余,虽非沉疴①,然觉意懒神疲,饮食大减,情兴索然。有时把些书本消遣,无奈精神一弱,百事不宜,独自一人不言不语,有咄咄书空气象。就是颜夫人也猜不出儿子什么病来,只道其读书认真,心血有亏,便常把些参苓调理。无如药不对病,不能见效。世人说得好:心病须将心药医。这是七情所感而起,叫这些草根树皮如何解劝得来? 只有子玉自己明白,除非是琴言亲来,爽爽快快的谈一昼夜,即可霍然。倒是聘才猜着了几分,进来问了好些话。子玉因这几日没人来,便觉气闷,聘才来了也稍可排解。问那华公府内光景,聘才即把华公子称赞得上天下地选不出来,又夸其亲随林珊枝及八龄班怎样的好,就说琴言也不能及他。

子玉听到提起琴言,便又感动他的心事,即对聘才道:“琴言原是吾兄说起的,及我亲见其人,果是绝世无双。怎么如今说有多少比他好的呢?”聘才道:“琴言相貌原生得好,但其性情过冷。譬如一枝花,颜色是好极了,偏在树高头攀折不到,叫你不能亲近他。人若爱花,自然爱那近

---

　　① 疴(kē)——病。

在手边的了。譬如冬天的月,清光皎皎,分外明亮,人仰看时,那一片寒光,冷到肌骨;比起那春三秋八月的月,又好看,又不冷,自然就不如了。"子玉道:"这是粗浅的比方。花若没人折,花便自保其芳;月到没有人看,月更独形其皎。若说难折的花,固不亲于人手,若遇珍禽翠羽,仙露清光,越显花的好处,岂非难攀所致乎? 若说寒天之月,固不宜于人赏,若遇寒梅白雪,清波彩云,愈见月的清光,岂为寒冷所逼乎? 大约琴言之生香活色,人所能知;而琴言之挚意深情,人罕能喻。第以寻常貌似之间取之,故有雅俗异途之趣。世有琴言遭逢若此,此天之所以成此人,不至桃李成蹊也。"

这一席话,子玉心内真是深知琴言,故有此辩,没有留心竟把个魏聘才当作俗人异趣了。聘才心上有些不悦,只得勉强应道:"很是,很是。琴言的好处,我早说过,大抵世间人,非阁下与我就不能赏识到这分儿了。我也想去看看他,不晓得他到底是什么病?"子玉道:"你今日去么?"聘才道:"且看,我还有点事,如便道就去的。"子玉道:"你若见他,切莫说我病;他若问你,你说不知道就是了。"聘才道:"我会说,你有什么话,告诉我,我替你说到。"子玉道:"我也没什么话说。"又停了一回道:"就说我叫他不要病。"聘才笑道:"你怎么就能叫他不要病? 你能叫他不要病,他自然也能叫你不要病了。"子玉自知失言,也就笑了一笑,又忙忙的改口说道:"已经病了,这也没法,但是我劝他,切莫要病上加病,他若晓得我病,你就不必瞒他,只说我的病不要紧,几天就好的。你说香畹这人最好的,常也可以找他去谈谈。只要郁闷一开,自然好得快了。"这句话聘才却不甚懂,便也答应了。子玉又道:"我也不能去看他,他见香畹就是了。"子玉一面说,神色之间便觉惨淡。

聘才明白这病为琴言而起,便又想道:"庾香真是个无用之人,既然爱那琴言,何妨常常的叫他,彼此畅叙,自然就不生病了,何必又闷在心里! 又不是闺阁千金,不能看见的。"便辞了子玉,也不去找元茂,略到账房、门房应酬应酬就出来,一直到樱桃巷琴言寓里来。恰好长庆出门去了,聘才便径进琴言卧室。只见绿窗深闭,小院无人。庭前一棵梅树,结满了一树黄梅,红绽半边,地下也落了几个。忽听得一声"客来了,莫要进来!"抬头一看,檐下却挂了一个白鹦鹉,见聘才便说起话来。对面厢房内,走出一人,便来挡住道:"相公病着,不能见客,请老爷外面客房里坐罢。"聘才道:"我非别人,我是和他最熟的。你进去说,我姓魏,是梅大人宅子里来的,要看他的病,还有话说。"那人进去说了。只听琴言在房里咳嗽了两声,又听得说既是梅大人宅子里来的,就请进来。那人出来便笑嘻嘻的说:"相公请!"

聘才进了屋子,却是三间,外面一间,摆了一张桌子,几张凳子。跟班的揭开了帘子,进得房来,就觉得一股幽香药味,甚是醒脾。这一间尚是卧室之外,聘才先且坐下,看那一带绿玻璃窗,映着地下的白绒毯子,也是绿隐隐的。上面是炕,中间挂一幅"寿阳点额图"。旁有一联是:

心抱冰壶秋月,人依纸帐梅花。

炕几上一个胆瓶,插了一枝梅花。花一边是萧次贤画的四幅红梅,一边是徐子云写的四幅篆字。窗前放着一张古砖香梨木的琴桌,上有一张梅花古段文的瑶琴。里头一间是卧房了,却垂着个月色秋罗绣花软帘,绣的是各色梅花。聘才再欲进内,只见琴言掀着帘子出来。聘才举目看时,见他穿一件湖色纺绸夹袄,蓝纱薄绵半臂,却比从前消瘦了几分,正似雪里梅花,偏甘冷淡,越觉得动人怜爱。即让聘才在上边坐了,自己却远远的坐在靠窗琴桌边,一张梅花式样凳上。叫人送了一碗茶,又有个小孩子拿了一枝白铜水烟袋,与聘才装了几袋烟。

聘才便道:"我听得你身子不快,特地出城看你。近来可好些么?"琴言听得"出城"二字,即思想了一回:"怪道庾香久不出来,原来搬进内城去了。"因问道:"庾香几时搬进城的?住在哪一城?离此多远?"聘才知琴言听错了,便道:"庾香是没有搬家。如今我在城里住,不在庾香处了。"琴言听了,便不言语,似觉精神不振,就有些烦闷光景。

聘才想道:"他问庾香就高高兴兴的,对我就是这样冰冷,实在可恶!横竖他们不常见面,待我捏造些事哄他,且看他如何。"问琴言道:"这月内见过庾香没有?"琴言道:"还是新年在怡园一叙后,直到如今没有会见。"聘才笑了一笑,又说道:"我晓得近来庾香是不记得你了。"琴言听了这句,着实诧异,便怔了一回,问道:"你说什么不记得了?"聘才故作沉吟道:"没有说什么。我说庾香近来有事,自然也就记不得你了。"琴言忙道:"他有什么事呢?"聘才道:"他有什么事!不过三朋四友总在一块儿听戏吃酒的事,没有别的事。"琴言想了一想,觉得这话有些蹊跷,因又问道:"我闻庾香有病,又听得他到过怡园几次,我没有遇着。"聘才故意冷笑一声,不言语。琴言心上更动了疑:"难道庾香近来真不记得我了?难道他与别人又相好么?"因又想道:"那日玉龄这么引他,他却如此发气,断无与别人相好之理。聘才的话支支吾吾、半吞半吐,似乎又有些隐情在内。他说进城住了,是已不在庾香处,怎么又晓得庾香的事呢?若庾香竟没一毫的事,他又何必来诳我呢?"便怔怔的低了头想。又想道:"这聘才也不是什么好人,他向来的话是信不得的。我看庾香就是无心于我,也断不致在外胡闹。"心上虽如此想,却又忍不住不问,问道:"我看庾香是个正人君子,不像爱闹的人。"

聘才想道:"我若说他认得的人,他会访问,便对出谎来。若说个与他不来往的人,就没对证了。"因慢慢的讲道:"人的情欲是不定的。没有引诱他的朋友,自然也想不起来;没有尝过这味儿,自然是不晓得。从来说:近朱者赤,近墨者黑。有那一班混账人,引他上这条路,又吃了些甜头,自然也就往里钻了。"说到此,又叹了一口气道:"我倒可惜庾香,起初倒是个正经人,讲究些情致,不肯胡闹的。始而我听得人家讲,我还不信。及至今日我去看他,——我进去是向来不用通报的,一直到他书房外间,就听见笑声。他的云儿就忙的了不得,高高的喊一声:'有客来了!'及到我进来,庾香却是卧在床上,脸上发红,有些慌张的样子。我看屋子里又没人,笑声也不像他,也不理会了。与他讲些话,他支支吾吾,所问都非所答。忽听床帐后有些响动,似乎藏着个人似的,我又不好问他,如可以见得我,也不用躲了。我就在他床上坐了一坐,后面帐子又动了一动。偏偏我的扇子又落下地来,我就留心了,借着捡扇子,将他帐子揭开些儿,低头一看,看见后面一双靴子及衫子边儿,是件白花绉绸的。我明白是个相公,倒猜着你。及又想起你现病着,未必出来,又想道:"是你决不躲的。再看庾香满脸飞红,装起瞌睡来。我怕他不好意思,只好辞了出来。走到门房门口,见跟那联珠班内蓉官的得子,与那些三爷们讲话,我知道是蓉官。玉侬,你想蓉官这种东西,交他做什么?就叫个相公也不用瞒人,我真不懂我们这个兄弟的脾气。我也知道你为了他,很有一番情。他起初却很惦记你,又听得人说他找你几回,你不见他,他所以心就冷了。你不问我,我不便说;你既问我,我就不忍瞒你。好玩相公,也是常事,我就恨他撇了你,倒爱这个蓉官!不但糟蹋了这片情,也沾污了自己的干净身子!"

　　琴言一面呆呆的听，一面暗暗的想，心中虽是似信非信的，听到此话，不知不觉的一阵心酸，便淌了几点眼泪下来，却又极意忍住。把这话又想了一回，身子斜靠了琴台，把一个指头慢慢儿捺那琴上的金徽。因又问道："你见庾香就是这么样？也没有说些别的话？"聘才道："我出房门时，他才说了一句，说：'你想必去听戏，听什么班子？'我也没有答应他，我就走了。"琴言道："你这些话，都是真的？"聘才冷笑一声："我是说过谎的吗？信不信由你。"琴言又道："不是我不信，难道你坐了这半天，就这一句吗？"聘才道："我本来没有久坐，我又见他心上有事，也就不便多说。"琴言道："庾香当真只说这一句话？"聘才道："真没有两句，若有两句来，我就赌咒。"琴言心上觉得十分难过，又不便再问，只得忍住了。

　　聘才道："我听你们在怡园见面，彼此很好。又见你送他一张琴，后来怎么样疏的？听说这琴也转送人了。"琴言听了，更觉伤心，低了头，一句话回答不出来。聘才又道："或者因你常到怡园，他因此动了疑。你既与他相好，就不该常在度香处了，也要分个亲疏出来，这也难怪他有点醋意。"琴言心上一团酸楚，正难发泄，听到此，便生了气，似乎要哭出来，说道："你讲些什么话？什么叫相好？什么叫醋意？我倒不晓得。"便借这气，又哭起来。聘才心中暗暗的喜欢，便赔着笑道："我说错了。我知你是讲不得玩笑的，不要恼，我与你赔礼。"便走拢来，想要替他拭泪。琴言娇嗔满面，立起身，便进内房去了。聘才觉得无趣，意欲跟进去。只听琴言叫那小使进去，吩咐道："你请魏少爷回府罢，我身子困乏，不能陪了。"说罢，已上床卧了。

　　这边魏聘才听了，心中大怒，意欲发作，忽又转念道："他是庾香心上人，糟蹋了他，又怕庾香见怪。权且忍耐，慢慢的收拾他。屡次遭他白眼，竟把我看得一钱不值，实在可恨！我不能摆布他，也枉做了华公府的朋友了。"只得忿忿而出，坐上了热车，风驰电掣的去了。

　　再说琴言在床卧了，觉得阵阵心酸，淌了许多眼泪，左思右想，不能明白。忽想起素兰那日之言，说同庾香前来，因为师傅请客，不得进内。说到此，又被人打断。这几天又寻不着他，何不再寻他来一回，便知庾香的光景了。即着人去寻素兰。

　　素兰回家即换了便服过来，这边琴言接着，就在房里坐下。素兰道："你寻我有什么事？莫非又要我做庾香的替身么？"琴言笑道："我有一件好难明白的事要问你。"素兰道："什么难明白的事？你且说。"琴言道："你方才说起庾香，你近来见他么？"素兰一笑道："果然，果然！你除却庾香，是没有事寻我的。我们前日在怡园看龙舟，度香请庾香，他因病了没有来。度香说起他的病，有一个多月了，脸上清瘦了好些。十天前到过度香处，并有一个笑话，说来人家真好笑，只怕你又要哭坏了，我不说罢。"琴言听了，心上已觉回转，便道："什么笑话？你快快说罢。"素兰道："媚香的生日，田湘帆做了一篇小序，大家说做得好，度香便抄了。那一天庾香来，静宜便将小序给庾香看，庾香也赞了几声。度香在旁说道：'湘帆好一个浓艳文心，愈艳愈好，愈浓愈好！'度香正赞湘帆的文章，庾香忽说道：'玉侬自然在玉艳之上。玉艳虽好，尚逊瑶卿、媚香一筹。而玉侬则玉树琼花，似非人间花谱中可以位置。'静宜、度香初听了，不知他说些什么，后来想了出来，他误听'愈浓、愈艳'，当是问你与琪官哪个好？他就所以说出这两句来，惹得静宜、度香笑个不了。庾香也想出错来，便着实不好意思，又支吾遮饰了几句。这么看起来。他是一刻不忘你的，将来就要入起魔来，这病倒有些难好呢。你听了不要哭吗？"琴言听到此，便再忍不住，不觉呜咽起来，泪珠便是线穿的一样，把一个蓝纱半臂，胸前淹透了一大块。素兰安慰道："哭什么？你病还没有好些，就这么伤心，正是雪上加霜了。所以我不肯对你讲，知道你要伤心的。"琴言忽又蹬足道："这魏聘才真不是个东西，无缘无故的糟蹋人，玷污人，造言生事！"素兰道："哪个魏聘才？你因甚骂他？"琴言便将帕子掩了脸，索性哭个不止。素兰只得再三解劝，劝得住了哭，把前日宝珠、蕙芳行的酒令说给琴言听。说瑶卿还罢了，第一媚香尖利不肯吃亏的，偏偏吃了这闷亏。又听得他为潘三缠不清楚，媚香却不肯告诉人，人都传说出来，说媚香也怕他，到湘帆处躲了好几天。如今是交代下人，若是潘三来，总回不在家。又说他床后开了一个门，通得厨房，为避潘三之计。琴言听了这些话，略有笑容。

　　素兰便问魏聘才是何人。琴言略把去年搭船进京，及住在梅宅的话，说了几句，即对素兰道："细听起来，这魏聘才真是个小人。你问他怎的，不如不提他为妙。"素兰道："不为别的，我昨日在春阳楼吃饭，听得说掌柜的闹了一件事，得罪了华公府一个师爷，便送到兵马司打了二十个嘴巴，还出脱了几十吊钱，又是两桌酒席。听得人说，那个人也姓魏，叫什么才，却是华公府里的。"琴言道："我却听得他说，如今住在城里，不在庾香处了,我也没有问他在哪里。"素兰道:"我听走堂的说起来,却说得原原委委。新年上,这姓魏的同了几个人,带着保珠、二喜吃了五十几吊钱。掌柜的因不认识,写账的时候,想必说了什么话。后来姓魏的还钱又零零碎碎的,此刻还没有清楚。前日听说同了两个人,倒带了五个相公,从巳初进馆,到申正才散,算账有七十余吊。掌柜的不晓得他是华公府出来的,便支支吾吾的不肯写,又说前账未清的话。那姓魏的酒也醉了,就把笔摔了,又把大砚台一推,推下柜去,可可里头放着一桌家伙,砸得粉碎。掌柜的不依,喧嚷起来。经众人劝散了,只得仍就写了票子,票子上写的是华公府师老爷。掌柜的就着了忙,一面招陪他出了门,只道没有事了。谁晓得二天一早,兵马司就是一支火签,一条链子,拿掌柜的套了就走。还是求了张仲雨,花了几十吊钱,去讲了情,只打了二十才放出来,又送了两桌酒席与张二爷。他们说是魏什么才。方才听你骂他,想必就是这个魏聘才了!"琴言道:"管他是不是,横竖叫魏聘才的总不是东西就是了!"因又问道:"那日你同庾香来,遇见我师傅请客,那一回的说话,还没有说完,到底讲什么?"素兰就把那一天子玉的光景细细述了一遍。又道:"我也为你说的口渴了,你茶都没有一碗。"琴言笑道:"说话说的要紧,忘了。"吩咐快沏茶来。素兰吃了两口茶,便笑道:"庾香与你倒是一样的心肠,竟是一副板印出来的。"琴言道:"怎么一样呢?"素兰道:"我看你屋子里及身上,处处都是梅花。是因他姓梅,所以借这梅花,是睹物怀人的意思。庾香近来这一身都是琴。"琴言笑道:"我不信,怪重的东西,况这么长的,怎样带在身上?你别哄我。"素兰便大笑起来道:"呸!你这个傻子。难道你身上种着梅花吗?"琴言也笑了。素兰道:"我听度香说,庾香身上荷包、扇络等物,无一不是琴的样式,连扇子上画的也是两张琴,一张是正的,一张是反的。你说这心肠不是与你一样么?"说得琴言又哭了。

素兰道:"你要哭,我以后再不说了。"琴言又只得忍住道:"你再说,我不哭就是了。"素兰笑道:"我也没得说了。你方才恨这魏聘才,到底是什么缘故?"琴言就把聘才方才说子玉的话,一一细说了一遍。素兰沉吟了一回,道:"据我看,庾香是断无此事的,你断不必信他。"琴言道:"我起初见他说的光景,倒像真的一样,倒有几分疑心。今听你讲起庾香来,是断断没有的事。只不晓得魏聘才这个杂种,定要造言生事,糟蹋庾香做什么?真是人心都没有了。"素兰道:"想必是庾香得罪了他,也未可知;或者他要离间你们,他也有什么想头,也未可知。"琴言冷笑道:"他有想头?难道他进了华公府,我就肯巴结他么?"素兰想一想道:"我倒嘱咐你,这东西既然进了华公府,自然便小人得志起来,要作些威福,我们也不可得罪他。从来说恶人有造祸之才,譬如防贼盗一样,不可不留一点神。"琴言道:"我是不管,我是不理他,他能拿我怎样?"

当下与素兰说话,又问了些外间的事,直到二更之后,素兰方自回去。临走时又对琴言道:"歇几天我想个法儿,请庾香来会会你,"说罢也自去了。不知魏聘才受了琴言这些冷淡,未必就此甘休,想要生出什么事来,且听下回分解。

第二十二回

遇灾星素琴双痛哭　逛运河梅杜再联情

话说前回书中,陆素兰应许了琴言约子玉出来相会,话便说了这一句。明日恰好是端午,是没有工夫的,偏又接连唱了三天堂会戏,素兰身子也乏了,又静养几天。这边琴言是度日如年,天天使人来问他,把个素兰弄得没有主意。又因自己寓中来往人多,也不甚便;若借人地方,或是酒楼饭馆,一发不好说话,又不便请陪客,使他们有怀难吐。想来想去,只得借逛运河为名,静游一天,倒也清静。主意定了,便叫人到大东门外,雇了一个精致的船,又把自家的玩器陈设,笔砚花卉等物,搬些下船安置,便知会琴言:明日早晨下船,尽一日之兴,也不约别人。因想起子玉处,怎样去请呢? 只好借度香名,遂将请他的缘故,细细写明,封了口,着人送了去,并吩咐:"对他门上,只说怡园徐老爷请他逛运河便了。"送信人照着吩咐,一径到梅宅来,投了书信。

子玉正在闷闷不乐,将子云所赠之瑶琴翻着琴谱,捡那容易的在那里学弹。忽又将琴翻转,将那琴铭诵了几遍,只觉绿阴满院,长日如年,想不出什么解闷的事来。正在情绪烦闷之时,忽见云儿拿了一封信进来,放在桌上,说怡园徐老爷送来的,明日请逛运河,并要回信呢。子玉取过书来一看,觉得封面上字迹写着"梅少爷手启",端端正正,不像子云、次贤笔迹。因想道:"或是叫书童写的也未可知。"即拆开一看,第一行是"陆素兰谨启,庾香公子吟坛"云云,心中倒觉跳了一跳:"香畹何故作札来? 莫非玉侬有什么缘故么?"遂即一字字的细看,看完了又看,至两三遍,脸上便自然发出笑来,便对云儿道:"你去叫来人候一候,我即写回信。"云儿出去了。子玉又看了一遍,便觉心花大开,病已去了九分。遂即忙研墨伸纸,前半写的是感激的话,后半写的是必到的话,准于明日辰刻①赴约。写完了,又看了一回,也将信封了口,要写签。忽又想道:"怎样写呢?"略

---

① 辰刻——旧时计时法,指上午七点钟到九点钟的时间。

一踌躇，便悟道："自然也写徐老爷了。"写完，用上图章，命云儿交与来人，说"明日必来。"

来人得了回信即回，呈与素兰看了。见他写得诚诚恳恳，感激不尽，便也喜欢。就拿了信，高高兴兴走到琴言处来。才进二门，就听一片嚷闹之声。素兰吃了一惊，便轻了脚步，走到东边一间客房，从窗缝里望去，只见有两个人，一个坐着，一个站在中间，捶台拍桌子的骂人，素兰看了着实害怕。只见那坐着的，穿一件青绸衫子，有三十来岁，黑油油一脸的横肉，手里拿着两个铁球，冷言冷语，半闹半劝。那一个也有三十余岁，生得短项挺胸，粗腰阔膀，头上盘起一条大辫子，身上穿着一件青绸短衫，腿上穿着青绸套裤，拖着青缎扣花的撒鞋，抡起了膀子，口中骂道："什么东西！小旦罢了，哪一个不是你的老斗！有钱便叫你，偏你这小鸡巴箧的，装妖作怪，装病不见人。比你红的相公，老爷们也常叫，好呢赏几吊钱，不好滚你妈的蛋！小王八蛋，你不滚出来，三太爷就毁你这小杂种的狗窝，还要箧你那老忘八蛋师傅呢！"那一个坐着的说道："老三且别生气，你候着，我瞧他今儿咱们来了，他不敢不出来。"

琴言家里的几个人，尽着招赔软央，说道："琴官实在有病，好不好都拿不定。这几天如果好了，总叫他师傅领着到两位太爷府上磕头。今儿求你能高高手，实在他病势沉得很，你就骂他，他也断不能出来。他师傅又进城去了，总求你能施点恩，过了今天，明日再说。我们替你能赔个礼，消消气罢！"便请了一安，拍着那人的背，请他坐下。那人只是气哄哄的，不肯坐。那穿青衫的又说道："老三，你听这个说话不错。咱们饶了他这一次，到明、后日再来，如再不出来，咱们就拿鞭子抽他，他敢怎么样呢！"

那琴官的人，即向那穿青衫的道："求你能劝劝这位爷，索性候他病好了再来。明日瞧着是不能好的，你能总得宽几天限。明日先叫他师傅到府上赔罪，候琴官好了再同过来。"说罢，又作了一揖，又送上两钟茶，将他的水烟袋装好了烟，送给他。那人也只好收篷，便道："不是我性子不好，实在情理不堪。就是六十二癞半，我也见过，倒没有见过这样大相公！你们打听打听，春林、凤林这么红的人，你三太爷点一点头，马上就跟了来。从没有上门不见人，叫人挡住，又撒谎说病着呢！猴儿崽子，躲着作什么，又不是少只眼睛、短条腿儿，见不得人！"那青衣的站起来，说道："老三，算了，咱们也要吃饭去了。"那人道："到哪里去吃饭？就叫他们预备饭,咱们吃了再说。"两人仍又坐下了。

琴言的人看这光景,似有讹诈之意,便想了一想:既碰着了瘟神,不烧纸是退不去了。只得进内问了琴言,提出两吊钱来,赔着笑道:"本要留太爷们吃顿饭,今日厨子又不在家,恐做得不好,反轻慢了太爷们。琴官预备个小东,请你能各人上馆去吃罢!"便双手将钱送上来。那青衫子的倒要接了,那短衫子的一看,只有两吊钱,便又骂道:"他妈的巴子! 两吊钱叫太爷吃什么? 告诉你,太爷们是不上白肉馆、扁食楼的,一顿饭哪一回不花十吊八吊? 就这两吊钱!"说着,凸出了眼珠看着。琴言的人倒也心灵,便又赔笑道:"不要忙,这原是孝敬一位太爷的,还有两吊,再送出来。"即转身又拿出两吊钱,作了一个揖,再三求他们收了。那短衫子的尚作出怒容,那穿青衫子的,便提了钱,搭上肩头,一手拉了那人出来。

素兰正在窗缝里偷瞧,已惊呆了,不提防他们出来,急走时,已被那短衫子的看见了,便道:"你这个小杂种又是谁? 往哪里跑? 快过来,你爷爷正要找你呢!"素兰急得没有命的跑了出来,那人也赶出大门。幸亏素兰跑的快,已回去了。这条胡同却是短的,两家斜对门,都在胡同口边。那个人当是跑出胡同,也不来追赶,便问琴言的人道:"方才这个小兔子,在哪个班子里? 在什么地方? 他见三太爷就跑,三太爷偏要找他!"琴言的人道:"这是登春班的,名字我倒想不起来。他住得远,在石头胡同呢。"两人还是胡言乱语,一路歪歪斜斜的去了。

里面琴言听得骂他,已经气得发昏。你猜着这两人是谁,无缘无故来闹? 原来一个是华府的车夫,那个青衫子是跟管厨的三小子,魏聘才花了八吊钱买出来的。

这边陆素兰跑了回去,唬得心头乱跳,两颊飞红,几乎哭出来了。急到房中坐了,定了定神,好一回,心上又惦记着琴言受了这一场辱骂,不知气得怎么样了,欲要过去看他,恐又遇见那两个。踌躇了半晌,到底放心不下,只得叫人先去看了。没有人,方才三步两步忙忙的过去。到琴言房里,只见垂着蓝纱帐,一片呜咽之声。素兰挑起帐子,一手拍着琴言道:"起来罢,好事来了! 如今且不要气,有一封信在这里,给你看看。"

琴言回转身来,见了素兰,更觉伤心,便叹了一口气,说道:"横竖我也要死了,活着这么受罪,不如死了倒干净! 兰哥你是我的大恩人,既和我相好一场,索性作个全始全终的人,我死了,求你转求度香,把我尸骨,葬在怡园梅崦的梅树下，我就作了鬼，也是快活的。再不然把我烧了灰，到那山高水深的地方，顺风吹散了，省得留一个苦命的痕迹在世间，叫人家想着，恨的恨、疼的疼。兰哥兰哥，你是疼我的，你倒任我死罢，不用劝我。横竖我才十六岁，已经活得不耐烦了。自小儿生在苦人家，又做了唱戏的，受尽了羞辱，我正不知天要叫我怎样！要我的命，就快一点儿，又何必这么糟蹋人呢！"说罢，就大哭起来，说得素兰也自哭了，意欲劝他，听他这些话，方才又见了这两个人，越想越替他难受，便也同哭个不住。

二人正正对哭了半个时辰。琴言见素兰为他如此伤心，心中十分感激，便拉了素兰的手，重新又哭。素兰见琴言拉着他哭，知道是感激他的意思，便又想道："琴言如此才貌，偏有如此磨折，是天地竟妒这些有才貌的人了。我素兰也是花中数一数二的，若天地也要妒忌起来，也把这些磨折来磨我，便与玉侬一样，那时节恐怕还没有个知心解劝的人呢！"又想道："方才那两个人赶骂出来，也是生平第一回，从此也惹些祸患出来，也未可知。"便也九转回肠，索性对着琴言大哭。哭得家里人人惊骇，都走进来，站着怔怔的，劝又不敢来劝，知道是为日间所闹的事了。有两个人只得进来解劝，劝得各人略住了。然后出去拿了两盆脸水，泡了两碗茶，各自退出。

这边两人虽止了哭，却讲不出话来，仍是呜呜咽咽的，含着眼泪。又停了好一回，陆素兰开口道："日间的事，是我目睹的，我也替你伤心死了。那个人像是个土包，只不知怎样闹起来的。可晓得他是哪里人？"琴言停了一停，尚是带着哭道："这两人也没有认识他的。据他们讲是极凶恶的样子，不知是哪里来的，无缘无故的就闹起来。这就是我苦命人命中注定，有这些凶神恶煞。"素兰毕竟心灵，沉思了一回道："我看这两人，像是大门子里赶车的，或是三爷，不要就是那个姓魏的指使来的，也未可知。"琴言道："不知是不是。但则魏聘才何仇于我，要使人来吵呢？"既又一想，恍然大悟道："不错，不错！定是魏聘才使来的，不然，断无一进门来，无缘无故就骂的道理。但是这魏狗才于我有何仇恨，定要糟蹋我，逼我死呢？"素兰道："前日我原对你讲过，叫你留点神，不要得罪他，果然他已先下手了。"又想道："究竟也是我们胡猜，也作不得准的。"琴言不语，呆呆的，又道："横竖我也就死了，再有事，我也不怕。"素兰道："你竟说傻话！死活是命中注定的，难道你自己去寻死不成？况且你当真死了，也连累了一个人也要死了。"琴言道:"我是没有父母,又没有兄弟姐妹,连累了什么人? 干净的就是我一个。"素兰道:"别人也连累不着,疼你的虽多,也不至于为你死的。你怎么今日就想不起庾香来? 难道他不要为你死吗? 你且看看这是谁写的。"便把子玉的回信递与琴言。

琴言当下接过信来一看,便即放下道:"这是人家与徐老爷的信,你给我看作什么?"素兰笑道:"你且不要性急,这是信面,你且看里头写的是什么。"琴言只得抽出信来,从头至尾看了一遍,又从起头再看,一句句的念了,又看一遍,即微微的笑道:"这不是庾香回你的信么? 明日去逛运河,看信上是必定出来的。"素兰道:"你愿意他来,还是不愿意他来?"琴言又微笑应道:"这是你去请他来。就不晓得明日天气好不好? 五月间,晴雨不定,不要明日一早就下起雨来,就不能来了。"素兰笑道:"天从人愿。咱们今日出了这许多眼泪,也可当得一天雨,明日准是晴天。今夜你好好睡一宵,明日早些起来,到我那边同走,你对师傅只说到怡园去就是了。你身子不好,天气是阴晴不定的,衣服多带两件,恐怕船上的风大。"当下说说谈谈,他二人渐有喜色。素兰就同琴言吃了晚饭,又说了一回,二更多天,方才回去。

琴言也就安歇了一夜,病已退了八分,但添了一样毛病,越要睡越睡不着。听着打了四更,忽呼呼起了几阵大风,就是倾盆大雨,雷电交加。琴言坐起来,长叹了几声。下过了一阵大雨,犹是萧萧索索的一阵细雨。雷声轰轰,只是不住,直到天明时,才止住了。琴言也倦极了,欹枕而卧,倒又熟睡起来。梦见素兰与子玉先在船中,自己刚刚要上船来,忽见岸上跑出两人,一个穿青的,光着脊梁,盘着辫子,赶上来一把揪了过去,骂道:"你这小杂种,日间装病不见人,怎么如今又跑到这里来了?"琴言哭喊救命,把身子用力一挣,却自己仍在床上,惊得一身冷汗。已是红日满窗,听得窗外鹦鹉说起话来道:"昨日的人又来了。"又把琴言唬了一大跳,只道又是他两个人来找他。

原来素兰候了一回,不见琴言过来,只得着人来请。对他师傅说是同到怡园去的,长庆应允,就催琴言起来。净了脸,吃了一碗冰燕,命跟班的捡出几件衣裳包了,带上车,辞了长庆,即到素兰处来。见了素兰,问道:"你昨日可约定庾香到这里来没有?"素兰道:"我是约他一直上船的。我犹恐他找不着,又着人假充怡园的人,领他去了,此时一定先在船里。我要等他们将酒席什物等类备齐了,省得临时短少,也就要去了。"看那素兰为人,又精细,又聪明,差不多赶上蕙芳,不过尚少蕙芳赚潘三的辣手,较之他人,也就算足智多谋了。

却说子玉从二更躺下,也就巴不到天明。听了这一场雨,便短叹长吁的怨命,唯恐明日早上,也是这样大雨,只怕萱堂就不叫他出门。起来开了窗子看天,恰又值南风大作,把雨直打进来。仰面看时,黑云如墨,电光开处,闪烁金蛇。忽然一个霹雳,震得屋角都动,连忙闭上了窗,挑灯独坐。幸到天明时就住了,尚有那断断续续的檐溜,滴了好一回。此时已不及再睡,即叫醒了云儿。天已大明,红日将出。净了脸,吃了茶,又用了些点心。走到上房,颜夫人尚未起来。子玉在外间叫丫环梳了发,又复出来。各处尚是静悄悄的,再到书房来,心上想道:"素兰如此多情,况已屡次扰他,他虽然不在这上头讲究,我却过意不去。若给他银钱,又恐被他着恼,当是轻看了他,只好送他些个东西罢。"便即开了箱子,把向来亲戚朋友们送他的零碎东西,捡了几样出来,又捡了两匹江绸,两匹湖绸,带了十几两碎银子。自己收拾好了,再欲到上房告禀。

只见李元茂披着件短衫,赤了脚,慌慌张张进来道:"我今日特意早起,想不到你已经早起来了。"子玉道:"我今日出门有事,所以略早了些。"元茂道:"我有句话商量。"子玉正要问时,只见云儿进来道:"徐老爷打发人来请,说客业已到齐了,就请少爷过去。"子玉也不及再问元茂,连忙便进上房。见颜夫人尚在梳头,子玉把出门的事告禀了。颜夫人道:"你这几日身子好些,出去散散也好。只要早些回来,不要贪凉坐在风口里,多叫几个人跟去,衣服也多包两件。"子玉禀道:"衣服包好了,也用不着多人,云儿一个就够了。"颜夫人道:"随你罢。须要早早回来,饮食也要小心。"子玉答应了"是",出来穿了衣服,把所带的东西衣包等件,先放上车。正要出来,李元茂忽又前来拦住道:"你且慢走,我有一件要紧的事,必要商量。"子玉着急道:"有什么事,快说罢!"元茂擦擦眼睛,打了一个呵欠,吞吞吐吐的说不出来。子玉道:"怎样?有话剪绝快说,有人在门口候我,你快说罢!"元茂道:"谁候着你,这么忙?今日还早得很呢。你听那个卖甜浆粥的,还没有喊过来,你就如此忙作什么?"子玉心上真有些厌烦,便道:"你说有话商量,问你,你又不说,倒把些闲话讲个不断。到底有什么话呢?"元茂道:"我这几日真穷极了,问你借几吊钱用用,就是这句话。"子玉道:"这件事也值得这么要紧?你对账房去说罢,总是一样的。"说着就走。元茂一把拉住道:"好人、好人!你着云儿去讲一声才好。我已向账房借过,不好意思再去说,恐怕碰钉子。"子玉没奈何,又叫云儿进来,到账房去说了。那边答应了,元茂才放子玉出来。

这一缠绕,看表上已到巳初一刻。子玉即忙上车,往大东门来。路又远,出得城时,已是午初。素兰早已先到了,一面又叫人在路口探望。少顷,望见子玉乘车而来,下了车,素兰衣冠楚楚的迎上岸来,请安问好。同上了船,便与子玉除了冠,脱了外面的衣服;素兰也换了便服。

子玉谢道:"多感雅意,十分周匝,使我负薪①顿释,得畅衿②怀。领受盛情,何以图报?"素兰笑道:"效力不周,偏偏玉侬今日病势加重,不能出来。又因昨日有两个无赖,把玉侬痛骂一顿,因此气坏了。我昨日既约你出来,今日又不好来辞,只好我们二人权坐一坐,再散罢。我因玉侬病重,也觉心绪不佳。总之好事多磨,是一点不错的。"几句话说得子玉如冰水淋身,默然无语,怔怔的看着素兰,好一回,叹了一口气道:"不料今日之事,果然如此,不出我之所料!香畹,只可惜你白费了一番心,叫我无福之人不能消受。不晓我昨夜因这一场雨,就是千愁万虑的,原知道今日是断不能会着玉侬的。今日之勉强而来者,一来为你这番美情,不可辜负;二来或者天竟有不测的风云,竟叫人想不到,也未可知。哪知人间得意的事,是万万想不到,而失意的事是一想就着的。玉侬之不能来,我早已想到。特不知玉侬此刻,还是猜我出来的,还是猜我不出来的?若猜我不出来的,倒也罢了;若猜我是出来的,只怕他此刻的愁闷,还要比我胜几分呢!"说着,便已红了眼睛,摇着头道:"这也奇了,这也实在奇了!"

素兰见了,忍不住要笑出来,便对子玉道:"我们如今同去找玉侬罢,去看看他的病何如。"子玉想了一想道:"也可不必。既然此地还见不着,就在那里,必要生出别故来,也是见不着的。"素兰说:"他现病在床,怎么会见不着呢?"子玉道:"前日你我同去那一回,玉侬不病在床吗?后来我又去过两次,皆没有见着。今日再去,也是断断见不着的。"说至此,不觉泪下。又道:"玉侬,玉侬,我与你大约就是那一面之缘了!"又向素

---

① 负薪——旧时称有病为负薪之忧。
② 衿——此处同襟。

兰道："我本看得破，想得透。你只要劝他，也看破，也想透才好，省却了许多愁虑！"素兰笑道："你如今是悟透了。倘是玉侬为你，今日竟自带病出来见你，你还是看得破看不破呢？若真是看破了，自然与他讲明，以后两下里不用牵挂的了；若看不破，自然彼此仍旧要想念。你此刻是没有见面，便想得明白，只怕见面，又想不明白了。"子玉竟默默无言可答。

素兰又笑道："玉侬因不能来，倒找了一个替身来会会你，不知你与他会不会？"子玉道："是何等样人？认得我么？"素兰道："也是我们同班的，相貌与玉侬仿佛，玉侬之意，不过是叫你望梅止渴的意思。不知你意下如何？可要他出来？"子玉沉思了一回，道："如不像玉侬，倒可以会会；如像玉侬，则当日怡园已经唐突过了，何必再叫婢学夫人呢？不但不愿见那人，而且于玉侬实有所不忍。香畹，你是个明白人，想能见到，非我故作娇情。"素兰道："你的话也是。你是不肯见他，我偏叫他出来。"

子玉尚要拦阻，已见素兰从后舱唤出一个如花似玉的人来。子玉乍见，倒有些模糊，一来于琴言只叙过一次，二来这几月琴言容貌又消瘦了好些，从前是国色天香，清腴华艳，如今却像落花无言，人淡如菊了。及到看得明白时，那琴言已是掩面娇啼，冰绡淹渍，侧身坐了，只是哭泣。子玉道："奇了，这不就是玉侬？香畹何故造这些话来哄我？"素兰道："不要认错了，到底是不是？"子玉道："怎么不是？就只消减了些。这藐姑仙子，岂常人学得来的！"便道："玉侬，你可以不必伤心了，你的心我都知道的。"话未说完，便见琴言止了哭，说道："你的病好了么？我知道你来过几次，但我是没有看过你，所以不好来。我昨日看了你与香畹的信，才彻底明白，倒是我害了你了！"说罢又哭起来了。子玉道："我是没有什么大病，不过身上稍有不快。况且我自知保养，只要你也看破些儿，也就容易好了。"便也淌下泪来。琴言道："若非香畹昨日过来，我也死了，你今日也见不着我了。"便又哭了。子玉不解所云，见琴言如梨花带雨，娇柔欲堕的样儿，又见他说一句哭一声，不觉一股心酸直透出来，也就忍不住哭了。倒闹得素兰没有主意，见两人凄凄楚楚，倒像死别生离的光景，不知不觉也哭起来。三人哭作一团。

到底还是素兰先住，便劝道："今日请你们来，原为乐一天，何必哭哭啼啼！且已经半天过了，不到晚就要赶城，能有几个时辰欢乐？不如大家笑笑罢。"子玉勉强答应道："香畹之言极是！玉侬也不必伤心了。"琴言道："有什么欢笑呢？我们在怡园一叙，直到如今是五个月，再候第二次欢叙，只怕也要一年了。这一年内，知道我能候得到候不到呢？大约这一场也就完结了。"说罢又哭。子玉劝道："不妨，只要你身子好了，天天可以见得的，何必要一年呢？"琴言又哭道："我就要好，只怕这魏聘才也不容我好，他是要我死了才甘心的！"子玉听了吃惊道："你倒不要错怪这魏聘才，他背地里倒极口说你好的。"琴言顿足道："你还不知道呢！他若说我好，也不造你的谣言了，也不叫人闹上门了。"子玉不知缘故，便又问道："这些话我全不懂得。聘才怎样来闹呢？"琴言道："你问他就知道了。"

于是素兰就把聘才那日所讲的话，细细述了一遍，惊得子玉神色惨淡，气得说不出话来。停了一回道："奇了！奇了！他在我家住了半年，我并没得罪他，他何必要糟蹋我到如此光景呢！何以进了华公府，就变坏了？正是梦想不到，以后我就断绝他便了。但使人来闹，又是怎样呢？"素兰、琴言听得聘才进了华公府，才晓得闹春阳馆的，就是他，则昨日的事，亦不必疑心了。素兰又把昨日那两人骂话，并赶他的光景，也述了一遍。子玉听了又骂又恨，忍不住又哭了。

此时船已开行，素兰的家人，把酒肴都摆上来。素兰一面敬酒，一面劝，子玉、琴言只得坐了。悲从中来，无言相对，尚复何心饮酒！经素兰苦劝，只得勉强饮了几杯，终究是强为欢笑，亦不知何所为而然。在琴言心上，总觉得生离死别，只此一面，以后像不能见面的光景。子玉也觉得像是无缘，料定是不能常见的。此是大家心上想到极尽头处，自然生出忧虑来。这是人心个个相同，不过用情有至有不至耳。

当下船已走了三四里，三人静悄悄的清饮了一回。子玉一面把着酒，一面看那琴言，如蔷薇濯露，芍药笼烟，真是王子乔、石公子一派人物，就与他同坐一坐，也觉大有仙缘，不同庸福。又看素兰，另有一种丰神可爱，芳姿绰约，举止雅驯，也就称得上珠联璧合。今日这一会，倒觉是绝世难逢的，便就欢乐顿出，忧愁渐解。琴言看子玉是瑶柯琪树，秋月冰壶，其一段柔情蜜意，没有一样与人同处，正是傅粉何郎，薰香荀令，休说那王、谢风流，一班乌衣子弟，也未必赶得上他。若能与他结个看火因缘，花月知己，只怕也几生修不到的。虽只有这一面两面的交情，也可称心足意了，渐渐的双波流盼，暖到冰心。这素兰看他二人相对忘言，情周意匝，眉无言而欲语,眼乍合而又离,正是一双佳偶,绾①就同心,倒像把普天下的才子佳人,都压将下来。难怪这边是暮想朝思,那边是忘餐废寝。既然大家都生得如此,自然天要妒忌的,只有离多会少了。若使他们天天常在一处,也不显得天所珍惜,秘而不露的意了。心上十分羡慕,即走过来。坐在子玉肩下,温温存存,婉婉转转的敬了三杯,又让了琴言一杯。此时三人的恩情美满,却作了极乐国无量天尊,只求那鲁阳公挥戈酣战,把那一轮红日倒退下去,不许过来。

正在畅满之时,忽见前面一只船来,远远的听得丝竹之声,再听时是急管繁弦,淫哇艳曲,不一时摇将过来。子玉从船舱帘子里一望,见有三个人在船中,大吹大擂的,都是袒褐露身。有一个怀中抱着小旦,在那里一人一口的喝酒;又有两个小旦坐在旁边,一弹一唱。只觉得欢声如迅雷出地,狂笑似奔流下滩。惊得琴言欲躲进后舱,子玉便把船窗下了,却不晓得是什么人。素兰从窗缝里看时,对琴言道:“过来瞧。”琴言过来,也从窗缝里瞧了一瞧,便道:“这些蠢人,看他作什么?”素兰指着那下手坐的那一个道:“这就是与媚香缠绕的潘三!”琴言道:“哎哟,这个样子!亏媚香认识他,倒又怎么能哄得他?”素兰道:“你没有见昨日那两个,比他还要凶恶十倍呢。”琴言叹了一口气,走转来坐了。子玉道:“潘三是何等样人?”素兰也把他们的事说了一遍。子玉连声道:“可恶!可恶!这潘三竟敢如此妄想。幸亏是苏媚香,若是别人,只怕也被他糟蹋了。”又问琴言道:“你可认得那些相公么?”琴言道:“我竟一个都不相识,不知是哪一班的?”素兰道:“我都认识:坐在怀里的是登春班的玉美,那弹弦子的叫春林,唱的是叫凤林,皆是凤台班的。”子玉道:“看他们如此作乐,其实有何乐处?他若见了我们这番光景,自然倒说寂寥无味了。”素兰笑道:“各人有各人的乐处,他们不如此就不算乐。”

看看红日将近沉西,子玉此时心中甚是快乐,竟有乐而忘返之意。琴言心上虽知天色已晚,却也不忍催迫。素兰恐晚了不能进城,便叫船家快些摇摆,天不早了,于是一面即收拾起来。子玉便将带来之物,分送二人,二人不好推辞,只得收了。子玉又将那包里散碎银,分赏了素兰、琴言的人,又说“辛苦了你们。”众人叩头谢赏。

---

① 绾(wǎn)——系结在一起;联络、贯通。

　　船到大东门,又各自上车。子玉拉着琴言的手道:"我们迟日再叙罢!诸事须要自解才好。"又流下泪来。琴言也哽咽道:"你放心去罢,将要关城了。咱们见面,不在香畹处,就在怡园两处。"子玉点了点头,只得硬了心肠,各自上车。车夫怕晚了,加上一鞭,急急的跑了。子玉回来,已点了灯,颜夫人问起来,只得随口支吾了几句。不知后事如何,且听下回分解。

第二十三回

裹草帘阿呆遭毒手　坐粪车劣幕述淫心

话说子玉逛运河这一天,李元茂向子玉借钱,少顷账房送出八吊大钱,李元茂到手,心花尽开。又想道:"这些钱,身上难带,不如票子便当。"便叫跟他小使王保,拿了五吊大钱,放在胡同口烟钱铺内,换了十张票子。元茂一张张的点清了,装在槟榔口袋里,挂在衫子襟上,候不到吃饭,即带了王保出门,去找他阿舅孙嗣徽。

恰值嗣徽不在家,嗣元请进谈了一回,留他吃了便饭。元茂与嗣元是不大讲得来的,又因嗣元常要驳他的说话,所以就坐了不长久。辞了嗣元,信步行去,心里忘不了前次那个弹琵琶的妇人。行到了东园,只见家家门口仍占满了好些人,随意看了两三处,也有坐着两三人的,也有三五人的,村村俏俏,作张作致,看了又看,只不见从前那个弹琵琶的。元茂的眼力本不济事,也分不出好歹来,却想到里头看看,又因人多,且是第一次,心中也不得主意,不敢进去。再望到一个门口,却只有两人,走到门边,只有一个汉子,从屋子里低下头出来,一直出门去了。元茂心却痒痒的,只管把身子挨近了门,一只脚踏在门槛上,望着一个三十来岁的妇人。那妇人生得肥肥的,乌云似的一堆黑发,脸皮虽粗,两腮却是红拂拂的,生得一双好眼睛,水汪汪的睃来睃去。把个李元茂提得一身火起,只得弯着腰,曲着膀子,撑在膝上支起颐儿,戴上眼镜,细细的瞅那妇人。那妇人一面笑,一面看那李元茂,觉得比那些人体面干净了好些,剃得光光的头,顶平额满,好像一个紫油钵盂儿;身材不高不矮,腰圆背厚;穿一件新白纺绸衫子,脚下是一双缎靴,衣襟上露了半个槟榔口袋。便对着点点头道:"你能请里面来坐,喝盅茶儿。"元茂心中乱跳,却想要进去,又不敢答应。那妇人又笑道:"不要害臊,你瞧出出进进一天有多少人,你只管进来罢。"元茂脸上已经涨得通红。那妇人又笑道:"想是那小脑袋准没有进过红门开荤,还是吃素的!"

门外那两个人都笑了。有一个扯扯元茂的衣裳,元茂回转头来,见那人有三十多岁年纪，身穿一件白布短衫，头上挽了一个长胜揪儿，手里把着小麻鹰儿，笑嘻嘻的道："媳妇儿请你进去，你就进去。怕什么？我替你掩上门，就没有人瞧见了。"李元茂咕噜了一句，那人听不清楚，又道："你若爱进去，你只管大大方方的进去。咱们都是朋友，我替你守着门，包管没有人来。你出来请我喝四两，吃碗烂肉面，就是你的交情。没有也不要紧，玩笑罢了，算什么事！"说着哈哈大笑起来。那一个穿着一件蓝布衫子，也道："面皮太嫩，怕什么？要玩就玩，花个三四百钱就够了，哪里还有便宜过这件事吗？"李元茂被那两个你一言我一语，说得心痒难熬，又说替他守门，更放心了，便问道："真好进去么？我不会撒谎，实在是头一回，怪不好意思的。"那拿鹰的一笑道："有什么进去不得！"就把元茂一推推进了门，顺手把门带上，反扣住了，说："你不要慌，有我们在这里，你只管放心乐罢。"

　　元茂眯矆了眼，尚是不敢近前。那妇人站起道："乖儿子，不要装模作样的，羊肉没有吃，倒惹得老娘一身膻了。"说完，已经掀着草帘，先进屋子去了。只见屋子后头又走出一个四十多岁，抢起一头短发，光着脊梁，肩上搭一块棋子布手巾，肮肮砼砼的，对着元茂伸手道："数钱罢！"元茂怔了一怔，既到此，又缩不出去，涨红了脸道："我没有带钱。"那人道："你既没有带钱，怎就跑到这里来？想白玩是不能的。"元茂道："我只有票子。"那人道："票子也是一样，使票子就是了。"元茂没法，只得从衫子衿上口袋内，摸出一张票子，是一吊的，心里想道："方才那人说只要三四百钱，我这一吊的票子，不便宜了他？"因对那人道："票子上是一吊钱，你应找还我多少，你找来就是了。"那人一笑，把票子看了一看，即塞在一个大皮瓶抽内，仍往后头去了。

　　这李元茂即放大了胆，掀起帘子进内，觉得有些气味熏人。见那妇人坐在炕上，一条席子，一个红枕头，旁边一张长凳，元茂就心里迷迷糊糊的在凳上坐了。那妇人从炕炉上一个砂壶内，倒了一盅半温的茶，给元茂吃了；嘻嘻笑着，即拿出一个木盆子，放在炕后墙洞内。那边有人接了，盛了半盆水，仍旧放在洞里。那妇人取下盆子来，蹲下身子，退下后面小衣，一手往下捞了两捞。元茂听得匡浪匡浪的水响，见她又拿块干布擦了，掇过盆子，便上炕仰面躺下，伸一伸腿，笑对元茂道："快来罢。"元茂见了，欲心如火，先把衫子脱了，扔在凳子上，歪转身上爬上炕来。那妇人却不脱衣,只退下一边裤腿,那元茂喘吁吁的,跪在炕上,就把那妇人那条腿抬了起来,搁在肩上,便把脸来对准那活儿,看了又看,恰像个胡子吃了奶茶没有擦净嘴的、把手摸了一摸。那妇人见他如此模样,便啐了一口道:"呆子! 要玩就玩,瞧什么? 就是你的老婆,也是有这眼的。瞧上老娘气来了!"

元茂将要上去,只听外面一声响,像是街门开了,院子里一片吵嚷之声,直打到帘子边来。那妇人连忙推过了元茂,坐了起来,套上那边裤腿,下了炕,出帘子去了。这边李元茂唬得魂飞魄散,忙把裤子掖好,将要穿衣,帘子外打得落花流水,便有些人拥进来看,一挤把帘子已掉下地了。元茂此时急得无处躲避,炕底下是躲不进的,墙洞里是钻不过去的,急得上天无路,入地无门。越嚷越近,仔细一看,就是先前那两个,见那穿蓝布衫的,像是打输了,逃进屋子来。元茂一发慌了。那个拿鹰的,即随后赶来,两人又混扭了一阵。外面又走进两个人来解劝,不分皂白,把元茂一把按倒,压在地下。元茂动也难动,只见那四个人八只手,把他浑身剥一个干干净净,一哄的散了。元茂脱个精光,幸而未挨打。始而想阳台行雨,此刻是做了温泉出浴了。慢慢的从地下爬起来,一丝不挂,两泪交流,又不能出去,那媳妇儿与那要钱汉子,也没有影儿。引得外面的人,一起一起的看,说的说,笑的笑。有的道:"上了套儿了!"有的道:"这是好嫖的报应!"元茂无可奈何,只得将草帘子裹着下身,蹲在屋子里,高声喊那王保。

原来王保只得十三四岁,见元茂进去,明白是那件事,便跑开玩耍去了。及到望得那两人打进来,知道不好,却不敢上前,便唬得躲在一棵树后啼哭。此时见人散了,又听得主人叫喊,即忙走进。见了元茂光景,便又呆了,说道:"少爷怎样回去呢?"元茂道:"你快些回去,拿了我的衣衫、鞋袜及裤子来! 切莫对人讲起,就有人问你,也不要答应他。快些快些! 我回去赏你二十个钱买饽饽吃。须要飞的一样,快去!"王保飞跑的去了,不多一回,拿了一包袱衣裳来。元茂解下草帘,先把裤子穿了,一样一样的穿好,倒仍是一身光光鲜鲜的走了出来。那些闲人便多指着笑话。元茂倒假装体面,慢慢的走着,又回头说道:"好大胆奴才! 此时躲了,少顷我叫人来拿你,送到兵马司去,只怕加倍还我!"可怜李元茂,钱票、衣衫也值个二三十吊钱,还不要紧,出了这一场大丑,受了这些惊唬,正在欲心如火的时候,只怕内里就要生出毛病来,也算极倒运的人了!

原来这两人与那媳妇本是一路的,那些地方向来没有好人来往,所来者皆系赶车的、挑煤的等类。今见李元茂呆头呆脑,是个外行,又见他一身新鲜衣服,猜他身边有些银两钱票等物,果然叫他们看中了,得了些彩头。元茂受了这场荼毒,却又告诉不得人,无处伸冤。那时出出进进看的人,竟有认得元茂的在内,知系住在梅宅,又系孙部郎未过门的女婿,慢慢的传说开来。过后,元茂因王保失手打破了茶碗,打了他两个嘴巴,王保不平,便将那日的事告诉众人。从此又复传扬开去,连孙亮功也略略知道了,自然过门之后,要教训女婿起来,此是后话不提。

且说孙嗣徽今日出门,是找他一个亲戚,系姑表妻舅,姓姬叫做亮轩,江苏常州府金匮县人。向办刑钱,屡食重聘,因其品行不端,以致闻风畏惕,且学问平常,专靠巴结。因声名传开了,近省地方,竟弄不出个馆地来。只得带了些银钱货物进京,希图结交显宦,弄个大馆出来。于孙亮功谊有葭莩①,遂送了一份厚礼,托其吹嘘汲引。已经来了两月,却也认得数人,正是十分谄笑,一味谦恭。

若说作幕②的,原有些名士在内,不能一概抹倒。有那一宗读书出身,学问素优,科名无分,不能中会,因年纪大了,只得改学幕道。这样人便是慈祥济世,道义交人,出心出力的办事。内顾东家的声名,外防百姓的物议,正大光明,无一毫苟且。到发财之后,捐了官作起来,也是个好官,倒能够办两件好事情,使百姓受些实惠。本来精明,不致受人欺蔽。这宗上幕,十分内止有两分。至于那种劣幕,无论大席小席,都是一样下作。胁肩谄笑,钻刺营求,东家称老伯,门上拜弟兄。得馆时,便狐朋狗友树起党来,亲戚为一党,世谊为一党,同乡为一党。挤他不相好的,荐他相好的,荐得一两个出去,他便坐地分赃,是要陋规的。不论人地相宜,不讲主宾合式,唯讲束脩③之多寡,但开口一千八百,少便不就,也不想自己能

---

① 葭莩(jiā fú)——苇子里的薄膜,比喻关系疏远的亲戚。
② 幕——幕僚。
③ 束脩——教师的酬金。

办不能办。到馆之后，只有将成案①奉为圭臬②，书办当作观摩，再拉两个闲住穷朋友进来，抄抄写写，自己便安富尊荣，毫不费心。穿起几件新衣服，大轿煌煌，方靴秃秃，居然也像个正经朋友。及到失馆的时节，就草鸡毛了。还有一种最无用的人，自己糊不上口来，《四书》读过一半，史鉴只知本朝，穷到不堪时候，便想出一条生路来，拜老师学幕，花了一席酒，便吃的用的都是老师的。自己尚要不安本分，吃喝嫖赌，撞骗招摇，一进衙门，也就冠带坐起轿来。闻说他的泰山，就在县里管厨呢。这姬先生大约就是这等人了。

这日，孙嗣徽请他吃饭听戏，先听了凤台班的戏，带了凤林，拣了个馆子，进雅座坐了。这姬先生倒有一个俊俏的跟班，年纪约十五、六岁，是徽州人，在剃头铺里学徒弟的，叫做巴老英。亮轩见其眉目清俊，以青蚨③十千买得，改名英官，打扮起来也还好看，日间是主仆称呼，晚间为妻妾侍奉。当下嗣徽见了，也觉垂涎。二人点了菜，凤林敬了几杯酒，那巴英官似气愤忿的，站在后面。凤林最伶透，便知他是个卯君，忙招呼了他，问了姓，叫了几声"巴二爷"，方才踱了出去，姬亮轩才放了心。如今见了京中小旦，觉比外省的好了几倍，第一是款式好，第二是衣服好，第三是应酬好，说话好。因对嗣徽道："外省小旦，相貌却有很好的，但是穿衣打扮有些土气。靴子是难得穿的，譬如此刻夏天，便是一件衫子，戴上凉帽，进到衙门来，一群的三四个，最不肯一人独来。开发随便，一两二两皆可。"嗣徽道："这么便宜？若是一个进来，我便逾东家墙而搂之可乎？"亮轩笑道："妹丈取笑了，东家的墙岂可逾得！就太晚了，二更三更，宅门也还叫得开的。"嗣徽道："三更叫门，大惊小怪的，到底有些不便。你何不开个后门倒便当些，人不能测度的。"亮轩即正正经经的讲道："妹丈真真是个趣人，取笑得岂有此理！我们作朋友的，第一讲究是品行，这后门要堵得紧紧的，一个屁都放不出来了，才使东家放心呢。"嗣徽尚是不懂，连问何故。一个是信口胡柴，一个是胸无墨水，弄得彼此所问非所答，直闹得一团糟了。

---

① 成案——已处理好的公文案卷。

② 圭臬（guī niè）——圭，古代容量单位，臬，测日影的表。比喻准则或法度。

③ 青蚨（fú）——传说中的名虫，古代借指铜钱。

　　亮轩便不与他说,因问凤林道:"你们作相公,一年算起来可弄得多少钱?"凤林道:"钱多钱少是师傅的,我们尽靠老爷们赏几件衣裳穿着,及到出了师,方算自己的。"亮轩道:"此时一年给师傅挣得钱多少呢?"凤林道:"也拿不定。一年牵算起来,三四千吊钱是长有的。"亮轩吐出舌头道:"有这许多! 比我们作刑钱的束脩还多呢! 我如今倒也懊悔,从前也应该学戏,倒比学幕还快活些。我们收徒弟是赔钱贴饭,学不成的,十年八年推不出去。即有荐出去的,或到半年三月又回来了。到得徒弟孝敬老师,一世能碰见几个? 真不如你们作相公的好了!"说着,自己也就大笑。嗣徽看这凤林道:"凤凰于飞,于彼中林,亦既见止,我心则喜焉!"凤林笑道:"你又通文了,我们班子里倒也用得着你,那个撅着鼻子秃秃秃狗才狗才的,倒绝像是你。何必这么满口之乎者也,知道你念过几年书就是了。"亮轩笑道:"此是孙少爷的书香本色。若是我们作师爷的,二位三位会着了,就讲起案情来,都是三句不脱本行的。就是你们唱小旦戏的,为什么走路又要扭扭捏捏呢?"又问嗣徽道:"太亲台今年可以出京否?"嗣徽道:"家父是已截取矣,尚未得过京察①。今兹未能,以待来年,任重而道远,未可知也。"亮轩道:"是道府兼放的?"嗣徽道:"府道吾未之前闻,老人家是专任知府的。"亮轩道:"知府好似道台,而且好缺多。太亲台明年荣任,小弟是一定要求栽培的。"嗣徽道:"自然自然。这一席大哥是居之不疑,安如磐石的了。"两人说说笑笑,喝了几杯酒。

　　嗣徽道:"今见大哥有一个五尺之童,美目盼兮,倘遇暮夜无人,子亦动心否乎?"这一句说到亮轩心上来,便笑道:"这小童,倒也亏他,驴子、小妾两样他都作全了。"嗣徽道:"奇哉,什么叫做驴子、小妾? 吾愿闻其详。"亮轩道:"我今只用他一个跟班。譬如你住西城,我往南城,若有话商量,我必要从城根下骑了驴子过来。有了他,便写一信,叫他送来了,便代了步,不算驴子么? 我们作客的人,日里各处散散,也挨过去了,晚间一人独宿,实在冷落得很。有了他,也可谈谈讲讲,作了伴儿,到急的时候,还可以救救急,不可以算得小妾么? 一月八百钱工食,买几件旧衣服与他,一年花不到二十千。若比起你们叫相公,只抵得两三回,这不是极便宜的算盘么!"嗣徽道:"这件事,愿学焉。绥之斯来,盍于背,将入门,则

──────────

　　① 京察——旧时京官考绩的制度。

茅塞之矣，如之何则可。而国人皆曰若大路然，吾斯之未能信，明以教我，请尝试之。"

　　凤林不晓得他说些什么，便送了一杯酒，又暗数他脸上的疙瘩及鼻子上的红糟点儿，共有三十余处。问道："你到底说话叫人明白才好，我实在不懂得。你这脸上会好不会好？我有个方子给你，用香糟十癣，猪油三癣，羊胰一癣，皂荚四两，银硝四两，铺在蒸笼内，蒸得透了，你把脸贴在上面，候他那糟气钻进你的面皮里来，把你那个糟气就拔尽了。"嗣徽道："放你的屁中之屁！你想必糟过来的。我倒要闻闻你的脸上有糟香乎，无糟香也！"便把脸贴了凤林的脸，索性擦了两擦。凤林心里颇觉肉麻，脸上便痒起来，把手指抓了一回，便道："好把你那红癣过了人！"腮边真抓出一个小块来，把嗣徽脸上掐了一下。嗣徽笑道："你说我过了你癣，为什么从前不过，今日就过呢？未之过也，何伤也！"又把凤林抱在膝上道："有兔爰爰，实获我心。"凤林把嗣徽脸上轻轻的打了一掌，两个眼瞪瞪儿的说道："人家嫌你这红鼻子，我倒爱他。"索性把嗣徽的脸捧了乱揉，跳下来笑道："也算打了个手铳罢。"嗣徽赶过来，要拧他的嘴，凤林跑出屋子；嗣徽赶出去，凤林又进来了。嗣徽便狠起那斑斑驳驳的面皮道："你若到我手，我决不放你起来！"亮轩替他讨了情，敬了一杯酒，夹了两箸菜，嗣徽方才饶了凤林。凤林又敬了亮轩几杯。

　　那个巴英官红着脸，在廊下走来走去，姬亮轩叫他来装烟，他也不理，又去了。嗣徽见了，说道："大哥，方才小弟要请教你的话，我只知泌①水洋洋，可以乐饥，至于蒸豚②之味，未曾尝过，不识其中之妙，到底有甚好处，与妻子好合如何？"亮轩笑道："据我想来，原是各有好处，但人人常说男便于女。"嗣徽道："你且把其中之妙谈谈，使我也豁然贯通。"亮轩道："这件事只可意会，难以言传，且说来太觉粗俗难听。我把个坐船、坐车比方起来，似乎是车子轻便了。况我们作客的，又不能到处带着家眷，有了他，还好似家眷。至于其中的滋味，却又人各一样，难以尽述。有一幅对子说：'瘦宽肥紧麻多粪，白湿黄干黑有油'。最妙的是油，其次为水。至于内里收拾，放开呼吸之间，使人骨节酥麻，魂迷魄荡。船之妙处，全在

---

　　① 泌——快速的水流。

　　② 豚（tún）——小猪，泛指猪。

筛簸两样;不会筛簸的,也掔椽无异。若车一轩一蹬,则又好于船之一筛一簸,其妙处在紧凑服贴……"尚未说完,凤林便红脸道:"你这个赶车的,实在讲得透彻。你那辆车是什么车?像是辆河南篷子车。罚你三杯酒,不准说了,说得人这么寒碜!"嗣徽道:"快哉,快哉!竟是闻所未闻。小弟船倒天天坐的,车却总坐不进,到了门口,竟非人力可通。又恐坐着了粪车,则人皆掩鼻而过矣。"亮轩笑道:"也有个法子,就是粪车也可坐得的:大木耳一个,水泡软了,拿来作你的帽子,又作车里的垫子,哪管粪车也就坐得了。"嗣徽大乐道:"领教,领教!"对着凤林道:"我明日坐一回罢。"凤林啐了一口道:"不要胡讲了,天已晚了,我还有两处地方要去呢。吃饭罢,不然我就先走了。"姬亮轩因同着相公吃酒,知道他的巴英官要吃醋,不敢尽欢,也就催饭吃了要散。嗣徽只得吃饭。

大家吃毕,嗣徽拿出两张票子,共是五吊钱,开发了凤林,合着点子牌一张的幺四,又算了饭帐,各自回去。

此回书何以纯叙些淫亵之事,岂非浪费笔墨么?盖世间实有此等人,会作此等事。又为此书,都说些美人名士,好色不淫,岂知邪正两途,并行不悖。单说那不淫的,不说几个极淫的,就非五色成文,八音合律了。故不得已,以凿空之想,度混沌之心,大概如斯,想当然耳,阅者幸勿疑焉。要知孰正孰邪,且听下回分解。

第二十四回

说新闻传来新戏　定情品跳出情关

　　这回书要讲颜仲清、王恂二人。这一日在家,仲清对王恂道:"你可知道这几日内,出了许多新闻,你听见没有?"王恂道:"那两天因你弟妹身上不好,我天天候医生,有些照料,没有出门。"仲清道:"我昨日听得张仲雨讲的,有个开银号的潘三,从三月间想买苏惠芳作干儿子。头一回是拉着张老二同去缠扰媚香,没有法儿,媚香故意殷殷勤勤。待那潘三借了他二百吊钱,听得说要敬他皮杯时,假装鱼骨鲠了喉。后来把他们灌得烂醉,竟到不省人事,却叫他们在客房内同睡。那姓潘的便滚了下来,在自己鞋里撒了一泡尿。后来醒了,查起来,他家说被华公子叫了去。姓潘的吵了一夜,没有法儿,也只得回去。到四月里又去闹他,偏偏碰着假查夜的来,唬得潘三跑了,倒去了一个金镯。"王恂笑道:"媚香原是个顶尖利的人,就是湘帆能服他,这潘银匠自然要上当的。"

　　仲清道:"还听得那个李元茂,在东园闹了一个大笑话!"王恂道:"怎么样?"仲清道:"有人看见李元茂在土窑子,一个人去嫖,被些土棍打进去,将他剥个干净。李元茂围了草帘子,不能出来,惹得看的人,把那土窑子都挤倒了。后来不知怎样回去的。"王恂道:"有这等事?或是人家糟蹋他,也未可知。"仲清道:"张老二的蔡升目睹,也是仲雨讲的。"王恂道:"李元茂外面颇似老实,何至于此?"仲清道:"老实人专会作这些事,不老实的到不肯作。近日被你那个虫蛀舅爷领坏了。"王恂笑道:"都是你的好作成!若论女貌郎才倒是一对,只我那泰山、泰水①听见了是要气坏的。"仲清道:"我还听得说,那魏聘才,进了华公府就变了相,在外边很不安分,闹了春阳馆,送了掌柜的,打了二十还不要紧;又听得陆素兰对人说,魏聘才买出华公府一个车夫,一个三小子,去糟蹋琴言,直骂了半天。琴言的人磕头请安,赔了不是,又送了他几吊钱才走。"

----

　　①　泰山、泰水——岳父、岳母。

　　王恂道:"奇了! 这几天就有这许多事。我们从前看了这两个人,都是斯斯文文的,再不料如今作出这些事来,真是知人知面不知心!"仲清道:"我又听得一件快活事:庾香与琴言、素兰倒游了一天运河。近日他们二人病都好了。"王恂笑道:"庾香竟公然独乐起来,也不来约我们一声。"仲清道:"是素兰请他与琴言相会,各诉相思,外人是不可与闻。"王恂道:"我真不知庾香、琴言之情,是何处生的。世间好色钟情,原是我辈;但情之所出,实非容易,岂一面之间,就能彼此倾倒? 想起正月初六那一天,庾香只见琴言一出《惊梦》,犹是不识姓名,未通款曲。及怡园赏灯之夕,就有瑶琴灯谜为庾香打着,因此度香就请庾香与琴言相会。闻宝珠讲,那一天先将个假琴言勾搭庾香,庾香生气欲走,而真琴言始出,已是两泪交流,此心全许。以后偏是会少离多,因之成病,人皆猜是相思。即媚香生日这一日,琴言因病不来,庾香便觉着实心神不定,后来生起病来。据我看来,庾香即是一个钟情人,也想不出这情苗从何处发出,似乎总有情根。在琴言则更为稀奇,于大千人海中,蓦然一盼之下,即缠绵委曲,一至于此,令我想不出缘故来。若是朝夕相见,熟识性情脾气,又当怎样呢?他们两个人真是个萍水相逢,倒成了形影附合。这难道就是佛家因果之说乎?"

　　仲清道:"他们两人的情,据我看来,倒是情中极正的,情根也有呢。我说给你听:这至正的情根,倒是因个不正的人种出。我问过庾香之倾倒琴言,在琴言未进京之前,那魏聘才是搭他们的船进京的,细细讲那琴言的好处。庾香听熟了,心上就天天思想,这就是种下这情根了! 后来看见琴言之戏,果然是色艺冠群,又闻其人品高傲,性情冷淡,爱中就生出敬来,敬中愈生出爱来。若从那日一笔勾消,永不见面,就作了彩云各散了。偏有天作之合,又出了一个度香,从中作氤氲①使,将假试真,探微烛隐,遂把个庾香的肺腑,摄入琴言心里。设那日庾香为假琴言所误,则琴言也就淡了。你想一想,一个人才见一面,就能从他的相貌,想出他的身份来,说'我爱你者,为你有这容貌,又有这身份;若徒有容貌,而无身份,也就不稀奇了'。这两句,在他人听了,也还不甚感激。而琴言之孤高自赏,唯恐稍有不谨,致起戏侮之渐。不料偶一见面,如电光过影之梅公子,即

----

　　① 氤氲(yīn yūn)——形容烟或气很盛。

能窥见我的肺腑。又想人之所爱,唯在容貌而已,而爱我容貌之心,究竟是什么心? 虽未出之于口,未必不藏之于心。就算也没有这片心,但世间既爱此人,断无爱其拒绝,反不爱其逢迎之理。所以庾香一怒,而琴言之感愈深;琴言一哭,而庾香之爱弥甚。虽然只得一面,他们心上,倒像是三生前定,隔世重逢,是呼吸相通的了。此即是庾香、琴言之情根,似已支支节节,布得满地,你尚说没有么? 但又闻宝珠讲:琴言留意庾香,已在怡园未会之前,就是初六那一天,望见庾香之后,便恍恍惚惚,思及梦寐。这却猜不透,因果之说,容或有之!"

王恂道:"吾兄之论,如楞严①说法,绝无翳②障。以此观庾香、琴言之情,正是极深极正,就在人人之上了。若湘帆、媚香之情,较之庾香、琴言又将如何呢?"仲清笑道:"那又是一种。我看湘帆之爱媚香,起初却是为色起见。已花了无数冤钱,没有遇见这样绝色,故辱之而不怒,笑之而不耻。犹之下界凡人望见了天仙,自然要想刻刻去瞻仰的。及到媚香怜其难诉之隐情,感其不怨之劳苦,似欲稍加颜色,令其自明。及亲见湘帆,吐属之雅,容貌之秀,而且低首下心,竭力尽命,又不涉邪念,一味真诚,故即被他感动。到感动之后,自然就相好;即已相好,则如漆投胶,日固一日的了。溯其见面之初,湘帆则未必计及媚香之身份,但见其容貌如花,自然是柔情似水。及看出媚香凛乎难犯,而且资助他,劝导他,则转爱为敬,转敬为爱。几如良友之箴规,他山之攻错,其中不正而自正,亦可谓勇于改过。以湘帆比起庾香来,正如子云、相如,同工异曲。世唯好色不淫之人,始有真情;若一涉淫亵,情就是淫亵上生的,不是性分中出来的。譬如方才说的潘三,心上也是想着媚香,难道说他也是钟情的不成?"

王恂道:"也要算情。若说不是情,他也不想了。"仲清笑道:"潘三若有情,倒绝不想媚香;其想媚香,正是其无情处!"王恂笑道:"此语有些矫强了。不过情有邪正,潘三之情是邪情、淫情,非湘帆可比。若定说他于媚香毫没有情,又何至三回五次,这么瞎巴结呢?"仲清笑道:"这最容易解说的。潘三若于媚香真有情,又何必定要他作干儿子? 不过与其来往来往,作个忘年小友,不涉邪念。如今假使媚香得其银号,而不遂其欢心,

---

①　楞严——指楞严经(佛经名)。

②　翳(yì)——遮蔽。

吾恐潘三必仇恨媚香深入骨髓。岂有钟情之人,于所爱之中,又加得上些所恶么? 就有些拂意之处,本是我去拂他,并非他来拂我。以此人本不好加此事,所以拂起我的意思。于人乎何尤? 于爱乎何损? 这才是个有情人。若情字走到守钱虏心上来,则天上的情关,也要去旧更新,另请情仙执掌了!"

说得王恂心思洞开,不禁抚掌大笑道:"吾兄说出如此奥妙,令我豁然开朗,真可谓情中之仙,又加人一等矣!"王恂又问:"度香之情,为何等情?"仲清道:"度香虽是个大纨袴,然其为人雍容大雅,度量过人,爱博而不泛,气盛而不骄,且无我无人,涵盖一切,是情中之主人!"因又道:"萧次贤如野鹤闲云,尚有名士结习;但其纯静处,人不能及。终日相对,娓娓无倦容,其情可见在此,竹君恃才傲物,卓荦不群,唯用情处为甚恳挚。虽其狂态难掩,而究少克伐之心。卓然如云行水流,随处遇合,竟无成心,凡事出以天趣。且辞锋尖利,而独于所好者,便不忍加一刻薄语,亦其情有专用处。前舟与阁下,大致相似:和平浑厚,蔼然可亲,所谓宁人负我,毋我负人者也。至于我,亦非忘情,但不能轻易用情。用时容易,到完结处便艰难。若使孟浪用之,而无归束,则情太泛骛,人为所累。莫若将自己的情,暂借与人。看人之用情处,如有欠缺不到,或险阻不通,有难挽回、难收拾处,我便助他几分,以成彼之情,究以成我之情。总之,情字是天下大同之物,可以公之于人,不必独专于我也!"

王恂道:"此等学问,是极精极大的了。是能以天下之情为一情,其间因物付物,使其各得其正。推而言之,杀身成仁,舍生取义,也是这个念头。若观粗浅处,则朱家、郭解一辈,是以自己之情,借与人用,吾兄又是个情中之侠了。"仲清道:"何敢当此谬赞。但人性各有所近,不能强使附合。即我在度香处,闻得那个华公子的举动,虽未与之谋面,但其豪爽是常听见的,我知其用情阔大,与度香同源异流,所以度香常赞他,也很佩服他。至若魏聘才、冯子佩、潘三等,真可谓情中之蠹①! 近其人则蠹身,顺其情则蠹心。天生这班人,在正人堆里作祟。还听得有个奚十一,专爱糟蹋相公,有一个木桶哄人,不到手不歇,受其荼毒者不少。前日琪官竟为所骗,幸其性烈,毁其木桶而出,双手竟刮得稀烂,至今尚未全好。此是情

---

① 蠹(dù)——蠹虫,咬器物的虫子。

中的盗贼！若你那位虫蛀的舅爷,与你那位贵连襟,则道地是个糊涂虫,不知情为何物,正是悲愉哀乐,悉与人异者也。"

王恂笑道:"这几个废物,心孔里不知生些什么东西在内,世间的丑态,叫他们作尽。孙老大又来了一个妻舅,前日来拜过的,也似聘才一辈人,然尚没有聘才伶俐,将来一定要闹笑话的。"仲清道:"虫蛀的千字文,要给他吃碗墨水才好,免得随口胡言。"王恂道:"李元茂吃什么呢?"仲清笑道:"李元茂颟颟顸顸①,七窍闭塞,要吃大黄、芒硝,方才打得通他这些浊污。"王恂又问仲雨,仲清笑道:"在可善可恶之间,尚识好人,天良未昧。"

二人刚说得有趣,忽见李玉林同着桂保来,见过了,遂即坐下。因问道:"这两日不见你们出来,在家作些什么?"王恂道:"也常出去的,我倒总不见你们。"桂保道:"我们近日在怡园演习新戏。"仲清道:"什么新戏呢?"玉林道:"闻得六月初六日荷花生日,华公子要来逛园。度香为他是爱听戏的,即与静宜商量,静宜说:'华公子是爱新鲜热闹的,若说寻常的戏,他都已听过,而且这几个班子,也未必能赛过他的八龄班。我想不若把各班中,挑出几个来,集个大成班。我再谱出些新戏来,便不与外间的相同,也就耳目一新了。'"仲清道:"这倒很好,但不知戏文何如? 是些什么戏呢?"玉林道:"我听见从前有个才子,叫做毛声山,撰出了几个戏目,却没有作成,曲名叫做《补天石》。"仲清笑道:"噫! 此是毛声山哄人的。止于批《琵琶记》内,题出这几个戏名,是《李陵返汉》、《燕丹灭秦》、《诸葛延年》、《明妃归汉》等事,共有八九种。"玉林道:"如今静宜又添了四种,是《金谷园绿珠完楼》、《马嵬驿杨妃随驾》、《李谪仙夜郎奉诏》、《杜拾遗金殿承恩》。这四本戏更觉热闹,差不多要全部出场。"

仲清道:"这四种更妙,为普天下才子佳人吐气。马嵬②赐缳③之事,千古伤心,且羯胡之叛,祸在国忠,于玉妃何罪? 那些丛书稗史,尽系道听途说,遂玷污宫闱。即洗儿一事,新旧《唐书》皆所不载,就见元微之轻薄

① 颟颟顸顸(mān hān 音慢〈阴平〉憨)顸——糊涂而马虎。
② 马嵬——地名,在陕西省。唐天宝14年,安禄山之乱,玄宗仓皇奔蜀,途次马嵬。为杨贵妃缳死之处。
③ 缳(huán)——绳索的套子;绞杀。

之词,有'金鸡帐下洗儿时'一句,后人遂以为确据,甚属可恨!且奸相伏诛,六军可发,是件顺情合理之事。这陈元礼上无忧国之心,下无束师之律,罪应摒弃。若要将这些事翻转来,此外尚多呢!"

王恂道:"在怡园演习的,共有几人?"桂保道:"旦角十个,此外生净老丑有三十余个,是五六班凑成的。"仲清道:"旦角十个是谁?"桂保道:"我们两个之外,尚有瑶卿、媚香、香畹、静芳、瘦香、小梅,后来又添了玉侬、玉艳,共是十个。"王恂道:"这就是十美班了。"桂保道:"陪客尚未定,你们是一定在数的。听得度香已写书子到保定府去,请前舟回来商议,只怕就是这件事。"王恂道:"也近了,今日已是二十六日了。还有十天,就演得全这些新戏吗?"玉林笑道:"你好记性!还有个闰五月,难道一月多还演不出来?"王恂笑道:"我真糊涂!静坐了几天,真是山中忘甲子了。"仲清道:"听说琴言患病未好,如今能去演习吗?"玉林道:"你还不知,玉侬那日在运河游了一天,忽然的病就好了。"王恂道:"此是人逢喜气精神爽了。"仲清道:"那琪官不是坏了手,如今想也好了?"玉林听得仲清说起此事,便低了首,春山半蹙①,远黛含颦,又有些怒态。

王恂、仲清等不解其意,因问道:"珮仙缘何发恼起来?"桂保见问,对仲清道:"都是你问起琪官,触及他的伤心事来。"仲清忙问何事,玉林不语,桂保就把奚十一送坊之事,述了一遍。听得仲清、王恂大怒起来,同说道:"天下竟有这等人!叫他们怎样过得日子!"桂保道:"如今躲在天津未回呢,只怕终久还要回来的。"仲清道:"这奚十一到底是怎样人?"桂保道:"奚十一的出身倒不小呢,听得说他祖上是洋商,他祖老太爷作到布政司②,得了军功。他父亲荫袭云骑尉,由守备起来,在军营出力,今作了提台。度香说与他有世谊,因鄙其为人,是以不与往来。从前华公爷作大经略平倭寇,徐中堂是副经略,同在军营。那时,老奚才作四川游击,是华公爷、徐中堂保举起来,即得了副将,旋升总兵,前年又升了江南提督③。籍系广东嘉应州,家道甚丰,足有正千万的事业,又在省城当了个洋行总商。他共有兄弟十二人,有做官的,有当商的。他本要捐个道台,因花动

---

①　蹙(cù)——皱眉头。

②　布政司——官名。

③　提督——官名。

了银子,凑不上来,只捐了个知州,差不多也要到班了。"王恂道:"是了!是了!我们老人家也认识,又叫做奚老土,因他带些鸦片烟土来,卖了一万多银子。"玉林、桂保坐了一回要走,王恂道:"忙什么?吃了饭去罢。"天也不早了,就命书童到厨房吩咐去了。

少顷,夕阳西下。仲清叫人卷起帘子,就把桌子挪到廊前,摆了四个座儿。王恂道:"便饭,没有为你们添菜,我这里却比不得度香。"桂保道:"好说。你的便饭,我也吃得记不清了,东成居也作不出来。度香处也过于靡费,其实如何吃得这么许多。"说完就同坐了。厨房内闻得有相公,便多备了八个碟子,添了四样菜,先把黄酒、小吃送上来。玉林,桂保各敬了酒,便谈谈讲讲,浅斟低酌了一回。仲清、王恂又问了些近日的事,见玉林不肯喝酒,因问道:"你的酒量很好,为什么今日不喝?"玉林道:"这两天嗓子哑了,受了热,所以不敢喝酒。"仲清又叫拿些水果出来。仲清道:"喝酒不行令,是断不能爽快的。人少又行不得什么令。"桂保道:"我们行那个贴翠令罢。"王恂道:"也好。"就叫拿出骰子来,行了一回,各人却也吃了许多。

方才王恂日间听了仲清品评各人的情境,因想起《花谱》中诸旦,都也讲究情分的。因问玉林、桂保道:"你们此刻在怡园演习,那十个人,你可晓得他们有几种情性?脾气是哪个最好相与?可讲得来么?"桂保道:"这十个却也好几样,内中就是玉侬脾气冷些,其余没有什么脾气。"玉林道:"讲情性风雅,心地聪敏,不慕势利,意气自豪,是瑶卿;一尘不染,灵慧空明,胸有别才,心怀好胜,是媚香;温文俊雅,出言有章,和而不流,婉而有致,要算香畹;言语爽直,风度高超,雅俗咸宜,毫无拘束,是静芳;恬静安详,言语妥贴,是瘦香;心灵口敏,仪秀态妍,是小梅;泛应有余,风流自赏,"把嘴向着桂保道:"这是他;别有会心,人难索解,海枯石烂,节操不移,这是玉侬;把洁守贞,不计利害,是玉艳;至于我,则无长可取,碌碌庸人,使人嫌弃的,就是我了。"桂保道:"这是你自己不好下赞语,这考语待我出罢。芳洁自守,风雅宜人,不亢不卑,无好无恶,这就是珮仙。"仲清、王恂同道:"这考语出得很切,足见蕊香近日识见又长了好些。"玉林道:"我却当不起这考语。"

王恂道:"还有几个人,索性请你批评批评。"桂保问道:"是谁?"王恂道:"蓉官、二喜、玉美、春林、凤林这些人,又是怎样?"桂保笑道:"这又是一路,不与我们往来的。我们是玉虚门下弟子,是兴周伐纣的;他们是通天教主门人,是助纣为虐①的。这些人是龟灵圣母、申公豹等类,却也有些旁门左道的神通,倒也利害。我们那一日运气不好,与他们同席,便小小心心的待他,断不敢取笑他一句。即如珮仙的事,不是蓉官攻出来的?琪官的苦,不是二喜作成他的? 还有我们这个杜玉侬,我倒替他担心,他见一个便得罪一个,他的冤家竟少不了。他的记性又平常,寻常会过的,歇几天见面就想不起来。人人恨他的架子大、脸面冷、不会应酬,就是对度香也是冷冷的。唯听得心上只有一个梅公子,是生平第一知己,竟会眠思梦想得害起病来。这梅公子是谁呢?”

　　仲清道:“难道你还没有见过这人? 怎么想不起来?” 王恂道:“媚香生日,那一位顶年轻、生得顶好的,就是梅公子,号庾香。”桂保想了一想道:“是了,是了,果然不错。论容貌与玉侬一对,但他倒合得来玉侬这脾气吗?”玉林道:“那一天玉侬没有来,怪不得那位梅公子是无精打采的,话也不说,酒也不喝,略喝了几杯,就出席躺着去了。后约定到瑶卿家里去,他答应了也没有来。”王恂道:“听得前日他倒与素兰、琴言逛了一天运河呢。”桂保点点头道:“噫! 怪不得玉侬回来病就好了。”当下四人说说笑笑,已过了二更。桂保、玉林也要回去,就告辞了,各自上车而回。仲清、王恂又谈了一回,各自回房不提。

　　下回是怡园请客,演出新戏。不知华公子看了如何,且听下回分解。

---

① 助纣(zhòu)为虐——纣,商朝最后一个王,相传是暴君。比喻帮助坏人做坏事。

第二十五回

水榭风廊花能解语　清歌妙舞玉自生香

说话前回书中,玉林、桂保在王恂处,讲起怡园演习新戏,预备华公子逛园。流光荏苒,倏忽一月,刘文泽已回。书中所讲这班名士,华公子向来往来者,就是刘文泽一人,其余多未谋面。此时文泽之父刘守正,已升了礼部尚书,是以文泽偕其妻星夜赶回,未免有些庆贺之事,又适子云写书前往。文泽回京已有半月,诸事已毕,到了初六那日,乘着早凉,辰刻就到怡园来。

一车两马,服御鲜华,进了园门,即有人通报去了。文泽一面观望园中景致,一面慢慢的走。这怡园逛的人虽多,记得清路径的竟少。周围大约有三、四里,园中的小山是用太湖石堆成,其一带大山是土做脚子,上面堆起崇山峻岭,护以花木,衬以亭台,俨然真的一样。其山洞中,系暗用桔槔戽水倒喷上来,就成了飞瀑。池水一带,源通外河,回环旋绕,宽窄随势。其地内另有射圃球场、渔庄稻舍、酒肆茶寮①等处,皆系园丁开设,一样的清洁,为园中有执事人消遣,亦可免其出外旷业,此系度香的作用。园中正经庭院,通共有二十四处,有连有断,不犯不重。若认真要游,尽他一天,不过游不得三四处,总要八九日方尽。就是园主人,一时只怕也记不清楚。中间一所大楼曰"含万楼",取含万物而化光之意,是园中主楼。四面开窗,气宇宏敞。庭外一个石面平台,三面石栏,中间是七重阶级,前面是一带梧桐树遮列如屏,再前又是重楼叠阁。东边这一带垂杨外,就是池水,连着那吟秋水榭,此时开满了无数荷花,白白红红,翠帏羽葆,微风略吹,即香满庭院。

当时子云接进文泽,到含万楼下会定,子云即问了些保定光景。文泽讲了一遍,便问子云道:"今日除华公子之外,有何佳客?"子云道:"几个年老纱帽头同华公子是说不来的,平时来往那些人,系有生有熟,席间若

---

① 寮(liáo)——(方)小屋。

有一个道学先生,就使通席不快,所以只请了我们常叙的几位。除高卓然没有回来,此外是史、颜、田、王、梅,分作三席。哪晓昨日一齐辞了,可可的这么凑巧,竟一个都不能来。"文泽便问:"何故?"子云道:"庾香旧病又发了。史竹君昨日醉坏了,竟至呕血不能出房。湘帆说是没有会过华公子,不肯来。庸庵为是这两天他夫人要弄璋①了,一步不离伺候。剑潭见诸人不来,也就辞了。昨日只得邀了张仲雨,倒是同华公子相识的。除外就是静宜,共有五人,只有两席。他们没有会过华公子,不晓得是怎么一个富贵骄奢的气概,所以不肯来。你也长见的,其实也不见怎样,不过气势自高、侍从华美而已。"文泽便问:"次贤在何处?"子云道:"静宜因今日新戏出场,内中有些关节并声律尚有些不谐处,亲自在那里一一指点,少停就来的。"

正说之间,张仲雨到了,子云迎接进来,文泽起身相见。见仲雨的服饰今日与平日不同,往常仲雨是个从九品衔,今日冠服,忽然是个六品,与他一样,想必又加捐了。因问仲雨道:"恭喜!恭喜!几时捐升的?连我都不给一个信,恐怕要吃你的喜酒么?"仲雨笑道:"好!你远远的躲着,恐怕问你借钱。我这个算什么,不害羞,还要告诉人呢!不过花几两银子,稍觉得好看一点儿,省得人家笑我是个磕头虫。"原来子云是知道的。前日还帮过他一千两银子,便对仲雨道:"好麻利,就成功了。你说是捐同知的。"仲雨道:"幸亏你二太爷,不然几乎办不成。原要想捐个同知,除了你二太爷之外,凑不上两竿。偏偏刘老大又在保定,不然是五百两,我断不能饶过他的。如今这个正指挥,一总也花到四千头。还是起盛的潘老三,替我垫了五百两才成的。"文泽对子云道:"张老二实在算一把好手,各样精明,出去不消说是个能员,将来必定名利双收的。"子云笑道:"名利是一定双收,上司一定欢喜,就是百姓吃苦些。"文泽大笑。仲雨也笑道:"这倒被你猜着。若说将来不要钱,就是我自己也不肯作此欺人之语。况且我这个官,原是花了本钱来的,比不得你们这些有福之人,一出书房就得了官。我将来不过看什么钱可要不可要就是了。"说得众人皆笑。

次贤即从屏后出来,大家见了。诸名旦也都随着出来见过。大家又

---

① 弄璋——璋,一种玉器。古人把璋给男孩子玩。弄璋指生男孩子。

坐谈了一会,只见家人上前禀道:"华公子快到门了。"子云吩咐速备椅轿,在园门伺候。即请次贤陪着文泽等,自己忙整理衣冠,迎出含万楼来。停了一回,听得许多脚步声音,只见一个六品服饰的人,过假山来。又见四个也是冠带的,扶着椅轿,中间坐着那彩云皓月、玉裹金装的一位华公子。后头一群人,大大小小,约有二十余个跟着。将近阶前,子云降阶而迎。华公子一见子云,即忙下轿,躬身上前,与子云相见。问了好,即携着手同上了阶,进了含万楼,重新见礼。

　　原来华公爷与徐相国,已是二十年至好,又同在军营两年,有苔岑①之宜,金石②之交。徐子云与华公子,他们又订金兰③,重修世好。子云比华公子长了五岁,华公子以长兄相待,甚是恭敬。当时子云即让华公子坐了。家人献过了茶,华公子道:"早几日就要过来请安,因连日有随驾差使,而且天气又热,恐妨起居。今天稍为凉快,正可与吾兄快谈半日。只可惜一城之隔,不能秉烛夜游,尚难尽兴。"子云道:"屡蒙移玉,荣及林泉。鄙人是萧闲无事,疏懒成癖。常欲邀请仁弟一谈,但恐从政少暇,不便相扰。且一城之阻,颇难畅意。今日欲屈大驾,作一通宵之叙,不知可肯铸留草堂一宿否?"华公子笑道:"名园佳卉,思及梦寐,总希尽兴一游。迟日再扰尊斋,非特一宿,还要与仁兄作平原十日之欢,方消鄙吝。今日必须回去,且恐明日有钦派差使,实因尘俗有阻清兴。且天方盛暑,明月未盈,俟中秋前后,与兄作一通宵良会何如?"子云笑道:"尊论极是。晚间无月,夜饮觉得无趣。亦不必中秋,七月即可,以下月十五为期罢。"华公子道:"也好,天稍秋凉,就觉得人心爽快。无奈敝园限于基地,不及尊园之半。且从前造屋时,也非名手布置,似觉无甚丘壑,夏日欠爽,唯秋冬尚可小憩。吾兄如不嫌简慢,弟当奉逛高轩④。"子云道:"甚好,甚好! 如遇不得出城之日,必来相扰。府上西园,布置极佳,若能通到东园,则更妙矣!"华公子道:"隔着中间多少正房,是通不来的。且东园为宾客聚居,杂人甚多,无从点缀。"

---

①　苔岑(tán cén)——指志同道合的朋友。

②　金石——比喻坚固、坚贞。

③　金兰——比喻朋友交情契合。相沿为结义之词。

④　高轩——指来宾所乘的车子。

　　正说之间，只听后面鼓乐之声，子云即让华公子进内，过了穿堂，走到承荫堂阶前。堂上三人都到廊前款接，公子一一见了，皆系交好。又对次贤作了一揖道："静宜先生费心了，排出这些戏，叫我们看戏的，何以为报呢？今日大家只有多敬几杯酒，酬劳的了。"次贤哈哈大笑道："恐下里之音，不当清听。如蒙领赏，鄙人愿代诸君浮一大白。"大家笑道："很好。"

　　酒筵已齐，家人即捧酒来，子云送酒安席。东边是华公子首座，仲雨作陪；西边文泽上座，次贤作陪；子云在华公子席上做主人。华公子道："没有客了，就是五人，何妨并作一席，鸾远了不好说话，再一开戏，讲话更听不见了。"文泽道："既如此，并作一桌罢。"子云道："也好，但是挤了，换个圆桌罢，只是不恭些。"华公子道："好说，兄弟亦算不得客，二哥这么拘礼，以后就不敢奉扰了。"子云连声答应。家人们即在中间摆了一张圆桌，重将杯盘摆好，撤了两边。

　　戏台上，已打动锣鼓。只见戏房内婷婷袅袅，走出十枝花来，莲步略移，香风已到，捧着牙笏，走到席前边，朝上叩了一个头，站起来。先是宝珠、蕙芳、素兰三人上来，又对华公子请了一安，将牙笏呈上。华公子知道这一班小旦都是子云得意人，袁宝珠更是宠爱，天天在园里的，也就世故起来，便搀住宝珠手道："你们这本戏共演了几天了？"宝珠道："一个多月了，是各人分开演的，一个人不过三五出戏。"华公子就随意把各人的都点了一出，其余那七个都上来了请点。华公子且不点戏，先将诸旦打量一回，却不认识，因问了姓名年号，七个之中，又独赏识琴言。便问子云道："这个像是新来的。"子云笑问道："何以知之？"华公子道："我见他举止似乎没熟练，然而秀外慧中，觉有出尘这致。"就点了一出，又将各人的戏也都点了，送到文泽面前。文泽、仲雨、次贤大家公商，点了几出。

　　开了场，加官出来，献上"世受国恩"。那林珊枝就走上来，拿出一个赏封，望台上一抛，文泽等亦各赏了。冲场戏是《李陵返汉》、《明妃入关》两出。后即是《夜郎奉诏》，是正生戏，赐以御酒金花，一路送迎祖饯，昂藏慷慨，跌宕多姿，把个李谪仙魂魄都做出来。及到唱完，已有一个时辰，华公子赞了几声，咐咐了一句话，珊枝出去了一回，就有十六个人，抬上八张桌子，赏了八十吊钱。主人照样发赏。文泽也赏了八桌。仲雨、次贤各赏了四桌。

　　第二本是《杨妃入蜀》。先是国忠伏诛，陈元礼喻以君臣之义，六军踊跃。明皇幸峨眉山,与妃登楼,自吹玉笛,妃子歌《清平》之章,命宫人红桃作《回风》之舞,供奉李龟年弹八琅之璈,缥缈云端中,飞下些彩鸾丹凤。只见董双成、段安香、许飞琼、吴彩鸾、范成君、霍小玉、石公子、阮凌华等八位女仙,霞裳云珮,金缕绡衣,御风而来。又有无数彩云旋绕,扮些金童玉女,歌舞起来。峨眉山是用架子扎成,那八位女仙一并站在山顶,底下云彩盘旋,天花灿烂。又焚些百合、龙涎,香烟缭绕,人气氤氲,把一座戏台,直放在彩云端里。华公子喝彩不住,大家亦齐声相和,便畅饮了好几杯。

　　再看台上共是十个,正是人间天上,色界①香城。这个是国色天姿,那个是风鬟云鬓;这个是灵蛇盘髻,那个是堕马新妆;这个是捧心效邻女之颦,那个是秀色忘君王之餐;这个是金梁却月,婵娟百宝之钗;那个是翠羽瑶珰,天女六铢之佩。严世蕃之美人双陆,未必尽佳;杨国忠之姬妾屏风,恐非全美。当下把华公子竟看得眉飞色舞,豪兴顿生,便要了大杯,先敬了次贤一杯。次贤自觉得逸兴遄②飞,十分得意,即连饮了三大觥。华公子亦陪了三杯。又命家人把酒送到台上,命宝珠、素兰、琴言、蕙芳各饮三杯,并将席间果品尝了四碟。四旦遥遥叩谢,又劝合席各饮了三大杯。

　　这两本戏却做了多时,子云见华公子兴致甚高,便命止了戏,叫上那十个仙女,带妆上前,一人各敬一大杯。华公子毫不推辞,笑而受之,也要众人照样。大家酒量皆不能及,只得换了小杯,也各饮了十杯。华公子又把群旦叫到面前,看了一回,向子云道:“小弟去年托张老二选了八个,合成一班,如今看起来,不如他们远甚。弟以后再当另买青娥③,别营金屋。只恐生才有限,已为度香兄占尽风流香福,所遗皆剩粉零脂,不敢再向石家金谷来夸异宝也。”子云笑道:“太谦了!尊府锦天绣地,罗列倾城。我是借他人之酒杯,浇自己之魄儡。况一狐一腋,补缀而成,岂如府上之红粉出自家姬,金钗藏于两壁?恐一尺之缣,难比七襄之锦!”华公子道:“岂敢,岂敢!仁兄谦的太过,理应罚酒!”即敬了子云一杯。

---

① 　色界——佛家语。三界之一,此界在欲界之上,为无淫、食二欲的众生住所,其身体及宫殿国土的物质皆极精好,故称色界。

② 　遄(chuán)——迅速地。

③ 　青娥——少女。

　　华公子就叫珊枝,命八龄班上来。这八龄班是每逢赴席,总跟出来的,并带了自己行头。珊枝带上来,对子云叩头。子云忙命家童搀起,连声赞好,旁人也随声随和。华公子道:"仙娥之外,原有魔女,如不厌丑陋,也叫他们唱一出,以博一笑何如?"大家说道:"甚好!若得如此,真是珠联璧合了。"八龄班得了示,即进戏房,打扮起来,做了一出《群仙高会》,也是风光旖旎,态度生妍。大家喝彩不尽。子云向跟班的说了几句,少顷,两人捧上两个盘子上来,席前放下,却是五十两的元宝,一盘四个,两盘共是八个。徐府家人对着珊枝道:"一分是三位客赏的,一分是我们老爷赏的。"八龄当台叩谢了赏。华公子也起身道了谢,说:"这等恶劣的东西,还配赏呢!倒破费了。"子云连说:"惭愧!"

　　众人请华公子坐了。华公子目视珊枝,低低说了一句,珊枝即走了出去。约有一盏茶时候,双手捧上一个朱红漆盘,盖了一块红缎压金的袱子,揭起袱子,献在公子面前。众人看是辉煌闪烁的一盘金锞子,有方胜的,有如意的,有梅花的,有菱角的,一两多重一个,约有百十个,分赏十旦。珊枝分毕,十旦叩谢了,子云亦忙道了谢。

　　钟上时已未末,撤了席。华公子起身道:"本为逛园而来,今日又来不及了,但是荷花是要看的。"子云命将席挪到吟秋水榭,一面预备采莲船,就命十旦扮作采莲女子,下池荡桨,一面让客到水榭来。华公子等进了水榭,一望尽是荷花,红香芬馥,翠盖缤纷,好个色天香界!遂又入席坐定。只见四五个小舟,荡入池心,坐着一班名旦,扎扮得长裙短袖,衬着莲脸桃腮,穿入花中,一个个娇面花容,模糊难辨。那边靠岸泊着一舟,锦帆丝缆,中间一班人在内打起丝竹十番。这些采莲人便喝起《采莲歌》,娇声婉转,听之如子夜清歌,望之如湘君游戏,好似张丽华装成仙子,朱贵儿扮作嫦娥。大家各极欢喜,人人将至玉山颓倒,只有华公子豪兴愈加,便对子云道:"方才的戏,都没有唱完,那出戏就去了半日。何不重歌金缕,再舞霓裳,把各人的才艺略见一斑,始不负仁兄选色别声之意,彼诸伶亦可各尽其所长,也不至当场埋没,不知可否?"

　　子云笑道:"正合鄙意。"就将群旦叫上来。群花听了,即荡动兰浆,往水榭边来,上了岸,在阑外雁排侍立。华公子便指名叫了四个进来:蕙芳、琴言、宝珠、素兰。华公子对着四旦说道:"方才峨眉山《群仙》一出,虽全部出场,未尽态度,你们可将各人得意之戏说一出来。"四旦听了,想

了一想,各说了一出。子云道:"此尚非极得意的,只有媚香与香畹的《独
占》,瑶卿与玉侬的《惊梦》、《寻梦》,都是绝妙无双,大家唱不来的,可惜
偏又雷同。"文泽道:"何不叫他们两个同唱,各尽其妙,做个珠联璧合,岂
不更好吗?"次贤、仲雨皆说:"极妙!虽然是工力悉敌,究竟亦有些异同
处,亦可借此细细品题。"华公子大笑道:"这倒新鲜有趣!从未有两人同
唱的,就是《寻梦》这一出,可以同唱。"子云即传与戏班,在两厢伺候,又
命把桌子往上挪了。

　　宝珠、琴言出去上妆。不多一回,听得豪竹哀丝,铮钹嘹亮。华公子
看时,只见琴言从东边走出来,好似华月初升,好风送起。这几步就像春
云冉冉,直到离恨天边。又见宝珠从西边走出来,好像娇花欲放,晓露犹
含。那几步路就像垂柳纤纤,漾到软红深处。再听两个唱起来,却同是娇
柔婉转,溜脆清圆,碧梧翠竹之中,幺凤雏凰相和,一字字香浓玉暖,一声
声魂断肠回。一个是秋波慵转,粉颈频低;一个是远黛含矉,春星乍合。
看得合席的人,神迷目荡,意满志移。子云只顾点头微笑,华公子拍案叫
绝道:"快哉!快哉!今日始信人间真有绝色,深悔从前将些嫫姆①、无
盐②,也置之绣帏金屋。"又高声说道:"唯怪我度香仁兄秘藏佳丽,独享眼
福,不肯早以示人,直到餍足③之后,才招客共赏,分明使人饮其余味。今
日没有别的,我先罚你十巨觥再说!"便叫林珊枝取他自己之大玉斗来。
珊枝看天色不早,知道公子的脾气,闹开了就不论昼夜的,口虽只管答应,
呆呆的不动,目视子云。子云会意,也自知酒量不敌,说道:"实在贱量不
能多饮,愿将门杯以当大斗罢。"华公子犹不肯依,经次贤、文泽、仲雨都
来解劝,说:"非特度香不能,就是我们都也陪不来的,以小杯罚他三杯
罢。"华公子也知子云酒量平常,只得依了。众人请子云连饮三杯。华公
子自己却用大杯,一杯一杯的不用人让,一连饮了十几杯,尚觉喝彩不住,
又逼住了文泽饮了三杯,次贤、仲雨饮了五、六杯。

　　华公子忽又对着宝珠、琴言说道:"你们尽管唱,唱完了不妨再唱。"
又复细细看了一回,对众人道:"此两人各有妙处,正如五雀六燕,轻重适

---

①　嫫姆——古代传说中的丑妇名,后用作丑妇的代称。

②　无盐——即钟离春,齐国无盐邑人,貌极丑,后为丑女的通称。

③　餍(yàn)足——满足。

均,赵后杨妃,瘦肥自合。宝珠则柔情脉脉,我见犹怜;琴言则秀骨珊珊,谁堪遣此。离之则独绝,合之则两全。度香仁兄今日真怡我情矣!"子云见华公子似有醉意,又知道他的脾气,高了兴是了不得的。然又不好阻他,打算今天喝个通宵罢。

且说戏台上那两个,唱完了不准下来,还要再唱。宝珠见华公子如此赏识,自然十分高兴。又见他看了一遍,还要再看,心上便越要加些精神,做些态度出来。一来要起公子爱慕之心,二来也与度香脸上增些体面。比起先一出,更唱得出色。这琴言心上却是不愿,只因听华公子是得罪不得的,只得受此委屈;又想起十人中,单叫他们两人,就恨还有一个袁宝珠与他作敌手,心中总想压他下来,故也加了工夫,更觉一往情深,如水斯注。又见华公子面貌,也有些相像庚香处,又想起那一天是唱《惊梦》遇见了庚香,就彼此两心相印,只可惜庚香今日没有在座,"若是他在座,我便不枉唱这两回了。我且今日试把华公子权当庚香在那边楼上,照着那一天的情景做来,或者心动神知,庚香在梦中竟看见也未可知。就算他看不见我,我却倒像见了他。"便也尽态极妍的重唱起来。

此时人人畅快,只有那林珊枝,见公子如此眷恋,心上不免动气,脸上却不敢露出;又看天色不早,表上将近酉正,若再闹下去,便进不得城的。但又不敢上前催他,只得出去,先叫人去留了城门。重走上来,站在公子背后,只管看着子云。众人也皆明白,皆因不好催促。适值华公子出外小解,珊枝便对子云请了一个安,低低的讲道:"求二老爷劝我们爷少喝些酒,早些回去,要关城了。若不能进城,御前差使无有准的,恐有迟误,不是玩的。"子云点了点头道:"你说的很是,也是时候了。"华公子进来,见珊枝与子云说话,便问珊枝道:"天色还早呢!"珊枝道:"表上已酉正了。"华公子道:"这表走快了!"子云道:"难得仁兄今日高兴,我早上说的要尽兴,总要至三更四更。今日不要进城了,在此屈一宵罢。况前舟与仲雨皆是城外人,他们是不怕关城的。"华公子见子云留他夜饮,心中甚是乐从,又看这吟秋水榭实在精致,就住一夜亦不妨;忽又听见城外不怕关城之语,心上又有些踌踌躇躇的。看看天色已是将上灯时候,觉得去留两难。又见他跟来的人,都整整齐齐站在阶下,心上要走不走的。又看宝珠、琴言将要唱完,便对子云道:"我还进城罢。"珊枝听了,接口道:"将要关城了,公子既要进城,就要快些赶呢。"华公子听了,没奈何,只得起身穿戴衣冠,谢了子云,又辞了众人。

此时宝珠、琴言已卸装下来送客,华公子执着琴言的手道:"你这戏实在唱得好,可夸京城独步。歇一天你进府来,我还要细细请教。"说着便将身上一块汉玉双龙佩,扣着一个荷包,扯下来给了琴言,琴言请安谢了。华公子已走了两步,忽又回转来对着宝珠道:"你们两个真是棋逢敌手,难分高下。你是我度香兄心爱的,所以不肯到我府中来。"又问子云道:"二哥,我可以给他东西么?"子云笑道:"任凭尊意,何必问我?"华公子又从身上解下一块玉佩来,赏了宝珠,宝珠也谢了。

此时十旦都送出来,华公子跟跟跄跄,犹几番回顾,对着琴言、宝珠以及蕙芳、素兰等八人说:"你们没有事,可常来走走。"说着话,已到了含万楼。复又一揖,辞了子云及众人,上了椅轿。林珊枝、八龄之外,尚有十六个亲随,五个有职人员,扶了轿杆,软步如飞,过岭穿林而去。这十旦直送出园门,又请安送了。华公子下了轿,仍坐上绿围车,尚对这些名旦点头嘱咐。侍从人都上马,车夫恐怕关城,加上一鞭,那车便似飞的一样去了。幸珊枝早留了城,不然竟赶不上了。

华公子进城不题。这边十旦进来,子云命他们换了便衣,重换了一个大圆桌面,把残肴收去,另换几样来。文泽道:"今日星北可谓尽兴,我见他从没这样留恋的。"子云道:"他心上犹以为未足,我若认真留他,他就不去了。他那个林珊枝急得什么似的,尽对我使眼色,只怕还有些醋意。"仲雨道:"何消说得,林珊枝不是登春班出身吗?进去了不到三年,如今华公子的事,可以作得一半主呢。"

子云命家人取些醒酒丸来,用开水化了,分给众人。吃毕,散步一回,酒已消尽。子云命将桌子摆在廊前,上面只点四盏素玻璃灯,两旁两支地照,重新入席,就猜拳行令起来。今日这十旦,若论头一个得意的,自然是琴言,其次要算宝珠了。宝珠此时却颇欢喜,唯有琴言终是冷冷的。子云便问琴言道:"你今日又得了一个知己。华公子是难得赞人的,你一上来,他就留心你,以后又独要你与瑶卿唱戏。他这眼力却也不低,一面之间,就赏识如此,你可感激他么?"琴言把子云看了一看,低着头不言语。文泽道:"玉侬今日亦不可无知己之感。星北之倾倒,亦不下庾香,你明日倒去见见他为是。"次贤道:"我看华公子倒是个怜香惜玉的人,外面传闻之言是不可信。今日这一天,终是温温和和,并没有什么公子脾气。玉侬见人也不可一味太冷淡了。"

琴言被众人讲得似乎要他去亲近华公子的意思,便气愤忿的无处发泄。因想道:"别人说我也罢,就是度香不该。他既知我与庾香相好,今日又讲这些话来,拿我当什么人看待!"越想越气,便淌下泪来。仲雨已经醉了,见了琴言如此光景,便冷笑一声,说道:"你这个相公,真有些古怪,难道倒赞坏了? 人家用尽心、费尽力,还巴结不到这一赞呢。"琴言本已有气,正愁没有处发作,听到此,便忍不住说道:"我也不要人赞,我也不会巴结人,他就势利大,也是大他的。我不比那会巴结的人,自己巴结了,还要教人巴结,这又何苦呢?"说罢,不知不觉的哭了。

仲雨听了,又羞又怒,脸上就变起色来,欲要认真发作,又畏子云诸人,暂时忍了。子云知琴言说话生硬,得罪了仲雨,便解释道:"玉侬今日又吃醉了,瑶卿你同他到那边玩玩,等他醒醒酒再来。"宝珠即挽了琴言,到里边去了。劝他道:"你说话太直了,那位张二爷,也不是好说话的人。"琴言尚是呜咽。宝珠把华公子所赏之物,拿出来与他比了,却小一些儿。

那边文泽是绝早过来,已坐了一日,酒已过量,也要回去歇息。这十旦伺候了一天,又唱了戏,也都困乏,走的亦都要先走。子云因天气尚热,自己也觉困倦,就撤了席,又吃了西瓜莲藕,送了客出园,诸旦也各自回去。

琴言这一句话,便生出无数苦况来,虽徐子云也难荫庇,何况子玉?不知闹些什么事出来,且听下回分解。

第二十六回

进谗言聘才酬宿怨　重国色华府购名花

　　说话华公子进城,到得府时,已上灯好一会,到上房坐了一坐。华夫人问了些怡园光景,华公子略说了些,便叫两个小丫环提个灯笼,走到星桄卧室来。只见灯光之下,照见那十婢,都着一色的白罗大绸衫子,头上挽了麻姑髻儿,后头仍拖着大辫子,当头插一球素馨花,下截是青罗镶花边裤,微露红莲三寸,见了公子进来,都是笑盈盈的两边站立。华公子打量了一回,问道:"今日为何都改了装?"内中有一个禀道:"今日奶奶到家庙观音阁进香,叫奴才们改了装,都跟出去的。"公子进来坐下。

　　那十珠都是十五六岁,倒也生得大致相仿,都不差上下。明珠先送上一盏冰梅汤,掌珠拿了鹅毛扇轻轻的打着,珍珠便上前与公子脱了靴,换有盘珠登云履,荷珠与公子换了件轻纱衫子,都在两旁站着。宝珠便道:"爷可曾用饭? 可要吩咐内厨房预备什么?"华公子道:"今日酒多了,觉得口渴。到定更后,你照着我前日开那防风粥的单子,配着那几样花露果粉,用文武火熬一时二刻,不可见着铜器。还是你亲手做去,不要经那老婆子的手,醒醒龈龈的。此刻盛暑的天气,本来是发散时候,防风露、薄荷露少用些,玫瑰露、香稻露、荷花露、桂花露多加些,茯苓粉、莲子粉、琼糜粉、燕窝粉都照单子上分两。"

　　宝珠答应了,便拉了画珠同去。先将那些东西配定了,又取了一碗香稻米,挽了一瓶雪水出来,也不到厨房,就在公子卧房前一个八角琉璃亭的廊檐下,生了一个铜炉的水,用个银吊子,慢慢的熬起来。花珠亦在旁蹲着,拖下一条大红绦子,一半在地,就道:"爷今日像醉了,只管打量我们,一个人无缘无故笑起来。"宝珠道:"我昨日听得奶奶讲,到秋天就要收你了。"花珠啐了一口道:"要收还先收你! 你是个脑儿赛,又会巴结差使,只怕还等不到秋天呢!"宝珠用手一推,把花珠跌了一跤,两脚一叉,踢着了吊子,几乎打翻。爬起来,按住了宝珠的肩头,要想搬倒她,两人笑做一团。又见爱珠提了一盏绛纱灯,走出来道:"差不多要定更了,此刻还要传林珊枝进来呢。"宝珠问道:"叫林珊枝做什么?"爱珠道:"我知道什么事? 自然是有要紧事了。"爱珠穿了木底小弓鞋,走快了觉得咭咭咯咯的响,走到角门口,找着了管事的老婆子说了。老婆子又找了内管门,才到外间跟班房来,找着了林珊枝,便说:"爷叫你呢。"林珊枝正在院子乘凉,旁边也站着两个小幺儿装烟打扇。珊枝只得穿上了长衫,拴了带子,找个小明角灯点上,即随了内管门的进来,直走到八角琉璃亭边站住。见了爱珠等,招呼了,问爷有什么事。爱珠把绛纱灯提起,在珊枝脸上一照,笑了一笑,道:"你把脸喝得红红儿的,上去准要碰钉子。"珊枝笑道:"我几时喝酒? 你那灯笼是红的,映到人家脸上来,倒说我醉了!"爱珠也笑了一笑,就领了珊枝慢慢而行。

进了内室,听得公子正在与那些丫环说笑。爱珠先进去说:"珊枝来了。"公子即传上来。珊枝在窗前踏着,见公子盘腿坐在醉翁床上,旁边站着四珠。华公子见了珊枝,便道:"你去请魏师爷到留青精舍里来,我从这边过去有话说。"珊枝回道:"已定过更了,东园门早上了锁,就是三堂的总门也锁了。没有什么要紧的话,请爷明早讲罢。况要开两三重门,从东园去请来,差不多就二更了,只怕师爷们也要安歇了。"林珊枝知道找魏聘才定是件不要紧事,不过讲今天看戏的话,便阻挡起来。

华公子想了一想,果然没有什么要紧,也只得依了,便道:"既锁了门,到明日也还不迟。"停了一停,又对珊枝道:"那个宝珠的戏,我倒是初见,倒不料他如此之妙。怎么他们总不过府来?"珊枝道:"每逢朔望①,他们总清早来的,门上只道爷没有起身,便挡住不叫进来。班子里的人来请安,号簿上是不挂的。就是那个琴言,从前他师傅也领他来过,不过没有进来。"公子道:"那琴言是谁的徒弟?"珊枝道:"是长庆的徒弟。"公子道:"长庆? 你的师傅也不是叫长庆吗?"珊枝答道:"是,奴才本在联锦班,后进登春的。"公子道:"为什么要进登春呢?"珊枝道:"那长庆的脾气不好,奴才伤触了他,他因把奴才挑换了登春的绣芳。绣芳出了师,才买这琴言,不过半年多呢。"公子道:"你瞧这琴言怎样?"珊枝不言语。华公子又问了一遍,珊枝说道:"好是好的,也是徐二老爷钟爱的。听说外边不肯应酬。"华公子道:"徐二老爷钟爱的是袁宝珠,不是他。"珊枝道:"听见徐

---

① 朔望——朔日和望日。朔日,农历每月初一;望日,农历每月十五日。

二老爷爱他与袁宝珠差不多。又听得说，徐二老爷在他身上已花过好几千银子了。"华公子不语，少顷又说道："前日我听得魏师爷说起那琴言，好得很，我却今日才见。有个什么梅少爷和他最好，徐二爷倒是假的？"珊枝道："其中的细底，奴才也不知道，就是琴言也是今日才见的。"华公子又道："你也是门内出身，你瞧今日合唱这一出《寻梦》，到底是哪个好？"珊枝想了一想，回道："据奴才论，戏是要讲神情做态。这两个人相貌却差不多，若论戏，还是宝珠的唱得熟，琴言第一回尚有些夹生，第二回略好一点。"华公子点点头道："那是他初学，宝珠是唱过两、三年，自然是熟极的了。据我看来，相貌还算琴言，身上像有仙骨，似乎与人不同。"珊枝低了头不言语。

　　掌珠一面打扇，一面看着公子与珊枝讲话，便心不在扇，一扇子扇脱了手，掉下地来。明珠嗤的一笑，掌珠红了脸，慌忙捡起。华公子倒笑了，道："你们难道没有听过戏？听说到戏，连心都没有了。歇天我就叫那一班人进来唱一天，请奶奶听，你们大家都托托福。"爱珠多嘴说道："什么好班子？难道比咱们府里的还好吗？"华公子笑道："你们也是十个，叫你们扮生，他们扮旦，合串一出，就知道人家的好处了。"爱珠等听了红了脸，低了头，说道："我们是不会串的，要串戏有八龄班。"华公子笑道："学就学会了，女戏子也是常有的。"珊枝也笑了一笑，又站了一会，见公子没有话说，也就出去。见那三四个，尚自围在炉边，珊枝又说了几句话出去了。这边把那香粥熬好，又送上几样自制点心，给公子吃了。乘了一回凉，华公子安寝，十珠各自回房。

　　到了明早，华公子到底尚为酒困，身子有些疲软，早上就起得迟了，直到巳正，方才起身。净了脸，丫环替他梳了发，穿好了衣裳。华夫人恐他酒后伤身，便叫小丫环送出一盏参汤，公子吃了，只见宝珠进来回道："珊枝在外面请示爷，昨晚叫他去请魏师爷，今早要请不要请？"华公子略一踌躇，道："叫他去请魏师爷，到留青精舍吃早饭。"宝珠答应去了。

　　华公子到上房，华夫人晓妆已完，丫环侍立两旁。公子见夫人淡扫蛾眉，薄施脂粉，双鬟腻绿，高髻盘云，很有些像那苏蕙芳的相貌。便坐下了，讲了些闲话，说在夫人房里吃饭。把昨日看的戏一一讲了，说八龄班万不及一，又说夫人的相貌，像那个蕙芳。华夫人听了，心中却有些不悦，也不言语。他们夫妻本来琴瑟①相和,极恩爱的。就是华公子心爱奢华,却不淫荡。华夫人几次说,要把花珠、宝珠收了,公子只是不要,说:"一做了妾,倒无趣了,不如等她们伺候几年,选几个青年美貌的配她,是件极有功德的事。还有一句话,若是夫人生得平常,自然就要到姬妾身上来,如今夫人是这么样的好,姬妾们虽好,也是比不上的。譬如草木杂花,未尝不娇艳无比,单看时觉得很好,及种到牡丹台上,不是效颦②邻女,就是婢学夫人,愈增羞涩之态。"华夫人听了甚是喜欢,所以任凭华公子怎样繁华奢侈,倒绝不疑心有别样事来。即如十珠群婢,天天闹在一堆,也绝无妒忌。再如林珊枝、冯子佩等,也不过形迹可疑,其实并无干涉。此也是各人情性,不比那奚十一等专讲究这些事情,不在色之好歹。

且说华公子在夫人房内吃过饭,谈谈笑笑,已过了午③正,却忘了魏聘才在留青精舍等他。却说林珊枝去请魏聘才,聘才已起身多时,将要吃饭。忽听得华公子请吃早饭,叫他到留青精舍去。聘才这一喜,倒像金殿传胪④一样,急忙穿了靴,换了一件新衣,拿把团扇,摇摇摆摆,也不及与张、顾二位说知,就同了珊枝出园。犹一路恭维,或叫老珊,或称老弟,挨肩擦背,好一回才到了留青精舍。因为奉命不遑⑤、父召无诺的光景,所以也不看园中的景致,一径进了留青精舍。见有四个小跟班,在廊檐下坐着,见了聘才,站起来。珊枝问道:"可听得爷就出来么?"那些小跟班道:"没有动静,不知爷出来不出来。"珊枝道:"魏师爷,且请坐一坐,我去打听。"说罢去了。

聘才遂细细的看那室中铺设,正是华美无双,一言难尽,比那西花厅更觉精致。室中的窗子、栏杆、屏门等类,皆是工细镂空山水,其人物用那些珍宝细细雕成嵌上,几做了瑶楹玉栋,此系聘才第一回开眼。足足等了一个时辰,尚不见公子出来。跟班的送了几回茶,把个聘才的肠子洗得精

---

① 琴瑟——两种乐器名。比喻夫妻间感情和谐。
② 效颦(pín)——颦,皱眉。意指不善于模仿反而弄巧成拙。
③ 午——旧时计时法指上午十一点钟到下午一点钟的时间。
④ 传胪(lú)——替皇帝传达命令。
⑤ 不遑(huáng)——遑,闲暇。指勿忙。

空,觉得响声咕噜,如饿鸱①的叫起来,无奈只得坐下老等。

这边林珊枝在洗红轩外边等候,与那些十珠婢闲谈,又不能上去请他。赠珠道:"我先到上房,听得说爷与奶奶吃饭,两人讲得热闹,只怕不出来了。"珊枝道:"这怎么好呢? 一早把个魏师爷请在留青精舍里,等到此刻,一个多时辰,我也觉得饿了。你们吃过早饭么?"明珠道:"我们是早吃过了。吃剩的东西倒有,你不嫌脏,就吃了饭去。要等他出来,不晓什么时候呢。"珊枝说道:"好说,姐姐吃剩的菜,只怕我还没有这福分呢,肯赏我,还敢嫌脏么?"爱珠道:"会说话! 我瞧你眼也饿花了。"就同珊枝到一间屋子里。夏天是不用热的,荤荤素素都有,珊枝吃了,擦擦手,仍坐下与那些丫环玩笑,只不见华公子出来。看看过到未②正,珊枝道:"这怎么好? 到底出来不出来,叫人家等着。爱姐姐请你去回一声,说魏师爷还在留青精舍等着呢。"爱珠道:"我不会回,要回你自去回。"珊枝道:"好姐姐,我若进得去,还求你?"又迟延了一回,爱珠故意刁难,倒是荷珠做好人,进去了半个时辰,始听脚步响,是公子出来。原来华公子与华夫人说得高兴,忽然疲倦,就在他夫人床上躺了一回,却谁敢去惊动他? 直到醒时,已是未末。适见荷珠来问,华公子想起早上之约,已经迟了,只好吃晚饭的了。便就从侧边一个角门走出去,却只与留青精舍隔一个院子,珊枝急忙先去照应了。

聘才连忙走出到窗前,华公子已到,聘才便请了一个安。华公子一手拉住,说道:"本约足下早上过来谈谈,不料我昨日多吃了酒,今日起来,又睡着了,倒叫你久待。可曾用过早饭么?"聘才只得说吃过了,倒是珊枝见聘才饿了半日,心中不忍,说道:"师爷从巳初进来,到此刻只怕还没有吃早饭呢。"华公子便说珊枝道:"你们所管何事? 连饭都不会招呼的?"珊枝道:"奴才也是巳初进来,在里头等的。"华公子便吩咐快备点心来。珊枝飞跑去了,不一会,就是八样精致点心摆了一炕桌。华公子就让聘才吃了,即把昨日十旦出场,又将琴、宝合唱《寻梦》与聘才说了。又道:"我倒费了多少心,买得八个,凑成一班,只想可以压倒外边,谁晓得倒被外边压倒了。你可曾见过他们的戏么?"聘才听此口风,便迎合上

---

① 鸱(chī)——古书上指鹞鹰。

② 未——旧式计时法,指下午一点钟到三点钟的时间。

来,说道:"见过的。公子若要压倒外边,这也不难,好花不在多,就拣顶好的买几个进来就可以了。"心上又想道:"他倒中意琴言这东西,殊不知他心上只想着梅庾香,未必想到你!"又想道:"这琴言,或者倒是势利的心肠,所以看不起我,若到这府里,自然会改变的。无论其改变不改变,既进了府,此生就不要想见庾香的面了。"再又想道:"琴言这等古怪脾气,此刻华公子是不知道,若长久了,是必定厌恶的。让我弄他进来,叫他受两年苦,方可以出我之气。"主意定了,便又说道:"公子何不就将宝珠、琴言买了进来,配上府里这八个,也成十个了,不是就比外边的班子好么?"

华公子道:"我闻得这两个都是度香所爱,不好去夺他。"聘才道:"度香所爱的是宝珠,琴言不是真喜欢的。公子若当真喜欢他,晚生倒认识,而且常照顾他。他的师傅叫长庆,最爱的是钱,听得公子要,必十分巴结,送上门来的。"华公子倒踌躇不安,心上总碍着徐子云,又因琴言进来,也只得九人,宝珠是断乎不能买的,因此犹豫。聘才再三解说,竭力怂恿,才把华公子说动了,便道:"你明日且先去看看,可行则行,如他们不愿,也就罢了。就买进来,也是落人之后,已输度香一着了。"这是华公子的好胜脾气,似乎怕人说他剿袭度香之意。于是即与聘才同吃了晚饭。席间聘才又把琴言情性、才艺讲得个锦上添花,又将琪官也保举了一番,直到定更后才散。

明日早饭后,聘才带了四儿,坐了大鞍车,即出城找着了叶茂林。茂林就搭了聘才的车,到长庆处来。劈面遇见了张仲雨,两边停了车。茂林让过一边,等聘才出来说话。仲雨问起聘才,聘才把华公子托他之事说了。仲雨道:"怪不得他前天如此高兴! 总赏了一百多金子,又将自己的玉佩给了琴言、宝珠。"说到此,便凑着聘才耳边,说了好些。叶茂林听不清楚,只见聘才点头说道:"我自有道理,进来了还由得他?"又说了几句别的事,各人分道走了。

到了琴言门口,叶茂林先下来,同了聘才进内。恰好长庆在家,请进坐了。长庆打量了聘才一回,又因是叶茂林同来,便当是不要紧人,淡淡招呼了几句。茂林道:"这位魏师老爷,是华公府的师老爷,与公子是最相好的。闻你的大名,特来相访,还有一句话要商量。"长庆听了,登时满面添花的趋奉起来,师老爷长的,师老爷短的。看聘才是个聪明伶俐人,便极意应酬,说道:"华公子待我最有恩的,况且我有两个徒弟在府里,公子的恩典,真是天高地厚说不尽的。"吃了杯茶,又说些话,长庆便把烟灯开了出来,请聘才、茂林躺躺。茂林道:"我是不吃的,倒是你陪着魏师老爷躺躺罢,而且说话便当。"聘才道:"我也是初学,不会烧。"长庆便烧了一二口,上好了,送与聘才。聘才吃了,仍把烟袋递过来,说道:"我是外行,不回敬了。"

聘才便问起琴言近日光景,长庆道:"这孩子却好,人也聪明,前日在徐二老爷园里唱戏,就是贵东公子,赏了十个金锞子,重十四两有余,算起来值七百来吊钱。徐老爷又自己赏了好些东西。公子还把自己的荷包别子也赏了他。这块玉的颜色,是黄而带红,我不懂得,请教德古斋的沙回子,他说也值二百吊。你能瞧瞧,不是孩子会巴结,讨喜欢,怎得人这么疼他!"说罢又送了一口来。聘才接了,又道:"今日我就为这件事和你商量。昨日我们东家,见了他那出《寻梦》,爱得了不得,回去赞了一天,意欲要他进府里去,不晓得你舍得舍不得?"

长庆听了,想了一想道:"师老爷,不是我不受抬举,实在孩子怪可怜的,是去年十月才到京,我买了他,一教就会,模样儿也好些,差不多最有名的蕙芳、宝珠,也赶不上他。你能猜,从去年十二月初一日上台,到如今才七个月,别处不用说,单是徐二老爷就花得不少。"说到此,便伸着手道:"有这许多了。就是我的空子大,随到随消。你瞧我一家子,大大小小二十余口,如今就靠着他。不瞒师老爷说,若叫他进府里去,他是好了,我就苦了。况且才十五岁,到出师还有五年,怕不替我挣个几万银子?你想叫我如何舍得!他不比那个林珊枝,从前他性气又不好,油饼也吃多了,倒常要怄我,我所以把他换了登春班的绣芳。绣芳出师,就得了八千吊,人人知道的。如今这琴言比绣芳又强了几倍!师老爷,求你对公子说,长庆如今就剩这一个好徒弟,要靠他一辈子过活。其余几个小孩子,都是不中用的,倒赔钱做衣服,一月内陪了三五天酒,还要生出事来。"

聘才正要回言,叶茂林笑眯眯,拈着胡子讲道:"老庆,事情是好商量的。华公子行事,难道你不知道?人家要巴结进去也难,他来找你,就是你的造化。如中了意,不要说你一辈子,就两辈子也不难。将来你也可进府,巴结个执事,赏个十几品的官衔,好不体面,不强如吃这戏饭么?"聘才道:"喳!叶先生的话讲得痛快。你想:见一面就赏这许多金子,若认真要他进去,难道倒苦你不成?总叫你够过一辈子就是了。横竖将来总要出师的,早出师自然就多些,迟出师也就少了。况十四、五岁的孩子,也拿不稳不变,一、二年发身①的时候,要变坏也就变了,又将如何呢?你不是白丢了几千银子?我劝你细细想一想。你有什么话,总好商量,断不叫你受委屈就是了。"

长庆一面听,一面吃了十几口烟,坐起来道:"话也说的是。再商量罢,我也要问问他愿不愿。"聘才笑道:"老庆,明人不讲暗话,你那琴言的脾气,我全知道,除了徐老爷,还有哪个人喜欢他?他又肯应酬哪一个?若再把徐老爷得罪了,"说到此,冷笑一声,又道:"那时你还想靠他一辈子?他只好靠你一辈子了!难道你在家里,倒不晓得他?从前为什么病?他就为着梅少爷。大家讲得来,陪酒时有梅少爷就喜欢,没有梅少爷就烦恼。一说就哭,人人厌他,你真不知道?不过你不肯讲,自然顾着自己徒弟的体面,讲出来也不好听。他若要靠梅少爷发迹,那就要公鸡生蛋了!你细细想想,我这话还是好话,还是不好话?"

长庆原嫌琴言性情不好,不过要增身价。如今被聘才说着了真病,也不能辩,便道:"这孩子的性子呢,却也倔强,你能既知道,你就是盏玻璃灯了。但是一句话,无论他怎样,我总靠着他,若叫我算不来,事情是不干的。"叶茂林道:"你尽管放心,这位师老爷最体谅人,办事最周到的。"便扯了长庆到窗前,低低的说道:"你开个价儿,好等魏师爷回去说。"长庆一想,华公子是个出名的冤大头,要多少就是多少,总然讲不出口要一万银子,但是五、六千总可以要得出来的,便对叶茂林道:"你知道,他半年的工夫,就挣了一万多,你算起五年的账,叫我也难讲,横竖请华公子斟酌就是了。"叶茂林即说与聘才。聘才摇摇头道:"这话难讲。一个男孩子,要卖上万银子,又不是出奇宝贝。据我看来,四五千是可以的。"茂林道:"也就是个数儿。别的相公出师,至多也不过三、四千吊钱,核起来已两倍有余了。"长庆只是摇头,半晌说道:"若如此讲,这是断不能遵命的。况且他进来才半年,无论钱多钱少,我心上实在舍不得他,我本是不愿叫他出去的。"说着把手擦起眼睛,装做哭了。

聘才暗想道:"这东西狡猾已极!怎么开出这个大身价来,叫我怎样对华公子讲?他虽不疑心,旁人必疑我从中作弊了。这个混账东西,不拿

———————————

① 发身——男女至春情发动期身体内部、外部所起的变化。

大话压他,必是讲不成的!"便装起怒容,站了起来道:"很好! 很好! 等你去发大财罢。我倒有心照应你,你倒不懂好歹! 不要歇几天你自己送上门来,那就一钱不值了!"说罢即气愤愤的走出去。叶茂林目视长庆,长庆见他生气,便赔着笑道:"师老爷不要生气,请坐再商量。"聘才道:"商量什么? 我也没有这么大工夫,讲这些空头话。叶先生你坐坐罢,我要走了。"说罢一径出来。叶茂林跟在后头,拉住了聘才,聘才低低的说道:"我在六合馆等你!"故意洒脱手,头也不回,上车去了。长庆要送也来不及,只得邀了茂林再进屋子。茂林道:"他一怒去了,你有话可以对我直讲。这华公子是得罪不得的,魏师爷进府,一路混说,必要闹出事来,那时怎么好呢?"长庆道:"并不是我不知进退,实在我这棵摇钱树舍不得他。我也要问问他愿不愿,歇两天再给你信。求你先替我说两句好话,回复他,成不成再说罢。"

叶茂林听得口风不甚松动,也只好辞了出来,找到了聘才,将长庆的话一字不隐全说了。聘才无可奈何,只得回去,叫林珊枝回了,说没有找着长庆,迟日再去。不知琴言祸福如何,再听下回分解。

第二十七回

奚正绅大闹秋水堂　杜琴言避祸华公府

话说聘才从长庆处回来,听其口风狡猾,似要万金身价,欲想个法子收拾他,叫他总不安神,自然就进府来。聘才没有别法,找了张仲雨一次,也没有见着。打算仍叫赶车的及三小等去闹,但要耽搁几天才好,不然恐被他们看出来。华公子是一时高兴,况且他的声色享用不尽,自然也不专于一人身上。

这回书却要另叙一人,前回书中是耳闻其事,今日必须亲见其人。你道是谁? 就是那奚十一。在长芦盐务里躲了一月,恰值来了一帮洋船,他家是个洋商,又旧有首尾,便汇了两万银子,又搭凑了五千银子的洋货,就重新阔起来。况木桶已坏,事情也就冷了,即便回京,仍旧一味的混闹。

这奚十一既是个大家子弟,难道就没有个名氏? 他的官名叫做奚正绅,那些人将“十一”叫贯了。岭南人的口头话,“十一”两个字是个土字,因又叫他奚老土。此人初进京来,尚有一口广东话,不甚清楚,此刻渐渐说起官话来了。他却与两个人往来,且系相好,一个是张仲雨,一个是潘其观。张仲雨是惯向热闹场中走动,账局子里逢迎,看见奚十一这样浪花浪费,打听得他家的底子,便已结交得很熟。及奚十一银子用完,要拉账的时节,仲雨即向潘三银号内替他借了十万。本是九扣,仲雨又扣了一千上腰,奚十一实得八千。但要用时,只得依了。如今有了银子,就先还了这票借项。到京来,一无所事,只与仲雨、潘三天天吃酒看戏。

这三个人本是一流的,所以愈交愈密。况潘三也是爱坐车的,讲到旱道上滋味,奚十一便当他是个知心朋友。试将奚、潘二人比较起来,还是潘三好些,虽然生得可厌,但其赋性疲软,一来胆小,二来老婆厉害,三来是个财主,防人讹他,所以心虽极淫,胆却极小,凡事不敢任性,此还算他的好处。若那奚十一,仗着有财有势,竟是无法无天,人家起他个混名,叫做“烟熏太岁”,又有许多帮闲助恶的人,自然无所忌惮。且心上存着一个主意:在京耽搁,不过一年半载,选到了就要出京,不闹个淋漓尽致,也叫人看不起,不像个公子官儿。近来因等选,倒先请了一个刑钱朋友,是王通政荐的,每年修金一千二百两,已请到寓里同住,且先做起簶片来。

你道此人是谁?就是那位坐粪车的姬先生,见奚十一到班①不远,且是个直隶州②,若得个美缺,一二年就可发财;又知他是个大手笔,不过糊涂公子,官将来怕不是替我做的?便去求孙亮功,转托王文辉,竟是一说就妥。真是物以类聚,又是个爱淘毛厕的,臭味相投。进门住了几天,看出东家脾气,便要巴结,已将巴英官送他用了几回,奚十一心上极为畅快。那巴英官伺候过大老爷,在师爷面前,越发骄纵起来,况又得了几件新衣,裱糊好了,觉得更加光彩。姬亮轩每到情急求他,竟是勉强应酬,不是那从前服贴光景。

闲话休烦。一日,张仲雨在奚十一寓所吃早饭,宾主三人,叫了两个相公。仲雨是个贪财不贪色的,这些相公面上都是假应酬,不在里头讲究。而奚、姬两位,则舍此别无所好。奚十一更是下作,一饭之间,也要进去两次,从前还只一个,如今又添了巴英官,更比春兰巴结的好。巴英官肌肤虽黑,却光亮滑泽,得个"油字诀",所以爱的人最多。姬亮轩醉后,也曾对人讲过。是日饮酒之间,奚十一叫春兰进去了一回,出来坐了一坐,又叫巴英官进去了。仲雨不知其故,只道有事,便与亮轩讲些闲话。这两个相公,一个是蓉官,一个是春林,皆是奚十一常叫的。蓉官对着春林做眼色,春林笑了一笑,亮轩也做眉做眼的。仲雨偶然看见,却不晓得什么,也不便问。蓉官忽问仲雨道:"你能有个相好姓魏的,他初到京时,我就认识他,却不见得怎样。前日我在富三爷家见他,体面得了不得,大鞍子热车,跟班亦骑上马。他如今做了什么官了?"仲雨道:"尚未得官,在华公府里当师爷,发了财,自然就阔了。"亮轩道:"我听得人说,华公府富贵无比,除了皇帝,就算他家,是真的么?"仲雨笑道:"这也是外头的议论。若说华府里,田地甚多,我听得有四十几个庄头,一年论租,就抵得一府分的钱漕,自然也算个极豪富的人家了。"亮轩点点头道:"我们东家也常提起,说华公子是他的世叔,华公爷是我老东家提台老大人的老师。有这么一个好世交,我们东家竟不拉拢。小弟是常劝他去走走,东家说,这

①　班——此处指位次、顺序。

②　直隶州——明清时地方行政区域的名称。

是从前在军营保举的老师,那时华公子还小,说起来也未必知道,所以不肯去。就是现在那位徐中堂,做两广总督的,也是老师,在军营同拜的。如今只有二少爷在京里。我前日在街上看见他,坐着辆飞沿后挡车,有七八匹马跟着,相貌很体面,我看他将来也要做督抚的。我们东家也是不肯去,不知道什么脾气。"仲雨笑道:"徐二爷原是个顶阔的阔人,他与华公子真是一对。前日我为你东家,在他面前求了多少情,出了多少力,他还不晓得,我也没告诉他。论理你东家应该重重谢我呢!"亮轩忙问何事,仲雨笑道:"久后便知,此时也不必说了。"

　　只见奚十一出来,跐着双细草纲凉鞋,穿条三缸青香云纱裤,披着件野鸡葛汗衫。背后巴英官拿着柄黑漆描金鬼子扇,笑嘻嘻一轻一重的乱扑出来。亮轩出席相迎,仲雨也照应了。奚十一坐下,仲雨道:"你今日有什么事,这么忙?"奚十一笑了笑,方说道:"有点小事,都清理了。"便道:"我方才失陪,你们干几杯罢。"仲雨道:"喝得多了。"奚十一道:"好话!快再干两杯,我们豁几拳罢。"仲雨道:"也好。"奚十一就与仲雨、亮轩、蓉官、春林豁了十拳。起初,还叫得清,后来便叫出怪声。广东人划拳是最难听的,像叫些杀狗杀鸭的字音。豁完了拳,讲些闲话。仲雨忽然问奚十一道:"如今有个顶好的相公叫琴言,在秋水堂住,他的师傅叫长庆,你曾见过么?"奚十一道:"没曾见,听是听得说过是好的。"仲雨正要说时,蓉官道:"好什么?只得两三出戏。你叫他陪酒,终席不说话;要他斟盅酒,是没有的事。"春林道:"好沉架子!到他家去看他,倒是从不会客的。就是从前的王吉庆、李春芳,如今红字号的袁宝珠、苏惠芳,也没有这么大架子。要他中意的,才陪着坐一坐,不中意的,翦①直的不理。赏他东西,谢也不谢一声,也没有见他给人请安。"

　　奚十一道:"这么样的相公,没有遇见我,若遇见我时,他要这样起来,我就骂这婊子养的,他能咬掉我的卵子!"仲雨冷笑道:"别说你这奚老土,就是你那两位老世叔,是有名的大公子,尚且不能难为他,倒常受他的气。若叫你去,准还不能进他的屋子!要想见他?"亮轩道:"哪里有这话?我不信。岂有东家这样阔人还不来巴结?难道他不喜欢银钱的?"仲雨道:"别人你拿钱可以薰他,这小东西钱倒薰不动的。"奚十一道:"岂

---

　　① 翦——同剪。

有此理！你不要尽讲海话，我看我去，包管他必出来，还待得我好。"蓉官道："未必。或者出来见一见，就算高情了，要待你好，断不能。我见他待人没有好过，就是见那几位大人们，也是冷冷的。倒是他两个师弟天福、天寿会应酬，相貌又不好，人也不喜欢他。他师傅曹长庆，也是个古怪脾气，就是一门只爱钱，钱到了手，又不睬人了。"奚十一听了这些话，心上着实不信，对仲雨道："你停一停同我去，看看到底怎样。"仲雨道："别处都去，他那里我不去，况前日我还骂了他。"众人吃了饭，又坐了一回，仲雨告辞去了，两个相公又闹了好一回方去。

奚十一过了夜，明日早饭后，想起仲雨所说的琴言这么厉害，到底不信，要去拭拭。过瘾之后，同了姬亮轩，带了春兰、巴英官，自己换了件新纱衫子，坐了车，叫春兰、巴英官同跨了车沿，亮轩另雇一个车，到秋水堂来。

这边琴言正在悲悲楚楚的时候。前日长庆见聘才生气走了，虽托叶茂林为他婉言，总不见茂林回信，心上有些狐疑。又想起五月间，有两个人闹来，送了四吊钱，赔了多少礼方去，听得传说，是华公府的车夫。昨日听得聘才口风厉害，似乎必要来的，便十分担着担子，进来与琴言商量。琴言自那日从怡园回后，直到今日，总是啼哭，自己也不晓得为着什么，一味的悲苦，倒像有什么大事的，心中七上八下。一来为华公子赏识了他，将来必叫他进府唱戏，那时府里多少人，怎么应酬得来；二来每逢热闹之场，独独不见庾香，故此越想越觉伤心，倒不料得聘才即来说要买他。长庆进来，见了琴言啼哭，不知为着何事，便安慰他两句，就说起聘才来说的话，去的光景，要寻事生端。"叫你唱不成戏的意思。我不知你心内如何，若进去了，快倒是快活的，不过是一世奴才，永作华府家人了。"

琴言听了，不由得放声大哭起来。长庆没了主意，又安慰他。琴言带哭说道："师傅，多承你能收了我做徒弟，教养了半年，我心上自然感恩，所以忍耐又活了两个月。如今师傅既不要我，我也不到别处去，省得师傅为难。总之，我没有了，师傅也就安稳了。"说了又哭，长庆也连连的叹气道："不是这么讲，我原舍不得你去，不过与你商量，恐怕逆了他们的意，闹些是非出来，大家受苦。他如今又不是白要，你进去，他许下我几千银子。我是算不来的，觉得这个买卖有些折本，所以主意不定。若是进去，在你倒是极好的日子，只是苦了我！"琴言道："师傅要银子也还容易，我在这里一年,也替师傅挣了好些钱。设使我进去了,也就歇了,难道还能弄些钱出来?就是师傅少钱,也不必生这个念头,还是不卖我的好,还能够养得师傅三年两载。"长庆道:"我主意原和你一样,就是其中有好些难处。你如今倒别顾我,只要你自己想,自己定了主意才好,也不必哭了。我是有事要出门,偏偏天福、天寿又进戏园去了。你若气闷,不如去请素兰来与你玩玩,他今日不下园子,你们是讲得来的。"一面说,就走出来了,叫人去请素兰。

素兰即便过来,刚走到里面。这边奚十一已到门。春兰、英官下来,进去问了,回话不在家。奚十一听了,先有一分怒气,自己也就下来,刚刚走进了门,姬亮轩尚在门外,只见一人笑嘻嘻的上前说道:"老爷是找哪一个的?若是找相公们的,没有一个在屋里。"说罢便迎面站住,也不说个请字。奚十一见了,就有了两分气。正要开口,倒是春兰先说道:"呀!这是奚大老爷,无论相公在家不在家,总请大老爷进去,怎么门口就挡住了?"那人才退了两步,说"请大老爷进屋子里喝茶",即开了二门,奚十一同亮轩进内。

走过了庭心,上了客厅,即是三间。东边隔去了一间,算客房;对面两间,一边是门房,一边空着。当下两人就进去,房内坐了,英官、春兰即在外间坐下。那人送了两钟茶上来,有些认得春兰,问了来历,进去告知长庆。长庆道:"已经回说不在家,也就不必应酬他了。"又想道:"这姓奚的虽听得他是个冤大头,但是个没味的人,多少相公上了他的当,没处伸冤。琴言是断乎讲不来的,不然叫天福、天寿回来,或者有些甜头,也未可知。"一面即打发人到戏园去叫,一面自己穿了衣裳、鞋袜,出来款待奚十一。

且说陆素兰来见了琴言,问道:"何事?"只见琴言又是娇啼满面,歪倒在炕上。素兰安慰道:"你又怎么?你师傅请我来,有何话说?"琴言道:"我今番真要死了,不比从前还可挨得下去。"素兰忙问何事,琴言就把长庆的话述了一遍。素兰也觉吃惊,发怔了半天,方问道:"你师傅的意思怎样?"琴言道:"师傅也没有主意,似乎两难。只有我死了,便了结了。"素兰道:"你开口就说死!事情须细细的商量,况现在并没有闹事,又没人逼你,且缓缓的想个法儿。"琴言道:"有什么法想?你忘了,他们有个魏聘才,肯赦我这条命么?只有一句,倒是瑶卿害了我了。"素兰道:

"怎么说是瑶卿害你?"琴言又淌了些泪,不言语。素兰疑心,连声的问。琴言叹了口气道:"若使大年初六那一天,瑶卿去唱了那出《惊梦》,我便不上台,也就干干净净,直到如今,没什么丢不开的事。偏要我去当灾替死,害得人半年以来,心上没有一刻快乐。前日招此非灾枉祸出来,仍系那出《寻梦》断送了我。偏与瑶卿合唱,他若写意些,我也不经意了;若叫他当场压下我来,又叫我没脸,所以我不得不用心,偏又惹出这件事来,岂不是始终是瑶卿害的!"

素兰道:"我看华公子这个人倒也没什么不好,我也没有见他糟蹋过人。你若心上没有牵挂的事,倒可以去混几年,或者倒有些好处,也不可知,就是不能会见庚香的苦了。"琴言道:"就算华公子是个好人,难道魏聘才就不教坏他么?"素兰道:"你们若合了式,魏聘才那种东西,非特不能欺你,且要巴结你呢。但我有一句话,你倒不要怪我:譬如我们这班人,与人相好,原是要论心的,但也不好太过。譬如庚香、度香两人,待你的情分是一样的,不过庚香专在你身上,不肯移情于人。所以你就为这上头,也就专为他,不肯移动一步,是讲究专致的工夫了。但是庚香比不得别人,他年纪小,没有惯常出来,一切都不甚便当。假使他们太太晓得了,还要教训他,不准他出来。若访出你们相好,还要归怨于你,这是一层。你心上只管有庚香,脸上不要教人看破了,人就要怪你,说'人是一样的待他,他是两样的待人,他到底与庚香是哪一种交情呢?'这是两层。此刻不怪你者,就是度香,照常相待。你常常冲撞他,久而久之,要心冷的。你少了度香,也固然于你无损,你的师傅就不好了。此刻有度香供给他,他自然不叫你再找人,如果度香淡泊起来,他必要在你身上找还他那些钱。你想,天下人还有如度香这么样待人么?那时你受尽了气苦,只怕比进了华公府还苦呢,这是三层。到那个时候,庚香能救你还好,若依旧束手无策,不过将些眼泪给你,将些疾病报你,你两人仍是隔开,依然空想。叫你一身在外,如驴儿推磨;一心在内,如道士炼丹,你受得受不得?那时只怕真要死了,这是四层。你若进去了,或者仍可出来,也不定的。我听得华公子最喜成人之美,若打听你们两人,有这样至死不变的交情,倒因此成全作合起来,也不可知。既或不然,你歇几天也可告个假出来,到我这里,去请庚香来会一会,倒可无拘束。你心上若当他与奚十一、潘三一流人,我可以替他出结,断不至此!依我这么想,是进去的为妙。"

这一席话,说得彻底澄清,一丝不障,就是个极糊涂的人也能明白,岂有凤慧如琴言,尚不能领悟?便也点点头道:"我并不是料不着这些事,我为着情在此时,事尚在日后,故重情而略事,行吾心之所安,以待苦乐之自来。如到极处,则捐躯以报,成我之情,一无顾忌。"素兰道:"杀身图报,难道我辈做不出来?但也要看什么事。你为庾香捐躯,是为什么?问你,你自己也就说不出,你死了也不算什么忠臣烈士、节妇义夫。明白人还说你可怜,是一个情痴;糊涂人便说你是个呆子,甚至于胡猜到另有他故。且庾香到你死后,他不能不看破了。他上有父母要报答的,自己有功名要奋励的,且未娶妻生子,后嗣是要接续的,如何肯能为你捐躯?那时他倒想开了,一痛之后,反倒哈哈一笑,说'罢了罢了,镜花水月,到眼皆空,只是可惜了!'你到阴司,仍是孤孤凄凄,盼不到他,一样的悲苦,无人可诉,你还能唱《阳告》吗?再要死时,就难再活了。"说到此处,自己笑起来,琴言也就笑了,叫道:"兰哥兰哥,我真佩服你!你这些见解,从何处得来?"

素兰忽要走动,问道:"后所那小院子可解手么?"琴言道:"有茅厕,倒还干净。"素兰就开了房后一扇小门,上了茅厕。只听得叩门之声,见院子内东基角上,有一小后门,叩得乱响,即问道:"是哪个?"外面应道:"我是对门王兰官叫我送西瓜来与琴言的!"琴言听了,叫人开了门。那人挑着四个西瓜进来,说道:"兰官说,这瓜好,送给你的。我从这后门进来,省了半里路。"琴言叫人封了二百钱给他,道:"回去道谢。"又问:"兰保在家?"那人道:"在家。"仍往后门而去了。素兰解手毕,琴言即开了一个瓜,两人吃时,甚是甜美。

正吃得好,忽听得外面喧嚷之声,急叫人出去看时,那人去了一回,慌慌张张跑进来说:"了不得了!那姓奚的闹得泼反盈天,你师傅被他打倒了!"尚未说完,唬得琴言、素兰魂不在身。素兰道:"快关了房门,叫外面拿锁锁了。"两人开了后门,走到王兰保家去了。

且说长庆出来,见了奚十一,请了个安。举眼看他,相貌魁梧,身材高大,满脸的烟气,似有怒容。那一个是个獐头鼠目,短小身材。又见两个俊俏跟班,一个认得,是春兰,就请客房坐下。奚十一道:"我姓奚,想来你也知道,不用我说。我听得你这里有个琴言,特来会会他,快些叫他出来!"长庆赔笑道:"琴言偏偏不在家,进城去了。"奚十一听了皱皱眉,说道:"天天不进城,偏今日进城? 没有的话,快叫出来。为什么要躲着不见人? 躲别人也罢了,难道你不打听打听,我是躲得过的么? 你不要发昏!"

长庆看势头不好,像是有意来的,便一面赔笑支吾,一面打算个搪塞他的法子,只得把大帽子且压他一压,且看怎样。便满面堆着笑道:"不瞒大老爷说,我们班里,近日串了几出新戏,前在怡园演了一个月,才上台。前日华公子即在徐老爷处见了,就把他们叫了进府,唱了两天了,还要三天才得唱完。琴言的戏又多,华公子又喜欢他。若是别处,就可以叫回来,唯有这个府里,小的们是不敢去的。大老爷或与公子有交情,倒可以打发管家,拿个帖子去要了出来。如果合老爷的意,就将他留着使唤都使得。小的久闻大老爷的威名,几次想请驾过来玩玩,恐怕贵人不踏贱地;又因没有伺候过,所以不敢冒昧。大老爷不要疑心,若要躲着不见人,这又图什么呢? 不要说大老爷,就是中等人,也没有不出来的。"说到此,便近奚十一身边,将扇子搁着,又笑嘻嘻的道:"请宽宽衫子,如要炕上躺躺,小的倒有老泥烟。"

奚十一见他如此小心,气也消了,发作不出来。且闻留他吃烟,正投其所好,便道:"既然真不在家,也就罢了。不是我自己夸口,大概通京城相公,也没有一个不晓得我的。你若懂窍,过两天领他来见见我。就是华公子,我们也是世交。你对他说,是我叫他,他也不好意思不放回的。"说罢,便解开了两个扣子。长庆替他脱了衫子,折好了,交与春兰,即请他到吃烟去处,亮轩也随了进去。奚十一的法宝是随身带的,春兰便从一个口袋中,一样一样的拿出来,摆在炕上。长庆陪了,给他烧了几口,心上又起了坏主意,赔着笑道:"小的还有两个徒弟,一个叫天福,一个叫天寿,今日先叫他们伺候,迟日再叫琴言到府上来,不知大老爷可肯赏脸?"奚十一既吹动了烟,即懒得起来,又想他如此殷勤,便也点点头,说:"叫来看看。"

长庆着人叫了天福、天寿回来,走近炕边。奚十一举目看时,一个是圆脸,一个是尖脸,眉目也还清秀洁白,一样的湖色罗衫,粉底小靴。请过了安,又见亮轩。长庆叫他们来陪着烧烟烧,自己抽空走了。天福就在奚十一对面躺下,天寿坐在炕沿上,亮轩拖张凳子,近着炕边看他们吃烟。春兰、巴英官在房门口帘子边望着。只见天寿爬在奚十一身上,看他手上的翡翠镯子。天福也斜着身子,隔着灯盘,拉了奚十一的手,两人同看。

亮轩也来炕上躺了。两上相公就在炕沿轮流烧烟，天福挨了奚十一，天寿靠了姬亮轩，两边唧唧哝哝的讲话。

亮轩不顾天热，就把天寿搂在怀里。门口巴英官见了，咳嗽一声，"托"的一口痰，吐进房内。亮轩见了，拿扇子搁了两搁，说道："好热！"奚十一把一条腿压在天福身上，一口烟，一人半口的吹。

春兰、巴英官看不入眼，便走出去，各处闲逛。走到里面，看见些堂客们，知系长庆的家眷。又见东边一个小门半掩着，二人便推开进去，见静悄悄的，有株大梅树，上面三间屋子，东边的窗心糊的绿纱，里面下了卷帘。二人一步步的走到窗前，从窗缝里张时，见床上坐着两个绝色的相公，一个坐着不言语，一个低低说话，春兰却都认得。只见素兰忽然回头，看见窗缝里有个影子，便问："是谁?"那两人扑哧的一笑，跑了出来。素兰要出来看时，琴言道："看他做什么？ 自然是福、寿这两个顽皮了。"素兰终不放心，也因前日吓怕了，叫人关上门，别叫人进来。

春兰对巴英官道："他们说琴言不在家，在床上坐的不是吗?"巴英官道："哪个呢?"春兰道："是素兰。待我们与老爷说了，好不依他。"于是二人又到房门口，见他们还挤在一处，听得奚十一道："琴言到底几时回来?"天福正要回言，春兰即说道："他们哄老爷的，琴言现在里头，同着素兰坐在床上说话。还说在城里唱戏呢！"奚十一听了，心如火发，便跳起身，就走出来。天福、天寿两边拉住，奚十一摔手，两个都跌倒了。问春兰道："你见琴言在哪里?"春兰道："在后面，有个小门进去。"奚十一十分大怒，不管好歹，直闯进去。长庆业已听见，忙忙的从内迎将出来，劈面撞着，即赔笑问道："大老爷要往哪里去？ 里面都是内眷住的。"奚十一嚷道："我不看你的婆娘！"说了又要走。长庆已知漏了风。琴言守门的人已经看见，便进内报信去了。这边长庆如何挡得住，被奚十一一碰，踉踉跄跄跌倒了。

奚十一走进院子，只见下了窗子，就戳破窗心，望了一望，不见其人，便转到中间，见房门锁着，便要钥匙开门。长庆赶来说道："这是我的亲戚姓伍的住的，钥匙他带出去了，房里也没有什么看头。"奚十一欲要打进去，又似踌躇。春兰道："小的亲眼看见，还有英官同见的，如今必躲在床底下了。"长庆道："青天白日，你见了鬼了！"春兰道："我倒没有见鬼，你尽说鬼话！"

奚十一怒气冲天，忍耐不住，两三脚踢开了门。进去团团一看，春兰把帐子揭起，床下也看了，只不见人。奚十一见房后有重小门开着，走去一望，院子里有个后门，虚掩着，就知从这门出去了。便气得不可开交，先把琴言床帐扯下，顺手将桌子一翻，零星物件，打得满地。长庆见了，心中甚怒，又不敢发作，想要分辨两句，不防奚十一一把揪住，连搧了五个嘴巴。长庆气极，欲要动手，自己力不能敌。红着半边脸，高声说道："我的祖太爷！你放手，咱们外面讲，你受了谁的赚，凭空来吵闹！我虽吃了戏饭，也没有见无缘无故的打上门来。我们到街上去讲理！"奚十一也不搭话，抓住了长庆，走到外面，把他又摔了一跤。姬亮轩忙上前，作好作歹，连忙劝开。长庆家里人也来劝住，奚十一坐了。长庆爬起来，气得目瞪口呆，只是发喘。亮轩见此光景，忙把衫子与奚十一穿上，死命劝了出去。奚十一一面走，一面骂道："今日被你们躲过了，明日再来搜你这龟窝，叫我搜着了，就打烂你这娘卖屁的！你就拿他藏在你婆娘海里，我也会掏出来！"亮轩竭力的劝，方把奚十一拉出了门。上了车，还骂了几声，亮轩也上了车随去。

那天福、天寿不知躲到哪里去了。长庆受了这一场打骂，不敢哼一声，关上门，即叫人到兰保处找回琴言。素兰连兰保也送了过来。大家说起奚十一，一味凶蛮，真是可怕。只怕其中又有人调唆出来，日后还不肯干休。一个魏聘才冤仇未解，又添出个奚十一来，如何是好！说得长庆更无主意，越发害怕，琴言只是哭泣。

兰保道："我有一个好主意，只劝得玉侬依了，倒是妥当的。你们明天就送他到华公府，他府里要赏你身价，你万不可要，只说恐孩子不懂规矩，有伺候不到之处，叫他权且进来，伺候两月看看，好不好再说。譬如有事，你原可以去请个假，叫他出来几天。华公子见他不能出来唱戏，自然必有赏赐。那时你就有财有势，闲人也不敢上门了。进去后，即或不合使唤，仍旧打发出来，可不原是一样。你若先要身价，且争多嫌少，恼了他也是不好的。进去了，死死活活都是他府里的人了。"话未说完，素兰先就拍手叫妙，又道："好主意！曹老板你听不听？"兰保这一席话，说得个个豁然开朗，就是琴言见了今日的光景，也无可奈何，只得依了。长庆心服口服，自不必说。是晚即移到素兰家里。

明日奚十一果然又来，各处搜寻不见，犹恶狠狠的而去。未知后事如何，且听下回分解。

第二十八回

生离别隐语寄牵牛　昧天良贪心学扁马

话说长庆被打之后,甚是着急,只得仍去央求叶茂林,同到华公府聘才书房,负荆请罪,情愿先送进来,分文不要。聘才见他小心赔礼,且说一钱不要,便甚得意。只道他一怒之后,使他愧悔,送上门来,应了前日所说的话。便找了珊枝,请公子出来说了。

华公子道:"为何不要身价呢?"聘才说:"他的意思,恐怕孩子不懂规矩,将来如有错处,公子厌了,他仍可以领了出去,所以他不敢领价。"公子点了点头道:"也使得,明日进来就是了。但既进了我的府,无论领价不领价,外面是不准陪酒唱戏的。"聘才道:"这个自然。长庆能有几个脑袋,敢作这种事!"华公子又吩咐珊枝:"你对账房说,每月给长庆二百银子,叫他按月到府支领。"珊枝答应了,即同聘才出来,见了长庆,一一说明。聘才又作了许多情,长庆喜出望外,叩谢聘才而去,回来与琴言讲了。

琴言到此光景,自然不能不避。但今日之祸起萧墙,子玉全然不知。明日进了华府,未卜何日相见。意欲就去别他一别,犹恐见面彼此伤心,耳目又多,诸多未便。欲写信与他,方寸已乱,万语千言无从下笔,只好谆托素兰转致。便又想了一会,即将自己常常拭泪的那方罗帕,拣了四味药,另包了,将帕子包好,外面再将纸封了,交与素兰,托他见了子玉面交。

至明日,长庆即把琴言送到华府。公子又细细的打量了一回,心中甚喜,拨在留青舍伺候,又领他到华夫人处叩见。华夫人见他弱质亭亭,毫无优伶习气,也说了个"好"字,华公子是更不必说。琴言心上总是惦记子玉,也只好暗中洒泪,背地长吁。过了几天,见华公子脾气是正正经经的,没有什么歪缠之处,便也略觉放心。唯见了魏聘才,只是息夫人不言的光景。聘才也无可奈何,就要用计收拾他,此时也断乎不能。

且说琴言临行之际所留之物,托素兰面交子玉。素兰打算过几日请子玉过来,与他面谈衷曲。却说子玉自五月内,与琴言一叙之后,直至今日,并非没有访过琴言,但其中有多少错误。这一日,天气凉爽,早饭后到素兰处，先叫云儿问了，在家。素兰闻知甚喜，忙出迎进。只见房内走出两人来，子玉看时，认得一个是王兰保，一个是琪官。因多时不见他，即看了他一看，见他杏脸搓酥，柳眉耸翠，光彩奕奕，袅娜婷婷，年纪与素兰仿佛，身量略小些。上前见了，子玉道："今日实不料香畹处尚有佳客。"兰保道："这就是你的小姨子，你们会过亲没有？"子玉道："这是什么话！哪里有这个称呼？"素兰道："这个称呼倒也通。"琪官也不好意思，便道："静芳不要取笑。"兰保道："这倒也不算取笑，你是玉侬的师弟，可不是他的小姨吗？"子玉笑道："岂有此理。"说着遂各坐下。见桌上杯盘狼藉，似吃饭的光景。素兰叫人收拾了，便亲送一碗茶来，问道："你今日之来甚奇，想必已经知道了？"子玉听了，又是不解，问道："什么事已经知道？我却实在是不知道。"兰保看着子玉道："你倒不晓得？已隔了五六天了，就算你不出来，难道也没有人对你去说的么？"子玉更觉纳闷，却想不到琴言身上来，说道："我实在不晓得你们说的是什么。我是不出大门的，这两天又没人到我那里，如何晓得外面的事？"琪官笑了一笑。素兰道："你真不知道，我只得告诉你，你且坐稳了。静芳、玉艳，你两个扶住了他，待我再说。"子玉道："香畹一向直爽，今日何故作这些态度？想来也没有什么奇事，故作惊人之语耳！"

　　素兰又把子玉看了又看，惹得玉保、琪官皆笑。子玉看他们光景，着实心疑，便道："香畹，你且说来。"素兰又怔了一怔道："说倒有些难说，有件东西给你一看，就知道了。"子玉此时真不知什么事情，只见素兰从小拜匣内，拿出一个纸包来，像封信似的。签子上头又没有字，包又是方的，接到手内轻飘飘，箬手捏捏，觉松松的似乎有物。便即撕去封皮，见是一块白罗，像是帕子，心上益发疑心。即一抖，掉出四个小纸包来。兰保等亦都走过来看。子玉拆开纸包，摊放桌上，即是四味药，又不认得。素兰便问道："这是什么药？"子玉道："我不认得。我且问你，给我看是什么意思？怎么你又不知道呢？"此时那三人都不言语，只管瞧着那几包药。子玉看他们也似不明不白的，心上便越发狐疑，便问素兰道："这包东西到底是谁的？你们讲得这样稀奇。"素兰道："不是我与你要这包东西，是你眠思梦想的那个人，临别时留下，嘱咐我寄与你的。我当是有什么要紧的东西，不晓得他就将天天所吃的药包了些。这帕子他想你必认得，叫你睹物怀人的意思。"

子玉一听,心中老大一跳,一面看了看这罗帕,一面想道:"听他如此说来,难道玉侬有什么缘故?像是不吉的话。"如此一想,便觉一股悲酸,从心里走到泥丸宫①,复转将下来,竟透出眼鼻之间,已是涕泗汍澜②,忍耐不住,便索索落落的流下泪来。三人看了也一起叹息。子玉见此光景,更不敢再问,倒象已经明白一样,就把帕子拭了一拭,想道:"这药想必临终的时候吃了的了,故寄与我看。"便觉万箭攒心,手足无措,只得站起来,到外间坐下,想要大哭几声。但在素兰这里,究竟不便,只掩泣发怔。

素兰见此光景,倒悔自己孟浪;又想方才的话,说得竟像玉侬死了,所以触起他伤心。即忙出来对子玉讲道:"你且不必着急,还等我说。玉侬没有怎样,请进屋内坐下,候我细说。"子玉听了,便着急道:"香畹,你有话就直说,别这么半吞半吐的唬人。到底玉侬怎样?"便又走到里间来,兰保、琪官看着他,也有些凄楚。素兰道:"你细听着,这五月内的事情,……"便一五一十的,将魏聘才怎样的来说,奚十一怎样来闹,他与兰保怎样的劝,怎样的出主意,又怎样的躲避奚十一,又怎样的送进华府,临行时怎样哭泣,嘱咐,又将不受身价,并可告假出来的话,细细的述了一遍,又安慰了几句。子玉听了,知琴言尚在人间,心便放了一分,停了一停道:"玉侬此去,也就如出尘离世的一样!"便又滚下泪来。出了一回神,重把那几味药看了又看,只认得一样是芍药,其余皆不认识。因对素兰道:"玉侬寄这几味药,必有深意。但不知是什么药,你可叫人拿到药铺问明,叫他就写在包上。"素兰道:"说的是。"就要叫人。琪官道:"不用,跟我的人就认得,他在药铺里当过伙计。"

琪官即叫那人进来,把这四味药给他认。那人看了便说道:"这味是牵牛,这是独活,这是芍药,这是防己。"琪官拿起笔来写了,却想不出意思。素兰道:"他离开了你,便是独活了,我懂得这一味。"兰保道:"防己,是防自己的身子,好叫你放心。那两样实在想不出来。"子玉含着眼泪道:"玉侬的心事,全见于此。这芍药一名'将离',言进了华府,是已经离的了。既离了自然是独活了,独活在华府中,难道浮沉俯仰与众人一样?自然自己必定小心谨慎,刻刻预防,守身如玉。这牵牛没有别的解法,必

────────────

① 泥丸宫——道家语,泥丸指脑,后世因称人的头部为泥丸宫。

② 涕泗汍(wán)澜——涕泗,眼泪和鼻涕。汍澜,涕泣的样子。

定约七月七日回来,约我来一见,是织女牵牛相见之期了。"素兰道:"是极!妙极!你猜得一点不错,正是这个意思。玉侬的心思与人不同,他若写封信给你,犹恐被人看见,且万苦千愁也难下笔,倒不如这个意思好。若到七夕,你是必到我这里来歇一天。我们进去,还要把你今日的情形讲给他听,也不枉了你这一片苦心。"说说讲讲,三人殷殷勤勤的安慰,子玉也只好忍耐住了。

琪官是与子玉初次盘桓,因见子玉的丰标,十分羡仰:"怪不得玉侬心上只有他一人!"又看他如此情重,正如新妇须配参军,只可惜缘分浅薄,会少离多,始信苍天之磨折人也。又对子玉把从前魏聘才同船,一路在舟中下作的模样,讲了好些。忽又想起奚十一来,复咬牙切齿的骂几句。素兰让子玉吃饭,子玉心绪不佳,便要早回。辞了一径回去,车上便觉四肢不舒起来。

到了家中,见过颜夫人,便到书房躺下,自言自语,忽叹忽泣,如中酒一般。次日即大病起来,心神颠倒,语言无次,一日之内,哭泣数次。初时见有人尚能忍住,后来渐渐的忍不住,见了他萱堂,也自两泪交流,神昏色沮的模样。颜夫人当他着了邪病,延医调治,甚至求签问卜,许愿祈神,一连十余日,不见一毫效验。一日之内,有时昏瞆,有时清楚。昏瞆时胡胡涂涂,不闻不见的光景,清楚时与好人一样。睡梦中呓语喃喃,有时叫玉侬,有时唤香畹,有时大骂奚十一、魏聘才诸人。颜夫人十分着急,颜仲清、王恂三天两日常来看视,心中虽是明白,却也无法可治,二人商量又不好对颜夫人讲,只好婉言解慰而已。

颜夫人每听子玉睡梦之中,必呼"玉侬"二字,心上便疑心子玉在外有什么勾当,便当玉侬是个女人,心有说不出的隐情。因又想子玉不常出门,出门必有云儿随去,一日便唤云儿来细细追问,说:"你跟少爷出去,到底在些什么地方?那玉侬是谁?还是娼妓呢,还是什么样的人?"云儿起初不招,只说:"少爷出门,无非是怡园及王少爷、史少爷几处,并没有个女人。小的如撒了谎,今天就活不过。"颜夫人想道:"好好问他,他必不肯认。"遂命家人拿了板子,吩咐:"着实与我打着问他!"云儿见要打,只得跪下磕头说:"实在是有个小旦,名字叫做琴言,少爷常去找他,见了面,两人也是哭的时候多,笑的时候少。就是五月里,有一天说是到怡园徐老爷处,也是假的,就同了那个小旦,还有一个也是小旦,在东门外运河里游了半天，也是哭了半天。小的在船头上，别样话是听不见的。前日少爷到了那个小旦家里，那个小旦说起琴言进了什么华公府里去了，又把那个小旦给少爷留了一个纸包，小的却不知道是什么东西，少爷就在那里哭起来。他们劝住了，回来就是这个样子。小的没有一句谎话，至于别样的事，少爷是一点没有的。"

颜夫人听了，十分有气，便骂云儿道："你就该结结实实的打，为什么不早告诉我，直到要打才讲？若不看你还说实话，今日就活活打死！"喝退云儿，心中便恨起这个儿子来，年纪轻轻的，就如此荒唐，若说为了一个小旦，何至于就害如此大病。越想越气，欲要教训他一番，又看他病到如此，且自己也四十岁之外的人，只此一子，今病到如此，即教训也是无益。万一因这一番教训再添了病，更难治了，莫若待他好了再说。左思右想，便请进李元茂来，问其底细。

李元茂道："小门生没同出去过，琴言不琴言，我也不得而知。我去年听见魏老聘常常赞那琴言，世叔就有些留心。到今年正月初六会馆团拜那一天，世叔看了琴言的戏，回来听得他们说好。以后的事，小门生实得没有见闻，要问魏老聘才晓得他们的细底。"颜夫人便叫门上许顺，到华府请魏少爷过来，有事相商。聘才却不晓得是这件事，近来与子玉颇觉疏远，竟一个多月不来，今闻颜夫人相请，道是有些好事与他商量，隔了一日，便服御辉煌的出城。

到了梅宅，见过了颜夫人。见颜夫人脸上似有忧闷的光景。聘才先问了江西的近况，可有家信回来，又问起子玉，并说场期将近，今年一定高中的这些套话。讲了一回，颜夫人道："子玉得了一个异样的病症。"便把病的光景说与聘才听，又将云儿、元茂的话也说了，便说："小儿与这琴言到底有什么缘故？"聘才听了，便觉得有些踌躇不安，良心发动，脸上露出愧色，停了一会，说道："去年小侄进京，是搭了一班戏子的船，内中有个小旦叫琴言。今年团拜这一天，却好见着他的戏，后来世兄不知怎样认识的，听说在怡园打灯谜时认识的，又赠了一张琴。小侄是个粗人，搭不上这一般的文人，其中怎样熟识，怎样交情，小侄却不晓得，世兄常往来的那一班公子，伯母也都知道，其中的深情，他们必知，伯母何不问问他们？"颜夫人道："此时那个琴言呢？"聘才道："琴言前在怡园学了什么新戏，为华公子赏识了。"说到此处，又半站起来说："小侄受老伯与老伯母的厚恩,实在感激不尽,知道世兄是为这个小旦害成了这一场大病,荒废诗书,糟蹋身子,所以倒设法怂恿华公子买他。不料事有凑巧,有个姓奚的,为琴言在那里闹起来,要收拾他们。琴言的师傅害怕,不得主意,小侄因又劝他,于前几日已把琴言送进华公府了。琴言既进了华府,一时是不能出来的。小侄心中倒觉欢喜,从此世兄倒可以杜绝了这片心,可以作些正经事,不然也为这个小旦所累了。"

颜夫人听了,便怒上心来,颇恨子玉不成人,弄这些笑话出来,心上反感激聘才。先与聘才道了谢,又说道:"你兄弟如今病到这样,看来必是为这个小旦。睡梦中胡言乱语,忽哭忽笑,口口声声只叫玉侬,自然是为那个小旦进了华府的缘故。你兄弟虽没出息,但我跟前就是他一个,设或有些长短,他父亲回来,叫我何颜相对? 世兄你是明白能办事,怎么想个办法,将他医好才好。"聘才摇摇头道:"此事甚难。从来说心病还须心药医,小侄是知道府上规矩的,难道伯母大人肯许他出去闹吗?"颜夫人道:"不是这么说,我岂肯纵容他出去闹小旦? 就算我溺爱,也断不至此。我听云儿说,他与小旦见面,也只是哭,小孩子不知什么意思,谅来没有别的缘故,或是他们有些缘分也未可知。我想如今他眠思梦想的,总为着那个小旦。你既在华府里,你可想个法子,叫那小旦出来安慰安慰他,或者就好的快了。"颜夫人说到此,便已滴下泪来。

聘才皱着眉,也叹了一口气道:"偏偏遇着这个人,又是不顺人情的。况是二百银子一个月的工食,如何能叫的出来?"颜夫人问道:"怎么就要二百银子一个月? 这个人想来是个活宝了。既然这么要钱,你兄弟是没有钱的,怎么又认识他呢?"聘才道:"琴言原不要钱,他师傅是非钱不行。小侄方才细想了,断无法子弄他来,必要和他师傅商量了,事方可行。他师傅又不肯讲白话的。"颜夫人道:"他师傅是怎样的?"聘才道:"难说话的很! 在钱眼里过日子。要和他商量,除非多许他钱,尚不知他肯不肯。他怕得罪了那边,一年得不了这两千四百头,就难了。我看这个东西要和他讲白话,是断断不能的。"颜夫人听了这话,似乎要花些钱,便道:"只要把他叫得来,就给他钱也不要紧,但不知要用多少?"聘才道:"小侄再去见他讲讲看。总之小侄再没有不尽心的。先请伯母大人宽心。"说着起身告辞。颜夫人又含泪道:"多费世兄的心,此刻我也不说什么了。既然如此,请你今日就去,如来得及,今日就赐一回信更好。"聘才答应了,即便告辞出来,看了看子玉。

子玉见了聘才,虽在病中,却未忘前事,便合眼装睡,没有理他。聘才与元茂略谈几句,即便出来,一径回华府。到自己房中坐下,细细的想了一会,没有主意,即来找珊枝,把方才颜夫人托他话,都说与珊枝,又加上些话,又说:"我与这个兄弟是三代世交,且我这梅老伯母只他一子,人极聪明,相貌生得也极齐整。你只当行好事,怎么成全成全。他倘能医好了这个病,我也感激你不尽!"珊枝道:"我有什么法子?只好禀明了公子,说你说的,叫他去看一看就是了。"聘才连忙摇手道:"使不得!公子的脾气咱们还不知道?如此说,非但不肯,大家也不好看,须得另想个法子。"珊枝道:"你有法子,你就行,我是不管这些事的。"聘才听了此话,便深深的一揖道:"好老三,好兄弟,你若成全了这件事,我叫我那兄弟送你两匹新花样的好库纱。"珊枝被聘才再三求不过,踌躇了好一会,又触起自己的心事来,便说道:"明日叫他去就是了。若问起来,我自有话说,不说你就是了。"聘才听罢,笑逐颜开,深深的一揖道了谢。因看天色尚早,即坐车出来。

见了颜夫人,故作许多为难的光景,说他师傅依是依了,但是要给他二百银子,他才肯去叫他出来。他又说怕一叫出来,那府里不要了,也未可知。若不能进府时,那就不好说话,只怕他就要照样要起二千四百银来。"据小侄看来,此人实在刁滑可恶,把他痛痛说了一顿,他才有些害怕,说后来进去不进去,不关事,但此刻之二百两是不能少的。不然我担了这个不是,一个钱不到手,又何苦作这险事?"颜夫人听了,心痛儿子,只得依他,便道:"明日就叫他来,就依他,给他二百两银子就是了。以后的事情只好再说。"聘才见入其彀中,甚为欢喜,告辞出来。到了绸缎铺,拿了两匹好纱,次日送与珊枝。

你道珊枝是什么意思,敢做主意叫他出来?原来琴言刚进来半月光景,连华夫人都疼他,时常赏他东西。又常说这孩子老实,不像个唱戏的,因此珊枝便动了酸意,想道:"我进来了三年多,也算第一分的人。他才进来几天就这样,脑袋又好,将来不要把我压下去!"如此一想,便要设法挤他。今听聘才的一番话,正好立主意,因此就应许他,便到了留青舍,与琴言说知。琴言一听,就是眼泪汪汪的,说道:"怎么庾香就病到如此?林哥,你真能叫我出去?他家果真要我去看他吗?"珊枝道:"我无缘无故的哄你作什么？你只管放心，半天之内公子也不下来，即便叫你，我与你说告假回去看师傅的病，去去就来的。公子若不说什么，很好，要是说什么，我自会答应。可有一层，你去只管去，可要早些回来。再者你今既去，千万把他的病治好了，再去第二回可就难了。"琴言红了脸不言语，心中却也甚感激珊枝："我进来了，倒全仗他照应，且能叫我去看庾香，以后倒不要忘了此人。"珊枝走后，琴言想来想去，就把聘才的仇恨也就淡了，说这件事也亏他。是日无话。

好容易盼到天明，恰好又天从人愿，华公子身子不爽快，在夫人房里不出来。琴言便更放了心，忙忙的吃了饭，来找珊枝，说："怎样出去？我是不认得路径。"珊枝道："你同魏师爷出去，他们就不好问什么。就使他们有话，也传不到里头去。"琴言只得折口气，来找聘才。聘才见了，心中甚喜，脸上却装了冷冷的，说："你去只管去，要谨慎些。将来闹穿了，可别说我同你去的。"琴言答应了，即同聘才一重一重的出去。把门的有认得的，也有不认得的，见了聘才同着，却不敢问。出了大门，即叫琴言坐在车里，放下车帘，自己跨沿，四儿坐在车尾。不多一刻，即到了梅宅。聘才也不候通报，同了琴言，一直到了书房。许顺见了，甚为诧异，却又不好拦阻，也跟了进来。

颜夫人正在盼望，见许顺进来，似欲回什么话似的。颜夫人问："有什么事？"许顺说："魏大爷同了一个人，倒像个唱戏的似的，小的不敢不回。"颜夫人道："我知道，快请进来。"许顺去请，只见聘才同着一个十五六岁的孩子进来。不看也不觉得，细细一看，把颜夫人吃了一惊，倒像是那里见过似的，忽然想起很像他未过门的媳妇琼姑娘模样，心中暗暗称奇，说："我常时听戏，见过无数的小旦，不过上了装像女人模样，下台时却没有细看过。今见这琴言，玉骨冰肌，华光丽质，其尊贵的气象，若梳了头，便是个千金小姐的身分。就是这本来面目，也像个宦家子弟、俊雅书生，恰与自己儿子生得大同小异。"本来原有怒气，想说他几句，及至如今见了，不觉生出笑容来。

琴言一进门时，原为子玉病重，出于情所难忍，故不顾吉凶祸福，也挨着颜夫人骂了几句；而且聘才在车上，一路上说了些厉害话，心虚胆怯。只得战战兢兢，上前见夫人，磕了一个头，起来低头旁立。颜夫人叫近前来，又打量了一回，即请聘才坐下。颜夫人道："你是哪里人？去年几时到京？怎么认识我们少爷，又怎么样相好？你实对我说，我不难为你。"琴言见夫人颜色和霁①，便略略放心，眼含双泪讲了两句，却含含糊糊，夫人知他害怕，便安慰他道："你不用害怕，这是我儿子不好，他来找你，不是你找他的。你只管放心，我决不难为你。你却不可支吾，快些直说。"

琴言停了一停，只得说道："小的是苏州人，去年冬天到京，在联锦班。因为父母双亡，族中的叔父将我卖出来的。今年正月初六日，在姑苏会馆唱戏，是头一回见少爷，不知是怎么缘故，倒像从前认识的一样。到元宵那一日，小的到怡园徐老爷家看灯，看他们制些灯谜，内中小的最爱那'落花人独立，微雨燕双飞'那个灯谜。徐二老爷就把一张瑶琴，作了这个灯谜的彩头，说'有人猜着了，我就请他来与你相见'。这日刚刚是少爷猜着，过了两天，就请了少爷来喝酒，叫小的来伺候，自从那一天才认识。第二次是素兰邀游运河，陪了半天，就这两回。这是句句实话，夫人不信，只管问魏师爷。且少爷出门，夫人是晓得的。"话未说完，便止不住流下泪来。聘才道："这都是实话，真是没有见过三面。"颜夫人听了，心中不解所以，又看琴言神气，实在可怜，心中想道："怎么半年光景，就见过两面？"便问道："你的话自然句句是真的。但是少爷现在心心念念就是惦记你，你自己想必明白。"琴言道："夫人这样恩典，小的敢不实说！实在也奇，非特我像从前见过少爷，就是少爷见了我，也说是好像从前认识的。就觉见面时，也是一家人似的，彼此也说不出缘故来。"颜夫人笑道："听你这一番话，却真也奇，我实在想不出来。但如今少爷因为你进了华府，病到这个样儿，我所以叫你来。你怎么宽慰宽慰他，能够叫他好了，我不但不怪你，还要赏你呢！"琴言听了，更觉酸楚，只不敢哭，唯呜呜咽咽的说了一句，却不分明。

颜夫人见此光景，倒反可怜，就请聘才同琴言到子玉房中来，自己与聘才在外间坐着，看他们所说何话，怎样情景。那许顺也直站到此刻，方才听明少爷的病源，也跟到卧房中细听。不知琴言怎样医好子玉之病，且听下回分解。

---

①　和霁(jì)——怒气消散，态度和气。

第二十九回

缺月重圆真情独笑　群珠紧守离恨谁怜

　　却说琴言到梅宅之时,心中十分害怕,满拟此番必有一场凌辱。及至见过颜夫人之后,不但不加呵斥,倒有怜恤之意,又命他去安慰子玉,却也意想不到,心中一喜一悲。但不知子玉是怎样光景,将何以慰之,只得遵了颜夫人的命,老着脸,走到子玉卧房来。见帘帏不卷,几案生尘,药鼎烟浓,香炉灰烬。一张小小的楠木床,垂下白轻绡帐。云儿先把帐子掀开,叫声:"少爷,琴言来看你了。"子玉正在半睡,叫了两声,似应似不应的。

　　琴言便走近床边,就坐在床沿之上,举目细细看时,只见子玉面色黄瘦,憔悴了许多。琴言凑近枕边,低低的叫了一声,不觉泪如泉涌,滴了子玉一脸。只见子玉忽然的呵呵一笑道:"'七月七日长生殿,夜半无人私语时。'正是此刻时候!"便又接连笑了两声。琴言知他是呓语,心中十分难受,在他身上拍了两下,因想颜夫人在外,不好叫他庾香,只得改口叫了声:"少爷。"此时子玉犹在梦中,道是到了七夕,已在素兰处会见琴言,三人就在庭心中,摆列花果,煮茗谈心,故念出那两句《长恨歌》来。魂梦既酣,一时难醒。琴言又见他笑起来,又说道:"我当是'黄泉碧落两难寻'呢!"说到此,将手一拍,转身又向里睡着。琴言此时眼泪越多了,只好怔怔的望着,不好再叫。见子玉把头摇了一摇道:"偏这般大雨,若明日早上也是这样,可怎么好?船又隔得这么远。"停了一停说道:"独活、防己之下,应须添一味当归。"外面颜夫人听了知是呓语,虽不能十分明白,也是一阵伤心,两泪交流,只管怔怔的瞅着聘才。聘才心上也觉凄楚,便说道:"玉侬,你只管叫醒他。"琴言便叫了两声"少爷"。子玉嗤的一声笑道:"你好痴也!"又道:"云儿,你只管叫我做什么?这么近的路,怕什么?你还当是大东门外么?"琴言要高声叫,又哽咽了,喉咙叫不出来,只把手拍他。那子玉忽然睁开眼来,对着琴言道:"香畹,这回又亏了你,费了如此的心,我以后便放了心了。"琴言又往前凑了一凑,拍着肩道:"少爷,琴言在这里看你,你病可好些么?"子玉心上模模糊糊,眼前花花绿绿,看不分明，便冷笑了一声。琴言又说了一遍，子玉便哈哈大笑起来，道："你已试过了我一回，难道我还认不得你？"

当下颜夫人在隔壁，听了肝肠欲断，忍不住到房门口来，看见琴言坐在床上，拉了子玉的手只是哭，子玉只管笑。颜夫人道："他认不得人，这怎么好呢？"聘才也只得走到床前，叫了几声："世兄！你心上的琴言特来看你，我扶起你来坐坐，你们说说话就好了。"聘才叫云儿拧块热毛巾来，替他净了脸，擦了擦眼睛，扶他坐起，把床锦被叠了在背后靠着。颜夫人倒不肯进来，恐怕儿子心上愧惧。魏聘才也离得远远的。

子玉坐起后，精神稍觉清爽，猛然眼中一清，见琴言坐在旁边，便问道："你是谁？坐在这里？"琴言带着哭道："怎么连我也不认得了？"琴言见窗户未开，且系背光而坐，自然看不明白，便挪转身子向外坐了，侧了一半脸，望着子玉道："我是玉侬，太太特叫我来看你的，不料十数天就病倒这样！"说着又呜咽起来。子玉听得分明，心中一跳，便把身子挣了一挣，坐直了，看了一回道："你是玉侬？我不信！你怎么能来？莫非是梦中么？"琴言忍住哭道："我是琴言，太太叫我来的。你为何病到如此？"子玉便冷笑了一声道："真有些像玉侬。"颜夫人听了，对着聘才道："此话说的奇怪。"又听琴言道："我是为着你的病来的。"子玉笑道："你真是玉侬？如何得来？就算你愿意来，人家如何肯放你来？"琴言道："我真是玉侬！我已来了多时，是奉太太之命，叫我来看你，又亏魏师爷带我上来。我劝你自己宽心，不必忧愁，身子要紧，快养好了病。我既来动了，就可以常来的。"说着又滴下泪来。颜夫人见子玉清爽些，便有些欢喜，叫丫环移张椅子，在帘子外坐了，聘才就站在颜夫人背后。

子玉此时又清爽了几分，便凑近琴言，细细一看，笑道："玉侬，你当真来了，不是假的？"琴言回转头来，对着子玉，要回答时又咽住了，只是哭。聘才在外低低说："玉侬挣扎些，倒不要引起他的哭来。"琴言只得把帕子掩了脸，用力迸出一句话来，道："是真的。"子玉道："果然是真的！"琴言道："真真是真的。"子玉便狂笑一声，往前一撞，却好扑在琴言肩上，犹是咯咯的笑个不住。聘才见了忍不住的笑，那些丫环、仆妇也无人不笑。颜夫人点头叹息，见子玉两手扶着琴言的肩，要坐起来，先笑了一回。

琴言道："你倒是什么病？我劝你不要病了，从今日就好了罢，省得多少人为你苦，更招太太心里不安。"说着遂又滴了些泪。子玉笑道："我有什么病？我这个病要他来就来，要他去就去，原不要紧的。"琴言道：
"休说不要紧，你这病不比从前，也添了满面的病容。千万句并作一句：
放宽了心！你从前说自己会宽解，看得破，怎么今日又不会宽解，看不破
了呢？"子玉笑道："我又何尝不会宽解，又何尝看不破呢？若看不破时，
就是独活的反面了。幸而看的破，尚有今日！"说着又哈哈的笑起来。琴
言道："我在华府很好，华公子那人也是极正经的，且府中上上下下都待
我极好，你很不必惦念。"子玉笑道："你真好么？"琴言道："真好，你不信
问魏师爷。"子玉道："真好就好了，问他作什么？"便又笑了。琴言道："只
要你的病好的快，我便更好；你若好得慢，我也就不甚好了；你若一分病没
有，我便似成了仙这么快乐。"说毕，勉强一笑。这子玉便大乐起来，手舞
足蹈的光景。

琴言道："他那里原准我告假出来，倒不比在师傅处拘束我。从前没
有来过，今已来了，我就常常的出来看你。你若没有病，我也可以多坐会，
多说两句。你若有病，我又怕你劳神，且我见了更闷。"子玉笑道："你真
能告假出来么？"琴言道："今日不是告假出来的么？"子玉道："这也奇极
了！我只当你进去了，我们此生休想见面，再想不到你竟能出来，且又竟
能到我这里来，真也实在奇怪！却也实在妙极！天乎、天乎！"说着又抚
掌大笑。琴言见了，倒疑他这笑也是病，心上倒又伤心起来，只得忍住。

此时颜夫人见子玉只是欢笑不已，也便解去了多少愁闷，想既能如此
欢笑，心中自己开豁，其病就可好了。又见琴言总是凄凄楚楚，真想不出
这个道理来。子玉便又笑道："你进去了，作些什么事来？"琴言道："一件
事都没有，叫我在留青舍伺候，府里的房屋排场，比怡园又是一样光景。
错不得规矩，却用不着唱戏，也不作什么，不过作一个伺候书房的书童就
是了。"子玉道："你出来他们知道不知道？"琴言道："他在上屋时候多，他
还有好几处书房，歇了几天才到一处，也不过略坐一坐就走了。这屋子里
的人，不奉呼唤，是不进那屋子里去的。"琴言向来总说实话的，今日要治
子玉的病，就有几句谎话在里头，说得在华府里这等快活，将来还可以时
常出来，不过极力要宽子玉的心病。子玉听了这一片话，心内已觉四平八
稳的，摇也摇不动了，便真快活，笑了一回。

琴言又道："从前在师傅处，出门怕费力，且没有来过，也不敢进来。
今日我进来时，即见过太太，太太很疼我，命我常来看你。今既奉了命，还

怕谁敢说什么不成？出入可以自由了。"子玉听到此间，倒把眉头皱了一皱，有些慌张的意思，低低的问道："你已见过太太了？太太没有说你什么？谁带你上去的？准你进来吗？"琴言道："是魏师爷带我上去的。我曾对太太说我能治你的病，太太就很喜欢，吩咐我说：'你若能治好我少爷的病，我不但准你进来，还准你常常的来呢。候老爷回来，还要商量买你进来，服侍少爷呢。'倒问我愿意不愿意。我说我有什么不愿意，只求太太的恩典就是了。"子玉道："你向来是不说谎的，今日这些话，不要是些谎话来哄我么？"琴言道："你不信，我请太太进来当面讲，你听听是真是假。"说罢就要走出来，子玉连忙摇手道："使不得！使不得！"又道："你这些话，句句是真的？"琴言道："你见我几时撒谎来？"子玉点点头道："真没有说过假话。"便自己定了定神，越想越乐，不禁大笑，欢声盈耳。外边的颜夫人也喜欢的笑起来。聘才更觉洋洋得意，低低的说道："小侄看世兄今日竟会痊愈的了！这功劳全亏了琴言的师傅，虽然受了他那些刁难，倒还值得。"

这边子玉已乐不可言，哪里留神到外间。况且外间人又是私窥他的，病人精神有限，故而听不出来。子玉竟慢慢的跨下床来，琴言扶着走了两步，觉得脚软神虚，便又笑道："我已好了，我原没有什么病，不过受了些暑气，有些头闷神昏。他们便当我是大病，把些药来我吃，愈吃愈闷，闷也闷极了。"便叫云儿道："我觉饿了，有什么吃的快拿些来。"

颜夫人听了，即轻轻的走来，聘才等亦都跟了出来。颜夫人道："怪事！怪事！直看不出他们什么意思来。这一对小人儿，却真也奇怪。今日实实亏了琴言，我倒要重重的赏他。"聘才嘻嘻笑道："这也实在稀奇。伯母请看，世兄与琴言，都是正大光明，一无苟且的。今日真亏了他，若不然，就是那叶天士①重生，也不能治的这么快。"颜夫人道："这也总是世兄的大力，才能叫得出来。这功劳总是世兄的，我母子感激不尽！"聘才连道："不敢，况小侄受伯母府上的栽培，理应效劳。不要说费这点心，就叫小侄赴汤蹈火，也不敢不尽力。"说完，露出满面得意。颜夫人又谢了几声，即命云儿将那莲子粉熬成了小米粥，盛了两碗，命琴言陪着子玉吃了。

子玉见了琴言，心中一喜，又听了他这番言语，郁抑全舒，又喝了一碗

----

① 叶天士——清名医学家，江苏吴县人。

粥,便觉得神清气爽,即对琴言道:"我的病已好了,你全可放心。你今日出来,倒要早些回去,不要叫人说出话来,以后倒难告假了。你的话我句句记着,句句依着你。你自己也要留神,诸事随和些,图个上进,比唱戏到底好多了。我前日只道与你永无见面之期,不料今日如此快叙,我心中此刻百忧尽去,毫无不足。只惜我没会见过这华公子,不然我也可以来会会你。既是魏师爷同你出来……"说到此,便问琴言道:"聘才同你到什么地方?"琴言道:"先前他也进来,叫了你好几声,扶你起来坐的,你没有留心。此时想在上房,同太太说话。"子玉即低低的说道:"从前的嫌隙,也不必记他了,以后倒和好些为是,今日也算亏他出力。"琴言点点头,大有难分之意。子玉倒连连催他,直到琴言告别之时,子玉方洒了几点泪。琴言又恳恳切切的嘱咐了一番,子玉满口答应,送到房门口。琴言道:"你才好,不要出来,我还要到上房见太太。"子玉又有些惶恐之意,便叮嘱道:"你见太太时,说话也须留意,不可据实。"琴言答应,走了出来,即重到上房中堂内。

颜夫人见了,便笑吟吟的道:"今日真亏了你,治好了少爷的病,但不叫他再病才好。"琴言脸上一红,停了一停道:"少爷心地光明,没有看不透的事情,以后可保没有病了。"颜夫人又把琴言打量了一回,便道:"你今日去了,几时再来呢?"琴言道:"可以告假就来,请太太宽心。"颜夫人叹了一口气,对聘才道:"他们两个小人儿的事情,真是猜不透。今日看他一个哭,一个笑,也没有讲什么。若不是亲眼看见,便任是什么人也要胡猜乱讲,还要说我溺爱不明,为儿子做这些事。世兄你想,你亲眼看见这光景,好笑不好笑?叫我如何能认真由他病去不成?"聘才正要说话,颜夫人又对琴言道:"此中的情节,只有你心上明白,倒还要仗着你,且候他大好了再说。"琴言低低答应,心中也想道:"不料这位太太这样慈悲,若是别人,只怕未必能这样。就算疼他的儿子,也疼不到我身上来。"便着实感激。

聘才见时候过久,便要同琴言回去。琴言也内心悬着,便叩辞颜夫人要去。颜夫人道:"你且略候一候,我还有话。"便自己进房,先着人叫了许顺进来,叫他称了二百银子来。颜夫人道:"你交与魏少爷收了。"聘才叫交四儿籥了。又见一个仆妇,拿着一包东西出来,付与琴言道:"这是太太赏你的,你收了再去谢赏。"聘才见是银镶小刀一把,大荷包一对,小荷包一对,帕子一方,洋表一个,梅花小锭十个,牙骨真金面扇子一把。琴言收了,与聘才进去谢了赏。聘才也含含糊糊的,跟着谢了一声,即同出来。颜夫人送至中堂廊下,又叮嘱了几句。

琴言与聘才出来,走到门房门口,只见许顺笑嘻嘻的出来,见了聘才问道:"今日的事到底是个什么缘故?真叫我们想不出来。"又问琴言道:"你是哪个班子里的?"聘才代答道:"他从前在联锦班,此刻不唱戏了,在华公府里当差。至其中缘故,此刻不必告诉你,你后来自会知道。"许顺不好再问,即送了出来。

两人上了车,路上闲谈,琴言便感谢不尽,聘才也谦了几句,却十分高兴。进城已是申初时分了,到门口下来,一径跟着聘才进去。只见总门口有人籝了本簿子,记上一笔,琴言知道是上号簿,聘才先叫四儿将银包拿进房去,放在钱柜内锁好,一同进来,找着林珊枝。珊枝见琴言回来,即笑道:"怎么去了许多时,想必医的病好了。"琴言面有惭色,便问道:"公子可曾传我?"珊枝道:"怎么没传?传了两三回,不见你回来,公子大发气,已着人叫你师傅去了。"琴言听了,吃这一惊不小,满面通红,说不出话来。聘才道:"他是不禁恐唬的,你不要唬坏了他。"珊枝正容道:"我唬他作什么?未正二刻,公子出来不见他,问我,我说是他师傅的生日,琴言他回去拜寿。本要等公子下来告假,今早听得公子不下来,他又候不及,托我回的。公子一听就有气,说若真是他师傅的生日还罢了,要是说谎,为别的事出去,我是不依他的。立刻叫人到你师傅那里打听去了,那人回来说了,只怕连我也要挨骂。你是不用说了,再若是门簿上记明,出进都是魏师爷同的,只怕连魏师爷也要难讨公道。"

琴言听了,心中七上八下的乱跳,急得眼睛都红了,若被他访出真情,且慢说挨骂,就是羞也羞死人。聘才听了,似信不信的道:"老三你不要唬人,我是不关事的,是你担了担子,叫他出去的,自然先要问你。"珊枝冷笑道:"问我我就直说,知道你们做些什么事!"琴言唬的眼泪都出来了,只得软求珊枝替他周旋,聘才见此情景像真,亦连连赔笑,把扇子搁了他几扇,又作了一揖,叫声:"好兄弟,你替我遮盖些,就是哥哥脸上也不好意思,始终还是仗着你的大力呢。"珊枝见他们真着了忙,便嗤的一笑,道:"不要慌!事情是真的,不是我撒谎。早替你们张罗好了,我已告诉朱贵不用去打听,在城外逛一逛回来,说真是他师傅的生日。停一回就回来的,你们如得了彩头,也分些来谢他。"琴言道:"我送他几两银子就是了。"珊枝又对聘才道:"这号簿上也去了才好,不然将来终要看见的。"聘才道:"索性亦求你三太爷施点法力,我是不好去说。"珊枝道:"只是太便宜了你。昨日那两匹好纱,我不稀罕,还簖去罢,花样颜色全不好,我不要!"聘才道:"纱是顶好的,若要再换好的也没有,要换花样倒可以。"珊枝道:"纱衣我也够穿,现存着几十套没有裁的,也用不着,我还打算送人,不过十几两的人情罢了。我告诉你,我新近见了两样东西,我很爱它,自己不能出去买。"

话未说完,聘才就连忙问道:"你看见什么,只管说来我听,或者我可以就给你办来。"珊枝道:"不是别的,我见沙回子家里有一个金丝拧成的一个花篮,不过二两重,手工倒贵。我又见他自己泡茶的一把时大宾的宜兴茶壶,盖子上嵌着一块翡翠,是没有比它再好的了,我这个扳指都比不上。那金花篮我还了他四十两,他也肯了;那茶壶我还了他二十四两,他还不肯。明日请你替我把这两样拿来。沙回子讲,这把茶壶竟是个宝贝。时大宾到此刻有一百多年了,这壶嘴倒完茶,是一点不滴的。泡茶时放茶叶也好,不放茶叶也好,冲一壶开水下去,就是绝好的茶,颜色也是淡绿的。我因不信,把他的茶叶倒了,另放开水下去,果然一点不错,是绝好的好茶,你说奇不奇?"聘才道:"茶壶用久了,所以才能够这样好。你既爱这两样,我就买来奉送。那纱也不必退还,留着送人罢。"珊枝笑道:"怎好这样!我若一定不要,倒显得不好,只得生受了。"说了一回,就回房去了。

到了留青舍,珊枝问起琴言之事,琴言只得大略说了一说。珊枝不信,心中有些动疑,说:"怎么无缘无故的,会害起病来? 见你戏的也不只他一个,难道人人见了你,就都为你害病吗? 我倒不晓得,你们有这些情分,还是另有缘故呢?"一片话,说的琴言臊的了不得,又不敢驳回他,吊桶落在他井里,只好忍住这气罢了。

却说子玉这一场大病,琴言这一出华府,魏聘才自为得意,又以为奇,在城外各处传扬,人家听了,竟当了一件新闻。有那些各班里相公,有嫌琴言的,有爱造言生事的,七张八嘴,改头换面,添起枝叶,把个子玉、琴言说得无所不至。不料王通政在人家席上,遇着蓉官、二喜等类,就把子玉、琴言的事说得活龙活现。文辉本看过子玉之病,也觉得病的有些古怪,只不晓得是相思病,今听了这些话,心上着实不爽快。因想道:"少年人这些事原也禁不住的,也只好逢场作戏。况且子玉才十八岁,正是好花含蕊的时候,怎么就作起这些事来? 偏偏去年又将个爱女许了他。人生起头第一件,就是这不受听的事! 有了外遇,将来琴瑟之间,就不能专好的了。"回家就叫他儿子王恂,问了一回。王恂只好含含糊糊的说了几句,又与子玉剖辨,说断不至此。文辉终有些疑心。

陆夫人听见了,虽未过门,倒先替女儿吃起醋来了,便向文辉说道:"若论玉哥儿,相貌是极好的,所以去年孙亲家母作媒,我就应许了。如今你自然不管,这怎么好? 人尚未成,倒先弄些笑话出来,将来若是一味的混闹,叫琼姑过去,如何过得日子? 亲翁在家还能拘管,亲母是一味的溺爱,顺着他性儿,日后多半是个不成器的。这等小小年纪,就这样无廉无耻的爱起小旦来,真了不得! 更有那些老不正经的,也要常在外边作乐,更怪不得年轻的人了。到底这些小旦有什么好处? 羞也不羞!"陆夫人气头上,倒连王文辉也教训了一顿。文辉只是赔笑,不敢作声,说:"事情呢实在稀奇,我暗中窃访,连恂儿都知道,他们才见过两三面,就是彼此思念,其实没有别的事。况且这么小的孩子,哪里明白到这些事? 你放心,我自去嘱咐表妹,以后管得严些,不准他出门,也就没事了,到今冬也好完娶。这件事,琼姑过去了,或可拘住他。"陆夫人冷笑了一声道:"这些下作脾气,是出于本心。我见多了,拘管得哪一个住! 从来说贼不改性,管住身管不住心的。"文辉听这些话,明明的逼到自己身上来,只得呵呵一笑,踱了出来,往书房里去了。

陆夫人气极了,又在她女儿琼姑面前,把子玉讲了又讲。琼姑低头不语,心中也有些不耐烦,本知道是个风流夫婿,却不道是这样轻薄,应着一句常说的话"才人行短"了。便又想起哥哥、姊夫常说子玉的好处,说人是极正经的,又极有情的,或者他爱的这人,是单为其色,没有别的事,也未可知,便觉红晕桃腮,手拈衣带,呆呆的静想。陆夫人又心疼她,多说了恐她烦恼,便坐了一坐,也自去了。

再说子玉自从琴言来看之后,便已放心;又晓得他母亲不责备,而且反托聘才带琴言来,心中十分快意,自然更好得快了。不到十日,便已精神复旧,唯见了母亲,总有些惶恐不安的光景。颜夫人爱子之心十分体贴,又知儿子并无苟且之行,绝不提起琴言的事。那王文辉亲自来过几次,陆夫人也来过一回,在颜夫人面前,也不好说得,但有些话里讥讽,暗藏褒贬,似乎叫亲家以后留点神,不宜放纵他的意思。又见子玉病已痊愈,看其相貌翩翩,实是佳婿,又像个真诚谨厚的人,就把疑心消去一半。

过了几日,子玉究竟放心不下,便回了母亲,借看聘才为名,去访琴言。恰好见着聘才,聘才又求珊枝把琴言叫出来,说了有一个多时辰的话,子玉才放心而去。华府中人多嘴杂,且各存一心,过了几日,就有人将此事传到华公子耳中。华公子听了,着实有气,便叫珊枝上来问了一遍。珊枝替辩了几句,华公子也说了他几句,以后不准琴言出门,将他派往"洗红居",交与十珠婢看管,不与外人通问,便与拘禁牢笼一般。幸亏十珠婢都是多情爱好的,倒着实照应他。若是别人在此,也是求之不得的,这琴官一来年纪小,二来是个异样性格的人,倒是守身如玉,防起十珠婢来。所以华公子看得出他老诚,放心放在婢女堆中,也当他是个丫环看待他,只不许与外人交接。到了此间,是断乎走不出来,就是林珊枝,不奉呼唤也不能到的,何况他人?琴言只好坐守长门,日间有十珠婢与他讲讲说说,也不敢多话,晚间独守孤灯,怨恨秋风秋雨而已。未知后事如何,且听下回分解。

第 三 十 回
赏灯月开宴品群花　试容妆上台呈艳曲

　　话说琴言从子玉处回来,华公子虽未知其细底,但责其私行出府,殊属不知规矩。姑念初犯,权且免责,把他拨在内室,这是里外不通的所在。

　　一日,独坐在水晶山畔,对着几丛凤仙花垂泪,心中想到"人生在世,不能立身扬名,作些事业,仅与那些皮相平人混在一堆,光阴易过,则与草木同朽。即如草木开了花,人人看得可爱,便折了下来,或插在瓶中,或簪于鬓上,一日半日间便已枯萎,虽说是爱花,其实是害花了。譬如这一丛凤仙,种在此处,你偎我倚,如同胞手足一样,有个自然的机趣。即有风吹雨打之时,不过一时磨折,究无损于根本。若将它移动了根本,就养在金盆玉盎中,总失其本性。还有那些造作的,剪枝摘叶,绳栓线缚,拔草剥苔,合了人的眼睛,减却花的颜色,何异将人拘禁束缚,叫他笑不敢笑,哭不敢哭。再仔细思量,人还有不如花处:今年开过了,明年还开;若人则一年不似一年。即如我之落在风尘,凭人作贱,受尽了矫揉造作,尝尽了辛苦酸甜,到将来被人厌恶的时候,就如花之落溷飘茵,沾泥带水,无所归结。想至此,岂不痛杀人,恨杀人!"一面想,一面滴下泪来。再想到庚香,虽然病好,但我从前说了些谎话,若知我近日的光景,他不能来,我不能去,只怕旧病又要发了,那时再来叫我,恐怕也不能再去。思前想后,终日凄凄楚楚的。

　　一日一日的挨去,光阴最快,转眼已一月有余。只见丹桂芬芳,香盈庭院。此日是八月十二,华公子想起六月二十一日在怡园观剧,说秋凉了请度香过来,因想十五日是家宴之辰,不便请客,即定于十四日请子云、次贤、文泽等,在西园中铺设了几处,并有灯戏。为他们是城外人,日间断不能尽兴,于下帖时说明了夜宴。

　　此日正是秋试二场,刘文泽为什么不应举呢?这一科大主考即系文泽之父,大宗伯刘守正;副主考系王文辉,已升了阁学。陆宗沅、杨方猷、周锡爵、孙亮功一班,可可的一齐分房。将那一班知名之士回避了一大半。内中除徐子云、史南湘是前科举人;萧次贤是高尚自居,无心问世;只有田春航、高品入场;如子玉、王恂、文泽、仲清等,皆遵例回避。子玉在家闷闷不乐,又因琴言杳无音信,内外隔绝,又不能传递消息,几次要去访问聘才,又因华府威严,豪奴气焰,故尔子玉不肯前去,只得静坐书斋闷坐而已。

且说十四日早,子云与次贤商议道:"今日华公子请我作通宵之饮,且闻赏灯,他今日必有一番热闹局面,并闻五大名班合唱。"即传家人分派跟班,检点衣服什物,零星珍宝赏需等类。总管预备好了,交与家人点过,免得临时短少。说着已到未初,当下二人早吃了早饭,穿了衣裳,上车一径往华府来。

且说华公子亲自往各处点缀了一番,这西园景致奇妙,虽不及怡园,然而精工华丽却亦相挤。不过地址窄小,只得怡园三分之一。园中有十二楼,从前聘才所到之西花厅,尚是进园第一处。从前华公爷一个好友,叫做谢笠山,是个书画好手,与他布置了十二年,却是浓淡相宜,疏密得体。到华公子长成,心爱繁华,又把笠山手笔改了许多,如今是一味雕琢绚烂,竟不留一点朴素处。

是日,张仲雨一早进来,先在聘才处吃了早饭,与张、顾诸人谈笑了半天,到得午正时候,拉了聘才、林珊枝来逛西园。仲雨从前也不过到过一两处,聘才虽经游过两回,也未全到。此园有一妙处,曲折层叠贯通,园中地基见方二十亩,筑开一池,名玉带河,弯弯曲曲,共有六折,每折建一桥,共有六桥。池边有长廊曲榭,回护其间,前后照顾,侧媚傍妍。也有小艇三五个在岸泊着,池边一带名为小苏堤。园中有好些大树、虬松、修竹。假山有两种:一种小者,用太湖石堆砌出来,嵌空玲珑;一种高大的,用黄石叠成,高至数丈,苍藤绿苔,斑驳缠护。亭榭依之,花木衬之。撮要提纲,则水边有山,山下即水,空隙处是屋,联络处是树。有抬头不见天处,有俯首不见地处。

当下仲雨、聘才二人,跟着珊枝,顺着山路径,高低斜曲,穿入一个神仙洞内。从左边上去,几树丹桂,不到十余步,至一带曲廊,作凹字形,罘罳①轻幕,帘栊半遮。珊枝引入看时,共是七间,两楹如翼外张,中间平厦

---

①　罘罳(fú sī)——古代的一种屏风,设在门外。

三间,后面玻璃大窗,逼近池畔。室中陈设华美,署名"归鸿小渚"。下有
小跋数行,是华公自叙亲笔。二人赏鉴了一回。从右边长廊西首小门走
去,是一个小小院子,有几堆灵石,几棵芭蕉。见一个小坐落,是一个楠木
冰梅八角月亮门,进内横接着雁齿扶梯。上得楼来,却是四面雕窗,楼中
摆着数十个书架,横铺叠架,摆得有门有户,缥缈万卷,芸香袭人。此楼有
两所,作丁字形,一所三层,一所两层,俱是明窗面面。中间锁着四个大
橱,下摆一长桌,宝鼎喷香,瓶花如笑。

当下三人略坐一坐,便从屏门后扶梯下来,接着一带红阑,阑下种着
一排垂柳,前面几树梧桐。进得楼来,却甚精雅,壁上挂着数张瑶琴,古锦
斑斓,五色绚彩。几案上摆些古铜彝鼎,却无一点时俗气。赏玩了一回,
又走下来,四面俱敞,傍水临池,室中不染一尘,几案桌椅尽用湘竹凑成,
退光漆面。左右两行修竹,几处秋声动人。阑前摆着一张棋桌,放着两个
洋漆棋盒。仲雨道:"此间颇为幽静,却洗尽繁华气象。"珊枝道:"公子虽
爱热闹,其实也喜清静。"仲雨走下阶来,沿池而行。渡过红桥,对面一个
白石平台,雕栏如玉,上面三间平榭,垂了湘帘。进去一看,觉得一片晶光
射目,寒侵肌肤,为夏间避暑之地。一切桌凳几案,尽是玻璃面子。两旁
两架云母屏风,中间一口大缸,一缸清水,养些大金鱼在内,中放一座四尺
多高一块水晶山。此刻秋凉时候,已觉阴森逼人。走了出来,只听得远远
敲梆之声。珊枝道:"此是传人伺候,公子将出来,客将到了。恐怕有事,
我先出去。"说罢便走了。仲雨也同了聘才出来,仍到东园,穿好了衣裳
等候。

却说华公子宴客,今日共有三处:日间在恩庆堂设宴观戏;酉戌①二
时,在西园小平山观杂技;夜间在留青精舍演灯戏。华公子已冠带出来,
先在恩庆堂前候客。却好萧、徐、刘三客约会了同来。进了大门,下了车,
里头另换肩舆抬进,直进了垂花门,到大厅下轿。华公子出迎叙礼,即开
了中门。宾主四人,慢慢的走进来,又走了两进,才是恩庆堂。萧次贤是
初次登堂,便留心观望。这恩庆堂极为壮丽,崇轮巍奂,峻宇雕墙,铺设得
华美庄严,五色成采。堂基深敞,中间靠外是三面阑干,上挂彩幔,下铺绒
毯,便是戏台。两边退室,通着戏房。宾主重新叙礼,将要坐时,魏聘才同

---

① 酉戌——酉指酉时,指下午五点到七点;戌指戌时,指晚上七点到九点。

着张仲雨出来，一一相见了礼，遂即叙齿坐下，讲了些寒温，献过了三道茶。只见两个六品服饰的，领着四个人上来，铺设桌面，摆了两席，戏房便作起乐来。随后银盘金碗，玉液琼浆献上来。华公子起身安席，子云、文泽等推让，欲要并作一席，也换个圆桌。华公子执定不肯，遂让次贤首座，文泽次之；那一桌子云首座，仲雨次之；聘才与自己作陪。

今日是五大名班合演，拿牙笏①的上来叩头，请点戏。各人点了一出，就依次而唱。冲场的无非是那几出，看官也都知道，只得略了。主人让酒，四客饮了几杯，上过了几样看馔，正是罗列着海错山珍，说不尽腥浓肥脆。清谈妙语，佐以诙谐。那边席上，聘才问次贤怡园的光景，次贤略述了几处。随后即见宝珠、蕙芳、素兰、漱芳、玉林、兰保、桂保、春喜、琪官等九个，又凑上一个，作了一出《秦淮河看花大会》。有幽闲的，有妖冶的，有静婉的，有风流的，极尽靡艳之致，众人尽皆喝彩。子云、次贤等就于此出中间放了赏。华公子对着笑道："此系抄袭吾兄旧文，殊觉数见不鲜。"子云道："唱得甚好，贞静的却极贞静，放浪的却极放浪，没有一人雷同。"文泽道："这出戏我倒没有见他们唱过。"次贤道："如今秦淮河也冷落了，就是从前马湘兰的相貌，也只中等，并有金莲不称之说。"子云道："湘兰小像我却见过，文采丰韵却是有的。"聘才、仲雨也随声附和。讲了一阵，华公子酒兴便发起来，便劝诸人畅饮了几杯。

子云留心今日不见琴言，便问道："我闻得琴言近在尊府，今日何以不见？"华公子道："这孩子脾气虽有些古怪，却还老实，如今派在内书房，少刻就出来的。"子云又留心看去，却又不见林珊枝与那八龄班，内心思想："今日如此盛举，为何又不见这些人？难道都在戏房里扮戏么？"

这出戏唱完了，华公子就传十旦上来敬酒。众人一齐上来，肥瘦纤浓，各极其妙。子云看九人之外，添了一个全福班的全贵，也复娇娆艳丽，风致动人。都请过了安，齐齐的手捧金杯，分头敬酒。蕙芳敬到子云面前，子云问起春航场中文字得意么，蕙芳道："前日史竹君说他的很好，是必中的。"文泽在那席听了，笑道："我听得你在家天天的焚香祷告，湘帆就文章不佳，也是必要中的。"蕙芳笑道："谁说的？中举可以祷告得来，我倒愿替众人祷告了。"华公子问道："你们说的什么？"子云正要回言，蕙

---

①　牙笏（hù）——象牙制的笏板。

芳忙斟了一杯酒,来劝子云。子云被他缠住,却不能说。华公子呆呆的看着蕙芳,等着子云说来。文泽见了便道:"待我说罢。"蕙芳对着文泽丢了个眼色。这边张仲雨笑道:"媚香,今日人多嘴杂,你就要掩人的口,也掩不住这许多。"蕙芳道:"要掩人口作什么?我也没有怕说的,你们爱说就说罢。"笑着走到那边来敬文泽。

那边宝珠,华公子赏了一杯酒,他吃过谢了。华公子道:"今日这出戏也唱得好,淡装浓抹,各有所宜。"宝珠微笑不言。华公子即问蕙芳之事,宝珠笑道:"我不晓得。"华公子笑道:"你们自相卫护,这般可恶,将来总问得出来!"便又叫过蕙芳来,蕙芳只得过来。华公子道:"我是性急,又听不得糊涂事,你有什么隐情,定要瞒着我作什么?"蕙芳低下头说道:"公子别听他们的话,他们是取笑我的。"子云笑道:"媚香,你们的事,城外是全知道的,就是城里,只怕也有人知道。何不说与公子听听呢?"蕙芳道:"我有什么说的?"仲雨忽然笑道:"你事急就借着人作护身佛,如今你又忘恩负义了。"说得众人不解。蕙芳怔了一怔,脸上不觉红起来。华公子看了,想起前日的话,动了些怜念,料有些隐情不好讲,慢慢的问度香罢了,便倒把别的话支开。当下谈笑间饮了许多酒。戏唱过了好几出,吃过了两道点心,华公子起身道:"请到园中散散罢。"就有四、五个家人,急忙从廊下近路抄入,通知园门伺候。

却说东西两园,在正所两旁,处处有门户通入。当下华公子引着众人,即从游廊内绕过了几处庭院,又到一个回廊,见壁间嵌着一块祝枝山草书木刻,约有六尺多高。众人正待看时,只见一个跟班的走来一推,却是一扇门作成的。当面便是绿荫满目,水声潺潺。大家推让进园,走过红桥,是一个青石台,三面也有白石短阑,支了一个小绿绸幔子。左边有山石,土坡上有丛桂数十株;右边是曲水湾环,沿边竹树蒙茸,隔断眼界;上面是三间小榭,内书"潭水房山"四字,却极幽雅。子云等欲要坐下,华公子让到里面去。从屏后走进,便见一个所在,里窄外宽,三面如扇面,绮窗雕槅,中间用乌木象牙、紫檀黄杨做成极细的花样,此中隔作五、六处,前面不用帘子,是一带碧纱槅。众人到阁前看时,底下是一道清溪,有两个小画舫泊着。对面也是水阁,却通垂了湘帘。华公子就命在碧纱槅前摆了一个长桌,室中焚了几炉好香,献上香茗。众人坐了,正觉秋光如画,清洗心脾。

子云偶回头时，又只见珊枝同着琴言上来，对着子云等请了安，子云等忙招呼了。子云见了琴言，此时低眉垂首，不像从前高傲神气，且隔了两月，从前是朝亲夕见的，如今倒像是相逢陌路，对面无言，未免有些感慨。即叫他走近，问了些话，要问起子玉来，却又缩住。次贤、文泽也问了几句。当下众人清谈了好一回。

已是申①正时候，华公子便命摆了几个果碟，几样小吃，小酌起来，又叫了群旦进来伺候。对面水阁上，却安放了一班十锦杂耍，便上起场来，说了好些笑话，作了一回像声，又说了一回《龙图公案》。次贤等不甚喜听，便与群旦猜枚行令，彼此传觞。华公子又叫了一档变戏法儿的耍了一回。堪堪月色将上，又撤了席，在园中散步了一回，便有十数对的红灯笼，前来引道。华公子与诸客都更了衣，随着红灯笼步出了园，仍从恩庆堂来。却见明灯灿烂，霞彩云蒸的一般，从屏后迤东而行，处处笙歌盈耳，灯彩如虹。进了一个月亮门，门前扎起一个五彩绸绫的大牌坊，挂着几百盏玻璃画花的灯，中间玻璃镶成一匾，两旁一幅长联。进了牌坊，月光之下，见庭心内八枝锡地照，打成各种花卉，花芯里都点着灯，射出火来，真觉火树银花一样。前面又是一个灯棚，才到了戏室，更为朗耀，两厢清歌妙曲，兰麝氤氲。对面就是留青精舍，于是让众客进去。入了座，主人定了席，重新开了戏。这番畅饮欢呼，难以描写。饮到二更，主客皆有醉意，便停了菜，换上果品。

散坐一回，忽见伺候的上来说，门上回话，说冯少爷来了，要进来。华公子怔了一怔，道："好，就请进来，却无生客在此。"聘才道："缘何三更半夜的才来？"华公子道："想必关在城里无歇处了。"候了好一回，才听得脚步声，两盏小明角灯引路，冯子佩抢步上前，与华公子见了礼，又与众人相见了，却也都为熟识。华公子即令其坐在聘才之上。将要问话，子佩便笑道："好，如此热闹请客，却不来叫我一声，要我闯上门来。"刘文泽道："恐怕你应酬忙，知道空闲，我早上就带了你来了。"说得众人笑了。子佩也不理会，便把那些个相公看了一看，即让合席饮了两杯酒，才又自己吃了几箸菜。华公子见他光景饿了，便问道："你今日在何处？怎么这时候才来？"子佩摇摇头道："不要说起。"才又吃了一块苹果，接着说道："绝好一

---

① 申——申时，下午三点到五点。

局,弄得不欢而散!"说到此,却又懒说下去。华公子道:"为何不欢而散?你且说来。"

子佩道:"今日被我妻舅归自荣,同到他的妻舅乌大傻家,替他婶娘祝寿。"仲雨听了要笑,子云道:"有了乌大傻,自然就不妥了。"文泽点点头道:"这套话倒必定可听,快说罢。"子佩道:"归自荣并约了他小丈人,带了那四个档子。大傻也请了两桌客,并些南边朋友,有几个会串戏的在内。大家公议,每人凑钱十吊,共得九十吊,遂叫了全福班演戏。归自荣高兴,与一个姓吕的,串了一出《独占》。"文泽道:"归自荣本生得好,就是不该同小老婆另住在城外,听说仍旧窘迫得很。"子佩丢个眼色,文泽不说了。萧次贤冷笑一声,聘才像要说话,又不说。子佩道:"他们爱串戏罢了,偏又拉上我。"华公子道:"不错,你的戏是唱得最好的,我看比他们还强些。今日串的是什么呢?"子佩道:"和别人串也好,偏偏大傻子死缠住了,要与他唱《活捉》。本来戏名就不吉利,大傻生得又呆又笨,种种不在行,难以尽述,看的人也不住的笑。正到进场的时候,我将帕子套住了他,忽然走进了一群人来,不论皂白,拿出刑部一张票子,给众人瞧了瞧,就一条链子,把大傻子拉了出去。里头奶奶们急得哭号起来。众人不晓得是什么缘故,欲待出去劝解,他们已经飞跑去了,没头没脑的叫人怎样,只得一哄而散。自荣是不能走的,还有大傻几个至交在那里。我便一直到这里来。"

众人听了,也都称奇。仲雨道:"我也猜着八分了,这事还是为着归自荣起的。乌大傻不过听了衬戏,吃了镶边酒,便替归自荣担了个苦海的干系。"冯子佩道:"我倒不知,你知是为着什么?"仲雨道:"我也是猜摹。我听得人说,乌大傻子造了张假房契,替归自荣借了六百吊钱,听得借主知道了,要告他。我想一定是此事了。"冯子佩道:"有点像。钱是归自荣与大傻两个分用的,如今倒是乌大傻一人倒运了。"刘文泽道:"这个乌大傻子也生得特奇,又呆又傻,倒是个戏癖。城外十个戏园,他每天必处处走到。一个园子里,至少也走个四、五回。歪着肩膀,最可厌的是穿双破皂靴,混混沌沌的走去走来,略有一面之交,就斜着身子站住了,人又不留他,没奈何又走过去。我不看戏便罢,若看戏必遇他的。"次贤笑道:"他也是我们浙江人。我看他书倒像念过的。"张仲雨道:"也不见得。我虽不懂文理,我见他那字就不成个样子。"

　　华公子道："别讲这些人，管他傻不傻。子佩你会唱戏，你何不上台唱一出，显显本领。况且多少赏鉴家都在此，或者巴结的上，于你有点好处。"子佩啐了一口道："我又不是相公，要巴结谁？"徐子云道："谁又当你是相公？就是顾曲登场，也是风流自赏的事。况你具此美貌，不教人赞声，岂不也冤枉煞了？"你一句我一句，说得冯子佩有些活动，便道："今日没有伙计，唱不成的。"华公子道："怎么没有？你就不和班里人唱，"呶嘴道："张老二、魏老大就很在行的。"仲雨摇头道："我不能。况且我只会几套老生曲子，也配不上他。魏老大可以，不但小生，连二花面、三花面全能。"魏聘才只顾笑，也不招揽，也不推辞。除子云道："这不用说了，就请魏兄与子佩一试，也是工力悉敌的。"聘才道："只怕不对路，况且没有请教过子佩怎么样。"华公子道："这也不妨，关目腔调有不合处，预先对一对就是了。况且我这里教曲的苏州人也有好几个，叫他们伺候场面就是了。"聘才道："既如此，必须周三的笛子，秦九的鼓板方妙。"华公子便叫人传了上来，在台上伺候。

　　聘才便自述所唱《折柳》、《独占》、《赏荷》、《小宴》、《琴桃》、《偷诗》等戏，子佩连连摇头，原来却有不会的，也有会而不熟的，便笑道："我都不会，看来唱不成。"聘才问道："你会的是什么？"子佩道："我会的是《前诱》、《后诱》、《反诳》、《挑帘》、《裁衣》等戏。"聘才笑道："也不对，竟唱不来。"华公子身子后边站着几个八龄班内的，有一个对林珊枝低低说道："魏师爷何不唱《活捉》？前日不是见他唱过的？"华公子早已听见，便问聘才道："你何不同他唱《活捉》呢？"聘才尚要支吾，经不得众人齐声参赞，聘才只得依了。子佩笑道："唱便唱，不要又闹出刑部的案来，将魏老大锁了去。"众人都笑了。子佩颇觉欣然，便又故意迁延，经众人催逼了一回，然后与聘才到后台装扮。聘才是精于此事，毫不怯场，不知冯子佩怎样，先在后台操演了关目，冯子佩倒也对路。但听得手锣响了几下，冯子佩出来，幽怨可怜，暗呜如泣，颇有轻云随足，淡烟抹袖之致，纤音摇曳，灯火为之不明。众人甚觉骇异，如不认识一般。华公子已离席走到台前，众客亦皆站起静看。华公子道："奇怪！居然像个好妇人，今日倒要压倒群英了。"子佩听得众人赞他，略有一分羞涩。又见徐子云身旁站着蕙芳、宝珠，见蕙芳看着他，便凑着子云讲些话，又凑着宝珠讲些话，又见宝珠微笑。又见刘文泽与萧次贤站着，在一处彼此俯耳低言，大约是品评他的意思。

　　原来文泽与蕙芳倒不是讲冯子佩，倒讲的是归自荣。这归自荣，原籍江西，寄籍直隶，也进了一名秀才，少年却很生得标致。今已二十七、八岁了，生平暗昧之事甚多。家本豪富，其父曾为大商，幼年夤缘①得中举人，加捐了中书，现在本籍安享。自荣在京八年未归，糟蹋了许多钱财。家中现有妻室，谎言断弦，娶了乌大傻之妹，又不甚合意，又娶了叶茂林之女为副室，另居城南。叶女在家时，即不安本分，喜交游。而自荣宠嬖特甚，奁资颇厚，被自荣乱为花费，不到两年化为乌有。夫妻两个都是不耐贫苦的，未免交谪诮谤。叶女又喜搔头弄姿，倚门卖俏，那些旧交渐渐走动起来。自荣始虽气愤，后图银钱趁手，便已安之，竟彰明昭著，当起忘八来，并雇了一个伙计在家。士林久已不齿，而自荣犹常常的口称某给事为业师，某孝廉为课友，而一班无耻好色者，亦欲相为征逐。归自荣与叶女住宅，就与蕙芳相近，故蕙芳知之甚详。刘文泽也去吃过酒的，但去吃酒的，自荣必要做主人相陪，故此有些人不愿去。张仲雨是更相熟的，就是聘才尚未知道。

　　华公子是不喜与闻这些事情，故不理会，只顾看子佩出神。忽叫斟大杯酒来，家人捧上一个大玉杯，华公子叫送到子云面前。未知子云饮与不饮，且听下回分解。

----

　　① 夤(yín)缘——攀附上升，比喻拉拢关系，向上巴结。

第三十一回

解余酲群花留夜月　萦旧感名士唱秋坟

话说华公子看到得意处,把酒来敬子云诸人,合席只得满饮了一杯,共赞聘才、子佩作得出神入妙,非寻常戏脚所能。

少顷,二人下台,子佩便指着文泽骂道:"你是不懂好歹的!我在台上费力,你倒在那里说长道短的批评我。"文泽极口叫冤道:"我何尝批评你,你这般瞎挑眼!我与静宜先生说闲话。"次贤道:"真是讲闲话,况且你唱得如此绝妙,赞不绝口,尚何评论之有?"华公子笑道:"我听得他们说,你倒真像个阎婆惜。你若化了女身,也是个不安本分的。"子佩道:"好嘛,你们逼我上台,又要取笑我!"徐子云向聘才道:"魏兄这音律实在精妙,将来尚要请教,如闲时可到敝园走走。"聘才连连答应道:"晚生是无师传授,都是听会的,就是上台也是头一回,莫要见笑。"于是大家猜拳行令,闹了一会。

钟上已到子正时候了,子云道:"才到秋分,不应如此夜短。"次贤道:"亦觉久了,你试一人静坐到此刻,颇不耐烦。"子云道:"已交十五日的子时,到天明更快。请撤了席,止了戏,大家谈谈,天明我们也要散了。"张仲雨道:"此刻早已开城了,要走也可以走。"华公子道:"忙什么?到辰刻散不迟。"即吩咐撤席止戏。家人整顿茶具,泡好了香茗送来。子云留心不见琴言,但见珊枝靠着屏风有些倦态。华公子查起琴言来,珊枝回道:"他身子不快,睡了。"原来琴言每逢热闹中,便触起他心事,就要伤心。又见冯子佩与聘才串戏,眼中颇瞧他们不起,转托珊枝,托病而去。

华公子又叫诸旦上来,不用衣帽,俱穿随身便服,都令序齿坐在一边,便道:"我知你们于戏曲之外,各有一长,或是诗词,或是书画,或是丝竹等技,今日与前次俱以戏酒耽搁,不能使你们一试所长。此刻尚早,会诗的不妨吟几句,会画的不妨画几笔,不必谦让。"诸旦默默无言。子云与文泽站起来道:"妙,妙!待我来分派。"即对着蕙芳道:"媚香是长于诗的,瑶卿是长于丹青的,静芳是长于舞剑的,香畹是长于书法的,珮仙是长于填词的,蕊香是长于猜谜诙谐的,瘦香是长于品箫的,小梅是长于吹笙的。可惜玉侬又病了,他倒会一套《平沙落雁》。"华公子便命叫他起来,又吩咐珊枝拿了琵琶来。家人把些笔砚乐器都搬了出来,分摆在各处。次贤道:"我来点将。先劳玉侬与瘦香把琴箫和起来;再点瑶卿画一幅,媚香、香畹、珮仙对景吟诗,题在上面;再点珊枝与小梅笙、琵琶竞奏;再点蕊香猜几个灯谜、说个笑话;末点静芳舞剑。溜亮风生,亦可如渔阳三挝矣!诸公以为何如?"众皆称好。

诸旦依次而行,琴言不得已,双锁蛾眉,把弦和起来。这边漱芳依谱吹箫。琴言一来心神不佳,而且手生,生生涩涩的弹了一套《平沙》,洞箫倒吹得和平。华公子摇摇头道:"琴声不佳,箫声倒好。"子云道:"琴本难学,也还亏他。"次贤道:"想你不长弹,生疏了。"琴言道:"有半年不学了,方才第四段第三句几乎想不出来。瘦香的箫比从前更好了。"漱芳道:"我是有老师课学,静宜先生隔三日必教我一吹,所以不生。"琴言默然,抚今追昔,颇觉感慨,几乎落下泪来,只得退后站了。次贤、子云亦颇侧然怜念。

这边袁宝珠摊了一幅绢在画案上,左右凝思,画些什么呢?想了好一回,不得主意。蕙芳、素兰立在面前,低低的问道:"你画什么?我们好先定主意,打起腹稿来。"宝珠正想不出头路,便扯着他们走到栏前,商量画些什么才好。限时刻的,又不能用工笔,若写几笔兰竹也不合景。蕙芳道:"我想了一个题目在这里,但不知合你的意否。依我只须画一个小手卷,用墨笔写三两处楼台,加些丛林修竹,远近布置,上面画一个月,用花青水烘他几片彩云烟雾,便是今日的光景,题为《良宵风月图》,何如?"宝珠听了,心中大喜,背着人作了一个揖,便入座放大了胆,三分工、七分写,用王麓台①法挥洒起来。次贤与诸人不便来看,又恐怕他画坏了。次贤远远留心,觉得下笔甚快,毫无拘束,已觉面有喜色。那边蕙芳等三人挤在一处,只见李玉林俯首凝思,素兰把串香珠数个不了,蕙芳只管看着宝珠落笔,尚暗暗的指点他。不到半个时辰,已经画完,成了二尺余长一个小横幅。华公子与子云等走近来,赞不绝口。华公子看了甚是欢喜,大赞

---

① 王麓台——即王原祁:清太仓人,字茂京,号麓台,性情介,工诗文,所画山水,品局高旷。

道："却实在亏他,怎么能够如此！无怪乎近来个个说他们的才貌,正是
羞死从前那一班爱钱的相公了。"次贤又替他略略的润色了几处,竟成一
幅好画。华公子即问蕙芳道："你们题的想是有了。"蕙芳道："有是有了,
只是不好。"便站在桌边找了一张笺纸,写了一首七绝。华公子念道:

　　良宵灯月赏秋光,丝竹纷纷斗两厢。

　　我道嫦娥畏岑寂,遣风吹送上华堂。

华公子念罢,拍案叫绝。次贤、文泽、子云俱绝口称妙,说道："我们
闹了一天,被他只用二十八个字非特说尽,而且有余,我辈反不能如此！"
华公子又念了两遍,只是赞叹。文泽道："好是极好了,第三句还要斟酌
几个字。"蕙芳道："就请一改。"文泽道："可改作'想是嫦娥怕孤寂',诗
意较淡远些。"大家都说改的极好。仲雨、聘才暗暗吃惊,不料他们个个
如此,向来疑他有代笔,今日面试是的确无疑了。唯冯子佩也不来看,
桌子上放着一大盘桂花,他便摄了一把,问书童讨了一条红线,自己捏着
这一头,叫书童捏着那一头,一朵一朵的堆在线上,顷刻结成了一个大花
球,手中轻轻的抛了几抛,走过来挂在华公子衣襟上。华公子取下闻了一
闻,笑道："你辛辛苦苦的结成,你自己受用罢。"子佩接了,又到那边弄琵
琶去了。

素兰、玉林也都写出来,先看素兰的是:

　　满泛金樽玉液浓,秋光和霭似春容。

　　嫦娥宫殿层层启,照澈珠帘十二重。

华公子一样赞好道："工力悉敌,竟是元、白同时了！"子云道："也要
改两字,第三句'嫦娥'二字与前首相同,不若改作'广寒宫殿层层启',不
好么?"素兰道："果然改得好。"始而子云恐素兰不及蕙芳,及到此刻才放
了心。再看玉林的填词,填的《一痕沙》小令。看词是

　　娇舞酣歌深院,绣幙①锦屏香软。珠履客三千,集群贤。月若有
情留住,人若有情休去。莫听晓鸡鸣,乱啼声。

看者都是满面笑容,越发说好,道："真是柔情香口,纸上如生,能不令人
爱煞也！"华公子道："实在极好！但我要换几字:'集群贤'换作'会群
仙','乱啼声'换作'只三更',可好么?"众人一齐道："好！"次贤叫他们

---

　　①　幙——幕的异体字。

快些写上。蕙芳、玉林都要素兰代写,华公子不依,只得各自写了。大家又赏叹了一回,于是静坐,听珊枝的琵琶与春喜的笙。

珊枝斜坐着拨动檀槽,只见指法如雨洒芭蕉,声韵如滩头流水,满杯春色绕乱一堂。加之笙韵高低,声声应和,听得人人色舞眉飞,四肢愉快。弹了《月儿高》一套,大家也赞了一回。

吹弹过了,要桂保的诗谜来了。桂保道:"是人给我猜,还是我给人猜呢?"华公子道:"我给你猜。"随口念道:

> 碧纹浅縠①起参差,今岁春来已较迟。
>
> 我道灞桥诗思少,不如赤壁夜游时。

桂保想了一想,笑道:"公子说的是风、花、雪、月四样,真作得好。"华公子道:"真心灵,一猜就着!"冯子佩道:"我说一个你猜:

> 未用时千包万裹,到用时粉身碎骨。
>
> 谁知一肚黑心肝,也能窜上云霄里。"

桂保笑道:"这是爆竹。"华公子道:"这样不通谜子,也要人猜!"子佩道:"何以见得不通?"华公子笑道:"爆竹自然要他响,你这放不响的爆竹要他何用?"众人笑了。聘才道:"我也说个不通谜子,请教你猜猜。"念道:

> 惊天动地怒如雷,一去谁知不复来。
>
> 比似疆场发浩叹,古人征战几时回。

桂保笑道:"也是爆竹。"张仲雨道:"方才嫌子佩的不响,所以他第一句就从响字作出来。"

此时晓风飘飘,晨钟已鸣,东方发白。华公子即催兰保舞剑。兰保扎起双袖,掣出青锋,先展个门户,却也抑扬顿挫,满眼生光,到后来竟是一道寒光,连人也看不见了。大家痛赞了一阵。兰保舞完,已是红霞满天,朝曦欲上。今日是中秋,各人未免俱各有事,都告辞起身。华公子不便再留,整衣送客。子云等又将零星玩物分赏众旦毕,各人同散,华公子直送出穿堂方回。唯冯子佩因乏已甚,已在留青精舍榻上睡了。聘才也自归房。华公子吩咐书童,好好伺候冯子佩,一面也进内室。诸旦约齐出城,且按下不题。

十五日一日过了,到了十六日,王恂、颜仲清约了史南湘来望子玉。

---

① 縠(hú)——有绉纹的纱。

子玉自七月中病好，调养了二十余日，已经强健。知琴言身落华府，不可复出，大有看破红尘之念，歌场舞席绝不与闻，唯独坐一室，茗碗香炉，周旋其间；名为看破，实情怀未断，犹时一念及，涕泪潸潸不能自解。十五日，到王文辉家一走，王恂、仲清约定明日午刻去望田春航、高品。子玉已吃过了早饭，在书房等候。不多一会，史、颜诸人已到。南湘坐了，与子玉叙谈。仲清、王恂先进内室，见了颜夫人，略坐一坐，即出来喝了一杯茶，即催子玉同走。外间已套上车，子玉也不换衣服，云儿恐怕寒冷，包上了几件棉衣。

　　上了车，来到春航、高品寓处，一问都已回寓，遂同下车进内，一直走到里面。只听高品一片笑声，夹着些燕语莺声在内。在春航斋中，见苏蕙芳、李玉林在内。高品、春航见了四人进来，不胜欢喜，让坐了，苏、李二相公也都见了。略谈了几句，仲清便问闱中的事，春航、高品多属得意。仲清道："湘帆的文章请教过了，是一定得意的。卓然的文章快拿出来看看，想来定有出人头地的好处。"高品道："不好，不好，不必看他。"王恂道："什么话，就不好也要看看。"南湘道："这三道题，卓然一定见长，就不看也不妨。"子玉道："到底看看怎样。据我愚见，却有几样作法，注疏上有可依有不可依的。"高品道："我那日忽然神思昏昏，不成一字，到晚随手乱写，完了卷就算帐。首艺虽有草稿，也不知团在什么地方去了。"即到自己房里寻了出来，众人看了一遍，连诗稿也在上面。南湘看了一半，即不看了。王恂道："作却作得超妙，太短些，看来不过四百余字。"子玉道："笔老格高，此等文场中是少有的。"高品对子玉点点头道："庾香还有点眼力。"仲清道："卓然，你论这篇文字怎样？你说句良心话。"高品道："说好也使得，说不好也使得，横竖场中不论文，中也不算侥幸，不中也不算抱屈。"仲清又问南湘道："你看湘帆何如？"南湘道："我看湘帆必定中魁。卓然的或遇见那荒疏的房考①，或者倒中元也论不得的。"仲清摇头不语。高品取过文稿扯碎了，道："得失自有一定，不必论他，谈谈别样罢。大约我总中一个给你看。"诸人遂各无言，当是高品气愤了，各说闲话。

---

　　①　房考——即房官：科举时，乡会试时，在正副主考官下设同考官，同考官分房阅卷，故又称房考官。

　　苏蕙芳说起前日在华府中怎样题诗画画等事,细述了一遍。听得众人欢喜,又叫他们念出来,各人赞了一回,尤赞玉林的词更为工妙。高品道:"强将之下自无弱兵。你们看珮仙这首词,外边那些头巾纱帽作得出来么?"子玉道:"果然,就是华公子这几个字也改得好。"又问了琴言几句,玉林、蕙芳也细细说了,子玉又发起怔来。忽然高品的小使进来请他说:"有客要会。"高品即忙出去,有好一刻工夫尚不进来。南湘道:"什么人这么长谈?"春航道:"近来卓然有些古怪,找他的不一而足,却非寻常往来,都是俗陋不堪的人。前日我的小使见他的管家拿了好几封银包进来,问他,他说不知谁的。"仲清道:"是了,卓然也穷极了,自然要作这个买卖。况且这篇文字是信手写的,不然何至忙到如此。"南湘道:"不错。你听他说'总中一个给你们看'这话,就明白了。"高品送了客去进来,大家住口。

　　蕙芳道:"难得你们诸公可巧全都在这里,今日我作个东道,请你们何如?"王恂道:"甚好。"高品道:"相公不是要请分子?"蕙芳笑道:"被你猜着了,我真要请分子。"众人当是玩话,都应允了。蕙芳命人到饭庄子上备了一桌菜来,众家人相帮摆好。蕙芳即恭恭敬敬的安了席,众人诧异道:"媚香今日忽庄严如此,想来真要请分子么?"蕙芳应道:"我早说过,几时见相公的酒可是白喝的吗?"大家一笑坐下。高品道:"可惜少了一客。"蕙芳问是"少谁?"高品道:"今日倒不可少潘三。"蕙芳啐了一声。一连敬了几杯酒,玉林也帮着敬酒,吃了几样菜,蕙芳便在靴掖里拿出几页纸来,像是写的一篇文字,递与首府史南湘道:"竹君先生,我今日请分子就是为此,你看了,待我再说。"

　　众人不解,都凑近来看时,题目写的是《香雪先生传》。蕙芳又叫跟班的拿进一个小包解开,一并送上。诸人看是《香雪遗稿》共两本,诗文并列。南湘一句一句的念出,念完才晓得即是蕙芳教书教戏的业师,竟是个名士出身,因不第,焚弃笔砚,入班教曲,生平著作甚富。蕙芳进京相投,亲如骨肉,所有才技,皆师所传,已于某年月日病故,旅榇①无归,暂寄停城南寿佛寺。今其寡妻弱子访寻而来,一路狼狈不堪,到京始知香雪已故多年。蕙芳知道了,即倾囊相助,得二百金,除盘费外,尚够经理其家。

---

① 旅榇(chèn)——榇指棺材,旅榇指暂时放在旅居之地的灵柩。

并求萧次贤画象征诗。其子元佐年十三岁,贫不能入塾读书,而天姿颖悟,过耳不忘,每到人家书塾,听书默志在心,"五经"已熟一半。蕙芳的意思欲浼①诸名士或作诗,或作墓志,或作传,以表扬潜德,阐发幽光,且以盖其前愆②,裕其后裔。

诸人一面看,蕙芳一面讲,讲到伤心处,便呜咽起来。众人为之动容,一齐站起道:"此等高义,今人所难! 我等自当盥沐敬书,表其万一。且香雪有如此高弟令子,即落魄而死,亦无遗恨。"春航与子玉更觉赞叹不置。南湘道:"这篇传,你自己作的么?"蕙芳道:"都是实话,就是少些文气。"仲清道:"也好,请湘帆润色润色就好了。"即说道:"我与他作篇诔③。"王恂道:"我作几首瘗诗罢。"南湘道:"我作墓志。"春航道:"把他的作了略节,我另作一篇传如何?"蕙芳道:"更好,这原算略节,用不得的。"子玉道:"大文章你们都作了,我们作什么呢? 我只好作篇赞罢。"高品道:"赞也很好。我作篇祭文倒沉痛些。"仲清道:"我们何不约齐了他们几个弟子,到黄昏人静后去祭他一祭,并多凑些盘费给他何如?"春航等都说:"这更好了!"蕙芳即叩头谢了,慌得众人齐来扶起。从此人人皆视蕙芳如畏友,连玩笑都不肯了。

南湘道:"他定于何日起灵?"蕙芳道:"三十日子时,二十九日三更光景。"南湘道:"我们这些文章,倒要早早的作起来,刻成一集,刷印几十本交他带回。其分金各人量力而行,或者如度香、静宜、前舟,也可叫他们出一分。我们约齐了,到二十九日夜二更,到彼一祭就结了。他们那些徒弟,媚香自去张罗罢。"众人说道:"很好。"蕙芳道:"祭也可以不必,也不敢当。况庙宇窄小,也无容身之地。赐些笔墨已荣耀极了,何敢当再祭奠? 且外面俗眼甚多,反为诸公添些物议。"南湘道:"这倒不妨。他也是士林中人,人也知道,且到那几日再议。我看湘帆似不能少此一举,我辈附尾亦无不可。"今日有蕙芳这一请,诸人动了恻隐之念,不能尽欢,到了初更各自散了。

明日,南湘、仲清即致札与子云、前舟诸人。数日后,都送了些分金,

① 浼(měi)——请托,央求。

② 愆(qiān)——过失,罪过。

③ 诔(lěi)——古代用以表彰死者德行并致哀悼的文辞。

并有几首歌行。南湘、仲清看了，点过分金，是子云二十四，文泽十六，次贤二十，共五十二两。仲清道："我们共有六分，每人八两，共凑成一百两也就够了。"南湘道："很够了。"于是又致札众人，两三日间都要凑足。诗文共遗集俱已发刻停妥，印刷一百部，用银六十两，蕙芳一人出了。花部①中曾受业于香雪者，现有四人：袁宝珠、王桂保、金漱芳、陆素兰，或学书，或学诗，皆为高弟。此四人也共凑百金，连蕙芳的共有四百金。母子二人并一老仆，三人雇舟由运河而回，也就极宽裕了。到了二十八日，仲清又到南湘处商议明日之事，并说"大约有几个不愿去的，庸庵畏首畏尾，防他严亲知道。庾香更不说了，那古庙里三更半夜的，也不好叫他去。"南湘道："我倒想着个主意：既是此举也不专为祭他，我们借此可以散步野游。不如日间携樽而往，一献之后，即到锦秋墩"浩然亭"上，与那些相公一叙，不很好吗？"仲清道："果然好，我未想到。如庸庵、庾香不来，我们四人罢了。"于是又同到春航处约定，即叫春航备了酒肴，于午刻在那里等候。

　　南湘到了明日，即约仲清骑马出城，到了寿佛寺门口下了马，马夫拴在一边，已见五六辆车歇在那里。进得门来，古刹荒凉，草深一尺，见群骡在那里吃草。颓垣败井，佛像倾欹，进了弥陀殿尚不见一人。只见大雄宝殿西边坍了一角，风摇树动，落叶成堆，凄凉已极。才见一人从殿后走出来，仲清认的是蕙芳的人，见了垂手站住。仲清问道："他们在那里？"那人道："尚在后面，待小的引道。"走到殿后西边一个门内，是一带危楼，门窗全无，走过了才是三间小屋，堆满椁柩，约有二、三十具。见一柩前有一小桌，点着香蜡，想就是了。天井内东边又有一重小门，进了门有三、四间小屋，春航、高品与蕙芳等都在其内，有一个老僧陪着。春航、蕙芳迎将出来，南湘道："这么个所在，阴惨怕人，怪不得有人不肯来。"蕙芳忙拖过条板凳，放在上面，请他们坐了。仲清道："人已齐了，就奠一奠，我们往锦秋墩去逛罢。"蕙芳即将祭筵就叫在那屋里摆起来，蕙芳上香，素兰奠酒，漱芳执壶，宝珠上菜，桂保焚纸。春航、南湘、高品同行了一个礼，五旦连连叩头代谢。大家也都坐不住了，急忙的叫人收拾，给了和尚一吊钱，一

---

①　花部——清乾隆时，戏曲有花雅两部之别，雅部指昆曲，花部是指昆曲以外的京腔、梆子腔、二簧调等。花是杂的意思。

齐走出庙来。南湘、仲清仍旧骑马，余人上车，从人挑着担子，一径往锦秋墩来。

疏林黄叶，满目萧条。约行一里有余，已到了墩前。此墩巍然若山，上有梵宇，顶上建一大亭，名"浩然亭"。四围远眺数十里，城池村落尽在目前，倒也有趣。春航道："今日目击荒凉，心殊难受，及到此处，觉得眼界一空。"高品道："这个锦秋墩我竟没有到过，竹君想来是游过的了。"南湘道："我是第一次。我因前日偶见前人有《题锦秋墩》诗，所以知道。大远的路，谁到此间来？"仲清道："其实也好，天天在热闹地方，也应冷落一回。"南湘道："这个寿佛寺就冷落够了，剑潭你说，唯清心者能叩寂，志淡者能探幽，那个庙里，你敢住几天么？"仲清笑道："若到此地位，也不得不住。晚间月明风静。或者有些鬼狐来盘桓盘桓，也未尝不佳。"高品道："剑潭总喜作违心之论。"素兰道："我若是一个人，就是日里也不敢进去。"桂保道："那些棺材破烂的甚多，我看晚间只怕有鬼。"漱芳道："亏那和尚，只有一个徒弟，一个香火，竟不怕。若果真有鬼，和尚怎么好好儿的呢？"蕙芳道："你几时见鬼吃过人？我前日听那和尚说，每到阴风暗雨的时候，或是夜深，叫的叫，哭的哭，是常有的。"

宝珠道："你们听见怡园闹鬼没有？"蕙芳道："没有。"素兰问道："怎么闹鬼？"宝珠道："看桂花厅一个小使叫春儿，爱吃果子，每逢赏花请客的果子，他捡了藏在一个坛子里。那天晚间，有个大马猴知道了，便来偷吃。春儿睡了，听得满地抛果子响，问又不答，拿灯出来又照不见什么。睡了又响，重又出来，哪晓猴儿躲在一个熏笼里。春儿拿了把刀，无心走到熏笼边，那猴儿忙了站起来，顶着熏笼连蹿带跑出去了。春儿火也灭了，刀也掉了，神号鬼哭喊起鬼来。对门的青儿跑出来，刚撞着猴儿，毛茸茸的一扑，就栽倒了。闹得多少人起来，只见地下一个大熏笼，都想不出什么缘故。春儿说五尺多高，一头黄发的鬼，又说是青面獠牙的鬼，还伸开五指，打他个嘴巴。倒议论了两天，到第三天将晚的时候，看得那猴儿进来，又想偷果子吃，才明白了，不然差不多闹到上头都知道了。"大家都笑起来。

蕙芳预备了两槅蔬菜，四样点心，就借庙中厨房作起来。九人于地下铺上垫子，席地围坐。春航与蕙芳相交了半年，久成道义之交，今复见其仗义疏财，深情感旧，愈加敬畏。再想起自己去年及春间的光景，竟至潦倒穷途,势将沟壑,若非蕙芳成就,虽满腹珠玑,也不能到今日。对西风之衰飒,怆秋景之萧条,烟霏霏而欲雨,云黯黯而常阴,不觉悲从中来,泪落不已。众人不解其故,独蕙芳略知其故,亦已泪满秋波,再经宝珠等一问,愈忍不住。想起从前落难光景,若非香雪提携,早已十死八九了,到此不觉的放声一哭,哭得众人个个悲酸。南湘心中发恶,便痛喝了一大碗酒,对着一带远山舒啸起来。清风四起,林木为摇。高品道:"看你们哭的哭,笑的笑,胸中都有如此磈礧①,独我高卓然胸中空空洞洞,如无肠国民一般。孙登之啸,不过形狂;阮籍②之悲,亦云气馁。古人登高作赋,感慨系焉;我们今日聊且一吟,何如?"南湘道:"好,你先起句。"高品道:"悲壮淋漓,莫如填首《贺新凉》。我得了起句在此。"即念道:

　　世事君知否?古今来桑田沧海,不堪回首(高)。只有词人清兴好,日日狂歌对酒(史)。正秋在断云残柳,试马郊原闲眺望(颜),问金台可要麒麟走?魂已去,更谁守(田)?天涯我已飘零久,共晨昏,棋杆茗碗,二三良友(高)。死者千秋长已矣,说甚名传不朽(史)!只偏偬③填胸如斗,诗唱秋坟聊当哭(颜)。听呜呜击破秦人缶,且一醉,莫偏偬(田)。

　　大家吟了一遍,哈哈大笑。天要下雨,遂无心久留,急忙收拾。南湘搭了蕙芳的车,仲清搭了素兰的车,一路而回。到得家时,已萧萧疏疏落起细雨来。不知后事如何,且听下回分解。

---

① 磈礧(kuǐ léi)——磈,山石高峻的样子;礧,推石自高处下击。比喻不平的样子。
② 阮籍——三国魏思想家、文学家。
③ 偏偬(chán zhòu)——烦恼;憔悴。

中国古典文学名著丛书

怡情侠史

下

[清] 陈 森 著

华夏出版社
HUAXIA PUBLISHING HOUSE

第三十二回

众名士萧斋等报捷　老司官冷署判呈词

话说秋雨纷纷,泞泥满道,一连下了七八日,到了初八日方见晴明。场中订于初十日出榜,初九日一早即报起来。凡下场的个个意马心猿,到了这几天,寝食俱废,就是高品、春航,亦未能免俗。

春航初八日晚上太睡早了,睡不着,重又起来,至高品房中,见高品尚未安睡,二人谈起心事来。春航叹了一口气道:"我的名心原淡,中不中倒也无妨。就是对不住苏媚香,半年期望之心,白白辜负了。科名虽不足贵,但古今名士才人,断无不从科名而起。"高品道:"可恨今年这一班主考房官,把人回避得干干净净。我们再若不中,未免太冷淡了。若到明日此刻不见动静,就不必想了。"春航道:"不要到此刻,点灯时不来,便已绝望。若据前日那两个六壬①课,似乎你我皆可有望。"高品道:"下场年问卜是最不灵的。我头一次在江宁考试,有个起梅花数的,为我起数,得泰卦五爻,他说不用说了,一定中元的。爻辞是'帝乙归妹,以祉元吉',你还讲甚么!且象辞还是'中以行愿也'。"春航道:"可不是。"高品道:"不但此,那年是乙未年,你想帝乙的乙字与归妹的妹字,去了女字旁,不算乙未两字么?我已十拿九稳,谁知鬼神专会哄人的,你道可笑不可笑!"春航道:"人心最灵,心之所欲,象即呈焉。此是人心上起的象,非卦中之象也。"二人煮茗闲谈,将近五更始寝,一到天明即已起来。

却说苏蕙芳惦记春航,亦复一夜不能安睡,比到起身时,已是巳正时候。连忙梳洗,即着人到外面打听可曾报动,那人去了。随后有个京官,着人来叫蕙芳去陪着登高,蕙芳哪有心绪,回他进城去了。停了好一回,钟上已交午初,打听人转来道:"外间已报过四十名了,田老爷还没有在内,倒是那个姓归的,中在三十四名。"蕙芳道:"哪个姓归的?"家人道:"胡同外边住的,就是那叶先生的姑爷,开窗子的。"蕙芳听了,颇为不平,

① 六壬(rén)——占法的一种。

道:"奇了,王八都中了,还了得! 这么看来,是不必说了。"心上要到春航那里去,犹恐见面有些难以为情,意欲报了再去,心上十分焦急,比春航倒还胜几分。一回见宝珠着人来问信,素兰、玉林着人来问信,闹的蕙芳坐立不安。欲到戏园中,恐怕被人钩搭住了,闷闷的歪在炕上,拿本闲书消遣,看了两页,又停下。将近申初时候,尚不得信,闷绝无聊。

忽见跟班的手里托着一个盒子,上面放着一盘枣糕,进来说道:"胡裁缝送来的,有话要面求。"蕙芳道:"他有什么话讲? 既然他亲自送来,收了他的就是了。"胡裁缝也走进来,作了一个揖,蕙芳让他坐了。胡裁缝道:"今日倒闲空在家,不出门走走? 外面登高游玩的颇热闹,又是报举的日子。潘三爷的女婿中了,好不热闹,挤满一铺子人,报喜钱赏了一百吊。这胡同外的一家也中了,我常与他作衣裳的。寓在宏济寺的高老爷也中了八十一名。如今城外已报一百多名了。"蕙芳听了,忙问道:"宏济寺的高老爷中了,还有位田老爷在寓在寺内,可曾中么?"胡裁缝道:"我没听见说,想必也中了。"便向蕙芳说:

"我的苏爷,我有一件事要求你。我那第三个儿子叫三喜,在铺子里闲着,教他作手艺,学了三四个月,剪刀都拿不起,一天倒要四、五十钱买糖买果子吃,我哪里养得起他! 他相貌也还干净,虽不能比你那班里相公,也差不多。他心也灵,针线学不会,戏倒学得会,如今听熟的乱弹,倒也会唱许多。我想作戏比我们作裁缝好万倍,我求你老人家,行个好事,提拔提拔。我选个日子,送三喜来拜你作师父,你老人家断不可推辞。我若送他到别班里,我也心疼,他年纪又小,打打骂骂的,孩子也受不得的。你老人家心又慈,疼惜孩子,将来就不指望与你老人家一样,能够光光鲜鲜,不少吃,不少穿,认得几个财东,也就心满意足了。作裁缝的有什么好处? 自己又没有本钱,铺子里赊了料来,来路就贵,还要替人垫钱,开出账去,人又嫌贵了,七折八扣,拖拖欠欠。这一间铺子好容易开着,五、七个伙计做活,老米饭酸菜汤,一天费用也得两吊钱,能有多少沾光在内! 你若肯收了作徒弟,歇两年我就不作裁缝,就像作老太爷一般了。"

蕙芳听了,好不厌烦,便道:"我将要改行,不唱戏了,哪里还要收徒弟? 况且我也不会教人,你儿子要学戏,还是到那乱弹班里好,学两个月就可出台,我们唱昆腔的学了一辈子,还不得人家说声好,一个月花了多少钱,方买得几出戏,学他作什么!"胡裁缝尚是摽摽咬咬,好一回才去。

已是上灯时候,蕙芳长叹一声,忍不住叫套车到春航处去,先与高品道喜。及到了宏济寺中,却是冷清清的。进内先见了高品的家人,问他,那人答应道:"方才报是报来,我们老爷说恐怕不是,不晓得什么缘故。"蕙芳走到里面,只见高品与春航对坐下棋,照应他坐了。春航便触起心事来,便把棋子一掳,说:"输了!不必下了!"高品也便歇了。蕙芳问道:"卓然已高中了,怎么如此模样?"高品笑道:"中了便应该怎样?等湘帆报来,再热闹罢。"蕙芳道:"总是一样,全要中的。"高品道:"方才报来是报来,但有些不对账,是个江南监生。"蕙芳道:"据我看来不错的,你这名字未必有同的。"高品道:"也难说,总要看了榜才作准。"春航默默不语,蕙芳只好说些宽慰的话。

少倾,史南湘、颜仲清闯将进来。南湘道:"贺喜的来了,快预备喜酒!媚香你也在这里?"春航道:"此刻也差不多报完了,将吊之不暇,何贺之有!"仲清道:"才报了一百八十多名了。卓然中在八十一名,你嫌低了,因此有些委屈么?"高品道:"恐怕不是。你不见条子上写的是江南监生?"南湘、仲清齐道:"这是笔误,常有的事。"春航道:"不必疑心,卓然是已经中定了。"南湘对高品道:"你且备起晚饭来,咱们一面吃一面等,如不来到,三更后同去看榜何如?全中了,你们两人好好的请我们吃十天。"二人尚未回言,蕙芳道:"有理,有理!就这么着,我也有些饿了。"

高品、春航知道今日必有人来,已经安排定了。即收拾桌子,摆上饭来。南湘不准先吃饭,要陪着他饮酒。高品口内虽说疑心,心上早已欢喜,颇觉对酒开怀。春航素来洒脱,此番倒放不开心,蕙芳也与他一般。南湘道:"放心,湘帆总在五魁①之内,如不是第四、第五名,我也不敢论文了。当年我在湖北侥幸的一年,约了几个朋友,大排着筵宴候报,候到三更不来,也气极了。那些人看不像,也去了。到四更将要睡时,才报了来,倒是个解元②!难道你们下过两三场,还不晓得五魁是后填吗?"仲清说道:"上科我就不是上了报录的当?我是副榜第一,他就报我是第二名南元,倒赏了好些钱。明早他竟不来,及看榜时,才晓得是副榜,倒叫我太

---

① 五魁——五经的魁首,明朝科举分五经取士,第一名称为魁首,其后则以乡会试中前五名的称为五魁。

② 解元——科学时代,乡试称解试。解试第一名称为解元。

山、太水空喜欢了半夜。"诸人借酒闲谈，到了二更以后，尚不见报来，就是史、颜二人心上，也知春航有些不稳了。

将要吃饭，忽听门外一片声嚷将进来，倒把众人吃了一惊。听到嚷道："田老爷大喜，中的是南元①!"春航一听，喜不可言，把箸子摔过一边，连忙走出位来。蕙芳也乐不可支，诸人是皆欢喜，忙看条子，是"中式第二名，田春航，年二十三岁，江南上元县附贡生。"方才放心。报喜的讨赏钱，蕙芳带了些票子来，递给春航。春航先赏了十吊钱道："明早同高老爷报喜的一同来领赏就是了。"众人道："明日二位老爷不是十吊二十吊的赏，重重的要赏几百吊钱呢。"高品道："是了，你明日来。"春航乐极了，因高品不放心，也有些疑心起来，恐怕报喜来诳他，只管发怔。蕙芳笑道："报已报完了，二百几十名人都要疑心，难道人人全是假的么?"仲清道："不心疑心。此刻已三更天，城门也都开了，叫你管家骑匹快马，先看了榜来。我们也不回去，你叫人索性添些酒来。"春航、高品道："甚好。"一面打发人去看榜，一面再添酒菜。

此时各人畅饮，到底喜多愁少了，猜拳行令，闹到五更以后，看榜的始回，说道："田老爷是不错，榜上果然第二名。"这一句话把高品唬呆了，急问道："我怎样?"那人道："八十一名是叫高品三，年四十岁，江南淮安府山阳县监生。"高品气得发昏，说声"呸"! 那人便拿出《题名录》来，众人细细看了，果无高品在内。蕙芳笑道："中的人我也不认得。我就晓得这两个：一个是叶茂林的女婿，叫做窑子归，这三十四名归自荣就是。一个是潘三的女婿，叫做杠花，他老人叫花三胡子，在杠房抬杠出身，如今大发财，开了几处杠房，这六十三名花中桂就是。"

高品再把第一张《题名录》看了一遍，略生喜色，不觉叹口气道："也罢，名利二字是有一定的。现在你们不比外人，我对你们直讲罢：一千六百两银子卖掉了一个举人! 这个杠花就是我中的，是张仲雨的过手，明日就要讨账去了。"春航、南湘、仲清、蕙芳都埋怨他几句。高品道："我岂不知此事原作不得? 我也有个想头在内，或者今科不当中，或者我竟能名利双收，也未可知。况且我要回南一走，家内有几件大事急于要办，妙手空

---

① 南元——明清科举时代，南方各省考生参加"顺天"乡试乡举，除第一名保留给"直隶"本籍人外，考上第二名的称南元。

空的,亦殊难堪。如今倒罢了,虽不能巴结与湘帆作个同年,但不叫抬杠的做年伯,称婊子为年嫂,也是不幸中之幸也! 我看湘帆不但得此年伯、年嫂,还得了一个好年丈呢!"春航笑道:"凭你怎样刻薄罢了。但是哪一科没有些混账人在内? 焉知你下科又不与这些人作年同年? 倒是年丈之称又是谁呢?"蕙芳听了好笑。仲清道:"你方才没有听见,抬杠的儿子花中桂是潘银匠的女婿吗? 叙起年谊来,不是你的年丈?"春航笑道:"我也不与他会同年,我仍认卓然是同年便了。"高品笑道:"我么说,我明日就叫潘三为丈人如何?"说得众人大笑。

少顷,天色大明,红日已上,春航要出去见房师,并谒座师,各人也都散了。以后会同年,请吃酒,一连忙了半个月。春航出于第四房孙亮功门下,相见之后,亮功久已闻名。就是刘尚书、王阁学,虽未见过春航,于他儿子们书房内见他些笔墨东西,也久已倾倒,唯恐不得其人为憾,今中了南元,十分欢喜。从此春航与文泽、王恂又成了世谊,更加亲爱。唯有孙氏昆仲,颇难浃洽 ①,然亦不得不往来,唯淡交而已。

高品代枪之银已收清,共得了一千六百金。张仲雨过手,在花处讲定二千四百金,从中扣出去八百金,又索花姓谢仪二百金,也得了千金,自己享用,便从藩经历上加捐了正指挥,即在坊里当起差来。高品已于十月初二日回苏州去了,春航在庙里寂寞,文泽邀至家中,王恂又欲相留,春航两处时相寄榻,又兼蕙芳照旧相陪,便安心乐意,与文泽、仲清等交相琢磨,闲时作些诗赋,习学殿试工夫。南湘也写了几天殿试卷子,以后又不写了,且按下不题。

如今要讲起一件闲事来。那八月十四日晚,乌大傻教刑部里传了去,问了一堂私造假契、抵押钱财事。因归自荣急欲借钱,商于大傻,要借彼房契抵押,许其分用。大傻早将房契押出,只得另造伪契与归自荣,押了六百吊钱,大傻分用了二百吊。谁知这个财东与前次那个财东相好,一日叙谈账目等项,讲起乌大傻的房子来。那个财东问起住址方向,知道就是押于他那一所,便对那人道:"这张契纸是假的! 前年大傻已将房子抵押于我,押了八百吊,有兴盛香蜡铺作保。现今利钱欠了四个月,我正要找他说话,怎么又押与你了?"那人便着起急来,即找了中保来寻大傻理论。

---

①　浃(jiā)洽——融洽、和洽。

谁知大傻终日昏昏沉沉的在戏园闲闯,家中用一个笨汉,也甚不明白。那人找了十余天,并未见着一面。大傻回来,又不知道,那人情急,告了一状,送到刑部里。乌大傻是个天文生①,其祖也作过官,其叔祖并且是个显宦,如今式微②了,只剩下数顷荒田,几间破屋。幸亏契是白契,并非私造印信;大傻的堂母舅现任刑部司官,也有些照应。大傻想供出归自荣来,无奈契是他的,又系他出名,倒与归自荣毫无干涉,竟上了一个大当,革去天文生,限期赔偿,这也是他的晦气。

却说拿乌大傻那一天,有个皂隶③叫做陆升,与归自荣住处相近,认得那日见他报了举人,忽然想起:八月十四日明明看见归自荣在乌大傻寓里吃酒,因想十四日秀才们正在场里,怎么他不进去又会中呢? 想来想去,再不明白。一日遇见一个贴写,叫做葛逢时,排行第六,是个绍兴朋友,极会生事的。那天是十月初三日,陆皂隶走到衙门前一个小茶馆内,见葛贴写在里面吃茶,一边放着黄布小包,身穿贵州绸绵袍,套着元青大褂,低着头在那里吃火烧。皂隶走近来弯弯腰,叫声:"葛先生,独自一人闲坐吗?"葛逢时见了也照应了。陆皂隶就对面坐下,走堂即添了一碗茶。葛逢时道:"你今日清闲,想不是值堂日子么?"陆皂隶道:"这几天不该班。葛先生你是忙得很,近来想也发财? 你是走得起的人,即日就要补经承④了,将来可肯照应我们?"葛逢时叹口气道:"老陆,你是衙门中老手了,难道你不知道我们的苦? 若要想得经承,至快还得七八年,你想难不难? 不比别的衙门,还有些活动。这道衙门作了经承,便又怎样?"陆皂隶道:"作了经承到底好。你看黄经承与张经承怎样局面? 簇崭新、风吹不动、火烧不着的一所好房子,好热车,干草黄银鬃大骡子,你瞧气色怎样光鲜,衣服怎样体面也就罢了,将来还有个小功名。人生在世,衣食无忧就也难得。"

葛逢时点点头,已将几个火烧吃完,然后问道:"你可要吃点心?"陆皂隶道:"我已吃了油炸糕、甜浆粥了。我有一件事不明白,今日难得遇

---

① 天文生——观测天象、推算时日的官吏。

② 式微——衰落,指事物由盛转衰。

③ 皂隶——旧时衙门的差役。

④ 经承——清代京师各部院役吏的总称。

见你,正好讨个教。"葛贴写道:"有甚么事难明白?"陆皂隶道:"我们街坊
有个姓归的,是个南边人,招赘在乌大傻子家里,常见他出进的。我家与
乌家隔不到一箭远,在一条胡同里,这且慢说。我问你,年年下场的日子,
可是一定的日期? 或是可以先后移改的?"葛贴写道:"乡试么,通天下是
八月初八日头场,初十日出来;十一日再进去,十三日出来;十四日再进
去,十六日完场,这是各省一样的。会试是三月初八日起,也是一样的。"
陆皂隶道:"你说二场是八月十四日进去,是什么时候点名,什么时候封
门呢?"葛贴写道:"点名总在一早,到了午未时也就要封门了。"陆皂隶
道:"到十四日二更天还有不进场的人吗?"葛贴写道:"怎么能够到二更
天? 今年点名极快,二三场午正时候已经封门了。十四日二更天还在场
外,那是头二场犯了贴例,贴出的了,所以不用进去,你当他还未进场
呢!"陆皂隶点点头道:"原来有这些缘故。什么叫做犯了贴例,贴出来
的?"葛贴写道:"这些事你要问他作甚么? 贴例的或是烧了卷子,或是墨
水污了,或是不完卷子交了白卷,这些有毛病的卷子就不发'誊录所',就
贴了出来,不要他再进去了。"陆皂隶道:"据你说贴出来的,可会一样中
么?"葛贴写道:"你好明白! 既贴了出来,没有完场,怎么也会中? 就是
大主考的儿子也不能中的。"

　　陆皂隶道:"我原听得人说:不完场是不能中的。我方才讲的那街坊
姓归,名字叫自荣,现在高高中了三十四名。我于八月十四日二更天去传
乌大傻子,明明看见归自荣在那里,他并且上前来问甚么事,讲了多少话,
急得什么似的。那时我却不理会,后来见他报了举人,我又不曾认错人,
细细想来,他没有进场怎么也会中呢? 请教你评出个理来。"葛贴写道:
"这却奇了! 或者你认错了人,或是记错了日子,不要是十三晚上?"陆皂
隶道:"这人虽烧了灰也认得出来,断不会错的。至于日子,有票字为凭,
而且明日就是中秋节,一发不会记错。你想是什么缘故?"葛贴写道:"这
真奇了!"细细想了一会,问道:"你可知道他的底子怎样?"陆皂隶道:"这
却不知道。他外面是极好看的,说是乌家的女婿。至于他是哪一省人,我
也不知道。"葛贴写道:"你细细访一访,如果真没有进场,这就了不得。
必定有个顶名代替的了。你若访实了,歇天我同你去找他,看怎样。我们
见景生情,大家可以发些财。"陆皂隶道:"我也是这么想。"二人商酌定
了,葛贴写还了茶钱,各自去了。

歇了几日,陆皂隶访得明明白白,是归自荣撵出一个奶妈了,因偷了一张钱票,两样银首饰,被主人搜着了,撵了出来。归自荣那几日因城外人眼多,故躲在城里头看戏,请的客都是心腹至交,所以不瞒他们。内中有个马回子,替他经手请了一个浙江人,丁忧①的禀生②,许了他一千两银子,先付润笔一百两,归自荣没有钱,只付了四十金,至今分文未付。那经手的马回子又从中赚了十两,那禀生仅得他三十两银子,倒替他中了一个举人,如今天天向马回子吵闹,把马回子的大门也打破了。归自荣躲在家里再不出来,并且闹得外头有些风声了。陆皂隶从奶妈子口中访得清清楚楚,便告诉了葛贴写。葛贴写便叫陆皂隶去向归自荣借一千银子,被归自荣啐了一脸吐沫,便一五一十嚷将出来。归自荣无法,掩不住口,也只得和他闹了一场。陆皂隶讹诈不动,逢人便说要告他。葛贴写与他作了一张呈子,就递在部里。马回子知道了,通知了那个禀生,两人星夜逃往他方去了。部中审了两次,归自荣不能狡赖。只得据实供明,革去举人,监押起来,俟拿到代枪之人,再行定案。此案一出,闹动了多少不第生监,鸣鼓而攻,并把归自荣在城外那些事情,一总捅出。部中看成了一个大笑话,有个老司官游戏三昧的作了一个勘语,是一篇四六文,满城传遍。从此归自荣成了一个衣冠禽兽了。

一日,文泽的家人从外面抄了一张来,送与文泽看。恰好南湘、仲清都在那里,大家看时,只见写道:

勘得归自荣,家本书香,父曾攀桂;心耽铜臭,性爱游花。浪迹都门,骗人弱息;缩头陋巷,拥彼淫娼。恣挑达于风月场中,攫钱财于鸳鸯被底。臀有肤而尽堪凿空,面无皮而岂解色羞?贪酒食之欢娱,畅烟花之缭乱。交游假托,后庭里玉树常埋;廉耻全无,前溪边秋砧又捣。既在泥涂以含垢,岂堪月窟以探香?借曰兔本前生,竟忘鳖为同气;一味狐能工媚,示由虫自可怜。乌大傻破屋无存,尚须还债;马二回大门亦坏,遑问谢仪。效张冠而李戴,回天力于人工。夫枪替虽已鳞潜,而索贿尚多雀噪。皂隶岂知颠倒,乱吵街坊;诸生尽讦阴私,纷呈词牍。是宜先除巾服,消断袖之余妍;重挞鞭挝,起引锥之隐痛。

---

① 丁忧——旧时称遭父母之丧为丁忧。

② 禀(lǐn)生——科举制度中生员名目之一。

照例充军烟瘴,俟全案之齐拘。大书以示衣冠,浅众人之公忿。此谳!

众人看了,笑个不已。仲清道:"这是天理昭彰,报应不爽。若没有那皂隶一闹,又有谁人知道?此等污秽东西算个孝廉,真辱抹杀多少人!"春航道:"如今世上竟不成事了。你看此中漏网者固多,冤枉者亦复不少。前日瑶卿说,我们同年与他最好、教他画画的那个南京人金粟,本是个名士,性情磊落,大雅不群。因初到京时,寄居在某显宦家,也是自不检束,他的跟班与彼内眷有私,竟将相如、文君之事疑到此君身上,因此辞出。不意这位显宦明于责人,昧于责己,怀恨在胸,借此发挥,将此君亦另案锻炼,又带累了几个名士,一并斥革,你说冤枉不冤枉!"文泽道:"此等事亦不足为奇。即如唐六如、吴汉槎诸公,至今其名自在,虽经斥革,与他何损?要知如归自荣这种行为,只怕也没有了。"春航道:"难说,你看那买卖人的儿子,家人的内亲,其不通且不必论,难道也算身家清白吗?不过有幸有不幸就是了。"

正说话间,只见史南湘的家人进来说:"请少爷回去,老爷放了道了。"南湘听了,即便辞了众人先回。不知后事如何,且听下回分解。

第三十三回

寄家书梅学使训子　馈赆仪华公子辞宾

话说史给事①放了大名道,南湘随任同行,且到明年会试再来。诸名士、名旦送行,又叙了几日。光阴甚快,不觉又到腊月中旬。

且说子玉因南湘、高品出京,又少了两个知己。前月王阁学来对颜夫人说,不是冬底就是春初,要与子玉毕姻。颜夫人回说不好专主,须寄信到江西,俟其回信转来,再为定夺。子玉因此连王宅也不大去了。徐子云近日补了缺,衙门中添了些公事,不能天天在园。

是日天气晴和,雪消风静,子玉欲访聘才,打听琴言消息,早饭后禀过萱堂,乘舆进城。行不到半里,心里忽又踌躇起来,料聘才也未必在家,越想越不高兴,便说:“不去了,出城回去罢。”云儿勒转马头,赶车的倒转车来出了城。忽然有几辆车塞满了路,还有一群骆驼挤在里头,众赶车的喧喧嚷嚷,开让不来。子玉的车下了帘子,与一个车相并。子玉从玻璃窗内一望,却好那人也转过脸来望他,原来是宝珠。子玉见了,不觉一笑。宝珠问道:“你从哪里来? 还到哪里去?”子玉道:“我从城里回来,不到哪里去了。”宝珠道:“何不到我寓里谈谈? 我们也有两月不见了。”子玉一想:“回去尚早,也可借此散散。”便道:“甚好。”一边车已走开,子玉在前,宝珠在后,同到了门口下了车,宝珠让进了里面。子玉尚是初次进来,到了内院,见正面上房三间,西间便是书斋,上悬一额,是“小琅玕室”。子玉进内,觉得芳香扑鼻,不染点尘。有两盆水仙花已开足,桌上摆一个古铜瓶,插一支天竹,两支腊梅,那边还有两盆唐花。壁上所挂字画,皆是前人名迹,绝非世俗纱帽之作。又见一个小地罩内,左边挂一个横幅,是宝珠自己的“倚竹图”小照;右边挂着四幅小屏,是教他画画的那个金粟画的花卉。子玉看了,不禁一叹,说道:“天下事真是有幸有不幸,你看此等名士竟遭此劫! 天之妒才,果如是耶?”因向宝珠道:“我听见人说,你之待

---

① 给事——官名。

此公，与此公之待你，亦不亚于蕙芳之待湘帆。且你于此公失意后更觉亲密，一切旅费悉赖你周全，此等居心尤为难得，真令世俗衣冠中人愧煞！此公亦甚知感激。"子玉一面说话，但见宝珠默默无言，眼眶一红，长叹一声道："同是天涯沦落人，相逢何必曾相识。"不禁落下泪来。

子玉因无意中数语，竟触动宝珠心事，自觉出言唐突，忙指着窗外之竹，笑道："当岁寒时节，将此君与唐花①较量，方见其潇洒自然，节同松柏。"宝珠闻之，又破涕成笑，子玉方觉放心。因又道："不觉日子这么快，转眼又是年底了，真是流年如水。"宝珠道："可不是么，本来离年近了。前日我听到剑潭讲，一过年你就要恭喜了，可请我们吃喜酒么？"子玉道："还没有定，等老人家家信回来再看。"宝珠道："今日我倒得了两样菜，不晓得你肯赏脸在这里吃饭么？若肯在这里吃饭，我便约了香畹来，大家叙叙。"子玉踌躇道："若吃饭，回去就迟了。前日这么大雪，你想必积了些雪水，我们何不煮雪烹茶，请了香畹来作个清淡雅会，不好么？"宝珠笑道："很好，到底你总与别人不同。"一面着人去邀素兰，一面吩咐把火盆抬到外间去，将茶炉搬过来，并搬出全副茶具。子玉见地上先放了一个大铜盘，后将一个古铜茶炉座在盘内，那炉约有一尺多高，身圆如斗，下有鼎足，炉身两孔，炉口圆小。从火盆内夹了些焰炭，又加上些生炭，便见一炉活火直燃起来。又一人捧过一个蔚蓝大磁瓯，又把个宜兴窑提梁刻字大壶，盛了雪水。子玉见了，颇觉欣羡，便说道："尚未煮茶，见了这一副茶具，已令人清心解渴了。"

说话间，素兰已到，大家见了。素兰对宝珠笑道："今日你如此之雅，一定是为雅人来了。但添了我这个俗人，不要把雅事闹俗了么？"宝珠道："你也就雅极的了。"素兰问子玉道："近来何以足不出户？可曾会过玉侬么？"子玉道："没有，玉侬此刻如何能出来？不料他安身立命，竟在那一处了！"宝珠笑道："恐怕那处还不是玉侬安身立命处，玉侬之志岂肯长受委屈的。"子玉道："我听得待他甚好，有甚么委屈处？"宝珠道："好原好，但华公子那究竟不能十分体贴人的。度香这么样待玉侬，尚不能得玉侬欢心，那边能如度香这么样么？局面就是两样，那处是步步不离规矩的，闲散惯的人也是不便的。八月十四那一天，我看玉侬出来伺候就是勉

① 唐花——亦作"堂花"。放在密室里用加温法使其提早开放的花。

强,叫做没有法就是了。"素兰道:"如今见了我们,也是生生的,觉得心上总是忧郁不开的光景。"子玉听了,不禁叹了一声。宝珠见水开了,自己于博古厨内取出一个玉茶缸,配了四种名茶,自己亲手泡好了,把盖子盖上;又取出三个粉定茶杯,分作三杯;又将开水添满茶缸,仍旧盖了。子玉道:"要你亲手自制,倒累了。"宝珠道:"你们尝尝这茶味可好么?"子玉与素兰喝了两口,觉得清香满口,沁人心脾,都说道:"这茶好极,而且不像一种茶味。"宝珠道:"我将各样好茶,并成一碗的。"子玉道:"怪不得香美如此!"宝珠又捧上一个果盒来,聊以侑①茶。子玉道:"倒比酒好。"

　　三人闲谈了一会,素兰问子玉道:"近日你可见你那世交魏聘才么?"子玉道:"也有两月不见了。我今日倒特要去看他,已经进了城,我想他是常在外边的,忽然不高兴起来,所以转回,恰才遇见瑶卿。"宝珠横波一笑道:"你错了,该去的。就使聘才不在家,你那心里人是不出门的,他知道你去,必出来见的。"子玉不语。素兰道"你不晓得魏聘才近日的事吗?"子玉道:"什么事?"素兰笑道:"这魏聘才从前指使人去闹玉侬,我心上极恨他,及至玉侬进去了,倒也不见怎样。我看其人也不算个大恶,不过是个小人意见。殊不知他从前会糟蹋人,如今也受人糟蹋起来,而且以后还没脸见人!"子玉听了十分诧异,忙问道:"有何难见人的事?"宝珠尚未知道,也问何事。素兰道:"魏聘才原不好,但如今交朋友也真难,人面兽心的多。你们真不知魏聘才宿娼,被坊官拿住,送交刑部么?"子玉吃了一惊道:"有这等事? 怎么就送刑部呢?"

　　素兰道:"我是听到张仲雨讲的,如今仲雨是正指挥,所以知道这事。已有四五天了。那一日魏聘才请富三爷在蓉官寓里喝酒,富三爷想起一件事来,先进城去了。聘才便不进城,叫蓉官去叫了一个媳妇,名叫玉天仙,就借蓉官寓里过夜,将近二更,尚在那里喝酒唱曲。有个吏目郁泰孙来查夜,走了进来,与聘才认识的,且同过席听过戏的。聘才见是郁吏目,便放了心,让他入座。吏目不肯,聘才便与他玩笑起来,那史目即变转脸来道:"老魏,今日讲不得玩笑! 你可知道公事公办么?"聘才还当他是玩笑,便也说道:"什么公事私事! 你别把坊官摆在脸上,就是都老爷挟妓饮酒,也是常有的,快坐下罢!"一面又扯他。那吏目"哼"了一听,说道:

_____

　　① 侑(yòu)——劝,陪侍。

"不要说是你,今日我来查夜,就是我们总宪坐在这里,我也拿得他。"话才说完,有几个兵役就拿链子出来,套上聘才往外就拉。又有两个,一个锁了蓉官,一个锁了玉天仙。可怜魏聘才崭新的一身衣服,被他们拴在车尾子上,跟着跑到吏目寓处,铁面无私的讯问起来。幸亏魏聘才的下人找了一个书办,讲了一千六百吊,写了字据,找了铺保,方开开锁,作了一套假供:魏聘才为李三才,'今日蓉官留住吃饭,适逢蓉官出嫁之姊回家看弟,并无同桌吃酒,以致男女混杂,讯明是实,相应开释'等情。"

子玉道:"这已算明白了,怎么又送部呢?"素兰道:"闻说有位巡城都老爷,访得吏目诈赃,改供私放,把这案提上去,送了刑部。"宝珠道:"如今魏聘才是在监里了,应该! 应该! 但华公子怎么不替他料理呢?"素兰道:"据仲雨讲是瞒着华公子,况且又是个假名假姓。大约脸总丢了,也不至有什么大罪。又听说魏聘才新捐了一个从九品,审实了,这功名只怕也革的了。"子玉听了,甚替聘才着急,连说道:"这怎么好! 就是我们那位李世兄,也在外边胡闹,夏间去嫖,连衣服都被人剥了,亲友们都知道,闹得很不好看。不料魏聘才又闹出这件事来!"素兰道:"也叫他吃些亏才好,如今报应得甚快。谁叫他会使赶车的糟蹋人,如今是加倍奉还了。"子玉又笑起来。

当下三人讲了好一回,子玉见天色不早,辞了二人回家,到上房见了颜夫人。颜夫人似有不悦之色,子玉也不敢问,呆呆的站在一边。颜夫人道:"你父亲有家书回来了。你做的事他都知道,并且说我不能教训你,自去看罢!"便将家书递与子玉。子玉接了,未看时已唬得目瞪口呆,走到窗前恭恭敬敬捧了,看了一遍,两颊通红,一言不发,只看着颜夫人。颜夫人见了这样光景,心上着实可怜,只得故作冷笑道:"知道害怕,莫若从前不作这些事不好么? 以后学好也由你,不学好也由你,横竖我不能跟着你出外。你若再不要好,你父亲回来,恐未必依你!"子玉只得连连答应几个"是",也不敢坐下,也不敢退出。

颜夫人也不便安慰他,只好问他:"今日可见魏聘才?"子玉听了,似有踌躇,欲说不说的光景。颜夫人又问了一声,子玉说道:"没有见着,而且得个信,说魏聘才不晓得闹了什么事,被人告了,前日已收到刑部监里。"颜夫人听了,吃惊不小,急问道:"这话是谁说的? 为着什么事? 你从何处打听来?"子玉随口说道:"是一个认识的人,就是魏世兄的亲戚张仲雨说的。他也讲得不甚明白，倒像是狎妓饮酒，被坊官拿去的。"颜夫人听了，骂了一声："下作东西！作这些不爱脸的事。如今便怎样呢？难道华府里也不管他吗？"子玉道："听到魏世兄在城外的日子多，这件事改着个假名假姓，说姓李，大约还瞒着华府里。又有人说他新捐了个从九品。他虽说是李三才，人原知道他是魏聘才。"颜夫人脸都气红，停了一会道："好吗，都是这些不成材的！就是李世兄，也是天天不在家，不知在外面做什么事，想来也未必干正经，我又不好说他。聘才的事，谅他总知道细底。"子玉道："据李世兄讲，有两三月不见聘才了，他们近来倒很疏远。"颜夫人道："但则聘才的事怎么好？其人虽不足惜，但究竟是老爷世交之子，打听个实信才好。"便叫个仆妇去传梅进进来。

梅进即便走到阶下站住，颜夫人将聘才的事说了，叫他到王亲家老爷处，托他关照关照，到部里说个情也好。梅进应道："奴才就去，但魏少爷的事情虽小，已经收到监里，连他的家人都不容进去送饭，不知怎么要如此严紧。只怕亲家老爷未必肯讲这个情，或者他那华府里有人张罗他。"颜夫人道："你想是知道他的情节，到底是怎样的？"梅进道："昨日听得人说的。"便细细的将聘才的事说了一遍。颜夫人道："虽然如此，我们是尽我们的心。你且到王老爷处走一走，能与不能再说罢。"梅进出去了。颜夫人冷笑道："这是喜欢到相公家里去的榜样！"子玉臊得满脸通红，只得在下边凳子上坐下，即陪侍颜夫人吃了饭，然后回他书房。从此子玉心上惧怕，竟好几天不敢再作妄想。

梅进来到王宅，文辉传进问了来意，梅进禀明。文辉冷笑了一声道："那魏聘才我一见他，就知道不是个东西！你们老爷定要留他，幸而如今出去了。这件事怎样去说？且刑部里绝无相好。你回去与太太请安，说我只好转托人碰他的运气罢。"梅进回去照直说了，颜夫人也无法，只得听其自然。

且说聘才在监里，许了蓉容与玉天仙许多银子，叫他们跟着他的口供，说系那日吏目请他在蓉官寓处吃酒，叫了媳妇玉天仙。饮酒中间，要问聘才借银一千两，聘才不允，因此口角。郁吏目预先带有兵役，即将他们锁了，带回寓所，改作查夜拿获，诈赃卖放，勒写欠票等情。玉天仙又供郁吏目常到他家吹烟饮酒，半月前发帖请分子，分金未到，因此挟嫌，设计锁拿。那日锁拿之后，又逼索钱五百吊，改供卖放。蓉官所供一样。部里审了两堂,彼此口供相对。华公子已知道了,欲待不管,心里又有些不安,只得着人到刑部里与他托情关照,因此轻办了好些,将吏目革职,聘才杖了二十,玉天仙逐出境外,蓉官释放回来。

结了案,聘才尚欣欣的得意进城,道是官司赢了,一径回华府来。门上人见人,都来宽慰了好些话。聘才扬扬的说道:"倒也没有受一点委屈,这些司官老爷们都与我相好,司狱又是我的至交,一切全仗了他们,这几日倒也张罗得很好。不知公子可知道此事么?"众人只好回说不知道。聘才进了自己屋子,尚有一起一起的人来问他,唯不见华公子打发人来,聘才真道他不知此事,便放了心。到了第三日,见林珊枝进来,两手捧了一大封像是银子,放在桌上,说道:"这是公子送你的。"说完转身就走,聘才道谢两字尚说不及,已去远了。聘才见此光景与平日不同,有些疑异,遂看银包上面写着"赆仪①二百两",心中跳了一跳,沉思了一回,已经明白,但一时不得主意,欲候珊枝出来说个明白。谁知候了两日,不见一个人来,就是平时常见的顾月卿、张笑梅也不过来。再思量了半夜,才定了主意,次早写了一封谢札,先说些感激的话,后说梅宅有事,现要请其回去照料家务,情面难却,只得暂去,俟开春再来。写完,自己到门房里告诉了门上,将书信给他传进。约有半个时辰,见门上进来道:"方才的字公子已看了,说回梅宅去的很是,公子有事不及亲送了。"聘才心上尚冀转过脸来,听了这话,不觉心如死灰,只得说道:"多多道谢公子并各位大爷们,多承照应了大半年,我今日就要搬出去,也不能当面叩谢了。"管门的答应着去了。

聘才无奈,只得收拾行李物件,一面问管事的要了一个大车装好,自己有一车一马,两个小使,一个厨子,一个车夫,一齐的出了城,暂在一个店里歇了,消停了再找寓处。聘才在华府里仅有十个月,在外面招摇撞骗,所得银钱却也不少,华公子于修金之外,尚多馈赠。聘才捐了个从九品,花去四百余金,作衣服及浪花浪费共有二千金。此时除前日二百金之外,尚存三百金,还有些玩好等物。且幸所捐名次在前,约半年可选,因此胆壮心豪,与从前大不相同了。在店里住了两日,嫌他嘈杂,即租了宏济寺春航住的房子,高车大马,大阔起来,也不到梅宅去看望。蓉官、玉天仙

---

①　赆(jìn)仪——送行的礼物。

时常往来,聘才以百金分送二人,又给了些零星玩好,日日征歌斗酒,自然有那一班气味相投的与他亲密。

却说富三爷闻得聘才闹了事,便在部里打听了几日,自己无路可通。后闻华公子替他托了情,才放了心。后又听见聘才辞馆出来,便又惦记着,放心不下,意欲邀他回家。一日,起早出城来找聘才,只见寺门口一班人在那里啰唣①。富三爷下车时,见一个披着件青布老羊皮大袄,戴一顶旧秋帽,有三十多岁,口中在那里撒村混骂。富三爷听他说道:"原来这么不是朋友,一天到晚买长买短,茶茶水水,生炉子烧炕,哪一样不伺候到?许给一百吊才这么着,如今不认了,给三十吊钱就算了。你想公门中行好是没有的,过了河就拆桥。保佑你别进来第二回,再来你瞧着罢!"富三听了,知是刑部的禁卒,便皱着眉走进去。聘才的人见了,即忙通报。富三已走进院子,听到咭咭咯咯打鼓板。小使开了风门,见聘才与蓉官迎出来。蓉官便抢上一步,哈了一哈腰,就来拉手。富三把他拧了一把,蓉官便将富三的手扭转来。富三骂道:"小兔子,闹什么?"摆脱了手,忙与聘才见了,问了好,便道:"恭喜! 恭喜! 那几天我实在放心不下,司里头又没有认识的人,也不能进来瞧你,到你进了城,正要来看你,你又辞了馆了。老弟,你叫做哥哥的怎么不惦记你! 你是个异乡人,无亲少故的,如今打算怎样? 还是要找馆地呢,还是在城外住? 不然到舍下去过年,也有个照应,省得庙里冷清清的。"

聘才道:"多谢三哥美意,但小弟在城外住便当些,还有几件事情,若到城里去就不便了,或者明年再来叨扰罢!"富三道:"旅费敷衍得下去吗?"聘才道:"暂住几月,尚可敷衍。"富三道:"也要省俭些才好。你在华府中也受用惯了,若如今要照样儿就费事。"聘才道:"自然要减省些。此刻就算这两个牲口是多余的,然而也省不来,雇来的车一天也要一吊六百钱,核算起来也就费得有限了。"富三要拉聘才出去吃饭,聘才说道:"在这里吃罢。"就吩咐多添几样菜。富三道:"咱们上馆子去罢,省得你自己费心。"聘才尚未回答,蓉官道:"你好糊涂,今日已是腊月二十五了,还有馆子? 家家都收了,要讨账呢!"富三道:"不错,这两天心绪不佳,连日子都忘了。"聘才道:"有什么心事? 还怕过不去年么?"富三道:"倒不是为

---

① 啰唣(zào)——纠缠吵闹。

过年,过年原不要紧。你忘了我这个直隶州如今已是顶选,前日出了两个缺,一个湖北,一个贵州。湖北好,贵州极苦。本应湖北轮到我,偏偏来了一个压班的来投供,只怕是他的了。贵州我听得一年不满三竿,如何是好? 我想到选司找先生们商量商量,不知可好斡旋么?"聘才道:"这里的和尚是僧篆司,他的兄弟就是吏部文选司的经承,或者就托这和尚去商量商量,可以挽回也未可知。"富三道:"很好,我倒不便面讲,你就去与他说,若办成了,我重重的谢他。"聘才点头道:"这和尚倒好说话的,哪里算什么出家人,吃喝嫖赌样样精明,吹唱也好,还会专医杨梅疮,倒也真快活有趣。人人称他为唐老爷,他又要人叫他唐大哥。"

聘才话未说完,只听得风门一响,探进一个头来,戴个镶边酱色毡帽,两撇浓胡子,又缩了出去。聘才道:"唐大哥进来坐。"那人道:"停一回再来。"聘才道:"就请进来。这位客就是我说的富三老爷,他正要会会你。"唐和尚便撬开风门,走将进来。聘才与富三站起,唐和尚满面堆下笑来,说道:"原来这是富三老爷,今日僧人有幸瞻仰了大贵人!"富三也说:"久仰得很!"与他拉了手。和尚一屁股就坐在椅子上,把富三上下瞧了两眼。富三看这和尚也就生得异样,五短身材,穿一件青绉细羊皮僧袍,拴一条黄丝绦,脚下是灰色绒毛儿窝,满面阴骘①纹,一双色眼。手中拿个白玉烟壶,递给富三,富三也把个玛瑙壶送给他。和尚闻了烟便问道:"三老爷在城里住,三老爷是不认得我。当年我的师父与太爷很相好的,太爷巡南城时常到小寺来,爱下大棋,常与我师父下棋。你方才没有瞧见老爷神座旁边那副对子么? 还是太爷亲笔写的,刻好了送来,这话有二十九年了。三老爷,你能此刻恭喜在哪个衙门?"

富三道:"我在户部主事上当了几年差使,今年遵例加捐了直隶州②,目下也要出京了。"和尚道:"如今选在哪一省?"富三道:"尚未定。现有湖北、贵州两个缺,只好碰我的运气了。"和尚道:"三爷一定是湖北。我祖籍是湖北,今日可巧见着我,一定是湖北不用说了。"说罢哈哈大笑。聘才道:"你也在这里吃饭,还有一件事要和你商量。"和尚应允。聘才拉他到房里,说了一会话。富三听得明白,和尚连声的道:"容易,交给我,

---

① 阴骘(zhì)——阴德。

② 直隶州——明清地方行政区划名。

包管作脸儿。放心！放心!"同走了出来,和尚又对富三说道:"三老爷的喜事,方才魏大爷已讲了。我就着人叫我兄弟来商量,包管妥当,不用三老爷费一点心,都在我身上。"富三便道了谢。

忽见风门外走进一个小和尚来,约有十六、七岁,生得十分标致。头上戴个青绸灰鼠暖兜,身穿藕色花绉绸狐狁皮僧袍,腰拴丝绦,脚穿大红镶鞋,拿了一支水烟袋来,替他师父装烟,和尚也不让客,就吸起来。富三见了,着实爱慕,湾流流两眼,只管看他。蓉官站在聘才背后,对着富三作手作脚的,引得富三笑道:"唐大哥,这位是你徒弟么? 我倒像见过他。"和尚得意洋洋的道:"小徒叫做得月,今年十五岁了,念经唱曲都也将就,就是爱顽皮。我总不许他出门,三老爷不知从何处见他?"富三爷笑得两眼眯齐,说道:"待我想来。"想了一会,忽然的大笑道:"呸! 我记错了。我认是大悲庵的姑子,实在像得很!"说得聘才大笑,小和尚涨红了脸。唐和尚笑道:"三老爷取笑。"聘才道:"叫他装个姑子,却也看不出来。我们这唐大哥是第一个快乐人,吃的穿的用的玩的件件都好。"唐和尚道:"阿弥陀佛! 出家人有什么好? 我师兄在日,把我拘束住了,如今比从前却舒服些。原先这屋里有位田老爷,住了一年,也是天天有相公来的。我偶来走走,师兄便唠唠叨叨的,说我不该过去。可笑我那师兄不吃不喝不花,紧紧的守住了那租子,都被他侄儿骗得干干净净,临终时一双空手,身后事都是我办的。人生在世,乐得吃、乐得玩。三老爷也不是外人,如今出家人都是酒肉和尚,守什么清规! 我生平不肯瞒人,实在吃喝嫖赌也略沾滋味的。"说得富三大笑道:"真是个爽快人!"

三人谈了好一回,富三见那小和尚生得实在可爱,不觉垂涎起来。又见他与蓉官坐在一凳,彼此交头接耳的说话。钟上已交正午,才见聘才的人来摆桌子、放杯箸。富三道:"你可不要费事。"聘才道:"没有什么可吃的。"于是分宾主坐了,富三叫得月也坐了。唐和尚命得月同着蓉官斟酒,富三见果碟小吃已摆满了一桌,便道:"作什么? 都拿开,留四碟就够了。"使叫留下山鸡丝、火腿、倭瓜子、杏仁。蓉官道:"慢些慢些!"便抢了一碟桔子,又抓了一把金桔,道:"你不爱吃,还有人爱吃呢!"一连上了九样菜,倒也很好滋味。蓉官夹了一个肉圆塞到唐和尚嘴里,和尚囫囵吞了;蓉官又夹了一个,和尚又吃了。蓉官道:"两个卵子十八斤,吃荤的不用,吃素的便请!"富三、聘才大笑起来。唐和尚也笑道:"我吃不要紧,你若吃时可受不住了。不要说是十八斤,就是四两重一条的,你可吃得下?"说罢伸手过来,把蓉官捏了两把。蓉官瞪着眼睛,将他毡帽除下,在他光头上摸了一摸道:"你们看像是什么?"唐和尚道:"很像鸡巴,你爱不爱?"蓉官又将他的毡帽折拢道:"你瞧这个又像什么?"富三道:"蓉官总是这么淘气,别叫唐老爷打你!"唐和尚连忙赔笑道:"不妨,不妨! 玩笑罢了,什么要紧。"便歪转脸来凑着蓉官耳边说道:"就像你那后庭花。我这脑袋又在你的前面,又在你的后面,给点便宜与你,好不好?"蓉官把毡帽与他戴上,说道:"好个贼秃!"

那得月喝了几杯酒,脸上即红起来,越显得娇媚。富三道:"蓉官,你瞧得月何等斯文!"蓉官道:"他好! 你敢是想他做徒弟么?"大家混闹一阵。唐和尚烟瘾来了,就在聘才处开了灯,吹一会烟,直到申末才散。富三进城,又重托了唐和尚。蓉官也自回去。不知后事如何,且听下回分解。

第三十四回
还宿债李元茂借钱　闹元宵魏聘才被窃

话说聘才送了富三出门,唐和尚即叫人去请他兄弟。聘才刚进屋子,只见李元茂闯将进来道:"今日才寻着你!店铺里哪一家不访到,原来搬在这里!"聘才道:"我也搬出来不多几日,因为有些事情,所以还没有来看你并看庾香。"即问:"庾香近来可好?"元茂道:"好是好的,前月王家写信与太老师,明年二、三月间要替庾香完姻了。就是我那头亲事,孙家常来催。本来年纪都不小了,我写禀贴与老人家,尚无回信,半年来也不寄一个钱来。今日已是二十五了,看光景年内有信也未必到,这便怎样?如今有四十多吊的馆子账,零星费用也须二、三十吊。衣服是当完了,也要赎出两件好拜年。你替我想个法儿才好。"

聘才道:"不瞒你说,难道你还不知道?我近来被人讹诈,那件事也费了好一堆钱。如今我又闲住在此,若说起钱,真一个也没有。算起来今年的钱也花得不少,谁想到今日呢!我又没什么衣服,除了外边挪借,连当都没有的。"元茂道:"你装什么穷!我借了,难道不还你么?此番老人家有信来,与我办喜事,至少也有五百两银子。如今你借四十两银子与我,或是一百吊银,就好过去,不然我竟死了。好人,好人,你不要作难!"说罢,作了两人揖。聘才冷笑道:"这真奇了。你也不去想想,我又不曾做官,我又不曾发财,你怎么当我是有钱的?告诉你,你不过几十吊钱的账,我是有几百吊呢!你不信,我给你瞧瞧。"便从靴掖子里取出几篇账贴来。李元茂接了细瞧,是裁缝账最多,有二百几十吊,馆子、庄子的账也有二百来吊,还有些零星账几十吊,算来有五百余吊。元茂道:"怎么一节就有这许多?这还了得!"聘才道:"还有些没有送单子来呢。此时连帐连寓中的浇裹,并新年的花销,总得要八百吊钱方得下去。此时两手空空,就有几件皮衣,又要穿的,也当不得。我实在自顾不暇,怎么能从井救人?你或者倒替我张罗,你那两个舅子可以商量么?"元茂叹口气道:"你还提这两个宝贝,天天白吃白喝,没有见他作过一回东。就是孙老大也欠了好些帐，这两天躲着不出来呢，只怕他要问我商量。"李元茂无头无尾，话讲了好些，聘才只得留他吃了饭。

元茂到聘才房内，搜着个烟具，便要吃烟，开起灯来，咕咕咚咚的，闹得聘才心里发烦。已到二更，聘才催他回去，元茂只是不动。聘才道："你回去迟了，那里关了门怎么好？快些回去罢，此时也不早了。"元茂道："我今天歇在这里罢。"聘才道："我只有一副铺盖，怎么睡得两人？"元茂道："不妨，你盖一床大的，那一床小的给我，两人再盖些衣服就不冷了。我们这一年没有同榻，今日正好谈谈。"聘才无奈，只得由他。元茂不知好歹，吹了烟又要吃果子，停了一回又要点心，把聘才那个四儿呼来唤去，忙个不了。聘才歪躺在一边，也不去理他。

到了三更，四儿来请聘才，说："唐和尚请说话。"聘才来到和尚房中，见炕上开了灯，屋中点了两支蜡，照得雪亮。铜炉内火焰熏人，旁边小方桌上，有几碟残肴，一把烧酒壶，却不见和尚。聘才坐下等他，等了一回才来，说道："偏偏要解手，忽然水泄起来。"叫人打了盆水，净了手，坐了说道："日间所说的事，方才兄弟来我对他讲了，他说可以。两个缺是一天到的，却是湖北在前，如今作个弊，将贵州放在前面也无妨碍。虽然一倒转来，也是个作弊，我兄弟说，与富三爷没什么交情，不犯把这大情白送给他。贵州一任，抵不得湖北一年，这是人人知道的。此事还要你去对他说。"聘才道："这个自然，但不知令弟可拿得稳？"和尚道："千稳万稳，并不是撞木钟。事成了才要，你能担这个担子么？"聘才道："这有什么不能！富三爷是有钱的人，且做事极爽快的。但不知令弟要多少谢仪，有个数目，我好去说。"和尚道："这事若别人去讲就了不得，三千、五千两也不算多。我说是我的至好，这个情算在我做哥哥的身上，因此他只要三千吊钱。若说这个缺，一到任就有两万银子的现成规矩，这三千吊钱算什么？核银子才一千二百两。你叫他开张银票来，横竖这个数儿。成功了，我也不想他什么，多吃他几天就是了。"聘才心内算计一番，便又问道："适或那边嫌多，还可以减些不可么？"和尚道："这个就减而又减，除了我兄弟之外，别人也不能做主。你明早就去说，这事很快，二十九日就可引见。如今的事要老练，恐怕事后更改。你明日就要将他这笔钱存一个铺子里，说明日子去取才好。若事成了，长长短短起来就不光鲜了。"聘才道："这个我知道，明早我就去。"又坐了一坐，即自回房，见元茂和衣睡着，已经鼻息如雷。聘才叫醒了他，又另将一副铺盖给他睡了，自己也便安息。把富三的事想了一会，又将自己的账算了一会，已到五更。

才睡片时，即见天明，便叫起家人吩咐套车进城。净了脸，吃了点心，穿好衣裳，李元茂尚未睡醒。聘才推醒了他，说道："起来罢，我要进城去了，没有人在家照应你。"元茂模模糊糊的应了一声，翻一个身，将被蒙了头，又睡着了。聘才好不烦躁，看这光景是不肯起来，只得叫四儿在家看了屋子，另带小使，骑了马出门找富三去了。

却说元茂睡到巳正方才起来，擦擦眼睛，见四儿在房里扫地抹桌子，元茂便问道："你主人哪里去了？"四儿道："到富三爷那里去了。"元茂下炕，穿了衣裳，走到外间。四儿送了脸水，泡了茶，又送上点心。元茂又吸了几袋水烟，吐了一地的痰，四儿扫干净了。元茂问道："你可知道几时回来？"四儿道："拿不定。"元茂道："昨晚有几句要紧话没有讲，就睡着了。我若去了再来，又恐遇不着他，不如在此老等罢，我也没什么事。"又问四儿道："你们吃饭没有？"四儿道："我们是吃过了。李少爷，你要吃饭，我去对厨子说。"四儿出去了。约有一刻工夫，四儿捧了一个木盘，里头放着几样菜，便问元茂道："喝酒不喝酒？"元茂道："二两烧酒就够了。"四儿先把菜摆好，又拿了木盘出去。元茂看菜，一碟是熏鸡，一碟是鸡蛋，一碟是肉丝；一碟像是面筋，看不清楚，拈了一块尝尝，果然是面筋。四儿拿了一小壶酒，一个酒杯子，替他斟了一杯，又出去了。

元茂一面喝酒，一面看那铺设，颇为精致。两间套房，昨晚心中有事，未曾留心，日间是在外面小三间内。聘才卧房是在那院子西边，一重门进去，另是两间。此时元茂坐在外间炕上喝酒，喝了三四盅，已觉微醺。饭尚未来，遂留心观看，见炕上面挂着小小四幅工笔《岁朝图》，炕几上摆一个自鸣钟。东边三张楠木方椅，两张茶几，茶几上边一盆水仙，一边是一瓶腊梅。东边墙上并挂着一副对子，下面靠窗一张小桌，桌上放了七、八个漱盂，亮得耀眼，是铜的。中间挂着个门帘，嵌着一块玻璃，两边窗子也嵌着两方玻璃。炕上、椅上都是宝蓝缎垫子，墙上挂些三弦、四弦、萧、笛之类。元茂无心喝酒，看到里间房里是一带纱窗，中间挂个三蓝绉绸绵帘子，揭开了走了进去。这间却宽了好些，上面一张木床，镶着个冰纹落地罩，挂个月白绸夹幔子。床上一头叠着四五床锦被，一头放两个衣包，中间一张花梨炕桌，铺了大红锦缎垫枕，里面横挂一幅《睡美图》。房内西边摆着四个大皮箱,上有两个小木箱,下座两张木柜。中间一个大铜火盆,罩一个铜丝罩子。靠着窗一张书案,摆着两套小书,元茂看书套签子上写着《金瓶梅》。也有一个都盛盘,放着副笔砚。窗心镶着大玻璃,东边上手是一个小书架,放些零星物件;下手是两张方凳,用青缎套子套着。

　　元茂看完,想道:"这个光景,岂是没有钱的?这四个大皮箱,衣裳也就不少。那两个木箱与这两个大柜,定是放银子钱的。他还装穷哄我,今日断不能放过他!"便走了出来。四儿又拿进两样菜,一锡罐饭来,一样是羊肉,一样是炒肝;后来厨子又送了一个小火锅,一齐摆上。元茂吃了五碗饭,吃了些汤,把一碗羊肉吃了一大半,漱了口,吃了一袋烟,问四儿要了块槟榔,嚼了半天,坐着不走。

　　再说聘才到了富三宅里,将事必成的话说了。富三甚是欢喜,问起要多少钱。聘才道:"钱却要的不少,他说此缺到任的规矩就有三万,十分中给他一分不为过多,定要三千两银子才办。我与和尚再三说了,只打了个八折,再要减时,他断不肯。"富三沉吟了一回,道:"二千四百银却也不多。几时要呢?"聘才道:"说二十九引见,下来就要的。但今日就要票子,出三十日的票子就是了。"富三道:"票子存在谁人手里呢?"聘才道:"我与和尚做中保,我两人收着。"富三道:"如果不得呢?"聘才道:"包得包得!如果不得,原票退还,你于二十九日先到铺子里注销了就是了。"富三道:"就这么样。但这两天是年底了,银钱正紧的时候,不知银号里办得齐办不齐,我们吃了饭即同去商量。"于是就同聘才吃了饭。

　　聘才不肯耽搁,催他就走。富三道:"就在这里,很近。我就搭你的车到那里去,办得齐全,你就带了票子出去;如一家办不齐,再找别家。"于是二人上车,不到半里路,到了一个银号。掌柜的招呼到里面,送过了茶。富三道:"我有一件事特来商量,替我出一张二千四百两的银票,到三十日早上来取。"掌柜的道:"若早两天也不难,但今天已是二十六了,这两天也忙得很,恐怕凑不上来。"富三道:"你家凑不上来,还有谁家凑得上来?"掌柜的道:"三爷,你难道不知道,近来银号的银子,家家都窄,而且也真少,外面的账又归还不进来。看这两天能收下来,如能足数固好,不然有多少兑多少罢。"富三道:"票上写多少呢?"掌柜的道:"依我也不用票了,三十日三爷来兑交就是了。"富三道:"不行不行!这我是还账的,定要二千四百两。你如实在凑不起,你出二千的票子也可,一千五六百也可,我再别处打算。如果用不着,我于二十九日即来注销。"掌柜的只得应了,出了一千四百两。聘才对富三说:"叫他分开了写两张五百,一张四百。适或人家今年使不了这许多,留两张明年来取呢。"富三道:"有理。"就照数开了三张。

富三收了票子,别了掌柜的,上了车。连找两个银号,都说不能,富三没法。别家都是生的,没有往来,只得回家与三奶奶商量,拿了四十两金叶子,一对金镯子,还有些零星金器,共有六十两,到一个生铺子里换了一千两银子,出了票子。聘才也叫分开一张五百、一张三百、一张二百。富三将票子交与聘才,聘才心上有事,不肯耽搁,即便辞了富三,独自上车出城去了。

回到寓中,先见了唐和尚,将说妥的事告诉了,然后取出三张票子,点过一千二百两的数目,叫他收藏了,若二十九日不得,即将原票退还。唐和尚笑嘻嘻的道:"断无不得之理! 这二百两是我们两人应得的,只要给他一千就够了。"聘才道:"我要进去换衣裳了。"一直走到自己房里,见元茂尚在那里,又开了灯吹烟。聘才见了,心中甚气,便借此发作道:"你怎么还在这里? 这样东西,岂可青天白日摆出来的! 况且是个庙里,什么人皆可进来观望,适或被人讹住了,不要累死我么? 怎么这般糊涂!"

元茂道:"怕什么? 这里有谁来? 我坐了大半天,没有见一个人进来,况且有四儿在外面照应着。"聘才气他不过,也不理他,把一套火狐腿的皮袄脱了,换了一件随常穿的狐皮大袄,换了便帽,擦了脸,喝了茶。元茂便罗罗唆唆的要借钱,后来见聘才总不应允,便道:"你既没有钱,你那四个大皮箱内难道衣服也没有? 况且我只借十吊钱,似乎也不至拖累你。"聘才被他缠死了,只得拜匣内取出个扭丝金镯子,约有三两几钱,与元茂道:"我所余就这点东西,你拿去当了罢! 三两六钱重,可当得一百多吊钱。家信一到就要还的!"元茂接了,方才欢喜,跳起身来,作别而去。

到二十九日,富三果然得了湖北,彼此大喜,即到寺中谢了聘才与和尚。到明日,即将银票交与他兄弟,从一千之内又扣出二百为拉纤提缆之费,独自得了,将所零之二百两,分一百两与聘才。聘才倒实得了一千三百两,自己进城取了一半现银,回来又在城外换了些钱,得意洋洋,十分高兴,所有账目尽行清还。过年热闹,是不必说,晚上竟把玉天仙接到寺中。请唐和尚过来守岁,绝早关了山门,一夜的泥筒花炮放不绝声。唐和尚恐元旦日有人来行香,适或见了玉天仙,到底在他寺里,有些不便,将近天明,即催聘才将车送他回去。聘才初一日拜年,初二日听戏,初三日寓里大排筵席,请一班浮浪子弟,如冯子佩、杨梅窗、乌大傻等,带了一群下作相公,天天的欢呼畅饮,清曲锣鼓,闹得竹嘈丝杂,酒池肉林。一连五日方才少息,也去了三百吊钱。

到初九日,忽然有人高兴要开赌,劝聘才做头家。聘才自思近来财运颇好,或者可以赢些钱,即于初九日晚上开起赌来。或是摇滩,或是掷骰,又把玉天仙接了来,坐在内室与他放头。第一日来的人还少,第二日渐渐多了,第三日便挤满了屋子。一人传两,两人传三,引了两个大赌客来:一个是奚十一,一个是潘三,各带重资。是日聘才赢了二百余金,放了一百八十两的头,与玉天仙收了。明日潘三要开,便带了两筐箩的松江锭,足足一千两。摇了五十滩,已输了大半,及到清账时输完了,还添出一百余两。是日聘才也输了三百两,唐和尚赢了一百两,冯子佩赢了四百两,奚十一大赢,赢了八百五十余两。将五十余两分赏众小旦与聘才小使,自己收了八百两。奚十一看上了小和尚,赏了他十个中锭。玉天仙又得了二百四十两头钱。

内中有个唐经承,就是和尚的兄弟,对着和尚道:"明日我劝你们别赌了。我先前进来时,门外有两个交头接耳的,像是坊里人,恐怕闹出事来,都不稳便。"聘才已是惊弓之鸟,听了便有些胆怯,说道:"我也乏了,歇两天再玩罢。"唐和尚道:"若说不高兴倒可以,至于怕外头有什么缘故,你们只管放心。"即对着聘才说道:"你的住房旁边是个菜园,有两三亩大,内有五、六间草房,种菜的带着家小在里面,另有门出入。你院子里不是有重门通的?我嫌不谨慎,故封锁了。如外头有什么缘故,便开了那重门,从菜园里出去,是个极旷野的地方,难道他起了兵马来围住不成?"聘才道:"虽然如此,我倒不为输了钱,又不为怕出什么事,实因是富三爷要起身了,我要请请他,与他饯行。后日是十四,约他出来住一宿。"并对奚十一、潘三道:"奉屈二位来叙一叙,可肯赏脸么?"奚、潘二人应了。冯子佩道:"你倒不请我?"聘才道:"你天天在这里,难道还要下请帖么?"子佩道:"我将梅窗也拉来。"聘才道:"很好。"众赌客算了账,到五更时各散了,又送了玉天仙回去。

冯子佩即与聘才同榻。聘才道:"我看近来好虚名而不讲实际的多。即如华公子、徐度香一班人,挥金如土,是大老官的脾气,但于那些相公未免过于看得尊贵,当他与自己一样。又有田春航等这一班书呆架弄,因此越抬越高,连笑话也说不得一句。可笑那些相公装那样假斯文,油不油醋不醋的,又是与这个同心,又是与那个知己。我真不信,难道他们对了那些粗鲁的人也能么?我看他们就是会哄这班书呆子。老斗的身份,也叫这些书呆子作坏了。他们见了,连个安也不请,说话连个奴才也不称,也要讲究字画琴棋,真真的可恶!"冯子佩道:"可不是,若常这么样,还有谁叫他?难道这许多相公,竟靠着徐度香诸公么?一辈子连个有势有利的人都不认得,真是些个糊涂虫!"聘才道:"后日我要叫几个相公,也做个胜会。至于那几个假斯文的,我一概不要。你想想叫谁好?"子佩道:"相公们总不过如此。近来有两个人倒很好,叫他也便宜,而且你还可以常使唤他。相貌也与袁宝珠、苏蕙芳相并。"聘才道:"叫什么名字?"子佩道:"一个叫卓天香,一个叫张翠官。"聘才道:"现在哪班里?"子佩道:"在整容班。"聘才道:"整容班?这班名很生,我竟没有领教过。"子佩道:"是软蓬子里小剃头的!"聘才笑道:"吓!你怎么说这些人?"子佩道:"你别轻看他,他比相公还红呢!你瞧那得月的脑袋怎样?"聘才道:"好是好的,然而我不爱他,光光的头有甚趣味!"子佩道:"可不是。若说天香、翠官,比得月的相貌还要好些。你不信,明日先叫他来,你瞧瞧,好就叫他。"聘才道:"也使得。"

到了明日,聘才发帖请客,请的是富三爷、贵大爷、奚十一、潘三、张仲雨、杨梅窗。是日辞了两个:贵大爷病了,张仲雨有事不能来,即补了冯子佩、唐和尚。宾主共七位,聘才叫了蓉官来陪富三,着人到蓬子里叫了天香、翠官前来。不多一刻,两个剃头的也坐了大骡车,有一个人跟着,走进寺来。冯子佩是认识的,小剃头的先与子佩请了安,然后向聘才请安。聘才仔细看他,果然生得俊俏,眉目清澄,肌肤洁白,打扮的式样也与相公一般。天香的面色虽白,细看皮肤略粗;翠官伶俐可爱,就是面上有几点雀斑,眉梢一个黑痣,手也生得粗黑。都是称身时样的衣服靴帽,手上都有金镯子、金戒指,腰间挂着表与零碎玉器。聘才看了一回,已有几分喜欢。冯子佩与他们说了,要他们明日来陪酒,二人便极意殷勤,装烟倒茶,甚至捶背捏腿的,百般趋奉。聘才十分大乐,便越看越觉好了,留他吃了晚饭。天香、翠官都会唱乱弹梆子腔、胡琴、月琴,咿咿哑哑闹起来,直闹到三更,聘才每人开发了八吊钱,道谢而去。

明日一早即来伺候。聘才、子佩方才起来,两个剃头的便问聘才找出梳篦,替他梳发,梳完了,又捶了一会。那一个也与子佩梳了。然后吃过早饭,开了烟灯,大家吃烟。富三爷先来,唐和尚见富三爷来了,就带了得月进来。天香、翠官与富三、和尚都请了安。富三却不认识,问他是谁,在哪一班的。聘才就说是全福班的。随后奚十一、潘三同来,奚十一带了巴英官,潘三带了个学徒弟的小伙计,拿他竟当做跟班的。大家一齐相见了。潘三见了天香、翠官,笑道:"你们怎么也跑了来?"奚十一道:"看来魏大爷要开篷子做掌柜的了!"富三方晓得是剃头的,便哈哈大笑道:"原来是他们,不是班子里的倒也好!"大家同坐着玩笑了一阵。

忽听到院中有人说:"来晚了,来晚了!"只见一人穿着皮袍褂,戴着一顶齐眉毛的大毛皮帽,进门向各人作了个揖,说:"今日有个内城朋友,请我去看阳宅①,闹了一天。并邀我去给他们看地,也不过是想外放。"聘才因叫翠官,天香过来见了,说:"这就是很会看风水的杨八老爷,你们何不求他去看看你们的棚子,多会儿发财呢?"富三因接向杨八爷道:"你要留神呀! 不要像乌家的事,看完了找到你门上去。"说罢,大家大笑。冯子佩忽然皱了眉,说声"不好",便到院子里吐起来,慌得大家同来看他。吐了一会,就脸红头晕,满身发热,聘才忙叫他到炕上躺了。躺了一会,越发不好,便要回去。聘才便吩咐套车,自有他跟班的送他回去了。

将近点灯时候,聘才即吩咐点灯。聘才新制了一架玻璃灯屏,摆在炕上,画着二十四出春画。屋内挂了八盏玻璃灯,中间挂一个彩灯,地下又点了四枝地照。两边生了两个火盆,中间摆了一个圆桌,安了席。奚十一看那灯屏上的春画,对潘三笑道:"老三,你看那挨嘴巴的很像是你。"潘三道:"那个搂着人的也像你,就只少个桶儿。"富三看到末后一幅,不觉大笑道:"岂有此理! 魏老大不该不该! 真是对景挂画,你们大家来睄,这不是两个和尚鸡奸么?"众人看了一齐大笑。奚十一对着得月道:"你师父天天这么着吗?"得月"呸"了一声,涨红了脸,扭转头不看。唐和尚合着掌道:"阿弥陀佛! 罪过! 罪过!"

此时坐的是富三首席,聘才叫翠官陪了他;第二是奚十一,唐和尚知他是个阔手,且知道他爱得月,便叫得月陪了他;杨八坐了第三,聘才叫天

---

①　阳宅——看风水地理的人称住宅为阳宅。

香挨着他;潘三坐了第四;自己与唐和尚坐了主位,只不见蓉官来。饮酒之间,撒村笑骂,嘈杂到个不成样子。还是富三稳重些,不过与翠官说些玩笑话,尚不至十分村俗。奚十一手拿了杯子,灌那得月,一手伸在得月屁股后头,闹得得月一个腰扭来扭去,两个肩膀闪得一高一低,水汪汪的两只眼睛看着奚十一,一手推住了酒杯。奚十一道:"你若不喝这杯,我便灌你皮杯!"得月只得喝了。那杨八更为肉麻,抱了天香坐在膝上,掂着腿把个天香簸得浑身乱颤,杨八与他一口一口的喝皮杯,又问道:"我听见人说,你的妹子相貌很好,认识的人也很多。"卓天香脸一红,回道:"你不要信他们一面之辞。"杨八道:"我去年看见人给他写扇子,难道他们写的字也是一面之辞吗?"说着,将他脸上又闻一闻。只有潘三与聘才无人可闹,聘才笑道:"我们今日只好轮着来闹这个老和尚了。"便互相与唐和尚划了几拳。

　　闹了一个多时辰,奚十一瘾来了,便叫巴英官拿出烟具来,灯是开现成的。奚十一躺下,叫得月陪他吹烟,两个剃头的也有烟瘾,都聚拢来。唐和尚见了,连打了两个呵欠,伸了个懒腰,看得奚十一瘾大,等不及,便到自己房中过瘾去了。富三歪转身子,拉过翠官问道:"你在铺子里做这买卖,究竟也无甚好处,不如跟我到湖北去罢,可愿不愿呢?"翠官听了道:"你肯带我去吗? 你就是我的亲爸爸了。"说罢,便靠在富三怀里,把脸挨近富三嘴边,又说道:"我是不比相公,要花钱出师。当年讲明学徒弟不过三年,如今已满了三年了,要去就去。亲爸爸,你真带我去吗? 富三道:"你若愿意跟我,我就带你去。"杨八听了,因向富三道:"老三,你又胡闹了,你与其带他去的钱,不如帮帮我捐个分发①。前日那个告帮的知单上,求你再写一笔。"富三因说道:"我再写三十两就是了,你不必在旁吃醋。"杨八不但不急,并且连连道谢。翠官一笑道:"三爷,你能好造化!我才叫你能一个干爹爹,就又给你能招了一个来了。"杨八只作未听见,坐在一旁吃水烟。聘才道:"你跟三爷去很好,还有什么不愿的吗? 虽然比不得相公出师,也要赏你师父几吊钱。"富三道:"这个自然。"翠官道:"当真的了?"富三道:"当真的了。"翠官便索性扒上富三身上,将头在富

---

①　分发——经考试、选拔、训练后,由政府机关统一派往各机关任职,称为分发。

三肩上碰了几碰,说道:"我就磕头谢了,好三老爷! 好亲爸爸!"富三乐得受不得。

潘三见得月躺在奚十一怀里,天香躺在对面。杨八也想吹一口,便坐在炕沿上,歪转身子,压在天香身上。得月上好了一口,杨八接了过来,拨开毛冗冗的胡子,抽了一抽,口涎直流下来,点点滴滴,烟枪上也沾了好些,他就把皮袖子擦擦嘴再抽。枪又堵住了,天香欲替他通通,身子被他压住难动。杨八便捡了根签子乱戳,一抬手把个皮袖子在灯上烧了一块,惹得大家笑起来。杨八道:"这个我也是初学。"便勉强吸了一口,烧得很焦枯臭,放下枪。天香道:"你别压住了我,我替你烧。"那边得月枕在奚十一手上,奚十一又摸他的屁股,得月要起来,奚十一将一条腿压住了他,得月无法,只好任其抚摩。奚十一一盒子烟已完了,便叫巴英官拿烟来。英官远远的站在一边,正在那里发气,奚十一叫了两三声,方才答道:"没有了。"奚十一道:"怎么没有? 我还有个大盒子在袋里。"英官又歇了半天,方说道:"洒了。"奚十一道:"洒了? 你将盒子给我瞧!"巴英官气愤愤的走近来,把个大金盒子一扔,倒转了滚到灯边。得月忙取时,不提防将灯碰翻,"当"的一声,把个玻璃罩子砸破了,还溅了奚十一一脸的油。得月颇不好意思,奚十一道:"不妨。"忙将手巾抹了,坐了过来,要盆水净了脸。一件猞猁裘上也洒了几点,也抹干净了。聘才的人忙换了一盏灯,擦了盘子。得月将盒子揭开看时,果然是空的。奚十一道:"这便怎好? 去问唐大爷要些来罢。"聘才道:"有,有,有! 前日我得了几两老土烟。"便叫四儿到房里去取烟。

聘才的房就在这院子西边,一重门进去,一个小院子,一并两间。聘才只将院门锁了,因要伺候客,不能叫人看守屋子。此夜月明如昼,四儿走到门边开了锁,将手推门,忽然的推不开。因想:"此门素来松的,忽然今日紧了。"略用些力也推不开,放下灯罩,双手用力一推,方推开了些。见门里有块石头顶住,心中着实疑异,想道:"里头没有人,这块石头谁来顶的?"便蹲下身子,拨过了石头,拿了灯罩走进外间一照,不少东西,四儿略放了心。再走到里间,细细一看,又照了一照,便吓了一大跳,只见大皮箱少了一个,炕上两个拜匣、一个衣包也不见了。即忙嚷将出来,道:"老爷不好了! 被了窃了!"聘才心中甚慌,连忙赶去,到屋里看时,不知后事如何,且听下回分解。

第三十五回

集葩经飞花生并蒂　裁艳曲红豆掷相思

话说聘才走进房中一看,不见箱子拜匣,心中着急,急忙到院子内菜园门口看时,门却锁好,墙边扔下零星物件,便嚷道:"快请和尚来看!"和尚已经知道了,同了众人一齐进来。聘才急道:"这怎么好? 贼是菜园里扒墙过来的。没有别的说,你去叫拿种菜的来问问。天天打更的,怎么今日有三更多了,还不曾听得起更?"众人道:"且不用忙,我们开了这门出去看看。"和尚即忙叫拿了钥匙,开了门,幸喜得月明如昼,倒也不消火把。

和尚先喊醒了种菜的起来。种菜的听得此事,吓得胆战心惊,连忙叫他伙计出来,叫了数声不见答应。种菜的更觉心慌,各处找寻,杳无影响。园门仍是关好,走到园子西北角,见有一只箱子放在那里。种菜的道:"好了,箱子在这里!"大家去看时,是个空箱子,剩了几件棉衣、小衣、零碎等物在内。地下又见一个洋表,踏得粉碎。和尚道:"这贼是墙外进来,墙上出去的。我们且开了园门从外看看。"聘才道:"去也去远了,还看他做什么?"富三道:"你且进去查点东西,开了单子来,明早好报。"和尚见种菜的形色慌张,便疑心起来,把话吓他,说他通同引贼,明日就送他到坊里去,不怕他不认。便叫大家先到他屋里搜一搜,搜了一回毫无所有。只见一个老婆子在土炕上发抖,和尚道:"你那伙计呢? 怎么不见?"种菜的也在那里发抖,呆了一回道:"不知哪里去了? 他还比我先睡,说睡了一觉出来打更,如今门也未开就不见了。"聘才道:"这无疑了。"和尚道:"这还讲什么! 不是你通同偷的还是谁呢?"于是叫火工、老道等,把这种菜的拴了起来。那老婆子便叫冤叫屈大哭起来,和尚一并把她拴了。恐他们寻死,交与看街士兵看守。

聘才同众人闹纷纷的进来。聘才请和尚陪了客在外边,自己去查点了一回,箱内是七件细毛衣服,有十五两金子,二百两银子;拜匣内有三十几两散碎银,二两鸦片烟,还有几样零件玉器;衣包内是几件大毛衣服,——幸亏赚富三的银子并有些钱票都放在别处,没有拿去,——算起来已过一千余金。聘才即草草的开了一个单子,拿出来给众人瞧。众人见聘才有事,不便再留,况已交卯初,大家都要作别。此时已经开城,富三与杨八也要回去,外面正在套车,只见蓉官坐了车来。富三的家人道:"客要散了,你才来。"蓉官甩着袖子,急急走进来,见了众人请了安,见要散的样子。富三道:"好!红相公!十四日叫了要十五日才来。"蓉官见了天香、翠官,便冷笑道:"既然大家要散了,我也要回去,我还要叫剃头的剃头呢!"说罢把腰一弯,竟自去了。两个剃头的甚是局促,众人也没有话说,各人上车而散。两个剃头的重新进来安慰聘才,每人赏了四两银子,欢喜而去。

明日,聘才报了失单,坊里将种菜的审问,实系不知情。有个伙计姓蔡,去年年底新来,向来认识,本在个二晕铺打杂,因散了伙,情意来帮同灌园打更,那晚睡后即不见了,委系无同谋窝窃情节。坊里问了几问,总是一样,只得送部,知会九城严缉贼匪蔡某,且按下不题。

要说王恂、颜仲清、文泽、春航从十三日到十五日,都在怡园赏灯饮酒。子玉也去了一天,因想去年此日初见琴言,今年似成隔世,不觉伤感了一回。新年上诸名旦彼此纷纷请客,热闹了十余日。到了十七日,王恂、颜仲清飞了札来与子玉,子玉看时,才知道明日是宝珠的生日,请名士、名旦在他寓里一叙。子云便要在他园里辰刻毕集。子玉作了回札应允。到了明日,只说怡园请酒,禀明了颜夫人,即到王恂处,一同来到怡园。次贤那日要在红茶仙馆里面,一切都是他预备,不要子云费心。

却说那红茶仙馆,是去年新辟的地方,在梅崦之前,梨院、海棠春圃之后。本是空地,只有一个亭子,亭子外有两块英州灵石,一块有一丈二尺高,一块四尺余高。有一株大玉兰花,树身已有一抱有余,就倚着那块大石。那小石边也有一株红茶花,是千层起楼的,名为"宝珠山茶",已有六尺多高,开出千朵红花,娇艳无比。就在那里起了二十四间房子,把这两棵花围在中间,又添了些玉兰、山茶、迎春等花,芬芳满院。里面即刻了十二个花神,系嵌在墙上。次贤因宝珠命名之意与此相同,故要在此处。且厌平时酒菜不能翻新,三日前即把酒菜器皿通身亲手检点,意欲与平日不同。

是日绝早,即将子云行厨①挪到仙馆厢房里来。次贤每一样菜开一

---

①　行厨——出行路上临时设置的烹调设备,或指烹饪者。

个做法，怎样烹调，怎样脍炙，油盐酱醋各有分量，费了一日心，配成三十二样菜。是日，名旦中有几个不得来，都有堂会戏，不能分身。宝珠之外，来的是蕙芳、素兰、玉林、漱芳四人。这边名士，怡园二位之外，是刘文泽、颜仲清、王恂、田春航、梅子玉五人，共十二人。众客到齐，宝珠先叩谢了。此日天气阳和，转了东南风，大家换了中毛衣服。园中花香透人，前面梅崦中数百枝梅花齐放，看去俨是个瑶台①雪圃。众人都到园中散步了一回，子玉看见梅崦廊上新添了一个石刻，镌有二行半字，下面年月尚未刻完，即来看时，是一首五言绝句，道："春已随年转，花如人返魂；料他惜花客，坐月到黄昏。"

子玉看了，心中想道："此诗是谁做的？却才刻起，像个望花而不见的意思。"故羡慕起来。子云和众人也来看这诗，子云道："庾香，此诗如何？可好么？"子玉道："诗意甚好，但何以单刻这一首？想是新咏？"子云道："这是玉侬近日怀梅崦的诗，瑶卿抄了他的出来，也是个望梅止渴的意思，我故把他刻了。真是花是人非，吾兄尚忆去年否？"几句话提起子玉的心事，不觉一阵悲酸，忍住了，也不言语，走开了。仲清道："玉侬近日也学做诗了？"宝珠道："我搜他的已有二十余首，就不肯给人瞧，这首是无意中看见。"大家嗟叹了一声，即重到里面来。

次贤道："今日十二人，一桌又挤，两桌又离开了。"子云道："依我把两张大方桌并拢来，就可坐了。"摆好了座位，是东西对面八座，南北对面四座，文泽、仲清、王恂、春航、子玉、次贤、子云坐了东西，上下是蕙芳、素兰、玉林、漱芳、宝珠，宝珠坐了末位。今日酒肴器皿件件新奇，桌上四隅放四把银壶，也不用人斟酒，壶自会斟出酒来，只要个杯子接到壶嘴。壶中有心，心里有个银桔槔，一条银索子，一头在盖子里面搭住，贮满了酒，把盖子左旋，里面桔槔戽动，酒便从壶嘴里出来，斟满了，把盖子右旋就住了。当下众人把壶试了，个个称赞。子云道："静宜实在有这想头，不知怎样想出来？真是胸有造化。"次贤笑道："这没有什么奇，少停有两个杯子却会走路，要到谁就到谁。"大家忙问道："何不就拿出来试试。"次贤道："少时行令时便用他，就只有两个。这两个叫银匠改了四五次，费了一个月工夫才成。"蕙芳道："快拿出来瞧瞧，一样可以喝得的，何必定要

① 瑶台——美玉砌成的高台。

行令呢?"

次贤便叫人到房中拿了一个花梨匣子出来,却有两个不大不小镀金杯子,外面极细攒花,底下一个座子如钟里轮盘一样。下有四个小车轮。次贤拿了出来,放在桌上,却不见动。文泽道:"怎样不走?"把他推了一推,略动一动便又住了,众人不解其故。次贤笑道:"你应了喝一杯,他便会走了。"文泽道:"只要他会走,我就喝一杯。"次贤便拿了杯子放在自斟壶前斟满了一杯,便道:"请宝贝转身,敬刘老爷一杯!"那只杯子便四轮飞动,对着文泽走来。文泽喜欢的了不得,便轻轻的拿起来,一饮而尽;便也斟了一杯,也说道:"回敬萧老爷一杯!"那杯子忽然走错了,走到王恂面前住了。文泽道:"怎么我叫他就不灵?"重新拿了过来,放在面前,又说了一遍,那杯子又往下首走去,到了宝珠面前住了。文泽道:"作怪!"子玉道:"此中必有缘故,你摸不着。"众人皆猜不出机巧。只见次贤又把杯子取了过来,又说:"敬刘老爷一杯。"那杯子又往文泽面前来了。文泽奇得了不得,说道:"你能个个走到,我才佩服! 不然也是碰着的。"次贤道:"合席都要走到的。"于是敬仲清、王恂、春航、子玉以及五旦,走来走去,又稳,酒又一滴都不洒出来,喜得个个眉飞色舞。别人叫又不灵,个个称奇。

蕙芳便把杯子四面看了,却一点记号都没有,及看座子里那轮盘中。有一个绝小的小针,好像指南针一样,却是呆的。心上想道:"或者这一个针的缘故。"便斟了一杯酒,暗记着针头所向,把他对着次贤,说声:"敬萧老爷酒!"那杯子果然往次贤走来。蕙芳大笑,众人亦皆欢喜道:"被他识破机关了!"次贤笑道:"好个聪明贼,果然厉害!"文泽即问蕙芳所以然的缘故,蕙芳笑道:"等我再试一遍方可相信。"于是又把杯子看了看,记好了,斟了酒,说声:"敬徐老爷酒。"那杯便送到子云面前。子云笑道:"十二个人,怎样单是他看得出,我偏不信!"于是也把座子下看了一遍,斟了酒,说道:"敬媚香一杯。"那杯错走到子玉面前,引得众人大笑。子云笑道:"真有些古怪,我也叫不应他!"子玉把酒饮了,细看轮盘里,已懂了八分,便笑道:"我也来试试,不知灵不灵?"斟了酒说道:"这杯酒敬瑶卿。"那杯子便对着宝珠走来,走到面前,碰着箸子住了。蕙芳拍手笑道:"又一个人知道了!"子玉也甚欢喜。宝珠饮了酒,叫道:"我是不服,偏要想想。"子玉又将杯子拿起来细看,被宝珠一手抢来,四面揣摹。

仲清便问子玉道："你怎么看出来的?"子玉道："待我再试一试。"便斟上了酒,把杯子的记号对着子云,将要放时,忽然想道："离得甚近,恐怕走过了。"便站起来把杯子放远了些,说道："敬徐老爷一杯。"那杯子果然直走到子云面前,子云称异,喝了。子玉笑道："是了,不错的了!"蕙芳对子玉道："你恐怕走的远,故放远些。我看静宜于近处则斟得浅,于远处便斟得满,此杯想是要重了才得远呢。"子玉点头道："果然。"次贤道："可恶之极!轻重远近都被他知道了。"王恂问子玉道："到底你从何处看出?"子玉道："你们何尝不看,但总看轮盘外面,没有看轮盘里面。你不见轮盘里有个绝小的小针,对着谁就到谁。"众人看了,大家试过,一些不差,群服子玉、蕙芳聪慧。

次贤道："今日雅集不可无令。前舟你是首座,出个令大家玩玩罢。"文泽道："甚好,但我的令没甚新鲜的,待我想想看。"想了一会道："我们今天是十二个人,还是念句唐诗飞觞①罢。用数目字飞,第一个飞一字,一字到谁谁喝酒;接飞二字,到哪人,那人也照样喝酒;又飞三字,一轮到十二为止,错者罚酒,可好么?"众人都说好。陆素兰与金漱芳笑道："这个苦了我们,搜索枯肠,哪里就有这些凑巧数目飞出来?"文泽道："你们也能,只怕唐诗比我们熟些。如果那数目飞不出来,便照数目多少罚酒。"宝珠道："譬如要飞十二,飞不出就要罚十二杯么?"文泽道："自然。"子云道："这也过多,且到临时再斟酌罢。前舟你且起令,看飞到谁?"文泽道："我们坐在东边的,转过去自下而上;你们在西边的,须自上而下方顺手。"次贤道："不差,请先喝令杯。"便斟了一杯,走到文泽面前。

文泽喝了,便说道："梅花柳絮一时新。"一字在第五,数到是漱芳。文泽斟了酒,向着漱芳走来,漱芳喝了,道："头一句我就不知道是谁的。"宝珠道："我记得是赵彦昭《苑中人日遇雪应制》。"漱芳道："我就要飞二字了。"想了一想,念道："柳暖花春二月天。"二字又在第五,轮到次贤,杯子就到次贤面前。次贤喝了,念道："愿陪鸾鹤向三山。"数到仲清,喝了酒,把酒斟了。走到春航面前道："罗帐四垂红烛背。"春航喝了,道："好个'罗帐四垂红烛背'!香艳无比。"把酒喝了,即斟了酒,念道："刺绣五纹添弱线。"数到宝珠,宝珠喝了,说道："六字本来少,偏偏轮到我,只

———

①　飞觞(shāng)——举杯。

怕要罚酒了。"子玉道："六字亦有。"宝珠想了一会，道："此句是谁喝酒我
没有算过。"念道："床上翠屏开六扇。"数到玉林，玉林道："这句不要是你
编的？"素兰道："你还说天天念诗，连花蕊夫人《宫词》都不记得了。"玉林
笑道："正是！我恐怕他有心要我喝酒。"便喝了，道："要说七字了。"想了
有半刻工夫，飞到王恂道："门前才下七香车。"王恂喝了，飞出八字是薛
逢《夜宴赠妓》的"愁傍翠蛾深八字。"数到了子云，子云喝了酒，道："这九
字只怕少些，就有也没有好句了。"因想了一会，念道："宝扇迎归九华
帐。"一数数到素兰，素兰喝了酒，飞出十字道："闺里佳人年十余。"数到
了漱芳，漱芳道："我轮到两回了。"只得喝了酒，道："幸亏还记得一句，
'十一月中长至夜'。"便对宝珠道："你喝一杯罢！"宝珠道："你自己也要
喝一杯，十字还在你身上呢！"漱芳也只得喝了一杯。宝珠喝了，想了一
会，飞出一句道："南陌青楼十二重。"飞到子玉，子玉喝了酒，道："已经十
二了，还要飞吗？"次贤道："座中媚香还没有轮到，轮到了他，我们再换令
罢。如今只可飞十三了。"子玉飞出一句是"娉娉嫋嫋十三余。"飞到了仲
清，仲清喝了酒，想了一想道："这一飞，轮到数目皆要喝酒，等媚香飞一
句收令罢，要十几的数目相连，也就少了。"即念道："'花面丫头十三四'。"
瑶卿、媚香各饮一杯。媚香飞一句算结罢。"蕙芳道："其实轮不到我，应
该是度香。"子云道："你飞了罢。"蕙芳想了一想道："幸亏还记得这一句，
静宜与庾香都喝一杯。"即道："年初十五最风流。"次贤道："很好！"即与
子玉喝了酒，收了令，吃了几样菜，几样点心，谈了一回。

　　次贤道："我有一个令，就费心些。但是今日座中却好都是喜欢行令
的，想必不嫌烦碎，我们就照这个令行一行。"蕙芳道："你不要又拿《水浒
传》来玩笑人了。"次贤笑道："你还记得'雪天戏叔'么？那日也就够你受
了。"即叫书童到书架上把第三筒牙筹取来，少顷，书童捧了出来，众人见
是象牙筒，内有满满的一筒小筹，一根大筹。次贤先抽出大筹给众人看
时，是个百美名的酒令，大筹上刻着"百美捧觞"四个隶字，下有数行规
例，刻着是：

　　"此筹用百美名共百枝，以天文、地理、时令、花木等门分类。每人掣
一支，看筹上何名，系属何门。先集唐诗二句，上句嵌名上一个字，下一句
嵌名下一个字。平仄不调、气韵不合者罚三杯，另飞；佳妙者各贺一杯。
唐诗飞过后，飞花名一个，集《毛诗》二句，首句第一字与次句第一字凑成

一花,为并头花,自饮双杯,并坐者贺二杯;首句末字与次句末字凑成一花,为并蒂花,自饮双杯,对坐者贺两杯;首句末字、次句首字凑成一花,为连理花,自饮双杯,左右并坐者皆贺一杯;每句花名字样,皆在每句中间,字数相对者,为含蕊花,自饮半杯,席中最年少者贺半杯;若两句花名字数不对,或上一句在第一字,下一句在第二、第三者,为参差花,自饮一杯,左右隔一位坐者贺一杯;如飞出花名虽成,气不接、类不联者,罚三杯。如美人应用何花,筹上各自注明,不得错用。"

大家看了一看,说道:"此令太难!一时如何集得起来?"宝珠、蕙芳道:"此令我们是不能的,只好你们七个人去行。"仲清道:"倒是集《毛诗》凑花名不易,若说唐诗,要飞两句也不过与方才的数目差不多。"子云道:"《毛诗》中凑花名却也有几个,不过要并头、并蒂的难些。"王恂道:"也好,横竖大家费点心,也可以消消食,不然这些东西在肚子里何以消化?就恐他们要凑《毛诗》,未免苦人所难了。"子云道:"不然单是我们七人行这个苦令,他们五人另行一个甜令何如?我们搜索枯肠,想不出时,听了他们行得好的,也可触动灵机,或者倒凑上来呢。"座中一齐说:"好,但不知叫他们行个什么令呢?"子云道:"我也有个令。"于是叫书童拿两颗骰子并一个小碟子来,子云道:

"这骰子名色,幺为月,二为星,三为雁,四为人,五为梅,六为天。如掷出幺二色样,即是一月一星,须集两句曲文,一句说月,一句说星,也要气韵联属。如本来两句连缀更佳,各人贺一个双杯;如在一套曲里者,各人贺一杯;说得不好者罚一杯;说颠倒者,譬如月在前、星在后,倒先说星、后说月,那就要罚的。如幺三为月为雁,即二四有星有人,其余照此。如两个骰子相同,或是两个人、两个天之类,两句中也须还他个人字、两个天字。如人人天天等字更佳,各人贺双杯;说不出罚三杯,余皆照此。"

蕙芳、宝珠听明了,又说了一遍道:"也不容易,幸亏我们的曲子还有几支在肚里。"子云谓次贤道:"索性叫香畹、珮仙坐到这里来,好在一处掷骰,我们与他二人换个座儿。"次贤、子云与玉林,素兰换了座次。次贤把筹和了一和,递给文泽先掣了一枝,把筹筒搁过一边。王恂道:"何不一同抽出,按着次序说不好吗?"次贤笑道:"那就太便宜了,后头可以细想改换,再罚不成酒了。"文泽看那筹是:"服饰门,美人名玉环,注:飞七言唐诗二句,集《毛诗》说并头花。"文泽想一想,出座走了几步道:"这倒

不是行令,倒是考文了。"次贤笑道:"总以早交卷为妙。"有一盏茶时,文
泽欣然入座,念道:"上句我是元微之的,下句用杜少陵的,合起来是:

　　玉钩帘下影沉沉,环佩空归月下魂。

大家都赞道:"妙极!"次贤道:"并且'玉环'二字也在句首,倒与并头花相
合。请说《毛诗》并头花罢! 我们先贺一杯。"文泽道:"想得好好的又忘
了,再想不起什么花。"偶见酒杯是个鸡缸,倒便触着了两句,念道:

　　鸡既鸣矣,冠绥双止。鸡冠是个并头花。

并坐是剑潭,该贺两杯。仲清道:"你且饮了再贺。"文泽欣然,自己饮了
两杯。仲清便掣筹,文泽道:"你的贺酒还没有喝呢。"仲清道:"你想这两
句连不连,还要人贺酒?"子云道:"鸡冠却是并头,就是句子欠贯串些。"
文泽道:"你们除此句之外,再找一个'冠'字在上的,我就服你们!"忽又
说道:"我想起先的一个来了:'吁嗟乎驺虞①,西方美人'。"仲清道:"更
要罚了,这个虽好,却是并头花?"文泽一想,道:"呸! 果然错了。"次贤
道:"我替你们讲和,剑潭贺一杯罢。"仲清只得饮了一杯,抽出筹来是:
"天文门,美人名朝云,下注:飞七言唐诗二句,集《毛诗》并蒂花。"仲清想
了一会,说道:"我上句用韦庄的诗,下句用杜诗,合着是:

　　朝朝暮暮阳台下,云雨荒台岂梦思。

又说道:"我其夙夜,妻子好合。夜合花是并蒂花。"大家赞了几声,次贤
道:"并且这花名与唐诗多联合的,我们共贺一杯,对座的是媚香应贺两
杯。"

　　那苏蕙芳掷了一个二五,正在那里凝思,这边要他贺酒,他只得喝了
两杯,倒凑着两句念道:

　　全没有半星儿惜玉怜香,只合守篷窗茆屋梅花帐。

旁边子玉拍手称妙道:"好个温柔旖旎! 倒转来偏这样凑拍,倒比原文还
好。"文泽道:"这是《访素》的曲文,是一支上的。我们也贺一杯。"

　　这边王恂掣了一枝是鸟门的,美人名飞燕,花名也是并蒂花。王恂素
来文思略迟,只得思索起来。看着素兰掷了个么四,也在那里凝思。忽见
素兰想着了两句,念道:

　　月明云淡露花浓,人在蓬莱第几宫。

　　① 驺虞(zōu yú)——《诗·召南》篇名;古车名。

春航赞道:"更妙!"子云道:"我们说的句子倒没有他们的香艳。"素兰道:"你们是诗,我们是曲,占了这点便宜。且你们又要人名,又要并头并蒂,就难了。"蕙芳道:"我才把他们行过的要想两句,再想不出来。幸亏不行这个令。不然要罚死了。"王恂尚未想出。次贤道:"这是《琴桃》一支上的,我们各贺一杯。"众人喝了。只见玉林掷了一个二四,念了《闻铃》两句道:

> 长空孤雁添悲哽,峨眉山下少人行。

众人也说好。子云道:"就是情景凄凉些。"也各贺了一杯。这边王恂想着了,说着:"我用裴庆余一句,温飞卿一句,合着是:

> 玉搔头褭凤双飞,燕钗落处无声腻。"

子云、文泽大赞道:"妙,妙! 此二句如一句,实在接得妙!"王恂又说道:

> 奉时辰牡,颜如渥丹。是并蒂牡丹花。

众人尚未开口,仲清道:"菜还没有上得一半,烧猪倒先拿了出来。"众人不解,留心四顾。王恂道:"哪里有什么烧猪?"仲清笑道:"就是你想吃烧猪! 你说是'奉时辰牡,颜如渥丹',不像个烧猪么?"众人听了,大笑起来,王恂自己也笑了。次贤道:"庸庵,你那第二句像说错了一字,或是刻木之讹也论不定。我记得是'玉钗落处无声腻',不是'燕'字,且是李长吉的《美人梳头歌》,你又记错是温飞卿,该罚一杯!"王恂道:"名字我说错了,似乎'燕'字没有记错。"春航道:"或者别的选本作'燕'字亦论不得的,总之这两句好!"于是大家也贺了一杯。

只见宝珠掷了两个二,便念道:

> 今夜凄凉有四星。

众人大赞道:"这句实在巧妙,全不费力。"各贺一杯。

春航掣了颜色门的,美人名红拂,花名是个连理花。亦想了一会,说道:"我上句用韦庄,下句用社,合着是:

> 千枝万枝红艳春,钓竿欲拂珊瑚树。

花名是:

> 既溥既长,春日载阳。长春是连理花。

众人赞了几句,也贺了一杯。

漱芳掷了一个幺四,即念道:

> 月移花影动,疑是玉人来。

众人道："这句自然好得很,该贺两杯!"皆喝了。

子玉掣了个地理门,美人名洛神,花是并头花。想了两句,不见甚佳,才要另想,只见蕙芳掷了一个幺三,想了一想,念着《偷诗》上两句道:

恨无眠残月窗西,更难听孤雁嘹呖。

子玉赞道："实在绣口锦心,愧煞我辈!"子云道："这个令叫我们行,也没有这些好句。"大家满贺了一杯。子玉得了,即道："我用冷朝阳《送红线》诗一句,孟浩然《登襄城楼》一句,合着是:

还似洛妃乘雾去,更疑神女弄珠游。

子玉方才念完,次贤、仲清、春航等大赞道："方才飞的以此为第一! 好在对得工稳,旖旎风光,却是庾香本色。"子玉又说并头花道:

月出皎兮,季女思饥。月季是并头花。

众人道："这个花名也好极,我们应贺三杯,方可赏此佳句!"

子玉谦了几句。又见素兰掷了一个幺六,也想了一想,凑起《酒楼》上两句念道:

蓦现出嫦娥月殿,绝胜仇池小有天。

众人也说好,又都贺了。

次贤掣了时令门,美人名夜来,是并蒂花。子云道："等你多想一想,我们用点菜再说。"大家又吃了一回菜,又上了五六样。俟点了灯,各人权且散坐。次贤道："我有了白香山一句,李太白一句,合着是:

八月九月正长夜,情人道来竟不来。

众人赏叹道："老气横秋,又是'愿陪鸾鹤向三山'一例的,真是你的口气!"次贤道："慢说好,恐怕这花名要罚酒呢。我却用个别名,却也不是隐僻,是人人常说的。"念道:

既见君子,吉日庚午。子午花是并蒂花。

"今天却是庚午日,算我说着了。"同人称赞不已,各贺三杯。

玉林掷了一个四五,想了一会,念出《絮阁》上两句道:

为着个意中人把心病挑,俏东君春心偏向小梅捎。

蕙芳笑道："这出《絮阁》比《闻铃》好得多了。"于是各贺了两杯。

子云道："我就献丑了。"掣了一根是花木门的,美人名莲香,花是连理花。子云心上要想两句好的出来,不肯轻说,一面看着他们掷骰。见宝珠掷了一个二四,想了一想,念出《春睡》上的曲文道:

星眼倦摩呵，一片美人香和。

子云道："好！也该贺。"大家各贺了一杯。漱芳又掷了个幺二，也想了一想，念道：

月上东墙，最可人星明月朗。

子云道："好，该贺一杯！"众人喝过。文泽道："你自己令也应交卷了，只管看着人交卷，难道你这腹稿还没有打完么？"子云笑道："快了。"于是又看蕙芳掷了一个幺四。想了半刻工夫，念着《偷曲》上的两句道：

山入寒空月影横，栏杆畔有玉人闲凭。

子云道："更好，该贺个双杯！我也交卷了，我就用温飞卿《采莲曲》上的两句，凑起来是：

绿萍金粟莲茎短，露重花多香不消。"

大家说好。次贤道："这两句很佳，可惜'不'字与'茎'字不对。"宝珠将眼睛看了子云一看，心中若有所思。次贤道："不是这两字，也与庚香一样，可以贺三杯。子云等诸位喝两杯也罢了。"再说花名道：

南有乔木，堇①茶如饴。木堇是连理花。

众人道："这两句却自然，该贺两杯！"

这一天大家思索也都乏了，都要吃饭。子云道："尚早，再看他们掷了几回，他们到底比我们少用些心。"素兰掷了一个重四，即想出一句《窥浴》上的曲文道：

两人合一副肠和胃。

仲清拍案叫绝道："这个是天籁，我们快贺三杯！于是合席又贺了三杯。玉林掷了重三，也念《小宴》一句道：

列长空数行新雁

次贤道："他们越说越好了，真是他们的比我们的好！"王恂道："词出佳人口，信然！"春航道："他们也实在敏捷，我们只好甘拜下风了。"文泽道："难为他们句句贴切，也从没有人罚过一杯，倒叫人贺了好几十杯。"子云道："我早说我们不及他们，他们若行我们的令，只怕比我们总要好些。然而也是时候了，可以收令吃饭罢。"子云道："等他们轮完了歇罢。他们也煞费苦心，争这一杯贺酒。"于是轮到宝珠，掷了一个重二，即念《密誓》

---

① 堇(jǐn)——堇，多年生草本植物。

上一句道：

　　问双星，朝朝暮暮，争似我和卿。

众人说妙，又贺了一杯。大家看着宝珠一笑，宝珠不觉脸上一红，于是大家更笑起来，宝珠亦只得垂头微哂①。不觉又到漱芳，已是每人轮了三次，也要收令了，掷了一个重四，也就念《窥浴》的曲子道：

　　意中人，人中意。

众皆大赞道："这一结，方把今日这些人都结在里面，都是个'意人中、人中意'了。我们应照字数，各贺六杯，吃饭！"大家也高兴饮了。

　　吃完饭，漱口更衣已毕，钟上已是亥末，大家也要散了，遂揖别主人，主人和五旦直送到园门。五旦重复进来，又讲了一回，各自散去。

　　次贤对子云道："我明日要将这两个令刻起来，传到外间，也教人费点心，免得总是猜拳打擂的混闹。"子云道："也好，况今日也没有什么不好的在里面。"又谈了一回，子云也自进去。不知后事如何，且听下回分解。

---

①　哂(shěn)——微笑。

第三十六回

小谈心众口骂珊枝　中奸计奋身碎玉镯

前回书讲的宝珠生日，在怡园乐了一天，正是人生悲乐不同。却说琴言在华府，因元宵之日，华公子命其与"八龄"演戏，是日琴言身子不快，且兼感伤往日，是以神情寂寞，兴致不佳。那日在台上，演到中情所感，不觉真哭起来。华公子以为无故生悲，十分不悦，叫下来痛斥了一番，有几日不叫上去。琴言独居一室，来往无人，且与那些跟班小使，气味不投，凿枘①相处。在留青精舍厢房内，有个小三间住着，有一个小使伺候，院子内有几块太湖石，两株绿萼梅，一棵红梅，尚还盛开。

此日是正月二十七日，琴言对了这梅花，不觉思念怡园的梅崦来，想那度香相待的光景，较之今日，真有天渊之别。即有伺候不到处，度香非但没有形之于色，并且不藏之于心，反百般的安慰体贴。此日的华公子，喜欢时便也与度香仿佛，及不合他的意时，不是发烦，就是挑斥。元宵那一日，竟至诟②斥起来，与诸奴相等。那一班逢迎巴结的见了，便欣欣得意，似乎也有今日，从此便可堕入轮回，永无超升之理。主儿多叫一回，同伙多恨一回；主儿多赏一回，同伙多骂一回。那带诮带骂、冷言冷语的叫人难受。总恨奚十一那个王八蛋，无缘无故的闹上门来，因此堕落在此。又想：魏聘才虽不是个好人，然尚有一言半语道着我的心事，如今他又出去了。那个林珊枝，倒像是半个主儿一般，先要小心谨慎的奉承他才喜欢，不然他就要捉弄人。"如今索性把我撵出去了倒也自在，自然可以不到师傅处去了。若得皇天保佑，使我做个清白人，我就饥寒一世也自愿意。不然人说前做过戏子，后做过奴才，好听不好听？人还看得起么！"

琴言越想越气，自然的落下泪来，孤孤凄凄，坐在梅花树下，伤心了一回。听得林珊枝的口声，叫了两声"玉侬"，即走将进来。琴言站起，珊枝

---

① 凿枘（zuò ruì）——圆凿方枘的简语，比喻龃龉不合。
② 诟（gòu）——骂。

见他满面愁容，便问道："你已知道了么？"琴言不解所问，怔了一怔，便道："知道什么？"珊枝道："你的师傅死了，方才着人来报信与你，并回明了公子，叫你回去送殓。"琴言听了，也觉伤心，泪流不已，问道："几时死的？"珊枝道："来人说是没有病，昨夜睡了，今早看他已是死了。"琴言又感伤了一回，问道："我怎样回去呢？"珊枝道："门外有人等你，公子吩咐也不要很耽搁，办完了丧事就回来。"琴言想了一想，即便答应。

珊枝出去了，琴言叫小使包了一包衣服，捆了铺盖，并带了一包银子，锁了门出来。可怜琴言尚认不得路径，小使指点了，走过了门房，却喜那些人都知道了，也不来问，一直出了头门。望见照墙边歇着一辆车，即是他向来坐的车，又见他师娘的表弟伍麻子同来。琴言上前见了，两人坐上来，一路的讲出城来。

将到了门口，已见一班人在那里搭篷。琴言进了门，一直进内，只见天寿跑出来，见了琴言，重又跑进，听得他师娘在里头呜呜咽咽哭起来。琴言到了床前，见他师傅已穿好了衣，帕子蒙了面，自然一阵悲酸，跪在床前痛哭不止。倒是他师娘拉他起来，劝他住了哭。琴言问道："师傅得了什么病，好端端就死了？"他师娘道："并没有病，昨夜还是好好的吹烟，吹到三更后睡了，还讲了好些话。我睡醒来摸他就冷了。若说受了煤毒，怎么我又好好的呢？"琴言又问身后之事，他师娘道："你师傅挣了一辈子的钱，也不知用到哪里去了。去年过年，就觉得不甚宽裕。"说到此，便叹口气道："比你在家时就差远了。你那两个师弟，十天倒有八天闲着。以后我也想不出个法子来。你师傅犯了这个急病，临终时又没有一言半语，平日在外头的事也绝不告诉我。如今是我们欠人家的，人家欠我们的，都一概不知。胡同外有那两所房子，也收不得多少租钱。这衣裳、棺木、搭篷，倒将就办了，到买地办葬事，只怕就有些拮据起来。"

琴言叹息了几声，走到从前住房内，叫小使铺设好了，将带来的银包打开看时，大大小小共十五锭，自己也不知多少，约有五六十两，便拿进送与师娘道："这包银子我也不知多少，公子、奶奶新年的赏赐，如今也可添凑作零用。"他师娘接了，掂了一掂，又解开，点了数，便道："你在华府里，听得很好，是上等的差使，可曾多积些钱？我知道你是不在行的，不要被人骗了去，自己费点心，积攒些才好。我是无儿无女，将来就要靠你呢。"琴言道："公子赏的东西，都些零星玩物，赏银钱倒少，就是留着，我也没用处。将来如果得了，再来孝敬师娘罢。"他师娘点点头道："这才好，算个有良心的孩子。"一面将银子放在抽屉内，琴言也就出来。

只见众人纷纷的忙乱，伍麻子捧了一包孝衣进来。又见袁宝珠、苏蕙芳、陆素兰来了，琴言即忙招待三人，一同坐下。问了他师傅的事，然后问起他新年光景，琴言略将近事说了几句。宝珠道："你既回来，告了几天假？"琴言道："早上是林珊枝来告诉的，我也没有见着公子，说办完丧事就回去，也没有限定几天。"素兰道："总得告一个月的假，等出了殡才可进去，不然也对不住你师娘。"琴言道："可不是。"蕙芳道："索性告假告个长假，不去也罢了，究竟你也不是卖与他们的。"宝珠道："在那里好倒算好，就是拘束些，且同事中没有一个知心的人，未免孤零些。"

蕙芳道："当日林珊枝也算不得什么，此刻见了我们，那一种大模大样，他就忘了从前同班子唱戏。他还唱乱弹时候，多油腔滑调，哄那些不会听戏的人，发了些邪财。一进了华府，就像做了官，有些看不起同辈的人。偶然与我们说两句话，又像个老前辈的光景。其实他与我同岁，也没有大些什么。"琴言道："他也是这里的徒弟，今日说得好笑，对我说道：'你的师傅死了。'难道你出了师，就算不得师傅么？"宝珠道："他如今要我们叫他为三爷，若叫他三哥，他就爱理不理的。他也只好在那'八龄'面前装声势，充老手。你不记得从前王静芳在燕绱①堂要打他么？如今见了静芳，还不瞅不睬的，记着前恨呢！"琴言道："华公子的性情虽算不得十分古怪，然有时却也捉摸不定。偏是他上去，怎么说怎么好，没有碰过钉子，这也是各人缘分了。真是随机应变，总没有一句答不上来，也算难为他。"素兰道："我听得说，他们府里没有一个不巴结他，就是三代老家人，也要在他面前周旋周旋。那魏聘才是叫他三兄弟、老三、三太爷这些称呼。"

琴言道："魏聘才搬了出去了，不知可在庾香处？"蕙芳道："魏聘才么，如今倒更阔了，就在宏济寺住，同了奚十一、潘三、杨八一班混账人，天天的闹，是什么剃头的，又是什么大和尚、小和尚，开赌宿娼，闹得不像样，张仲雨也不与他往来了。"琴言问起子玉来，宝珠道："前日我们在怡园叙了一日。"便将前日怎样喝酒，怎样行令，次贤新制的酒壶、杯子都说了，

---

① 绱(kàn)——高兴。

琴言着实羡慕。又说那首诗度香也刻了,庾香见了,怎样思念感伤的神色,——说给琴言。琴言听了,也就感伤起来。蕙芳道:"你既回来,少不得我们要快聚几天,不知明日可以不可以?"宝珠道:"明日他也无事。"琴言道:"师傅新死,于理有碍,须消停数日才可。"素兰道:"若消停数日,你就要进城了。况大家叙叙,清淡消遣,也没有什么妨碍,你又不是孝子,怕什么?"宝珠道:"我去问度香,明日、后日皆可。"三人坐了好些时候,要走了。琴言拉住了不肯放,众人不忍相离,只得坐下。后又来了王桂保、李玉林、金漱芳,大家直等了送殓,拜了然后才散。

琴言穿了孝袍,似乎明日不好出门,只得约定三日后再叙。又叫伍麻子到华府,求珊枝转为告假一月,俟出殡后方得进城,华公子准了。又拿了一个衣箱回来,琴言方才放心。到了接三那日,有些人来,便请了金三、叶茂林来张罗。同班的脚色之外,还有各班的,并左右街邻,各馆子掌柜的,挤满了一屋,看烧了纸才散。琴言也乏极了,回房就睡了。

到了明早,宝珠着人送了信来道:"本定今日,因度香有事,遂改明日辰刻在怡园叙集。"琴言应了。梳洗毕,独坐凝思:今日空闲无事,不如去看看庾香罢。因想去年梅夫人待的光景,去谅也无妨。主意定了,换了一身素服,吩咐套了车,一面告诉师娘,去谢谢同班的人。到了外间,忽然又转念道:"如今已隔了半年了,况从前是聘才领我去的,不要进门房里回话。如今我独自去,就算太太待我好,叫我进去,那门房里我总要去求他,适或碰起钉子来,他倒不许我进去呢? 况且他家的人,除了云儿之外,一个都不认识。"思前想后,不得主意,呆呆的站住。那小使进来说:"车已套了,到什么地方去?"琴言不语,又想了一回道:"不如去找聘才,仍同了他去,省费许多说话。他出来了,我去看看他,他也感情的。"遂对小使道:"我先到宏济寺看魏师爷。"即出门上了车,小使跨了车沿。几个转弯,不上一里路,已到了。

琴言见寺门口歇一辆大鞍子四六档车,有个车夫睡在车上。琴言当是聘才的车,想道:"幸而来早一步,不然他就要出门去了。"小使进去问了,说道:"在家,请你进去。"琴言下来,走进了东边的门,小使指点他一直过了两层殿,从东廊后另有一个院子进去。琴言低着头,并不留心别处,一直到了聘才院子里。见聘才的四儿出来,与他点点头,把风门一开,琴言方抬头望去,吃了一惊。见坐着一屋子的人,心中乱跳,脸已红了,欲待退出，聘才已迎将出来，只得定了定神，上前见了。聘才道："今日缘何光降？令我梦想不到。"琴言红着脸，答不上来。聘才对着众人道："这是我天天说的第一个有名的杜大相公，如今是叫杜琴爷。"又对琴言道："这几位都是我的至好。那位是奚大老爷，那位是潘三爷，这位是我的房东唐佛爷，这位是他的小佛子，那两个也是班里头的，你想必不认识，都见见罢。"琴言无奈，只得对众人哈了一哈腰。

　　和尚知道是华府来的，便合着掌把腰弯了几弯，笑眯眯的说道："多礼，多礼！请坐，琴爷。"潘三倒白对琴言作了一个揖，琴言照应和尚时，没有留心。潘三已动了色心，借此走上前来，一把拉住了手，琴言欲缩不能。只见潘三龇牙撩齿的，凝着两个红眼珠，笑眯眯的说道："你是琴大爷？我的琴大太爷，我想见你一面都不能，今日真是有缘千里来相会了！"琴言含羞含怒的急忙洒脱了手。聘才知他害羞，急了是要哭的，忙支开了潘三，扯他坐下。要问他时，见奚十一说道："你如今在华府里可好？"琴言只得答应了"好"。奚十一道："你可认得我？"琴言举眼，看他是一个黑大汉子，颇觉威风凛凛，有些怕他，便说道："不相认识。"奚十一哈哈大笑，走近琴言身边。琴言要站起来，奚十一双手按住了他的肩头，琴言低了头，心中乱跳。奚十一又道："你该谢谢我。去年夏天我来找你，你分明在家，不出来见我，后来与你师傅闹起来，你从后门跑了，从此你进了华府。这不是我作成你的么？今日见了，应该谢谢我。"琴言方知他是奚十一，心中更慌，偏着身子，站了起来，连忙退缩。奚十一大笑道："你这孩子！年纪也不甚小了，怎么这般面嫩，倒像姑娘一般。"聘才恐怕奚十一动粗，便解释道："他在华府里规矩甚严，一年没有见过生人，自然拘束了。"这边潘三抓耳揉腮，垂涎已甚，却不敢怎样。唐和尚只好心中妄想而已。

　　聘才便问琴言道："你今日怎么能出来？"琴言将他师傅死了，告了一月假，"今日来看你，还要你同我……"，说到此，又不好意思说出来。聘才已经明白，便道："要我同你到那里去？"琴言只得说道："要你同我去见见梅太太和庾香。"聘才笑了一笑，点点头道："使得，使得，停一停我们就去。"琴言见有人在此，不好催他。

　　奚十一虽是个粗鲁人，尽讲实事的，但面目之好歹也分得出来。此时见了琴言，却是生平未见过的宝贝，心中着实大动。又想他已改了行，又在华府里做亲随，便不好动手动脚调戏他；料想叫他陪酒，也断不肯的，怎样想个法儿弄他一回。一面看，一面听他们说话，要聘才同他到梅宅去，便想出一个计策来。自己思算了一会，立起身来道："我要走了。"便腆起肚子，几步就走了出去，聘才与和尚连忙相送。潘三尚坐着不动，黄瞪瞪眼睛只管看着琴言，看得琴言一腔怒气，不能发作。

奚十一拉了聘才走到和尚房中，对聘才作了一揖道："今日我要求你行件好事。方才这个人，我实在爱他，我若叫他陪酒，是一定不肯的。"聘才不等说完，忙摇头道："不肯不肯！不肯定的！"奚十一道："况且他已改了行，也难强他。如今我有一个妙计：我们去了，你留他吃饭，说吃了饭才同他到梅宅去。到正吃时，我再闯进来，同他坐坐，虽不能怎样，也就完了这件心事，谅来也不算轻亵他。再送他些东西，看他待我怎样。我弟台，我们相好一场，你为我出点力，我一辈子感激你！"聘才沉吟了一会，明知琴言的脾气不能勉强，但又却不得奚十一的情，只得说道："依你这计也好，但是你不可撒村动粗的。他比不得别人，一句话说错了，他就要哭的。这钉子我已碰过多了。"奚十一道："你放心，我断不动粗的。我只要与他坐一坐，怎敢还想别的好处？我还有几样菜着人送来。你快把潘三也叫出来，天香、翠官也撵开，就摆饭，我去去就来。"说罢慌慌张张上车去了。

聘才进来对潘三道："和尚请你说话。"潘三不得已，迟延的出去，尚回顾了几次。聘才把天香、翠官也打发走了，便故意的对琴言道："好了，清净。我也被他们闹昏了，闹得一屋子俗臭不堪。我们如今清清净净谈谈，吃了早饭再去，自然有一会耽搁。"琴言一想："在聘才处吃饭也不妨，况且这些人都去了，自然没有人来。"便问聘才道："今年见过庾香几次了？"聘才随口说道："三次了。"琴言又问道："我听得奚十一是个坏人，为什么与他相好？"聘才道："也没有什么很相好，看他也是个爽快人。"琴言道："那个姓潘的，我也知道他。"聘才道："那是个买卖老实人，就这和尚也极通世务的。"琴言也心里暗笑，也不便驳他。

却说奚十一跨上车，叫车夫狠狠的几鞭，那骡子一口气就跑了回去。奚十一到寓处，即进他的书房，吩咐家人问姨奶奶要了昨日晚上送来的四样菜、两样点心出来，送到魏老爷那里去。又教了他一番说话，也不进房，就在书房内炕上开了灯，叫巴英官打泡，急急的吹了三十口大口烟，已有三钱，可以挨得半天了。心里想道："送他些什么东西才好呢？"看着自己腰里一个大八件钢瓢表,值二百吊钱,将这表给他罢。又想道:"单是个表也不算什么贵重,只有那姨奶奶那对翡翠镯子,京里一时买不出来,把这个送他也体面极了。"即到菊花房里,听到"唧唎唎"的一声,举眼看时,原来菊花在净桶上解手,见了奚十一便笑了一笑。奚十一道:"怪不得香气熏人,我当着外头开沟呢。"菊花啐了一口道:"嚼你的舌头!"奚十一开了箱,四角里掏了一掏,掏着一个匣子,开了盖看是了,便揣在怀里,也不盖箱子盖,转身便走。菊花嚷道:"你拿我的镯子做什么?"奚十一道:"我与人比一比颜色,就拿回来的。"到了书房,叫了巴英官,忙忙的撒开大步,一直到聘才处来。心里喜道:"我若能弄上了他,这京里的大老官,就要算我奚老土了!"

再说潘三到和尚房里,和尚把奚十一的计与他说了,潘三乐极,连称"妙计"。便在和尚房中等候,心里想道:"这个活宝就与他坐一坐,喝一杯就够了,还想玩他么?就叫他玩我,我也愿意。他若肯玩我,自然也肯给我玩了。"一面胡思乱想,口中滴出馋涎来,便咬着牙,把手在脖子后槌了两槌,鼻子里哼了两声。唐和尚看了好笑,便道:"潘三爷做什么?脖子涨的疼么?"潘三也笑了。

奚十一的人送了菜来,要面见聘才,四儿同了进去。来人道:"家爷说有位琴爷在这里,家爷从前不知道,冒犯了,深自懊悔。本来要请琴爷过去坐坐,恐怕不肯赏脸,叫我送了几样菜来,请大爷代家爷转敬琴爷消消气,家爷有事不能过来奉陪了。"聘才笑道:"怎么要你老爷费事?又几时得罪过琴爷?说得这样周到,我就收下,代做主人便了。你回去多多道谢。"即赏了来人五百钱,又对琴言说道:"这是奚老爷的盛情送你的,我倒叨光了。你也应该谢一声。"琴言不解其故,只得也谢了一句。聘才叫四儿吩咐厨房,快弄起来,就要吃饭。四儿去了,不多一刻,就摆了酒菜上来,在个方桌子上。聘才道:"虽然便饭。也喝一杯酒。"琴言道:"不消了,就吃饭罢。"聘才不听,斟了一杯送过来,琴言只得接了,也回敬了聘才一杯。聘才喜出望外,也是平生第一次得意,难得两人对坐了。聘才随口的说些话来哄琴言,要他喜欢,说:"庚香近来也不出门赴席听戏,常托我对你说:在那里放宽了心,不要惦记着他,他慢慢的去结交华公子,自然可以常见了。"聘才无非要他安心久坐,等奚十一来。无奈琴言急于要走,酒也不喝,菜也不吃,呆呆的坐着,如芒刺在背的光景。

正要催饭,只听得院子里一阵脚步响,已撬了风门进来。琴言见奚十一,心里就慌,站了起来。聘才笑盈盈的说道:"来得正好,主人来陪客了。"奚十一笑道:"我知道此刻尚未吃完,竭诚来敬琴言一杯。"便叫巴英官拖过凳子,就朝南坐了。一手执壶,一手擎杯,斟好了直送到琴言嘴边。琴言接又不好,不接又不好,急得满脸通红。聘才道:"这是主人敬客之意,你不能干,喝一口罢。"琴言只得接了,喝了一口,把杯子放下,对聘才道:"我真喝不得了,已饱得难受,你陪着喝一盅罢。"便想走开,奚十一一把拉住道:"好话!我来了你就坐也不坐,是分明瞧不起我。你回去问问你家公子,是我嫡嫡亲亲的世叔,我也不算外人。你既是他心爱的人,就算我的小兄弟一样,岂有我来了你要走之理!"便拉住了,毫不用力,轻轻的把他一按,已坐下了。奚十一一面说,双眉轩动,好不怕人。况旧年琴言已领略过了,吓得战战兢兢,面容失色,只得坐下。奚十一好不快活,便要了一个茶杯,喝了一杯,夹了一条海参送与琴言。琴言按住了气,站起来道:"请自用罢,我已吃不得了。"奚十一笑道:"别样或吃不得,这东西吃了下去,滑滑溜溜的,在肠子里也不甚涨的。"琴言听了,也懂得是戏弄他,不觉眉梢微竖起来。聘才把脚踢一踢奚十一,道:"他想必吃不得了。"奚十一又道:"你既吃不得,我吃了罢。"把琴言吃剩的酒,也喝了,还嗒一嗒嘴道:"好酒!"琴言此时气愤交加,又不便发作,捺住了一腔怒气,心中想道:"这狗才不怀好意。我如今不唱戏了,他敢拿我怎样?他如果无礼,我就与他闹一场。"又见奚十一喝干了酒,又斟了半杯,放在琴言面前,要他喝。琴言一手按住了杯子,对聘才道:"你知道我是从不喝酒的。"

奚十一还要强他,只听得切切促促脚步声,见潘三同了和尚进来。潘三嚷道:"巧极了,被我闯到了好筵席了!"和尚也说道:"原来魏老爷请客,也不虚邀我一声。"潘三弯着腰,耸着肩,急急的几步抢上来道:"待我来敬一杯。"便拿过琴言的杯子来,道:"这酒凉了,我替喝了罢。"便一口干了,把杯子在嘴唇上擦了一转,斟了半杯,双手递来,直送到琴言嘴边。琴言扭转身来想走,无奈一边是潘三,一边是和尚,挡住不得出位,便接了酒杯。潘三尚不放手,要送进口来,琴言怒道:"我真不会喝酒!你放了,我慢慢的喝。"聘才让潘三坐下,说道:"他真不能,你等他慢慢的喝罢。"潘三只得放手坐了。聘才与唐和尚拿两张凳子,坐在下面。琴言见潘三将杯子在嘴上擦了一转,十分恼怒,已知他们一党,有心欺侮他,若翻转脸来,犹恐吃亏,只得苦苦的忍住。拿起杯子来,装作失手,"当"的一声,砸得粉碎,衣服上也溅了几点酒。把绢子拭了,对聘才道:"我冒失了。"聘才也知道他的心思,便道:"这有何妨!"又叫换个杯子来。琴言道:"不必不必,就拿来我也不喝。"奚十一道:"那不能,也不多劝你,一人劝你三杯。"潘三满拟这杯酒他若喝了,琴言便亲了他的屎嘴一样,偏又砸了,甚是扫兴。还想重来敬他,被聘才拦住。

唐和尚不知好歹,斟了半杯道:"阿弥陀佛,华公府是小寺的大施主,老太太装过三世佛的金身,少奶奶塑过送子观音像,舍了三年的灯油。如今他府里爷们光降,我出家人无以为敬,借花献佛,小琴爷请喝这盅。"捧了杯子,打了个稽首①,口中念道:"南无大慈大悲救苦救难观世音菩萨!"惹得他们大笑。琴言见了,又好气又好笑,面色倒平和了一分,便道:"我真不能喝,你不用强我。"唐和尚赔着笑道:"我的琴爷爷,我方才念过佛,这杯酒就有佛在里头,你喝了前门增百福,后户纳千祥。愿你大发财,日进一条金!"众人听了大笑。琴言只是不肯喝,和尚又把自己的脸抹了一抹,除下了毡帽道:"小琴爷,你瞧瞧我,和尚难道不是个人脸,真是个鸡巴脑袋吗?"琴言见这怪样实在发笑,也忍不住笑了一笑。和尚道:"好了,好了,天开眼了!到底我这个鸡巴比人的脑袋还强呢!"琴言听了,又变了颜色。和尚道:"我的祖爷爷,你不喝这一盅,我和尚就没有脸,明日只好还俗了。"便将酒杯顶在光头上,双膝跪下,两手靠在琴言膝上,口中不住的念佛,不肯起来,笑得众人捧腹。琴言被他缠得无法,只得说道:"请起请起,我喝一口,下不为例。"便在光头上拿了杯子,喝了一口,想一想,恐人喝他的剩酒,索性干了,立起身来想走。奚十一拦住了,和尚抱了他的腿,跪着在他膝盖上碰头。琴言只得坐下,真急了,便厉声正色的说道:"今日请教各位,待要怎样?"聘才连忙说道:"不喝酒了,倒是大家谈谈罢。"拉了和尚起来。琴言道:"我有事,不能再坐了。"又要走。奚十一拦住不放,说道:"不喝酒就是了,坐一会,忙什么?"聘才只得说道:"快拿饭来,吃了我们还有事呢。"琴言又只得坐下,万分气恼,勉强忍住。

奚十一暗忖道:"这孩子真古怪,斗不上笋来。若不是他,我早已一

———————

① 稽首——古代一种跪拜礼。叩头到地。

顿臭骂，还要硬玩他一回。不过我怜惜他，他倒这般倔强，实属可恨！"又转念道："向来说他骄傲，果真不错。我若施威，又碍着华府里，况他已不唱戏了，原不该叫他陪酒。且把东西赏他，或者他受了赏，回心转意，也未可定。"潘三想道："这孩子比苏蕙芳更强。可惜我没有带些票子来赏他，或他得了钱，就巴结我也未可知。"奚十一道："我有样东西送你，你可不要嫌轻。"便从怀里掏出个锦匣子，揭开了盖，是一对透水全绿的翡翠镯子，光华射目。潘三伸一伸舌头道："这个宝贝，只有你有，别人从何处得来？这对镯子，城里一千吊钱也找不出来。"不住"啧啧啧"的几声。聘才、和尚也睁睁的望着。聘才暗想道："好出手！头一回就拿这样好东西赏他，看他要不要。"琴言也不来看，只低了头。

奚十一道："你试试大小，包管合适。"便叫琴言戴上。琴言站起来，正色的说道："这个我断不敢受，况且我从不带镯子的。"琴言无心，伸出一手给他们看，是戴镯子不戴镯子的意思。奚十一误猜是要替他戴上的意思，便顺手把住了他的膀子，一拽过来，用力太重，琴言娇怯，站立不稳，已跌倒奚十一怀里。奚十一索性抱了他，也忍不住了，脸上先闻了一闻，然后管住他的手，与他戴上一个镯子。奚十一再取第二个，手一松，琴言挣了起来，已是泪流满面，哭将起来，也顾不得吉凶祸福，哭着喊道："我又不认识你！我如今改了行，你还当我相公看待，糟踏我！我回去告诉我主人，再来和你说话！"遂急急的跑了出去。到了院子，忙除了镯子，用力一砸，一声响，已是三段，没命的跑出去了。

奚十一大怒，骂了一声："不受抬举的小杂种！"便要赶出去揪他。聘才死命的劝住。奚十一哪里肯依，暴跳如雷，大骂大嚷，更兼身高力大，聘才如何拉得了他，只得将头顶住了他，连说道："总是我不好！你要打，打我！要脔，脔我！"潘三与唐和尚还在旁边火上添油，助纣为虐①。奚十一被聘才顶住，不能上前，又想琴言已跑出寺门，谅已上车走远，不好追赶，只得罢了，气得两眼直竖，肚皮挺起，坐下发喘。

他的巴英官在旁抿着嘴笑，走到院子里，捡了那碎镯子，共是三段，放在掌中拼好，说道："待我花三钱银子镶他三截，也发个标，戴个三镶翡翠镯子。不知道人肯赏我不肯赏呢！"拿来放在奚十一面前，又道："一千吊

---

① 　助纣(zhòu)为虐——比喻帮助坏人做坏事。

的镯子,如今倒值三千吊了。"奚十一见了,越发气狠狠的骂了一会。潘三与唐和尚连说"可惜"。大约奚十一回去,只剩一个镯子,菊花必有一场大闹。正是癞蛤蟆想吃天鹅肉,也不料自己的福分。

　　且说琴言上了车,下了帘子,一路掩面悲泣。到家即脱了外褂,上床卧下,越想越恨,只怨自己发昏去找聘才,惹出这场祸来。把被蒙了头。整整哭了半日,几乎要想自尽。不知事后如何,且听下回分解。

第三十七回
行小令一字化为三　对戏名二言增至四

　　且说琴言回寓，气倒了，哭了半日，即和衣蒙被而卧。千悔万悔，不应该去看聘才，知他通同一路，有心欺他，受了这场戏侮，恨不得要寻死，凄凄惨惨，恨了半夜，睡到早晨尚未曾醒。他小使进来推醒了他，说道："怡园徐老爷来叫你，说叫你快去，梅少爷已先到了。"琴言起来，小使摺好了被，琴言净了脸，喝了碗茶。因昨日气了一天，哭了半夜，前两天又劳乏了，此时觉得头晕眼花，口中干燥，好不难受。勉强扎挣住了，换了衣裳，把镜子照了一照，觉得面貌清减了些。又复坐了一会，神思懒怠。已到午初，勉力上车，往怡园来。

　　此日是二月初一，园中梅花尚未开过，茶花、玉兰正开。今日之约，刘文泽、颜仲清、田春航不来，因为是春航会同年团拜，文泽、王恂是座师的世兄，故大家请了他。春航并请仲清，仲清新受感冒，两处都辞了。王恂也辞了那边，清早就约同子玉到怡园，次贤、子云接进梅崦坐下。这梅崦是个梅花样式五间，一处共有五处，长廊曲槛勾连，绿萼红香围绕，外边望着也认不清屋宇，唯觉一片香雪而已。子玉每到园中，必须赏玩几处。子云道："今日之局，人颇不齐，这月里戏酒甚多，我想玉侬回来尚有二十余日之久，这梅花还可开得十天，我要作个十日之叙，不拘人多人少，谁空闲即谁来。即或我有事不在园里，静宜总在家，尽可作得主人。庸庵、庾香以为何如？"王恂道："就是这样。如果有局，我是必来的。"子玉道："依我也不必天天尽要主人费心，谁人有兴，就移樽就教①也可，或格外寻个消遣的法儿。"次贤道："若说消遣之法尽多，就是我们这一班人心无专好，就比人清淡多了。譬如几人聚着打牌掷骰，甚至押宝摇摊②，否则打锣鼓、看戏法、听盲词，在

---

　　① 移樽（zūn）就教——端着酒杯到别人跟前共饮，以便求教，泛指主动前去问人请教。
　　② 摇摊——赌博的一种。

人皆可消遣。再不然叫班子唱戏,枪刀如林、癣斗满地,自己再包上头,开了脸,上台唱一出,得意洋洋的下来,也是消遣法。还有那青楼曲巷,拥着粉面油头,打情骂俏,闹成一团。非但我不能,诸公谅亦不好。"

子云等都说:"极是。教你这一说,我们究还算不得爱热闹。但天下事莫乐于饮酒看花了。"王恂对子云道:"我有一句话要你评评。"子云道:"你且说来。"王恂道:"人中花与花中花孰美?"子云笑道:"各有美处。"王恂道:"二者不可得兼,还是取人还是取花?"子云笑道:"你真是糊涂话,自然人贵花贱,这还问什么呢?"次贤道:"他这话必有个意思在内,不是泛说的。"子云微笑,王恂笑道:"我见你满园子都是花,我们谈了这半日,不见一个人中花来,不是你爱花不爱人么?"子云笑道:"你不过是这么说呀!前日约得好好儿的,怎么此刻还不见来呢?"

少顷,宝珠、桂保来了,见过了。子云道:"怎么这时候还只得你们两个人来?"宝珠道:"今日恐有几个不能来。玉侬还没有来吗?"桂保道:"今日联锦是五包堂会,联珠是四包堂会。大约尽唱昆戏,角色分派不开,我们都唱过一堂的了。"王恂道:"何以今日这么多呢?"桂保道:"再忙半个月也就闲了。"宝珠道:"我见湘帆、前舟在那里,剑潭何以不来?"王恂道:"身子不爽快。"桂保谓子玉道:"今年我们还是头一回见面。"子玉道:"正是。我却出来过几次,总没有见你。"宝珠道:"今日香畹与静芳苦了,处处有他们的戏,是再不能来的了。"子云道:"我算有六、七个人可来,谁晓得都不能来。"

将到午正,桂保往外一望,道:"玉侬来了!"。大家一齐望着他进来了。子玉见他比去年高了好些,穿一套素淡衣裳,走入梅花林内,觉得人花一色,耀眼鲜明。大家含笑相迎。琴言上前,先见了次贤、子云、王恂,复与子玉见了,问了几句寒温。子云笑道:"如今人也高了,学问也长了。你看他竟与庾香叙起寒温来,若去年就未必能这样。"琴言听了,不好意思道:"他是半年没有见面了。"子云道:"我们又何曾常见面?"琴言笑道:"新年上你同静宜来拜年,不是见过的?"次贤笑道:"是了,大约见过一次,就可以不说什么了。"说得琴言笑起来。王恂道:"只有我与玉侬见面时最少。"琴言也点一点头,然后与宝珠、桂保坐一边。宝珠推他上座,他就坐了。子云吩咐摆起席面来,也不送酒,子云对王恂道:"论年齿,吾弟长于庾香,但今日之酌特为玉侬而设,要玉侬坐个首席,庾香作陪。"琴言

道："这如何使得？我是不坐的。"子玉道："应是庸庵。"子云笑道："往日
原是这样,今日却要倒转来。"便拉定琴言坐了首席,子玉并之;桂保坐了
二席,王恂并之。不准再逊,逊者罚酒十杯。子云又叫宝珠坐在上面,宝
珠要推时,见蕙芳来了,子云道："好,好,你来坐了,次贤相并。"蕙芳不肯
坐在次贤之上,次贤道："今日所定之席,皆是你们为上,我们为次,你不
见已定了两位么？"蕙芳只得依了。下面宝珠也只得坐在子云之上。坐
定了,王恂笑道："外边馆子上若便依这坐法,便可倒贴开发了。"众皆微
笑。互相让了几杯酒,随意吃了几样菜。

　　宝珠看琴言的眼睛似像哭肿的,想是为师傅了。子云也看出来,叹息
了一声道："玉侬真是个多情人。长庆待他也不算好,他还哭得这样,这也
难得!"众人尽皆叹息。琴言听了,触起昨日的气来,便脸有怒容,又见子玉
在旁,总是为他而起,他一阵酸楚,流下泪来。众人齐相劝慰,殊不知琴言
别有悲伤,并不是为着长庆。众人既不知道,又不便告诉人,闷在心里越想
越气,要忍也忍不住,把帕子掩了面,想道："魏聘才这东西专会捏造谣言,
将来必说我在他那里陪酒,奚十一赏镯子等语。不如我说了,也可叫人明
白。况且谅无笑我的人。"又停了一会,问子玉道："你几时见聘才的？"子玉
道："尚是去年十月内见过一次。如今住在城外宏济寺,也绝不到我家来。"
琴言道："我昨日见他,他说今年见你三次了。"子玉道："何曾见过？最可笑
的是大年初一天明的时候,在门外打门,门上人才穿衣起来,他说了一声,
留下个片子,到如今还没有见着他。你是哪里见他的？"琴言骂了一声道：
"这魏聘才始终不是个东西!"蕙芳说："早就不是个东西,何须你说？"

　　子玉又问琴言,琴言含泪说道："原是我不好。我到他寓里,要他同
我去看你。"子玉听到此,一阵心酸,眼皮上已红了一点。众人尽听他说。
王恂道："你看他,他怎样待你？"琴言道："聘才起先还好,如今有一班坏
人在那里引诱。"子云问道："是谁呢？"琴言道："一个奚十一,一个潘其
观,还有一个和尚,就是聘才的房东。"蕙芳听了,皱了皱眉,问道："你怎
样呢？"琴言也恨极了,索性细细的将奚十一故意先走,后聘才撺了潘三,
奚十一忽又送菜来,后奚十一、潘三、和尚先后的闯进,并将席间诸般戏
侮,与砸了他的镯子,都说了出来。子玉听了,甚是生气,说道："这是聘
才的坏!定是他设的计,故意叫他们糟蹋你的。"琴言道："可不是他通同
的么!幸亏我如今不唱戏了,他们还不敢十分怎样,不然还了得!只怕你

们今日也不能见我了。"子云道："这三个恶煞，怎么你一齐都遇见了？这也实在难为你。"次贤、王恂皆笑。桂保道："那个奚十一我倒没碰见，就是珮仙、玉艳吃了他的大亏。"琴言道："我是两次了。"王恂谓桂保道："你若遇见了奚十一，便怎样呢？"桂保道："我若遇见了他，也叫他看看桶子，叫个赶车的玩玩他。"说得众人大笑。

蕙芳道："我们如何想个法儿收拾他？"次贤笑道："你若要收拾他，须得用个苦肉计，恐怕你不肯。"蕙芳啐了一声，次贤复笑起来。子云问道："你想着什么好笑？"次贤道："我想奚十一就是那个东西作怪，何不拿他来割掉了，也就安分了。"王恂笑道："这倒不容易，除非媚香肯行苦肉计方可。"蕙芳道："你何不行一回？"王恂道："我与他无怨无仇，割他作甚？你倒别割奚十一，且先割了潘三，也免了你多少惊恐。"蕙芳连啐了几声，忽斟一杯酒来，罚次贤道："总是你不好，谁叫你讲这些人？"次贤也不推辞，一笑喝了。

忽见子玉与琴言四目相注，各人饮了半杯酒。子云不觉微笑，问子玉道："你与玉侬同过几回席了？"子玉道："这是第二回，已一年之久。"子云道："只得两回，可怜，可怜！真是会少离多了。"琴言笑道："也第三回了。"次贤道："庾香有些贪心不足，以多报少。去年你们瞒着人私逛运河，不算一回么？"子玉道："我偶然忘了。"子云道："我请吾弟与玉侬作十日之欢，阁下不知嫌烦否？"子玉道："名园胜友，若得常常欢聚，不胜之幸，何敢嫌烦！只怕弟无此香福，犹恐福薄灾生。"子云大笑。次贤道："十日之叙已无此福，若华星北之福，真是福如东海了！"说得众人大笑。琴言与子玉此时已觉十分畅满。

王桂保对着子云笑道："我有个'一'字作为'三'字的令，我说给你听，说不出者罚一杯。"子云道："你且说来。"桂保道："一个'大'字加一点是'太'，移上去是'犬'字。照这么样也说一个。"子云笑道："这是'犬令'，谁耐烦行他！"桂保笑嘻嘻的对着蕙芳道："你说一个。"蕙芳想了一想道："一个'王'字加一点是玉字，移上去是'主'字，不比你那'犬'字好些吗？"桂保点点头道："真好。"忽又笑道："你可不该！方才度香骂我，你又骂了度香了。"蕙芳道："我几时骂他？"众人也不解。桂保道："他是主人，你说的是'主'字连上'犬'字，不是骂吗？"蕙芳也笑。子云骂桂保道："你这小狐精！近来很作怪，偏有这些油嘴油舌！"

宝珠道："我有个'木'字，加一画是'本'字，移上去是'未'字。"子云笑道："我有个脱胎法：'未'字减一笔是'木'字，移下来是'本'字。"众皆大笑。琴言道："我有个'水'字，加一点是'氷'字，移上去是'永'字。"次贤道："这个'永'字些须欠一点儿，也只好算个薄水冰，然眼前的却也没有多少。"王恂道："只怕就是这几个，被他们想完了。"桂保道："我还有一个'十'字，加一画是'士'字，移上去是'干'字。"大家说道："好。"蕙芳道："我有个'杏'字，加一笔是'查'字，移上去是'香'字。"众人赞道："更好。"宝珠道："我有个'丁'字，加一笔是'于'字，移上去是'宁'字。"子云道："这字却冷些。"子玉道："也可用。"宝珠道："亻、丁二字也不算冷。"琴言道："我有个'卜'字，加一笔是'上'字，移上去是'下'字。"次贤道："这个好得很！"桂保道："我有个'白'字，加一笔是'自'字，移上去是'百'字。"蕙芳道："略短些。"王恂："我有个'日'字，加一笔是'田'字，移上去……"说到此顿住了。桂保道："移上去是什么字？"王恂大笑。子玉道："只要说透上去，便成个'由'字。"子云道："我叫他拖下来成个'甲'字。"次贤笑道："你们一个要上，一个要下，要争竞起来。我叫他一头往上，一头往下，作个'申'字，何如？"众人大笑。

　　吃了些点心，又喝了几杯酒。王恂问蕙芳道："你见湘帆、前舟没有？"蕙芳道："原是为他们在那里，所以耽搁了好一会，将我的戏挪上了才来的。我今天见了一个老名士，说是前舟的业师，相貌清古，有六旬之外了。"子云道："姓什么？"蕙芳道："姓得有些古怪。我想想看，好像姓瞿。穿着六品服饰，觉得议论风生，无人不敬爱他。"子云想了一想道："要是姓屈，不是姓瞿？"蕙芳道："是姓屈！我记错了。"次贤道："不要是屈道生么？"子云道："一定是他，我听说他到了。"子玉道："他名字可叫本立？"子云道："正是，你认识他么？"子玉道："我却不认识。我见他几封书札与家严的，有论些史事疑难处，却独出卓见，真是只眼千古。家严将他裱成一个册页，我倒常看的。"次贤道："这道生先生今年六十岁了，与先兄同举孝廉方正。他在江西作知县，为何来京？"子云道："去年提升了通判，想是引见来的。迟日我请他来，大家叙叙。虽是个方正人，然是看花吃酒也极高兴的。"子玉道："他是我的父执①，恐不好相陪。"子云道："何

---

　　① 父执——父亲的朋友辈。

妩。"

次贤道:"道生虽是个古执人,笔墨却极游戏,其著作之外,还有些零碎笔墨,一种名《忘死集》,一种名《醒睡集》,都是游戏之笔。"琴言道:"这两种书名就奇。"王恂道:"内中是说些什么呢?"次贤道:"我当年在人家案头略翻一翻,也没有看他,记得《醒睡集》内有些集词为词,集曲为曲等类,还有些集经书诗词的对子,却甚有趣。好像末后还有个对戏目的对子,是两个字的多,可惜没有细看。"子云道:"你看道生的诗文与侯石翁如何?"次贤道:"据我看是道翁高于石翁。石翁的才虽大,格却不高。且系驳杂不纯,道翁才也不小,其格纯正,却是可传之作,就是石翁也很佩服他的。"王恂道:"我们江宁的侯石翁么? 他却自负天下第一才子,据我看来也不见得。"子云道:"才是大的,博也博的,到他那地位却也不易。"又说道:"我想戏目颇可作对。譬如《观画》就可对《偷诗》,《偷诗》又可以对《拾画》等类,倒也有趣。我们八个人分着四对,我给你对一个,你也给我对一个。有一字不工稳者,罚一杯;两字不工者,罚两杯;半字不工欠对者,罚半杯。有巧对、绝对者,贺一杯。"

次贤道:"很好,就请庾香、玉侬先对起来。"子玉道:"还是你与媚香先对,次度香、瑶卿,次庸庵、蕊香,末后轮到我们罢。"子云道:"也罢,你作个先锋,他作个后劲,把我们放在中间,容易讨好些。"次贤道:"头难,头难! 我一时想不出好的。我前日见瘦香的《题曲》唱得甚好,就出《题曲》罢。"蕙芳道:"《题曲》就可以对《偷诗》。"宝珠道:"将现成人家方才对过的。你又拣了来,这么对就牵扯不清了,你先罚一杯。"蕙芳道:"不算就是了,又要罚什么?"子玉道:"要罚的,不然尽对对不喝酒了。"即罚了蕙芳一杯。蕙芳想了一想,道:"《教歌》可以对么?"次贤道:"好!"于是都说一声"好",蕙芳道:"既说好。就应贺一杯。"子云道:"应该!"即劝合席贺一杯。蕙芳即出了《埋玉》,次贤对了《拾金》。王恂道:"这工稳极了! 也贺一杯。"又各贺一杯。应子云出对了,子云出了《踏月》的上对,宝珠想了一想,对了《扫花》。桂保道:"好极了!"子云道:"论对却好,但两个字似乎平仄都要相配。'扫'字也是仄声,此中稍欠工稳。"次贤道:"你却论得是。据我想来,戏目虽多,内中可对者却也甚少。下一字须讲平仄,上一字尚可想,不比泛对故实,可以随我们去搜索,此是有数的。与其平仄调而字面不工,莫若字面工而平仄稍为参差,也可算得。至于第二字是不可错的。"子云一想，也真没有多少，也就依了。宝珠出了《山门》，子云想了一会，对了《石洞》，也算工稳，贺了一杯。

到了王恂、桂保了。王恂出了《弹词》，桂保对了《制谱》。次贤道："我想这上对总要新鲜的才好，太平正了，觉得不见新奇。"桂保谓王恂道："我就出个新奇的与你对，是《偷鸡》。"王恂道："我对《伏虎》"。大家赞道："却也工稳，要贺一杯。"次贤道："要贺也可贺，但《偷鸡》二字纤小，《伏虎》二字正大。你们以为何如？"王恂道："你这评论真是毫发不爽，我改了《访鼠》罢。"次贤道："这该贺了！"各人都贺一杯。

到了子玉，出的是《看袜》，琴言对的是《借靴》，大家说道："这个对得好，要贺两杯。"蕙芳道："一杯也够了。这对子也对得快，若两杯两杯的贺起来，将人喝醉了，倒对不好了。"次贤道："说得是。以后顶好的方贺一杯，好的贺半杯，平平的不贺。"于是各贺了一杯。

琴言出了《醉妃》，子玉听得王恂的《伏虎》，就触着了。对了《醒妓》。众人道："这个对得有趣，满贺一杯！"琴言道："巧在一醉一醒，这倒难得的。"

轮到次贤，次贤道："我出《撇斗》。"蕙芳道："好个《撇斗》！"想了一想道："我对《搜杯》。"次贤道："也好个《搜杯》！这里面工稳，贺一满杯。"大家喝了。

停了一会，次贤催他出对，蕙芳道："我有一个对，恐怕没有对的，因此迟疑。"次贤道："若真没有对的，也只好喝一杯过去。你且说来，教我想想也好。"蕙芳道："《女盗》有名《牝贼》，这两字却新奇，你对出来，我情愿喝三杯。"次贤道："真的？"众人也暗暗想了一会，对不出来。子云道："这对难对。"次贤忽然笑起来，谓蕙芳道："你且喝三杯，我对给你。"蕙芳道："你对了我再喝。"次贤道："要喝的。那《势利》又叫《势僧》，这不是绝对么？"蕙芳道："'势'字怎么对得'牝'①字？"子玉一想，不觉抚掌大笑道："妙极，妙极！就是'势'字才可对'牝'字，真是绝对！"琴言与宝珠尚未明白，子云、王恂也想出来了，也笑起来，赞道："真好心思！把这两字当这两件东西，真是异想天开了！"四旦尚未想出，蕙芳犹呆呆的想。王恂道："你们尚未想着，你们不知男子阳为势吗？"蕙芳等恍然大悟，便

---

① 牝（pìn）——雌性的。

都笑起来,都也说好。蕙芳真喝了三杯,余皆贺一杯。

子云出了《打店》,宝珠对了《逃关》;宝珠出了《抢娇》,子云对了《杀惜》,都为工稳,贺了一杯。王恂出了《草桥》,桂保对了《麻地》,忽又说道:"这'地'字还差半个字。我改作《絮阁》罢。"王恂道:"这《絮阁》借对得好,可贺半杯。"桂保出了《花婆》,王恂想了一会,对了《火判》。大家已经赞好要贺,王恂道:"慢着,我还要改。"又改了《草相》。众人道:"更好,新奇之极!"各贺了。子玉出了个《封房》,琴言对了《辞阁》,也算工稳,贺了半杯。琴言出了《卸甲》,子玉也思索了一回,没有新鲜的。偶想起《桃花扇》上有出《瞒丁》,便把《瞒丁》借对了。众人极口赞妙,各贺了满杯。次贤出了《饭店》,蕙芳对了《茶房》;蕙芳出了《拔眉》,子云道:"这更难对了"! 次贤对了《开眼》。蕙芳道:"这真工巧极了!"次贤道:"还有《刺目》,觉得更好些,就只'刺'字也是个仄声。"子玉道:"这两个都好,倒像是天造地设,再没有比他好的了。"

又到子云,子云出了《跌雪》。宝珠道:"这个宽了,便宜了我。"既又说道:"这个'跌'字也不容易。"遂想了一想,对了《堕冰》。一齐赞好道:"好个《跌雪》、《堕冰》,真是一副好对! 是一意化作两层法。"蕙芳谓宝珠道:"你想个难的给他对。"宝珠点点头。子云道:"你何故要他难我? 无非想我罚杯酒。"蕙芳笑道:"正是。"子云向宝珠道:"你尽管出难的来。"宝珠想了一会,出了《扶头》。子云笑道:"这个真不容易。"忽然把桌子一拍,道:"有个好对! 我对《切脚》,你们说好不好?"子玉道:"妙、妙! 这个与《拔眉》、《刺目》可称双绝。"次贤道:"比《拔眉》、《刺目》还好。这个'头''脚'两字都是虚的,里面是一样,平仄又调,真是好对! 倒是媚香激出来的,我们要贺双杯。"于是大家贺了,吃了一回菜。

到了王恂,王恂出了《花鼓》,桂保想来想去,没有对,急得脸都红了。王恂催他,桂保道:"不料这个倒没有对的,只有《闻铃》上那个《雨铃》好对,却不是戏目。《草桥》这'桥'字也不甚对,其余我想不出来,我喝一杯罢。"桂保喝了半杯酒,出了个《跪池》,王恂对了《投井》。大家说好,也贺了半杯。

到了子玉,子玉出了《折柳》。子云笑道:"庾香顾着玉侬,出这样稀松的对子出来。"子玉道:"我一时想不出生的,我看倒是对对易,出对难。"琴言对了《扫松》。子玉道:"这一对,连我的上对都好了。"众人也贺半杯。琴言道:"我就出个'扫'字的上对,是《扫秦》。"众人道:"这个难了。"子玉道:"这个真难。秦是姓又是国名,很不容易。"忽然的想起了一个,也很得意,说道:"竟有这么一个现成的,我对《挡汉》!"众人道:"妙绝了! 天然'秦汉'二字,'扫挡'两字,也对得好,我们贺双杯。"于是大家已轮到三转,也好半天,已点了灯,略为歇息,又说些闲话。

次贤道:"又轮到我了。我也学庚香惠顾人,出个容易的。"出了《酒楼》。蕙芳对了《书馆》,便说道:"我也学玉侬的连环出法,我就用'书'字出个《改书》。"次贤道:"你就难我,我偏要对个好的。"因想了一会,对了《追信》。王恂道:"'书信'两字甚好。"次贤又道:"我又想了一个《放易》,'易'字好似'信'字。"大家齐声赞道:"这个更好,该贺双杯。"各贺了。

子云道:"《见鬼》。"大家没有留心,停了一会,宝珠催其出对,子云笑道:"你倒不对,还来催我!"宝珠道:"你还没有出对,叫我对什么呢?"子云道:"我方才说的《见鬼》,就是这对。"宝珠一想,果然有这个戏目,便对了《离魂》。子云点点头道:"对也对得好。"贺了半杯。宝珠出了《吃糠》,子云对了《泼粥》。到了王恂,出了个《冥判》。次贤道:"这不容易,这个'判'字半虚半实,蕊香只怕要罚酒。"桂保想了一会道:"有一个好对,就新些,却不是老戏。《空谷香》上有出《佛医》,我对《佛医》。"次贤道:"果然好! 非但不罚,还要贺呢!"桂保道:"我想出一个难的来了,我出《惊丑》。"王恂想了一会道:"我有个好对,这四个字比起来还是一样的颜色,你们要贺双杯。我对《吓痴》。"众人大笑道:"真是黑沉沉的一样颜色,我们贺双杯。"

各人贺毕,子玉道:"这对可以结了,天也不早了。况我一早出来,过迟了恐家慈①见问,请以此对收令罢。"王恂道:"也是时候了,对了吃饭罢。"子云道:"且看,其实天还早呢。"子玉道:"既要叙几天,也宜留些精神在明日,今日早散为妙。"子玉见琴言有些倦意,故要收令,子云只得依了。子玉道:"我出个三字对罢。"遂出了《飞熊梦》。众人道:"三个字就难些,好对的也少得很。"琴言想了一会,对了《伏虎韬》,众人大为称赞,贺了一杯。琴言笑道:"就这一对完结了? 我出四个字对罢。"众人道:

---

①　家慈——谦辞,对人称自己的母亲。

"四个字的更难。"琴言道:"罚酒也只得一杯了。若是大家都要对四字的,自然就难了,这一、两个只怕还有。"便出了个《卖子投渊》。子玉也想了一会,对了个《思亲罢宴》。众人拍案称妙! 子云道:"情见乎词! 庾香方才说回去过迟。恐怕伯母见问,真是'思亲罢宴'了。这个本地风光,我们各贺三杯,吃饭。"

这一回每人对了四转,共有三十二副对子,是六十四个戏目。也费了好些心,喝了几十杯酒,各有醉意,便也不能再饮。三杯之后,吃过了饭,略坐了一坐,子玉、王恂告辞,子云又约了明日。

到明日,又添了文泽、春航,名旦中也添了几个,又在怡园叙了一日。陆素兰单请子玉、琴言二人又叙了一日,这一日清谈小叙,更为有趣。一连叙了三日,子玉也心满意足,人也乏了。徐子云要请屈道生。却好史南湘已到京,作一个诗酒大会。子玉不能推辞,只得赴约。且听下回分解。

第三十八回

论真赝注释神禹碑　数灾祥驳翻太乙数

且说徐子云请了屈公来，并请南湘、仲清、文泽、春航、王恂、子玉作陪，仍在梅崦中。王恂是日为孙亮功请去有事，因李元茂吉期已定，要招赘过来；亮功因两位贤郎是不懂事的，一切皆托王恂料理，王恂所以不能前来。子云因屈道生是个高雅好静的人，名旦中只叫了四个：宝珠、漱芳、蕙芳、素兰；漱芳有恙不能前来，格外又知会了琴言。是日，屈公先到，与子云、次贤叙了好些旧话。且将屈公的出身述其大概。

屈公是湖北武昌府人，为三闾大夫之后，学贯天人，神通六艺。但一生运蹇①时乖，家道清寒，除了书籍之外，一无所有。其父由鸿词科授了翰林院检讨②，未满三十岁即行去世。那时道生才得四岁，尚有祖父母在堂。其太夫人苦节多年，教养兼任。道生到了十六岁上入了学，即丁祖父忧③。三年服满，将要应举，又丁了祖母忧，又是三年。那年服阕后，太夫人又相继去世，道生一连丁了九年忧，已到二十五岁了，娶妻闵氏，贤惠无双。道生奔走衣食，笔耕糊口，历走燕、赵、吴、越并滇南、黔省，为诸侯幕客。纵横万余里，遨游二十年，名重一时。爱其才品者，咸比为杜少陵、孟东野。但其赋性高旷，不善治家，常为贫乏所累。后复游京师，应举两试不第，馆于刘尚书家，教过文泽两年。继为华公子请去教书，又逗留了三年，仍归乡里。守令④钦其贤，举了孝廉方正，铨选了江西一个苦缺知县，任满提升了南昌府通判。去年夫人又病故了，剩了孑然一身，并无亲丁骨肉。有几个下人，也是外面荐来的，只有一个长随叫刘喜，跟了有五、六年，颇有良心，其余是些不关痛痒的。屈公虽则一肩行李，生平所藏金石

---

① 蹇（jiǎn）——不顺利。
② 检讨——官名，明清属翰林院，位次于编修，掌修国史。
③ 丁祖父忧——为祖父服丧。
④ 守令——郡守与县令等地方官的通称。

玩器、名书古画,倒有好几箱。到京来,刘尚书念旧,见其宦囊萧索①,赠了他二百金;华公子知道他来,出城拜了他,送了三百金。屈公得了五百金,又到那些古玩铺买了好些书籍、名帖等类。从前相好中,有寒士者,也分送了好些,日下所余无几了。

　　从前徐中堂在京时,也与他相好,并有些事情请教他,又请他代笔作些诗文,所以子云以长者相待。史南湘是同乡后辈,不消说是认识的了。田春航前日已经会过,唯仲清、子玉初次识荆,见了那仙风道骨的相貌,况且又是父执,自然十分恭敬。道生见仲清骨秀神清,知是不凡;又看子玉温然玉立,皎若珠光,秀外慧中,神怡气肃,又不是那徒有外貌的一派,心中十分大喜,想道:"梅铁庵可为有子矣!"便与子玉说些江西事情。说道:"令尊大人严拒情面,杜绝苞苴②,一省人都比他为司马光、文彦博,士子们感戴是不用说了。"又问些子玉去年乡试的事,子玉一一答了。道生看他言词清蔼,气象虚冲,自然已是个饱学,心里要想试试他,且到饮酒时慢慢的考地。

　　只见四旦约齐同来,蕙芳已经认识,四人都上前请安。道生拱了手,命他们坐了,细细看了一番,又问了三个名号,谓子云道:"如今京里的相公,一发比从前好了。"子云道:"今日本不应叫他们来伺候,因他们尚不十分恶劣,还可以捧研拂笺,况他们前日听得先生来了,要瞻仰瞻仰老名士。若得齿颊余芬,褒扬一字,则胜于拳金之赏。想先生决不责子云之荒谬也。"道生笑道:"你为我是孝廉方正出身,故有此说。对花饮酒,何损于品行? 不是我恭维你,我看这四位倒不像个梨园子弟。你们自然是极熟的,我却头一回见面,我试将他们的大概说出来,看对与不对。"众人听了,倒要细细的听他怎么讲。次贤道:"我知道尊兄是精于风鉴③的,但以后的话不要讲他,倒要讲讲从前的。是什么千金事业,两子收成的话,我也会说的。你能将各人的性情脾气讲出来,我才服你。"诸旦听了皆笑。子云道:"这个未必相得出。"道生道:"不难,待我说给你们听。"说到此,已摆了席,子云敬酒,分了东西两席:东首是道生不消说了;西首定是南

---

①　萧索——衰败、冷落。

②　苞苴(bāo jū)——贿赂。

③　风鉴——据风貌以品评人物,借指相人之术。

湘,南湘道:"这是我乡前辈,如何敢抗礼?"才定了仲清。东席第二是南湘,西席第二是春航;东席第三是子玉,西席三是文泽;子云东席做主,次贤西席作陪。宝珠、琴言在东,蕙芳、素兰在西,一一坐了。主人让酒,客皆饮了几杯。

　　道生道:"我将前日先见的苏媚香谈起。"西席的人个个细听。道生道:"我这看相不论气色,部位是要论的,然尚在其次。我看全身的神骨,举止行动,坐相立相,并口音言语,分人清浊,观人心地,以定休咎。但头一句就恐有些不对。我看媚香是个好出身,不是平等人家子弟。你们自必知道,对不对呢?"众人心上有些诧异,犹疑他知道他的出身,所以头一个就拿他来开场,要显他的本事。次贤道:"你不要访了他的根底来。"道生道:"这也何必要访? 我知道他聪慧异常,肝胆出众,是个敢作敢为的。但虽是个好出身,未免幼年受尽了苦,所谓死里逃生。据我看他,一、二年内必有一番作为,就要改行的。后来收成怎样,此事还远,我也不必说;若说,静宜又要驳我了。"再看素兰、宝珠大致相仿,与蕙芳也不差什么,就没有讲他们出身。又道:"出淤泥而不滓,就是他们三人的大概了。"

　　看到了琴言,道生道:"这位有些不像,如今还在班里么?"次贤道:"现在班里,而且是个五月榴花照眼明,雅俗共赏,是个顶好的。"琴言笑了一笑。道生道:"雅或有之,俗恐未必。我看他身有傲骨,断不能与时俯仰,而且一腔心事,百不合宜。此人若念了书,倒与我一样,断不能发科发甲的。"众人听他说得很切,也就笑了。又要琴言的手看了一看,道:"可惜了! 有文在手,趁早改行,虽非高贵中人,恰是清高一路。你这片心与人两样,不是你愿意的,恰一点委屈受不得,是你愿意恰又死而无怨。如遇着忠孝节义的事,倒能够行人所不能行的出来。但有一句话,心从宽厚上用,可以造命立运,唯怕寿元不足。然而修身以俟,也可挽回造化。"众人听他说得真切,便知道真能看相,不是瞎话。琴言因这几句话说到心坎上,便也十分快活,又看那屈道生有飘飘欲仙之概,便也待他亲厚起来。

　　道生与南湘并坐,便问道:"令尊到任,可有些施为? 请把善政讲讲。"南湘道:"家严初任外官,况且才三个月,尚未办什么事。就访得了一个土豪,两个蠹役,地方上很称快,制台①写信来也说了几句好话。其

_____

　　① 制台——明清总督的别称。

余也没有什么。"道生道："我知道你令尊是耿直人，定有作为的。说起土豪、蠹役，何处没有？即如江西我到任的时候，那土豪、蠹役最甚，民遭其殃者不计其数。一连七任知县都装聋作哑，不敢办他，因此越发胆大了。有个口号：'东乡有一虎，西乡有一狼。虎食人之肉，狼食人之肠。狼虎食完剩残血，犹饱馋蛇与饿蝎。公门荡荡开，蛇蝎齐进来。县官坐堂如土偶，蝎爬其背蛇盘首。'那狼虎是土豪，蛇蝎是蠹役。东乡的捐了个卫千总，西乡的是亲兄弟，一个武举，一个武生。他手下的都是贼盗，他作了窝藏盗首，结交了东乡虎，包揽词讼，把持衙门，又有蛇、蝎二役勾连。我到任时，查三年之内，已换了七任知县，盗案命案共有二百余件。我费了半年心力，办了这五个人，以后就太平无事，也没有个命盗案出来。"子云道："这功劳却也不小，感恩受惠的人也不只一县。"道生道："我也不敢居功，地方上应办的我总要办，尽力作去，也不管身家性命，且到什么地位再说。"又与诸名士谈讲了好些事情。

子云见上菜的家人一件新衣上，爬着个虱子，候他上好了菜，叫他拈掉了。道生即问子玉道："世兄博览经史，不知方才这个'虱'字见于何书为古？诗词杂说是不用讲的。"子玉劈头被他一问，呆了一呆，想道："这个字却也稀少，他说见于何书为古，这些'押虱'、'贯虱'就不必讲了。"婉言答道："小侄寡闻浅见，读书未多。见于书史者也只有数条，大约要以阮籍《大人先生论》'君子之交域内，何异虱之处裈①中'为先了。"南湘道："还有《史记》'搏牛之虻，不可以破虮虱'。"道生道："此二条尚在《商子》之后。古有'虱官'，见于《商子》，《汉艺文志传》《商君书》二十九篇，后来亡其三篇，只传二十六篇，内有仁义礼乐之官为虱官。杜牧之书，其语于处州孔子庙碑阴曰：'彼商鞅者，能耕能战，能行其法，基秦之强，曰：'彼仁义虱官也。'盖仁义自人心生，犹虱由人垢生。译'虱'字之义，似易生且密之意。不知是否？"南湘、子玉拜服。次贤道："今日道翁要开书籍了'幸这些陪客都还可以领教，若单是我一个，我就不准你讲。"道生笑道："你们都是些才人词客，无书不览，我这老朽岂敢班门弄斧！况且少年时也是些耳食之学，随听随忘，如今都不记得了。"

子云道："前日次贤见过大著内有一种《醒睡集》，此书可在身边么？"

---

① 裈(kūn)——古时称裤子。

道生道："此板早已劈化了。这是少年时无赖作这些东西,毫无道理。"子云道："又闻得有些对戏目的对子。"道生道："有数十条,也记不得了。"次贤道："我们前日几个人也凑了好些。"又指琴言、蕙芳、宝珠三人道："这三个,还有一个王桂保,他们也对了许多,比我们还好些。"便叫人到他书房,拿出一个单子,并上次所行之令,也写在上面,注了各人姓名。道生看了,连声赞好道："不料这四位竟能如此! 竟是我辈,老夫今日真有幸也! 他们贵行中,我却也见过许多,不过写几笔兰竹,涂几道七言绝句,也是半通不通的。要似这样,真生平未见,怪不得诸公相爱如此。可惜老夫早生四十年,不然也可附裙屐①之列!"诸人见他欣赏,个个喜欢。

那边仲清问道："先生所藏金石甚富,且精于考辨,不知篆隶碑板,究以何本为最?"道生道："古篆近人不甚讲究,如《衡岳碑》,相传七十七字,在衡岳密云峰。至宋嘉定中,何致子一游南岳,脱其文刻于岳麓,杨用修又刻于滇南,杨时乔又刻于栖霞。辗转相刻,姑为弗论。余尝译其文曰:

'承帝曰嗟,翼辅佐卿。洲诸与登,鸟兽之门。参身洪流,而明发禹兴。久旅忘家,宿岳麓庭。智营形折,心罔弗辰。往求平定,华岳泰衡。宗疏事裒②,劳余神禋③。郁塞昏徙,南渎衍亨。永制食备,万国其宁,窜舞永奔。'

凡七十七字。王元美曰:'铭词未谐圣经,类周篆《穆天子》语'。此为知言。其次如周武王《铜盘铭》云:

'左林右泉,后罔前道。万世之宁,兹焉是宝。'

亦岂三代语耶? 其为赝作无疑。石鼓文,郑樵谓秦惠文后及欧阳三疑皆不足据。韦应物谓文王之鼓,宣王刻诗。马子卿谓宇文周时作,更为妄论。唯董、程二氏,以《左传》成王有岐阳蒐④证之,凿凿可据。以后则秦《峄山铭》,为宋淳化中郑文宝刻,尚不失为古篆。汉隶之最佳者,以孔庙《礼器碑》为第一,次则汉《曹景完碑》,一则神奇浑璞,一则丰赡高华。至魏之《劝进碑》、《受禅碑》、《祀孔子碑》,后魏鲁郡太守《张君颂》、李仲

① 裙屐——裙,下裳;屐,木鞋。六朝贵族子弟的衣着。
② 裒(póu)——聚。
③ 禋(yīn)——泛指祭祀。
④ 蒐(sōu)——同搜。

璇《修孔子庙碑》等等,优劣互见。汉隶已失,况其后乎?"仲清称善。

春航道:"《兰亭》聚讼纷纷,即定武本亦有二刻,真伪已分,究何以辩?"道生道:"《兰亭》刻于唐太宗贞观年。先太宗为秦王时,得于僧辨才处。贞观十年,始命汤普、冯承素、诸葛贞、赵模,各临榻以赐近臣。当时褚遂良、欧阳询各有临本,人并崇尚。所谓定武本者,欧临是也;唐绢本者,褚临是也。彼时欧临石刻在禁中,后石晋之乱,契丹辇①石投于杀虎口,既为定武太守李景文所得,入于库中。熙宁间,薛师正出牧,刊一别本,以应求者,此定武有真赝二刻。其子薛道祖又摹之他石,潜易古刻,又剔损古刻,'湍、流、带、左、右'五字为识。大观中诏向其子嗣昌,取寘宣和殿,后靖康之乱失去。及明弘治间,得于天师庵中,置于太学,而欧本复显。褚摹绢本,当时广赐各郡学官。如颍上石、长治县石,皆得之后。明代颍上井中夜放光如虹,县令荀公异之,掘地得《兰亭》,并六铜罍②,舍利③数颗,即为荀令携至家,至今不知流落何处矣。至于各家临本,不可胜数,诸公自有法眼,无俟鄙人陈说也。"

春航又道:"人说汉之碑、宋之帖,可以几立千古。淳化、大观、绛帖、潭帖,此四帖可乎?"道生道:"以鄙见论,以淳化为第一,次大观,次绛帖,又次潭帖。然宋人常谓潭帖在阁帖之上;又谓淳化创始,兼以王著摹手不高,未及大观之精美。然淳化气运朴厚,大观光彩浮动,比之诗则盛而渐晚矣。"众人尽皆拜服。

子玉问道:"先生方才说唐诗中、晚之分。小侄以唐诗自然推李、杜、韩三家。而王荆公定诗则称杜、李,又选杜、韩、欧、李四家诗,则以李太白居四。元微之亦谓杜在李之上,其优劣之意见于工部《墓志》。以太白天才,竟有不满人意处。韩昌黎则云:'李杜文章在,光焰万丈长。不知群儿愚,何用故谤伤。蚍蜉撼大树,可笑不自量!'乃自真心倾倒之意。究何所折衷?"道生道:"诗以性情所近,近李则好李,近杜则好杜,李杜兼近则兼好矣。元微之粗率之文,颓唐之句,于李岂能相近? 自然尊杜而贬李。王荆公谓李只有一个家法,杜则能包罗众体。殊不知李亦何尝不包

---

① 辇(niǎn)——古代用人拉的车,后多指皇帝的车。

② 罍(léi)——酒樽。

③ 舍利——佛家语。佛身火化后所结成的珠状物。

罗众体？特以不屑为琐语，人即疑其不能。大抵论太白之诗，皆喜其天才横逸，有石破天惊之妙。《蜀道》、《天姥》诸篇，摹拟甚多，而我独爱其《乌栖曲》、《乌夜啼》等篇。如《乌栖曲》云：

　　姑苏台上乌栖时，吴王宫里醉西施。吴歌楚舞欢未毕，西山欲衔半边日。银箭金壶漏水多，起看秋月堕江波。东方渐高奈乐何！

其《乌夜啼》云：

　　黄云城边乌欲栖，归飞哑哑枝上啼。机中织锦秦川女，碧纱如烟隔窗语。停梭怅然忆远人，独宿空房泪如雨。

其高才逸气，与陈拾遗同声合调。且其论诗云：‘梁陈以来，艳薄斯极，沈休文又尚以声律。将复古道，非我而谁？故律诗殊少。常言：寄兴深微，五言不如四言，七言又其靡也。’以鄙见论之，李诗可以绍古，而杜诗可以开今，其中少有分辨，故非拘于声调俳优者之所可拟义也。昌黎古诗，直追雅、颂，有西京之遗风。其五、七古尤好异斗奇，怪诞百出，能传李、杜所未传。读《南山》等篇，而《三都》、《两京》不能专美于前。人既无其博奥，又无其才力，尽见满纸黝黑，嵂嵂菶菶，所以目为文体，至有韵之文不可读之说。此何异听钧天之乐，而谓其音节未谐。特其五、七言绝句及近体诗，非其所好，只备诗中一格，原不欲后人学诗、仅学其五、七言绝句小诗也。”此一番议论，议论得个个首肯，宝珠、蕙芳等亦颇能领会。

　　子玉道：“诗之妙论，既闻命矣。韵有通转之分，且自魏晋而始。如李登之《诗韵》、吕静之《集韵》、齐周颙作《四声切韵》，梁沈约撰《四声》一卷，而韵谱成。隋陆法言、刘臻等本沈约之旨，又为《广韵》，唐郭知元又为《切韵》，孙缅又为《唐韵》，丁度、宋祁为《集韵》，景运已后又有《礼部韵》，王宗道之《切韵》，吴棫之《韵补》。元阴时夫之《韵府群玉》，其合韵、分韵，究以何韵为是？”

　　道生道：“韵学之辨，诸家通转各有依据。沈约以越音而定八方之音，岂能尽合？而同一字也，而舌与齿为一音，齿与舌又为一音。即如五方土音，甚难吻合。所以支、元之韵最杂，正不知何方人才能念出一韵来。昔分韵为二百六部，自淳祐中，平水刘渊始并为一百七部。《广韵》计二万六千一百九十四字，《集韵》计五万三千五百二十五字，《礼部韵》止收九千五百九十字。毛晃《增韵》较《礼部韵》增二千六百五十五字。刘平水之《礼部韵略》，又增出四百六十三字。而古书尽变，说者谓韵之失不在二百六部之分,而在一百七部之合。阴时夫又较《礼部韵》、毛昂、刘平水韵,刊落三千一百余字,有去古雅而入讹俗者。又黄公绍之《韵会》,分并依毛、刘韵而笺注颇博,增添一万二千六百五十二字,不为无补。第其次序,泥于七音三十六母,又为后人所议。今之韵即沈约之韵,但古韵之通,似较今韵为是。章黼之《韵学集成》,较定四声,而古韵之通转亦可类推。请以《雅》、《颂》、《离骚》、古歌诗核之,古今通转之异可想见矣。"子玉避席而谢。

南湘道:"古人讲《易》,言理不言数,今人讲《易》言数不言理。数竟可以该得理么?且数自康节先生之后无真传,今之所为'太乙数'①者,可以验运祚②灾祥、刀兵水火,并知人之贵贱,其考阳九百六之数,历历灵验,其说可以得闻否?"

道生道:"宋南渡后,有王萄著《太乙肘后备检》三卷,为阴阳二遁,绘图一百四十有四,以太乙考治人君之善恶。其专考阳九百六之数者,以四百五十六年为一阳九,以二百八十八年为一百六。阳九,奇数也,阳数之穷;百六,偶数也,阴数之穷。王萄之说云:'后羿寒浞之乱,得阳九之数七;赧王衰微,得阳九之数八;桓灵卑弱,得阳九之数九;炀帝灭亡,得阳九之数十。'此以年代考之,历历不爽。又云:'周宣王父厉而子幽,得百六之数十二;敬王时,吴、越相残,海内多事,得百六之数十三;秦灭六国,得百六之数十四;东晋播迁。十六国分裂,得百六之数极,而反于一;五代乱离,得百六之数三。'此百六之数确有可验。但又有不验者:舜、禹至治,万世所师,得百六之数七;成康刑措四十余年,得百六之数十一;小甲雍己之际,得阳九之数五,而百六之数九;庚丁武乙之际,得阳九之数六;不降享国五十九年,得百六之数八;盘庚小辛之际,得百六之数十;汉明帝章帝继光武而臻泰定,得百六之数十五;至唐贞观二十三年,得百六之数二。此皆不应,何也?甚至夏桀放于南巢,商纣亡于牧野,王莽篡汉,禄山叛唐,阳九、百六之数,皆不逢之,又是何故?所以我说:数不敌理,理生于自然,数若有预定。故圣人言理不言数,数止理中之一端耳。"南湘道:"是真快论,可破古今之疑!"

---

① 太乙数——古代术数流派之一。
② 祚(zuò)——福。

次贤道："休论世上升沉事,且斗樽前现在身。我有一个极琐屑鄙俚之理,要请教请教。我见《越绝书》有'慧种生圣,痴种生狂,桂实生桂,桐实生桐'之说。我往往见愚夫愚妇生出绝慧绝美的儿女来。看其父母,先天后天皆无此种宿因,何竟得此妙果?"道生笑道："这个理倒有些难讲。然《齐民要术》内说'种梨法:一梨十子,唯二子生梨,余皆为杜。'段氏曰:'鹘①生三子,一为鸱②。'《禽经》曰:'鹳生三子,一为鹤。造化权舆,夏雀生鹑③,楚鸠生鸮④。'《南海记》曰:'鳄生子百数,为鳄者才十二,余为鳖为龟,随气而化。'且推之圣不生圣,贤不生贤。先儒谓扬雄宜有后,张汤宜无后。以人之私智,岂能定天之理?且理有常亦有变,岂无为气所感,可以变化气质?抑或愚夫愚妇,外貌虽蠢,其七情六欲之间,亦有一样不蠢,从此解了这点灵气,就借此结成,也未可知。"说得众人大笑。

子云道："古今美人多矣!其形之妙丽,唯在人之笔墨描写,见于文词诗赋者,亦指难胜屈。究以何处形容得最妙,先生肯指示一二处否?"

道生道："古人笔墨皆妙,何能枚举!但形容的美人得体,又要人人合眼称妙者,莫如卫庄姜《硕人》之诗,先曰:'硕人其颀,衣锦褧衣⑤,这两句就写得光华射目。'领如蝤蛴⑥'至'美目盼兮',便字字形容绝妙,不著一衬帖语,不用一假借语,正所谓咏月咏月满,写花写花开,扫去烘云托月之法,是为最难!若写服饰之盛,体态之妍,究未见眉目鼻口之位置何如也。宋玉《神女赋》未尝不想形容,但云'其始来也,辉乎若白日初出照屋梁;其少进也,皎若明月舒其光',极言其光亮而已。明月犹可,而白日屋梁,则比之不伦。而曹子建《洛神赋》复用其意,有'远而望之,皎若太阳升朝霞'。《神女赋》又云:'忽改容兮,婉若游龙乘云翔。'而《洛神赋》复用其句云:'翩若惊鸿,婉若游龙。'是真不善体会!以游龙比美人,吾不知其何所见而然!再如宋玉《好色赋》云:'增之一分则太长,减

---

① 鹘(gǔ)——指鹘□(zhōu,周),古书上说的一种鸟。

② 鸱(chī)——古书上指鹞鹰。

③ 鹑(chún)——鹌鹑。

④ 鸮(xiāo)——鸟类的一种。

⑤ 褧(jiǒng)衣——同褧,罩在外面的单衣。

⑥ 蝤蛴(qiú qí)——古书上指天牛的幼虫,白色。

之一分则太短。'只概而言之,不求其实可也。其必细核其人之长短,亦有语病。既云'增之一分则太长',则此人真长,减一分必不为短;既云'减之一分则太短',则此人真短,增一分必不为长。此又文章之过情语也。小说中有刻画尽致,言人所不忍言,而令读者目眩意移,其神情活现纸上,则莫如《杂事秘辛》之描写女莹身体,令人绝倒。你们细想:'女妁①以诏书如莹寝处,屏斥接侍。闭中阁之时,日晷薄辰,穿照扇窗,光送着莹面上,如朝霞和雪,艳射不能正视。目波澄鲜,眉妩连娟,朱口皓齿,修耳悬鼻,辅靥颐颔,位置均适。横寻脱莹步摇,伸鬠度发,如黝髹②可鉴,围手八盘,坠地加半。握已,乞缓私小结束。莹面发颎抵拦。横告莹曰:'官家重礼,借见朽落,缓此结束,当加鞭翟耳。'莹泣数行下,闭目转面内向。横为手缓,捧着日光,芳气喷袭,肌理腻洁,拊不留手。规前方后,筑指刻玉,胸乳菽发,脐容半寸许珠,私处坟起。为展两股,阴沟渥丹,火齐欲吐,此守礼谨严处女也!约略莹体,血足荣肤,肤足饻③肉,肉足长骨。长短合度,自颠至度,长七尺一寸,肩广一尺六寸,臀视肩广减三寸,自肩至指长各二尺七寸,指去掌四寸,肖十竹萌削也。髀至足长三尺二寸,足长八寸。胫跗④丰妍,底平指敛,约缣迫袜,收束微如禁中。久之不得音响,妁令催谢皇帝万年,莹乃徐拜称皇帝万年,若微风振箫,幽鸣可听。'虽文章秽亵,然刻画之精无过于此!"众人说道:"极是!从古以来,未有量及身体者。"

子玉道:"缠足之始,谓始于陈后主之潘贵妃,今《秘辛》之'约缣迫袜,收束微如禁中',非缠足之始么?"道生道:"此不过略为缠束,不使放散。读'胫跗丰妍,底平指敛',似又非今日之紧紧缠小,必使尖如莲瓣也。"蕙芳道:"这个尺寸是怎样?身长七尺一寸,肩广一尺六寸怎样算法?若依今日之尺寸,只怕没有这般长大人。"道生道:"这是汉尺,比起今日工部营造尺来,只得七寸五分。而营造尺比起民间裁尺,只得九寸三分。依营造尺折算,则七七四尺九,五七三寸五,再加七分五,为五尺三寸

---

① 妁(xú)——妇女。
② 髹(xiū)——把漆涂在器物上。
③ 饻(xī)——猪。
④ 胫跗(jìng fū)——胫,小腿;跗,脚背。

二分半长。若核如今的裁尺折算,则五九四尺五,三九二寸七,再加上二分二,共长四尺八寸许。这身也就长了,似乎与你差不多,还要略高些。肩广一尺六寸,核营造尺则一尺一寸五分,核裁尺一尺一寸有零,臀视肩广减三寸,下体核今裁尺只广八寸有零,是个纤瘦身体。手自肩至指长二尺七寸,核营造尺长二尺零二分半,依裁尺只得一尺八寸有零。髀至足长三尺二寸,依营造尺长二尺四寸,依裁尺长二尺一寸六分,上下长短倒相称的。足长八寸,依营造尺实长六寸,依裁尺得五寸四分,究与缠足相异,也不为过小。通身算起来,身材觉长了些,要不然古之美人总是身长玉立的。"次贤道:"你也实在算得细! 当日女姻量的时候,或者量错了,多说了一寸,也未可知。"说得众人皆笑。

道翁又道:"都中现有一个极博雅的人,年纪虽轻,与我是旧交,也是个南京巨族。论起世家来,与子云、星北不相上下,想诸公自必相熟的。"子云道:"是哪一位?"道翁道:"此君姓金名粟,号吉甫,可相好么?"众人同道:"久闻其名,恨未一见。"道翁道:"若论考据学问品行,当今可以数一数二了。他也有一部说部,是说平倭寇的事,我将他这书的名字忘了。曾经看过一遍,笔下极为雄健,将那两个逆首定江王、静海丞相骂得真真痛快,实在是才人之笔!"次贤道:"此辈叛贼,荼毒生灵,害人多矣,也是人人言之发指的。既有此骂,也是快事,将来倒要找一部读读。"道翁道:"但其人时运太坏,未能大用其人,真真可惜!"宝珠忙接道:"何幸此君今日竟遇知己!"道翁道:"瑶卿与此君相好么?"素兰在旁道:"他的画画弹琴皆是此君教的。前月他们还逛了两天翠微山呢。他之待此君,也不亚于蕙芳之待湘帆了。"宝珠一笑道:"何至于此!"子玉道:"前在瑶卿处,见其笔墨高雅之至,大有唐六如的光景。"道翁道:"不特笔墨似六如,命宫磨蝎①也似六如②,却是怪事! 何以古今若合,此又不可以言理不言数了。我明日尚要拜他去。"子云忙道:"何不为我先容? 得此良友,也是快事。"道翁道:"妙极! 妙极!"宝珠道:"此君疏懒太甚,不好交游的。"道翁道:"想与此数君自必水乳。"

这一日,屈道翁足足讲了一日,人也乏了。吃完了饭,散坐了一会,也

---

① 命宫磨蝎——磨蝎,星名。十二宫之一。俗称命运不佳为命宫遭逢磨蝎。
② 六如——佛家语。又叫六喻,用以比喻世间诸法的空幻无常。

就二更光景。刘文泽系旧学生，不敢问难。宝珠问子云要柄扇子，求道翁题诗；子云索性叫取四柄扇子出来，给四旦每人一柄。于是宝珠拂几，蕙芳移砚，素兰磨墨，琴言润毫，共求道翁留题。道翁也十分高兴，遂将各人的大概，每人写了七律一首，半行半草的，一笔虞世南，并落了双款。四旦谢了，谈了一会，各散。不知后事如何，且听下回分散。

第三十九回

闹新房灵机生雅谑　装假发白首变红颜

话说王恂前日不能赴怡园之约，因为孙亮功请去商办喜事，也替他张罗了几天，定了二月初十日招赘，也不多几天了。新年李性全寄了几百两银子来与元茂，并写个禀帖与王文辉，要替他儿子办喜事。王文辉不耐烦作媒，俱令王恂代劳。

李元茂找着了魏聘才，求其代制一切。魏聘才闹了一个多月，花的输的丢了好些银钱，窃案又未能破，心上也有些烦闷起来，不得主意。今见李元茂来求他，当日原是他与王文辉为媒，意欲借此到文辉处走动，作个幌子，便答应了，又道："你去年借我的镯子，如今也该取还我了，迟一日多一日利钱。"元茂道："老爹只寄了三百两银子来，要办这件事，只怕还不够。我又无处借，你再要这账就坑死我了！"聘才道："这话奇了，怎么说坑你？你去年怎样讲的？说家信一到就还，如今倒问你也不好问了？"元茂道："你放心，待我过门之后，我就赎还你。"聘才道："到过门之后，一发没钱了。"元茂道："我虽没钱，她应该有钱。"聘才道："她是谁？"元茂笑道："就是内人，非但这一笔，还有好些钱，想出在她身上呢。"聘才笑道："你内人身上倒会出钱？"元茂道："岂有此理！"聘才道："你自讲的，要出在她身上。"元茂道："我不过想她有些陪嫁，嫁了我也就任凭我了，稀罕你那一个镯子取不出来？"聘才道："要使老婆身上的钱，也不是个汉子。"元茂道："那又何妨？又不是当王八来的钱。"两人说笑了一会，元茂去了。

聘才明日去拜王文辉，文辉进衙门去了，王恂接待。又同去见了亮功，说了些客套，无非是现在客途，无人照料，一切尚求包涵等语。亮功道："原是爱亲结亲，这些烦文一概删去。我也不要破费他一钱，一切在我就是了。"即留聘才吃饭。到了前三日过礼，聘才只得去找元茂，免不得上去见了颜夫人。因有好几个月不去了，又为去年闹了事，甚是局促不安。颜夫人也不问其往事，淡淡问了几句话。聘才去见了子玉，子玉想起琴言前日的话,心上总有些怪他,也不似从前待他亲厚了。

元茂的事是梅进代办,替他办了钗环簪镯、彩缎衣衫,并借了颜夫人的珠冠玉带、补服朝珠、蟒衣绣裙。共铺了十六盒,扎了亭子,也还像个局面。两个媒人押了去,孙家收了,回盒不过相称,也无甚珍异之物。到了吉期,自有梅宅家人料理,备了两桌酒,一席送颜夫人,一席待媒人,并请子玉、颜仲清作陪。仲清道:"元兄今夕,真个到了群玉山头了。"王恂道:"一路荣华到白头。"子玉道:"'犹道灯前相对影,愈揉双眼愈模糊。'此是《近视眼洞房诗》,今日可为元兄咏矣。"元茂道:"我说倒是近视眼好,就新人丑些,也看不清楚。"仲清道:"若美的呢,可不辜负了?"元茂笑道:"我这新人想来未必能美,我也有些风闻,只要不像那两位弟兄的相貌就好了。"

到有吉时,都送元茂到了孙宅,孙宅鼓乐迎接。此位姑娘,系亮功前室所生,如今这位夫人也不甚钟爱他,故此一切从简。女客只有陆氏夫人的嫂子,就是陆宗沅的夫人,带了小女儿前来。男家早上道过喜了,倒是姬亮轩在那里假热闹,心上想闹闹新房,自有两位废物招待。元茂与新娘拜了花烛,送入新房,坐床撒帐,饮了交杯,复又请新郎上席,坐了华筵。那嗣徽、嗣元陪了一会,王恂、仲清即要移席到新房中畅饮。大家进了新房,仲清道:"今日可以看新人的。"便要走到床前。床前本有两个伴送的老妇人,还有两个小丫环侍立。嗣元恐怕仲清看了他的姐姐,便跑到床前把帐门把住,口内连说了几个"看"字,然后挣出"不得"两字,惹得众人都笑了。王恂扯了仲清过来坐下,嗣元尚不放心,还死紧把住了帐门,众人不住的暗笑。嗣徽道:"夫妇居室,人之大伦也,外人何得与闻!幸亏兄弟阋①于床,外御其侮。不然,白雪之白,竟是十目所视矣。"子玉听了大笑。王恂对仲清道:"真所谓无感我帨兮,无使尨②也吠'。"仲清也自微笑。李元茂得意洋洋的喝酒。

姬亮轩与王恂、仲清是见过几回的了,子玉却是初见,心中想道:"这个梅少爷好相貌!比起那孙老徽来,倒似那戏上岑彭、马武了。"聘才问姬亮轩道:"好几天不见你东家出来,在家里作什么?"亮轩道:"这两天敝

---

① 阋(xì)——争吵。

② 尨(máng)——多毛的狗。

东有点贵恙,不便行动。"聘才道:"什么贵恙?"亮轩道:"听得腿上生了疖子,所以不出来。"

这一席却分了三路:子玉、仲清、王恂是一路,孙嗣徽兄弟是一路,聘才、亮轩又是一路,故此不能热闹。王恂作人素来和蔼,见同席都不能接洽,勉强要和合起来。此刻在新房里,座位乱坐的,无有推让,聘才与亮轩坐了一面,仲清与子玉坐了一面,元茂在上首独坐了一面,王恂与嗣徽坐在下首。叫嗣元过来,嗣元不肯,拿张凳子在床面前坐着。姬亮轩向子玉笑嘻嘻道:"梅大先生是不常出来,小弟今日还是头一回识荆①。如高兴,歇天何不到敝东处来走走? 敝东是极好相与的。"子玉不知他的东家是谁,含糊答应,即私问王恂,王恂答以奚十一,子玉便是一腔忿恨,也不理他。亮轩又向元茂道:"舍表妹贤德无双,李大哥可真有福气,结了这头好亲! 我们大亲翁不久外放,不是四川夔州府,就是湖南辰州府。李大哥是娇客,将来同到任上,不要说是账房,只怕内外一切都要仰仗呢。"

仲清听了好笑,忍不住道:"足下与孙府上怎么样的亲?"亮轩道:"孙大哥的嫡亲舅嫂,是我两姨中表嫡亲表嫂之嫡亲表妹,这是新亲;叙起老亲来,从前已故太太的外祖,是我丈人的丈人。"仲清笑起来。聘才道:"这个'青'也只好算个'蛋青'了。"亮轩道:"虽然是淡亲,却也胜于举目无亲。我听得有副对子道:'岂有文章惊海内,更无亲友在朝中。'"又道:"乱说,乱说! 诸位是满朝朱紫贵皆亲友。我们这两位舍亲是不用说了,李新舍亲是明府之子,梅大先生是堂堂学院的少爷,王大先生是侍郎大人之公子,颜大先生是侍郎大人之娇客,就是魏大先生也作过华公府上的上宾,就是少府,都是一班贵客。只有区区小子,是个幕宾,将来总要拜求栽培栽培、携带携带。"说得个恶心。仲清忍不住问道:"姬先生这样叙起来,我们都可以算得亲戚,只要多转两个弯。"亮轩连称:"正是。"子玉微笑。元茂道:"我非但算不得清,而且也听不清。真是葫芦牵到扁豆藤!"聘才笑道:"忙中遇到腿缠筋!"嗣徽道:"亲亲也,凡有血气者,莫不尊亲。亲亲人也,仁者人也。"嗣元听了乃兄开口,就要驳起来,道:"这话话不不通! 你你说,凡有血血血气者,莫不不不不尊亲,都都都是你你的亲。我我我想就就就只有螃螃螃蟹没有有血,甲甲甲鱼还还有有血,王王王八也

---

① 识荆——初次见面的敬辞。

是你你你亲戚戚了。我就没有这这这许多亲。"说罢,"呵呵"的笑起来,笑得满屋人皆笑。嗣徽道:"妄人也,何足与言!"嗣元道:"我我我倒不是妄妄人,你你你倒是个亡人。亡人亡人无以为为为宝,仁仁仁仁亲以为宝。"众人听得更大笑。

　　仲清道:"我有个笑话,也是现成的:海龙王有一天放那些怪物转生,已放过了好些,末后巡海夜叉在泥里掏出两个怪物,求龙王放他。龙王看时,一个是王八,一个是蛤蟆。龙王道:'这两个放他去,我有些不放心,教他找个保人来。'王八听了,即指着旁边龟丞相道:'他是我本家。'又指着蛇将军道:'他是我的亲戚。'龙王道:'丞相是你本家也就够了,怎么又添出个将军亲戚来?'那王八答道:'非但亲戚,还算是本家呢。我们王八是不会生儿子的,要请蛇来替生儿子,虽是龟宗,还是蛇种,所以亲戚也算得,本家也算得。"海龙王笑道:'你既有这好本家、阔亲戚,就放你去罢。'又叫蛤蟆上来,问道:'你有本家、亲戚没有呢?'那蛤蟆道:"人人是我本家,个个算我亲戚。"龙王怒道:'哪里就有这许多?'蛤蟆道:'我们这一种,是人溺里带的余精生出来的,所以我也像个人样,不是人人算我本家,个个算我的亲戚么?'龙王大惊道:'快些放他去罢,不然,他要与我攀亲了,不要攀出蛤蟆亲戚来!'"说得聘才、王恂、子玉几乎笑倒。嗣徽与亮轩知道是骂他们,因回答不出来,只好忍气。嗣元见骂了他们,倒反笑起来道:"好好个王八亲戚,好好个蛤蟆亲亲亲戚!"

　　王恂道:"我也有个笑话:一个妓女是个瞎子,有人去嫖她,她虽看不见,却分得人的等次来。那一天接了三个客,老鸨问她道:'姑娘,你猜今日三个客是何等样人?'瞎妓道:'头一个是秀才,第二个是刑名师爷①,第三个是个近视眼的阿呆。'老鸨道:"你何以分得出来呢?'瞎妓道:'头一个上来斯斯文文,把我两边的股分开去,又合拢来,既作我的正面,又作我的反面。又听他说道:此处放轻,此处着重,一深一浅。是个作八股的法子,所以我知道他是秀才。第二个上来弄了一回,把我细细的看,听他说道:左太阳有一疤,右乳有指爪伤痕,斜长一寸二分;停一会又听他说道:两足并直,两手放开。这不是办命案的刑名么?第三个来得奇,一上来就把我那活儿看,他那眉毛似刷子一样,擦得我痒,看看又闻,闻闻又看,我

---

　　①　刑名师爷——清代官署中主办刑事判牍的幕僚称为刑名师爷。

知道他是个近视眼的阿呆！'"众人大笑,连那老婆子、丫头也笑了。觉得帐子里一丝半息的微有笑声,是新娘子也在那里笑,把个嘴掩紧了。嗣元道:"那那那个近视眼,倒像李大哥,那个刑名就是姬大哥。"亮轩笑道:"不是不是,我看断非刑名,定是仵作①。"李元茂道:"我不信眉毛会擦得痒。"子玉笑道:"尊眉也就不轻了。"嗣徽道:"三人中吾学那个作八股的。"

聘才道:"我也有个笑话:亲兄弟两个,都是近视眼,然不肯自认近视眼,哥哥常说兄弟的眼光不好,兄弟也笑哥哥目力不佳。他家隔壁有个'土地堂',新挂了一块匾,两人要试试眼光,去看匾,到底谁看得清楚。这两人偏又生得矮小,哥哥先叫兄弟蹲下,他踏在他肩上,叫他站起凑到匾前,细细一看,下来对兄弟道:'我送你上去看。'兄弟也照样上去看了,即问他哥哥道:"你看得是什么字?'他哥哥道:"我看是块当铺的招牌,想必里面开了当。你看分明写着'土也当',是土也可以当得的意思。我们回去挑两担土来当当。'兄弟笑道:'哥哥看错了,我看是'上他当'三个字。我们去挑了土来他又不当,不是上他当么?'哥哥听兄弟说得有理,也就一同回去了。一日,两个又要赌赛眼光,兄弟道:'哥哥,你不要跟我赌。譬如你说我的面貌生的怎样,我说你的面貌生的怎样,我们自己不认得自己,说也不信。若嫂子面貌,是我记得清楚的;弟妇的面貌,自然哥哥也看得逼真的。如今我们各把老婆的相貌说来怎样? 就见得我们的眼光好与不好。'哥哥听兄弟说话又在理,便点点头。心中想,他老婆的相貌,觉得模模糊糊,说不出来;他兄弟想了半天,也想不出那模样来,便各跑了进去,他哥走到家中,不见他老婆,一找找到磨房内,见他老婆正在那里簸面,飞了一头一脸雪白。他哥哥凑近他脸上,仔仔细细看了一看,即走出来坐了,等兄弟来说给他听。他兄弟也跑到房中,见关了门,把门一推。他老婆正脱了裤子,要下盆子洗澡,见丈夫来,不好意思,要拿个东西遮遮下身,只有个蝇拂子在手边,便拿起遮了那件东西。他兄弟见了那丝丝缕缕的,着实诧异,便俯着身细细看了,也即出来,见他哥哥坐在那里笑,即问他哥哥道:'什么好笑?'他哥哥道:'兄弟笑我眼睛真不如你,我娶亲五年,今日才看清,哪晓得你嫂子是个天老儿,一头白发。'他兄弟也叹了一

---

①　仵(wǔ)作——旧时官署中检验死伤的吏役。

口气,道:'哥哥,嫂子的白发何足为奇,我方才看清你弟妇的阴毛都是白的!"众人放声大笑。

忽听得帐子里新娘骂起来,骂道:"哪个混账王八在这里撒村!你妈才是天老呢,你祖奶奶才是天老呢!"语言未了,打出一个东西来,砸破了两个茶碗,吓得众人面面相觑。嗣元见姐姐骂了,即跳起身来,也帮着乱骂。大家无趣,急忙起身,走了出来,急急的各散。元茂、嗣徽也难收罗,只得送出,看上车而回。

原来聘才这个笑话,虽系有心打趣李元茂的近视眼,却不知关碍了新娘:从前就说过是个天老儿,生的一头白发,连眉毛、汗毛都是白的。北边叫做天老,南边谓之白羊子。更兼情性泼悍,今年已经三十岁了,四远驰名,无人聘他,故将就送与元茂。元茂如何知道,高高兴兴的进来,心中想道:"方才聘才的笑话,不过笑我近视眼,她就骂起他来,还把个痰盒打出来。夫妻还没有作亲,她就这样帮着我,哪里有这种好老婆?"连忙把仆妇、丫头打发开了,脱了外面的衣裳,掩了门,将蜡花剪的亮亮的,揭开帐子,挑了红巾,将灯一照,喜得元茂骨软筋酥。雪白桃花似的一个银盆脸,乌云似的一头黑发,弯流流翠生生的两道黑眉,猩猩红的一张樱桃小口,粉香油腻,兰麝袭人。元茂喜得了不得,与她宽衣解带,那新娘便先钻入被内去了。元茂也忙忙脱了衣服,挨进了被窝,自有一番举动,那新娘半推半就的成了一度。见新娘递块帕子与他,元茂想起有什么"元红"的说法,把帕子擦了塞在枕边,明日试验。心中想:这滋味真觉有趣!要想句话说说,又找不出来。睡了一睡,又来了一度。一床被褥都是新绵的,况且是二月初十,天气已暖,元茂动得一身汗,似蒸笼是的,头上的汗流个不住。下来歇了,忽摸着那块帕子,他也忘记是方才用过的,便拿来满脸满头一擦,掀开半床被透了透热气,然后睡着。

绝早,新娘已先起来,另在一间房梳头。元茂起来擦了脸,穿了衣,悄悄的将那块帕子揣在怀里,要想去看新人梳头,已被伴婆拉了出去见泰山,并有些长亲等类,耽搁了好一会。新人梳妆已毕,华服艳装的在房里低头坐着。元茂挨近身边,也挣出几句话来。新娘唯有含笑不答,也偷看元茂,团头大脸,除了眉毛、眼睛之外,也还生得平正,比自己两位令弟好看多了,心内也倒欢喜。再看他脸上有些黑气,隐隐的一条一条,深的浅的,花花落落,倒像个煤黑子擦脸擦不干净的样子。心上想道:"必是洗脸不用胰子,明日叫他多擦些胰子就好了。"元茂看了一会,得意已极,思道:"从今好了,不用外边闲闹了。"又想到那块帕子,便走到外间无人处,从怀中掏出来,两手将那帕子扯直一看,不觉呆了。想了一想,必是拿错了,翻身到内,到床上四角一翻,不见,再到被底、枕底一翻,也没有。旁边一个仆妇问道:"姑爷要找什么东西? 等我来找。"元茂见了有好些丫头、老婆子在房中,又不好说,只得出来,再到无人处将那帕子细看,见一条条的漆不像漆,油不像油,墨不像墨,真猜不出是什么东西。闻一闻,有点油香,又有些汗气,"扑嗤"的笑了一声,想道:"怪不得他的乃弟满口通文,虽他姐姐屄里头,也有这许多墨水!"既又想道:"决无此理!"又翻转帕子来细细一看,看到一处,在那黑油之外浸出一点红色来,似淡胭脂水一般,闻闻没有气息,再细细的想了一会,恍然大悟道:"是了,是了! 这一点红影影的就是元红无疑。这些黑的,必是昨日人家和我玩,捉弄我,把些黑油涂在我头上或是帽子里,出了汗,我误将此帕擦了。"便又塞入袖中进来,坐过了卯筵①。燕尔新婚,自是如兄如弟。

　　过了几日,元茂谢媒拜客,听得王恂、仲清问他的新人怎样得意。不说别样,总说的是头发,有的说是"白丝细发",有的说是"银丝鹤发",总不懂什么意思。人家见他得意,也是诧异。元茂忽想起聘才挨骂那一回,也是说了白发白阴毛,因此新人动气,便有些疑心。又想:"自己脸上天天沾染些黑油,那块帕子又是这样;况且他起得绝早,另在一间房内梳妆,而且要关了门,这是何故?"疑心不决,又不敢问。来到房中,见她欢天喜地,戴满了珠翠,分明一头好发,比漆的还亮,要去闻闻她的头,又被她推开。忽又转念道:"或者头发原是黑的,阴毛倒是白的,故此人家讲这些话。"又想道:"就算她有几根白阴毛,外人哪能知道呢? 若果如此,那就不好了。"又想道:"这个念道起不得,等我今晚拔她一根,明日看看便知分晓。"

　　好容易盼到黄昏,二人睡了。元茂摸了那件宝贝,却是毛茸茸的一块草地,却又不忍拔,恐她疼痛。便又上去胡闹了一番下来,再把手抚摸,意欲要它自脱下来,于心始安,忽然竟得了一根,心中喜极,两指捏紧了,探出一只手来,在褥子底下摸了一张纸包好了。想来想去,没有放处,恐她

———————
　　①　卯筵——早筵。

搜着，便塞在辫顶里。那孙氏也猜不出他作什么。元茂费了半夜心，早上又睡着了。孙氏梳好了头，元茂才起来，净脸时就牢记着发顶里有个纸包，急忙带上帽子跑到外间，打开一看，却是漆黑的一根。元茂欢喜道："白疑心了几天！那班刻薄鬼，原来是瞎说的。"才放了心。可笑元茂呆到二十分，费了半夜心，得了一毛，谁知还是他自己身上擦下来的，他当他老婆的，就疑心尽释了。

约过了半月，那一天事当败露。孙氏梳头时，觉得身上有些凉，叫丫环出去拿件半臂来穿。不料元茂已起来，见丫环拿了衣服进那间屋里去，他就跟了进去，不及关门。只见坐着一个人，身穿件大红紧身，披着一头银丝似的细发，有三尺余长，两道淡金色眉毛。李元茂心中唬了一大跳，当是遇着了鬼，欲要转身，心中想道："穿的衣服分明是她，难道真是个白人？"急走近时，孙氏也吓了一跳，遮掩不及，脸都涨得飞红。李元茂仔细一看，一口气直冲上来，说道："原来如此！我该倒运，娶了一个妖精！这是《西游记》上的不老婆婆，也要嫁人，笑死了，笑死了！"孙氏一听，又羞又气，一面哭起来，一面骂道："我们待你怎么样？我是千金小姐，招赘你一个白身人，你还不知足，倒嫌我？我就头发白了些，哪一样不如你？难道还配不上一个屎瞅眼儿？你嫌我，你就休了我！"使起性子，乒乒乓乓把零碎砸了一地。李元茂在那间咕咕噜噜的也骂不完，两人闹了一早晨。

原来孙氏那几天把香油调了灯煤，再和了柿漆，先梳好了，然后将油漆细细的刷上，比人的还光亮。就是天天要洗一回，不然就难梳，而且也刷不上去。洗时用皂荚水一桶，用硼砂、明矾洗干净，晾得半干，然后梳挽，也要一个时辰。今日略迟了些，因此败露。元茂气哄哄的倔了出去，在魏聘才处住了两天。聘才问其所以然，他只得直说了。聘才恍然大悟，遂明白前日的笑话竟说到板眼里去了。

孙氏见丈夫两三天不回，心上急了，禀明了父母。亮功大怒，陆夫人也有了气，便着人到梅宅上一问，没有去，又各处找寻，找到了聘才处，找到了，元茂尚不肯回去。聘才几劝，方同了来人回家，犹不肯进房，在书房中同嗣徽说闲话。晚间亮功回来，即说了元茂几句，陆夫人也责备了元茂一番，然究竟心上有些对不住元茂，半说半劝的叫他进房。元茂也没奈何，只得进去，心上犹记着那天的模样，总不能高兴。孙姑娘见他进来，要他先来陪话，坐着不动。灯光之下，元茂依然看了黑白分明，是个美人，心上便活动了些,只得先说了一句话,孙氏也慢慢的答了一句。元茂垂着头,闭着眼,想了一会,想得了一个绝妙的主意,跳将起来,对着孙氏嘻嘻的笑。

孙氏见他回心转意,反倒拿腔作势要收服他,冷冷的不言语,自己对镜顾影,做作一番。元茂忍不住道:"你何妨对我直讲,要瞒我作什么?我们既成了夫妇,自然拆不开的了。我看你天天梳头要上漆,就费力得紧,而且也不便。天天擦得我一脸黑油,惹人笑话。我如今想了一个好法,又省事,又好看,又油不到我脸上来,不知你要不要?"孙氏听了,不知他有什么法子,便问道:"依你便怎样?"元茂道:"如小旦上装,用个网巾一扎,岂不省事?你那一头银丝罩在里面,有谁看得出来?再不然索性拿他剃掉了,倒也干净。"孙氏道:"剃是剃不得,依你戴个网巾罢,恰也便当。我也怕上这些油。明早我就着人去买。"元成道:"你脸上也要天天拿剃刀刮刮,不然也有些黄汗毛出来。你若刮了汗毛,戴上网巾,倒可以算得绝色美人了。"孙氏被他说得喜欢,便也笑颜悦色起来,道:"此刻尚早,何不着人去买了?明日就可以用了。"元茂道:"买了来今晚就用,省得又染我一脸。"孙氏叫丫头出去告诉了管事的,叫他买一个网巾、一个髻子、一个燕尾,速速的办来。

果然不多一刻,即买齐了。孙氏喜欢不尽,即刻熬了一罐皂荚水,把油煤洗刷干净,洗了很酽的两大盆,似染坊中靛青一般。也等不得干,元茂拿一块布,与他抹了扐①,扐了又抹。元茂又叫他索性把鬓角及四围修去些,便不露出来。孙氏也叫老婆子用剃刀刮去一转,把眉毛也索性刮掉了,脸上也刮得光光的。把网巾戴上,真发盘了一圈,加上那假髻子,将簪子别好,扎上燕尾,额上戴上个翠翘,画了眉,真加了几分标致,晚上看了,竟是个醉杨妃一样。孙氏叫点了两支大蜡,一前一后,用两面镜子照了,觉得美不可言。元茂看了,也心花大开,走拢来,把她头上闻了一闻,将脸上擦了两擦,微有一点油,不像前头落色了。喜孜孜的支开了丫头,携手上床,同入鸳衾②,开了一枝夜合花。

元茂忽又想起前夜拔毛之事,便问孙氏道:"我闻得天老儿是浑身汗

---

① 扐(lè)。

② 鸳衾(qīn)——绣有鸳鸯的锦被。

毛都是白的,为什么你下身的毛倒是黑的?"孙氏道:"也不甚黑。"元茂道:"好人!给我看看。"孙氏不肯,元茂道:"我还嫌你?如今我都替你这么样了,还隐藏作什么?"孙氏不语。无茂赤身下床,携了烛照,把被揭开,孙氏尚要遮掩。元茂见她身上真是雪霜似的,甚为可爱。看到那妙处,好似骑了一匹银鬃马,倒应了聘才的笑话,真像一个蝇拂子遮着。元茂忍不住笑了一声,把她拧了一把。孙氏骂道:"作什么?你原也是个近视眼,何不也闻闻?"元茂看动了心,放了灯,上床去了。秽事休提,且看下回分解。

第 四 十 回

奚老土淫毒成夭阉　潘其观恶报作风臀

　　话说前回书中,奚十一受了琴言之气,恨恨而回,心中很想收拾他,又想不出什么计策,唯有逢人便说琴言在外陪酒,怎样的待他好,还要来跟他,造了好些谣言,稍出了几分恶气。那一个镯子,菊花盘问起来,奚十一只说自不小心,失手砸了,菊花也无可奈何。偏有那巴英官告诉了菊花,便大闹了一场。奚十一软话央求,将来遇有好的再配,方才开交。

　　那奚十一的为人,真是可笑。一味的弃旧怜新。从前买了春兰,也待得甚好,不到半年就冷淡了。去年得了巴英官,如获至宝,如今又弄上了得月、卓天香,将英官也疏远起来。那巴英官心中气愤,便与春兰闲谈,说道:"从前老土待我们怎样? 如今是有一个忘一个。你心上倒放得开么?"春兰道:"我从前主意错了,与我出了师,我当他是个有情有义的,哪晓得是个没有良心的! 看他所做的事,全不管伤天害理。从前那个桶子,也不知骗了多少人。听得说还有些好人家的孩子,被他哄了,回去竟有上吊投水的。将来不知怎样报应呢!"英官道:"我也听得说从前有个桶子,是怎样的,就能哄人?"春兰道:"这桶子是西洋造法,口小底大,里头像钟似的。丁丁当当的响。他将一样东西扔下去,叫那人用手取出来,中间一层板有两个洞,一个洞内只容得一只手,若两手都伸了进去,他便将桶内的机巧拨动,两手锁住,再退不出来。耸着屁股,那就随他一五一十的玩罢。我头一次就上他这个当,后来被人告发了,将桶子才劈破了。"

　　英官道:"索性待人有恒心也罢了,从前还常常的赏东西,如今是赏也稀少了,倒像该应拿屁股孝敬他的。这个人偏不生疮,烂掉了倒大家干净!"春兰道:"你还有旧主人在此。他如过于冷漠你,你还可以告假,仍跟姬师爷,我看还比跟他好些。"英官道:"那姬师爷更不好,如果好,我也不跳槽了。那个人肉麻得很,又小气,一天闹人几回,才给几十个钱,还搭几个小钱在里头,所以我更不愿跟他。我在家做手艺时,何等舒畅,打条辫子也有好几百钱。到晚饭后,便有几个知心着意的朋友同了出去,或是到茶馆,上酒店,嘻嘻哈哈,好不快活。馄饨、包子、三鲜大面,随你要吃那样。同到赌场里去,只要有人赢了,要一吊八百都肯,真是又红又阔! 从跟了那个姓姬的,便倒了运!"春兰道:"那姬师爷的相貌,实在也不讨人喜欢,见人说话龇着两个黄牙,好不难看。"英官道:"他身上还狐臊臭呢!"

闲话休提,且说奚十一那天一人独自到宏济寺来,和尚与聘才都出门去了,小和尚在自己一间房内,歪在炕上,朝里睡着。奚十一见他单穿个月白绸紧身,镶了花边,绿绉绸的套裤,剃得逼清的光头。奚十一看了动火,脱了外面长衣,倒身躺下,轻轻的解了他的带子,把裤子扯了一半下来,贴身服侍。得月惊醒,扭转头一看,见了奚十一,便说道:"来不得!"奚十一不听。得月又说道:"当真来不得!"奚十一还当是他做作,故意进了一步,只听得得月腹内咕噜咕噜的一响,得月连说"不好",身子一动,一股热气直冒出来。奚十一觉得底下如热水一泡的光景,急忙退出,"嗒"的一声,标出许多清粪,撒得奚十一一小肚子。奚十一道:"这怎么好!"忙翻身下炕。得月跟着下来,往下就蹲,"哗喇喇"的一响。已是一大滩,臭不可当。奚十一掩着鼻子,瞧那地下还有些似脓似血的东西。奚十一找了些纸抹了一会,裤裆是连带子上也沾了好些,一一抹了。得月皱着眉挪了挪,方才撒完了起来,不好叫人收拾,自己到煤炉里撮些灰掩了,扫净了。奚十一道:"我怎样好? 快拿盆水来洗洗。"得月道:"我原说来不得,你不听。"便找了小沙盆舀了些水,将块脚布与他。奚十一将就抹了一把,得月重又躺下,奚十一好不扫兴。得月道:"我身子不快,且走肚子,懒得说话,你去罢。"

奚十一只得出来,恰好碰着卓天香进来,撞个满怀。奚十一道:"和尚与魏大爷都不在家,得月病了,懒应酬,不要进去了。"天香道:"我们还到魏老爷那边去坐坐罢,他虽不在家,也可坐得的。"奚十一无可无不可,就同了天香进去,叫聘才的家人沏了两碗茶,与天香闲谈。天香道:"今日我找魏老爷,要问他借几吊钱,偏又不在家,不知几时才回来呢。"奚十一道:"你方才从何处来? 沾得一身土。"天香道:"去找那卖牛肉的哈回子讨钱,又没遇着。"奚十一道:"你要多少钱使?"天香道:"还短十五吊钱,一时竟凑不起来。"奚十一道:"什么事这样紧要?"天香道:"昨日翠官被人诓了八十吊钱,写了欠票与他,今日来取,约明日还他的。"奚十一

道："翠官被什么人讹的？"天香道："除了草字头还有谁？昨日叫他们去
伺候一天，倒把他捆了起来，说他偷了烟壶，要送北衙门。跟去的人再三
央求，他们的人做好做歹，赔他八十吊钱，写了借票，才放出来的。今日将
我们的衣服全当了，才得六十吊，又借了五吊钱，哈回回尚欠我们几吊钱，
偏又遇他不着。如今求大老爷赏十五吊钱了此事罢。"奚十一道："这有
什么要紧，横竖明日才还他。我们坐一坐，到潘三爷铺子里开张票子就是
了。"天香道了谢，便与奚十一在一处坐着闲谈。

原来天香去找哈回回，哈回回有个侄儿，与天香有些瓜葛，见他叔叔
不在家，便留在铺子里吃了两小碗牛肉，五六个馒头，做了一回没要紧的
事，也给了他两吊钱。哪晓得那个小回子才生了杨梅毒，尚未发出来，这
一回倒过与天香了。天香此时后门口觉得焦辣辣的难受，要想奚十一与
他杀杀火。奚十一见天香情动，便也高兴，两人不言而喻，闹了一回。聘
才尚未回来，奚十一本要同他到潘三处取钱，忽然眼中冒火，两太阳疼胀，
身子不快起来，便写了一个"飞"字，叫天香自取。

奚十一即回家，头晕眼花，扎挣不住，脱衣睡了一夜，如火烧的一般，
且下身疼得难受，把手一摸，湿淋淋的流了一腿。那东西热得烫手，已肿
得有酒杯大了，口中呻吟不已。菊花一夜不能安睡，明日见了那东西，吓
了一跳，忙问其缘故。奚十一不肯直说，只推不知为什么忽然肿起来。菊
花道："请个医生来看看罢！"奚十一道："唐和尚就很好，专医这些病症。"
菊花便打发人去请。

原来唐和尚这几天见得月气色不正，指甲发青，知他受了毒气，便用
了一剂攻毒泻火的泻药，昨日已泻了好几遍。适奚十一来承受了，由肾经
直入心经，奚十一身子是空虚的，再与天香闹了一次，而天香又新染了哈
小回子的疮毒，也叫奚十一收来，两毒齐发，甚为沉重。少顷，和尚来问其
得病之由，奚十一只将天香的事说了。诊了脉，也用一剂泻药，谁知毒气
甚深，打不下来。一连三日，更加沉重，肿溃处头已破了。奚十一苦不可
言，只得又另请医生，要二百金方肯包医。一面吃药，一面敷洗。谁知那
个医生更不及和尚，又没有什么好药，越烂越大。一个小和尚的脑袋，已
烂得蜂窠一样，臭不可言。奚十一又睡不惯，只得不穿裤子，单穿套裤，坐
在凳子上，两脚叉开，用两张小凳搁起，中间挂下那个烂茄子一样的东西，
心上又苦又急。菊花见了，好不伤心，又不敢埋怨他，只得求神许愿，尽心

调治。换了两三个医生，倒成了蜡烛卸。还是唐和尚知道了，用了上好的至宝丹敷了，才把那个子孙桩留了一寸有余。后来收了功，没头没脑，肉小皮宽，不知像个什么东西，要行房时料想也不能了。此是奚十一的淫报。

无事不成巧，说起来真也可笑。却说潘三店内有个小伙计叫许老三，只得十六岁，生得颇为标致。潘三久想弄他，哄骗过他几次，竟骗不上手。那孩子有一样毛病，爱喝一盅，多喝了就要睡。正月十五日，众伙计都回家过节，潘三单留住了老三，在小账房同他喝酒。许老三已醉了，在炕上睡着。潘三早安排了毒计，到剃头铺里找了些剃二回的短发，与刮下来的头皮，藏在身边，乘他醉了，便强奸了一回，将头发塞进，以后叫他痒起来好来就他。那许老三醒来，已被他奸了，要叫喊时又顾着脸，只得委委曲曲受了。谁知从此得了毛病，明知上了潘三的当，放了东西，心中甚恨，忍住了仍不理他。潘三自以为得计，必当移舟就岸，哪知许老三怀恨在心。他有个姐夫周小三，即与潘三赶车，为人颇有血性，倒是个路见不平拔刀相助的朋友。许老三上当之后，即告诉了姐夫，姐夫即要与潘三吵闹，倒是老三止住了，商量个妙计报他。

明日，老三回家，他无父母，有两个哥哥，一个开的小酒店，卖些熏肉香肠；一个是游手无赖，在杂耍班里做个逗笑的买卖，叫把式许二。他那姐姐也在家，就将他上当的事讲起来，恨如切齿，誓要报仇。他二哥听了，即脱下衣裳，便要跑去打架。大哥拉住了道："不是打架的事！且商量去邀了李三叔来，是他荐去的。我们讲理去，看他怎样！"三姐说道："打架固不好，讲理也不好。这又没有伤痕，难道好到刑部里去相验么？依我想个法子，也叫他受用一回，叫他吃了闷亏，讲不出来。"那老大、老二道："妹子倒说得好！他是个四、五十岁人，怎样叫他吃这闷亏？"三姐笑道："待我慢慢的想着。"

原来那三姐才十九岁，生得十分标致，而且千伶百俐，会说会笑，若做了男子，倒是个有作为的，偏又叫她做了女身。想了一会，笑道："我倒有个妙计，就是没有这个人。"那老二道："要与兄弟报仇，就到水里去、火里去，我肯的。"三姐道："这件事用你不着，而且与你讲不得，与你讲了，你要说出来的。"老二发气道："这是什么话！既要赚人，难道还对人讲？"三姐道："只消如此如此，这般这般，就是没有这个人。"老大想道："你嫂子不中用,引不动人,且回娘家去了。或者请了王八奶奶来,不然请葛家姑娘?"三姐道:"不好,这些门户中人,非亲非戚,他们也未必肯来,况且潘三认得这些人。"老二笑道:"妹子,我们都是亲哥儿姊妹,既与兄弟报仇,也应出点死力,那天何妨就将你做个幌子,难道真与他有什么缘故? 只要我们留点神,快快走进来就得了。横竖妹夫也要请来的,若讹着了钱,还是自己家里人分用,不比谢外人好些?"三姐啐了一口,骂道:"放狗屁!你何不等二嫂子来做幌子?"老二笑道:"还没有娶回来,谁耐烦等这一年半载! 若已经娶在家里,怕不是就用她,还来求你?"老大听了可以报得仇,还可以讹得钱,便也劝道:"老二这句话倒也讲得在理,除妹子却无第二人可做。但是做了之后,老三是不用说了,就是妹夫这个锅,也砸定了。"三姐道:"那倒不妨,三吊钱一月,别处也弄得出来。这件事既商议定了,倒要趁早。你们去将你妹夫叫来,大家说明,也要他肯。"去叫了周小三来家,三姐将方才商量的话说了,周小三无有不依,定于后日晚间行事。

过了一夜,明日老二到潘三处搬老三的铺盖,潘三知事发了,心中有些惧怕,只得将言留他。经周小三力劝,留下铺盖,把老二劝回。潘三感激小三不尽,谢了小三。小三道:"三爷如果真心要提拔我的舅子,明日我去劝他来。这孩子糊涂,我开导他几句,他就明白了。明日倒有件凑巧事,不晓三爷肯赏脸不肯?"潘三道:"什么话! 你虽与我赶车,也是伙计一样。你既这样懂交情,难道我还有什么不依的?"小三道:"三爷若肯赏脸就好说了。"又道:"明日是我妻子的生日,家内也没有一个亲戚,老大、老二明日有事不能来,老三是来的。明日晚上我请三爷到我家里去坐坐,趁老三在那里,当面说开,我叫他跟了回来就是了。"潘三喜极,说道:"很好! 你如完了这件事,我重用你! 我每月加一吊钱!"小三道:"这更多谢三爷。"

到了明晚,小三跟了潘三步行回家。潘三就堂屋坐了,小三进去送出一盅茶来。潘三道:"今日既是你奶奶的生日,我应该祝寿的,请你奶奶出来见个礼。"小三道:"祝寿是不敢当。我受了三爷这样恩典,我叫她出来磕头。"便"三姐,三姐"的叫了两声。听得里头答应了,这又娇又嫩的声音就觉入耳。潘三听得"咭咭咯咯"的高低响,到了门后,手往门上一扶,露出两个银指甲,道:"要什么?"小三道:"三爷初次来,你也该出来见个礼。况且三爷是有年纪的人,父母一样,不要害臊。”三姐笑了一声道:“我厨房有事,还没有净手。老三嘴馋得很,不能帮我也罢,我装一碟,他倒要吃半碟。”又笑了一笑便进去了。潘三听了,已有些软洋洋起来,心中想道:“好个声音,不知相貌怎样?若像他兄弟就好了。”

小三拖开桌子,摆了三面,老三先拿酒壶、两个酒杯、两双筷子来,随后又送出四个碟子。潘三见是一碟罯肉,一碟熏鱼,一碟香肠,一碟面筋。小三斟了酒,两人坐了。潘三道:“老三也可叫她出来坐坐。”小三即叫老三出来。老三道:“我不喝酒。”潘三道:“老三,来来来,喝一盅!”老三不理,又进去了。小三道:“他帮着他姐姐弄菜,少停肯来的。”老三又拿出两碟两碗,一碟是炒猪肝,一碟是炒羊肉,一碗烩银丝,一碗炸紫盖。

两人已吃了一会酒,只听着打门之声,又听得连叫两声“小三”,小三即忙去开门。潘三听得一声“了不得了”,倒吃了一惊,又听得说了好些话。小三道:“我就来。”那人道:“同走罢,不要耽搁了!”小三进来向潘三道:“三爷请坐坐,我叫老三来陪你,我要出去劝解一件事,就回来的。”潘三道:“我也走罢。”小三道:“忙什么?我即刻回来的。”潘三心上为着老三,正好等小三去了,招陪他,口虽说走,身却不动。小三叫老三出来,老三终是不肯。小三骂了一声“糊涂小子”,只得叫声:“三姐出来!”三姐到门后道:“又做什么?”小三道:“你二哥又闹了事,要我去劝解。三爷在此,老三又不肯出来,我想三爷五十来岁的人,你做他女儿还小,你大方些出来陪陪,我去就来。”三姐道:“我不会陪。我是妇人家,适或简慢了三爷怎好?三爷还是要怪你的。”潘三听了这几句话,已觉得魂销,巴不得她出来,便接口道:“奶奶好说。本来要与奶奶祝寿,请出来!”潘三已站起了。

三姐笑将出来,潘三见了神魂销荡。见她是瓜子脸儿,一双凤眼,梳了个大元宝头,插了一枝花,身上穿件茄花色布衫子,却是绿布洗了泛成的颜色,底下隐约是条月白绸绵裤,绝小的一对金莲不过三寸,身材不长不短,不肥不瘦,香喷喷一脸笑容,对了潘三福了一福。潘三见了色心已动,连忙还礼:“请坐下。”她却不坐,对小三道:“你快些回来!省得三爷等得不耐烦。”小三应了,到了外边说道:“顶快也要二更天才得回来,去有五六里路呢。”说着忙忙的去了。

三姐出去关门,进来坐下。潘三便笑眯眯的道:“奶奶今年贵庚了?”

三姐道:"十九岁。"即叫声"三爷":"我们那小三是粗鲁人,有伺候不到处,多蒙三爷的恩典,常常照应他。穷人家没有孝敬的东西,就这一点心。酒是喝不醉,菜是吃不饱的。"便臂臂婷婷的执了酒壶来,斟了一杯放下。潘三乐得受不得,便道:"奶奶何不请坐下来? 要你这么劳动,心上不安。"三姐笑了一笑,即叫声"老三":"三兄弟你出来。"老三道:"我不来,你陪他罢。"三姐笑道:"你不来陪你的人,倒要我替你陪,哪里有这样倔强孩子,怪不得人要暗算你!"潘三听了这话有因,即道:"小三在我家也是亲人一样。奶奶就坐坐,谅也无妨。"三姐道:"我坐在这里也是一样。"潘三道:"奶奶坐着虽是一样,但到底离远些,不好说话。请过来坐罢。"三姐起一起身,微微的笑着,又坐下了。潘三便起身斟了一杯酒,送到三姐身边,道:"我敬奶奶一杯。"三姐道:"不敢,不敢! 三爷请自饮。"口虽说,已接过来道:"怎么倒要三爷敬酒?"便一饮干了,就走近桌边,把杯子用手擦了一擦,也斟上一杯道:"三爷请喝这杯。"潘三已经心醉,喘吁吁的道:"敢不领奶奶的盛情!"接过杯子,顺手将她手腕上一捏,三姐低了头。潘三喝了,捺不住便搭着三姐的香肩,说道:"奶奶请坐,不要站疼了小脚。"三姐微笑,也就坐了过来。潘三道:"小三天天不在家,奶奶家里还有谁? 可不孤零么?"三姐道:"向来有个老婆子,这两天又走了,还没有雇着人。"潘三道:"今日要奶奶亲手自造,我却造化多了。"便又斟了一杯送过来。

　　酒已完了,三姐道:"没有酒了。兄弟! 你去打半斤好烧酒来,方才这酒淡。你上大街去买,你不要嫌路远,又在小铺里买来。"老三答应,亦不点灯,趁着月色去了。三姐道:"我关了门,他到大街上去,有一会呢。"潘三见她去关门,心中想道:"可以下手了! 这婆娘很有勾我的意,我不可辜负她!"三姐进来坐了。潘三此际欲火中烧,脸皮发赤,走过来道:"奶奶再饮这一杯。"便挨近了在凳边坐下。三姐故意要走开,潘三即扯住了袖子,三姐低着头只顾笑。潘三心迷意乱,大着胆,放下杯子,双手抱住。三姐道:"三爷,你抱我做什么!"把眼一睃。潘三忙道:"我的妈! 你儿子也不晓得要做什么!"便将三姐抱在膝上,想要亲嘴。三姐将手隔过道:"使不得! 三爷你好不正经,调戏良家妇女,我若喊起来,你就没脸了。"潘三道:"我的娘,你施点恩罢!"三姐道:"你真看上我? 好便宜! 哪里有这么容易的事情,你把我太看轻了!"潘三道:"奶奶你要肯施恩,你怎么说怎么好。"三姐一手推他的脸，一手把住他的手，摸他的金镯子。潘三明白，心上想道："她想这个，也顾不得了。"即除下来道："奶奶你肯行好事，可怜我，我就将镯子送你，以后还要大大的谢你！也加小三的工食钱。"三姐接了镯子，套在自己手上，笑道："多谢你！我如今依了你，你却不要告诉人。"潘三连声答应，想扯她的裤子。三姐即忙跳下道："房里来。"说罢先走，潘三随后跟了进去。到了炕边，三姐道："你把长衣脱了，就在炕沿上玩一玩罢了。"

　　三姐先坐在一边，潘三把长衣解开，扯了裤子，正想挨拢来，忽听得背后脚步响，回头一看，吓了一跳，连忙披了裤子。只见周小三已到面前，大喝了一声，一把揪住，骂道："好大胆的王八蛋！原来你竟不是人！"潘三吓得目定口呆。三姐忙说道："潘三爷方才要小解，找溺壶，你当是什么？"小三忙道："没廉耻的婊子，一见爷们就搭上了，还要在我面前遮饰。溺壶在你身上呢！"三姐嚷道："你别撒赖讹人！"小三道："他奸了你，倒说我撒赖！讲是讲不清的，我们到街坊上去评评理！我好意请你喝酒，你倒要奸起人家的堂客来！"一面拖着潘三要走。潘三急了道："小三不要这么着，有话好好的说。原是我不是了，不应进你内室。但我们多年相好，你也容点情，没有不好说的话。"小三道："还有什么话说？我这媳妇也不要了。我将你们两个人送到官，凭官断，断与你也好，断与我也好，我们在这里不必讲！"三姐在旁装作啼哭，潘三无法，只得软求。三姐骂道："你穷昏了！我做了什么事，你想断离了我么？你送到官，我也有得说的。"一面飞了个眼与潘三。潘三道："小三放手，我们有话好商量，我是没有不好讲的。"小三道："讲什么？我这个人不要了，你拿一千两银子来，饶了你罢！""潘三道："要银子也好说的。放了手。"小三道："放手？好便宜！"反将潘三按将下来。潘三道："奶奶你劝劝。"小三道："你想罢！你愿出一千银子，你就乖乖的答应送来；你不愿，我就捆你起来，送你到官。"潘三道："我愿，我愿！但如何要得一千银子？我身边有三百吊钱的票子，给你罢。"小三道："三百吊钱算什么？"三姐道："你也摸摸良心，三爷待你这样好，今日就算他错了，你也须看他往日情分。你若知恩报恩，难道三爷真个不懂得好歹么？"潘三道："奶奶说得是，我是最懂交情的。小三，我们留个相与，我哪一天不可照应你，何必定要今日？"小三道："既如此，我们倒说明了，横竖人也被你玩了，一回也是玩，一百回也是玩，我这绿帽子是扔不下了。你先拿三百吊来，以后每月再给六十吊钱，你依不依？"潘三道："我依，我依！"

小三把手一松，潘三爬起来，将钱票送出，穿好了衣裳。三姐对小三道："你点灯送三爷回府罢，他受惊了。"小三笑道："三爷不要害怕，我们是玩笑的。"潘三方放了心，心中尚突突的跳，说道："好玩笑！这个只好一回！"小三道："以后凭你老人家怎样，再不玩笑了。"潘三方定神。小三去点灯，三姐道："你明日早饭后来，我有好处给你。"潘三没有做成，听了这话，又喜欢起来，连连点头。小三领了潘三出去，三姐在后扯扯潘三的衣服，又低低说了"明日"二字，潘三乐极回家。

明早即打发小三下乡有事。吃了早饭，到小三家，见门不闩，推了进去，见三姐坐在屋里，引着小狗儿玩。潘三咳嗽一声，三姐满面堆下笑来。潘三道："昨日几乎吓死我。"三姐道："他不过想钱罢了，他真心要拿你？"潘三道："屋里没有人？"三姐道："有什么人！"潘三道："我去闩了门。"三姐道："今日天气暖，脱了衣服爽快些。"又道"溺急了"，跑到后院子去小便，回头对潘三道："你先脱光了罢，进被窝去。"潘三不敢不遵，刚脱下身来，见三姐笑盈盈的两手提着裤子进来，潘三放心脱光了上炕，扯了被窝盖了身子。三姐也走到炕边，潘三道："快些来罢！"要来扯她，三姐笑道："关了房门。"

刚转身，只听得外面嚷道："做的好事！"一阵脚步响，潘三一见魂不附体，只见周小三领着他两个舅子，拿了雪亮的刀，又有一条粗麻绳，上前将潘三按住，拉下炕来。许老二一连三、四拳，骂道："你这狗鸡巴龟的，龟了我的兄弟，还想龟我的妹子！"潘三只得在地下叩头。小三道："我昨日饶了你的狗命，你今日又来送死！"便把潘三捆了。潘三光着身子只是哀求。许老二道："你会龟人的屁股，老爷子也要龟龟你的屁股！"潘三着急，苦苦求饶。那三姐在旁笑得打颤。

只见他二哥伸出个中指头，像个小黄萝卜一样，到油罐里蘸了些油，在潘三屁股里一抠，潘三"哎哟"连声。许老二解开一个纸包，拿那药与头发塞了两三回。潘三口内呻吟，双脚乱挣，幸亏他的肛门老苍，没有抠出血来。许老二塞完，放了潘三，潘三只是发抖。许老大道："潘三，你知罪么？我好好一个兄弟被强奸了，就天理难容，你还放了些东西，叫他一世成了病，做不得好人。所以我们今日也还个礼，叫你也做个脏头风，你说该不该?"潘三俯首无词,穿了裤子鞋袜,然后向小三说道:"你既然是为人报仇,就不应要我的钱。"小三道:"要你什么钱?"潘三道:"非但钱,还有八两重的金镯子。"小三道:"你回去与我打官司就是了。"三姐道:"潘三,你要打官司早些说,我好习学口供,省得上堂时说得不好。"潘三一人如何闹得过他们,只得忍气吞声,后门口又火焦火辣的难过,遂欲穿衣,周小三上前夺下道:"你还想穿衣出去么?"三姐道:"给他罢,遮遮他那个狗脸。"潘三穿了衣裳,往外便走,听得三姐笑道:"潘三转来!你明日有空再来走走,我找个东西与你杀杀痒儿。"那三个拍着手哈哈大笑。潘三又羞又气,抱头鼠窜而去。

那兄妹、夫妻四人犹大笑了一会。三姐道:"这潘三也被我们收拾苦了,亏二哥能下这毒手。"老二道:"我还没有使劲,恐怕挖了他的肠子出来。"三姐道:"那三百吊钱我有个主意,不知两位哥哥肯依不肯依?"老大、老二道:"这件事是妹子的功劳。凭妹子怎样。我们无有不依。"三姐道:"将一百吊钱给你妹夫,叫他做本钱,也不必赶车了。二哥你使三十吊,大哥你也使三十吊,这一百四十吊留与三兄弟将来做本钱,你们找个铺子与他生息。这钱是因他来的,自然他应多些。"那兄弟两个都说"很是"。

小三今早将这票子已同潘三兑了外票,是预先商量停妥的,便拿出来交与三姐。三姐分派定了,又说道:"倒是三兄弟的毛病,要紧与他治好了方好。"许老大道:"这个有什么方法?"三姐道:"我闻得吃荞麦面便可除肚里吃下的猪毛、羊毛。你把这荞面做了汤圆,包些糖,不要煮熟,带生的与他吃,吃两天试试,或者可以撒得出来。"那二人道:"这个最容易,我们回去就做些与他吃。"又坐了一坐,弟兄二人拿了钱,也自回去。不知后事如何,且看下回分解。

第四十一回

惜芳春蝴蝶皆成梦　按艳拍鸳鸯不羡仙

话说华公子自琴言告假之后,假期已满,不见回来,心上有些思念他。一日在园中"归鸿小渚"倚栏垂钓,珊枝与金、玉二龄,还有一个小丫环香儿在旁伺候。金龄找了一个大磁瓯,走下池边贮了水。华公子钓了一会,得了三寸长的一个小鱼,已觉满心欢喜。见那池水清冷,每于潆流回互处,把些铜皮嵌在石脚,那流水过来便有琤琮①之声,如琴筑一般。又见水面上飞了无数的花瓣,一个红鲤鱼游来游去吃那飞花,见了钓丝上的饵来吞了。华公子急把钓竿一拽,丝纶已断,那鱼却连钩吞下半截,断丝尚浮在水面。

公子看了一时高兴,便叫金龄、玉龄去将小船撑过来。那二龄听不得一声,走下台基,便飞跑的去了。过了桥,到了潭水房山对岸,金龄走忙了,不防脚下碰着个老树根,栽了一跤,跌得膝盖甚疼,蹲在地下站不起来。玉龄将他扶起,揉了几揉,同下了船,解了缆。这小船也三丈余长,油漆光亮,两边栏杆,船头有个亭子,中舱摆个小花梨圆桌,船篷上是绿油布顶,垂下白绫飞沿。金龄、玉龄在两头荡桨,荡了过来。

华公子见此春光明媚,桃李齐芳,即叫小丫环去请夫人出来逛园。约有两刻工夫,听得环佩琤琮,华夫人带了明珠、花珠、荷珠、赠珠四个女婢过来,华公子笑面相迎。华夫人道:"这两日天气甚好,我本来也想逛逛。方才香儿说你在这里钓鱼,我从西书房夹道中走来,倒也不远。我又叫老婆子收拾些食品过来。"华公子道:"我本有此意,你倒预先办妥了。"二人凭栏观玩了一会,华公子道:"我们何不下船逛逛池子?"

四珠即扶了夫人,慢慢的走下台阶。明珠、赠珠先上了船头,挽住华夫人上了船,公子也上来,同夫人坐在中舱,明珠、赠珠即走到后梢,花珠、荷珠在头。花珠把桨一撬,明珠把桨一推,两头不能应手,把个小船滴溜溜的在

---

① 琤琮(chēng cóng)——同琮琤,形容泉流声。

水中旋起来。花珠手又一脱,把水划得直溅,溅得自己一脸,荷珠笑个不住。华公子道:"怎么样?你们也荡过桨的,今日又不会荡起来?"花珠笑道:"明珠不会荡,我往前他倒往后。"明珠道:"不说你不会,倒说我不会。荷珠,你荡罢,再用着他,这个船就要翻了。"荷珠替了花珠,果然好了。

清风徐来,涟漪深碧。慢慢的穿过小桥,公子与夫人看那桥边及山石上缠的古藤,蒙蒙茸茸垂到水面,底下的水,一派清冷戛玉之声,觉得心旷神怡。过了小桥,苏堤上便是些杨柳桃花,红绿相间,春风和煦,众鸟齐鸣。过了几处亭台,又绕过了潭水房山,到了留仙院。见修竹里一个院落,开了无数碧桃。华公子道:"此处最佳,就到留仙院去罢。"荷珠将船系好,搭了跳板。华公子上了岸,四珠扶了夫人,从桃花林下倚倚斜斜的一条路进去。也有几堆灵石,过了个小石梁,接着一个石门,进了石门是个亭子,名为惜芳亭,过去就是留仙院的游廊。到了留仙院,共有三进,回廊曲榭,叠阁崇台,甚为华丽,红白碧桃已开了好些。公子对夫人道:"赏花不可无酒。方才说老婆子预备,不知可曾停妥?"华夫人命花珠去看来。花珠拉明珠同他弄船过去,明珠道:"你又来混缠,不过爱玩罢了,哪里真不认得路径。你从这后头走过古藤书屋,再过了倚香亭,就通方才来的路,要坐什么船!"

花珠原是爱玩,并非不认得路径,只得独自出去。将到藤花书屋前,只见林珊枝正走来,口中嚷道:"花姑娘来了,想必在留仙院了。"花珠待要问时,只见藤花架边走出一群人来,是六珠并两个老婆子,还有几个小丫环。爱珠对花珠道:"在什么地方,你也不给个信,叫我们满园的瞎找。"花珠道:"我们是从船过去的,还到不多时。有人在岸上,也应瞧得见。此刻原是来找你们的。"那两个老婆子抬了食箱,六珠也拿了零碎物件,还有二龄及珊枝帮忙,送到留仙院后,一一布置了。群珠上前送了茶,一边桌上摆了果盒,一边摆了食盒,茶铛酒器都已预备。群珠分作两行侍立。只见那些蝴蝶一群一群的飞来飞去,又有些睡在花里不动,被十珠婢捉了好些,在小丫头头上拔了一根头发,拴了两个大蝴蝶,双双的飞舞。

华公子看得高兴,对夫人道:"如此春光,不可不赏。这些蝴蝶儿倒比我们还玩得热闹。这园中最多的要算桃花,我们也该祭他一祭。何不取那百花露酿的竹叶春酒来浇灌他一番?"华夫人道:"我知道你爱这酒,已叫他们带了些来。但是没有什么很好的果品。既是祭花,这些食物都用不着，你想将什么祭好呢？"公子笑道："这倒被你问住了。年年祭花，也不过是些蔬果之类。这番是我们虔诚特祭，须得与花相称才好。"想了一想，叫爱珠去问珊枝找管屋子的书童，要了钥匙来。不一会，爱珠取了进来，公子叫他开了两个博古橱，携着夫人细细看那橱中，尽是古铜旧玉等物。又将抽屉一开，见有一个紫檀木匣，开了盖子，看是个手卷，签上写着"花蕊夫人小象，管夫人画"。华夫人笑道："这个就很好。"公子扯开看时，是个绢本工笔，画得秀艳绝伦。后有赵集贤书的小楷，就写的花蕊夫人《宫词》，真是双绝。公子道："可惜就这一样，再找些什么配上呢？"华夫人道："马四娘的兰花可以不可以？"公子摇头道："配不上。还是李香君那个《桃花扇》的册页罢，再将你绣的《玉台新咏序》来配上更好。"华夫人笑道："怎么配上这个？如何称得过那两样？"公子道："这是各人的好处，况且你那刺绣的工夫也算绝顶了。"华夫人就命宝珠、爱珠取这两样来。

二珠去了，也有好一会才来。又找了个汉玉觥，贮了一觥酒，将桌子抬到廊前，摆了这三样宝贝，再将博山炉焚了百合香。华夫人道："怎样？要拜不要拜呢？"华公子道："不用拜罢。我们去拣顶好的花，将这酒去浇在他根上罢。"二人就走到林下，公子拣了一棵红碧桃，夫人拣了一棵白碧桃，公子先浇了半杯，夫人也浇了，二人笑盈盈的在花下赏玩。华夫人叫老婆子再去取一大瓶酒来，不要耽搁。公子道："要这许多酒做什么？"夫人笑道："我看这些丫头们见我们浇了花，觉得好馋似的，所以我要些酒来，也叫她们玩玩。"公子笑道："这叫做与人同乐！但是她们祭花是要拜的，不好同我们一样。"十珠都微微笑起来。掌珠对荷珠低低说道："要拜，我们十个一同拜，不要分先后，省得先拜的叫后拜的笑。"爱珠道："我们一对一对的拜不好吗？"花珠凑着爱珠的耳说道："又不是夫妻拜堂，怎么你要一对对的拜呢？"爱珠打她一下。已见老婆子颤巍巍的拎了一大瓶酒来，放在廊下。十珠等各拿了小酒杯斟了酒，分头去觅那开得鲜艳的，你一杯我一杯的乱浇，走来穿去，也像一群穿花蝴蝶一样。果然齐齐的拜了四拜。公子、夫人看了好不快乐。

华公子叫取两个锦褥来，就铺在花下，与夫人对面坐了。摆了攒盒①，把那"百花春"对饮了几杯。华夫人道："何不叫她们吹唱一回，以

---

① 攒(cuán)盒——杂盛果肴糕点的盒子。

尽雅兴?"公子道:"很好,你就分派她们唱起来。"夫人将十珠分了五对,吩咐道:"你们各拣一支,总要有句桃花在里头的。我派定了对,不是此唱彼吹,就是彼吹此唱。若唱错了吹错了,要跪在花下罚酒一大杯。"爱珠笑道:"奶奶这个令未免太苦了!况且我们会唱的也有限,譬如这人会唱这一支,那人又不会吹那一支;那人会吹那一支,这人又不会唱这一支,如何合得来?今奶奶预先派定了这个吹、那个唱,我们十个人竟齐齐的跪在花下,喝了这半大瓶的冷酒就结了!"说得公子、夫人都笑。

夫人道:"既如此,方才题目原难些,曲文中有桃花的句子也少。你们十人接着唱那《桃花扇》上的《访翠》、《眠香》两出罢。"公子听了笑道:"这个最好!这曲文我也记得,两套共十一支,有短的并作一支,便是一人唱一支了。"叫拿些垫子铺在惜芳亭前,与他们坐了好唱。十珠也甚高兴,即拿了弦笛鼓板,我推你,你推我,推了一会推定了,是宝珠先唱。

宝珠唱道:

金粉未消亡,闻得六朝香,满天涯烟草断人肠。怕催花信紧,风风雨雨误了春光。 〔缑山月〕

望平康①,凤城东千门绿杨。一路紫丝缰,引游郎,谁家乳燕双双。隔春波,碧烟染窗;倚晴天,红杏窥墙。一带板桥长,闲指点茶寮酒舫,听声声卖花忙。穿过了条条深巷,插一支带露柳娇黄。 〔锦缠道〕

公子道:"这曲文实在好,可以追步玉堂'四梦',真才子之笔!"夫人道:"以后唯《红雪楼九种》可以匹敌,余皆不及。"

只听明珠接着唱道:

结罗帕,烟花雁行;逢令节,齐斗新妆。有海错江瑶玉液浆,相当。竟飞来捧觞,密约在芙蓉锦帐。 〔朱奴剔银灯〕

公子道:"该打!少唱了'拨琴阮笙箫嘹亮'一句。"

掌珠接唱道:

端详,窗明院敞,早来到温柔睡乡。鸾笙凤管云中响,弦悠扬,玉玎珰,一声声乱我柔肠。翱翔双凤凰,海南异品凤飘荡,要打着美人心上痒。 〔雁过声〕

---

① 平康——唐长安街坊名,为歌妓聚居的地方,后用作妓院的代称。

掌珠一面唱,一面将帕子打了一个结,往荷珠脸上打来,荷珠"嗤"的一笑。公子喝了一声彩,夫人也嫣然微笑。二人各饮了一杯,听荷珠唱道:

误走到巫峰上,添了些行云想,匆匆忘却仙模样。春宵花月休成谎,良缘到手难推让,准备着身赴高唐。　〔小桃红〕

《访翠》唱完了,爱珠接唱《眠香》,唱道:

短短春衫双卷袖,调筝花里迷楼。今朝全把绣帘钩,不教金钱柳,遮断木兰舟。　〔临江仙〕

公子笑道:"这等妙曲,当要白香山的樊素唱来,方称得这妙句!"夫人笑道:"樊素如何能得? 就是她们也还将就,比外头那些班中生旦就强多了。"公子点头道:"是。"

见赠珠唱道:

园桃红似绣,艳覆文君酒。屏开金孔雀,围春昼。涤了金瓶,点着喷香兽。这当垆红袖,太温柔,应与相如消受。　〔一枝花〕

花珠一面打鼓板,一面接唱道:

齐梁词赋,陈隋花柳,日日芳情迤逗。青衫偎倚,今番小杜扬州。寻思描黛,指点吹箫,从此春入手。秀才渴病急须救,偏是斜阳迟下楼,刚饮得一杯酒。　〔梁州序〕

公子对夫人道:"如此丽句,不可不浮一大白①!"将大杯斟了,叫宝珠敬夫人一杯。宝珠擎杯,双膝跪下。夫人道:"我量浅,不能饮这大杯,还请自饮罢。"遂把这大杯内酒,倒出一小杯来,叫宝珠送与公子。宝珠又跪到公子面前,公子一口干了。明珠折了两枝红白桃花,拿了汝窑瓶插了,放在公子、夫人面前。

又见珍珠唱道:

楼台花颤,帘栊风抖,倚着雄姿英秀。春情无限,金钗重与梳头。闲花添艳,野草生香,消得夫人做。今宵灯影纱红透,见惯司空也应羞,破题儿真难就。　〔前腔〕

公子道:"这'见惯司空也应羞'之句,岂常人道得出来!"夫人道:"与'今番小杜扬州'句,真是同一妙笔。"

见蕊珠唱起,宝珠合着唱道:

———

① 大白——酒杯。

金樽佐酒筹,劝不休,沉沉玉倒黄昏后。私携手,眉黛愁,香肌瘦。春宵一刻天长久,人前怎解芙蓉扣? 盼到灯昏玳筵收,宫壶滴尽莲花漏。〔节节高〕

画珠按唱,明珠合着唱道:

笙箫下画楼,度清讴,迷离灯火如春昼。天台岫,逢阮刘,真佳偶。重重锦帐香薰透,旁人妒得眉头皱。酒态扶人太风流,贪花福分生来有。〔前腔〕

秦淮烟月无新旧,脂香粉腻满东流,夜夜春情散不收。〔尾声〕

唱完,公子与夫人甚是欢喜。十珠齐齐站起,公子道:"今日倒难为她们,须要赏她们些东西。"华夫人道:"此中要定个等第,才见赏罚分明。"即叫拿笔砚过来。爱珠抢先取了笔砚花笺,送到公子面前,公子让夫人品定,夫人又推公子。公子道:"这音律中实在我不如你,恐定得不公,还是你定罢。"夫人微笑,把笔先写了十个字,就是"珠"字上面那个字,对公子道:"据我评来,以宝珠为第一,唱得风神跌宕,文秀温存,十人中是他压卷了。次则爱珠,情韵皆到,为第二。次赠珠,次掌珠、次蕊珠、次珍珠,次花珠、次荷珠、次画珠、次明珠,不知定得不委屈么?"公子道:"定得极是!"夫人又问十珠婢道:"如有委屈,不妨自说。"花珠赔着笑道:"奴才唱的,似乎在蕊珠、珍珠之上。"华夫人道:"就是你不服! 你哪里知道自己唱的毛病? 你想要显己之长,压人之短,添出些腔调来。此所谓戏曲非清曲,清曲要唱得雅,洗尽铅华,方见得清真本色。你唱惯了搭白的戏曲,所以一时洗不干净。若不会听的,怕不定你第一。"花珠方才服了,因又问道:"奶奶听珊枝的怎样?"华夫人道:"珊枝也是戏曲,倒是琴言虽然生些,还得清字意。"

公子听说琴言,便对夫人道:"琴言这个孩子,实在有些古怪,我们待他也算好了,看他心上总像有些委屈。如今告假一个多月,也不见他进来。其实看他也不像那种下作的,不知为什么,心上总不喜欢,我实想不出来。"华夫人道:"我看这孩子大抵是个高傲性子,像是不肯居人下的光景。但不知自己落到这个地位,也就无法,所谓做此官、行此礼。若妄自高傲,也真是糊涂人了!"华公子笑而不语。夫人赏那十珠的记了,一等是钗环,二等是香粉。

那跟来的两个老婆子,远远的把那瓶冷酒偷吃了一半。一个老婆子已醺醺的歪靠着山石,坐在地下,将要睡着;那一个侧着耳朵听话,却又听不真。见爱珠走来,问道:"姑娘,奶奶与你们讲些什么? 又见她写单子。"爱珠笑道:"要赏给我们东西。"那老婆子道:"你们姑娘实在福分大,常常得赏赐。我们一天劳到黑,也没有格外得过一点好东西。姑娘,如今赏下来,你不要的给我,不要给那些小丫头糟蹋了。"爱珠一笑走开。那个小丫头叫香儿的笑道:"她们还没有到手,你倒想她转赏了你! 我明日买个沙吊子送你,好装烧酒,省得你那个没有把子,要倒拿着嘴使。你要想别的东西,你也配!"那老婆子被香儿取笑了,又不敢骂她,只得鼓起了眼睛,瞅了她一眼。那一个老婆子低低叹口气道:"咳,从来说人老珠黄不值钱,你还同她们一般见识呢!"

这边华公子忽然念起那《牡丹亭》上的两句道:"良辰美景奈何天,赏心乐事谁家院。"华夫人笑道:"《牡丹亭》的《游园》、《惊梦》,可称旖旎风光,香温玉软。但我读曲时,想那柳梦梅的光景,似乎配不上丽娘。"公子道:"我也这么想,觉柳梦梅有些粗气,自然不及丽娘。至于那《元人百种曲》,只可唱戏,断不可读。若论文采词华,这些曲本只配一火而焚之! 偏有那些人赞不绝口,不过听听音节罢了,这个曲文何能赞得一句好的出来?"

华夫人道:"我想从前未唱时,或者倒好些,都是唱的人要他合这工尺,所以处处点金成铁。不是我说,那些曲本不过算个工尺的字谱,文理之顺逆,气韵之雅俗,也全不讲究了。有曲文好些的,偏又没人会唱。从那《九宫谱》一定之后,人人只会改字换音,不会移宫就谱,也是世间一件缺事!"公子道:"真是妙论! 我想对此名花,又听妙曲,意欲填首小词,也叫他们唱唱。虽然比不上《桃花扇》的妙文,也是各人遣兴,你道何如?"华夫人道:"很好! 何不就填那〔梁州序〕,用他的工尺,唱我们的新词,不省事么?"公子道:"妙! 妙! 你就先填。"夫人笑道:"我如何能? 还是你先来,我算和韵罢。"公子应了,喝了几杯酒,想了一会,写出一首〔梁州序〕来,递与夫人。夫人念道:

明霞成绮,冰绡如蔼,万种柔情轻倩。良辰美景,乌纱红袖相怜。羞他仙子,闲引游人,私把凡心遣。春光一刻千金贱,珠箔银屏即洞天,休负了金樽浅。

夫人念完,赞不绝口,自己也饮了一小杯,笑道:"这是我遵你的教,'休负了金樽浅'。但这原唱如此好,教我怎和得出来?就在《桃花扇》上,也是上上的好文字,细腻风光,识高意稳,我不做罢。"公子笑道:"你不要谦让,你必定另有妙想,我想不到的。快写出来,好叫他们唱。"夫人又念了一遍,赞了几声,也就写了一阕,递与公子念道:

帘栊半漾,楼台全见,绛雪飞琼争艳。清歌小拍,明眸皓齿生妍。华年如水,绿叶成荫,肯把春光贱?石家金谷花开遍,只羡鸳鸯不羡仙,休负了金樽浅。

公子念了又念,朗吟了几遍,拍案叫绝,又说道:"这两首比起来,我的就减色了。这五十七字,如香云缭绕,花雨缤纷,就是《桃花扇》中也无此丽句!"夫人笑道:"这是你谬赞,我看是不及你的。你如此赞赏,倒教我不安。"公子道:"'只羡鸳鸯不羡仙'虽是成句,但用来比原作还好,也不能教崔鸳鸯、郑鹧鸪得名了。"即叫宝珠、爱珠过来,念熟了好唱。

二珠念了几遍,熟了,唱了两句,错起板来。夫人道:"还不熟,你将工尺注在旁边,倒是看着唱罢。"宝珠、爱珠将工尺写了出来,果然一字字唱去,却很对腔,听得夫人、公子快乐非常。公子笑道:"这两支曲子,倒定了我们的生旦了,你何不唱唱?这里唱,外人断乎听不见的。"夫人笑道:"你见我几时会唱?"公子道:"你真不会唱,何以其中的深微奥妙都知道?且人偶然唱错了一板,你总听得出来的。"夫人笑道:"三天两天的听,难道还听不熟么?"公子道:"其实我也很熟,往往的不留心,错了竟听不出来,大约总是粗心之过。"夫人道:"你何不唱唱?"公子道:"我一人唱也无趣。"夫人道:"叫宝珠和你唱,况'休负了金樽浅'这句是要合唱的。"公子道:"不唱罢,明日我们多填几阕,成了一套《赏花》,叫他们扮作你我,串他一出,叫做《祭花》何如?"夫人道:"这倒没趣味,串出来也像那《赏荷》一样。不过那十珠丫头,倒好扮些净丑出来取笑,然而也觉俗了。"公子笑道:"若要扮丑角的,只有花珠可以扮得。"花珠听了,红起脸来,扭转头对着爱珠道:"还有爱珠也可扮得。"爱珠尚未开言,公子道:"爱珠是贴旦,画珠是老旦,宝珠是正旦,蕊珠是小旦,其余扮生、净、外、末,比'八龄'又强了。"夫人道:"这倒可以,只怕她们害羞做不出来。"

夫人一面说,一面看那桃花映着夕阳,红的更如霞如锦,白的成了粉色,又有些如金色一般,分外好看。看看天色也将晚了,便对公子道:"今日也可算尽兴,我有些乏了,进去罢。"便站起来,公子也起身。华夫人带了十珠等,将花蕊夫人的像与《桃花扇》,并她绣的《玉台新咏序》,都带进去。公子也同了夫人缓缓而行,到古藤书屋,又进去略坐了一坐。到了倚香亭,山石路径,险仄难行,群珠扶好了夫人,一步一步的走过。前面是一条青石荔枝街,平正得很的。又过三四处楼台,便进内室。

园里这两个老婆子收拾东西,虽有两个小丫头帮着她,一次也还拿不完。来时有六珠帮她拿些。如今只得央求珊枝、金龄、玉龄帮她拿了几样。两个老婆子跌跌撞撞的,走了好一刻工夫才到里面。

这边华公子直送夫人到房内坐了,又将方才填的词看了一会,同吃了晚饭,忽又高兴,到了洗红轩。因想起琴言如何还不进来,像已过了假期了,即叫小丫头去唤珊枝进来。小丫头去了一会,同了珊枝上前。公子问道:"琴言是哪天告假的?"珊枝道:"正月二十四日。"公子道:"正月二十四日,今日已是三月初二了。他告一个月假,怎么过了七八天还不回来?"珊枝不言语,停了一停,又说道:"想必有事,自然要完了事才进来。"公子道:"我想他也没有什么事,明日叫人出城找他,问他几时进来?"珊枝答应了。公子又问了些别的话,也就进去。不知后事如何,且听下回分解。

第四十二回

索养瞻师娘勒价　打茶围幕友破财

话说琴言在怡园，与子玉叙了几日，颇觉十分畅满。到长庆葬事过了，忙了两三天，琴言辛苦了，身子有些不快起来，意欲安顿几天再进华府。

一日，早饭后卧在房中，见他师娘进来，琴言连忙站起。师娘叫他坐了，说道："从前你进华府，不知华公子怎样的对你师父讲的，师父也没有对我说过。他在时我诸事不管，如今是要我支持门户了。我想我们一年总要三千吊钱才够花销，你看那天福、天寿挣得出来吗？你没有进华府时，一月内极少也挣得二三百吊钱，如今你又不进班子，这钱自然要出在华府里，想他们也不肯白使唤人。你与我讲定了，一月给我多少钱，其余你自己存下，将来也可成家立业，过一辈子的日子。今虽少了你师父一个，其余还是一样，就算省俭些，大约二百吊钱一月总要的。你师父苏州没有家，我又回不去，我不守住这个旧业，做什么呢？三十几岁的人了，还有什么路走？开门七件事，好不难！还有那些人情使费，是免不了的。我知道你是有良心的人，你替我想想，叫我怎样，不靠你靠谁？"

琴言听了，呆了一会，心中想道："这倒是件难事！当初我也不知怎样，也不晓师父得过多少钱。就听得他们说，师父每月进府来领一次，也不知多少。如今师父死了，他们只怕未必照旧了。若除了华府，又问谁去要钱，难道还可以问度香商量么？不比在外常可见面。此刻师娘要我一月定给多少钱，这倒是件难事！况且公子近来待我又不如从前，这话怎好去问他？"想来想去，不得主意，答不出来。他师娘心上疑着华公子待琴言不知怎样好，自然要一千就是一千，要二千就是二千。这几天在琴言身上盘算，把个心想昏了，又恐琴言存着坏心，道是师父死了，便可撒开。所以长庆媳妇的心，想钱倒与长庆一样，可称良偶，便要紧挤住了琴言，做个靠山吃山、靠水吃水的主意。见琴言不语，更生疑虑，又道："你怎么不说话？多少总要有个定数。"

琴言道："当日师父将我送进华府，原是避难，我实不知是怎么讲的。

华府有钱给他没有钱给他，我也不知。且我进去之后，从没有见着师父的面，只听说师父每月到府一回，也只在门房里，不知领多少钱。此时我又不出去应酬，一月给师娘多少钱原是应该的，但我拿不定主意，自己有钱无钱，我怎敢随口答应？设或答应了，又不见钱呢，怎么对得住师娘？"他师娘口中哼了一声道："我不信！我也不知细底。你师父是不知自己要死，若知道自己要死，也早对我说了。我听得去年你没有进去时，华公子就打发人出来，说要买你，他可不是不肯花钱的主儿。一个人凭良心过日子，怎么师父一死，你就变起心来？"琴言听了这些话，已气得要哭，只得忍住了，说道："这话只好等我进去了再商量，我自己是没有留一个钱。去年及新年的赏赐，就是前天那一包银子。师娘要三百吊钱一月，只怕不能有这许多，总要问明白公子才好定得。但是这句话，师娘代我想想，怎好自己去对公子讲？"

　　他师娘冷笑道："人在他家半年多了，还不好讲？交情越重，钱应该越多了，若是不给钱的交情，要他做什么？你不要装糊涂，他又没花过三千、五千两的替你出师。若出了师，我自然不能对你讲这些话了。还有那一种有良心的，念着师父、师娘，就出了师，还常常孝敬也是有的。不然你就对他说，叫他拿三千两银子来出师，我可以置些产业，倒比零碎的好。这两条路，凭你走哪一条，你总要讲明了才可进城。不然进去了，我又不能进来找你，便费了许多周折。"说罢，起身出去了。

　　琴言受了这些话，又不能驳她，心中好不气苦，以为师父死了，这个身子由得自己，哪知师娘更加厉害。气愤忿的重新躺下，思前想后，毫无主意。伤心了一会，又想道："我每逢想不透的，经香畹一说就明白了，此事非与他商量不可。"主意定了，带了跟他的小孩子，随身便服，走出门来。

　　到有素兰寓处，却值素兰未回。意欲回家，又属烦闷，想宝珠离此不远，不如找他谈谈也好。才出得素兰门，只见两人站在街心，偶抬头一看，一个是圆脸，生得混混沌沌，脚下倒是一双皂靴；一个生得獐头鼠目，便帽上拖着一绺长红帽纬。琴言低着头只顾走，觉那两人就跟着他。听得一人低低的说道："好一朵鲜花！"又听得一个说道："咦！是哪一家的？我竟不认识。我们且踤踤他。"又听那个说道："这才算个好脑袋呢！"琴言听了，好不有气，然也无奈何，只好由他们讲。只听得背后踤踤①促促，脚

---

　　①　踤踤(jí)——不依次序而越过。

步接着脚步,衣裳碰着衣裳,顺风吹来,鼻中觉有狐臊气。急行几步,到了宝珠门口,叫小孩子进去问时,也不在家。琴言见那两人又在后头站着,心中气极,便急急的回去,那两人也就急急的跟来。琴言到了自己门口,一直低了头进去了。此刻正是散戏的时候,这些相公如何在家?琴言白白走了一回,路上又遇着这两个厌物,更加纳闷,进了房,长叹了一声,不觉泪下。

偏有那师娘的表弟伍麻子,不看风色,走进来坐在炕沿,捏着潮烟袋,找了个纸条子,抽了二、三十口,纸煤烟灰吹得一地。又盘三问四的寻这样,看那样,琴言好不厌烦,也不理他。伍麻子吃了一会潮烟,问琴言道:"我听说华府里那些大爷们,是不用说了,各人家里都是大屋子,有十个八个小老婆陪着睡觉;就是那些三爷、四爷、五爷,连那些赶车的、养马的、铡草的,新年上也穿着狐狸皮袄?"说到此,将手比着个样子道:"这么大的皮荷包,拴在腰里,到赌场上解开来,尽是银锞子,抓一把就押个孤丁①。还有去年来找你闹的那个姓金的三小子金二,在酒馆子里喝酒,也叫个打十不闲的陪陪。虽然是诓他爹的钱,然而也还有这些出息,是真的吗?怎么这些人也这么发财?"琴言心中只管纳闷,更加烦恼,哪里有心听他的话,只是不答应。

伍麻子又道:"我听说这还不算什么奇事。他家的银子,柜子里装不下,就散堆在墙脚边。到了两三年不用他,受了潮气要霉烂的,便发出来晒晾。晒晾了一天,就有人将五两的换他十两的,将二两的换他五两的。他也不点数,偶然看出来,说:'我的银子如何变小了?'那些人说:'晒了一天晒干了,自然收小了。'这些话我有些不信。难道这位公子真当着银子都晒得干吗?"琴言听到此,不觉失笑道:"你这话是哪里听来的?"伍麻子道:"我们有一班朋友,闲着没有事,聚在一处就讲这些话。城里一个华公子,城外一个大园子里的徐老爷,这两家富贵,讲一年也讲不完。说那徐老爷的园子里,山子石底下,埋着十缸银、十缸金。那看金子的财神爷是一头的黄毛,看银子的财神爷是一头的白毛。到半夜里,他两个便坐在园墙上吓人,还要拿金锭、银锭子打人,有时运的被他打着了,就捡了金银回去,回去就发财;没有时运的被他打着了,捡起来是块黄土,回去还要

----

① 孤丁——赌博时,把赌注押在一门上,叫做孤丁。

生病。我看财神爷也势利，只奉承有时运的人。"琴言听了倒也好笑。

伍麻子正说得高兴，忽外面有人叫他，就出去了。原来有两个客来打茶围，伍麻子招呼到客厅坐下。打量这二人，见一个衣裳很旧，穿着旧皂靴，头上的小帽子油晃晃的，沾了些灰土。心上想："他不是个监生①老爷，就是个没选期的老爷。"那一个衣裳略新些，帽上拖着一绺红线纬，虽不像个有钱的，或者倒是个老白相②。问了他们的姓，让他们坐了。

你道这两人是谁？一个是乌大傻，一个是姬亮轩。他二人新在戏园里认识，这日都在街上闲走，适相遇了，跟了琴言到了门口。亮轩恍惚记得这个门，想了一会，想着了，就猜方才见的是琴言。后又想起奚十一的话，说前月在聘才处叫他陪过酒，无疑是他，便与大傻讲了。大傻见亮轩高兴，欲赞成他进去，好吃个镶边酒，便道："管他是与不是，既是相公寓里，总可以逛得的。我们且进去坐坐，喝杯茶也好。"亮轩道："你高兴就进去，我是奉陪的。"商量了一会，才同了进去。

这边伍麻子正在张罗，却好天福、天寿散戏回来，见亮轩像是见过的，又记不清，请了安。那个大傻子，他们却见过，他在园子里听衬戏的，便也请了安。大傻子迷迷盹盹的说道："今日兰保的《盗令》《杀舟》，桂保的《相约》《相骂》，实是个名人家数，他人做不来的。"亮轩道："你们还认得我么？"天福道："有些面善，想不起来，好像哪里见过的。"天寿眼瞪瞪的看了一会，问道："你能不是去年同一位吃烟的老爷来？那位吃烟的同我师傅打起来，还是你能拉开的。"亮轩道："你的记性好，天福就不记得了。"天福听了，也想起来道："哎哟！那一天好怕人，那位吃烟的好不厉害，把桌子都打翻了，还直打到里头去。幸亏我躲得好，不然给他一脚也踢个半死。"亮轩道："可不是，亏我救了你们，你们感激我不感激呢？"天寿道："那一位如今哪里去了"亮轩道："现在病着。"天福道："天报，天报！叫他多病几天。"

大傻子道："方才见个相公进来，叫什么名字？"天福道："没有呵，我们就是师兄弟两个。"亮轩道："有一个进来的，比你们高些，有十六、七岁了。"天寿道："没有，没有，我们只有一个琴师兄，从华公府回来，如今他

---

① 监生——明清进入国子监就读的学生。
② 白相——南方人称闲游为白相。

也不算相公，不唱戏了，或者你们看见的就是他？"亮轩道："不错，不错，就是他。可以叫他出来见见么？"天福摇头道："他不见人的。多少人知他回来了，要见见他，他总不肯出来。就只到怡园徐老爷处，除了他家，是不到第二家的。"大傻子道："他既不肯出来，你领我们到他屋里坐坐，是可以的。"天寿摇头道："他要骂我们。"伍麻子站在廊前道："我们这个琴官，如今是华公府的二爷，不见人了。二位老爷如高兴，叫天福、天寿伺候罢。"大傻子望着亮轩道："你们既然是旧交，自然也应叙叙，断无空坐之理！"亮轩支吾道："我还有点事。"天寿道："你能没有事，你能是不肯赏脸。"亮轩道："真有事。"伍麻子道："坐坐罢，就有事也不必忙。如今他的师父不在了，他师娘就靠着这两个孩子呢。"大傻子道："你也难得出来，我也走乏了，略坐一坐罢。"又问天福道："你师父几时不在的？"天福道："前月二十五。"大傻道："咳！我竟不晓得他死了。你们虽不认得我，你师父倒与我极相好的。"天寿道："我也常见你在戏园里，你怎么坐不住，总走的时候多？"大傻子道："我的朋友多，照应了一个不照应那个，就招人怪了。"天福道："我见你进来又出去，出去又进来，好像忙得很。"大傻子道："既到这个园子里照应了，自然也要到那个园子里去照应，不然也要招怪的。"

伍麻子已走开。少顷亮轩要走，天福拖住了他，大傻却不动身。只见打杂的进来，在桌子上摆了几个碟子。天福道："姬老爷请坐罢。"亮轩着急，对着大傻挤眉弄眼，要叫他走的意思，大傻装作不见，一手摸着那几根既稀且短的鼠须，拈了几拈。亮轩见他不动，只得独自想跑，说道："我要小便。"天寿指着院子里道："那东墙角就可以。"亮轩走出屋子，到院子中间，撒开脚步就走，不料天寿在后扯着他的发辫，一进将亮轩的帽子落了下来，发根拉得很疼。天寿嘻嘻的笑。亮轩急回转头来，涨红了脸道："这是什么玩法？"天寿拣了帽子，拍净了灰，与他戴上，拉了他进来。亮轩道："我真有事，何苦缠我？"大傻子见了酒，喉咙已经发痒，劝亮轩道："我们这般至诚留你，你就赏他们点脸罢。既摆了出来，不赏他们的脸，也叫他们下不去。"亮轩无法，又见大傻不肯走，反留住他，想是大傻要做这个东。如果大傻做东，也就放心了，只得勉强坐下。天福、天寿各斟了酒，亮轩饮了两杯，见大傻子放心乐意的喝酒，手里抓了一把杏仁，不住的往嘴里丢，又见他吃了三个山里红，一个柿饼。亮轩心上又想要去看看琴言,此时已经点了灯,便对天福道:"你同我到你师兄屋子里去坐坐罢。"天福道:"你定要见他,待我先去讲一声。"

天福进去,见琴言在那里看书,便说道:"外面有个姬老爷要见见你,见不见呢?"琴言道:"我见他作什么呢?你见我见过人吗?"天福没趣,将要出来,琴言想要关门,不料亮轩、大傻已走到房门口,就都扁着身子挤了进来。琴言满脸怒容,尚未开言,大傻子深深一揖,亮轩也屈着腰,作了半个揖,满面堆下笑来。琴言倒也无法,只得还了一揖,不好就走。他们也不待招呼就坐了。亮轩眯齐了鼠眼,掀唇露齿的要说话。大傻先说道:"怪道多天不见令师,原来归天了。我竟全然不知,非但没有具个薄分,连拜也没有来拜一拜。多年相好,从前承他一番相待,倒也不是寻常的交情。"又摇着头道:"荒唐,荒唐!不知那些联幛的公分,有我的名字没有?"亮轩笑容可掬的道:"我去年奉拜过的,偏值尊驾进了华府,以至朝思暮想,直到今日。前日又听得尊驾与敝东同席,我就没福奉陪。敝东是个直爽人,不会温存体贴,一切尚祈包涵,不要见怪。"琴言见这二人,就是路上跟着他走的,心中甚恼,及见他们恭恭敬敬的作揖,一个说与师父相好,一个说与他敝东同席,正猜不出这两个是什么东西,也不来细问,含糊的答应了一声,叫小子给了两盅茶。

大傻一面吃茶,见挂着一副对子,念将出来,错了两字。大傻腹内既属欠通,眼光又系近视,倒最喜念对子看画,充那假斯文。琴言看了暗笑,略略看他们的相貌,已经生厌。又见亮轩嘻着嘴说道:"我那敝东,其实很好交的,你是不知道他的脾气,若混熟了,只怕还离不开呢!"大傻道:"不见那春兰么?"亮轩道:"春兰固然,本来钱也花多了,自应心悦诚服的了。我那英官呢,借去用两天,就用到如今,不肯送还。这个小东西也恋着他,将我往日多少恩情付之流水。这也不能怪他,从来说白鸽子往旺处飞,也是人之常情。况且我这敝东在京里,也算个阔老斗,就与那华公子、徐老爷也不相上下,而且他们都是世交。前日那位徐少爷来,适值敝东不在家,他就到我书房来,坐了好半日,送他出去时,他再三的约我去逛园。"大傻道:"你去没有呢?"亮轩道:"我始而倒打算去,况且他往来那一班公子、名士,都也与我相好。后来我想,他还没有做过外任,未必知道我们这一席是极尊贵的,若论座位是到处第一。我恐他另有些尊长年谊,不肯僭我,我所以没有去。"大傻道:"可惜,可惜!我吃过他家酒席,只怕京里要算第一家了。"琴言听得坐不住,幸天福、天寿都在这里,便对天福道:"你请二位到外面坐罢,我有事情。"便即走了出来。二人没趣,只得同天福、天寿也出来了。

亮轩就想从此脱身,一径的走,又被福、寿二人拉住。桌上又添了四小碟小菜,两碗稀饭。亮轩心上想道:"这是什么吃局?一样可吃的菜也没有。难道八碟干果,四碟小菜,两碗白粥,就算请客不成?要不然是傻子与他讲明,是要省钱的缘故?这个东大约是傻子做定了,索性吃他娘的!"亮轩也举箸吃了一会。大傻子已喝了两壶酒,将四碟小菜也吃干净了,喝了两碗粥,抹一抹嘴。见亮轩不甚高兴,便对天寿道:"姬老爷是要喝热闹酒的。你叫人去添些菜来,酒烫得热热儿的,与姬老爷豁儿拳。今日是我拉他来的,你们巴结得不好,以后他就不肯来了。"亮轩打量是请他,便放了心,忙说道:"怎么是这样的?也算不得吃饭。"天寿道:"这原算不得吃饭。我当你们吃过饭了,随便吃盅酒儿坐坐的。既然姬老爷还没有用饭,另预备饭就是了。"大傻道:"是啊,我也没有吃饭。姬老爷也吹两口的,你何不请他去躺躺?"天福道:"那一天真也见你吃了两口,不过吹不多。"亮轩见大傻这般张罗,像个做东的样子,便有些喜欢。

天福同他们到了里面,一面吩咐厨房添菜备饭。亮轩原不会吹烟,不过借此消遣。天福、天寿倒有几口烟瘾,便你争我夺的上烟。大傻乘他们不留心,即走了出来,他也饱了,便踢着破皂靴,匆匆而去。亮轩与福、寿二人说了一会话,问了些琴言光景。伍麻子来请吃饭,亮轩才找起大傻来,杳无影响,心中着忙,便变了神色,只管要找乌大傻。天寿说道:"他去了,这个人是坐不住的。我见他在戏园里,一天总要走个十几回。想必他就来的,我们先坐,不用等他了。"亮轩只得坐了,看菜是四碟四碗,两盘饽饽,就吃了些,终是无精打采,心上要想个脱身之计。

那伍麻子在旁,见大傻子先走了,看这位又是心神不定,像有心事,倒也猜不着他要跑。那长庆的媳妇,自从丈夫死后,家里还是第一回开张留客,叫伍麻子好好照料,不要待慢了老斗,故常在窗前站立。那两个孩子本来不会说话,夹七夹八的,亮轩更坐不住,横竖迟早皆走。吃完了,漱了口,对天福道:"今日扰了你们,我只好明日补情的了。今日却没有带钱。"天福听了呆了一呆,不敢答应。还是天寿略灵些,说道:"老爷既没带钱,府上在哪里住,叫人送老爷回府,就可以带了来。"亮轩道:"这也不

必,我明日送来罢。"伍麻子听了,想道:"有些不妙,不料这两位是这样
的!"便进来在窗户边站着,看着亮轩。亮轩想硬走出来,天寿拉住道:
"不用忙,再坐坐。"亮轩不理,只要走,天福也来拉住。亮轩一想,不如拿
出去年奚十一的手段来吓吓他,便喝道:"做什么? 哪里有天天带着开发
来的? 我们叫相公,是积了几回一总开发。你们这些不开眼的东西,还不
放手! 不要叫我生起气来,也照去年的样,给你们一顿打!"两个孩子怕
他,不敢说话。

　　伍麻子是个不懂规矩的人,道是长庆死了,他表姊全要仰仗他,若头一
回买卖就是这样,脸上觉得不好看,况且又是他帮着留的,听了亮轩这些
话,便动了气,说道:"姬老爷,你这话讲得不在理! 你老爷又没有来过两
回,伺候了半天,酒饭烟茶都是钱买来的,一个大钱不见面,倒要骂人不开
眼。就说送你回府,也没有说错,难道你没有个住处? 就是住店也有个店,
住庙也有个庙。身边不带着,自然就到府上去领。这句话就算得罪了人
么? 你既没有带钱,难道不准你走,留你的东西做抵押不成? 自然跟你回
去,知道了一个地方,就歇一天给我们也使得。"亮轩无言可答,再想说两句
大话,又说不出来。那样鸡肋身材,木瓜脑袋,就装些威风,也吓不动人。只
得说道:"我是省你们跟我走,你当是什么? 你既不嫌路远,就跟我去领赏。"

　　伍麻子想:那些跟兔不中用,便自己提了灯笼,照了亮轩。轻轻的脚
步,左绕右绕,还想遁去,无奈伍麻子紧紧的照着,亮轩只得回寓,叫他在
门口等了。好不懊悔,上了大傻的恶当,心里骂几声;开了拜匣,捡出几张
钱票,看来看去,犹如割他的肉一般;忍着心痛,拣了一张两吊的,又于纸
页子内拣了一张一吊的,要找人送出。跟他的人又不在家,只得拈了一个
纸条子,蘸上油,点了出来,交与伍麻子,转身就走。伍麻子虽不认得字,
但长庆生前将票子叫他取钱,也不知取了若干,一字到十字,这几个凭你
怎样写,他都认得。灯下一看,见是两吊,便叫道:"姬爷! 转来!"亮轩欲
待不理,他已跟进了门,只得应道:"还有什么?"伍麻子道:"这两吊钱怎
样? 是赏我的么? 那相公开发酒席钱呢?"亮轩道:"我不晓得,一总在
内!"伍麻子道:"姬爷不要玩笑,既然这么说,请收了!"便将票子递过来。
亮轩无奈,只得又添上那一吊,说道:"尽在乎此! 你要不要也随你罢。"
伍麻子如何肯收,便发话道:"既然心疼着钱,也应打算打算,就不该进
来。就是摆个酒,至少也得二十吊,何况添菜吃饭。三吊钱我们赏厨房打

杂的还不够呢!"亮轩不理,一直进去了。

　　伍麻子欲要跟进来,门房里有人听见,出来问是什么事情,伍麻子将细底说了。那管门的笑道:"我们这师爷也太想便宜了,既要乐,又舍不得钱。你也算了,折了这一回本钱罢。不要在此啰唣,适或教我们老爷听见了,倒不好。"伍麻子见亮轩已进去了,又不好跟进去,再经那门公劝他,知道是奚十一的寓处,恐怕闹出事来,只好转回,却也讲了好些淡话,匆匆回家交账。

　　长庆媳妇一见只有三吊钱,便说道:"哪里有这样开发?你也在这里多年了,你见收过三吊钱么?怎么不摔还他,也臊臊他的脸,腥不腥?臭不臭?两个相公留了两个客,烟茶酒饭,闹得乌烟瘴气的,还替人做跟班,提了灯笼送回去,接了三吊钱就夹着屁股回来。一个汉子连个数目字都不认得,难道你钱票子见得少么?"把个伍麻子骂得火星直冒,嚷道:"我岂不知道!我见千见万,也没见这两个不爱脸的。一个喝了两碗粥先逃走了,这个也是时刻想跑。好容易逼住了他,送他回去,我想十吊、八吊最少不去了,谁料他先还只给两吊钱,这一吊还是后来加上的。哪个王八蛋肯接他的!他塞在你手里就跑进去了。我想跟他进去,有个管门的出来解劝,说是奚十一的寓处。那奚十一是好惹的?去年凭空的来找琴官,将姐夫一摔一个大癣斗,半天爬不起来,桌椅板凳打得粉碎。倘今日又遇见了他,可不要白挨一顿打?连这三吊钱也没有,我所以只好接了回来。我岂不想他三十吊么!"长庆媳妇道:"都是你们这些瞎眼睛的,也不分个人鬼!分明来打茶围的,苦苦拉住他,将个臭虫当作洋虫。以后如遇这等不要脸的下作东西进来,务必撵他出去。太太这里不是舍粥厂!又不是我的儿子,吃了抹抹嘴就走。当家的死后,今日还是头一回开市,就遇着两个混账东西,与前年那个开姜店姓杨的杨八一样,不是玉天仙还叫他姊夫呢!归根儿是他妈的白吃白喝!这些个不要脸的狗鸡巴贪的,真他妈的可恶!"长庆媳妇叨叨了一回。

　　到明日,伍麻子去照票子,谁知后来添的一吊,还是张假的。又到奚十一寓处来找亮轩,倒被奚十一的家人骂了一顿。伍麻子受屈而回,只得自己赔上一吊钱,交清了账,唯有咒骂亮轩而已。

　　琴言今日找着了宝珠、素兰,商量师娘要钱之事。不知宝、素二人有何良策,且听下回分解。

第四十三回

苏蕙芳慧心瞒寡妇　徐子云重价赎琴言

话说琴言是晚听姬亮轩、乌大傻说了多少瞎话，更加烦闷，幸他们就出去了。候到二更，不见宝珠、素兰过来，只得睡了，一夜无眠。到了次早，即叫小使去请他二人来。

是日，素兰清早已为王文辉叫去，少顷宝珠过来。宝珠道："昨日失候，我到三更后才回的。他们也忘了，没有对我讲，方才你们五儿说起来方知道。两三天总不见你，为什么不出来散散闷？今日度香约赏杏花，咱们可同去了。"琴言道："可以。我这两日偶然感冒，觉得疲倦，今日也想出去散散。且假期已满，也要打算进城了。"宝珠道："再歇两天进去也不要紧。进去了，咱们又会少离多了。"琴言道："近来倒有件难事，我竟没有主意，故请你与香畹来商量，怎么代我想个法儿才好。"宝珠道："什么难事？你且说来，但你想不到的，只怕我也想不到。"琴言道："昨日我那师娘问我：'进华府时，华公子对你师父是怎样讲的？可曾得过他家的钱？'又说：'家中一年的浇裹①，须得两千四百吊钱。'要我给他二百吊钱一月，说定了方叫我进城。我想去年原为奚十一的事送我进去，我进去了，也没有见着师父，不知其中是怎样的。今师娘忽然问我要二百吊钱一月，叫我怎么打算得出来。又要我去对华公子讲。又说师父死了，我就变了心。又说华府也没有花过三千、五千两，如今要我去对公子讲，要他出三千银子与我出师。出了师，才不要我的养膳，不然，这一辈子就要定在我身上过活。我想如今又不出去应酬。靠着府里节下赏一点东西，如何一月积得上二百吊钱？你是明白人，这话可以对公子讲得么？不是件难事？师娘又不晓得其中的难处，一味的问我要钱。你替我想一想，有什么法子，我是一无主意。"

宝珠听了，亦以为难，踌躇了一会，说道："一年要二千四百吊，三年

---

① 浇裹——日常生活的开支。

也就三千两了。这养膳二字是没有尽期的。华公子性情不常，未必靠得定。若要他出师，或者看他高兴倒能，但也须有个人去与他说。还有一层，他既与你出了师，你这个人就算他的人了，以后就由不得你，只怕就要在他府里终局。这是要你立定主意的。"琴言道："这些事我也想过，但此时虽没有与我出师，我也不能自主。"宝珠道："若有人与你出了师，你以后怎样？还是在外呢，还是愿进华府去呢？"琴言道："此时我也不能定，且出了师，再打算出府。"宝珠笑道："人家只有一出，你今有两出，不要将来犯了'七出'①！"琴言也笑了。

只见素兰走来，琴言、宝珠让坐了。琴言道："你早上哪里去？"素兰道："今早王大人叫我去，我当是什么紧要事，原来很不要紧的一句话。我与剑潭、庸庵谈了一会，方才到家。知道你请我，不知有何差委？"宝珠将方才的话与素兰讲了。素兰拍手笑道："果然果然！不出我们所料，我真佩服他！据我说，是出师的妙，你且应承他出师。"琴言道："好容易的话！你倒轻轻的一口断定了。这三千头打哪里来？我岂能去对华公子讲的！"素兰道："定要三千？二千呢，可以不可以？"宝珠道："这事有点边儿了！请你来商量，你第一句答应出师，第二句就劈断银价，这是胸有成竹的话，岂不是可成么？"琴言道："也要个旁人去说，三千、二千我也不能对他讲的。"宝珠问素兰道："就算只要二千，你有何高见？倒要请教请教。"

素兰道："这件事，我与一个人十天前已想到，而且商量了一回，但是未必然之事，所以没有对人讲起。"宝珠道："你说佩服的谁？"素兰道："那一天我与媚香闲谈，偶然讲起玉侬来，媚香说他师娘……"素兰说到此，便向窗外望了一望，说道："此处说话，那边听不真么？"琴言道，"听不见的。"素兰道："媚香说他师娘与他师父一样厉害，只怕这一辈子要靠在玉侬身上。玉侬虽不唱戏，究竟没有出师。若论玉侬的钱也就不少，看来此时未必有存余。若四、五千吊钱可以出得师，我们代他张罗张罗，或是几个相好中凑凑，也可凑得一半。就说的是你、王氏弟兄、瘦香、珮仙等，想没有不肯的。若能凑出一半，那一半就容易了。"宝珠道："出师之后怎样呢？"素兰道："那倒没有商量到这一层。只要出了师，这身子就是自己的

---

① 七出——古代休妻的七种原因：无子、淫僻、嫉妒、恶疾、多口舌、盗窃、不顺父母者。

了,那自然由得你。"宝珠道:"若在华府中,也与不出师一样,由不得他。"素兰道:"华公子也没有买他,他师父当日又没有写卖字给华府,怎么由不得他? 难道在那里一世么?"

宝珠道:"此处说话到底不方便,我们何不同去找媚香商议? 一同到度香处看看杏花,连碧桃也开了许多。不知今年节气这么早,我记得碧桃往年是三月中开的。度香今日也不请客,我们几个人去谈谈未尝不可。"琴言也甚乐从,换了一身衣服,一面叫套了车。素兰、宝珠都是走来的,二人便吩咐跟班回去套车,并吩咐所带的衣服,都到苏家佩香堂来。

二人即同坐了琴言的车,到蕙芳寓处,却值蕙芳在寓。三人进内,只见蕙芳在书桌上看着几本册页,见他们进来,笑面相迎,说道:"今日可谓不速之客三人来。"三人笑了一笑,且不坐下,就看那册页。宝珠先抢了那本画的,那两人也凑着同看。有山水,也有花卉,却画得甚好。原来蕙芳新求屈道翁画的。看到末后一页,是一个美人倚栏惆怅的光景,栏外落花满地,双燕飞来,像是"落花人独立,微雨燕双飞"的诗意,琴言触动了当年那个灯谜,忽忽如有所感。看题着一首绝句,琴言默念是:

春色关心燕燕飞,杏花细雨不沾衣。

倚栏独自增惆怅,芳草天涯人未归。

又将那一本字也看了。蕙芳让三人坐下,问道:"你们还是不约而同,还是约了同来的?"宝珠道:"约齐来的。我们同到度香处看杏花罢。"蕙芳道:"今日又有局吗?"宝珠道:"局是没有,也算个不速之客何妨?"蕙芳点首笑应。素兰、宝珠的衣服与车都来了,二人即换了衣服。蕙芳进内也换了,又问道:"你们同来竟一无所事,单为看花么?"素兰道:"事有一件,到怡园再讲罢。"蕙芳道:"何不先讲讲,此刻还早,到度香处尚可略迟。"素兰就将琴言的师娘要他出师的话,略说了几句。蕙芳道:"何如? 我前日对你讲,你还说这也未必然之事,谁知竟叫我说着了。但是办这事,其实也不很难,就怕娘儿们的说话不作准,一会儿又不愿了,或是说定了数目,又要增添起来。且谁去与他讲呢?"素兰道:"那倒不要紧,就是我们也可以去讲的。"蕙芳道:"既如此,且到怡园再商量罢。"于是一同上车,径往怡园来。

进了园,看不尽绛桃碧柳,绿水青山。过了一座红桥,绕了十重绮户,才到"东风昨夜楼"边。只听得楼上清歌檀板,有人在那里唱曲。四人便

住了脚步,听像度香的声音,唱着一支《懒画眉》。四人细听是:

　　慢说瑶台月下幸相逢,又住了群玉山头第一峰。耐宵宵参横月落冷惺忪,又朝朝铜瓶纸帐春寒重,且请试消息生香一线中。

　　众人听不出什么曲本上的,觉得笛韵凄清,甚为动听。听得子云笑道:"到底不好,还是你来,我来吹笛。"又像次贤唱道:

　　则这勾栏星月夜朦胧,听尽了曲唱江城一笛风。相和那帘钩敲戛玉丁冬,引入离愁离恨的梅花梦,作到月落参横萧寺钟。

　　四人正在好听,忽然止了,听得次贤说道:"其实唱起来音节倒好。"又听得子云说道:"何不将工尺全谱了,教他们唱起来?"四人知道不唱了,齐走进去,书童匆忙上楼通报。

　　宝珠等走上扶梯,进得楼来。次贤、子云笑面相迎,见了琴言、蕙芳等更加欢喜,说道:"今日倒料不着你们来。"宝珠道:"都是我请来的。"又对次贤道:"瘦香身子不快,不来了。"琴言于此楼还是初次上来,见这楼弯弯曲曲、层层叠叠,有好几十间,围满了杏花。有三层的、有两层的,五花八门,暗通曲达,真成了迷楼款式。又望见前面的桃坞,隔了一座小山,一条清溪,那桃花已是盛开,碧桃还只半含半吐,连着那边杏花,就如云蒸霞蔚一般。看楼中悬着一额,是"东风昨夜楼",有一副长联,看是:

　　一夜雨廉纤,正燕子飞来,帘卷东风,北宋南唐评乐府。

　　三分春旖旎,问杏花开未,窗间青琐,红牙白纻选词场。

　　次贤、子云看他四人,今日打扮分外好看,艳的艳,雅的雅,倒象有心比赛的一般。此刻都还穿着小毛外褂,琴言是元狐耳绒,宝珠是元狐抓仁,蕙芳是云狐抓仁,素兰是骨牌块云狐干尖,四人相对,就是"珊瑚玉树交枝,瑶草琪花弄色",觉得楼外千枝红杏,比不上楼中四个玉人。次贤、子云虽时常相对,此刻亦还顾盼频频。子云道:"今日无肴,只是小饮,你们饿了就吃起来罢。"蕙芳道:"我真有些饿了。"子云吩咐先拿几样点心来,随后就摆了几样肴馔,大家小酌。

　　宝珠道:"方才听你们唱的是什么曲本? 音节倒像很熟,而曲文却没有见过。"次贤道:"这是我当年一个好友制了一部《梅花梦》和曲本,有二十出戏。前日从书籍内找出来,将《九宫谱》照着他的牌子填了工尺①,倒

　　① 工尺——古代音乐记谱,用以表示音阶符号的总称。

也唱得合拍,却只填了这一出《入梦》,其余不知唱得唱不得。明日与你们班里的教师商量,可以谱他出来。"蕙芳道:"那倒可惜了。我听这曲文甚好,还是你自己按谱罢。若与我们教师,他便乱涂乱改,要顺他的口,去的去,添的添,改到不通而后止。若能移宫换羽,两下酌改就好了,除非要请教那位屈先生。"次贤道:"他偏这音律上不甚讲究,弹琴之外一无所好。你与他讲,他又说:'三代之后乐已亡,故将《乐记》并入《礼记》'!"四旦皆笑。子云道:"我今日得了些江瑶柱,但是干的,作起汤来虽不及新鲜的,比那寻常海味还好些。"琴言道:"我闻新鲜荔枝与江瑶①柱别有滋味,不同凡品。若那干荔枝也就没甚可爱,还比不上桂圆。那干江瑶不知是怎样的?"

蕙芳忽然大有感慨,呆呆不语,俯首若思。子云颇觉诧异,见他是倜傥诙谐惯的,何以忽然如此? 次贤问道:"媚香有什么心事么?"蕙芳道:"没有。"子云道:"方才很高兴的,此刻为何不乐呢?"宝珠等也看出蕙芳有些不快。蕙芳不语,停了一会,说道:"花能开几日?"次贤接道:"七十年。"蕙芳道:"何以能七十年?"次贤道:"人生的世以七十年算,活一年开一年。"蕙芳道:"今年的花不是去年的花。"子云道:"有去年花,就有今年花。"蕙芳又道:"今年的花留得到明年么?"子云道:"看留的人怎样。"素兰道:"你们忽然学起参禅来。"琴言道:"据我看是开花不如不开好。"宝珠道:"何故? 我说花谢不如不谢好。"蕙芳道:"不谢也是不谢的花。你听玉侬说荔枝鲜的时候何等佳妙,及干了便觉酸得可厌。何以形貌变而气味也会变呢? 大约人过了几年也就清而变浊,细而变粗,甘而变酸了。"宝珠接道:"就是酸些,也是妙品,总比俗味强多了。"说得三旦齐声叹息。次贤、子云颇觉得意。

蕙芳又道:"我们要看静宜到七十岁时,还是这样不是?"次贤笑:"春华秋实,各有其时。就是荔枝,鲜的时候配得上杨贵妃,如今干了,也还配得上屈道翁,总还在枣栗之上!"说得大家笑了。子云道:"这一比虽切,然究竟委屈了道翁,他却不酸,还比为干江瑶罢。"次贤道:"那更委屈了。你是浙人,自然夸赞江瑶。若说那干江瑶,真像那从良老妓回忆当年,姿态全无,余腥尚在。"宝珠问次贤道:"食品之内究以何物为第一?"次贤

---

①　江瑶——即江珧,动物。

道："我口不同于人口，不敢定。以我所好，以鱼为第一。"琴言、蕙芳皆
道："说得是。"次贤道："食品中也分作几样，如人品不同，有仙品，有神
品，有逸品，有妙品，有宜烹龙煮凤，有宜吸月餐露。使其相反，两不为佳。
故往往我说这样好，他说这样不好。孟子曰：'口之于味也，有同嗜焉。'
大概是论易牙所调的味，皆合人之口味。若今日的厨子，也就单合他自己
的口味了。"子云道："正是。譬如去年那个熊掌，真真糟蹋了。怪不得晋
灵公要杀宰夫，想是他也剩这一个，若还有几对留着，也不至恨到如此。"
说得合席皆笑。

宝珠对琴言道："上一回对戏目的对，你出四个字的，以后我也想着
一副。"琴言道："是什么？"宝珠道："《游湖借伞》、《搜山打车》。"琴言道：
"真好，工稳之极！"蕙芳道："就是《别母乱箭》可以对《训子单刀》。"素兰
道："这么对，还有《闹朝扑犬》也可对得《打店偷鸡》。"子云笑道："到底
他们记得熟，可以不假思索。"次贤道："自然，我们虽也记得几个，究竟是
半生半熟的。"

子云道："我有一个摆骰子的玩意儿，试试你们的心思。"叫取三颗骰
子来。蕙芳道："又是那个飞曲文的么？"子云道："不是，这容易多着呢！
将三颗骰子摆成一句诗，色样随你算。譬如四可以算人也可以算花，三可
以算水也可以算风，像什么就算他什么，这不很容易么？我与静宜喝酒，
你们摆来。"宝珠便接了过去道："待我摆摆看，不知摆得出来摆不出来？"
便摆了一个幺、一个四、一个五，口中念道：

　　日边红杏倚云栽。

次贤、子云都赞道："摆得好！这五算云更觉典雅，我们贺一杯。"素兰将
骰子抓过去道："我也摆一个。"摆了三个红，念道：

　　红杏枝头春意闹。

子云也赞了好："这三个红都得个'闹'字意。"即对次贤道："我们也贺一
杯。"蕙芳道："'枝头'两字似欠着落。"即摆了一个四、两个五，念道：

　　一色杏花红十里。

子云道："这个更摆得好！'状元归去马如飞'，此是湘帆的预兆！我们公
贺，就是媚香也应贺一杯！"蕙芳听子云说得好，也觉喜笑颜开的，饮了一
杯。琴言取过骰子，摆了一个四、两个三，说道："你们都说杏花，我却说
桃花。"念道：

> 桃花流水杳然去。

子云道:"很好,原没有限定杏花,各样皆可说得的。"与次贤各饮了一杯。
宝珠摆了两个三、一个么,念道:

> 双宿双飞过一生。

子云与次贤赞了,饮毕。蕙芳抢过来,接着摆了两个六,斜摆了一个四。
素兰笑道:"你们看他这么忙,抢了我的去,又摆出这个色样,定有个好句
出来。"蕙芳便念道:

> 珍珠帘外向人斜。

大家一齐赞道:"好个'珍珠帘外向人斜'! 摆得真像!"合席各饮一杯。
素兰摆了两个六、一个四,念道:

> 十二楼中花正繁。

次贤、子云也饮一杯。琴言摆了两个么、一个三,念道:

> 一一归巢却羡鸦。

次贤把琴言瞅了一眼,心中暗忖道:"今日玉侬出语甚是颓唐,为何他偏
说这些句子?"后来大家乱摆了一阵,有说得像的,也有说得不像的,大约
今日摆的要推蕙芳第一了。

　　吃过了饭,又下楼逛了一会。过了小山,过了石梁,便是留春坞,就在
留春坞内煮茗清谈。宝珠对子云将琴言的师娘要他出师及蕙芳、素兰的
主意说了一遍。子云道:"若果如此,倒也很好。"便问蕙芳道:"你们有这
力量作此义举么?"蕙芳道:"若说力量原也勉力,但集腋成裘①,也还容
易。我与遥卿、香畹三人可以凑得六百金,王氏弟兄、珮仙、瘦香可以凑得
四百金。"次贤道:"我来一分,出二百金;前舟可出三百金;庸庵、竹君二
人可出三百金;庾香、湘帆、剑潭不必派他,凑起来已得一千八百了。若要
三千,还少一千二百两,不消说是度香包圆了。"子云道:"难道华星北倒
干干净净,一文不花,这么便宜?"蕙芳道:"据我说,不必要他出钱。如今
与他讲,就是一总要他拿出来,他也肯,但是玉侬只好在他家一辈子了。"
子云点头道:"说得是。我想你们都不甚宽余,一时仗义挤了出来,恐后
来自己受困。如今通不用费心,在我一人身上。只要你们讲,讲妥了,银

---

①　集腋成裘——狐狸腋下的皮虽然很小,但是聚集起来就能缝成一件皮袍,比
　　喻积少成多。

子现成,叫他们来领就是了。但以速成为妙,一来玉侬假期已满,也不宜常在外边,适或进去了,再找他出来也费事。明日你们就去,尽其所欲,自无不妥的。"三旦皆应了几个是。

琴言见子云如此仗义,感激不尽,不觉流下泪来,便跪下拜谢。子云连忙搀起,见琴言如此光景,颇觉恻然,说道:"玉侬何必伤感。我看你终非风尘中人,不过一举手之劳,何足称谢!"三旦见琴言的凄恻是生于感激,子云的慷慨是生于怜爱,都也怅触起来,泪珠欲堕。子云问道:"这话谁去讲呢? 须得个老成会说话的。若你们去,恐不中用。"蕙芳道:"此事少不得叶茂林。玉侬是他同来的,又是他教的戏,他也老成会说话。"琴言连连点头道:"必得他去才妥。"子云道:"既如此,你们早些回去罢。今晚就请叶茂林去讲妥了,我明日听信,碰玉侬的运气何如。我宅里还有点事,不能陪你们,要过那边去。"子云带了家人先出园去了,回到住宅。

这边,四旦个个喜欢,辞了次贤也同去找了叶茂林,告知此事。茂林一口应承,又对蕙芳道:"停了一会,你与我同去,我年纪老了,笨嘴笨舌的,恐说不圆转,你在旁帮个腔儿。那位庆奶奶,嘴里好像画眉哨的一般,我有几分怯她。"蕙芳道:"人说她是个直性人,顺了她的毛,倒也易的很的。"琴言、宝珠、素兰先回去了。蕙芳与茂林练了一番话,约定晚饭后同去,蕙芳也便回来。却值田春航来看蕙芳,蕙芳即与他吃了饭,谈了一会。春航去了,茂林已在外面候了多时。

定更后了,茂林提了灯笼,照着蕙芳到了长庆家,也不找琴言,找了伍麻子,请了长庆媳妇出来。蕙芳见她扎了白包头,穿了孝衫,下面倒是条水绿绸裤子,白布弓鞋,黄瘦脸儿,长挑身材,三十来岁年纪,像个嘴尖舌利的人。见了蕙芳,却不认识,问茂林道:"这位是谁?"茂林道:"这是班里的苏大相公。"蕙芳上前见了礼,叫了"姊娘"。长庆媳妇还了礼,请他坐下,问叶茂林道:"你们二位什么风吹进这冷门子来?"茂林笑嘻嘻的说道:"竭诚来与嫂子请安的。为我曹大爷没了,嫂子究竟是个不出闺门的妇道家,适或外面有什么使唤我处,可以叫伍老麻来说声,我是闲着,尽可效劳。"

长庆媳妇道:"啊哟哟,言重! 言重! 多谢你看顾我们的好心。我想我们当家的在日,那间屋子里,一天至少也有十几个人围着那盏灯,一个起来,一个躺下,倒像吏部里选缺一样,挨着次序来。到他死了,不要说是人,连狗也没有一个上门。那两个孩子也不好,麻子又憨头憨脑的不在行。我想这个门户也支不起,心上想另作别计。我娘家在扬州,娘今年才五十岁;大兄弟开了个估衣铺,闻得很好。我想回去,手内又没有钱。你兄弟在日,是东手来西手去,不要说别的,单这一盏灯,一年就一千多吊。还有别样花销,一家的浇裹呢! 这两个傻孩子,赔饭赔衣裳,一月挣得几个钱? 昨日有两个生人来打茶围,他们就留他喝酒吃饭,吃了就走,麻子跟了他去,才开发了三吊钱。你想这买卖还作得作不得? 想起来直懆①死了人!"

叶茂林道:"如今事情也难,不比从前了,都是打算盘的。你看哪家寓里,到晚没有人来? 就是空坐的多,吃酒的少。你方才说回南的主意倒好,究竟是个妇道家,住在京里无亲少故的,要支持这个门户,原也不容易,不如带几千两银子,与令弟开个大铺子,倒是个上策。"长庆媳妇笑道:"啊哟哟,你倒说得好! 若有几千银子,我也不着急了,原是为的两手空空,所以为难。我前日不是和琴言商量么,我说我要靠你的了,你去对华公子说,可一月给我二百吊钱? 他又说不能,也不敢去对他说。我说你既不能拿钱回来,难道将我吊在西风里么? 况且华公子在他面上,也没花过什么钱。我说你何不请个人去对他讲,拿个三、五千两银子来出了师? 以后就由你怎样。我有了这一总银子,也可过得一世,自然不向你要养老送终了。他又支支吾吾的,没有爽爽快快的一声。"

蕙芳道:"婶娘果然要他出师么? 如今倒有个凑趣的人,今日原为着这件事来与婶娘商量。"长庆媳妇道:"是哪一处人? 现作什么官?"蕙芳随口说道:"是个知县,是江南人。这个人甚好,就是不大有钱。前日见了琴言,很赞他,想他作儿子,所以肯替他出师。昨日与我们商量,若要花三、五千两是花不起的。三千吊钱还可以打算。"长庆媳妇口里"啊哟"了几声道:"三千吊钱就要出师? 你想那琴言去年唱戏时,半年就得了整万吊钱。如今与他出师,这个人就是他的,他倒几个月就捞回本来。啧啧啧! 有这便宜的事情,我也去干了。"茂林道:"嫂子,不是这么说。譬如还唱戏呢,原可以挣得出来,若买去作儿子,是要攻书、上学、娶亲,只有赔钱,哪里能挣钱? 况且这个人是善人,成全了他也好。"长庆媳妇道:"我

---

① 懆(cǎo)——忧愁不安的样子。

也不管什么,只要他花得起钱,能依我的数,就教他来出师。"蕙芳道:"婶娘你到底要多少钱? 说个定数儿,我好去讲,或是添得上来、添不上来,再说。"长庆媳妇道:"老老实实是三千两上好纹银,我也肯了。他能不能? 他若不能,我还候着华公子,他是个有名花钱的主儿,或者一万、八千都可以呢。不然还有徐老爷,他是爱他的,更好说话,我忙什么?"

蕙芳冷笑道:"婶娘但听华公子的声名,三千、五千两原不算什么。但是华公子近来不甚喜欢他,非但不肯替他出师,只怕还要打发他出来。婶娘在外头如何知道? 我们是常到他府里去的,如今是一间闲房给他住着,也不常使唤他。新年我们去叩岁,公子每人赏一个元宝,何以他倒没有赏呢? 那一日我见他箱里,一总只得六十几两银子,还是去年中秋节积到如今,才积得这点东西。那徐老爷近来不比从前,也有些烦了。况他与徐老爷终是冷冷的,徐老爷肯替他出师也早出了,不等到今日! 除了这两人,你想要二百吊钱一月,否则三千银子出师,能不能? 婶娘是明白人,难道近来在家一个多月了,还看不破他心事来? 遇着这个机会,我们去说,叫他再添些;婶娘也看破些,与自己亲儿子一样,让些下来。两边一凑,也就成了。三千吊钱原少,二千银子,我可保得定的!"

长庆媳妇道:"你来说,更要为顾着我,也不可丢了你们红相公的身份。如今这么样罢,杀人一刀,骑马一跑,要爽快。我虽是个梳头裹脚的妇人,却不喜欢趷趷瘩瘩。我让二百两,二千八百是不可少的!"茂林见她口风有些松了。对蕙芳道:"如今这么样,你去对那位老爷说,只算他照应了孤儿寡妇,行好事也是阴德,叫他出二千四百银。我们中间人不要他一个钱,谢仪①都贴在正数内。庆嫂子,你也不必板住了,事体以速为妙,一二日成功了,也叫庆嫂子爽快。他是直性人,作不得转弯事。"长庆媳妇心内细想:"万一华府打发出来,这孩子又犟,不肯唱戏,也是不好。就是徐老爷,他心上人也多,不如应许了罢。二千四百两,已有六千吊钱,也不算少了。"主意已定,口中还说要添,经不得叶茂林这个老头子,倒是一条软麻绳,嫂子长、嫂子短,口甜心苦,把个长庆媳妇像个燥头骡子似的倒捆住了,只得应允。

蕙芳道:"你倒担承了,不知那边花得起花不起? 若真凑不起来,倒

---

① 谢仪——向人致谢意的财物。

叫婶娘见怪，空费了半天唇舌。"茂林笑道："你倒胆小。就是他凑不上来，短了一千八百，你这个红人儿，替他张罗张罗，值什么事？横竖他也不至负你。"蕙芳道："只好如此，且看缘法。"于是约定了明日早饭后就有回信，如成了，就送银子来，并要这边写张字据给他。一番话也讲到三更天了。蕙芳便请长庆媳妇进内，他们还要到琴言处谈谈。长庆媳妇谢了一声，先进去了，心里想道："姓苏的这小杂种好不厉害！二千四百两从三千吊钱添起。我若软一点儿，就被他欺定了。内里他倒想赚一注大钱，这般可恶！"自言自语的也就睡了。

蕙芳与茂林到琴言房内，把事讲定了的话与琴言说了，琴言甚是喜欢，只候明日就可跳出樊笼了。蕙芳与茂林也就回去。

明日一早，蕙芳就到怡园，子云尚未过来，在次贤处等候，一连两起的人，将子云请了过来，说明此事。子云也甚喜欢，就传管总的，叫他去开了二千四百两的一张银票，格外又一张五十两的，赏与茂林。蕙芳也不耽搁，急忙回去吃了饭，找了茂林，先将五十两送了他。茂林感激不尽，即同到长庆媳妇家来。蕙芳说："费了多少力，他才凑了一千九百两，我代他借了五百两，一总开了一张票子在此，请收了。"茂林就代写一张字据，与琴言收执。长庆媳妇见事成了，才备了几个碟子，请茂林、蕙芳，叫琴言陪了小酌。蕙芳道："我吃过饭了，不消费心。叶先生请独用罢。"即对琴言道："你去收拾收拾，辞辞师父的灵，谢谢师娘的恩，就同我到那边去，我再同你进城去谢华公子，也不宜迟了。"琴言依了他，带回的东西也不多，叫人帮了那小使收拾捆扎停当，蕙芳叫人一担挑了。回家又拿出十吊钱的票子，代琴言分赏众人。琴言穿了衣帽，拜了师父的灵，倒也伤心哭了一会，又向师娘拜辞。长庆媳妇也着实伤心，掉了好些眼泪，又嘱咐了几句话。茂林见此光景，也无心饮酒，随着出来。长庆媳妇直送到门口，琴言洒泪而别，回到蕙芳寓处。

明日，长庆媳妇谢了茂林一百吊钱，茂林倒也不想，已心满意足的了。谁知琴言命中磨蝎①颇多，虽出了师，忽又生出气恼来。未知后事如何，且听下回分解。

---

　　①　磨蝎——星名，十二宫之一，俗称命运不佳为命宫遭磨蝎。

第四十四回

听谣言三家人起衅　见恶札两公子绝交

话说琴言出师之日，就是华公子赏花之日。明日，华公子吩咐珊枝，着人去叫琴言回来。珊枝派了一个外跟班姚贤，一早出城，到了长庆寓处，见了伍麻子，说假期已过，叫他进城。

伍麻子道："琴言么，昨日有人替他出师，已经搬了出去，只怕未必进城来了。"姚贤听了一惊，道："这话怎么说？我家的人怎样私自放走了？如今他搬在哪里？"伍麻子道："我不知道。听得说，替他出师的是江南人，想必就在他家了。"姚贤道："岂有此理！你们就要出师，也回明公子，没有这样的。我们公子知道了如何肯依？那就了不得了！"伍麻子道："不干我事，这是他师娘做主，谁能拦阻她的。"姚贤道："如今到底在什么地方？我好去找他问个明白。"伍麻子道："住处实在不知，只听得说他还进城呢。况且他还有多少东西在城里，岂肯扔掉了？自然还要进城来的。"伍麻子说得不明不白，急得姚贤什么似的，又问道："你们的奶奶呢？待我当面问她。"麻子道："她不在家，一早上坟去了。"

姚贤无奈，只得出来，走到戏园门口，正待闲望，忽听后面车声辚辚，直冲过来。躲开一看，却像两个相公，坐在车里头的好像琴言。待要赶上看时，车已去远了。姚贤想道："原来他倒在外边这样快乐，一定又到哪里去陪酒了"。

姚贤一面想，一面走，忽前面来了两个熟人：一个二十九岁，叫孟七，是徐子云的家人；一个三十九岁，叫胡八，是奚十一的家人，都是本京人。那胡八与姚贤是两姨中表，这三个人都是相好的。这日胡八因主人患病无事，出来找了孟七听戏，想到馆子里去吃饭，遇见了姚贤，又是城里出来的，便一把拉住，各人问了好，便邀进了馆子，要了几样菜，两壶酒，细酌闲谈。

孟七问起姚贤倒有空出城闲逛。姚贤道："哪里能闲逛！我们的差使是有专司的，就没有事也不能远离一步。今日公子叫我来找琴言，假期已满，叫他回去，谁知又找不着他。"孟七听了怔了一怔，道："还要叫他进府吗？"姚贤道："正是，我方才到他师父家，遇见一个麻子，说得不明不白，说昨日一个江南人替他出了师，同了去了。我想他现在我们府里，外人如何敢替他出师，又带他去？这也实在是个奇闻！况我们公子待琴言怎样的恩典，一月给他师父二百银，格外还有赏赐。他的分儿在府里除了林珊枝，还有谁比得上他？他竟绝不感恩，辞也不辞，竟同人走了。我想天下竟有这样忘恩负义的人！我回去禀明了公子，定然要拿转来，这就看他的造化罢。"孟七听了笑道："哪里的话！这是谁哄你的？琴言好好的在这里，何曾同什么江南人出京？这是讹言，听不得的。"姚贤道："这倒不是讹言，是他家里人讲的。"孟七道："你别信这话。你且喝一盅，我告诉你：这琴言从他师父死了，告假出来，却天天总在我们园里，我们老爷为他请了半月多客。至于出师的事，不晓得是琴言求我们老爷的，还是我们老爷愿意与他出师的。昨日我们管总的叫我去到日新银号，开了一张两千四百两的银票，又一张五十两的，交与苏蕙芳替琴言出师的。方才我们在路上，还见他同蕙芳坐在一车，又到我们园里去了。看这光景，想是我们老爷要使唤他。我们当是不在你们府里了，所以来伺候我们老爷。若知道还在你们府里，我们老爷与你们公子这般相好，我见他们彼此常送古董玩器，很重的东西都肯送，若要这个人，只消写个帖儿与你们公子，难道公子不肯送他？何必花此二千四百银？真冤不冤！"姚贤道："原来如此！就是你们老爷要他，也应告诉我们公子一声。现在还没有出府，不是我说，你们老爷也有点冒失。"

那胡八道："这琴言我没见过，不知怎样生得好呢？就是我们老爷前月在宏济寺魏大爷处，叫他陪了一天酒，将我们姨奶奶的一对翡翠镯子赏了他。这镯子在广东买还值一千四百块钱，在京里更贵了。如今我们老爷病倒了，也没见他来过一回，这人大概是没有良心的。既跟了你们公子，又想跟他们老爷，可见是个无恒心的了，以后还不知要跟谁呢！"他二人不知底里，随口讲了一篇似是而非的话。

姚贤吃了饭，道了谢，就进城来。见了珊枝，将琴言近日的事，先照伍麻子，后照孟七、胡八的话，没有少说一句，说得顺口还添了好些；又说路上见他与一个相公同车，想是陪酒去了。珊枝听了，呆了一会，说道："这是什么话？是真的还是假的？我要照你的话回，若有假的在里头，就了不得了。"姚贤道:"我怎敢撒谎? 这是徐老爷家的孟七爷并奚家的胡八爷讲得有凭有据,我敢添一句? 对出谎来,是好耍的么?"珊枝心里细想道:"琴言何敢如此负恩? 非特公子白疼了他,我也白白的照应他一番了。"又转念道:"看他的心,总是勉强在此,心上又有什么梅少爷,自然在外面快乐。但到徐老爷处也还罢了,怎么连魏聘才、奚十一都陪起酒来了? 就不顾自己身份,也应留公子脸面。翡翠镯子也不算什么宝贝,就这么下作? 偏在府里时装腔作势,十三太保①的样儿,冷气逼人,原来也报应在我眼里! 此时就要替你遮满,也不能了,不如照直说罢。这是有骨气的人作的事? 也可臊臊人的脸。说他'身份好,不像个唱戏的,全没有半点下作脾气'。如今好罢,倒是那有些下作脾气的,不敢告假,闹出笑话来!"

主意定了,便走到内书房,在粉墙外低低的喊叫那小香儿。听得香儿在里头咯吱吱的笑,喊了几声才出来。香儿问:"是什么事?"珊枝道:"要回话。"香儿道:"公子到园里去了。"珊枝道:"公子一人去的还是同奶奶去的?"香儿道:"公子在这里带了宝姐姐、珍姐姐、蕊姐姐到园里,还是看桃花去了,奶奶没有去。"珊枝又听得里面一人说话:"你听是谁?"那人道:"是林珊枝儿,还有谁?"珊枝知是花珠、荷珠,就急往园中来。

只见姹紫嫣红,和风骀荡,一径往留仙院走去。到了园后,听得笑声盈耳,又像念诗的,却是女儿声口。珊枝便轻了脚步,绕到西边,隐声在太湖石后,从石穴中远远望去,只见蕊珠穿了桃红绸袄,绿绸背心,跪在桃花林下,背的是《长恨歌》,背到了:

> 揽衣推枕起徘徊,珠箔银屏迤逦开。云鬓半偏新睡觉,花冠不整
> 下堂来。风吹仙袂飘飘举,犹似霓裳羽衣舞。玉容寂寞泪栏杆,梨花
> 一枝春带雨。

到了"梨花一枝春带雨",便重了两句,背不下去。公子哈哈大笑道:"跪了之后,还背不出来,只好打了。"见蕊珠涨红了脸,越想越想不出来。旁边宝珠在那里笑她,宝珠在公子身后抓着脸羞她,羞得蕊珠要哭出来。

这两日公子与夫人把这十珠作个消遣法子,教她们念唐诗,念熟了背,背错了要罚,如错得多的,跪了还要打几下手板。今日宝珠背了李义

---

① 十三太保——俗传唐李克用有义子十三人,都封太保,当时称为十三太保,后凡物有十三件的,也用此名。

山《无题》六首，错了一字，没有记过。爱珠背了《琵琶行》，竟一字不错。蕊珠背了《长恨歌》，已经错了许多，故跪在地下，又背不出来。那三珠又一言半语的笑她，她已气得难受，又不敢站起来跑了出去。

华公子在那里笑得有趣，忽见太湖石洞里像有人偷望，便问一声："谁在太湖石背后？"倒把珊枝唬了一跳，忙走上前，垂手站立。公子道："你来为什么又不上来？要躲在石后。"珊枝道："奴才方才走来，听得公子正说着话，故在太湖石后瞧一瞧再上来。"公子道："有什么话说？"珊枝道："今早打发姚贤去叫琴言，姚贤回来了。"公子道："琴言呢？"珊枝道："琴言没有回来。"公子道："琴言怎么还不回来？难道还有事呢？"珊枝道："这琴言恐怕不能来的了。"公子听了，倒吃一惊，道："怎么说？琴言有病么？"珊枝道："没有。"公子道："既没有病，为什么不能来呢？"珊枝故作吞吞吐吐的，公子十分疑心，忙道："姚贤回来是怎样说的？你快说，不要支吾！"珊枝道："说了恐公子生气。"公子听了，一发疑心，就追紧了。珊枝将姚贤回来所说的话细细说了。四珠婢听了，也觉诧异。那蕊珠尚跪在地下，呆呆的看着珊枝讲话，自己忘其所以，花片落了一头，还拿一片花瓣在嘴里嚼了一会，吐在爱珠手上，爱珠瞅了她一眼。

华公子听了这些话，不觉大怒，把脸都气得白了，连说："有这等事！可恨！可恨！琴言丧尽天良，人间少有；而度香笑里藏刀，欺人太甚！难道我就罢了不成？你明日还叫姚贤去，务必把他叫来，我问问他是何缘故！我也不管什么徐度香，我自然不能依他，与他评个理。天下有这么欺人的事情么？若不相好的人也罢了，既系相好，就不该有心欺人！从前何以不早与他出师？要到我这里来了，才卖弄他的家私，替他出起师来！这琴言实在可恨，哪一样待他差了，一心向着那边！"珊枝婉言劝道："公子请息怒。琴言本来进京未久，他师父又是个不会教训的，由他的性儿惯了。在这里半年，不要说没有委屈处，就走遍天涯，也找不出这地方。不晓得他为什么，背地里总是颦眉泪眼的，他另有心事，讲不出来。这种没良心的人，公子还放他心上作什么？据奴才想，倒不生气，看他在徐老爷处也不长的。徐老爷园里，天天有十个八个人，若待他与众人一样，他必不相安，断没有将野鸡养成家鸡的。坏了良心，还有什么好处？只怕天也不容！况且那个奚十一，奴才虽不认识他，听说是极混账的人，也陪他喝酒，岂不辱抹杀人！奴才想，这一件下作事，就不到徐老爷处，也可以不要他了。"公子听了珊枝的话,气略平了些。

珊枝又对宝珠丢个眼色,宝珠也劝道:"珊枝的话说得是。琴言若果真心向着公子,就有人替他出师,他也不肯瞒着公子,必来禀明一声。如果他来禀明公子,难道公子不肯与他出师?这个人又糊涂又没有良心,还要他作什么呢?况去年原是他自己要来的,今年又是他自己要去的。公子待他的恩典,哪一个不知道?这是他自己没福,消受不起。若公子必要叫他进来,谅他也不敢不来,但倒像少不得这个人,他自己越发看得自己尊贵了。奴才想,以后随他来也好,不来也好,横竖府里不少这个人。至于徐老爷,自然更不该,但劝公子也不必与他较量。为着一个不要紧的人,伤了两代世交情分。且人自然也说徐老爷不好,抢人家的人,岂有不赞公子大量么?"

公子被这两人劝了一番,气虽平了些,究不能尽释,坐着不语。蕊珠跪了这半天,虽有个垫子垫着,膝盖也跪得很疼,又遇着要小便起来,满脸飞红,那要笑要哭的光景,令人可怜。公子生了这一回气,又听珊枝、宝珠说话,就忘了她还跪着。蕊珠急了,只得说道:"跪到明日也想不出的了,要打倒是打罢。"公子听了,倒笑了一笑,道:"起来罢,我也忘了你还跪着。"蕊珠站起来,曲着腰,将膝盖揉了揉,徜徜徉徉的走开道:"冤不冤,跪了这半天!"打个僻静的地方小解去了。

华公子起身,回夫人房内、宝珠、爱珠随了进去,珍珠、蕊珠等同行。珊枝慢慢的送公子出了园,正要走时,忽然一把花瓣撒了他一头,急回头看时,见蕊珠、珍珠骂道:"人家跪着,你倒在石洞里偷看人,瞎掉你的眼睛!"珊枝道:"明日还要挨打呢!"说着也就走开了。

公子回房,见了夫人,欲不提起,心上又忍不住,就将子云与琴言出师的事说了。华夫人道:"什么叫做出师?"华公道:"当年他师父也是花钱买来的,所以挣的钱都归他的师父。有人替他出了师,那就不算师父的人,由他自己自主了。昨日度香花了二千四百两与琴言出师的。"华夫人道:"这么说,琴言就是度香的人了?"公子道:"可不是么,我心上实在有气!度香眼底无人,也不告诉我一声,公然如此。我明日倒要亲去问问他,我还要将琴言撵出京去,不许他在京里!"华夫人笑道:"为这点事也值得生气?人家爱替他出师,干我们甚事?究竟琴言也算不得我们家里人,他不愿意在这里,随他罢了。度香的老爷与我们老爷是至好,何必为着琴言，伤了世交的情分？我劝你可以不必。琴言到底是个优伶，若闹起来，这'狎优'①二字就难免了。"华公子是素来敬爱夫人的，听她心平气和的讲，心中的气亦消了一大半，口内答应了一句"说得是"，但又舍不得琴言。忽又转念过来，欲行不可，欲罢不能，唯是无情无绪的光景。华夫人又宽解了一回，华公子只得暂为放开。

过了一夜，明早忽又恼起来，叫珊枝将琴言的衣箱什物装了一车，写了个帖儿，着珊枝亲到怡园面交度香，看他怎样。珊枝只得遵命而行。

这是琴言出师第二日。琴言原要今日进去，适子云于初六日要请客，一来与南厢、春航送场，并请屈道生，约子玉、仲清等相陪。今日已是初四，索性到初七进去，并说写了字帖与华公子，说他过了假期，一因身子不快，二因留他逛几天，所以琴言倒也心安，乐得多玩几日。

那日蕙芳出门去了，琴言便到怡园来。此时梨花已开，子云、次贤与宝珠在梨院闲谈，琴言进来相见了。次贤笑道："玉侬，如今由你自己做主了，不如辞了华府，到这里来罢。"琴言笑道："我倒很愿意，但怎样去辞那边呢？"子云笑道："那还了得！华星北必说我夺其所好，这官司还打得清么？不要弄到叩阍②起来。到初七日也可回去了，你是几时出来的？"琴言道："正是二十七。"子云道："已四十天了，怎么这样快！？"琴言道："我在府里又觉日子慢，在外面又觉得快了。"

子云对次贤道："这两天竹君、湘帆都在那里抱佛脚呢。湘帆无怪乎其然，他要在媚香跟前争个脸。竹君也坐得定，能写字作文，可见功名心切，是人人不免的。"次贤道："今年有两条道路：不中进士，还可以考试博学宏词③。中了宏词科，比那进士不好些么？"子云道："比中进士难多着呢！我是不能想这个好出身。想中个进士，还不算妄想，偏又补了缺，叫人扫兴得很！今年只好看人热闹了。你们看今年竹君、湘帆二人，谁拿得稳？"次贤道："他二人本事不相上下，湘帆是当行出色之文，竹君是才气纵横，恐怕遇着那冬烘④考官，就要委屈了。殿试工夫，竹君不及湘帆；若

① 狎优——狎，亲近、玩弄。优指优伶。
② 叩阍(hūn)——官吏、百姓到朝廷诉冤。
③ 博学宏词——制科名，唐用以考拔博学能文之士。
④ 冬烘——指拘泥、迂腐而不明事理。

试鸿词,竹君倒要擅长了。我看今年庚香是必得的,剑潭、卓然也有九分。"子云道:"你自己呢? 一发拿得稳了。"次贤道:"也不去考,我自知无福。"子云道:"这叫什么话! 你不应举也罢了,还可以说得无心进取。这鸿词原是品定海内人才,就是那些老前辈退居林下的,还来应考,岂有全才如你倒不去的? 那时我托人硬把你荐了,由不得你不去!"次贤笑而不答。宝珠道:"若考中了,做什么官呢?"子云道:"翰林院编修。"琴言道:"庚香是个秀才,也可考么?"子云道:"可以。"琴言道:"你自然也去的。"子云道:"现任官不准考,我已补了缺。就是前舟只怕也不能的了,五月前后总可得缺。"

正说话间,忽然管门的进来禀道:"华公子打发人来,要面见老爷,还有几个箱子送来。"子云诧异道:"什么箱子? 叫来人进来。"话音未了,只见珊枝已走到梨院。琴言望见珊枝,早躲进屋后,潜身听他所为何事。珊枝见子云、次贤,请过了安,说道:"公子与二位老爷请安! 有一封信在此。"便双手呈上。子云接来看,见封面上有"皮箱四个,面交徐二老爷查收",才即问华公子好,将书拆开,次贤在旁同看,只见写道:

正月二十七日,小价琴言因其师长庆病故,告假一月,经理丧葬。今已逾假数日,弟于昨日着家人姚贤出城唤彼回来,始知吾兄已为琴言出师并已收用。今将其箱笼什物一并送上,祈即查收转交,想琴言断无颜面前来自取也。但闻此子下流已甚,曾于各处陪酒,不择所从,唯利是爱,弟闻之发指。本欲拘回重处,犹恐有负尊意。但以后务宜严加管束,勿使仍蹈前愆。兄虽大度优容,不与较量;而弟必留心查察,如有闻见,必为详达,代兄撵逐,勿使名园玷辱也。匆匆此布,并候通履。

子云看了,正不知从何说起,不白之冤,有口难辩,气得两手冰冷,与次贤面面相觑,冷笑了几声。次贤问珊枝道:"你公子对你说什么?"珊枝道:"没有讲什么,就叫小的将琴言的箱子交明老爷,问有回信没有回信。"子云气得说不出来。次贤道:"奇了,这话从何说起! 此时也不及写回字,明日我同徐老爷见你公子当面讲罢。"珊枝答应了"是",退了出去,将箱子送来交与门上,自行回去不题。

这边琴言尚不知缘故,似乎听得将箱子送来。知珊枝去了,忙走出来,见子云面貌失色,靠在椅上。宝珠与次贤还看那信,琴言过来要看,次贤意欲藏过。子云道："给他看看。这是哪里说起！华星北真不是人，听了谁的话，这般糟蹋人，可恼！可恼！"琴言不看此信还可，看了不由得伤心起来。一字字看去，忽然一腔怒气直涌上来，眼前一阵乌黑，喉中如物噎住，透不得气，两眼一翻，往后便倒。把子云、次贤、宝珠皆唬呆了，连忙扶住了他。子云掐定人中，次贤一手扶住了背，一手摩着他心。听得喉咙里痰响。次贤抱起了，将他坐在身上。有一盏茶时候，才见琴言将头一点，又俯着身吐了一块痰，又呕了许多。宝珠道："好了，好了！"便拍着他。琴言渐渐的苏醒来，两眼一睁，泪如泉涌。子云等看了好不伤心，宝珠的眼泪索落落掉个不住。大家扶了他到醉翁床上，将个枕头与他靠了。子云道："不要伤心，明日我同你去一对，就明白了。"琴言忽然放声大哭，这一哭，真是三年不雨之冤，六月飞霜之惨。子云等搅得柔肠寸断，这三个人也无从劝得一句。直哭到一个时辰，尚是有泪无声，黯然而泣。

子云见琴言如此，甚是伤心，因想道："华星北过于欺人，不问真假！我本要与他讲个明白，但我去剖辩，倒长了他的志气，道是去招陪他。索性罢了，断了这个交情，也不要紧！"说道："玉侬不必哭了。你的好处都是共见的，这些话有谁信？他一定是林珊枝从中调唆，以至如此，连我也怪到这样。我想你哪一处不可安身，岂必定要仗着他？既将你的箱子送了来，你也索性不必去见他了，再去见他，必遭羞辱。且在这里住几天，再作商量。"琴言犹是呜呜咽咽的道了谢，说道："你这样恩义待我，叫我没齿不忘！又为我受这些气恼，总是我这苦命人，害了多少人！我实不要活了，死了倒干干净净，气恼也没了。在一日恨一日，已经多活了两年，如今极该死的时候！"说了又哭。次贤说道："你当初进华府时，我早对度香说过，必无好处。如今既已出来，倒也是件好事。以后你就一无挂碍，由你怎样。旧业自然不理的了。你就在这园中，与我作个忘年小友，我将那琴棋书画、词赋诗文，教你件件精通，将来成个名流，不强如在华府当书童么？应该自己欢喜才是，何必伤心呢？且他也是气愤时候写的，自然就没有好话了。"

子云道："静宜说得是。我将来索性将你们那一班一齐请了过来，在园中住下，都不要唱戏。几年后，倒栽培一班人物出来，总比那些不通举人与那三等秀才强了百倍。"即对次贤道："失言！失言！你是优贡，已不在秀才之列了。"次贤道："我固是个秀才，但你也是个举人。"子云道："我原不通的。"宝珠要解琴言的愁闷，便笑向次贤道："优贡，优贡！我们这优班还在贡班之上。我们念起书来,就真是那学而优;适或作了官,又成了仕而优了!"次贤笑道:"这还了得,非但骂我,连度香也骂在里头了。"宝珠深深赔罪道:"恕我无心之言。"子云也笑了,琴言方止了哭。

只见蕙芳来了,见了琴言光景,着实诧异,问了缘故,便拍手称快道:"天下有这么好事,真求也求不到,还哭什么呢?"次贤又将子云不要他们唱戏,要他们在园里的话说了。蕙芳道:"这是极好的! 只怕我们生了这个下贱的命,未必能有此清福。我这两年内就想要改行,但又无行可改。这跟官一道与唱戏也在伯仲①之间,若做买卖又不在行,且在这京里就改了行,人家也认识,总要出了京才能改图。你道我唱戏我真愿么? 叫做落在其中跳不出来。就一年有一万银子,成了大富翁,又算得什么? 总也离不了小旦二字。我是决意要改行的!"宝珠道:"我的心也与你一样,但不知天从人愿否?"

是夜,三旦在园中谈谈说说,琴言亦解了许多愁闷。子云对蕙芳道:"玉侬在你那里也是不便,你不能在家陪着他。不如叫他到我这里住几天罢,以后再作个道理,总要与他想个万全的法子。"蕙芳道:"起初原不过想留他一两天就进城的,如果常在我那里,真也不甚便。他又比不得从前了,不如搬到这里来,也有个散闷地方。不知玉侬意下如何?"此时琴言有甚主意? 便说道:"这里却方便些。"于是宝珠、蕙芳是夕也陪了琴言,同在园中梨花院内住了一夜。子云回宅后,次贤也自回房。他们三人同榻,足足讲到五更才睡。

且说珊枝回去,华公子便问:到怡园见了度香怎样光景? 珊枝道:"今日见他们在梨花园内,奴才进去,见琴言、宝珠,琴言见了奴才,即躲开了。徐老爷问了公子好,将帖儿拆开看了一会,一句话也没有讲,就只冷笑一声。萧老爷说:'不及写回字了,回去与公子请安,我们明日见了公子,当面讲罢。'奴才将箱子交给他们,门上也就收了。"

华公子打发珊枝去后,心上想:子云必定认个不是,自将琴言送来,可以消释此恨。谁知不发一言,公然笑纳,连回字也不给一个,这般可恶! 这是萧次贤周旋了一句。这一气,就如周公瑾遇了诸葛武侯一般,不觉双眉倒竖,脸泛浓霜,倒也讲不出什么话来。未知后事如何,且听下回分解。

---

① 伯仲——指兄弟的次第,比喻事物不相上下。

第四十五回

佳公子踏月访情人　美玉郎扶乩认义父

话说琴言在怡园住下,赖有子云、次贤日为开导,又有那些名旦不约而来,或有煮茗清谈,或有咏花斗酒,园中的胜景甚多,今日在牡丹台,明日在芍药圃,倒也把愁闷消去了一半。昨日子云又请了屈道生、梅子玉、史南湘、颜仲清、田春航、刘文泽、王恂等,并有诸名旦全来,会了一日,因南湘、春航次早要入场,所以散得甚早。

且说子玉又与琴言聚了一日,知他出了华府,十分欢喜,但因昨日人多,彼此未能畅谈衷曲。今日晚饭后,想趁着那一钩新月,去到怡园,也可畅叙一会。遂禀明了颜夫人,带了云儿,乘舆而来。进了怡园,却值子云未回,到了次贤处,子玉尚未进门,听得有人在那里高谈阔论。次贤见子玉来了,即忙出来,要请到里面。子玉问道:"何客?"次贤笑道:"不要紧,是个湖州王客人,贩些古董、书画、笔墨等货,来托销的。"子玉进去,那人便鞠躬如也的直迎上来,深深作了一个揖,子玉也还了礼。见那人有五十余岁,相貌虽俗,倒生得一部好须,直垂至腹。王胡子见子玉清华潇洒,知是个贵公子,头一句便问家世,第二句就问科第。子玉倒有些不好意思,次贤代他答了。

王胡子道:"在下作个斯文买卖,二十年来走了十四省,就是关东、甘肃、广西没有到过,其余各省都已走过几回。去年八月在江西吉安府,遇见尊大人正在开考。候考完了,也进去叩谒过两回,消了一个宜炉,十匣笔。尊大人还到小寓来回拜的。不瞒梅少爷讲,在下到一处,都有些相好。少爷要用什么书籍以及笔砚、玩器之类,我留一个折子在萧老先生处,有合用的开个单子、打发管家来取便了。我寓在古香斋书画铺。"那王胡子好不话多,子玉有些发烦,无奈王胡子要候子云回来销些东西,还有一部《图书集成》。这部书是个难销的,心上要求子云买这部书,情愿减价,只要三千银子。今日看来,也要在园中下榻的了。次贤觉得子玉有些嫌他,便对子玉道:"何不到玉侬处谈谈? 今日又挪到海棠春圃,相去不远。"子玉正中心怀。

　　次贤便叫书童引路,送子玉到了海棠春圃。望见琴言穿着随身的月白夹袄,脚上是双大红盘花珠履,倚着海棠花树,对着块太湖石,在那里凝思。书童咳嗽一声,琴言回头见了子玉,便笑盈盈的迎上来,说道:"来得正好!你看夕阳欲下,映着这些花,分外好看,快来看罢!"子玉笑着走过来,二人倚着栏杆同玩。琴言道:"人说海棠有色无香,你不闻见香么?我觉得比别的花还香些。"子玉笑道:"已经占了国色,何必还要占那国香?这香只怕是那边丁香的香。若说海棠的香,无此浓厚,他也有一种香气,是藏在花肌肤里颜色中,不肯轻易吐出。要人将花凝眸谛视良久良久,他那一种清香,自然随人的心上到鼻孔中来,也不是人人闻得出来的。你不信,你就将那一支垂下来的细细的闻闻,管保不是方才吹来的那种香气。"琴言果然走下台阶,手扳一支海棠,看上一会,又闻了一回,点头微笑道:"果然,果然!你真是细心人。这香就像与花的颜色一样,说他不香却真有香,说他香又不像别的花香,真正恰是海棠的香。"子玉笑道:"此所谓心香,如何可以比得别的花香呢?岂有娇如海棠,而云其一无香气,此真为唐突①名花了!"

　　二人在花下谈了一会,才进屋子坐下。子玉道:"你如今出了华府,无拘无束,所有那些愁闷都可消了。况在这个园子里,一年四季都可游玩。又有那一班长见的时来时往,比在师傅处更好了。"琴言道:"那自然。若说在师傅处,却是第一的不好。那日点了我的戏,心里就像下法场要杀的一样。及到上场,我心里就另作一想:把我这个身子不当作我,就当那戏上的那个人,任人看,任人笑,倒像一毫不与我相干。至下了台,露了本相,又觉抱愧了。再陪着个生人在酒席上,就觉如芒刺在背。看着他人自然得很,有说有笑,我也想学他,但那时心口都不听我使唤,也不懂得是什么缘故。后来要到华府时,心里想不知怎样受罪。及进去了,倒也不见得怎样。唯有这片心,人总瞧不出来,就算格外待得好,究竟把我当个优伶看待,供人的喜笑。至于度香待我,还有什么说的?但我此时身虽安了,心实未安。从前在火坑里受这些孽障,只求早死,也想不到如今还能出来,既出来了,我的心倒比从前更乱了。戏是决意不唱,奴才也不再作,

――――――――――

　　①　唐突——冒犯。

但又作什么呢？人既待得这么好，我只是愁愁闷闷，也叫人疑惑，说我不知足了。所以我此刻另有一种活路上烦闷，不是死路上的算计。这话我也没有对人讲过，只有你知我的心，所以今日告诉你。既未到十分危急，也不便视死如归。但生在世间，没有一个归着，你教我这心怎能放得开呢？"

子玉连连点头道："你虑得极是。我倒有个主意，就只怕遇不着这个人。此时你在京里，人人知道你的出身，若到了别省地方，人家如何知道，岂不与平人一样？但是哪里有这个好人同你出京去呢？"琴言道："你怎么倒愿意我出京吗？"子玉道："我岂愿你出京？我的心里是愿与你终身相聚，同苦同乐。只恨我一无能为，与废人一样。还时时虑着老人家回来，或再放了外任，要带我出去，幸而此时还未到这田地。但替你想，也不好尽为着我，耽误了你一世。"琴言道："这话也是白说的，除非候你作了官，才可提拔我。静宜说今年要考博学宏词，若考中了就好了。"子玉道："这如何拿得定？我倒不想中博学宏词作翰林，我只想得一个外任的小官，同了你出去，我就心满意足了。"

二人这一回已谈到定更时候，只见新月半窗，花枝弄影。忽听得外面子云、次贤进来，子云叫道："庾香在这里么？"子玉连忙答应。琴言接二人进来，一同归座。子云道："今日二位真可谓畅谈衷曲了！"次贤道："今日园中苦乐不均！我被那王胡子缠得发昏，要销这样，要销那样，据他的想头，差不多把他带来的东西都销在这里才好。"子云道："老王的胡子越发长了，其实这个人倒也不讨人嫌，就是利心过于重些。《古今图书集成》我虽有一部，这个也只好我们留下罢。这部书也不过如聋子的耳朵——摆设而已。留他住两天，倒要看看他扶乩①的本事，是哄人的不是。"子玉道："他会扶乩么？"次贤道："他说去年在岳阳楼，遇着个道士传授他，据他说灵验得很，并不是哄人。"子玉道："几时请他来扶乩，我好看看。"子云道："我留他住下，就是为此。要不然就是明日，我们把几位相好的都请来。那金吉甫我也往还过了，人极风雅，明日一并请来，结个仙缘罢。"子玉笑道："我是必来的。"子云道："既如此，就是明日辰刻毕集，

---

① 扶乩（jī）——古时候术士请神以卜凶吉的一种巫术，在架子上吊一根棍儿，两个人扶着架子，棍儿就在沙盘上画出字句作为神的指示。

此时就叫人去知会。"一面吩咐家人到各处去了。

子云道:"今日月光不足,辜负名花,叫把那像生花灯点上几盏来,挂在树上。"家童忙到厢房内开了柜子,取出十二盏海棠灯,是用通草作成,花朵中点了小白蜡,挂起来十分好看。子云道:"对此好花,也须小饮几杯,况庚香也来久了。"子玉道:"可不必了,时候不早,要回去了。"子云道:"略饮数杯,领领玉侬的情。"吩咐随便拿几样果菜来。当下四人小酌了一回,已经二更,子玉告辞。子云又嘱明日务必早到,子玉答应而别。

次日清晨,告禀颜夫人要去看扶乩,并要问问自己前程。颜夫人是从没有阻过他的,子玉到了辰刻,因是仙坛,衣冠而去。

是日一早,屈道生同金吉甫先到,随后颜仲清、刘文泽、王恂一起都来了。子玉到了,各人与吉甫相见,叙了些彼此仰慕的话,只有史南湘、田春航在场中未来。相公们到的是宝珠、蕙芳、素兰、玉林、漱芳、兰保、桂保、春喜、琪官,连琴言刚是十人。王胡子过来,也与诸人叙礼。他却都是认识的,与屈道生更是多年相好。王胡子道:"今日人多,仙坛①要设个宽绰地方才好。"子云道:"我估量着人多,已经叫人在含万楼上铺设了。"又笑问王胡子道:"你是主坛的法师,请教你,今日是吃斋呢,还是吃荤?"王胡子笑道:"神仙也是吃肉的,只不用葱蒜五荤罢。"子云道:"这很好,我们菜里本不用葱蒜的。"于是吩咐摆早饭,吃了好上坛。计算人数,共是十九位,就是次贤处摆了三桌。吃毕,才到午初,子云先上楼去看看铺设,遂命人请众位上楼。

王胡子看那楼中,好不精致,是五大间,却分作五处,两面开窗,中设了仙坛,看不尽玉壶宝鼎,古画奇书。王胡子自忖:"一生贩卖古董,从未见过这些好的!"凭栏眺望,犹如身在蓬莱,想扬州盐商家,那些花园也算精工的了,如何比得上这里?再如平山堂、虹园,也不能仿佛,至于侯石翁的起凤园,更不必提了。

这边子云取出商彝周罍、汉鼎秦盘,斟上百花酿,焚了百合香,中铺上一盘净沙,摆了一个仙乩。大家下楼,冠带盥漱已毕,从新上楼。王胡子上前虔诚默祷,一连叩了九个头。先焚了一通风符,次云符,又鹤符。候了约有半刻时候,要请两位仙童扶乩,使点了玉林、漱芳。二人扶上,又有

---

① 仙坛——指扶乩用的乩坛。

半刻工夫,不见运动。王胡子又磕了头,再焚个催符。玉林、漱芳呆呆的
扶着,见那乩像有些动,玉林把手一拨,便旋转进来,满盘走了一回,画了
无数的圈子。玉林疑是漱芳,漱芳疑是玉林,两人对着微笑。那乩画了一
回,略停一停,忽又运动,上下往来成了两个字。王胡子将笔写了,子云等
就在两边看时,分明是"珍珠"两字;后又一连写了五个,是"为辇玉为
轮";再看,又写了七个,王胡子一一记了,已得了两句七言诗。众人点
头,暗暗称奇。又见运动得更快了,斜的两行,写得甚草。王胡子却认得,
写了出来是:

> 珍珠为辇玉为轮,去请瑶台绛阙真。
>
> 朱鸟窗前问阿母,碧桃花树几千春?

原来是首降坛诗,众人知是女仙,越加敬谨。复又写出数语道:"吾仙杜
兰香奉金母命,至东海蓬莱仙阙,邀请碧霞仙府神君便道来游。王髯有何
疑问?"王胡子连忙下了拜,来问道:"哪位要问? 就请祷告,好待上仙判
断。"众人心上都没有事,不过来看热闹的。及王胡子问时,你推我我推
你,没有一个肯上来。子云忍不住笑道:"既诸位没有问的事,我要问一
个人。"就叫:"玉侬,你来跪下,默祷默祷,请上仙判断你的终身,后来如
何?"琴言原想自己问问,不好抢先上来,今见子云叫他,即便上前跪下,
叩头默祷了一回。只见乩上运动,已写了两三行。琴言起来,站在王胡子
背后,看他写出,也是首七绝道:

> 薄命红颜最可怜,杜鹃啼血自年年。
>
> 再生不记前生事,父子相逢各惘然。

众人看了不解其意,有的还在细细推求,但第四句总解不出来,琴言只是
发怔。王胡子道:"你再祷告祷告,求个注解。"琴言又祷告了,乩上又判
了四句,是:

> 前世之因,今生之果。杜郎且退,屈翁上前。

屈道生听了,恭恭敬敬,上前叩拜,站立在旁。乩上又判了一首诗,王
胡子录出,众人看是:

> 可怜一死因娇女,三绝曾传郑广文。
>
> 后日莫愁湖上去,莲花香绕女郎坟。

又判道:"汝前生为江宁府推官,杜郎为汝娇女,十五夭亡,汝伤悼成疾而
殁。七十七年前事也。前因具在,后果将成。"

子云看了，不禁笑道："据上仙所判，玉侬前世竟是道翁的女公子了！"琴言不觉红晕了两颊。道生也觉奇异，欲要再问时，见乩又动起来，写道："吾去也，坡仙来。"写罢寂然不动。道生与琴言拜送了杜兰仙。重新焚香换酒，众名士一齐下拜。换了琪官、春喜上来扶乩。道生道："今日坡仙必有佳作，我们当盥漱恭读。"只见乩上写道：

　　翩翩裙屐佳公子，舞席歌场日终始。

　　兴似春山再展云，情如秋浦长流水。

众人看了，都欣欣然说道："坡仙要作长古了！"子云叫人取了一幅白绢笺，研好了墨，请道生另写。只见乩上又写道：

　　梅花一支开春先，瑶琴三尺弹鹛弦。①

　　红愁绿怨泪沾袖，明月一年几度圆？

道生写了，仲清对金粟道："这四句像是说庾香与玉侬的。"金粟点头。子玉看了，分明一个"梅"字，一个"琴"字，也知道是说他们二人的。心里又想道："难道坡仙今日要将这十九个人，全写入诗内么？"子云与诸人也都看了，蕙芳呆呆的看着乩盘。只见道生又照着乩上见了四句是：

　　春江水涨轻航出，蕙质兰心人第一。

　　大贾空存惜玉心，分香浪费金条脱。

蕙芳看了两句，喜动颜色，及看到"分香浪费金条脱"，不觉脸上又微泛红潮，怕人提起潘三的故事。只有道生不懂，吟哦了几遍。众人心里想道："怎么这些事，神仙都会知道？这也奇极了！"各各骇异，又见写道：

　　名园公子人中英，于彼于此俱有情。

　　珠辉宝气联星斗，金光灿烂云霞明。

道生写了，对着子云、吉甫道："这像是说你们二位呢。"子云、吉甫俱说："惭愧，惭愧！"宝珠看了，也知道带着他，且与吉甫相联，心甚喜欢。只见又写道：

　　石崇王恺人争美，世德勋门荷天眷。

　　只惜豪华怒爨琴②，明珠减价珊瑚贱。

仲清道："这不消说是华公子！"子云道："竟连前日的事都说出来了！你

----

① 鹛弦——鹛，一种大鸡名，□弦即用鹛鸡筋制成的一种琵琶弦。

② 爨（cuàn）琴——焚琴，比喻士人穷困无钱购柴，欲焚琴为炊。

知道明珠、珊瑚的故事么?"仲清道:"我不知这句的故事。"文泽道:"明珠
是他有十婢,皆以'珠'字为名。这珊瑚就是林珊枝了。"又看写的是:

　　冲寒一鹤云中来,知尔磊落非凡材。

　　依刘暂作王粲计,剑气闪烁凌风雷。

子云道:"此是剑潭无疑了。"又见写道:

　　更有清才萧颖士,漱芳六艺精文史。

　　闲云不肯出山来,赋价曾高洛阳纸。

道生道:"这位是静宜了。"漱芳看见了第二句,心中暗喜:神仙赞静宜,也
带着他的名字,可谓附尾了。一面看写的道:

　　酒狂词客何纷纷,眼底直欲空人群。

　　举杯渴酌洞庭水,掉头笑看吴山云。

文泽道:"这必是竹君、卓然二公子。"众人说道:"正是的,怎么把他二人
写得如此活跳! 真非仙笔不能。"又见写道:

　　刘晨子晋求仙去,十丈红尘阻前路。

　　均是龙华会上人,名场同日欣知遇。

次贤道:"这是前舟、庸庵了。"众人说"是"。王恂道:"我们这些人都说完
了,看以后还说谁?"只见又写道:

　　清芬竟体是兰香,玉树琪花列两行。

　　十树琼花十样锦,春风喜气满华堂。

众人道:"首句是香畹,次句是珮仙、玉艳,三句总说,末句是小梅。"子云
掐指一算,名花已有了八人,只少静芳、蕊香两人。又见写道:

　　春兰秋桂非凡种,香色由来人所重。

　　尽待神仙闲品题,群花齐向天门拥。

子云道:"他们都说了,就只有道翁先生与胡兄了。"王胡子拈着长须,候
着乩上说他。道生道:"我这老朽,恐怕未必能附诸名士、名花之后,且如
何能邀坡仙齿芬一粲!"只见乩上又写道:

　　曲终又见湘江灵,蛟龙出没江涛腥。

　　汨罗沉冤感天帝,千百余世湮①明馨。

　　知君一生秉正直,风骨棱棱谢雕饰。

---

　　①　湮(yīn)——祭祀。

娇女含愁化玉郎,石头城下伤春色。

道生写到此处,不禁伤感起来,众人亦皆叹息。子玉道:"据两仙所云:玉侬前身,真的是道翁先生前世之女,今日相见可谓有缘。"道生听了子玉之言,不觉泪下。原来道生六十无儿,并且丧偶,孤苦一身,是以触动心事,凄然流涕,便呆呆的看着琴言。琴言也呆呆的看着道生,各有感伤之态。众人也呆呆的看他二人。忽然乩上又写道:

难得名花名士兼,长歌一纸示王髯。

丙寅三月初八日,请得眉山苏子瞻。

道生写完,众人正要观看,忽见乩上又写道:"奉敕赴凌云殿撰文,不能久留,去矣!"书完,寂然不动。众人一齐拜送,焚符洒酒,欣欣然有喜色。

家童收拾了仙坛,大家就在楼中坐下,又将仙诗同读了两遍。子云吩咐家人,在承荫堂摆了四桌盛席,便对众人道:"今日我有一言,上承仙命,下合人心,成了前因后果。两仙乩上,俱判玉侬为道翁前生娇女。现在道翁无子,玉侬无父,我欲成此仙缘,要请道翁收玉侬为义子。玉侬虽失足于前,未尝不可立身于后?想先生决不以世俗之见论人。未识玉侬之意如何?而诸公以弟之言为然否?"道生尚未回言,子玉喜动颜色,即道:"玉侬若得道翁先生栽培,真是精金入冶,美玉成器!只求道翁不以寒微为鄙,玉侬岂有不愿之理?"次贤与吉甫等都赞成道:"这是极好的事!大约今日合当父子相逢,不然杜兰仙何以特判出来,又单叫道翁上前,说明前因后果?不是也要撮合这件事么?可见数已前定!"子云接口道:"可勿三思,请到承荫堂一拜就算了。"

道生想道:"我看着琴言虽系优伶,却无半点习气。度香早说过他多少好处,况我也见过他好几次,竟是毫无訾议①的。若以为义子,倒是个千里驹。况他天姿颖悟,略一指点,便可有成。而且两次仙乩,都说前生是我的女儿,自然他也会天性相亲。"主意已定,便道:"恐福薄老人,未必能有此佳儿!"众人皆笑说:"先生太谦了。"琴言想道:"两次神仙特为我判出前因后果,我看这位屈老先生真是天下第一等人品,得他教训,也不枉了一世,况前世又是父女。但我断没有自己开口,求人为父的理。"既而听见子云之言,又测度子玉之意,众人竭力赞成,道生一口应允,便也满

_____

① 訾(zǐ)议——非议,指责。

心欢喜；但终是面嫩，答应不来，红泛桃花，低头不语。子云道："玉侬，你怎么样？道翁是极愿意的了。况你们前生原系父女，今世自然天性未离。这是光明正大的事情，何妨答应，有什么害羞处说不出来的？"琴言目视子云，将头点了一点。子云哈哈大笑道："愿意了！愿意了！这也不是轻易遇得着的。"就让众人到承荫堂，铺了红毡，次贤、子云扶道生坐了，文泽、仲清拉过琴言来，拜了八拜。道生受了。

众人称贺已毕，道生又谢了子云，便说道："弟是孤苦一身，并无家小，既承诸公雅爱，作成认为父子。但我比不得那有子嗣的人，单只挂个名儿。我既认了他，自就与亲生的一样要教训他，并且要随着我去，不知他心上何如？"子云听了，略一踌躇，即问琴言道："这事要你自己做主意，旁人难以应答的。"琴言道："这个自然。我又没有父母，岂有不追随的道理？"子云赞了一声"好。"子玉听到此，未免有些伤悲，然也无可奈何；况从此琴言入了正路，故也喜多悲少。在琴言彻底一想，非但不悲，而且极乐。

道生便叫过琴言来，说道："从今以后，须要改去本来面目，也不应常到外边，在我寓里读书习字。出京日期也近了。你的名姓是都要改的。如今就依我的姓，改名为勤先，留你一个琴字在内，号就是琴仙。"众人都说改得甚好。琴言俯言听训。子云与子玉见了这个光景，颇觉凄然，以后就要另样相待，正是从此萧郎是路人了。

子云便请入席，第一席是道生、子玉、吉甫、王胡子、琴言；二席是仲清、文泽、王恂、子云；九个名旦分为两桌，各自叙齿，坐了三、四两席。琴言坐在下手，拘拘谨谨，也不举箸①，甚觉可怜。倒是道生体恤他，道："凡遇热闹场中，当言的即言，也不必过于拘谨，但存着个后辈的分寸就是了。"道生喝了两杯酒，便与子玉、吉甫、王胡子谈些闲话。王胡子道："屈老先生，晚生这个请仙的本事如何？还说我是赚人么？"道生笑道："今日之事却真稀奇！若不是我亲眼见的，亲手写的，凭谁告诉我，我也不信。"又道："胡兄，你往常请仙，也有这么灵异么？"胡子道："今年过扬州时，在一个盐商家扶乩，请的什么杨少师，写了一长篇，把他家闺门里的事都写了出来，吓得那主人家磕头如捣蒜的哀求，方才没有写完。第二次就要算

①　箸（zhù）——筷子。

今日了。往常请时,却没有这么灵异。"子云笑道:"今日说我们的诗中,也有两句说着隐情,不过谑而未虐。"蕙芳咳嗽一声,惹得各席都笑了。道生也笑道:"我也略猜着些,但不知是怎样个始末,何妨与我说明。"子云道:"我要说,又怕有人不依,我不说罢。"

玉林对漱芳说道:"起初乩动的时候,我总当着你的手动。我想把我的手不动,教你写不成。到后来不由得我的手也跟着动起来了。"漱芳道:"可不是,我先也打量是你作诡。及至写了一句诗,我还疑惑是作出来的,后来才知不是了。"春喜道:"我们扶的时候,手要不动,那乩自己就会跳起来,比你们头一回还动得快。"琪官道:"这神仙也不知怎么来的?就这样快,就像在这园子里一样,真是心动神知了。"兰保道:"那杜兰仙与玉侬同姓,所以关切得很,把他的前事都说出来了,总成了这件好事。"宝珠道:"我们前生就不知道是什么人转生的。吉甫说他也会请,我要看看,总未遇巧。"素兰笑道:"你的前生不是说是个尼姑吗?"宝珠不觉得脸一红,笑道:"你怎么知道?"素兰道:"我听见你自己说的。"宝珠笑道:"我竟忘记了。"因远远的看着吉甫一笑,大家也不觉笑了。

道生来了一天便要早回,对琴言道:"明日我着人来接你罢。"子云道:"先生何不搬来,那寓里有甚好处?"道生道:"这个最妙! 我心上不好讲,又要搅拢。我还要细细把你的园子逛一逛呢。"诸名士道:"若得道翁先生住在园里,更有趣了!"次贤道:"前年园亭成后,一切布置倒也罢了,只有一样,各处的联匾都是草创时定的,后来改造起来,往往有些不合式了。且书字撰句,就是我们二人,并无第三人斟酌,至今日看去,似觉草草。昨日我与度香商量,尚须添的添,换的换,非道翁及诸兄手笔不可!"仲清道:"我们究竟还没有逛到,须尽一日之兴游到了,方可拟题。"子云道:"含万楼下,我想刻一篇《怡园序》,要借重道翁。明日搬来,第一就要请教这篇序。"次贤笑道:"他还没有搬进来,你倒先索房租了!"说得众人大笑。

道生约定明日即移过来与琴言同住。以后琴言就改了姓屈,称他为屈勤先,人叫他号是琴仙,不叫琴言了,看官须自记明。不知后事如何,且听下回分解。

第四十六回

众英才分题联集锦　老名士制序笔生花

话说屈道翁搬过怡园来,与琴仙就在海棠春圃住下。次贤挪向梨花院,与海棠圃相近。道翁即有一番教导,琴仙从前念过的书,一面温理,一面与他讲究些诗词文艺,习学楷书。可喜琴仙天姿颖悟,过目成诵,而且锐志攻书,把从前的忧闷,倒也撇开。一连几日,道翁见其聪明可学,也甚欢喜。子云更为得意,吩咐园内家人,都称为屈大爷。

约有半月以来,琴仙的文理已通了好些,字也写好了,对对作诗也通顺了。父子之间,十分亲爱,竟是亲生的一样。那些相公们到园来,倒不好与他盘桓,到门口略一探望。琴仙也不肯旷功,足不出户。道翁倒有时体贴他,叫他也到各处逛逛,可以开放心胸。琴仙虽答应了,也不出去,不是写字,就是看书,把个潇洒惯的屈道翁,反被他拘住,要时常的释疑问难起来。

一日,想起子云托做《怡园序》,便作了半日,又修饰了一会,自己送与子云、次贤看了,请他斟酌。次贤道:"妙极了!就使徐、庚复生,也不能涂改一字。"子云道:"是石刻好呢,还是木刻好呢?"道翁道:"论长久自然是石刻。前日见吉甫相熟的那个季十矮子,刻工尚好,不过价值大些,然此是市井的常理。你莫若找吉甫将他荐来一刻,是极妙的。不是说要刻在含万楼屏风上,却也好看。"次贤称善。子云即叫书童找出了八张大宣纸,照着屏风大小裁好了,送到海棠春圃,请道翁亲笔自书。

此时春航、南湘场事已毕。子云定了二十八日请诸名士游园,以辰初毕集。是日不设筵宴,恐误了游兴,只于几处备了小酌茶点。凡近水者坐船,离水远者步行,须以一日之内游尽。王胡子住了两日回寓,将《图书集成》装了五大车,送进怡园。子云只得收了,就放在含万楼上,也就摆满了五间大楼。

诸名士于二十八日早上陆续皆到。是日子玉、春航、南湘、仲清、文泽、王恂共是六位,唯吉甫因感冒未到,园内屈氏父子与次贤主人四位,都在含万楼下坐了。道翁道:"这个含万楼是本《易经》'含万物而化光'句

摘下,因为园中的主楼,故取此名。但就本意,是言乾道之大,此名似乎不
甚相宜。度香以为如何? 我见楼上现供着赐书,何不就改为'赐书楼',
未知可否?"子云道:"改得甚妙! 就是'赐书楼'。还要求作一副长联。"
道翁道:"老夫改了楼名,那联句请诸名士题罢。"子云道:"诸兄自有分
题,这第一联还求道翁先生赐题,就是诸弟兄也不肯相僭①的。"道翁又让
了一会,叫琴仙捧过笔砚来,题了一副长联。诸人见他写出,看是:

　　文苑赐英华,数玉笈金编,正学十三经,旁通廿二子;

　词场开鼓吹,看笔歌墨舞,纵横一万里,上下五千年。
题罢,哈哈大笑道:"老夫拙句不文,诸兄休得见笑!"众名士看了,个个首
肯心服。

　　子云让大众进了承荫堂,崇墉②巍焕,局面堂皇。院子内有座戏台,
槐阴布绿,栋宇生辉。道翁与诸名士看了那些匾对,说道:"这堂名很好,
不用换。东西楹要添副长联,就请静宜大笔罢。"次贤道:"这些联额,原
是弟当日胡乱写成的。这承荫堂与赐书楼,皆是正屋,还求吾兄老手一题
才称。恐我们终是柔筋脆骨,撑不住这个大局面。况所添的地方尚多,大
约有二十余处,再等我与诸位分拟罢。"道翁道:"不是这么说。我虽与诸
位兄台相叙了几次,尚未瞻仰珠玉,今日正可窥豹。若尽要老夫题咏,倒
将诸位的锦绣埋没了。"众名士谦道:"此处实不敢妄拟,其余各拟几句呈
政。"琴仙又捧了笔砚过来,道翁道:"你学了几天字了,我念你写,不要写
别字才好。诸兄看看可长进些吗?"遂口占一联,琴仙写了,个个的端楷。
诸名士看是:

　　佳气近蓬莱,欣玉烛时和,金瓯业盛;

　晴光开阆苑,咏珠帘雨卷,画栋云飞。
又集六朝文语,成了一副八言的,也念与琴仙写出,是:

　　风草月松,缘庭绮合;

　　日华云实,旁沼星罗。
诸名士唯有痛赞。再看琴仙的字,已是美女簪花,秀润如水,更为欣喜。

　　道翁道:"对面戏台虽有联匾,那块'太音之和'可以不换,檐前那块

———————

①　僭(jiàn)——喻越位分。

②　崇墉(yōng)——高大的城墙。

是要换的。柱上的七字联,应改八字的,请庾香世兄一题,老夫藉观珠玉。"子玉尚要推逊,众人挤定了,却也不慌不忙,想了半刻工夫,提起笔来写了,说道:"小侄荒疏,未敢妄作,也集个成语,尚求老先生斧正。"道翁与诸名士看时,匾是"画堂秋拍"四字。联句也是集六朝文上的,是:

> 轻扇初开,长眉始画;
> 鸣瑟向赵,吹箫入秦。

道翁赞道:"我说庾香世兄定是不凡的,果然,果然!"子云及众名士也赞了好。

子云就让进内,出了承荫堂,后是牡丹香国。四周短短的花墙,围了有两三亩大的一块地,内中花石亭台,位置无一不佳,倒像独成一个园林景象。径用小白石砌成,曲曲折折,有数十条,护以短栏。满园尽是牡丹花,有在石台上的,有在平地上的,高高下下,足有千万朵,开得正盛,五色缤纷,令人目眩意乱。诸名士也赏玩不尽,然到此亦不能不稍为游憩,各寻石径、花台、小亭、曲槛处,小憩了一会。来到正屋,是七间,里面又间着些洞房绮户。再到后一进,长廊缭曲,屈戍横波,却种满芍药花,此时未开。道翁道:"这牡丹香国,繁华已极,可改名为'宝香堂'。后一进题为'护香廊'。这宝香堂须添一副对子,请湘帆兄罢。"春航要逊,诸人不依,只得遵了。想了一联,写出是:

> 五云书凿金银字;
> 百宝栏开富贵花。

道翁看了赞道:"真好富丽!却称这宝香堂。"众人也附和了几声。

次贤道:"我们还是从东去呢,还是从西去呢?"子云道:"从西到东路长,还是从东转西,可以坐船,路却顺些。"便领众人出了护香廊后的围墙。只见一带石坡,层层的丛兰翠篠①,芳馨袭人。从石凳上行到了山北,也是一样的兰竹。那带山向西北去的,却是土冈,由高而低;望东南去的,却是层峦苍翠。山下一带清溪,溪外尽是竹树。依山临水间,有一所院宇,石壁上刻了"兰径"两个大字。道翁与众人进了屋子,见是一间两间、三间五间的不一,有好几处,满目尽是碧杜红兰,翠苔绿藓,甚为幽雅。

道翁道:"此处甚佳,一洗宝香堂繁华之气,不可不题。"因题为"风露

---

① 篠(xiǎo)——同筱,小竹子。

清吟馆",对仲清道:"剑潭兄试题一联。"仲清不能推辞,此处也合他的雅趣,即题道:

> 二分水醮三分竹;
>
> 一面山栽两面花。

道翁赞道:"好极了! 却移不到别处去。"仲清笑道:"有先生的珠玉在前,我等实难附尾,不过聊以塞责而已。"文泽道:"此处我竟没有来游玩过。"王恂道:"我也没有,到护香廊就住了。"南湘道:"我去年看菊花,是从这里走过,倒游了一游。"

子云引道,过了一座木桥,从竹林走出,是片空地,有几间敞厅,立着鹄棚,旁边还有一条马路。望东北上,编些竹篱,高高矮矮,护着几处屋宇。同到了里头,内中摆设极雅淡,署名曰:"菊畦"。后面是个大荡,荡边树木茂密,再后头就是围墙了。道翁道:"此处可改做'黄香东圃',添副小对子罢。"遂念道:

> 春秋多佳日;
>
> 风雨近重阳。

子云引了从菊畦东手走出,一带桑林,前面是溪河挡住,便叫家童去撑了两只船来。家童沿着河堤,转过山嘴,不多一刻,见两个小艇撑了过来。众人下了船,一并的慢慢撑去。绕过了一个石矶,见一边是山,一边是树。到了一处,系好了船上岸,只见苍松夹道,古柏成盘。从松林里进了一所庄院,也有二十余间,最后一进,已在山顶。见有一株古松,如虬龙①盘云一般。中间设一张禅床,前面一个丹鼎,署名为"松龛"。外有一个鹤栏,见有两只白鹤,雪羽皑皑的甚是可爱。道翁道:"松龛可改名为'松鹤丹房'。竹君可题一联。"南湘也集了六朝文,念道:

> 逸翮独翔,孤风绝侣;
>
> 真花暂落,画树长春。

道翁赞了"好"。

翻山过去,从一条石径走下,望南一百余步,便是梅岭了。密叶繁阴,子多于豆。同进了屋内,众人已走了许多路,也要歇歇了。子云即吩咐摆饭上来,略喝了几杯酒,便吃了饭,喝了茶。道翁问道:"这个园共有几

---

① 虬(qiú)龙——古代传说中有角的小龙。

里？我们今日也走了好半天，还不到三分之一。"子云道："周围原有五里，山占了一分，水占了两分，树木占了一分，空隙处又占一分，于房屋原只得二十几处，除了门房、马棚、厨房等类，算起来共有四百另八间。其实也不算很大，若要扩充出去，也还可以。"道翁道："够了，太大了太觉空旷。你这个园好在不散，处处精神团聚，一处有一处的结构，真是好手笔！大约你与静宜也费尽了心。"次贤道："可不是！那时你又不在京里，你若在此，便好商量，必定还要添出许多好处来。"道翁道："已经好极了，设使我起出稿来，还未必能如此。"

子云道："有几处，静宜也改了好几回才成的。"子玉道："这'梅嶂'两字，只好刻在山上。在房屋里，这'嶂'字似乎要改才好。"道翁道："就请教换个名字。"子玉道："还请道翁先生改罢。"仲清道："你若想着了好的，就说也不妨。"道翁道："正是，就我换得不妥，也要请教大家商量的。"子玉道："改做'古香林屋'罢。"道翁道："妙！妙！这个'古香林屋'实在改得妙。就请题一联，以成全璧。"子玉要取笔写时，琴仙道："我代写，你念来。"子玉一面念，琴仙一面写，众人看是：

　　看他竹外枝斜，恰称翠袖生寒，缟衣纯素；
　伴我夜阑人静，正值瑶琴一曲，玉笛三终。
道翁大赞道："仙骨珊珊，非吃烟火食所能道，拜服！拜服！"子云与众人也都大赞，又赞琴仙的字，比先写的更加精美。子玉看了，真是喜不自胜。琴仙见子玉题了这副好对，也觉得玉颜春暖，笑启朱唇。仲清、南湘等，也替子玉喜欢。

大家走出了梅嶂，过了梅林，转过一处，又是一个庭院。前面两块英州灵石，平屋三进。后有一楼，楼上有一神龛，供设花神牌位。中间一进，署名为"红茶仙馆"，两边都是厢房。道翁道："此处既供设花神，索性做个花神庙，改名为'蕊珠仙府'。湘帆兄可再咏一联。"春航应了，想了一想，写了出来。众人看是：

　　花雨散缤纷，娇舞霓裳云贴地；
　风情吹旖旎，轻摇月珮步凌虚。
道翁笑道："湘帆兄的是妙才！写的如此风流香艳，真把那花情花魂都写出来了。"春航自谦了几句，众人也帮着赞好。

于是出了"蕊珠仙府"，顺着两行修竹径，一条荔枝街，又过了几处神仙洞,望东走到了萧次贤的梨院来。道翁道:"可不必进去了。梨院可改为'卧云香院'。庸庵兄请题一联。"王恂一面想,随着走到了海棠春圃来。子云道:"且请坐坐喝杯茶,那边又要用船了。"都进了海棠春圃坐下。道翁道:"海棠为花中艳品,还有那些紫白丁香衬贴,他更觉香色兼备,须好好起他个名字才好。"即笑对琴仙道:"我看你于那些诗词上也还明白,我今日当着人,考你一考,你能起这个名字么?"琴仙听了,红起脸来,答应不出。子云道:"很能,很能!你快想来,如不甚好,也没有人笑你的。"琴仙道:"有倒有一个,只怕不好用。"道翁道:"你且说来。"琴仙道:"'春风沉醉轩',不知用得用不得?"子云拍手赞好,子玉等同声说道:"果然真好!这'沉醉'二字,用得入神入妙。"道翁也点点头道:"也难为他。"又道:"你还能作一副对子么?"琴仙正要回言,王恂已写了"卧云香院'的对子出来,看是:

　　　　梦到香云生屋角;
　　　　笑看新月上墙腰。"

道翁与众人也着实赞赏了。琴仙道:"这个'春风沉醉轩',是昨日偶然想着的。对子只有上联,没有想得出下联。"道翁道:"你且将上联写出来看看,不好就不用他,如可以用得,请一位替你对成了也好。"琴仙就将上联写了出来,众人看是:

　　　　一曲惜余芳,娇比玉颜时醒醉;

众人大赞,把个琴仙赞得不好意思起来。仲清道:"可惜没有下联。"子玉将这句不住的吟哦,次贤道:"这下联非庾香续成不可!"道翁道:"果然,就烦庾香点铁成金罢。"子玉欣然提起笔来,写道:

　　　　千金买良友,好酬春色正温柔。

道翁大赞道:"此与湘帆兄一样手笔!今日看诸兄题的联句,正是一人一样性灵,原不能强合的。就是前舟还没有题过。"

　　大家喝了一会茶,子云命家童去驾船。那边池水宽阔,撑了一个画船来。众人绕到了河堤,下了船。荡出了小港,即是个大宽阔处,令人豁目爽心。不多一刻,到了"吟秋水榭",子云请众客进了榭。道翁尚未游过,把这三层水榭①游了一转,老年人也乏了,就在中间一层坐了。子云道:

————————————————

　　①　榭(xiè)——建筑在台上的房屋。

"小酌几杯,此处已预备了。"于是众家人上来,在各人面前摆了个攒盒,斟了杯酒。道翁饮了数杯,倚阑眺远。见旁有条条小港,叠叠崇山;前有绿柳低垂,红桥斜跨;山上有泉,翻银滚雪;屋边皆树,云护烟笼。赞道:"我看园中以此处为第一,这榭名也好。就每层一副对子,前舟题第一层,竹君题第二层,剑潭题第三层。必皆有惊人好句,老夫洗耳恭听。"三人不能推让。先看文泽的第一层是:

> 楚江烟水吴江雨;
>
> 卍字栏杆丁字帘。

道翁及众人痛赞了。道翁道:"这第二层最难,上有第三层,下有第一层,这里看竹君的巧思了。"南湘已想了一会,颇难着笔;仲清也在那里凝思,各要争胜。南湘已得了,写了出来道:"题得不好,将就算他第二层罢!"众人看是:

> 秋色扑帘栊,置身已觉超平等;
>
> 月光穿竹树,放眼请登最上层。

道翁赞道:"果然是第二层的联句,移易不动! 这是煞费苦心才得出来。剑潭的第三层如何? 想另有妙意。"仲清道:"我的不及竹君的切题。"即写了出来。看是:

> 君如趁月来游,云移一鹤;
>
> 我欲乘风归去,桥卧长虹。

南湘看了,先痛赞起来道:"剑潭此联,颇有仙气。这断不像第二层,也不像第一层,实在是第三层最高处。我真服了你这种浑脱句子!"道翁与诸人也齐声痛赞。

　　吃了些点心,又下了船,慢慢的摇,众名士领略那水光山色,佳兴增添。穿过了六曲红桥,沿着那竹树蒙茸,到了一处,那是"停云叙雨轩"。高下两层,一在半山,一在山脚,甚为幽雅,大至与"吟秋水榭"仿佛。道翁道:"这个名字要改。此处是第二个胜景,着不得陈腐语,改为'练秋阁'罢。"众人道:"改得很好!"道翁道:"此处须静宜添一副好对子。"次贤道:"恐得不佳。"也即写了两句,看是:

> 清樽满赏山香曲;
>
> 画舫遥听水调歌。

道翁与众名士赞赏不已。

子云让众人下船,对次贤道:"先到了桂岭,转来再到缥缈亭罢。"次贤道:"自然先到桂岭为是。"就从练秋阁旁,转入一条小港,随着山脚,荡有三箭多远,上坡见是一个药圃,四面围着白石短栏,一个亭子。从亭子进去,有几间屋宇,内中清洁,有些药铛杵臼等物。一边是豆花篱,此时却还空着;一边是鹿栅,有只梅花鹿在里面,见人来,便呦呦的叫起来。众人也赏玩了一回。出了药圃,是一座土岭,见无数的桂树,过岭来桂树更加多了。内中有好几处院落,自成一景,亭台楼阁,备极其胜。子云领众都走到了,进了正屋坐下。子云又让客用了些茶、点心,诸人一面游赏。道翁道:"此处是个大坐落,'桂岭'二字不足以尽之,改为'丛桂山房'罢。"子云道:"改得妙!"道翁又道:"你自置一联。"子云笑道:"道翁先生既要考我,也应早些命题,到临时才说,教我如何想得出来?"构思了一刻,也集了副成语,写将出来。众人看是:

　　大雅扶轮,小山承盖;

　　落花入领,微风动裾。

道翁道:"集得甚好!"即起身出了桂岭,望北面来。只见怪石嵯峨,若飞若走,颇为骇目。古藤如臂,香草成茵。上了山径,直盘旋到了山顶,有十丈多高,把园中的景致,望得了然。看了好一会,才一步步的拾级而下。到一个山凹里亭子边,便是"缥缈亭":靠山踞石,两翼外张,如飞的样子,好不幽险。亭中可容三席,下面东手就是方才的"练秋阁"了。道翁道:"怎么又走回来了?"看亭子里有副对子,是他的学生华光宿的,也还用得,便对子云道:"你于此处,何不再集一副成语?"子云道:"我料着道翁还要考我,我已想就了。"即写道:

　　幽岫含云,深谷蓄翠;

　　横藤碍路,弱柳低人。

道翁说:"好!"又步下山来,沿着右边一带山径,足足走了半里多路,过了好些石磴山屏,小亭曲榭,到了一带梧桐树边,前面远远望见"赐书楼"。才从西边一条曲径走去,又穿过了几处神仙洞,便是一道清溪,围着一个院落。门外也有几堆小山,尽是碧桃花树,已盛开了。遂同过了小石梁,来到桃坞,这里有五六处坐落。游赏已毕,道翁道:"此处改为'寻源仙墅'。也须添副对子,再借重庾香一题罢。"子玉想了一会,写出看是:

　　此处即仙源,自有问字青鬟,添香红袖;

名园为福地,不数踏歌潭水,打桨春潮。

道翁大赞,众名士也随声附和。出了"寻源仙墅",又过一座半石半土的小山,接着就是几百株杏林,围着三四层重楼。湘帘晃漾,绮户文窗,令人应接不暇。道翁道:"这个楼名题得才妙,无须更换。'东风昨夜楼',是哪一位题的?"次贤道:"是度香题的,对子是我做的。"道翁道:"好对子!"朗吟了一遍,也叫琴仙写了出来。琴仙记得是:

　　一夜雨廉纤,正燕子飞来,帘卷东风,北宋南唐评乐府;

　三分春旖旎,问杏花开未,窗闲青琐,红牙白纻选词场。

于是从"东风昨夜楼"后面走去,说不尽园中的景致。又到了一处,尽是些榴花艾叶、萱草紫薇等类。有几架老藤花,开满四处,还有些罂粟、虞美人,有五六处坐落。道翁各处看了,知是"小赤城",因榴花而设。又看了些对联,自己题了一副,命琴仙写了出来。众人看是:

　　翠黛忘忧,琥珀杯斟金谷酒;

　　红巾侍宴,珊瑚枕卧赤城霞。

众人大赞。又走了出来,望北而行,右手竹梅外,望见"宝香堂"的东墙角,又见"风露清吟馆"的那一带峭壁。迤向西北沿池走去,又到一处,见碧梧翠竹、芭蕉棕榈、枇杷柿子,清阴满目,爽逼衣襟。有五六块大盘陀石,顶上盘着凌霄花,正开得茂盛。此处妙不可言。

道翁与众名士在石凳上坐了。道翁道:"这里别开生面,宜夏宜秋。"坐了一会,进了屋宇,见有回廊,有抱厦,有平台,有敞厅,游历不厌。正中厅内,见题着"积翠轩",有几副对联。道翁道:"积翠轩可改为'清凉诗境'。"众名士道:"这'诗境'二字大妙!"道翁道:"庾香再题一联何如?既题了温柔乡,也不可不题清凉境。"子玉听了,颇有愧色,只得唯唯听命,也就集了成语。众人看是:

　　雾雨送秋,轻寒迎节;

　　狂花满屋,落叶半床。

道翁与众人赞毕,过了"清凉诗境",便是个水荡,青蒲细柳,绿醮波光。湖边有两三处茅舍竹篱,是个稻庄。其余隙地尽作平畴,颇有鸡犬桑麻之胜。东边河面窄处,有个石梁,众人走了过去,就是先来的射圃,那边就是菊畦了。到了稻庄闲步了一会,又到稻庄后面,尚有无数的小房子在那里,都是园丁、花叟住的地方,还有藏花窖,藏冰窖,茶寮酒肆,倒也有趣。

那些园丁见主人同了客来，一齐躲到屋里去了。众人又绕到西边，尚有些鸭栏鸡塒①，蟹籪渔庄，麰②麦一畴，菱茨满荡。道翁不胜留恋，想起归田之乐来，谓子云道："将来尊大人回来，这个平泉庄，胜于古人多矣！"便数今天添的对子，已有了二十二副，内中最多者，是子玉与他自己，其余也有两副的，唯文泽、王恂只有一副，未免不公。于是烦王恂、文泽各撰一副，又改稻庄为"红雪西庄"。先是文泽念了出来，是：

> 梅雨平添瓜蔓水；
>
> 豆花新带稻香风。

王恂也念了两句，是：

> 宰相归来游绿野；
>
> 将军老去隐青门。

道翁道："这两联都好，不分伯仲。今日这些对联，各有所长，老夫只可拜倒辕门了！"众名士谦让了好些话。

今日这怡园，也算游尽，只剩了些小景致，不关紧要的地方。子云请众位还到宝香堂，已是夕阳西下，朱霞半天，映着那些牡丹花，更为绚烂。已撤了护花的幛子，子云备了两席，一席是道翁、南湘、子玉、琴仙、次贤；一席是仲清、春航、文泽、王恂、子云。正饮酒间，王兰保、金漱芳、秦琪官、林春喜同来见了，即分开坐了，谈些闲话。子云道："今日这二十四副对子，清芬浓艳，各尽所长。但我看来，始终要推道翁先生的'赐书楼'、'承荫堂'冠冕堂皇了。"众名士道："自然。我们到底觉得力薄，哪里能这样大方？这是勉强不来的。"道翁道："这也不然，一来相体裁衣，二来是各人的性灵。今日高超的是剑潭，沉着的是竹君，细腻风光的是庾香，风华绮丽的是湘帆，秀润工稳的是庸庵、前舟，潇洒跌宕的静宜，就是度香那两副集句，也觉得落落大方。正是各人自立一帜，无从评定甲乙。你们看这二十四副对子，好在虚字少，尽是实字多，便见得力量。若教外边那些名宿做起来，不知要添多少虚字在里头，才凑得成、捏得拢呢！"众名士一齐佩服。

子云道："先生何不将那篇序文拿出来，大家看看？"道翁道："我本要

---

① 塒（shí）——在墙上凿的鸡窝。

② 麰（móu）——古代称大麦。

请教。"即叫书童到春风沉醉轩,取了出来。大家争先要看,子云道:"不用,我与静宜是看过的了。"便叫书童找了两个针,将序文插在壁上,携灯照了。六名士看时,那四旦也同过去看。见道:

昔者署书之体,肇于白虎苍龙;刻石之诗,昉自平泉翠簌。故《兰亭》一序,春帖争传;《柏梁》数篇,华词擅藻。况乃地严紫禁,云护皇都。名著金台,星连帝座;铜街复道,珠市通衢。龙楼映凤阁以生辉,玉辇随金銮而同警。貂蝉贵第,大开竹木之园;驷马高门,广建芙蓉之府。尔乃东海巨公,南天协相。秉百蛮之节钺,领两浙之湖山。岛屿风清,海洋令肃。鲸氛净而飞艎万里,蜃气息而晴霞满天。预谋韩忠献昼锦之堂,先廓晏大夫近市之宅。赐来水衡之钱百万,拓出金谷之地十弓。则有翩翩公子,弱冠为郎;岳岳清才,英年攀桂。簪裾云集,皆四姓之门庭;群履风流,洵一时之俊彦。共商图画,成此园居。鸠工庀材,三十六月;风廊水榭,四百八间。人杰自应地灵,云蒸亦复霞蔚。其园也,峥嵘窈窕,突兀欹崎;山列如屏,水潆成带。灵枫人柳,老化红羊;怪石危峰,暗蹲碧兽。三分竹而二分水,五步阁而十步楼。横塘曲槛,尽草木之扶疏;青琐绿墀,极房栊之繁盛。听鹂有馆,斗鸭成陂。驰马毬场,设鹄射圃。春风一来,则繁花如绣;夕阳欲下,则好鸟咸啼。流泉数金石之声,岩岫染黛眉之色。则有云间词客,邺下才人,落唾生珠,清词霏玉。回紫澜于大海,骑彩凤于神山。琉璃研匣,置鸲眼之端溪;翡翠笔床,卧鼠须之湘管;朱盘展而华月倒行,宝鼎喷而祥烟成盖。夜吟未已,宵露珠圆;晓寐未遑,朝阳金灿。竹楼花浦,时来不速之宾;残雪断霞,绝少离群之感。论古则源探星海,辨才则河下龙门。风云壮而五纬经天,月露新而七星贯手。洵乎豪矣,不亦壮哉!于是南都石黛,妙选歌台;北地胭脂,文来舞榭。惊鸿飞燕,飘冶袖之双双;鹿锦凤绫,结霓裳之队队。联步于广寒之阙,玉宇无尘;回眸于洛浦之滨,秋波屡转。唾花飞而香留三日,歌珠串而莺啭一林。何论蛾眉蟓首,秾夸桃李之颜;翠羽金梁,盛侈钗细之饰也。而议者谓玩物丧志,节欲保身,腥酿之味腐肠,窈窕之妹伐性。是以寇公居处,地乏楼台;羊子清贫,衣唯布帛。上卿犹豚难掩豆,丞相亦门不容车,即为清德之是徵,高风之足尚。岂知屏列歌姬,不失汾阳之业;庭罗丝竹,愈形谢傅之贤。陶士行有僮仆千人,于襄阳称馈遗十万。金花银烛,羊公爱客之心;醇酒妇人,信陵自豪之致。况本门高王、谢、佩爱罗囊;姓拟金、张、卫森画戟。自有甘临之象,何须苦节之占。宜乎视金银为土芥,轻珠玉如泥沙。且超脱者为才子之情,豪纵者尤少年之气。阳春烟景,大块文章。驰电难追,逝川谁挽?苟不及时以行乐,殊为拘执而鲜通。更逢樱桃为郑国之尤,芍药以扬州为盛。故琵琶筝笛,游楚常以随身;月观琴台,徐湛因之宴客。龙华会上,聚青真玉女之仙;兀迹山前,志赤乌美人之地。千灯张而银河落于树杪,重廉卷而珠彩生于栋间。华胁忉利之天,原许神仙游戏;流水夭桃之际,岂无花草迷人。多见者识广,博览者心宏。若云尹文子之身宜布衣,公孙宏之餐应脱粟。清风明月,买不因钱;扫雪烹茶,贫而能乐。是犹舍江湖之大,而濯蹄涔①;忘华岳之高,而惊培堘②也。仆衰年作吏,憔悴风尘;壮岁束书,羁栖宾客。然而览洞庭彭蠡之胜,瞻南衡东岱之崇。登吹以而揖高岑,入戎幕而抗范陆。拥裘雪塞,走马兰台。庚子山萧瑟生平,江关已暮;杜少陵漂摇风雨,草舍无存。今也驽骀犹恋盐车,归田何日;社燕暂寻朱户,胜地重逢;会珠敦玉牖之场,作联袂题襟之集。呜呼!蓬心将死,经零雨而重苏;桐尾已焦,遇赏音而犹响。结交以道,文字为缘。他年事业勋猷,相门出相;此日池台花鸟,仙境求仙。若谓歌梓泽之芳园,言兴珠翠;序玉台之新咏,书凿金银。则仆才尽江淹,赋输王粲。愿投梭而看织锦,请捧研以俟生花。

　　当下众名士看了,正是游、夏不能赞一词,唯有拜倒而已。道翁自谦一番,又道:"可惜今日吉甫未来,又少了许多名作。明日想他也就大好了,请他来看了,斟酌斟酌再刻。"诸名士皆以为然。直饮到三更,方才尽欢而散。不知后事如何,且听下回分解。

---

①　蹄涔(cén)——留有牛马脚迹的小池塘。比喻量小。
②　培堘(lóu)——小土山,比喻卑小。

第四十七回

奚十一奇方修肾　潘其观忍辱医臀

话说诸名士那日在怡园分题了些对子,经道翁一番赏识,俱极欣喜;后又看了那篇序文,真是五体投地,不能不服。就是南湘、春航是最不轻易服人的,此时也是真心拜倒。明日,子云又请金吉甫到园将那些联额看了,吉甫亦甚佩服。请道翁用真行字写了十六扇屏风,吉甫荐的季十矮子在园中刻起来。

到了四月十一日,春航、南湘报中进士,南湘中了二十一名,春航中了三十四名。两人不消说都欢喜,把个蕙芳、兰保也乐得说不出来。

南湘此番在京,借住在文泽处,因去年乃翁赴任时,将住宅卖去。蕙芳因春航在文泽处,虽彼此相安,但他出进虽没人说话,也常要到门房走走,因此觉得不甚便当。又见南湘也中了,想他们二人的才学,是必入馆选的,即与春航、南湘商量,何不合租一所房子? 他二人也甚愿意,就托蕙芳留心。蕙芳又托人问了几处,皆不合意。

一日,来到子云处,说及此事。子云道:"何不到我园中来? 也热闹些。且道翁已选了南昌府通判,不日就要赴任,玉侬是要同去的了。你们搬进来不好么?"蕙芳道:"我是不搬进来。"子云道:"你也搬进来。"蕙芳道:"我要搬进来,还要等一两个月,此时还不能呢!"子云道:"桂岭那边丛桂山房,就有三十几间屋子,竹君、湘帆二人很够住了。你去对他们讲,说我说的,不必另觅。将来如有家眷来了,再找不迟。我明日拣个日子,去请他就是了。"蕙芳应了,又到次贤、琴仙处谈了一会。琴仙知道不日就要出京,回念旧时朋友相好一场,出京之后,不知何年再叙,甚觉缱绻。留蕙芳坐了半天,谈了好些话。蕙芳道:"你要出京,我们自然要送行的。但你令尊在京,拘拘束束,不甚畅快,须到外边去才好。"琴仙也应了。

蕙芳谈了许久,方才辞出。见了春航、南湘、文泽,均将此话说明:度香要请他们二人过去。春航道:"竹君可以去,我这几日就想接家母与内人来,房子终要找的,省得挪来挪去。"南湘道:"我也看去不去也在两可。"春航明日面辞了子云,说要接家眷来京,子云也不好相强。蕙芳也找着一所房子,甚是合式,就在鸣珂坊,与子玉相近。又替春航备了车马,新收了几个管家,那赶车的就是周小三,进来后又荐他小舅子许老三,改名许贵,做了跟班。局面一变,暂且按下。

且说那奚十一病好之后,已养了一月有余,此时性子减了好些,身体瘦了好些,烟瘾又大了好些。但奚十一这个孽障,虽经了这番痛苦,就应该痛改前百,保身节欲。谁知他身体一健,仍旧不安本分。况且内有菊花,外有巴英官,这两重后门是封锁不来的,未免也要应酬应酬。无奈那厥物甚不妥当,不动作时倒也不觉怎样,此时原只剩了半截,没头没脑,颇不壮观。到动兴时,内中有一条筋胀得生疼,要勉强应酬几下也是不能的,把个菊花心内急得无法,唯有暗中流泪。奚十一也觉抱愧,自己一想,今年才得三十岁,怎好就是这样? 若在家乡,倒还能想个修治法子,这里只怕未必有这个能手,把他移梁换柱起来。

一日,要到宏济寺去谢唐和尚,封了五十两银子,叫英官拿了。到寺门口,见间壁开了个饭庄子,挂着招牌,写着"安吉堂"。奚十一也不理会,到寺中见了得月,有些恨上心来,把他肩上狠狠的拧了一把。得月嚷道:"做什么使劲的拧我?"奚十一笑道:"你害得我好苦! 病了一个多月不算,把那子孙椿也锯掉了半截,叫我做了个废人,我好不恨你!"得月把眼狠狠的瞅了他一下,冷笑了一声道:"你不知哪里沾了来,倒来冤我。我好好儿的有什么? 你只要看我的师父……"说到此住了口。奚十一坐了,拉他在身边,问道:"你师父哪里去了?"得月道:"在间壁庄子上。方才有个杨八爷,请他去说话,就回来的。"奚十一又与得月顽笑一会,再问聘才也不在家。

只见唐和尚醉醺醺的回来,见了奚十一,满面春风的道:"恭喜! 恭喜! 如今是大好了!"奚十一笑道:"多谢! 还亏了你。虽然如今做了歪脖子的老短,到底还留了一半。若用了那人的药,定然弄到斩草除根,净了身子。我也没有什么谢你,这一点东西算还你的药本罢。"说罢作了一揖,从英官手里接过来,双手送上。唐和尚连忙的推辞道:"这如何使得! 咱们弟兄怎样的交情? 你竟把我当作外人看待,送起谢仪来,快请收回!"奚十一道:"你莫非嫌少么?"唐和尚连忙赔笑道:"岂有此理!"双手只管推来。奚十一道:"唐大哥,你不用这样,咱们交情原不在这上头。

但你那八宝丹是个贵重丹药,也花了钱才配成,不是几个钱买来的。如今你不收,倒使我为难了。"唐和尚还要推辞,奚十一决要他收,只得收了。

二人讲了一会话,唐和尚道:"你如今想已不忌口了,我这个庄子有几样菜颇好,今日尝尝新。"奚十一道:"这个庄子是谁开的? 开有几天了?"唐和尚道:"这所房子是我寺里的,前年师兄租与一家住了,吊死了两个人,那家就搬了出去。以后常常的闹鬼,所以闲空了一年。前月春阳馆的黄掌柜的来,看这屋子好开庄子,与我搭伙计,我出了四千吊钱,才开了三天。有个厨子,会做几样菜。一样烧鸭子,已是压倒通京城的了;还有一样生炒翅子,是人家做不出来的。靠你能的福,这几天倒也拥挤不开。城里头有几位相好,也赶出来。却还有一样比别处好,后头一重门开通,就是魏大爷的住房前一层。有相好的,如果酒后要吹两口,可以到我这里来。就那边也另有两个密室,要相公、媳妇都可以叫得。从我这边进去,是没有人知道的。比运河旁边那个右僧庙,一切更觉方便,又觉严紧,你说好不好?"

若奚十一从前听了,不知怎样高兴,无奈如今大非昔比,眼前不见,耳中不闻,倒还好些,若听了那些话,见了那些人,心中一动,底下那脑袋就像要伸出来,这条筋偏又拳缩伸不直,好不难受,因此不敢动心。他也不怕人笑他,就将这个苦楚说给唐和尚听,听得唐和尚大笑不止,说道:"你拼得再病一个月,我替你治好他。"奚十一道:"怎么治?"和尚笑道:"我将些烂药把那条筋烂掉了,省得他要痛,岂不好么!"奚十一道:"不好,适或一齐烂完了,怎样呢? 难道还长得出来? 我们广东倒有个接树法子,用海狗肾接他,不知京里有会的没有?"

唐和尚拍手笑道:"巧极! 巧极! 怎么没有? 方才一个杨八爷叫梅窗,一个张师爷叫笑梅,是魏大爷的相好,常到这里来,我也与他相好。他们二人在间壁吃饭,我送烟过去,与他们讲了半天。那张笑梅有个亲戚,是苏州人,专门行这一道,替人配眼珠子、配鼻子、配牙,这却都是假的。唯有接那样东西,说先上了麻药,将他一劈四瓣,把狗肾嵌进,用药敷好,再将药线缠好,一月之后,平复如初。这狗肾是要狗连的时候,一刀砍死两个,从母狗阴里取出来的,才有用呢,不是什么海狗肾。而且听得说,人是不疼不痒的。这人叫阳善修,现寓在城外,想必你那个也可以接得。但据你说短了,不晓得能接长不能。"

　　奚十一听了,满心欢喜,就立逼着唐和尚去请他来商量。唐和尚已经访明了住处,就叫人去请那阳善修。那阳善修住得不远,不多一刻来了。唐和尚出来照应他,先在外间坐下。奚十一从里面看他面貌,颇不适观,衣裳褴褛,有几分瞧不起他。也不出来,教唐和尚与他说话。和尚将奚十一的毛病讲了,阳善修道:"讲接法也不同,先看各人的本源,再看各人的行货。譬如那老年人筋力衰的,是不能接的,就接了也是白接。若是本源好的,就烂掉了半截,只要有个根子,也可接得起来。但先要看看那位的本钱,再斟酌接法。"唐和尚同了他进去。奚十一勉强把腰松了一松,就坐下了。

　　阳善修见奚十一才三十来岁,身材长大,像个本源未亏的人。但看他那威风凛凛的样子,不敢来问他,局局促促的站着。奚十一把手一招,叫他坐了。方才讲的话,奚十一早已听见,便道:"我这个病就有一样作怪,内中象有条筋扳住,胀起来他就有些疼,必要先治好了这条筋,才可治别的。"阳善修道:"且先请教请教,看是怎样?"奚十一也觉有些不好意思,唐和尚走了出去,奚十一方站起来解开裤子。那人凑着一看,把个象牙片儿拨了两拨,叫奚十一把裤穿了,说道:"果然先治直了这条筋,方好再接。"便出来对和尚坐了,先讲盘子①,包修包好要二百银子,如有什么不妥当处,一钱不要。唐和尚与奚十一讲了,奚十一道:"二百银也不多,但是要有用才好,不要被他赚了。"唐和尚道:"他说好了才受谢,不好不要钱的。"奚十一应了。唐和尚做中,三面言明,立了字据,明日先付药银五十两。阳善修即拿出一包药,一条绫带来,交与奚十一道:"你回去将这药用丁香油调好敷上,把这绫带捆了,起先松松的,到起性时便扎得紧紧的,越硬越扎紧。只要三刻工夫,这条筋就直了,永远不缩的。明日我到府上来再治。"说罢去了。

　　奚十一满心欢喜,便等不及唐和尚请他吃饭,即辞了回去,与菊花说知。菊花更加欢喜,便打了丁香油出来,绝早就吃饭,过了瘾,催奚十一睡了。将药调得浓浓的敷满了,他将带子捆上。奚十一觉得那物先凉后热,一会儿火烧起来,胀得甚疼,便叫菊花把带子收紧,收紧了觉好些,一连收了三次,方才止痛。奚十一睡着了,菊花醒来,将手摸摸他,觉比以前长好

_____

　　① 盘子——价格。

些,心中甚喜。到了明日起来时,菊花要解他的看看,奚十一正想撒溺,菊花替他解了。奚十一撒了一泡黄溺,从新捆了。

吃了早饭,唐和尚同了那人前来,奚十一到书房里陪他们坐了。阳善修问昨夜的光景。菊花走将出来,从板壁缝里望那个医生,生得颇不顺眼,一个黄肿脸儿,约三十来岁年纪,有几根微须,身材短小,穿一件油晃晃的旧绸袄子,两支袖子破烂不堪。又见唐和尚的头剃得紫光油滑,穿件青绸夹袄,拿着把扇子掮着。听得那人说道:"叫你们管家生个炭炉来,要一大罐子开水,再要个小药吊子,还要旧绸子一块。"奚十一吩咐都取了来,炭炉、开水是现成的,就搁在一边。那人取出一包药,听得他说道:"这是参,这是牛黄,这是珍珠。"又抓些别样的药在里头,煎了一会,倒了一杯,凉了半刻时候,叫奚十一先服了。奚十一道:"我等不及了,我要过瘾!"那人道:"索性上了药,你再和唐师父吃烟,等这药性发一发,就好动手了。"此时春兰、英官也站在书房门口观望。

菊花见那人先调了半盏子药,将奚十一的带子解开,将水洗净,把绸子擦干了。菊花嫌那板缝小,还有些灰土嵌在里面,取下金耳挖来,把板缝里的灰剔得干干净净,眼光才望得到转弯处。见那人将药与他敷上,又拿一个绸套子套上,点了五寸长一支香。奚十一与和尚躺下吹烟。菊花又见那人到窗前桌子上解一个包,取出个竹筒,并一个油纸包来。把那油纸包打开,有几条药线,还像似湿的,将四条理直了,放在一边。听得他问道:"你那尊躯似乎过短,你如今要加长些不要?"奚十一道:"能够加长更好。"那人道:"也不能很长。此时尊驾发起性来有多少长?"奚十一道:"前日不过两寸半,昨日筋直了,有三寸了。"那人道:"我替你修好了,就可以有四寸,也就够了。"奚十一一口烟含在嘴里,答不出话来,菊花在外听了,当是奚十一只要四寸,便着了急,失口说了一声道:"极短也要五寸!"唐和尚忍不住笑了一声。奚十一听得出口声,便咳嗽了一声。菊花自知失言,便跑了进去。

阳善修听得有人说要五寸,抬头一看,见门口有两个孩子站着,便当是他们讲的,也笑了一笑。春兰脸倒红了一些,英官鼻子里哼了一声。那麻药已上了好一会,菊花忍不住又走了出来瞧时,见那人说道:"香已点完了,药性也走到了。"身边又扯了一块青绉纱来,笑对奚十一道:"疼是一点不疼,但你自己看了,我就下不得手,你须闭了眼。"奚十一听了,把绉纱在脸上捆了两道。叫他坐在炕沿上，把腿分开，搁在两张凳上。那人拿了药线放在一边，即蹲下身子，从竹筒里拣出两把小钢刀。菊花见了害怕，心里已突突的乱跳。见那人解下套子，那敷上的药早已半干了；又将鸡毛醮着药水，刷了一转，才把刀划了一刀，血冒出来，把一条药线嵌进。一连四刀，嵌了四条。菊花看了，在那里发抖，抖得牙齿对碰，扑在板壁上，那板壁也刷剌剌的响。春兰、英官吐出了舌头，缩不进去。唐和尚不忍看，躺着吹烟。

那人又掏出一个锡盒子，取出一片鲜红带血的肉来，中间还剜了一个眼。又见他把那把小刀在龟头上戳了几刀，又冒出血来，将那片肉贴上，再用药敷好。通身又上了药，扎了两三根药线，把个象牙片在头上按了几按，研得光光的，才把绸套子套了。解开了蒙眼的绉纱，见奚十一揉揉眼睛，像似不知疼痛，菊花才放心。唐和尚问道："怎样？"奚十一道："倒也不觉怎样，就是下身麻木。"此时两腿一动也难动，阳善修把他腿掇了下来，扶他睡下，说道："每日吃煎药一服，我留下方子，你们自去抓罢。敷药我每天午正时来替你上，七日内包好。好之后，切不可就使唤它，总要两三月之后方可办事，不然是要受伤的。切记！切记！公鸡、鲤鱼、羊肉，百天之内吃不得的。大好之后，你若能吃狗肉倒有益处。"奚十一道："狗肉我们广东人叫做地羊，是常吃的，我也不知吃过多少了。"阳善修对唐和尚道："昨日讲的药本先给我，我好去配药。"奚十一即叫春兰去对姨奶奶讲，要一封银子出来。菊花听了，先进去开了箱，取出一封银子，交与春兰送出。阳善修接了，收拾了药包、物件，叫春兰、巴英官扶了奚十一进内去躺躺罢，同了唐和尚出去了。

奚十一果然每天服药一次，阳善修每到午正时候便来上药，一连十余日，竟已长好。后来菊花也不回避了，到阳善修来上药时，在旁偷看。奚十一那物壮了好些，但是刀痕虽合，一条一条的形迹尚在头上，更不好看，一块青、一块红，像人脸上带着记印一般。唯撒溺时尚有些疼痛，且按下不题。

要说潘三自那日受了周小三这番荼毒，回去唬了一场大病，二十几天才起得来。这口气闷在心里，无从发泄，还算小事，那许老二抠了他一抠，又放了些东西在内，潘三回来赶早想法还好，偏偏又病了正个月，如今又隔了多时，里头倒像生了虫，痒得难忍。老婆面前也讲不出来，每到痒时，只好隔着裤子抠抠擦擦,无奈全不中用。要想找个人替他医医这痒病,自己已是这些年纪,又这般相貌,断难启齿。

那一日实在难忍了,只得要老年失节。想家内人都告诉不得,只有一个打更的焦傻子,是个懵懵懂懂的人,才二十几岁。告诉了他,要他当这个美差,叫他不许对人讲,想他倒不讲的。主意定了,便叫了焦傻子到一个小账房里,先赏他喝了一碗酒,三个黑面饽饽,然后把这毛病对他说了,又叫他别告诉人。焦傻子只管点头答应,心内一些不懂,嚼完了饽饽转身就走。潘三一把拉住他,他问要做什么?潘三再要讲一遍,也讲不出口来,若放了手,又恐他走了。便拉他到炕前,才放了手。自己伏在炕沿上,拉脱了后面衣服,高耸尊臀,口里说道:"你来!你来!"焦傻子见了,四下张一张,见桌上有张包茶叶的纸,抓了过来,递与潘三,嘴里说道:"三爷你自己擦罢,我只会打更,不会擦屁股的。"一径走出去了。潘三又好气又好笑,只得罢了。

过了几日,更加难忍,便恍然大悟道:"要找人是要找个行家,这糊涂的找他何用!"便想起与他玩过的那些相公,若去找那年轻貌美的,又定不妥,只有一个叫桂枝,如今三十多岁了,光景甚苦,在班里分包钱,他与我有些情分。即到戏园中找着了桂枝,也带他上了馆子,又许他几件衣裳。桂枝心里喜欢,当是潘三念旧,还要与他叙叙,便极力巴结。潘三见他光景甚好,痒病便发作了,便把他的病根告诉了他,问他可有医方。桂枝听了,笑了一会,说道:"这没有医方。就有医方,想你能也断乎不肯的。"潘三道:"我倒肯,只怕人家倒不肯。你若肯医我这个病,我愿重重谢你!"桂枝笑了一笑,瞅着潘三。潘三见他肯了,便坐到他怀里,一手将桂枝那物捏了几捏,也有些意思。桂枝心里想他帮衬,只得勉强。彼此松了裤子。桂枝也当他与自己一样的东西,不料到门口一撞,一团茅草,路径不分,针针刺刺的,心上一惊,那物就如春蚕将死的光景,卧倒了再也扶不起来。再见潘三的脸回转来,问道:"怎样?"桂枝更觉肉麻,身上一冷,浑身起了鸡皮皱,忙说道:"今日不能,明日再医罢。"潘三见此光景,只得拉倒,心上还想他明日来,与他约定了,给了他四吊钱。那桂枝又诉了多少的苦,格外要借十吊钱,潘三又只得给了。到了次日,桂枝果然来了。进了小账房内,也照昨日的样,只是不济,就用三牲也祭不起他,把个潘三急得无可奈何,两人白白的坐了半天而散。

　　潘三正在纳闷,忽见一个伙计进来,说道:"周家那找零的银子二十九两七钱,打发人来取。"潘三道:"我早已秤好在此。"将天秤架下抽屉一开,只见几个砝码在内,不见银包,又从各处找了,也不见有。潘三明知桂枝偷去,只得叫伙计重兑了。再看屋内,墙上挂的一个表也不见了。潘三恨声不已,因是找他来医病的,不便多说,忍气吞声,唯有暗恨周小三与三姐害他。

　　又挨了几日,那天多喝了一钟,更痒的厉害。偶然想起卓天香,也十七、八岁了,又是他的老主顾,叫他来商量商量倒可以,即叫人去叫了天香来。天香来了,见了潘三请了安。潘三甚是欢喜,又同他到小账房里,摆出一盘盒子菜,一碟熏鱼,一碟瓜子,一壶陈木瓜酒,与他谈心。天香见潘三喜眉笑脸,也斜着眼睛,扭头扭脑,不像往日的样子,心里想他今日高兴,必有一番缠扰。吃了一会,天香过去与潘三一凳坐了。潘三搂着,一手摸他那物,比落花生大得有限,心里吃惊问道:"你今年十八岁了,怎么还没有发身,像七、八岁的孩子?"天香笑道:"不晓得为什么缘故,他只不肯长。他也不懂人事,总没有动过色。"潘三道:"我不信。"把他那颗落花生双手拈了几拈,果然不动,又捋两下,也不见怎样。潘三气极,将他推下身来。

　　天香嘻嘻的笑,又扑到潘三怀里,拈着他的胡子道:"三爷怎么恼我?我原用不着这个,怎么你今天找错了门路?"潘三撅着嘴不理他。天香伸手去摸潘三的下体,也像烟瘾来了的一样,垂头丧气,不似往日的淘气。天香弄了一会,有些起来。无奈潘三一动心,后面更发痒得厉害,要把天香撑开。天香当是他故意装做,便一把攥得紧紧的。潘三咬紧了牙,夹紧了屁股,把天香肩上咬了一口。此时是穿的夹衣服,一口把天香咬得"哎哟哟"的叫起来,把一手护着肩。见潘三靠了椅背,把身子往下矬了几矬。天香见此光景,甚是不解,眼睁睁的看着潘三,见他面红耳赤,又不讲什么。天香道:"三爷,你今日为什么不喜欢我?想我伺候错了,因此恼我?"潘三道:"我也不恼你,但我今日不高兴与你做这件事。"

　　天香只得走开坐了,又道:"三爷要梳发不要?"潘三道:"也好,倒梳梳发罢。"天香与潘三梳起发来。潘三问道:"你们给人玩的时候,内里怎样快活?"天香笑道:"有什么快活,这是伺候人的差使,快活是在人快活呢!"潘三道:"不是这么说。我听说有一种人,小时上了人的当,成了红毛风,说里头长了毛,便痒得难受,常要找人玩他,及到老了,还是一样。这真有的么?"天香道:"可不是,我们东光县就有两个:一个刘掌柜是开米铺的;一个狐仙李,都是四十几岁了,常到戏场里去找人。他先摸人的东西,那人被他摸了不言语,他就拉了他去,请他吃饭给他钱,千央万恳的,人才玩他一回。适或碰着了个古怪人,非但不理他,还要给他几个嘴巴。这个毛病至死方休的。"

潘三听了心里更急,又问道:"这毛病除了人玩,还有什么方法可以治得呢?"天香道:"哪里有什么方法!"想了一想,忽又说道:"有、有有!有一个人与我们同行,听他说医好一个人,说是用手挖出来的。"潘三笑道:"这个如何放得进手?"天香道:"手是放不进,指头是伸得进的。"潘三道:"适或长了毛,指头也挖不出来。"天香道:"他有方法。他说长毛也要经过人精才长,没有经过是不长的。不过那东西不得出来。"潘三道:"既这么说,有三个月的,大约还可以治得。"天香道:"这要问他。"潘三见有人能治这个毛病,便将实话与天香说了。天香听了,也甚诧异,怪不得方才这个样儿,想要与我做个烧饼会,便笑道:"你也玩得人多了,与人玩玩也没有什么要紧,治好他做什么!"潘三把他拧了一下。梳完了发,潘三千叮万嘱的,叫他找了那人来。

天香去了。到明日,去找那人,告知缘故。那人笑道:"潘三叫你来请我么?这事我早知道。他正月里拿这个法子收拾了许老三,许三姐才设计哄他,许老二就用他的法子收拾他。许老二早告诉了我。许老三吃了多少荞麦面,还吃了泻药,泻不出来。还是我传他的法子,听说三姐将银耳挖替他挖干净的,才不至成了毛病。潘三这个人真不是个东西!极该得这个报应,由他罢了!"天香再三的替潘三央求。那人道:"既然要我去治好他的病,你去对他说,要送我三百吊钱。他这个毛病还花三百吊买来的,何况要治好他,应该加一倍才是。"天香即将这话去对潘三讲了,潘三道:"不知取得出来取不出来?如果真能取出来,我就给他三百吊,但叮嘱他别告诉人。"

天香去了,歇了两日,才同了那人来。到潘三小账房内,潘三颇不好意思。那人道:"三爷的事我全知道。但日子久了,取他出来也不容易。"潘三自己讲不出来,叫天香与他讲定了:如好了,送他三百吊钱,明日先交一百吊,十日后不发痒,再送那二百吊。那人也依了,便对潘三道:"三爷你那洞府深,我的指头短,摸不着底。你今日将二两金子,打一支七寸长、笔管粗的一根耳挖,明日早饭后我来,包管你取得干干净净,不要你受第二回苦。"潘三道:"必定要金的? 银的使不得?"那人道:"定是金的,银的万使不得!"说罢去了。潘三疑他赚这二两金子,便用二两低银打了,镀了金,等他来。

明日,那人果然来了,将耳挖放进,替他挖得个干净。潘三也算略尝滋味,先给了一百吊钱。那人把这耳挖果然要了,潘三以为得计。过了十余日,居然好了,竟不发痒,又将那二百吊也给了他。天香借此向潘三借钱,潘三要买她的嘴,也给了几十吊钱。

那人是个剃发的,得了三百吊钱,便一朝发迹,又有二两金子,便乐不可言。一日,想将那金耳挖到银匠铺里打两个戒指,银匠说是镀金的,他还不信,及到试金石上刮了出来,果然是银的,便恨潘三赚他,起了狠心。找了天香,要他去对潘三讲,不应欺他。他如今把这耳挖做了凭据,逢人便说是潘三爷要他挖屁股的,叫他一辈子怎样做人! 天香果然说了,潘三无奈,只得托天香去说:叫他不要声扬,再给他些钱。后来讲来讲去,那人只是不依,又给了三百吊。以后那人与天香串通,每逢缓急,便找潘三;潘三不肯应酬,便恶言恶语的把那件事提起来。潘三像写了卖身文契与他一样,零零星星,真应酬了好几年,直到那人死了方罢。此是闲话,非书中正文。下文即叙琴仙出京,且俟细细分解。

第四十八回

木兰艇吟出断肠词　皇华亭痛洒离情泪

话说屈道翁选了南昌府通判,领凭之后,就要起身。这几天就有些人与他饯行,常不在园。那些名士、名旦,也轮流与琴仙作饯。

田春航、史南湘殿试过了,正是万言满策,铁面银钩。春航竟占了鳌头,大魁天下,授了修撰①之职;南湘在二甲第四,点了庶常②。雁塔题名,杏林赐宴,好不有兴,比起去年春间的春航来,就天壤之隔了。

这春航偏是姓苏的与他有缘:去年亏了苏蕙芳,遂了他的心愿。本以风月因缘,倒成了道义肝胆,使春航一腔感激,不得不向正路上走,因此成就了功名学问。今年会试房官,虽荐了他的卷子,大总裁已经驳落。内中有一位总裁③姓苏,名臣秦,现任兵部大堂④,翰林出身,后又承袭了侯爵,就是华公子的泰山。看了春航的文字,大加赞赏道:"此人才调不凡! 虽掞藻摛华⑤,过于靡丽,倒是个词臣格调,可以黼黻⑥太平。"大总裁犹以为未可,及看他五经通明,策对平允,遂中了他三十四名。苏侯到填榜时,拆到墨卷,见他这一笔楷字,心中大喜,知他殿试必在前列,果然被他中了状元。春航谒见座师苏侯,倒没有讲起;房师与他讲了,所以春航感激这个恩师,与别位不同。

这苏侯少年时,也是个风流学士。年近五旬,夫人之外,尚有四位如君,贵承七叶,位列通侯。但艰于嗣子⑦,正夫人只生了两位千金,长的是

①　修撰——官名,掌修的国史。

②　庶常——众多有善德的官员。

③　总裁——清会试主司。

④　兵部大堂——兵部,古代官制所定六部中的一部。掌管中央及地方武官的选用,考查以及有关兵籍、军械、军令等事宜。大堂指官署办公的正堂。

⑤　掞(shàn)藻摛(chí)华——掞藻,舒发之藻。摛铺陈,舒展;华,华丽。

⑥　黼黻(fǔ fú)——花纹,文采,比喻华丽的辞藻。

⑦　嗣(sì)子——无子而以别人的儿子承继为自己的儿子。

华夫人,第二位小姐也十九岁了,要选个才貌双全的女婿,所以还没有字人①。苏侯初见了春航这般人物,心上十分中意,意欲附为婚姻,问他已有了妻室,暗暗叹息。

且说春航搬进了新宅,凡车马服饰,一切器用,尽是蕙芳一人之力。蕙芳数年所积,也就运用一空。此时蕙芳也辞了班子,常常过来与春航照应。春航要留他在宅里住,他又不肯,但春航大大小小的事,皆系他一人调度。春航万分感激,意欲分任其劳,实在又不及他精明周到。蕙芳又是个好胜脾气,就是没有办过的,他先就访问了,想得彻底澄清,一无翳②障,不要春航费一点心。就是那个许贵也十分灵慧,唯有那老田安,只可看门而已。

一日,春航正与蕙芳商议,要接家眷,无人可托的话,蕙芳愿身任其劳。忽然到了家信,是其太夫人的谕帖,春航连忙拆读。一看之后,不觉泪下。蕙芳心惊,便在春航背后同看。原来春航的夫人,于二月内暴病而亡。太夫人伤心万状,家中只有一老仆,并一仆妇,诸事草草,甚望春航会试回来。适值春航之母舅张桐孙,前任直隶天津府知府,因与上台不合,告病回家;家居数年,情况不支;且上司已换,只得起病来京,定于三月十五日挈眷起身,偕了田太夫人来都,数日间就要到了。春航看完,一悲一喜:喜的是慈母将来,晨昏得事;悲的是朱弦已断,中馈无人。且春航又是个钟情人,想起在家时,钗荆裙布,唱随之乐,不觉大恸起来,蕙芳十分劝慰,劝道:"老太太不日就到,你极该打起精神才好。如今倒自己苦坏了,教老太太见了,不更伤感么?"春航只得暂止悲痛。明日就为太夫人收拾上房,铺陈一切。吩咐下人,从今以后,称呼蕙芳为苏大爷。蕙芳也感激春航相待之意。

过了十余日,田太夫人已到,春航接到良乡,母子相见,悲欢各半。太夫人在路,已知春航中了状元,因此更念起亡媳来。春航又拜见了舅父、舅母,无人不为春航喜欢。进了城,他母舅在春航处暂住了几日,赁了住房,方才搬去。春航在太夫人面前,说起蕙芳的好处,也是落难才唱戏的,

---

① 字人——女子嫁人。

② 翳(yì)——遮蔽。

如今已出了班子。他父亲在云南做过州同①，是个书香之后。在京甚为相得，一切都赖藉他。因此田太夫人待蕙芳甚好，蕙芳更加相安了。

却说史南湘馆选后，便搬进怡园，在"清凉诗境"住了。他的脾气又与春航两样，把那些同年同馆朋友，不放在眼里，也不出去应酬，天天与屈道翁、萧次贤、徐子云一班人，诗酒陶情。闲时又有宝珠、素兰、兰保、漱芳等一班名旦，不是垂帘度曲，就是对酒当歌。南湘素有才名，如今加上个翰林名号，更有那求文求诗的接踵而来。他又怕烦，常请金粟，子玉等代笔，至于不要紧的，连琴仙、蕙芳、素兰、宝珠的佳章，都有在里面。好在人人说好，没有一个看得出来。南湘本要接夫人来京，一因任上两大人无人侍奉；二因他夫人厉害，常要阻他的清兴，劝他戒酒，南湘有些惧内。本来只好狂饮狂游，鳏居倒也不妨。

今日已是五月初四，道翁定于初七日起身，众名士饯行已过。今日道翁一早进城，为华公子请去了。南湘来找次贤、子云，都不在园里，即到"春风沉醉轩"来。只见琴仙手托香腮，在那里颦眉泪眼，见南湘进来，连忙起身。南湘笑道："我道你此番自然长了学问，谁知还是那样见识。人生离合悲欢，是一定之理，各人免不来的，何必作那儿女喔嚅、楚囚相对的光景！快不要这样。你看半阴半晴，时凉时燠②，这般好天气，何不同我到吟秋榭去看看龙舟？如今算你们祖上的遗风余韵了。"

琴仙因与子玉就要离别，虽然叙了几日，心上还是丢不开，郁郁的想念。被南湘道破了，只得强起精神。也因闷坐无卿，便随着他到吟秋榭去。南湘忽又说："我们何不去请了庾香、吉甫两人来？作个清谈雅集，倒也有趣！"琴仙听了，正合他意，便道："很好，你打发人去请来。"南湘道："你找张纸来，我写个字帖儿去。"琴仙找了一张诗□，南湘写了两行狂草，着家人骑了快马，即刻请了金少爷、梅少爷来。

家人奉命先到梅宅，投了字贴，却好金粟正在子玉处，吃了早饭，正想同子玉到怡园来。二人看了字，吩咐来人先去了。子玉、金粟都是随身便服，各带了书童，坐车到怡园，自有南湘的家人引进。知道主人在吟秋榭，便从山边小径抄入，练秋阁前下了船。这个船是天天有人伺候的，不须找

---

①　州同——清官名，从六品，知州的佐吏，分掌粮务、海防、管河诸职。

②　燠（yù）——暖，热。

人荡桨。双桨分开,哑哑轧轧的,从莲萍菱茨中荡去。见白鹭横飞,绿杨倒挂,已觉妙不可言。穿过了红桥,望见吟秋榭边,靠着一个龙舟,今日却未装满,恐天要下雨,只装了几层油绸蜡绢。到了水榭阑边,已见琴仙靠在第二层栏杆,望见他们来,在上面微笑点头。下面栏前有几个书童站着。金粟、子玉上了岸,进了第一层,听得楼上丁丁当当的响,又听得南湘吟东坡的《水调歌头》道:"我欲乘风归去,只恐琼楼玉宇,高处不胜寒。"当的一声,像把个玻璃钵击碎了,遂狂笑起来。

金粟笑道:"何物狂奴,悲歌击节!"南湘见金粟等进来,益发大笑。金粟道:"此是端午,又非中秋,忽然念那《水调歌头》做什么?"南湘道:"我因看这副对子,不觉击节起来。"琴仙道:"若依着时令,只可作'我欲乘龙归去,只恐珠宫贝阙,深处不胜寒!"南湘赞道:"改得好!教我们馆中朋友改这一句,定想不到'深'字,必改个'低'字。"子玉、金粟大笑。子玉道:"你也把他们太薄了。"金粟道:"他们的文章诗赋,倒合古时候的格调,也是有本而来。"南湘道:"什么格调?"金粟笑道:"《清平调》不是太白先生遗下来的?"子玉道:"这'清平调'三字甚合!"南湘道:"只怕还有些清而不平,平而不清的。"金粟道:"文章之妙,在各人领略,究竟也无甚凭据。我看庚子山为文,用字不检,一篇之内前后叠出。今人虽无其妙处,也无此毛病。宋之问以'土囊谋人'佳句,试看佳句何如?王勃《滕王阁序》,最传诵者,为"落霞、秋水'一联,然亦不过写景而已。"

南湘道:"我们今日作何消遣?你看天也晴了。去年是初六日,我记得是仲清泰山的生日,那日所以仲清没有能来。今年竟都不在座。"又道:"玉侬两三天就要走了,今日庚香应当怎样?也应大家叙个痛快。这一别不知几年再见呢!"子玉、琴仙听了,都觉凄然,几乎堕泪。琴仙道:"我们何不下船去坐坐?一面走,一面看,比这阁子倒还好些。"子玉道:"果然船里好。"南湘道:"我们就下船去。我备了几样酒果,船里去谈,一发有趣。"说着都下船来。

南湘叫书童带了笔研,又把酒肴也摆下船来,荡动双桨。南湘道:"庚香、玉侬,何以不开口谈谈,再隔两天,就谈不成了。"子玉道:"谈也是这样,亦只两天半了。就算再叙两次,还只好算一天。"琴仙眼皮一红,斜靠着船窗,看那池中的燕子,飞来飞去,掠那水面的浮萍,即说道:"这个燕子今年去了,明年还会回来么?"子玉道:"怎么不会来?保管这两个燕子,明年又在这里了。"金粟笑道:"何以拿得这样稳呢?"子玉道:"'似曾相识燕归来',不是就是去年的么?"琴仙道:"'无可奈何花落去'呢? 难道落花还会吹上枝么?"子玉道:"花落重开,也是一样,不过暂时落劫罢了。"琴仙道:"落花劫也太多,有落在水里的,有落在溷里的。若落在水里的还好,到底干净些。既然落了下来,倒也是他归结之所了。"子玉与琴仙并坐,靠在一个窗里。慢慢的荡到桥边,只见一群鸭子,从桥洞里过来。琴仙道:"你看这鸭子,是一群同着走,倒没有一个离群的。"子玉道:"人生在世,倒没有这些物类快活,毫无拘束。"南湘对着金粟微笑,金粟点点头,听着他们讲话。

子玉道:"人生离合,也没有什么一定。你看天上的云,总是望一边去的。你不见今日是两来的云,东边的会遇着西边的么?"琴仙仰首看天道:"只怕有横风来吹散他。"子玉道:"那边有横风来吹得散,难道这边没有横风来吹合他?"琴仙笑道:"那就要四面风才能。"南湘道:"只怕还有八面风呢!"子玉也笑了。琴仙道:"你看那个鲤鱼好不有趣,他一个独自摆尾而去。"子玉道:"你试看他转来不转来?"琴仙道:"未必能转来了。"子玉心里默祷道:"鲤鱼,你若能游转来,玉侬也就能转来。你顺顺我的心!"那鱼真又转来,一直挨着船身过去了。子玉喜道:"何如? 我要它转来,它就转来了。"琴仙道:"你怎样的叫它转来?"子玉道:"我心上想它,它也就顺了我的心。这是天从人愿!"琴仙对着子玉笑了一笑。

南湘叫摆过酒来,家童摆好了。金粟道:"庾香、玉侬过来喝一杯罢。"一面把船荡到练秋阁前。南湘道:"去年静宜有个《水浒传》的酒令,媚香掣着了'潘金莲雪天戏叔',媚香那个神色,再没有这么好笑。不料湘帆今日,竟能如此了!"金粟道:"湘帆真不负媚香!"说着叹了一口气。南湘道:"也幸遇着了媚香,若遇了别人,未必有这管教他的本领。若天天朝歌夜弦,只怕湘帆真要做郑元和了。可惜! 可惜! 媚香若是个女身,此刻就是状元夫人了,偏又要多生出个雀儿来,教湘帆有欲难遂,伉俪不谐!"子玉恐琴仙不愿听这些话,便把些别样话来打断他。南湘、金粟也因琴仙在座,便不说了。

船又荡到了桂岭。子玉道:"我们荡转去,到兰径、菊畦、稻庄去罢。"南湘道:"也只可到兰径罢。我看那边水浅,这船如何去得?"琴仙道:"要到稻庄去,就要走围墙边。那带河,过了水闸,全是大河,从菊畦背后,就到了稻庄。还可以到桃花源,就到不得兰径。"金粟道:"这里路我没有走过,就这样去。"于是一路的荡去,又觉别开生面。

金粟道:"庾香你也该临别赠言,做首诗赠玉侬。"子玉道:"我们联句罢。"金粟道:"这个恐不能。各人是各人的情意,未必联得上来。"琴仙道:"前日静宜画了一柄扇子,是个《怡园饯别图》。度香于那一面填了一首《金缕曲》,还空了一半。"说罢,便从袖子里拿了出来,给与金粟等看了。见画的是"古香林屋",内中画几个人在那里饯行的光景。度香的词也做得甚好。子玉道:"我们就和他的韵罢。"南湘道:"你先来。"子玉一面闲谈,一面想着,即成了一阕,写了出来。南湘、金粟看着,琴仙念着:

何事云轻散? 问今番,果然真到海枯石烂!

南湘道:"一开口就沉痛如此,倒要看看底下怎样接得来。"琴仙念了一句,已经哽塞住了,到"海枯石烂"四字,便接连流下几点泪来,再读时,声音就低了好些。停了一停,又念道:

离别寻常随处有,偏我魂消无算,已过了几回肠断。只道今生长厮守,盼银塘不隔秋河汉。谁又想,境更换!

琴仙到此,忍不住哭了。金粟道:"这是庾香不好,谁叫他做得如此伤心,倒不怪玉侬要哭了。"子玉也落下泪来,只得忍住,要劝琴仙。琴仙又要哭,又要看,拿着那词稿,被眼泪滴湿了一半。南湘道:"我念给你听。你也念不来了。"琴言犹带着泣,听南湘道:

明朝送别长亭畔,忍牵衣道声珍重,此心更乱。

南湘念到此,也几乎念不出来。金粟听了,也觉惨然难忍。琴仙已放声大哭。南湘勉强又念道:

门外天涯……

将词稿放下道:"我不念了。"斟了一杯酒,喝了便跂脚而卧,口中吟道:"一声河满子,双泪落君前。'哀猿夜吟,令人肠断!"琴仙痛哭了一会,子玉勉强劝住了,把绢子替他拭了眼泪。琴仙还望着那词稿,想人念完了。金粟只得念道:

门外天涯何处是? 但见江湖浩漫,也难浣愁肠一半。若虑梦魂飞不到,试宵宵彼此将名唤。墨和泪,请君玩。

琴仙哭了一个发昏,把个子玉哭得柔肠寸断。金粟叹道:"这首词,也不枉玉侬这些眼泪,真是一字一珠,一珠一泪,一泪一血。旁人尚不忍读,何况玉侬!"便叫子玉索性在扇上写好了。子玉道:"你们和的呢?"金粟道:"这是绝唱,还和什么? 可不必了。"子玉写好,这一会凄楚,连南湘、金粟也没有兴致,即上了岸。正逢子云、次贤回来,大家在"寻源仙墅"坐了一会。道翁也回来了。子云还要留金粟、子玉小饮,子玉坐在此,倒觉心酸,便同金粟各自回去。

明日,道翁还有事进城。琪官因与琴仙一同来京,且同一师傅学戏,如今见他跳出樊笼,得以出京,心里甚为感慨,便单请琴仙过来话别。因想请琴仙,必须请子玉,又托琴仙转约子玉,于初六日同去。琴仙应了,果然把子玉请了出来。子玉那日先到文辉处拜寿,耽搁了一早晨,吃了面,即便辞回。王恂留住不放,陆夫人也留他。子玉是一腔心事,如何留得住? 只得将实话悄悄的告诉了仲清。仲清与王恂说了,方才放他出来。

子玉喜欢,一径就到琪官寓处,进去,见琴仙已等了好一会,还有一个老年人在那里说话。见了子玉,那人就站起身来,作别而去,琴仙还谢了一声。琪官送客转来,请子玉到他书房里坐下。子玉问起方才这人。琴仙道:"他叫叶茂林,是我们教戏的师傅。闻我要出京,今日送了几样东西来。"子玉见琴仙面似梨花,朱唇浅淡,眼睛哭得微肿,说不出那一种可怜可爱的模样,只呆呆的看着他。琴仙这两日,千虑万愁,也不知从何处说起,倒一句话也没有,就只一汪眼泪在眼皮里含着,只要提起心事,便一滴就下。

琪官见他们两人,四目相泣,一样的神色,知道九分。但自己想着从前的事,不免也有些悲楚。三人坐了许久,都不言语。琪官与琴仙坐在一凳,拉着琴仙的手说道:"琴哥,你如今是好了,上了岸,看我们落在水里。想我们同来的十个人,到京后死的死,散的散,就剩下你我两个。你如今又要去了,就只有我一人。想到咱们在船上的时候,那几个又是不投机的。哥哥你说:'咱们两个生在一处,死在一处。'有一天你受了人家的气,晚上想要跳河,我拉住了你,你还恨我,我说要跳河咱们同跳,你才住了。哭了半夜,自己将块帕子撕得粉碎。到明日看时,才晓得撕了我的帕子,你还拿新的还我。到了天津那一天,船碰坏了,我们睡在舱里避风。你睡着怕冷,叫我将背拥了你的背,你才睡着。及到了京,又分开在两处,我想起好不伤心!"琴仙听了,眼泪直流下来,琪官也哭起来了。

子玉本来伤心,今见他二人都哭,再将琴仙前前后后一想,怎么还忍得住？便也泪流满面。琪官又道："你从前给我那个水晶猫儿，我还当着宝贝一样，现在天天学字，拿他做镇纸。去年林小梅要我的，我不肯给他，我说是哥哥路上给我的，我要留着他。"琴仙道："你给我那琥珀扇坠儿，我也留着。"便也执着琪官的手道："我此去，也不知怎样。我这般苦命，料是没有什么好处的。还是你们在京里好，大家相帮着，还有个照应。我如今出了京，只好听我的运气，好好歹歹，随遇而安。适或苍天见怜，过了一、二年，我寄父或者又进京，我随了来，与你们还可见得一面，也未可知。或不然你们出了京，到外省来，做个萍水相逢，也论不定的。若论我们的缘分，就是今日这一叙了。那也是天数，无可挽回，只好来生再见。或者情缘不断，再成个相识，或做了亲弟兄更好了。"说罢又哭了。

子玉劝道："离合之数，原是对待的局面，有离自然就有合。难道不准你再进京来？适或玉艳将来也到江西去，也是难料的。如今且把心事丢开，你一路保养身子要紧。先有那十八站旱路，就极辛苦的，你再将身子伤感坏了，在路上更是不好，我们这片心也放不下。事已如此，只得听天由命罢！"琴仙将子玉看了一眼，叹口气道："我何尝不这么想。前几天要他一天长似一天，把一月并做一天才好。到这两日，反要他一天短似一天，一会儿就上了路，望不见这京城里，倒也死了心。譬如人断了气，这魂灵随风飘去，偏又望来望去。还隔着一天，今日已是这样，明日又怎生挨得过去！"说着从新又哭。

琪官道："琴哥不要哭了。我想你那义父是个好人，绝不至像那易老西儿，将人买去，几个月又不要了，那是何等俗物！况你这义父，又无亲生儿子，待你好是不用说的了。你人又聪明，不比我生得笨。他教你读起书来，飞黄腾达，也是意中之事。将来自然必念着患难弟兄，那时我们还要仗着你呢！况此去一路好山好水，游玩不尽，也不至烦闷。我明年满了师，也由我怎样，我找个便人，同着他来找你。我随便都愿意作，我实不愿唱戏！"琴仙道："你来找我，要我活着才好。适我已经死了，你就怎样？不如你先寄封书来问问，得了我的信再来。"琪官道："何必说死说活呢？哥哥总喜欢诅怨自己。"

子玉道："是极了！玉侬总要咒自己。譬如去年你进华府的时候，你也口口声声咒自己要死，如今偏好好儿的出来了，那时怎想到今日？那时既想不到今日，自然今日也想不到后日，焉知不应了玉艳的说话？我劝你放开些罢。若说玉艳，要找个便人同到江西，这也不难。我们老爷现在江西，只要我太太肯教我去，我就同了玉艳来访你。"琴仙瞅着子玉道："你真能到江西来吗？"子玉道："这也没有什么不能。我要到江西省亲，自然太太也肯叫我去的。"琴仙道："若说太太的心，是慈悲的，就恐舍不得你，不教你去。"子玉道："太太不教我去，我也要去！"琴仙道："好容易！几千里路，你就想去，就太太准你去，我也不愿你去。况且你去了，又要回来，做什么吃这一路的辛苦！这个念头断不必起他。倒是我三年、两年之内，进京来看你们为妙。你们一个都不准来。"于是谈谈讲讲，琴仙略减了些酸楚。

　　琪官备了酒席，请他们二人坐了。今日就是八珍罗列，也难举箸。酒落愁肠，一滴已醉。三人勉强饮了一巡，琴仙已经醉了。离了席到书桌边，看见那个水晶猫儿，真在都盛盘里，不觉凄然有感。见一个绝小的方锦匣子，揭开看时，是六颗骰子。琴仙放在手中，重新入席，拿了个空碟儿，对着子玉、琪官说道："三心和同，有始有终，掷个全红！"珰琅一声掷下，却也奇怪，倒像有神明护着他，却好碰着六个全红。子玉大喜，琴仙也觉开怀。琪官笑了一笑，取骰子在手，也对琴仙、子玉说道："三心和同，后日相逢，二十四红！"又说道："你们看我掷！"琴仙、子玉看时，也是个六红。子玉更加喜欢，道："这不用说了，两个全红，岂是容易碰着的！谢天地神明，先给个信儿。"琴仙还要再掷，琪官把骰子收起道："不用掷了，两掷皆应了口，再掷就不能灵验了。"子玉恐再掷未必有全红。也劝琴仙不要掷了。若论这副骰子，再掷一掷，保管也是个全红，何以琪官即行收起，不教琴仙再掷呢？原来这骰子六面皆是红的，并无二色，那是琪官做的玩意。今日琴仙被他赚了，解了好些愁闷。

　　这一回也谈了许多，琴仙恐他义父回来，只得要早散，琪官也不好久留他。子玉想后日送他的人多，不好说话，便从身上解下一个小玉琴，送与琴仙道："此是我常佩的东西，给你算个纪念罢！"琴仙接了，一阵心酸，也从身边解下个五色玉梅花，递与子玉道："这也是我常佩的。"子玉也收了，各人佩上。子玉道："明日一天怎样？"琴仙道："你也不用来了，后日起得身早，你断不要送我，今日就叩辞了。"跪将下去，子玉也忙跪下，两人对叩了头。站起来，两个眼泪就像四串珠子一样，滴个不住。琴仙又与琪官也辞了行，也叫不必来送。琪官道："这是什么话？就半夜起身，也是要送的。"琴仙、子玉皆谢了琪官,各人上车,洒泪而散。

明日端午、道翁在园,琴仙也要收拾些零碎。那名旦九人,是要到子云处来贺节的,见了一见。子云也无心绪,没有请客,就只与南湘、次贤、屈氏父子,在练秋阁小饮了几杯,看了一看龙舟,应了景儿。

到了初六日,道翁一早命家人押了行李先走,自己与琴仙到了辰初,方才上车。其时送行的不计其数,道翁一班老友,有到园中来的,有在城外等候的。华公子本要出城亲送,道翁再三阻了,没有来,只打发家人代叩送行,预先送了程仪①六百金。子云也送了六百,文泽送了二百。道翁的盘费很富足了。子云、次贤各备车马,跟着一直送出城外,直到十里之外皇华亭。只见南湘、仲清、文泽、金粟、王恂、子玉、春航,领着那蕙芳、宝珠、素兰、漱芳、玉林、兰保、桂保、琪官、春喜九个名旦,在皇华亭等候。道翁等连忙下车,极口辞谢。各人皆要把盏。那九个名旦见了琴仙,一齐上来,握手的握手,牵衣的牵衣。琴仙见了这九人,已觉悲酸万状,又见子玉躲在人后,在那里拭泪,不觉一阵心酸,头晕眼花,跌倒在地。慌得众人连忙扶起,拍的拍,唤的唤,把个子玉急得如痰迷心窍一般,直瞪瞪两眼,一句话说不出,泪落如雨。子云、次贤慌了,救醒了琴仙,便说道:"快扶他上车罢!"道翁交待家人刘喜好好服侍。

子云谓道翁道:"令郎与他们几年在一处,一刻要分手,自然是难忍的。道翁先生,我们倒不敢久留了,一路福星,请升舆罢!"道翁见琴仙如此,心内甚慌,与诸人作了一个揖,又握着子云、次贤的手道:"从此别后,只好魂梦相随。感激之私,令人口不能说,唯祝诸公云程万里,富贵双全而已!"也不觉老泪涔涔。诸名士与名旦,亦各洒泪。道翁上车,领着琴仙而去。正是:

> 双轮碾动如飞去,回首云山已渺茫。

众人劝回子玉,子玉直着眼睛,望不见琴仙的车,才放声一哭而回。不知后事如何,且听下回分解。

---

① 程仪——送人出门远行的路费。

第四十九回

爱中慕田状元求婚　意外情许三姐认弟

话说子玉送了琴仙回来，这一急一痛，便出了神，旧病复发，足足病了一月始愈。后来颜夫人已知琴仙出了京，道翁养为义子，倒也替他欢喜。

且说春航断弦之后，田夫人又上了年纪，没有媳妇，总是不惯，不得已命春航从权选择清门①。春航犹豫未决，意欲先觅个小星，又以北人生硬，总乏娇柔，只得先于老婆子家人媳妇里头，找个细致的，来服侍太夫人。哪知道京里这些老婆子，是一万个里头拣不出来一个好的来。一日，雇了两个来，都是京东妇人，四十来岁。一个麻脸似蜂窝一样，发髻上罩着个马尾冠子，扎着裤腿，松松的似两个布袋，倒插得一头纸花，走起路来，腰掀屁蹶，好不难看。且专门内外搬弄是非，四下里调唆，不是说这个作贼，就是说那个偷汉，也不过是想掩她自己的丑处。每每人家骨肉不和，多因此辈所使。内有一个更觉奇怪，沙盆大的脸，水缸大的肚子，伺候了老太太一顿饭，便一样事都不肯做。每一使唤她，她就装聋作哑的。腆着大肚子，摆开八字脚，穿着薄底鞋，抽着关东烟，去找那些火夫，打杂的，大哥长大爷短，嘻嘻哈哈，坐在厨房土炕上，挤在人堆里，要她说笑个尽兴。隔一天还要出外半日，去找那些赶车、碓米、挑煤的孤身汉子，解个闷儿。就见了春航，也要偷瞧一眼。春航如何看得惯这些东西？不到半月，都撵掉了。又买了两个丫头，十二、三岁，也是三等货。

一日，赶车的周小三与蕙芳说起，他的三姐情愿进来伺候老太太。又夸奖他三姐，粗粗细细，件件皆能，还会缝衣写算，针线活计是不用说了。蕙芳也闻得三姐之名，收拾过潘三，想是个伶俐人，也想见见她，问她怎样收拾的。便与春航说了，举荐她进来。春航不好推辞，一口应允。

这三姐因收拾潘三之后，心上也有些惧怕潘三要来报仇，故此小三在家，闲了两三个月，才得进了这个门子。后又见春航点了状元，老太太来

---

① 清门——清寒的家族，也指平民、庶人。

了,也没有个中意的人伺候,所要想把他三姐带进,也便当些,省得一个少妇孤零零的住在外面,没有照应。这日三姐收拾进来,打扮得不村不俏,薄施香粉,淡扫蛾眉,鬓边簪一朵榴花,穿一件月布衫,加个夹背心,水绿绸子裤,翘然三寸弓鞋,细腰如杵。进见春航,叩了头。春航一见大为失惊,以为周小三的媳妇自然是粗笨的,再不料如花枝一般,便和颜相待,命她去叩见老太太。田夫人一见三姐,甚是欢喜。更兼三姐千伶百俐,无一样伺候不到,不但田老夫人,连春航与蕙芳身上,也很用心;做出菜来,比京城里的厨子高了十几倍。

　　老太太常给蕙芳东西,叫三姐送出来。三姐未见春航时,小三也没有对她讲过,当着不过寻常相貌,及见了那样的风流潇洒,如金如玉,那怜才爱貌之心,人人一样,自然格外尽心。再见了蕙芳的人才,觉得自己比起来,竟差得多远,心里反觉自愧。偶然与他说句话,分外高兴,所以待蕙芳殷勤之外,更是不同。见了几回,也熟识了。

　　一日,春航不在家,蕙芳独坐在书房里,老太太知道蕙芳来了,便叫三姐送点心出来。三姐托了碟子,到书房门口,先咳嗽了一声,然后进来,笑容满面的,叫了一声"苏大爷"。蕙芳也带着笑,回叫了一声"三姐"。三姐道:"这是老太太给你的。"说着将碟子送到蕙芳手边。蕙芳见她十指尖尖,套了银甲,就接了放下,道:"请三姐叫我的名字。谢老太太的赏!"三姐答应了,把蕙芳打量一番。蕙芳便触起潘三的事,想要问她,却又不敢。三姐慧眼一观,已瞧出蕙芳像要问她什么,便呆呆的看着蕙芳,等她问来。蕙芳被他不转眼的看着,倒有些不好意思,心中想道:"我看她这个光景,就问了她,她也未必怪我。"便笑盈盈的走近一步,叫了一声三姐:"我有一句话要问你,又怕你要恼,不知好问不好问?"三姐微微笑道:"什么话? 好问不好问?"蕙芳又赔着笑道:"我知道三姐是个女中豪杰,把那潘三收拾得爽快,是真有的事么?"三姐听了脸上一红,低低的啐了一声,带着笑转身便走,又道:"我道你问什么? 谁又认得潘三? 在哪里听来的话?"走到帘子边,那枝银挖耳插得太长,抓着帘子落下地来。回转脸来,又是一笑,拾起插在头上,急急的进去了。蕙芳虽然碰了个钉子,见她还没有什么恼,尚是笑了两笑,也还放心,然终悔自己失言,这事原不该问她。蕙芳回去了,以后来了两次,没有见着三姐。

　　一日蕙芳又来,春航未回,在书房闲坐。听得三姐脚步声在他门前过,急出来望见,见三姐到二门口,叫小三说话。说了话进来,蕙芳意欲招陪她几句,见她低了头,当看不见。及走过了书房门口,又回转脸来,却正与蕙芳四目相对,三姐低鬟一笑而去。蕙芳自此以后,也看出没有恼他的意思了。

却说春航要续弦,选择清门之语,传入苏侯耳内,正合他意。便在武选司郎中杨方猷面前,略露了些口风,似要他去对春航说,托人来求的意思。杨方猷是春航的房师,心中甚喜,即来与春航讲了,叫他请人去求亲。春航倒有些踌躇,因苏家是世禄之家,门庭烜赫①,自己虽成了名,依然寒素,因此有些不愿。且未知那位小姐怎样,也要留心一访。但系座师愿与他联姻,且是房师来讲。怎好推辞?口内只得允了,又说禀过家慈,再来复命。

杨公去后,春航知道子云与苏侯最好,且慢禀高堂,先找子云访问。到了怡园门口,见有一辆绿围车,八匹马挤在一边,知道有客,跟班问明了是华公子在园。春航便先到清凉诗境,找南湘去了。

却说华公子为琴言之事,与子云有了嫌隙,如何又到怡园来呢?这华公子是一时气性,写了那封恶札,过了两日,便有些自悔了。谁知子云只当没有事的一般,又不来招陪他,心内殊觉无趣。后与屈道翁送行,道翁倒把子云的好处说了一番,又说起扶乩,琴言与他前世原是父女,并将那首诗通身念给他听。华公子听了,心中着实骇然。道翁又赞琴言多少好处,现在认为义子,带他到任。华公子冰消雨霁,倒有几分过意不去,再将琴言细细一想,真没有什么不好,倒冤了他,便也赞了几句。

道翁去后,次贤又来,才将这事彻底澄清的讲了一番。华公子始悔自己孟浪;又念与子云两代世交,为这点事绝交,是给人要议论的。又因他是个盟兄,只得尽个弟道,下口气,先去招陪他。先是道翁、次贤已将华公子懊悔之意与子云讲过,子云是大度包容的,既是他先来,岂尚有芥蒂之意?便与从前一样相待,绝不提起那事。华公子忍不住,只得说误信浮言,认了不是。子云也安慰了好些话,留他在春风沉醉轩小饮了一会而散。

次贤、南湘皆未在座。南湘昨夜于子云去后,大发酒兴,邀了次贤下

————————
①　烜(xuǎn)赫——同煊赫。形容名声很大,声势很盛。

船,两人喝了一坛,把个次贤喝得大醉。南湘掉了水里,家人救了出来,已是喝了几口水,今日腹胀腰疼,起不来。次贤也是昏昏沉沉的睡了。春航到他们房里谈了一会,打听华公子去了,才到子云处来。

此时子云在宝香堂,见了春航进来,连忙迎接,彼此谈了些话。春航问他与苏侯是师生,可知他家的细底? 子云道:"你问他做甚?"春航将杨方猷的话对子云讲了。子云连忙称贺道:"恭喜! 恭喜! 这个喜比你中状元还要大些。"春航笑道:"不过显官罢了,知道成与不成,吾兄倒先贺起来!"子云道:"显官什么要紧? 又不要借他声势。但这个苏侯是我的中举座师,又是家兄会试房师,又是家严的盟弟,两重年谊,一重世谊,是极好的好人! 这还别管他,我为什么说比中状元还要喜呢? 我那两位世妹,真是绝世无双,有名的苏氏二乔! 大世妹就是华星北的夫人,今年二十一岁了,名叫浣香;方才说的二世妹叫浣兰,一母所生的。若结了这个亲,就要叫你喜欢得说不出来,那时你才信我这句话。"春航听他说得这样好,似信不信的,便道:"怎样的好处? 你如此称赞。你且把她的大概说说。你见过这人吗?"子云道:"怎么没有见过? 她姐妹两个跟着师母常到我家来,看我们家母,且与我内人是盟姊妹,就见我也不回避的。从大世妹出嫁后,她一人就不高兴来,或是等她姐姐归宁时,也还同来走走。说也奇怪,这句话我此时对你讲,你必不信,如成了,你一见面,就明白她姐妹二人相貌,与苏媚香真是一模一样! 大世妹还只有七分相像,二世妹竟有九分,比媚香还要娇柔些,艳丽些。媚香到底是个男身,自然不及女子娇媚。"

话未说完,春航就乐起来,道:"这话果然么? 我有些不信,怎么同了姓,又会同了相貌呢?"不觉大笑起来。子云听了也是好笑,说道:"信不信由你,就算我说谎的。"春航深深作揖,说道:"小弟孟浪,仁兄幸勿见罪! 但仁兄与苏老师如此交情,弟此时如请冰人①,定非吾兄不可了。"子云道:"我就不会做媒,这事不敢效劳。既是杨四爷来讲了,就请杨四爷为媒,何必又要我去呢?"春航又作一揖,子云佯作不见,并不还礼。春航笑道:"杨老师是他的属员,见了拘谨得很,不便说话,要我另请人去说。吾兄素肯成人之美的,且他人去说,苏老师也未必见信。言以人重,定非

---

① 冰人——媒人。

吾兄不可！"子云停了一会,说道:"适或是我赚你的,将来不要怨我么?"春航又连连作揖。子云只得应了,春航告辞而去。

子云过了两日,回拜华公子,进城顺路,到了苏府,正值苏侯下衙门回来,请了进去。子云请了安,又进去见了师母,说他夫人与师母请安,苏夫人也问了好。苏侯让进内书房坐下,谈了一会,子云将春航春间断弦,闻二世姊贤淑之名,奉母命求亲的话说了。苏侯故作沉吟道:"看田修撰文才品貌,是极好的,而且也是个旧家,但不知品行如何? 我最怕的是轻薄少年。年兄既是至交,必深知道。"子云道:"这田修撰的品行,是人人尽知,也不须门生多讲,老师可以问得出来,真是廉隅①砥砺,孝友兼全的。"苏侯哈哈大笑道:"足见年兄取友必端,自然不用说了。"子云道:"老师春风化雨之中,岂生莠草!"

苏侯大乐,留子云小饮;问近日见华星北无有,子云答以方才从那里来。苏侯又问:"园中想必收拾得更好了,我竟一、二年没有来逛园子。"子云道:"比初成时又更好了些,花木比从前繁盛了,池子也开通了。"苏侯道:"我这几年也实在忙,竟没有一日空闲。倒是你们师母,心上想来逛逛,如今天气又热了。"子云道:"门生回去叫门生媳妇择个日子,请师母与世妹逛园。"苏侯道:"等天气秋凉再看罢。"子云又问春航之事,苏侯道:"年兄为此而来,老夫怎好推却! 请致意田修撰就是了。"子云深深打了一躬谢了。

苏侯又问他:"椿萱②在任安好? 想常有府报回来?"又问:"令兄在淮扬也好?"子云道:"家严③是前月打发家人进京来的,托赖安善,僚属军民以及外洋客商,尽皆静谧,物阜年丰,颇称安逸。家兄新署运司,前月有禀贴与老师请安的。"苏侯道:"不错,不错,我也才写了回信,几天就忘了。又带了些东西来,我还没有道谢。"子云欠身说声"不敢",又道:"家兄今年又添了个舍侄。"苏侯道:"一发恭喜!"又问道:"令泰山如今升到福建,比云南自然好些?"

子云道:"前在云南巡抚任上,事情还少;如今是浙闽两省,且兼着外

---

① 廉隅——棱角,比喻人的品性正而有节操。

② 椿萱——父母的代称。

③ 家严——对人称自己的父亲。

洋,却繁得多了。"苏侯道:"你们泰山是与我同年,又且同馆,这件事他想与你们讲过。我们留馆那一日,他晚间做梦,仪从纷纭的到一处地方,一个牌楼上面,写着'福地'两字,他预先知道要到福建去的。他的令郎,今年几岁了?"子云道:"今年才八岁。"苏侯道:"他比我长四岁,今年五十五岁,已有八岁的儿子。我五十一岁,却一个也没有。"子云道:"就五十外得子,也不算很迟,德门世胄①,无须虑及此的。"苏侯道:"我已不作此想了。尊大人今年是六十几了?"子云道:"家严六十三,家慈六十二。"苏侯道:"尊翁是何等福分! 那年在京时是五十九了,须发光黑,哪里象花甲之人! 正是龙马精神,我们是比不上的。而且尊公的福气,那是世间全福,就是令泰山也比不上他。"子云道:"总是天恩祖德,家父一路算平稳,没有遇着风波。至于家岳,也就遇着好些蹭蹬②的事。"苏侯道:"海楼先生过于耿直,我想做他的属员是不容易的。"又问道:"今年有个点庶常的叫史南湘,是大名道史同年的儿子。这人倒有些才名,只不见他出来。"子云笑道:"史竹君是个清高疏放人,现寓在门生园里。老师有教训他的话?"苏侯道:"也没有什么话。我就听得有人说他,见那些前辈的礼数不大合式,有人议论他狂。或是他才入翰林,不知这些礼数,也未可知的。至于那前后辈的规矩,也太严,就是我从前在馆中,也有人议论的。以后教他留点神就是了。"又道:"今年秋间有宏词之时,这个科名已有五十年没有考了。年兄广交于那些海内人才及世家子弟,有所见闻,有真才实学的么?"

子云道:"老师垂问,门生不敢不对。海内人才甚广,门生孤陋,也不能广交。但在世家及各大员子弟,与四方乡、会试诸名宿,门生熟识往来却也不少,但是人云亦云的多。就有一位老前辈,近来又赴任去了,叫屈本立。想现任官在京也不能考的。"苏侯道:"屈道生么? 他是孝廉方正,可惜了屈在下位,不然倒好保他。还有那南京名宿③金粟,也因限于成例,不能保举的,真真令人可惜! 此外呢?"子云道:"此外尚有几个,都是英才未发的人:翰林院侍读学士梅公之子名子玉,目下少年中有景星、凤

---

① 胄(zhòu)——古代称帝王或贵族的子孙。
② 蹭蹬(cèng dèng)——遭遇挫折。
③ 名宿——有名誉、负众望的读书人。

凰之誉。"苏侯点点头。子云又道:"已故翰林院编修颜庄之子,名仲清;现任礼部尚书刘大人之子,名文泽;内阁学士王大人之子,名恂;此外还有苏州拔贡生高品,湖南优贡生萧次贤,这几位者都是名下无虚,与田修撰、史庶常朝夕观摩,是门生往来无间的。其余不知其他,不敢滥举。"

苏侯听了,睨①髯大笑道:"怎么你举的人,多半是我的年侄? 你不要阿私所好,叫我听了喜欢!"子云道:"这个门生怎敢! 至于老师的同年故旧,门生却也不能尽知。"苏侯笑道:"这是老夫戏言,年兄岂肯阿私所好! 你方才说这几位,就是那两位明经,我不知道他家世;至于梅铁庵、王质夫、刘定之、及已故的颜穆堂,还有你令泰山袁海楼,与史庶常的令尊史鉴湖,都是我们同年。现在还有些做部属司官的,有几位做州县的。这也是人生不齐之数。我们这一科也就算好了,已经有好几位坐了一品。"又讲了些别的话。子云坐久了,见时候不早,告辞出城。在车内想了一会道:"湘帆太便宜了,不如等他来求我,我再与他讲。"便一径自回宅子去了。

明日,春航果然来找子云,子云只推宅里有事,叫春航在南湘、次贤处等了一日。明日又来,子云又不见他。春航明知子云故意作难,然心上又恐怕此事不谐,只得忍耐了性气。第三日又来,才见了,子云笑道:"这几日吾弟有甚么要紧事,连日来找我?"春航笑道:"已经三顾了。我知道前日失言,仁兄因此怪我。"子云笑道:"岂有此理! 我辈肝胆之交,就说错句话,也断无怪理!"却说闲话,不提起苏侯的事来。春航性急,只得问道:"前日吾兄进城会见苏老师么?"子云道:"谈了半日,到赶城出来的。"春航见他神色不像,心中疑虑,只得问道:"所托之事怎样?"子云道:"有几分可望。"春航听了大疑,心中想道:"据杨老师说是他愿意,怎么如今只有几分可望? 此话怎说? 难道杨老师是意想情愿的话么?"便问子云道:"据吾兄看,他的意思是怎样? 与敝房师之言对不对?"子云道:"苏老师却是赞吾弟,人材学问真不愧状元,联姻原可,就不晓得哪里听了一句闲话,我却替你分辩了许多话,他方才半疑半信,再商量。"

春航听了,倒猜不着什么意思,便问道:"他听了什么闲话?"子云道:"我说又恐怕你要恼,我不说罢。"春航道:"我恼什么? 吾兄只管实说。"子云笑道:"那句话问得我也好笑。他说:'我听说现有个状元夫人在家,

---

①　睨(niǎn)——同捻,用手指搓。

也姓苏,还是有恩于他,怎么还要续弦呢?'"春航臊得满脸通红,说道:"岂有此理! 吾兄怎么讲起这些玩话来? 弟固不足惜,兄应为媚香留一地步。"子云笑道:"这是他的话,关我甚事?"春航笑道:"吾兄也玩得我够了,倒底怎样? 如今倒不是他求我,是我求他了。"子云道:"你肯去求他吗? 若专心去求,跟紧了他一个月、两个月后,自然他发起善心来,应许你了。"春航听他句句机锋,心上有些气,面上有些羞,因是子云,不好顶撞他,只得赔笑说道:"并不是我要紧,是我家慈之命,以早成为妙。今日家慈又谆谆的命弟拜求仁兄,务以早成。将来命弟一总叩谢!"子云大笑,看着春航道:"你真是个好汉子! 跌得下,爬得起。既说是老伯母慈命,愚兄敢不竭力为弟一谋! 或者竟可有成也未可定。"

春航大喜,连连谢了。只见次贤、南湘进来,大家坐了。子云即将苏侯问南湘的话,与南湘说了。南湘听了,不觉双眉一扬,说道:"没有什么错处? 我也照着人一样。况且那一天同着人去的,并不是我一人。怎么就是我错,又单是我狂呢? 这就难了! 这就难了!"春航笑道:"礼数是不会错的,或者你那神色之间有些错处,也未可知。"南湘瞅着春航道:"我倒请教你,什么叫神色之间有些错呢?"大家也就不言语了。次贤问子云道:"湘帆的事如何?"子云道:"可成。"又将苏侯向他访些真才实学的人,就将对苏侯所举那几个一一讲来。又对南湘道:"原来你们都是年谊①。"南湘道:"原是年伯②,但从前却不大往来。"子云道:"闻考宏词定于八月初一日,如今只有两月多了,怎么高卓然还不见来?"春航道:"他连信也没有一封,不知在家做什么,真荒唐极了!"次贤道:"我想卓然必是羁留在什么地方,大约下月总会到来。他在家里,是要本省督抚保荐的。"四人谈了一会。

春航辞回,将子云去说亲的话,一一告禀。太夫人甚为欢喜,即又请子云前去说定,择日先过贴子,俟定日之后,再行纳采③。后来定于七月初七日。春航将此事与蕙芳说明,蕙芳也替他欢喜。春航又述子云之言,说这位苏小姐像你竟到九分。蕙芳笑道:"这不是糟蹋人么? 一个千金

---

① 年谊——科举时代,称同年及第的人之间的友谊为年谊。

② 年伯——称与父亲同年登科的长辈,后泛称父辈。

③ 纳采——古婚嫁六礼中的第一件事,即行聘。

小姐,像了我还说好,我们算什么人呢?"春航道:"只怕未必如你。若果然像你,我就心满意足了,当他菩萨供养,天天拜他!"蕙芳笑道:"你嘴里常说,我就没见你拜过谁。"春航笑道:"你要我拜么?我就拜!"果然先对蕙芳作了一揖。蕙芳一笑,连忙走开道:"不要折杀了我,留着拜你那位状元夫人罢!"春航笑道:"方才倒有一人讲……"蕙芳道:"讲什么?"春航想了一想道:"没有讲什么。"蕙芳道:"你说方才有人讲,怎么转口又说没有呢?"春航道:"讲就讲那状元夫人的一句,原是姓苏。"蕙芳脸一红,瞅了春航一眼。春航不敢再说,蕙芳也不问了。

春航道:"你也应该成个家才好,就是配得上你的人少。"蕙芳道:"这话倒也不错,我也这么想。我们对亲,好人家是不肯的;那小户人家的女儿,我又不要。况且我们这些人,被那些无耻的东西闹得不像个样子,谁肯信我们是清清白白的呢?我想与其娶小家之女,倒不如娶大家之婢,那礼貌性德倒是见惯的,也没有那小模小样。就是一件,只怕主人已先受用,这倒十有八九。"春航笑道:"这是必有之事。我想度香家的丫环就不少。"

蕙芳道:"度香自然是有好的,他家的闺范也好,从没有遇见丫环们到园里来。况且隔着一条街,也不便来。只闻得华公子的丫环最多,而且都好。我们有一回在他家唱戏,看见帘子内有一大群,有男装的、有女装的,粉白黛绿,也望不清楚。"春航道:"将来苏侯赠嫁过来,我想必有几个丫环。如果有好的在内,我送一个与你。"蕙芳笑道:"多谢,多谢!那时我只好在这里伺候一辈子,算田、苏两姓家奴了。"春航道:"言重,言重!我自有个道理,决不教你受一分委屈。而且也是顽话,知道有好的没有好的?我想世间错配的真有,咱们家里的周小三,倒有这么个好女人,岂不冤枉了她!"蕙芳道:"你爱她么?"春航笑道:"岂有此理!我不过说说罢了。"蕙芳道:"这爱字也没有什么要紧。爱好之心,自然各人难免的。这三姐不但人生得好,而且还灵慧异常,倒是个贞节妇人呢!"春航笑道:"灵慧有之,贞节未确。"蕙芳笑道:"你没听见她收拾过潘三么?"春航笑道:"也有所闻。那是潘三这般嘴脸,自然应收拾的。你方才说爱好之心人人有之,设使你做了潘三,她就不忍收拾你了。"蕙芳道:"你何不试试她?她在你这里,就想收拾你也不敢的。"春航笑道:"一发胡说了!"

忽然跟班的来请道:"房师杨老爷有要紧话商量,就请老爷过去。"春航即吩咐套车,换了衣服去了。蕙芳此时闲着,一人在寓里也闷,唯有到各相好处走走。春航去了,蕙芳正走出来,忽听得咭咭咯咯之声,一回头看是三姐,蕙芳笑面相迎。三姐也笑盈盈的说道:"好几天不见你来。"蕙芳道:"我倒天天来的,就不见你出来。"三姐道:"老爷出门去了?"三姐把蕙芳腰间的表套子看了一看道:"这个我也会做,我还会做戳纱的荷包。"蕙芳笑道:"何不赏我一个?"三姐笑道:"我的东西不给人。"蕙芳道:"将针线给人,也不要紧。"

三姐瞅了他一眼,问道:"你今年贵庚了?"蕙芳道:"十九岁了。"三姐道:"倒与我是同庚。只怕月分总比我小,你是几月?"蕙芳:"三月。"三姐道:"我比你长,我是正月。"蕙芳道:"你是我的姐姐,我以后就叫你为姐姐。"三姐笑道:"我不配。"蕙芳道:"我又冒失了!我原不配做你的兄弟。"三姐道:"我说我不配,你有什么不配呢?你肯叫我姐姐,我就叫你兄弟。"便接口叫了一声"兄弟",蕙芳也叫了一声"姐姐"。又道:"我前日真怪你有点冒失,怎么你问起潘三那事来?这事干我什么事?那是你姐夫做的事情,与三兄弟报仇。我瞧还没有瞧见潘三是什么样儿呢!这句话你若问了别人,只怕就不好,幸亏是我。我因为是你问我,我所以不肯恼你,若第二人,我依他么?兄弟,我明日送你对荷包。你只别告诉人说我给你的。你若说了,惹得这个又来要,那个又来讨了。"蕙芳谢了。又立谈了一会,各自散去。不知后事如何,且听下回分解。

第 五 十 回

改戏文林春喜正谱　娶妓女魏聘才收场

　　话说春航已聘了苏侯的小姐，只等七月七日完毕婚姻。五月过了，正是日长炎夏，火伞如焚。且说刘文泽补了吏部主事①，与徐子云同在勋司，未免也要常常上衙门。这些公子官儿，哪里认真当差，不过讲究些车马衣服，借着上衙门的日子，可以出来散散，戏馆歌楼，三朋四友，甚是有兴。

　　一日，文泽回来，路过林春喜门口，着人问了春喜在家，文泽下了车进去。远远望见春喜，穿着白纻②丝衫子，面前放着一个玻璃冰碗，自己在那里刷藕。见了文泽，连忙笑盈盈的出来。文泽道："你也总不到我那里去。你前日要找那白瓷冰桶，我倒替你找了一个，而且很好，不大不小的，我明日送来给你。"春喜道："多谢你费心。我说白磁的比玻璃的雅致些。"文泽看了书室中陈列，便道："你又更换了好些？"春喜道："你看我那幅画，是黄鹤山樵的，真不真？"文泽道："据我看不像真的。"春喜道："静宜给我的，他说是真的。"文泽笑道："若是真的，他也不肯给你。知你不是个赏鉴家。"春喜笑道："好就是了，何必论真假！"

　　文泽见春喜两间书室倒很幽雅。前面一个见方院子，种些花草，摆些盆景，支了一个小卷篷。后面一带北窗，墙子内种四、五棵芭蕉，叶上两面皆写满了字，有真有行，大小不一。问春喜道："这是你写的么？悬空着倒也难写。"春喜道："我想'书成蕉叶文犹绿'之句，自然这蕉叶可以写字。我若折了下来，哪有这许多蕉叶呢？我写了这一画，又写那一画，写满了，又擦去了再写。横竖他也闲着，长这些大叶子，不是给我学字的么？我若写在纸上，教人看了笑话，这个蕉叶便又好些。我还画些草虫在上

---

①　吏部主事——吏部，官署名，掌管全国官吏的任免、考课、升降、调动等事务。主事，官名，正六品。

②　纻(zhù)——指□麻纤维织的布。

面,我给你瞧瞧,不知像不像?"便拉了文泽走到后面,把一张小蕉叶攀下来,给文泽看,是画些蜻蜓、螳螂、促织、蜘蛛,各样的草虫。文泽笑道:"这倒亏你,很有点意思。只怕你学出来,比瑶卿还要好些。"

春喜道:"瑶卿近来我有些恨他。他的画自然比我好,但他学了两三年,我是今年才学的。春间请教请教他,不是笑我,就是薄我。问他的法子,他又不肯说,近来我也不给他看了。他倒常来要我的看,我总要画好了才给他看呢。我问静宜要了许多稿子,静宜说我照着他画,倒不要看那芥子园的《画谱》。"又笑嘻嘻的对着文泽道:"我与你画把扇子。"文泽道:"此时我不要,等你学好了再画。"春喜道:"你们势利,怎见得我此时就画得不好? 你若有好团扇,我就加意画了。"说罢,就跑了进去,拿了一柄团扇出来,画着一枝杨柳,有一个螳螂扑蝉,那一翅张开,一翅在螳螂身上压住,很像嘶出那急声来;那螳螂两臂扎住了蝉项,口去咬他,两眼鼓起,头上两须一横一竖,像动的一样。文泽看了,大赞道:"这是你画的么?"春喜点点头。文泽道:"我不信!"春喜道:"你不信,我当面画给你看!"文泽道:"你将这把扇子给我罢。"春喜道:"这把扇子我自要留的。"文泽道:"我不管你留不留,我只要这把,你落了款罢。"春喜只得落了款,送与文泽。文泽道:"看你这画,已经比瑶卿好了,字也写得好。"春喜道:"瑶卿原只会画兰竹与几笔花卉,山水尚是乱画的,草虫他更不会。此时说我比他好,我也不安,将来或者赶得上他。"

正说话间,只见仲清、王恂同着琪官、桂保进来。文泽见了大喜,问道:"怎么今日不约而同,都到这里来?"仲清道:"庸阉要到蕊香那里去,却遇见玉艳,想同到新开的庄子里去坐坐,见你的车在门口,所以进来。"文泽道:"莫非就是那唐和尚开的安吉堂么? 闻得那地方倒好,他又将寺里几间房子也通了过去。我们就去。"春喜道:"怪热的天,在这里不好吗?"桂保道:"那里也好,内另有几间屋子,摆满了花卉,大天篷,凉爽得很,倒是那里好。"即催了春喜换了衣裳,都上车到了安吉堂。

对门车厂里卸了车,文泽等走进。掌柜的忙出柜迎接,即引到后面一个密室,却是三间,隔去一间,并预备了床帐枕席。外面摆了两个座儿,一圆一方,都是金漆的桌登。上面是铺炕,挂了四幅屏画,是画些螃蟹,倒还画得像样。上头挂一块桃红绸子的贺额,写着"九重春色"四字,上款是"归云禅师长兄、瑞林亲台长兄开张之喜,"下款也是两个人名字。一副

珠帘对联,写的金字是:

　　　磨墨再烦高力士;

　　　当炉重访卓文君。

众人看了大笑。仲清道:"怪不得这里热,被这些联额字画看得出汗。"再看两边墙上两个大横帔,一个姓马的写的字,其恶俗已到不堪。那一幅画甚离奇,是画的张生游寺。文泽等又笑了一阵。

　　掌柜的进来张罗了一会,亲手倒了几杯茶,出去遂换走堂的进来点菜。王恂道:"这里的生炒翅子、烧鸭子是出名的,就要这两样。"各人又分要了好些,皆是凉菜多、热菜少。走堂的先摆上酒杯小菜,果碟倒也精致。送上陈绍、木瓜、百花、惠泉四壶酒来。放下一搭纸片,那边桌上点了一盘小盘香。中间一个冰桶,拿了些西瓜、鲜核桃、杏仁、大桃儿、葡萄、雪藕之类浸在冰里。首座仲清,次文泽,次王恂,琪官、春喜、桂保相间而坐。来了几样菜,各人随意小酌闲谈。

　　文泽问子玉,还是前月初七日送行时见他。仲清道:"庚香以后大约未必肯出门的了。我们去看过他几次,他又病了几天,俨然去年夏天的模样。他这个元神①,此时正跟着玉侬在长江里守风,只怕要送他到了南昌才肯回来呢。"琪官听了眉颦起来,神情之间颇有感慨,说道:"初六那一日,我请他们叙了半日,虽然彼此啼哭,却也还劝得住,不料至皇华亭,彼此变成这形象。我此时想起,还替他们伤心。"王恂道:"那天幸是没有生人在那里,若有生人见了他们这个光景,岂不好笑! 玉侬倒还遮饰得过,有他们一班人送他,自然离别之间倒应如此的;就是庚香遮饰不来,直着眼睛,拉他上车,还挣着不动。又有那一哭,到底为些什么事来? 幸亏度香催道翁走了,不然他见了也要猜疑。"文泽道:"可不是,庚香与湘帆比起来,正是苦乐不同。湘帆非但与媚香朝夕相亲,如今又对了阔亲,偏偏又是个姓苏的,而且才貌双全。你道湘帆的运气好不好? 我看咱们这一班朋友,就是他一个得意。"仲清道:"自然。"王恂道:"竹君近来倒没有从前的意兴,这是何故?"仲清道:"竹君么,他因不得鼎甲②,因此挫了锐气。

---

①　元神——道家语,称人的灵魂为元神。

②　鼎甲——科举殿试名列状元、榜眼、探花的,称为鼎甲,鼎有三足,殿试一甲共取三名,故名。

如今看他倒有避热就凉之意,是以住在怡园,不与那些新同年往来。"文泽道:"今年你们若考中了鸿词科,也就好了。倒要劝劝庚香,保养身子要紧。"仲清、王恂点头。

桂保对王恂道:"从前我在怡园行那一个字化作三个字的令,你一个也没有想得出来。我如今又想了一个拆字法,分作四柱,叫做'旧管'、'新收'、'开除'、'实在'四项。譬如这个酒字,"一面说,一面在桌子上写道:"旧管一个酉字,新收一个三点水,便成了一个酒字;开除了酉字中间的一字,实在是个洒字。都是这样。你们说来,说得不好,说不出的,罚酒一杯。"春喜道:"这个容易,也不至于罚的。我就从天字说起:旧管是个天字,新收一个竹字,便合成了笑字;开除了人字,实在是个竺字。"众人赞道:"好!"琪官道:"我也有一个:旧管是个金字,新收一个则字,"说到此,便写了一个铡字,"开除了一个贝字,实在是个钊字。"桂保道:"金字加个则是个什么字?"琪官道:"有这个字,我却一时说不出来。"春喜道:"这个字好像是铡草的铡。"琪官道:"正是。"桂保道:"以后不兴说这种冷字。若要说这种冷字,字典上翻上一翻,就说不尽,且教人认不真,有甚趣味?"琪官被驳得在理,也不言语。

仲清道:"倒也有趣,我们也说几个。我说旧管是个射字,新收一个木字,是榭字;开除了射字,实在是村字。"桂保道:"好!说得翦截。"文泽道:"旧管是个圭字,新收一个木字,是桂字;开除了土字,实在是杜字。"王恂道:"旧管是个寺字,新收一个言字,是诗字;开除了土字,实在是讨字。"桂保道:"这个比从前的田字讲得好了。我说旧管是个一字,新收一个史字,是吏字;开除了口字,实在是丈字。"琪官道:"我的旧管是个串字,新收了心字,是患字;开除了口字,实在是忠字。"春喜道:"我旧管是昌字,新收门字,是个阊字;开除了曰字,实在是间字。"仲清道:"我旧管是贱字,新收三点水,是溅字;开除了贝字,实在是浅字。"文泽道:"我旧管是波字,新收一个女字,是婆字;开除了波字,实在是女字。"春喜道:"怎么说?闹错了!旧管是波字,怎么开除也是波字?新收是女字,怎么实在又是女字?内中少了运化。"桂保道:"这要罚的。"文泽笑道:"我说错了,我是想得好好儿的。"便说道:"开除是皮字,不是波字?"琪官笑道:"这是什么字?一个婆字少了皮字。"春喜道:"要把那三点水揪下来,把女字抬上去,不是个汝字?"文泽笑道:"正是汝字。"桂保道:"太不自然,要罚一杯。"文泽笑道:"不与你们来了!"饮了一杯。

王恂道:"旧管是眇字,新收三点水是渺字;开除了目字,实在是沙字。"桂保道:"旧管是土字,新收了口字,是吉字;开除了一字,实在是个古字。"文泽道:"这张口可惜生下了些,凑不拢,也要抬上些才好。"众人皆笑。桂保道:"这个批评,未免吹毛求疵。就算略差些,也用不着抬女字的那么使劲。"众皆大笑。琪官道:"旧管是胡字,新收三点水,是湖字;开除了沽字,实在是月字。"春喜道:"旧管是邑字,新收个才字,是挹字;开除了口字,实在是把字。"文泽道:"这个令没有什么意思,我不说了!还说别样罢。"

饮了几杯酒,只听得隔壁唱起来。众人听是唱的《南浦》道:

　　无限别离情,两月夫妻一旦孤零。

桂保谓春喜道:"小梅,你近来很讲究唱法,南曲逢入声字,应断还是可以不断呢?"春喜道:"若说入声是应断的。"桂保道:"自应唱断。你听方才唱的,却与我们唱的一样。笛上工尺,妻字是五六工尺工;一字,笛上工尺是六五。你听'两月夫妻一旦孤零',这一字怎么断呢?"春喜道:"这是要把板眼改正了,就断了。如今唱的工尺,妻字的五字,自中眼起,六字的腰板,工字的头眼,尺字的中眼,工字的末眼;一字上的工尺,是六字的头板、头眼、中眼,五字的末眼,如此唱法一字怎么能断? 然一字不断,究竟不合南曲唱入声的规矩。你要这一字断,却也不难,只要将妻字上的工尺五字拖长,六字改为中眼,工字改为一字的头板,尺字改为一字的头眼,六字改为中眼,五字改为末眼,音节截断,便合南曲入声唱法。"一手拍着桌子道:"你听:'两月夫妻,一旦孤零。'"

桂保道:"你真讲得不错。"又道:"你知道唱南曲有用一凡工尺的没有?"春喜道:"南曲是没有一凡的,是人人尽知。唯有一处,我问过你令兄,他是个刺杀旦,我问他南曲笛子上有一凡没有,他也说没有。我说你做《刺梁》那一出,是南北合套,梁冀所唱之曲,皆系南曲。到'看报'时唱的'酒困潦倒',这'潦倒'上的工尺,就吹出一凡。因为'鸟飞霞'接唱北唱,不能不出调,所以非一凡不可。说南曲用一凡,就只有此一处,并无第二处。"桂保点点头道:"我也听得我哥哥与人讲,大约还是你对他说的。"

春喜道:"若说不讲究唱也罢了,既要讲究,唱错的还不少呢。譬如那《小宴》一出,南北合套,音节最好,若以人之神情摹想当日光景,至《惊变》处，唱到'恁道是失机的哥舒翰'，非用五六五出调高唱不可。既"惊变"矣，则仓皇失措之神，自在言外。且下文还有'社稷①摧残'等语，慢腾腾低唱，是何神理？"琪官道："这也论得极是。我想那些口白，也都有不妥当处。一气说完，后来唱出，全无头绪，若断章摘句起来，几至不通。"春喜道："可不是么！譬如《阳告》一出，出场时一口说尽，所以后头唱的曲文与口白文气不接。如今班中唱的个个是如此，要依我就改他口白。"桂保道："怎样改呢？"

春喜道："你记第一段的口白是'望大王爷早赐报应'，与《滚绣球》一支'他困功名阻归'，文气不接。第二段口白'在神前焚香设誓'，与《叨叨令》一支'那天知地知'，文气又不对。第三段口白'勾去那厮魂灵与奴对证'。与《脱布衫》一支'他好生忘筌得鱼②'，文气又不接。依我要把第一段口白'奴家敫③桂英，因王魁负义再娶，要到海神庙把昔日焚香设誓情由哭诉一番，求个报应。来此已是，不免径入。'把这一段说完，进庙，再向大王爷案前哭诉。之后也只说'奴家敫桂英与济宁王魁结为夫妻，谁想他负义又娶。妈妈逼奴改嫁，奴家不从，致遭殴辱。忿恨难伸，故到殿前把已往从前之事，诉告一番，求大王爷早赐报应。当时那王魁呵！'再唱那《滚绣球》一支，文气便接。唱完之后，再说'定盟之时，神前设誓，誓同生死；若负此心，永堕地狱。呵哟，是这么的嚯！'这才是'神前设誓，天知地知'呢。这支唱完，说道，'不是奴家心肠忒狠，他到京中了状元，另娶韩丞相之女为妻，一旦把奴休了，是令人气愤不过嚯！'把他头一段口白分作三段，这就通身文气都接了。"仲清、文泽、王恂道："这都改得好。但如今讲究唱昆腔的也不少，怎么就不晓得这些毛病呢？"春喜道："唱清曲的人，原不用口白，他来改正他做什么？唱戏曲的课师，教曲时总是先教曲文，后将口白接写一篇，挤在一处，没有分开段落，所以沿袭下来，总是这样。"

众人正在谈得高兴，只听那间房后面角门一响，房内脚步声，有人走

---

① 社稷(jì)——古代帝王、诸侯所祭的土神和鬼神。
② 忘筌得鱼——也作得鱼忘筌。筌，捕鱼的竹器。指已得鱼而忘却捕鱼的器具，比喻事情成功后，就忘了原来的凭借。
③ 敫(jiǎo)。

出来。众人留心看时,帘子一掀,钻出个光头来,穿件黄绞丝短僧衣,蓝绸裤子,散着裤脚,跋着青线网凉鞋,摇着鹅毛扇子。见了众人,满面堆下笑来,抢步上前,和着双手,半揖半叩的见文泽等三人,又与桂保等三人拉了拉手,原来是唐和尚! 文泽让他坐了。唐和尚鞠躬如也,坐在炕沿上。走堂的倒了一钟茶给他,唐和尚道:"这茶不好,你另沏壶雨前,放些珠兰在里面。少爷们在此,好好的伺候!"走堂的笑嘻嘻的答应了。

唐和尚道:"今日少爷们这么高兴,到小庄来?"王恂道:"我们来过多回了。"和尚笑道:"少爷说谎,今日尚是头一次。少爷们若到来,我没有不晓得的。如果酒多了,还可以里面坐坐。"文泽道:"那倒不消。我们闻了那气味就要醉的。"唐和尚道:"如今田老爷是贵人了,他搬出后,我也没有见着他。好容易一年之内,中举、中进士、中状元! 这是天上文曲星①,人间岂常有的? 不是我说,也幸遇见了那位苏相公,倒被他管好了。未见那苏相公以前,田老爷又不是如今的魏大爷一样? 天天锁着房门,在戏园子里过日子。那位高老爷更有趣,我是不敢见他的,远远的见着他就躲起来,不然就是贼秃长、贼秃短,嬉皮笑脸的,没有玩笑不开口。有一回玩得我苦:我们寺里做法事,他不晓得哪里去买了一个角先生,塞在我袖兜里。后来有些客来,在房里闲谈,我热了脱衣,一翻袖子落了下来,惹得那些人大笑,说我买去送尼姑的。他还将白粉在那先生脑袋上写了四个字,是'归云小像',臊得我要死! 停一停我见了他,他忍不住笑,我才知道是他算计我。我说'高老爷你这么刻薄,我天天拜佛,保佑你多下一场!'去年果然应了我的口,没有中,不然他今年榜眼②没有,探花③是一定有的。"仲清等大笑。

唐和尚道:"我听得说,这苏相公如今也出了班子,田老太太认他为义子,宅里都称他为二老爷,是真的么?"文泽道:"没有的话。苏相公也没有住在那里,他们下人称呼他为苏大爷是真的。"唐和尚道:"这苏相公本来好,斯斯文文,和和气气,见了我们也是待得一样,毕恭毕敬,不当我们是个和尚,少了头发看待。不像那个什么琴相公,在华府里的,见了人

---

①　文曲星——即文昌星,是掌管文远的星宿。
②　榜眼——科举时代对殿试一甲第二名的美称。
③　探花——科举时代对殿试一甲第三名的美称。

板着脸,一点笑容也没有。"

王恂道:"方才里头吹唱的是谁?"唐和尚道:"那就是魏大爷。"文泽道:"哪个魏大爷?"仲青道:"魏聘才,在这里作寓。"唐和尚道:"魏大爷,想少爷们都认识的?"王恂道:"认识之至!"唐和尚道:"这个人真好,真是个满场飞!近来他也要出京了。方才是杨八爷、张、顾二位师老爷在那里,大家高兴,唱了几支曲子。"仲清道:"他出京怎吗?"

和尚道:"他捐了个从九品,如今是分发湖北去了。这也是他运气好,正月里被贼一偷,偷去衣服、银钱等物,共有千金,也就把他的家私去了一半。后来他又包了那个玉天仙,每月一百五十吊钱,四五个月也支持不来,渐渐的当卖东西起来。我常常劝他道:"婊子无情,兔子无义。你的钱也干了,他的情也断了。"谁知这玉天仙竟不给人料着,她与魏大爷十分相得,竟拆散不开,倒拿出她的积蓄来,与他捐了分发,说定了嫁他,到出京时同走。这魏大爷以后非但不要花钱,倒还可以使她的钱。谁料婊子之中,也有这等有情有义的人,不是奇事吗?最可笑的是那潘三,他因欠玉天仙的嫖钱不能还,他就引他的表侄去逛,留他表侄住下,他就偷跑了,他表侄住了两夜才明白。及至要走,那些捞毛的要钱,又不叫他走。他表侄没法,只得同那婊子坐了车回家,当了两票当,才打发了婊子。他表侄忙至潘老三家内告知,家中大闹了一场。潘老三没法,只得将手腕上的肉自己咬下了两块,人都说他为嫖割股!你们说这个自行伤,可笑不可笑?"于是大家大笑道:"那潘三本不是个东西!"

文泽道:"我知道你与奚十一相好。"唐和尚道:"这奚大老爷,闹得很!今年生了毒疮,几乎性命不保,还是我医好他的。如今他也要到班了,七月内有缺,就是他的。我想人生聚散是一定的。去年有位富三老爷,是魏大爷相好,魏大爷托我照应,才选了湖北。有个贵大爷,是富三爷的相好,他们是朝夕不离的,也得了湖北的同知。如今魏大爷又要到湖北去了,他们这三位相好,仍旧聚在一处,岂不是缘分么?譬如你们三位,也是天天相见的,在京做官是一样,将来如果都放了外任,一个做抚台,一个做藩台,一个做臬台,仍旧的聚在一个城内,岂不有趣!"说罢大笑,恭维得文泽等甚是欢喜。那三个相公看着唐和尚胁肩谄笑,好不难看。

仲清道:"连日未见瑶卿。"琪官道:"瑶卿近日从着吉甫学琴呢,竟是足不出户。吉甫也真好静,他当日教过梅卿弹琴,自梅卿死后,他的《梅花三弄》是再不弹的了，你说这也算深于情了！"仲清道："吉甫的人本沉静高雅，于这些文玩上无不精通。"桂保道："提起瑶卿，昨日吉甫说他有了化身了，与他同名。"王恂笑道："不是去年看见的黑保珠吗？"桂保道："不是。这是苏州人，姓沈，也叫宝珠。昨日在素兰家，见有人作一篇传，今日恰好带来，你们大家看看。"遂从靴掖内取出。只见上面写道：

伶氏沈，宝珠其名也，吴人。业伶于京师，有声。父疾久弗愈，伶刲①臂肉和药进，世俗之传割肉疗亲也。事泄且弗效。伶裹疮甫毕，有召伶奏技者，念弗往父必疑，乃负痛往。而是夕大风沙，至宴所，疮发血溢，狼狈归，医之数旬始愈，其父疾亦竟瘳。或尤之曰："人而伶矣则辱亲，臂而刲矣则亏体，是尚谓之孝乎？"解之者曰："君子之论孝也严，而严之所以责贤者，《春秋》不尝药、书弒之类是也；而宽之所以励中人，前史及郡、县志所载割股、庐墓之类是也。得此于众人，犹将搜罗而表章之，况伶人乎？且伶鬻自髫龄，辱亲非其罪也。当割臂时，伶知爱其亲而已，毁誉庸所计乎？予唯灭性之良，不隔贵贱，观于此，而孝悌之心油然生矣！为作《孝伶传》。

看毕，文泽等叹息道："这也算得奇事！我们也该替他表扬表扬，竹君《花选》又该续刻了。"

大家谈论，日已西沉，文泽等也要散了。王恂叫走堂的报账，文泽又抢作东，两人争执，谦让一回。唐和尚对着走堂的把嘴一扭，走堂的出去交代了柜上，进来说道："这账两位少爷不用争会，唐大爷已会过了。"文泽道："这怎么说？"王恂道："断无此理！"唐和尚笑道："些须敬意，三位少爷肯赏脸常来坐坐，就沾光多了，况和尚没有折本的买卖，明日就拿着缘簿到宅里来，少爷只要多写一笔就是。"说了又大笑，拿着扇子在他们三人身上搠了几扇。仲清等倒不好再说，只得谢了一声，说："我们竟吃到十一方了！"说着大家又笑了一阵，带了三旦出来。唐和尚与掌柜的送出大门，看上了车，方才进去。

却说魏聘才与玉天仙相好，倒得了她的嫖钱，捐了分发，掣着湖北，好不有兴！已另租了几间房子，从寺里搬出来，与玉天仙同居。这两月置备些出京物件，已买了一个丫头，雇了一个老婆子，玉天仙做起奶奶来。

———

① 刲（kuī）——割。

　　这玉天仙本是扬州瘦马,到京来颇有声名,但年纪已二十七岁,比聘才大了两年。相貌极为标致,看着还像二十来岁人,更兼弹唱皆精,与聘才甚为合意,故成了夫妻。聘才想起去年元茂所借之当,还没有归还,便到孙宅去找他。谁知元茂同了他两个舅子下通州赴考去了,只好认了晦气。到出京那几日,一起一起的饯行;潘其观、奚十一、张仲雨、冯子佩、杨梅窗、张笑梅、顾月卿、唐和尚等,轮流作饯,唐和尚的庄子好不热闹。聘才又辞了几天行。

　　白菊花未从良时,与玉天仙同在一局,且甚相好,结为异姓姊妹。玉天仙长菊花两岁。菊花与奚十一讲了,要请玉天仙过来饯行,奚十一岂有不肯之理? 即请了玉天仙到家。菊花出外迎接,到了里面见了礼,坐下各谈契阔①。

　　玉天仙道:"我见四妹从了良,又遇见这位多情的老爷,我便心上羡慕。不料我的运气不好,去年吃了一场官司。我看这个魏大爷倒很有情,为我吃了这些苦,还是待我一样,而且比前更好,我所以定了主意,嫁了他。又见他手头不宽,在京里费用大,候选无期,遂把历年积下的东西与他捐了分发。虽是磕头虫,到底也算个老爷,比咱们接客时总强了。"菊花道:"自然。姐夫虽然是个小官,姐姐到底是位太太。你妹夫虽是个大老爷,妹子终是个偏房。衙门虽比你家大些,这名分是不及你。而且他家里还有好几房人在家,将来知道怎样? 哪里及得姐姐一马一鞍的安稳! 况且姐夫又年轻又俊俏,人又能干,哪里选得出这种人呢?"玉天仙道:"你见过你姐夫么?"菊花道:"姐夫也常来找我们老爷,所以我也看见过他几次,人才是没有说的!"

　　玉天仙面有喜色,笑道:"只要裙里香,管他十二房! 妹妹这么个人,妹夫岂有不一心一意的? 你看那杨八妹夫,也是个从九,再没有选期,仗着看风水,能赚多少人? 他家里厉害,如今与六妹妹也远了。那六妹妹也真教他赚苦了。那个人才没良心呢! 听说他上了回江南,也不知是谁赚他,叫他给门户中带了一封信。他到江南就坐着轿子,穿着衣帽,拿着眷晚生的帖去拜,到了门投了帖。还是轿夫说:'老爷,这是个王八家。'他才没有进去。你说怯不怯?"听得菊花也欢喜了。二人又笑了一会,就

_____

　　① 契阔——久别。

叫了个女先儿来唱了半天，又叫个耍猴儿的来玩了一回。

　　玉天仙吃了饭，谢了菊花要回，菊花送出来，到了二门，两人还是依依的，拉着手站住说话。姬亮轩在书房里听得清清楚楚，便剜破窗纸，闭着一眼，睁着一眼，从窗隙里望将出去。先见一个老婆了，拿了衣包，又一个小丫头，拿了一根长烟袋，一把团扇。只见玉天仙，一身华服，满头珠翠，很像个奶奶模样；不大不小的一个容长脸儿，容光滑洁，体态风骚；裙下金莲，约有四寸，甚是伶俐，比菊花身材略高了些。菊花穿件蛋清纱衫，内衬桃红衫，下是月白纱裤，穿着厚底堆绒蝴蝶鞋。两鬓堆鸦，高鬟滴翠。脸上微带几点俏麻，美目含情，春容满面，把姬亮轩看得筋酥骨软，口内流涎。谁料这个窗纸还是旧年糊的，风吹日晒，也脆极了。亮轩只顾偷看，把个额角靠在纸上，啪的一响，裂破了一块。玉天仙回头，见窗内有人偷看她们，玉天仙也就走了出去。菊花送出二门，看上了车，转身回来。抬头望见亮轩的窗纸破处，他尚在里面偷看，欲要笑时，已勉强忍住，低着头进去了。

　　聘才出京之日，唐和尚直送到十里长亭，洒泪而别。聘才回家，接了父母，同往湖北。后来书中就没有他的事了。要叙李元茂、孙嗣徽在通州小考，闹了一个小小的笑话。且俟下回分解。

第五十一回

闹缝穷隔墙听戏　舒积忿同室操戈

话说聘才出京之时，曾问元茂要账，适值元茂赴通州去了。元茂与孙氏昆仲，都冒了顺天①籍贯，府、县考过了，到通州院考。租了寓，进了场。元茂遇见了旧日窗稿，是先生改好的，便直笔而抄之。这孙嗣徽如何会做文章？遇见了一个同窗朋友，是个廪生，托其代请枪手②。那人与他请了一个人，讲定了八十两银子，写了契约，在场内与孙嗣徽枪了两文一诗。这个嗣元自己又不能作文，又没有雇着枪手，不得已在卷子上一阵乱写，不知写了一篇什么东西。

发案之日，嗣徽、元茂竟进了。复了试，元茂也还勉强得来，嗣徽仍是请人代做。到发落之日，忽然挂了一块牌出来，上写道：

> 查看宛平县童生孙嗣元文卷，字体草率，一字两格，方言俗语，杂字一篇，无两字可连，无一句可讲。是否系染狂疾，抑或是其本真，殊为可怪。仰通州知州，协同宛平县教谕，严为究问，以正功令，毋得混蒙狗③纵。速速！

元茂、嗣徽看了，也不知嗣元卷子上写了什么。嗣徽倒暗暗喜欢，与元茂进去叩见宗师。

宗师见了元茂，倒也没有讲话。孙嗣徽穿了蓝衫、皂靴，把个红糟脸擦得光亮，大摇大摆踱上前去。宗师见了，觉得他与诸人不同，甚是可笑。见他名字与孙嗣元像是弟兄，便问道："有个孙嗣元，是你兄弟么？"嗣徽道："是门生舍弟。"文宗笑道："你兄弟有什么毛病么？"嗣徽随口答道："舍弟有个结巴的毛病，说话愈急，愈说不出，此其一；左眼皮高吊起，时时要流眼泪，此其二；遇到门生说话，他即要驳起来，此其三。"文宗听了，

---

① 顺天——府名，约相当于今北京市。

② 枪手——指冒名顶替代他人考试的人。

③ 狥（xùn）——同徇。依从，曲从。

笑了一笑。诸生也要笑时,只得忍住。嗣徽得意洋洋的,把肩摆了一摆,
自己看看脚上的皂靴。文宗正色问道:"你那兄弟的卷子,写的并不是文
章,是写几百个杂字,没有半句可讲,没有两字可连,是何缘故? 这样不通
人,怎样应过府县考? 或是近日得了疾病,所以如此呢,或是本来就是这
样?"嗣徽笑道:"若说舍弟有生之初,就有时而昏;有生之后,就无时而
明。其府县考之得以有名者,乃门生中也养不中,才也养不才,此舍弟之
乐有贤父兄也。"诸生忍不住大笑。文宗把案一拍道:"胡说! 你就是个
疯子,快下去罢!"嗣徽失惊,打了一躬,摇摆出来。诸生掩口胡卢,一齐
告退了。

嗣徽上了马,元茂坐了车,一同回寓。嗣元被州官叫了去了。却又得
了个喜信,亮功放了安徽凤阳府。嗣徽心中大喜,就想回家等着,下科再
花些银子找人枪一枪,就可以拔贡①了。无奈为嗣元的文卷尚未问明,只
得再待两天。

元茂得了一个秀才,也就心满意足,如今又娶了亲,心中一无牵挂。
却喜丈人与他父亲同在一省,便可同了媳妇回去,在任乐几年。也为嗣元
之事未了,只好同着嗣徽守候。

那日饭后,元茂闷坐无聊,太阳也将落了,独自逛出城来。到了运河
边,只见粮船如云,还有些官船,大旗招展,好不热闹。那粮船舱里,也有
些妇女们,就望不清楚,把眼镜擦了一擦戴上,沿着河堤慢慢的走去,只管
东张西望。见那些卖西瓜的与卖桃儿的,还有卖牛肉的,卖小菜豆腐的,
挤来挤去。地下还有些测字摊子。还有那些缝穷婆,面前放下个筐子,坐
在小凳上与人缝补。元茂望着一个缝穷的,堆着一头黑发,一个大髻子歪
在半边,插一枝纸花。虽然紫糖色脸,望去象二十几岁的人,倒也少艾。
两眼只顾瞅着,慢腾腾走近去,不防一条缆子一绊,栽了一交,直跌到那个
缝穷婆身上。那个缝穷婆正伸直两条腿,交跷着七寸长的花鞋,鞋口上捆
了鲜红的带子。见元茂跌来,吃了一惊,恐他跌到身上,急起身躲时,腿未
站起,元茂已倒了过来,刚刚压着她。船上,岸上的人见了,齐拍手笑起
来。这一笑,把个李元茂臊得满脸紫涨,把脚一伸,可可的蹅在烂泥里,没

---

① 拔贡——清代科举五贡之一,每十二年,选拔在学生员中文行俱优的,贡于
京师,称拔贡。

了力,左手撑着地,右手按着缝穷婆的脚,使劲一支,遂支了起来,沾了一袜子泥,偏偏衫子被篙子扎破了一块。元茂满面无光,怔了一回。

只见那缝穷婆抖着布衫,连说道:"这是怎么说? 走道儿会栽到人身上来!"元茂只得自认不是。那缝穷的尚要发作几句,见元茂一身绸绢,像个旗丁①模样;又见他一袜子泥,衫子也扎破了,倒想揽这个买卖。便道:"你这衣裳破了,你脱下来,我与你缝缝罢。"元茂见她好言好语,便看自己样子,也难回去,便把长衫脱将下来,蹲在一边,看她缝补。又看那缝穷的,颇有几分姿媚:容长脸,小嘴,长眼睛,直鼻子,手也不甚粗,约二十四、五年纪。一件旧蓝布衫,倒还干净。跷起了一双新布花鞋。元茂看得有些动心。那缝穷的手里缝衣,飘转眼来问元茂道:"你在哪一帮?"元茂不懂,眯齐了眼看她。那缝穷的又瞟了他一眼道:"我问你是哪一帮粮船上的? 不是杭州帮吧?"元茂道:"我不是粮船上的。"缝穷的道:"你现在哪里住?"元茂道:"一进城门就是。我身边没有带着钱怎么好? 你同到寓里去取罢。"缝穷的点点头。

缝完了,元茂穿上。缝穷的提了篮子,跟了元茂进城。元茂问她的住处,缝穷的道:"我也在城里。"元茂又问她的丈夫,缝穷的道:"我们当家的撑小驳船,如今在杨柳青呢。"元茂说一句,望一望,两人并着走。见她胸前高高的两个乳,元茂鼻子望空嗅嗅,觉有些汗香,心上有几分爱她,却又不敢问她。同进了寓,只见嗣徽的房门也锁着,不见一个人,缝穷的便跟了进来。看他开了房门,便靠在房门上,望着房里。元茂在炕上找了个青缎小褡裢,坐在房门口凳上,一五一十的数了四十大钱,递与缝穷的。缝穷的接了,笑道:"这钱太少,请高升些。"一手将钱往篮子里放了,笑嘻嘻的一脚跨进了房门,一手来抢了元茂的褡裢。元茂不放手。她是一脚在内,一脚在外。元茂将手一拽,那缝穷的随着手即扑倒在元茂怀里,笑个不住。那元茂岂是个坐怀不乱的? 便登时动了色。如今娶了亲,已是老在行,比不得从前了,便把两腿夹住了她下身,将她抱起来。那缝穷的一面笑,一面还不放那个褡裢,笑得头发都要散了。元茂道:"你要钱容易,我给你,你要多少?"缝穷的道:"单是缝补的钱么?"元茂道:"那手工钱,我再加你二十大钱。我们讲个交情,你要多少钱?"缝穷的道:"讲交

① 旗丁——押船运粮的军人。

情,别人是二百六十六,我没有这个价儿,我总要四百钱!"元茂道:"我就给你四百钱。"对着她把嘴往炕上一扭,缝穷的道:"待我提了篮子进来。"元茂恐怕人来,关了门闩了,二人就在炕上云雨起来。

恰好嗣徽回来,望望元茂的房门没有锁,把手一推,却是闩着。知道元茂在内,便叫了一声:"开门! 青天白日关门做什么?"元茂听了,吃了一惊,伏着不动。嗣徽又推了一推,元茂只得应道:"我肚子疼,要躺一会起来。不要来推门吵闹人!"嗣徽倒也不疑心,一移步间,踢着一样东西,一看是妇人戴的一朵纸花,拾起来闻一闻,有一点油气。心上想道:"哪里来这东西在他房门口? 他又不肯开门,莫非他倒接个媳妇在里面受用么?"此时天未全黑,屋里尚有些亮,嗣徽到窗下一望,却是冷布窗心,元茂忘下了卷窗。嗣徽望到炕上,见一个妇人仰卧着,元茂正在那里高兴,淫声甚炽。听得那妇人低低说道:"起来吧,四百钱要怎样? 已经值八百了。"元茂尚是老皮老脸的,被那媳妇一推,推出了笋。坐了起来,站在那元宝篮里拿块破布,抹了一抹,揸好了裤。

元茂也穿了小衣,取出四百钱递与那媳妇。那媳妇收了塞在篮里,又道:"那缝补的钱呢?"李元茂又找那小褡裢摸钱,那媳妇一手抢去,连褡裢往篮里一摔,把肘抄着篮子,开门出来。

嗣徽看清,想撞破他,恐元茂脸上下不来,且看缝穷的生得少艾①,便想要半路截留,便先到门口等她。那缝穷婆出来,嗣徽拦住了门,问道:"你方才在里头做什么?"那缝穷婆笑嘻嘻的,扭着手看嗣徽穿着芙蓉布汗衫,脚下是皂靴,知道是位老爷,说道:"方才有位爷们,叫我缝补小衣。"孙嗣徽道:"我在窗子外望得清清楚楚,他给了你四百钱。明日我也要缝小衣,你务必来。"那缝穷的听了,枭头枭脑的答应了,又道:"什么时候来呢?"嗣徽道:"吃了早饭就来,我在门口等你。如我不在门口,你就在门口等我。"缝穷的连连答应,将嗣徽打量了一番,把手摸一摸头髻,提着篮子出去了。嗣徽进来也不说破,与元茂谈了一会,各自睡了。

明日早饭后,嗣徽到门口望了几次,尚不见来。心里一想:"有些下人在面前,不便行事。"把几个家人尽行打发出门,叫他去探听嗣元消息,与到远处去买物去了。知元茂是要睡中觉的,到他房门口望了一望,见元

①　少艾——年少而貌美。

茂在炕上躺着，闭了眼，当他睡着了。急到门口来，见那缝穷婆已坐在门槛上。今日打扮得不同，梳得光光的元宝头，绞光了鬓角，插了一枝花，穿一件蓝夏布衫子，手中带上烧料镯子、铜戒指。回头见了嗣徽，便笑嘻嘻的提了篮子，走了进来。嗣徽见她比昨日娇俏多了，心中大喜。进了二门，便一手搭在她肩上，一直推进了房，把房门闩上，下了卷窗。

　　这房嗣徽弟兄两人同住，此时嗣元未回，真是难得。嗣徽低低的说道："天气热，脱了衣服罢。"缝穷的点点头，便将衫子脱了。她脸上是被太阳晒黑的，身上倒还白净，凸出两个灰色奶头。嗣徽摸了两把，又叫她脱去小衣。缝穷的抿着嘴笑，不肯脱。嗣徽便解了她的带子，替她脱了。请教到妙处，倒也光肥可玩，就是颜色不甚好看，像是个连鬓胡子。嗣徽也脱光，缝穷婆一眼望去，其物甚伟，比起昨日那位，真是小巫见了大巫。二人就在躺椅上玩起来。

　　且说那元茂并未睡着，嗣徽与他对面房，有人进来岂有听不见的？况那缝穷婆今日穿了木底鞋，鞋内又衬了高底。七寸长的花鞋，今日变成了五寸，虽轻轻的走，总有咭咯之声。嗣徽当元茂睡着了，也不防他，把全副的精神施出来，那张躺椅，响得好不热闹。元茂轻轻的走到嗣徽房门口，侧着耳朵听去，那响声在躺椅上，咭咭嘎嘎之中，又夹杂些唧咂之声，像狗舔米泔水一样。元茂大疑，又到窗下望望，见卷窗放下，心里想道："先前很像个女人脚步走进房去，这响声宛与昨日相似。"又因眼光不济，窗缝里也望不清楚，复到房门口，轻轻的将门推一推，知是闩着。便再听，觉得轻重疾徐，声声中款，而泥粘水滑之声，令人心荡，分明是这件事了。又听得低低的问道："好不好？"那边应道："好！"又听得道："这一下是一百数了。"又听得"一二三四"的数起，一直听数到八十八，忽然的"趷蹋"一声，倒把元茂吃了一惊。又听得一声："哎哟！要跌要跌！"两个嗤嗤的笑声，便停了数，像椅子坏了。便有两个脚步响到炕边。元茂再听：是搁扇子的声，搁了一会，又响起来，似觉稀微了些。又约有一百多数，忽听得"哎哟哟"的几声，又听得发喘声，又听得呷嘴咂舌之声，又听得两下笑声，又听得两下轻轻的打着玩，像打在屁股上的声。又听嗣徽低低道："乐哉！乐哉！其乐只且，其乐只且！"念了两声。元茂听得要笑，把手掩紧了口。听得那人说道："长久了，放我起来罢，我要去了。"停了一停，听得擦纸声，听得擦汗声。静了一会，听得数钱声，听得串钱声。

　　元茂已听了多时,听得一身发涨,底下已冒了些出来。听得那人说道:"这是给我的么?啧、啧、啧!好出手!也叫是位老爷?我没有这个价钱。"听得嗣徽说道:"我是照你昨日的价钱,没有少给你。他那里不是四百钱?"元茂听了,方知是昨日的缝穷婆,心里诧异道:"她怎么在他房里?定是来找我的,被这强盗打劫了去,可恨!可恨!"又听得缝穷婆道:"快快的高升,不要耽搁我!"嗣徽道:"这是什么缘故?一样的人,我就要加钱?"缝穷婆道:"一样的人?他是平等人,你是个老爷!况且昨日连衣也没有脱,今日有两三倍功夫,好意思拿出四百钱?也失你老爷的身份!"两人争论,声音高了好些。嗣徽又加了一百钱,缝穷的道:"不是这么加的。告诉你,今天是要两吊钱!"嗣徽道:"岂有此理!两吊钱我要玩你五回!"那缝穷的道:"你这一回,就抵人五回!我们陪着过夜,总要四吊钱。今天浑身脱得精光,给你玩了两个时辰,两吊钱还多吗?不要耽搁人,快添来!"嗣徽又加了一百钱,缝穷的只是不依,要定了两吊。说话越说越高起来,嗣徽恐人听见,只得又加了些钱。共加了五回,才加成了一吊钱,缝穷的方收了。

　　听得嗣徽笑道:"我倒问你,你怎么知道我是个老爷?难道昨日那人不是位老爷么?"缝穷婆道:"他不是老爷!"嗣徽暗喜,想道:"他必看出我龟头上那个黑斑,知是主贵的。待我问他。"又道:"我身上有几样主贵?你若说出来,我才服你!若说不出来,不过想讹我一吊钱。"那缝穷婆道:"呸!你的鸡巴主贵!那满面的糟疙瘩,像粮船上带来的糟枇杷一样。我讹你的钱?把良心夹在夹肢窝里!一上身就三四百抽,你把吃奶的力气都使出来,闹得人丢了好些,这一吊钱还不够体惜钱呢!你几时见过泥腿上蹼着皂靴,还要赚人?说不是老爷,想省钱!你若穿了草鞋,我只要你二百钱。"嗣徽被他一顿臊辱,方知穿了皂靴之故。便又捧了她的脸,亲了几个嘴。缝穷婆将他脸上咬了一口。嗣徽又问道:"我见你昨日与那人玩,正响得热闹,为什么要推了他起来?今日你又勾紧了我。"缝穷婆笑道:"那人好不在行!又短又笨,腿上一点劲都没有。压紧了人,气也透不出来,你听见响,那是小肚子碰着小肚子,你当是里头响吗?滑出滑进的,倒教我痒得难受。"

　　元茂听了,心中好不有气,想候她出来骂她两句,忽见孙嗣元从外边进来。孙嗣元因文卷之事,在州里押了一日。今日州官问他,他倒期期艾

艾的顶撞了州官。本要打他几板,因他是孙亮功的儿子,留他体面。送到
宛平教谕处戒斥他,又将教官得罪了。教官气极,遂将他牵到通州学明伦
堂上,叫门斗按在板凳上,结结实实打了二十竹板。打得嗣元杀猪似的叫
起来,口又结截,带着南边话,俺娘俺娘的乱骂。门斗也恨他,狠狠的打了
几下。打得嗣元两腿紫烂,一步一步的颠回来。又恐气血凝滞,不敢坐
车,幸遇见了家人,扶了回来。见元茂在房门口侧耳窃听,他也不知就里,
吊起那一只眼皮,讲道:“晦晦晦他娘的气!你你你你们倒在家,快快乐乐
呢!”元茂正要问他,他到房门口把门一推,见闩着,双手乱搲,那薄板门
将要破了。元茂摇摇手,嗣元不懂,仍是乱搲。嗣徽听嗣元回来,心内惊
慌,定一定神,倒生了个急智,随手拉一件衣裳,撕破了一块,叫她拿出针
线来缝,便开了门。

　　嗣元进去,见一个缝穷的,鬓发蓬松,面有愧色,坐在凳上缝衣。嗣元
一见,生了气,心里早已明白,骂道:“哪里有这种不要脸的烂烂烂货!跑
进房里来,关了门,做做做什么事情?还还不滚出去!”把她的篮子踢翻。
缝穷的虽不敢发作,也有了气,便道:“有人请我来的,我又不是挨上门
的,开门就骂人滚,好个不讲理的蛮子!”便理清了零星碎布,提了篮子,
到外间来缝。见了元茂,有些不好意思,笑了一笑。元茂仔细看她,比昨
日标致了好些,脚也小了。但他心里恨她没有情义,还说他不像老爷,又
嫌他笨,不在行,尽巴结嗣徽,为他穿了双皂靴。便不理她,瞅着她缝衣。

　　嗣元腿疼,便往躺椅上一躺,不料一边的铁搭已断,一侧滚了下来。
嗣徽呵呵大笑道:“言悖而出者,亦悖而入。人倒没有滚,自己倒滚了!”
嗣元更有了气,爬了起来,一脚踢翻了躺椅,骂道:“我俺你的娘!”往炕上
就躺,口中牵藤蔓葛的混骂。嗣徽踱到外间,反拢着手踱了几步。缝穷婆
看了,也不禁笑了一笑。元茂道:“我来听已听得报了一百下,后又听数
到八十八,到炕上去,远了些,还听得似扯风箱的扯了好一会,不知多少数
目。”缝穷婆嘻着嘴,把眼乜①了他一乜。嗣徽道:“人若一之我百之,人若
十之我千之。”元茂笑起来。嗣元听得明白,又在里头狗屎狗卵的骂不
清。忽然一伸手,在席子上摸着一块湿漉漉的,沾了一手,连忙往地下一
摔,听得“嗒”的一声。嗣元恨极了,即将席子扯下地来,叫小使进来把马

────────

　　①　乜(miē)——斜视。

褥子铺了,便烂脓烂血的大骂。嗣徽自知理短,不敢回言,只作不闻。那个缝穷的实在也听不得了,便道:"太太今儿真丧气,碰着了这些浑虫,没有开过屎眼!"将衣裳一扔,提了篮子,扭着屁股,唠唠叨叨的骂了出去。嗣徽不敢进房,在外间与元茂说那缝穷婆的好处:一个说皮肤很细腻;一个说汗都是香的。一个说她是个镰刀式,愈弄愈紧;一个说像个烂瓢瓜,一动就水响起来。一个说一吊钱很值;一个说我还只得四百钱。

少顷,嗣元要找汗衫更换,小使找了一会,找到外间,就是方才缝的那一件。嗣元一看,火上添油,问嗣徽道:"我我我这件汗衫,只穿了一回,好端端的,怎怎怎么会破了,要缝起来呢? 又怎怎怎么破的? 是小衿呢,这不不不是有心撕撕撕破的?"嗣徽道:"缁衣之好兮,敝予又改造兮!"嗣元道:"倒是俞余又该俞兮! 满口之乎者也,倒像是个通通朋友,不过花花花了八十两,请人枪枪枪了来的,当是你你你的真本事中中中的了,臊臊臊死人!"嗣徽道:"君子之所异于禽兽者,以其怀刑①也,我总没有叫州里押起。"一面拍着手道:"一五、一十、十五、二十,父母之体,不敢毁伤,辱莫大焉!"嗣元大怒,忍着疼爬起来,拿了支窗子的棍子,走出房,照嗣徽劈头打来。嗣徽躲不及,肩胛上着了一下,连声哎哟道:"了不得,纾②兄之臂!"夺住了棍子,要打嗣元。元茂连忙解劝,分开了。两个还斗嘴斗舌的,闹了半天。到五更大家起来收拾了,天明上车而回。

到了家,亮功见大儿子与女婿进了学,也甚欢喜;又恨嗣元不通,出了大丑,痛骂了一顿。嗣元回房,又被他媳妇巴氏羞辱了一顿,他的气苦无门可诉,只好在外面逢人便说他乃兄是代枪进学的,又在他炕上闹了缝穷的,所以大不吉利,害他吃了苦。众人听了这些话,不过一笑而已。

且说李元茂侥幸了这个秀才,也十分得意,见了孙氏便夸奖他的才学。说嗣徽是代枪的,嗣元不通,以致打了板子。孙氏也觉光彩,到底丈夫算个读书人了。元茂看着孙氏,虽然假眉假发,但五官生得颇好,又高又胖,是个有福之相。比起缝穷婆来,虽没有她风骚,到底比她干净了好些。到了并头夜合之际,已离了二十来天,未免彼此贪爱。况元茂学问也长了许多,孙氏又比不得那缝穷婆,尝过那冲烦疲难的滋味,自然当是人

① 怀刑——畏惧礼法。
② 纾(zhěn)——扭;转。

生之乐止于如此。元茂将嗣徽与缝穷的光景并听的声息,细细的描摹与孙氏听,孙氏笑得不休。又说道:"自然你也是这样的。"元茂道:"我没有,我岂肯要这种人!"孙氏半疑半信,又盘诘了一番,元茂只说没有。

那元茂真是糊涂人,所说的话一会儿又忘了,一手摸着孙氏那个东西,觉得饱满可爱,而且蓬蓬松松毛长且茂。闲着把它梳理梳理,孙氏也不阻拦他。元茂自觉得意忘言,忽然说道:"我当是你们这个与我们一样,谁想那个缝穷婆才二十四岁,竟是一大片毛,连小肚子上都是的,倒不好看!"孙氏听了,已有了气,故意问道:"或者她小肚子上有泥,你看不清楚,就当它是毛了。"元茂笑道:"你笑我是近视眼,看不见。我的手难道也是近视,摸不出么?"孙氏气涌心头,把元茂身上一把拧得死紧。元茂道:"哎哟哟轻些,做什么?"孙氏道:"你这个丧尽良心,烂心烂肺的恶人!你说我兄弟闹缝穷婆,你是没有,为什么你又讲出来?你既摸过她的毛,难道还不做那该死的事情么?我倒在家天天想着你,你倒这么肆无忌惮。我咬掉你这块肉!"便一口咬紧了元茂的膀子。元茂方悔无心失言,只得再三的赔礼。孙氏犹咬着牙,把他搡了两搡。元茂又上去巴结了一回方好。

孙亮功到领凭之后,即到通州写了四个太平船赴任,自然的一样饯行热闹。唯有王恂的夫人,见父亲、哥嫂一齐出京,未免凄凉悲苦。在母家住了几日,陆夫人也疼爱到十分,又不能带她赴任,只好劝慰她一番。

元茂与孙氏是同去的。元茂外间有些亏空,这两天追逼起来。孙氏虽有些妆资,但不肯与元茂花销。元茂问她要钱时,便骂起来说:"不是叫相公,就是嫖婊子!我也不给你钱,你也不许出去!"此时元茂被人追急了,无词可对,只得苦苦哀求他媳妇,说系进学费用,此时都应归还,并不是嫖钱等类。孙氏见他愁眉不展的几天,心里也疼他,即问道:"你要多少钱,就清楚了?"元茂道:"要一百吊钱。"孙氏即给他四十两银子,说道:"你快去还了正经账目,不要去混花销了!"元茂大喜,得了银子,又起了邪念,想到"二喜待我这两年颇为不薄,如今远别,怎好不给他十吊钱?但这四十两只够还账,不能有余,怎么好呢?"想了半夜,想出一个方法:去年借聘才的金镯子,若取了出来,照时价换了,可以多得五六十吊钱,可不是账也还了,别敬也有了?早上起来,找了当票,自己到当铺里一算,不够,又添了些碎银,做了利钱,把金镯子取了出来。到金店里请他看看成色,换了十四换,元茂不肯;又到了一家,倒又少了半换,只得十三换半。元茂心中纳闷,把镯子带上手,一路的闯去。

忽然见二喜坐着车劈面过来,见了元茂,忙下来,一把拉住,说道:"今日叫我找着了! 我听得你要出京,又知道你中了秀才,也不知找你多少回。我们也多时没有坐坐了。"便拉着元茂上了车。元茂本来想他,便忘了要事,一径同到了二喜寓处。

进了客房,二喜道:"你此番去了,几时才来? 你倒忍心撇得下我么?"说罢,便撺在元茂怀里,道:"我跟你去罢! 你去了,我在京里也没有疼我的人,不如咱们苦苦乐乐的在一块儿。"说到此,两眼红红的,像要淌下泪来。元茂见了好不伤心,也擦了眼睛,道:"若说跟我去的话,此时不用说他,但我明年就来的。如今我在这里寄了籍,明年要来科考,还要乡试,那时就可与你快叙了。"二喜故作悲啼,把个元茂如苍蝇掐了头一样,抓耳揉腮,垂头丧气。

少顷摆出酒来。元茂心中有事,不能畅饮,禁不得二喜百般奉承,元茂欢心一开,便又痛喝起来。二喜斟了一杯酒,喝了一口,走到元茂身边,坐在膝上,双手捧了元茂的脸,敬了一个皮杯。元茂两眼眯齐,在二喜脸上嗅了几嗅。二喜道:"你也还敬我一口。"元茂道:"待我来!"便含了一口酒,对着二喜的嘴送来,二喜尚未接着,元茂先放了出来,滴了一身。元茂想着从前的事,不觉好笑,笑得前合后仰。二喜也笑道:"什么好笑?"元茂闭紧了嘴,用力忍住,停了一停,说道:"你还记得? 前年魏老聘的笑话说,姑嫂两个磨镜子淌出水来。"二喜笑道:"你倒好,你愿把自己的嘴比那东西?"元茂道:"世间还有比那东西好么? 人家嫌那东西脏,我就不嫌。"二喜道:"不信没有比他好的。"元茂道:"只怕没有。"二喜道:"怎么没有? 这句话你从前说过的"。元茂闭着眼睛想了一想,点点头道:"有是有这句话的"。二喜瞅了他一眼道:"好良心! 吃了桔子就忘了洞庭山了。"一头说,双手将元茂满身乱捏,捏得元茂骨软筋酥,打了一个呵欠,伸一伸腰。二喜道:"你的瘾来了,躺躺罢。"元茂道:"很好。"遂同了二喜进房,开了灯。二喜先在对面上了几口后,躺在元茂怀里与他上烟,一个脸直扭到元茂嘴边。元茂伸出舌尖,在他脸上舔了几舔,觉得香喷喷的,色心大动。二喜知觉,把手伸过来一攥,仰着脸望了元茂,哈哈哈的几声,把手一紧,元茂一酥,说道:"了不得了!"便侧转身子来,把二喜紧紧的一搂,也算了春风一度,把裤裆擦了一擦。

二喜又与元茂上了几口烟,一手把着元茂的手,放在自己脸上道:
"从前有位张少爷,也与我相好,我也使过他的钱。他在京时,问他要什
么他总肯。到他出京时,我问他要个镯子,他就支支吾吾,说这样推那样,
不肯给我。其实我也不稀罕他那个小镯子,不过留一点记念,教人心上常
记着这个人。然而如今的人,见面时是好的,一过后就忘了。我就不然,
那个人若是我相好的,我总想着他。你要去了,你给点什么东西与我做记
念呢? 要常常带在身上,又要经久不坏的东西。"

元茂见他这般光景,心里甚是过意不去,本要送他些钱,因镯子又没
有换成,支支吾吾的道:"我有东西给你。"二喜道:"我说那张少爷的镯
子,与你这个一样的。你若做了他,还要等我开口么?"说着要把元茂的
镯子除下来看,说道:"可是两根丝搅成的?"即将下来看看,戴在手上,说
道:"这种镯子,我也得了不少。若是不要紧的人给我,我也不记得他;若
是你给我,哪管是铜的,我也当他金的一样。况是个金的,自然一发当作
宝贝了!"一面说着看元茂。

元茂近来身子淘虚了,一喝酒就醉,一吹烟就睡,模模糊糊的讲了一
声,也听不出讲的什么话。元茂朦朦胧胧,然犹听得门外叫"二喜出来",
觉二喜爬下炕去,出去了。元茂睡了一觉醒来,见烟灯也收了,叫了一声
"二喜",不见答应,擦擦眼睛走了出来,只见那边房里欢呼畅饮,有些人
还有几个相公,唱的唱,划拳的划拳。元茂见跟二喜的人站在门口,叫了
他过来,问道:"二喜呢?"那人道:"在那里陪酒。"说了又站到那里去了。

元茂此时酒已醒了,一想心中有事,便一径出来。到了家,方知镯子
被他狠去,心里甚急。再去找他,又不在家了,一肚子苦说不出来,丧气而
回。孙氏问他:"为何出去了大半天才回?"元茂只得支吾说还账耽搁了。
到晚上,元茂更加着急,梦中还是长吁短叹,孙氏也不解其故。一夜云雨
稀疏,应名而已。孙氏疑他精力乏了,也不来惹他。

明日,元茂没法,只得老了面皮,去找王恂借了四十金,说是娶亲时欠
下的账,到了安徽即行寄还,才把那些零星馆子账,相公开发及窑子嫖钱
还个清楚。也到各处辞了行,遂同丈人出了京。到了凤阳府,住了一月,
同着孙氏到他父亲任上去了。不知后来如何,且听下回分解。

第五十二回

群公子花园贺喜　众佳人绣阁陪新

话说光阴甚快，六月将过，又交七月。高品到了，住在怡园，与南湘同寓在清凉诗境。带了本省抚台的文书，一咨礼部①，一咨府尹②，保荐应考博学宏词。四方名宿，纷纷渐到，已定于八月初十日开考。

且说春航吉期已到。这苏侯是个阔家，大姑娘嫁与华公子，妆奁就值百万。今知春航是个寒士，把京东的田庄批了二百顷，拨了两名庄头，六房家人男妇，十个丫环，至珠宝古玩、陈设铺垫，以及衣服、被褥、箱盒、桌椅、器皿之类。送奁那一日，用了二千名人夫，苏夫人犹以为簿，不及大姑娘十分之七，于铺箱时，铺了两万两白银，三千两黄金。子云是媒人，见春航房屋窄小，铺张不下，把自己住宅东边一所空房借与他，有个八九十间，还有个小花园在内。

这回春航娶亲，贺客纷纷，很为热闹。请酒演戏，内外铺设，也成了个锦天花地。一个蕙芳如何料理得开？子云去请了张仲雨来帮忙，管了账房，并指点铺设一切。仲雨这些事是最在行的，诸事调度得很有章程。新房内自有苏府的人来铺设。春航的母舅张桐孙，已带了家眷往直省候补去了，今奉差来京，也帮着春航张罗。

初六那一日，有两处戏酒。一处在聚星堂，请的是乡试座师③、礼部尚书刘守正，座师、内阁学士王文辉，会试房师、兵部郎中杨方猷、鸿胪④寺卿周锡爵、光禄少卿⑤陆宗沅这两位是同乡前辈，兼有年谊，张桐孙陪了。这几位在聚星堂观戏，演的是联珠班。春航陪着一班名士，在花园挹

---

① 礼部——官署名。长官为礼部尚书。
② 府尹——官名。为京都的行政首长。
③ 座师——即座主。主考官。
④ 鸿胪——官名，掌理朝贺庆吊等赞道事物。
⑤ 光禄少卿——官名、专司皇室祭品、膳食和招待饮酒，是无专职的散官。

爽斋,观演联锦班。那一天,大媒是徐子云,客是萧次贤、高品、南湘、颜仲清、刘文泽、王恂、梅子玉。近日子玉病已好了,勉强打起精神出来,这八个名旦,不消说都在园中,那聚星堂上一个也不去,尽是一班中年的角色与那寻常的旦角在那里应酬。苏蕙芳一会儿走了来,又被张仲雨叫了去账房帮忙,倒比别人还忙些。

早上就开了戏,诸人一面看戏,一面欢笑,好不高兴。子玉见那些名旦之中就只少了琴言,触景伤情,颇有一人向隅之惨,众人也都会意。忽不见了高品,子云命书童去找他,他到戏房后头找着了。见高品在那里教王兰保的戏,兰保点头而笑。高品出来,装出正经样子,连笑话也都不说一句。少顷,王兰保来请点戏,送到子云面前,子云点了一出《乔醋》,高品点了一出《当巾》。《乔醋》唱了,《当巾》却是兰保扮了小生,倒作得人情逼肖。春航是个聪明人,已知高品奚落他,便说道:"这李亚仙真是个女中豪杰,前赚郑元和是遵母命,后来是感于至情。若我作了郑元和,宁当身子上衣衫,不当这巾。你们不听得这两条网巾绳子是李亚仙亲手打的么!"高品道:"只怕衣裳有了泥,当不得。你不听得来兴唱道:'相公你戴月来满身露湿,我这件衣服呵,白苧①新裁,未沾汗迹'?"子云道:"他是沾的露,你又怎么说他沾的泥呢?"众人皆笑。作到来兴进去,轿夫出来赶打,兰保跌了一跤,便改了口白说道:"罢了!罢了!被他一路赶来,跌了一身泥垢。且喜七叔赠我这件衣衫,我且去当了,也可听得两天。呵哟!兀的不想杀小生也!"众人听了,个个骇异道:"忽然讲些什么?"仔细一想,便大笑起来。高品只是微笑。众人心里早已明白。又听得兰保唱那〔玉胞肚〕的曲子道:

> 我只得门前窥伺,跟随他绣幰香车。忍羞惭要乞青眸顾,应怜辱
> 在泥涂。回肠如路,双轮一碾一嗟吁。怎笑倚……

兰保唱到此,也要笑了。子云等连声喝彩,诸人乱叫起好来。春航满面通红,指着高品骂道:"我只道你别过了一年,自然也改恶从善,难道还是这副歪心肝!"高品道:"这才骂得奇,我又讲了什么?这不是自己栽了癞斗,埋怨地皮么?"春航尚要骂他,只见家人进来禀道:"苏府妆奁已到。"一片吹打之声,春航请了子云、次贤一同迎接上前。

---

① 苧(níng)——即苎麻、同苎。

送奁的是苏府几位本家亲戚，内中有华公子，绣衣金带，玉貌如仙。春航尚是初见，已久仰这位连衿的大名，接进了聚星堂，齐齐见礼。华公子见了刘尚书，王文辉是父执，便请了安，其余都行平礼。春航与华公子系新亲，无甚话说，不过彼此道些仰慕之意。幸有王文辉、徐子云帮着张罗，应酬了那几位新亲，颇不寂寞。

妆奁到了，挤满了街道，二千名抬夫也就与出兵一样。只见众家人带领抬夫头儿，纷纷搬运。张仲雨跑过来跑过去，指这样说那样，门外人声嘈杂。苏蕙芳发赏封、上号薄，一个人哪里打发得开，又叫了兰保、素兰来相帮，足足闹了两三个时辰，尚未清楚。里头许三姐也帮着手忙脚乱，同着那些陪房的摆这样安那样，闹得一身的汗，一件绸衫子沾住了背心，腰也酸了，脚也疼了，喝了一碗凉茶，把扇子搧了一会，再来收拾。

春航忙进城谢妆去了。王文辉要推华公子首座，华公子不肯。子云意欲邀他进园与诸名士会会，华公子也不愿在外，便同了子云进园。文泽等齐齐站起，华公子上前见礼。除文泽之外，都不认识，内中见一个最年轻的，觉得如月光珠彩，凤举霞轩，骨重神清，风华雅丽，心里一惊，觉眼中从未见过这样人。子玉见华公子的品貌也暗暗称赞，清华贵重，仪表天然，果是不凡。华公子一一见了，问明了子云。华公子道："叙起来都也有世谊。小弟疏于交接，今日幸会，涤我尘衿！"诸名士也各述一番景仰，遂推华公子首座，华公子如何肯坐，说道："我们既幸会了，就与夙好一样，若以小弟当客相待，倒是见弃了。我们今日叙定，下次就不用再推。方才诸兄怎样坐的，自然是叙齿，哪位年纪比我小，我就僭他。"叙起来就是子玉比他小了三岁，华公子就坐在子玉之上。众人见他直爽，也不让了。华公子见这班人都是潇洒出尘的相貌，将春航比起子玉来，稍逊一筹，而神情洒脱过之，可算瑜、亮并生了。

坐了席，开了戏。那边王文辉、张仲雨进来，在华公子面前张罗了一番。华公子要请仲雨坐席，仲雨道："今日我竟没有这个福分。"春航谢妆已回，也请仲雨入席，仲雨道："外面一个媚香如何照应得来？不可叫他怨我。"便拱拱手走开，指着子云道："总是你好作成！"笑出去了。王文辉跷起了朝靴，手捋长髯，与华公子、徐子云讲了一番话，也就踱了出去。春航请客宽了公服。唱了一出戏，华公子道："天气热，倒不用唱戏了，也叫他们歇歇。"八旦上来，华公子不见蕙芳，便问春航道："怎么不见那位'状元夫人'？还在账房里么?"春航不好意思回答。子云听了笑道:"如今闹出两位状元夫人,倒与《燕子笺》上的'诰圆'一样了。"华公子一想,自觉失言,便不再问。见素兰美丽风流,亭亭可爱,即叫他上前说道:"你去年写在那《良宵风月图》上的诗,我已裱成了手卷,并请人题了好些。实在画也画得好,字也写得好,人人称赞!"即对子云道:"此君风韵不减袁、苏,貌类琴言,而聪明过之。"赞得素兰好不喜欢。

　　华公子又问子玉道:"弟与尊兄虽初次识面,但心契已久。有个魏聘才是府上搬出来,在弟处住了半年,常常提及阁下。并有一事倒要请教。"子玉不知问他何事,即答道:"魏世兄也时常提及尊府,但未识荆,不敢晋谒①,不知有何赐教?"华公子道:"事本细微,但一时不能索解。闻得阁下与琴言订交最密,矢志不渝,琴言在弟处,弟即有所闻。琴言如今又同了敝业师出京,阁下何以忍心割爱? 而琴言又何以掉臂游行? 乞道其详。"这一问,把个子玉问得顿口无言,面有愧色,而心中悲苦,又随感而生。子云见子玉甚是为难,便大笑道:"这话须问我,庚香仁弟是长于情而拙于言。你说何以忍心割爱,而琴言又肯掉臂游行? 其故最易说明。此是庚香用情深处,欲成全这个人,所以叫他同了令业师去。况令业师认为义子,已如平地而履青云。琴言也明白这个道理,成身以报知己,岂不胜于轻身以事知己?"华公子点头叹息,子玉方安了心。华公子又与高品、南湘、仲清、王恂、文泽、次贤各讲了些话。知高品才从苏州来,问了些江苏风景。偶然见素兰的扇子一面画的甚细,要了过来看了一会;又见那一面写着小楷,题目是《断肠词》。华公子道:"肠何可以轻断?"子玉见了,又觉不安。华公子低低吟了一遍,又问素兰道:"这是你自己的么?"素兰道:"字与画都是胡乱涂写的,这词……"即指着子玉道:"就是梅少爷送玉侬的。"华公子折了扇子,对着子玉道:"看时就有几分猜着是吾兄手笔,非至情人不能道,果然! 果然!"又笑道:"这梦魂到底唤得来唤不来呢?"子玉怎样回答? 众人皆笑。

　　忽见林珊枝走来,华公子便叫取衣服过来穿戴了,辞了春航,说道:"弟还要到舍亲处有事,明早送轿来再会罢。"一拱而别。外面送食来那几位早已去了。诸人送下了阶,单是那春航送出。素兰见拿了他的扇子,

————————————

　　① 晋谒——前往求见。

便跟了出来。到上车时，华公子始见素兰送他，知他要那扇子，但又心爱此词，不忍释手，便对素兰笑道："你好不解事！今日这个好日子，你拿这《断肠词》扇出来，不叫人忌讳的么？"一面说，把自己扇袋里的扇子取出来与素兰，道："给你这一柄罢。"素兰请安谢了，华公子登舆而去。

春航、素兰进来，素兰将华公子换扇之事与众人讲了。把他的扇子展开来与诸名士看时，见一面画着两枝桃花，红白相间；一面写的小楷，却是美女簪花，娟秀无比，是两首《梁州序》的曲子，后注"金错园赏桃花和《桃花扇》曲。"春航道："这楷书是闺阁笔迹。"众人看这两首词，情文互至，秀韵天然，赞叹不已。子玉道："这第二首也像闺阁口气。"子云道："不要是他夫人题的么？这两首像是唱和的。"仲清道："未必，如果是他夫人写的，怎肯给人？"次贤道："这话说得是。"诸名士在园内谈心。

却说那聚星堂上，王文辉见诸名旦一个不来，颇觉岑寂，又不好意思去叫他们，想蕙芳在账房里，便叫了他出来。蕙芳也累苦了，乐得出来歇歇，便到文辉席上来，就在文辉旁边坐了。此处是两席，那席是刘守正、周锡爵、杨方猷，这席是王文辉、陆宗沅、张桐孙。文辉道："这几天我知道你也累极了，所以叫你出来歇歇，此刻也应没有什么事了。"蕙芳道："也没有什么忙，借此倒可跟着张二爷学学。那张二爷实在可以，大大小小，没有一点遗漏。"陆宗沅道："这是张老二的专门本事，大概遇着这些事情，这账房非他不可。"文辉问蕙芳道："你将来打算怎样？也要立个主意。我若能放了外任，你同我出去罢，我就请你管账。"蕙芳笑道："管账？我才帮了几天账房，已经闹得昏了，还能与你管账呢！我倒有个主意，而且还有几个人也愿来。我想开个古董书画铺，兼卖绸缎、纸张、花绣、香粉、花木等类，这些物件都到苏杭去置办。房子也有现成的，度香有所空房子，近着他住宅，也有个小花圃在内。看大家凑起来，如果凑得成，倒也有趣。我们也不想发财，不过借此安了身。几个相好聚在一处，也省得四方离散。"文辉道："很好！我也愿来一份，我来与你掌柜。"蕙芳笑道："我请不起你，你是就要放督抚①的。你如果有不要的古董，搬几件出来，借光摆摆罢。"王文辉道："有，有，有！如果我放了督抚，我难带的东西都与你留下。"蕙芳笑道："难带的东西想是粗笨的，你不要拿些木器家伙，什

---

① 督抚——清总督及巡抚的合称。

么铁炉子、铁火盆寄放在我处,我是不领情的。"陆宗沅、张桐孙笑起来。王文辉也笑,把扇子打了蕙芳一下:"你薄我,这还了得!"蕙芳也笑。

文辉手弄长髯,蕙芳道:"你那胡子怎么倒黑起来了?想是遵姨太太命染黑的。"文辉笑道:"这更胡说了!"便自己看看胡须,道:"老了。你们这些少年人,虽然与我们讲些玩笑话,心上是很嫌我们的。"陆宗沅笑道:"你不要带着人说,我们的胡子不是染的。"那边席上刘尚书、周锡爵、杨方猷都笑起来,唯有张桐孙是个道学人,不会玩笑。周锡爵道:"质夫,你那乌须药的方子,可是你孙亲家传你的?"文辉道:"他那几根胡子,要用什么乌须药!"既而一想,便大笑起来;陆宗沅也明白,也笑了。刘守正与杨方猷不解其故,连声的问。文辉就将亮功女儿漆头发的一事讲出来,听得众人皆笑,连张桐孙也笑起来。周锡爵道:"既是这么着,质夫你何不到班里借个假胡子带着,省得这乌黑的东西沾染了你们如夫人的脸。"刘守正道:"这一染就直染到胸前呢!"文辉道:"嚼你的舌头!"陆宗沅道:"怎么你把这尺寸都量得清清楚楚的?"蕙芳道:"带着假胡子好。你索性把真胡子剃掉了,出门时带了假的出来,进房时就拆下,不更好看么?"大家又笑。

文辉把扇子在蕙芳肩上打了两下。笑着骂道:"你这尖酸刻薄鬼!怪不得田湘帆被你收管得服服贴贴,一强也不敢强。但你也只有今天一天了,明日就有个真状元夫人来,看你又怎样?"蕙芳脸一红,道:"岂有此理!这是什么玩笑?"周锡爵道:"媚香不要理他,你到这里来,咱们谈谈。"蕙芳到那边席上,打了一转通关,又到这边来打了一转。张仲雨又把蕙芳叫了去了。诸人已坐了一天,到迎亲时刻尚早,也各自暂散。那苏府繁华不能细述。

明日辰刻,春航先行了亲迎之礼,随后子云并一班迎亲的,押了花轿到苏府来。一切交代排场已毕,花轿回来。一路笙歌鼎沸,仪从纷纭,满街车填马塞,好不热闹。进了门,请出新人,拜了花烛,珠围翠香,说不尽富贵风流,温柔旖旎。外面那些宾客及诸名士又足足闹了一日。到晚间,春航进房,见了新人,果然应了子云的话,真像蕙芳,便万种温存,十分美满。真是佳人才子,玉女仙郎,占尽人间香福矣。明日,苏夫人请了他大姑奶奶浣香与徐子云夫人袁绮香去陪新,吃扶头卯酒。田太夫人请了王文辉的陆氏夫人,带了他大姑奶奶蓉华并媳妇孙少奶奶佩秋;

又请刘守正的夫人，没有来，他媳妇吴少奶奶紫烟来了。周锡爵、杨文猷、陆宗沅的夫人都辞了。

却说华夫人清早起来梳妆，群珠伺候打扮停妥。华公子进来，在妆台边坐了一会，忽然笑道："不知二妹心里此时怎样？还是苦，还是乐？"华夫人笑了一笑道："亏你作姐夫的，讲出这句话来！"群珠也都微笑。华夫人见公子手内的扇子不是前日写的那一把，要过来看了一看，把这词念了一遍，道："好词！这扇子哪里来的？"公子道："是陆素兰的。我爱这首词，所以带了他回来。"华夫人道："这首词甚好，但不像是送朋友的。若送朋友，怎么有这'只道今生常厮守，盼银塘不隔秋河汉'呢？若说夫妇离别之词，又不像；说是赠妓的，也不甚像。然而语至情真，却有可取。"华公子笑道："你真好眼力！这一评真评得不错。这首词是一个人送琴言的，可不是夫妇不像夫妇，朋友不像朋友，妓又不像妓么！然而有这片情，真写得销魂动魄。"华夫人道："是度香作的么？"华公子道："不是，是梅庾香，就是琴言向日的知己。"华夫人问道："前日我写的扇子呢？你不要给人瞧。"华公子听了这句话，方想起给了素兰就是这扇，心中甚悔，一时没有留心，只得说道："我不与人瞧。我恐搁旧了，已收起了。"华夫人也不疑心他给了人。

将要出门，带了宝珠、爱珠、蕊珠、珍珠、明珠、掌珠六婢，又带了小香儿与两个仆妇。此时新秋，天气尚热，也不须多带衣服，带了一个小锦箱，一个锦匣，装些花钿脂粉。外面叫一个老年的管家骑了顶马，金龄、玉龄、兰龄、桂龄骑了跟班马。华夫人出房到内花厅，就坐肩舆出了垂花门，上了车，另有车道，绕过大堂，家人方上马。随后八辆大鞍车，坐了群婢，雕轮绣幰，流水一般的出城，来到了田宅。

众夫人已到，田老夫人迎下阶来，群珠扶拥着夫人进来。田老夫人一见，真是仙娥下降，玉女临凡。走上台阶，田老夫人一把手挽住了，众夫人出座相迎，华夫人略略照应。管家婆铺下红毡，华夫人行拜见礼。田老夫人再三推辞，执定不肯。华夫人拜了，田老夫人也还了拜，然后与众夫人相见。除了徐度香的夫人之外都不认识，徐夫人一一告知，都相见了，然后请出新人来拜见了婆婆，又与各位夫人也对拜了。六珠婢磕了田夫人的头，又与新人叩头贺喜。苏家赔房的一群丫环、仆妇十七、八个，还有许三姐，都到华夫人面前来叩头，把三间花厅挤得满满的了。

　　鼓乐开戏,请新人正席居中,东西分了两席。田夫人定席,徐夫人坐首席,徐夫人道:"老伯母怎么将侄女当作客了? 这首席该定新亲,是要华家妹妹坐的。"田老夫人只得让华夫人坐,华夫人道:"这个侄女如何坐得?"即对徐夫人道:"姐姐,我姐妹不知叙过多少次了,怎么今日忽然推起来?"徐夫人道:"往日我就僭你,今日妹妹是新亲,况且你老远的出来,我又近在此,我如何僭得你来?"华夫人道:"今日姐姐是家母请来陪舍妹的,叫妹妹跟着姐姐过来,怎么今日倒要让我坐呢?"徐夫人笑道:"我今日与你让定的了! 非但我不坐这首席,连那边首席我也不坐。那边自然要让王老伯母的。"田老夫人道:"这个贤侄女太谦了! 若序齿呢,自然是王太太,但是老身请来作陪的,只好委屈些了。贤侄女不必过谦,从直些罢。"徐夫人哪里肯坐,便道:"老伯母吩咐,侄女就坐那边,这边是一定不坐的。"便走到西边去了。田老夫人见徐夫人决不肯坐,只得又让华夫人,华夫人又与徐夫人让了好一会,让不过徐夫人,经陆夫人也帮着田老夫人劝他,只得坐了。陆夫人坐东席第二,刘少奶奶坐第三;王少奶奶坐西席第二,颜少奶奶坐第三。田老夫人在东边作陪。陆夫人对田老夫人道:"太太那边不用你过去张罗了。"便叫蓉姑道:"你在那边代做主人罢,省得田老太太走来走去的费事。"田老夫人满面笑容,站起来说道:"若得姑奶奶张罗,就妙极的了!"说罢,便福了两福,蓉华连忙还礼。陆夫人道:"太太实在多礼,小孩子也当得起你这么着? 他们姐妹聚会还高兴不过,只怕你老人家过去倒拘束了他们。"

　　田老夫人见新妇这般天姿国色,不觉喜动颜开。再看华夫人,真是同胞姊妹,一样娇柔,分不出次第来。看她们二人,倒像在哪里见过一般,想不出来,唯觉眼中很熟,想去想来,原来有些像苏蕙芳,怪不得像见过的了。看徐子云的夫人袁绮香,是冰肌玉骨,雍容大雅,真是林下风流,与子云恰是一对佳偶。刘少奶奶娟秀可爱。颜少奶奶秀丽超群,甚是洒落。王少奶奶静婉和妍,与刘少奶奶仿佛。再看那陆夫人,虽是四十以外中年人,骨格风华,穿衣打扮尚极美丽,两颧微露,脸上生了几点雀斑。若远远望去,尚是一个绝代佳人,像个智慧聪明,才辩出众的人。

　　陆夫人道:"想我太太真有天样大的福气,生这个状元儿子,娶这个天仙媳妇。你老人家只怕是王母下凡,灵妃转世,所以有这些仙子、仙女跟了你老人家下来。我们虽不算蟠桃会上人,今日却也沾了多少光,托了多少福!"田老夫人笑道:"我看太太的福气也就是全福了。自己是正二品的诰命,到一品也快了。膝下佳儿、佳妇朝夕承欢,还有两位千金在家。东床①又皆是人中英俊,大姑爷已是极好的了,前日我见二姑爷这个品貌,谁还赶得上?他学问是小儿佩服得很的,下科怕不是一门三鼎甲么!"陆夫人欣欣笑起来,道:"据太太在外面看我,我原像个有福气的。殊不知一家就是我一个人操心,还要照应到外头的事呢!我们老爷他是不管家务的,至于儿子、女婿,却也不算不好,但此时都还未中。我想起来,我只怨我们老爷,去年偏又作了主考。我早料着有这件事,我劝他先告一个月的病假,躲过了这个差。他执意不肯,倒说收了几个好门生,也与儿子、女婿中了一样。你看如今是一样吗?依了我的话,三个人进场,难道一个也不中出来?所以被他误尽了。八月内又听得考博学宏词,这也是百年难遇的,考中了也可作翰林,但知道考得中考不中呢?设或又派了他作起主考来,那就是坑死人了。太太,你将我来比你,若论上半世呢,我也将就,论下半世,只怕就差得远了!"华夫人与刘少奶奶听他这一口清而且脆的话,听得甚有趣;又见他卷起大袖子,手上金钏、金镯,碰得叮叮当当,那一种精明爽辣的样儿,倒也可爱。那边徐夫人笑道:"伯母倒也不必自谦。我看你们两位,一位是东华圣母,一位是南岳夫人,正是敌体!"

新人坐了一坐,早已告退。这边太太们讲得好不投机。底下是许三姐张罗,徐家的红雪、红莲、红香、红玉、红梅、红月、红露、红英八个,并华家六珠与那些家人、媳妇、丫环们,整整坐了八桌。这八桌里头,有会说会笑的,有会喝会吃的,有抿着嘴不开口的,有缩着手不动箸的,各人有各人的模样。三姐八面张罗,满场飞舞。

正席上听了几出戏,放过了赏,散了席。太太奶奶们都到新房中坐。华夫人与他妹子说了好一会话,然后告辞。徐夫人要留他逛园,华夫人说:"晚了,改日再来奉拜罢。"遂带了群珠登舆而去。徐夫人也即告辞,陆夫人同了女媳回去,刘少奶奶也回。田老夫人一一相送。不知后事如何,且听下回分解。

———————————

① 东床——女婿。

第五十三回

桃花扇题曲定芳情　燕子矶痴魂惊幻梦

话说前回书中，华公子将自己扇子与素兰换了，后被华夫人问起来，方知将夫人写画的桃花扇子与了他，甚是懊悔。一日，即命家人去叫素兰，说明叫他带了前日的扇子来。

那日素兰正在蕙芳处，商议开那古董铺的事。苏、陆之外，尚有袁宝珠、金漱芳、王兰保、李玉林要来。大家商议："那古董书画等物，公凑些起来也就不少，况且怡园花木极多，尽可分些来应用。我们何不先开起来？再到南边置办也未尝不可。若要等买齐了，就有两三月耽搁去了。"蕙芳道："如今我们几个人凑起那古玩来，能有几样？而且也没有很好的东西，奇书名画更少，开张起来空空的什么样子！若尽靠些花木，不成个花局子了么？"宝珠道："要凑东西其实也不难；若说书画，前日我见度香园中晒晾，也数不清有多少，一种书有十几部的，他要这许多作什么？法帖重的更多。若画，那似假似真的也有几十箱，横竖将来总饱蠹鱼①的了，分些来，他岂有不肯的？至于古玩，好的自然不好去要他，他那不爱的东西，要几件来也就搁不下了。就怕什么香料、针黹②，顾绣的东西倒少，又要新鲜，卖不得旧的，后来再添也可以的。这房子也不用收拾，一切俱好，器皿、什物皆有，我们一班人全进去，也住不满他。只要作些橱柜等物，一完备就可开张，中秋前后尽来得及了。"漱芳、兰保同声说好，又说："就这么着，我们大家去找度香商量。"

正商议间，忽见素兰的人进来说："华公子打发人叫，立等进城。"素兰道："他叫几个人？"那人道："就叫你一个，说叫带了扇子去。"素兰道："我道他叫我作什么，原来是为这把扇子。"蕙芳道："这扇子一定是他夫人写的了，所以来要回去。"素兰就辞了众人，到家换了衣服，带了人上

---

① 蠹(dù)鱼——也叫衣鱼，一种昆虫，怕光。蛀食衣服、书籍等。

② 黹(zhǐ)——缝纫、刺绣。

车，一径到华府来。

先到门房应酬了几句话。再到珊枝处问了缘故。珊枝道："我不知道，或者要你写什么。"素兰在珊枝房里略坐了一会，珊枝道："公子在园中，就去见见罢，省得他等。"于是珊枝领着素兰一径入园来。只见秋色斑斓，灿然可爱。问了园童，方知在潭水房山。二人登高涉下，过竹穿林的走了好些地方，到了门口。珊枝先回明了，素兰进来见了公子。公子正在那里画扇子，旁边站着个小丫环，还有两个小书童。素兰请过安，站在一边，华公子命他坐了，素兰见公子所画的扇子，也是两枝红白桃花，设色鲜明，甚是可爱。华公子知他爱看，便递给他道："你看看有什么毛病么？"素兰接了过去看了，道："兼工带写，得意得神，钱舜举、徐熙合为一手！"公子道："前日那把扇子带来没有？那是人家的，那一天我没有理会，带在身边。昨日那人来取时，我才想起给了你，这扇子却要还他。"素兰从扇袋里取出来，双手奉上。公子看了一看，搁过一边，便道："你的书法我是请教过了，你的诗词我尚未见。何不将那《梁州序》也作一首，赏赏这扇上桃花。"素兰笑道："字已是勉强的，诗词上没有功夫，不敢献丑。"公子笑道："太拘泥了，你这样灵慧人，怕不是绣口锦心，作出来还要比人好。不要谦，今日在这里逛半天。既要制曲，自然不可无酒。"叫香儿到小厨房要几样果品，并要那莲心酒来。

公子道："你们这班人，为什么从前定要学戏？既学了戏，倒又不专于戏，学成了多少本事！我想从前戏旦中，也没有你们这一派，就有几个小聪明的，也拿不出手，况且他们的品行，我就不好说了。"素兰道："我们这样本事算得什么？因是我们这等人是不应会的，所以会写几个字，会画几笔画，人就另眼相待，先把个好字放在心里。若将我们的笔墨换了人的名氏，直怕非但没有说好，尽是笑不好的了。"公子笑道："这话也有些理，但真好真歹，人也看得出来。若你们的笔墨真是那小孩写的仿格，小丫头描的花样，难道也说好不成？况且我又奉承你作什么？好歹自然要分得清，岂可没人之善？但是你们后来这个行业倒难，这碗饭也不是终于好吃的。"

素兰道："如今我们几个人，现在想出一条道路。"就将蕙芳、宝珠等要开书画古董，并些针线、香料、花卉、绸缎等物，合成一个大铺子的话说了。公子点头道："这倒罢了。你们这几个人，也只好老于是乡。这个铺子几时开呢？"素兰道："此时货物都不全，所有东西皆要到苏杭去置买。

先想凑些书画等件,布置起来,原不当买卖作,不过这几个人没有事,在那里坐了,作个公局的意思。至于要等置齐物件,必要到十月才能完备。"华公子道:"要些什么东西? 定要到苏杭去,京里置不出来?"素兰道:"那里便宜。至于花绣、刻丝等物,皆是苏杭来的。"公子道:"定要那些东西么? 依我倒不要,若卖那些东西倒俗了。"素兰笑道:"不过有这些东西搭配着热闹些,不然也与那些书画铺一样。且既作买卖,那伙计的辛俸饭食也须出在里头。"公子道:"自然,既开铺子,就要打算盘了。设或将来我来买把扇子,你也必得开个虚价儿。"说得素兰笑了。公子道:"你要些刻丝、顾绣的东西,只怕我倒有,若用得用不得,就不可必了。前日听说库房里蛀坏了几个箱子,糟蹋了多少东西! 大约有七、八十年没有用着它,还是我老老太太遗下来的,只怕用不得,颜色黯淡,花样古老了。如果用得,我每样给你些,教你开成这个铺子。至于古董、书画,也有,要好的不能,不过中等的。"素兰请安谢了,道:"府上中等的,就是外头上等的了。"

正说间,香儿领着两个书童,拿了酒盒来。珊枝见素兰喝酒,想没有什么差使,便走开了。华公子道:"喝一杯润润诗肠,好得佳句。"素兰道:"今日真要出丑,恐石子里榨不出油来。"公子道:"不用谦,况且是曲,一发熟极生巧。"素兰接过酒壶,与公子斟了,自己也斟了一杯,心中好不思索。且看那潭水房山的景致,屋是一统五间,东半临水,象怡园练秋阁光景。西边叠叠层层的危石,盘着藤萝、薜荔,陪着松柏桐杉。池内荷叶半润,尚有几朵残荷,余香犹腻。其余草花满地,五彩纷披。后面玻璃窗内,望见绿竹萧疏,清凉爽目。素兰饮了几杯,公子道:"你看过后面那块石头没有?"素兰道:"没有。"公子领他从屋西到后面竹林中,素兰见有个石台,上面竖着一石,如春云出岫模样,顶平根瘦,有八尺多高,浑身是穴。公子向石根边一个小穴,指与素兰道:"你看这个字。"素兰看时,是"洞天一品石"五个字,又一行是"五月十九日米芾①记"。素兰道:"这就是米元章的'一品石'么? 闻是共有八十一穴。"公子道:"你数数看。"素兰数了一会,那高处及顶上的如何望得着,也就不数了。看了一会,问公子道:"我闻米元章拜石,成了佳话,后人便绘他的《拜石图》。听得这块石在安徽无为州衙门里,怎么取来的?"公子道:"米元章拜的石不是这块,那是

---

① 米芾(fú)——北宋书画家,字元章。

无为军中一块英石,也生得玲珑,这是他宝晋斋的'洞天一品',若要考清这块石的来历,一时也说不清。这是我祖太爷在南边做官时,地下刨出来的。从运河运到张家湾,特作了四轮的大车,用十二套的牛才拉进来。"

素兰又到各处逛了一逛,重复进来,要了纸笔,说道:"方才倒想了几句,只是不好。"便写了出来,是:

　　春光早去,秋光又遍,一片闲情空恋。齐纨皎洁,写他红粉娟妍。
恨随流水,人想当时,何处重相见? 韶华在眼轻消遣,过后思量总可
怜。休负了,金樽浅!

华公子看了,不禁狂叫好道:"你这首真是'黄娟幼妇',可称绝妙! 恰是题画的荷花,何等凄清婉转,动人情味!"连吟了四、五遍,忽将素兰看了一会,素兰低了头。公子凄然动容,叹了一声,又问素兰道:"你这首词是何寓意? 要说得这样。"素兰道:"也没有寓意。公子画的是桃花,况今秋天,似乎不能与春日赏桃花一样题法。"公子道:"这个自然。但你另有寓意,不然何以要说'恨随流水,人想当时,何处重相见'呢? 而且又说'韶华在眼轻消遣,过后思量总可怜'。这明明是由前思后,翻悔从前、轻看春光之意。但凭你怎样惜春,而春不肯留,又将如何呢?"素兰被他说破词中之意,只得遮饰道:"其实我倒没有什么寓意,公子这一讲,倒像有意题的了。"公子笑道:"你明明将琴言借题发挥,感讽我,但究竟是他负我,非我负他。我如今一想,在我这里,也终非了局,如今他倒好了。"

素兰见他说明,不能再辩,只得说道:"公子之待琴言,原是没有说的。但琴言用情专一,不善变通。倘使琴言一进京来,就遇公子,有这番恩典,他竟可以杀身相报,至死不怨的。"公子道:"他与梅庾香到底是怎样交情?"素兰道:"他与梅庾香的交情,其实也不甚亲密,就是两心相照,悲多欢少。这是人人解不出来的,一见就哭,大约前世有点因果在里头。那日扶乩,说琴言原是屈公前生之女,我想庾香前世又是琴言什么也未可知。"华公子道:"这事渺茫。譬如你作了琴言,当怎样待人呢?"这句话,素兰倒有些难答,支支吾吾起来。华公子笑道:"你作了琴言,待庾香怎样? 我在这里又当怎样? 事齐乎? 事楚乎? 必有一个主意。"素兰面泛桃花,只是不语。公子道:"这有什么不好说? 况我们皆是光明正大,无一毫暗昧之心。难道一人只许有一个知己,不准有两个么?"素兰道:"若论知己,自然越多越好。就以蕙芳之与田春航,瑶卿之与金吉甫而论,春

航固是蕙芳的知己,吉甫固是瑶卿的知己。蕙芳之待春航,瑶卿之待吉甫,也是报知己之报了。事虽不同,情则一也。然而他们待外人也是这样,心里却有权衡。外面若无轩轾①,不露出厚薄来,所以人也不能说他们,也不能妒他们。若琴言之心,没有一点曲折,这样就是这样,那样就是那样,所谓孤忠苦节,不避艰险,不顾利害,其实也是他的好处。"

公子点头道:"你说得是,我毕竟不是他的知己,但度香又怎样的待他? 算知己不算呢?"素兰道:"若说度香待他,真也是个知己。度香第一能包容,第二能体贴。琴言之待度香,或冷一会,或热一会,笑一会,哭一会,挺撞一会,度香非但全不介蒂,倒反过意不去,百般的安慰他。所以他视度香也算一个知己。"华公子道:"这么看起来,我还不如度香。这也是各人的性情,勉强不来的。"又问:"那漱芳呢?"素兰道:"漱芳是个和而不同的,外面虽和顺,内里却有把持。"

公子道:"你看我的珊枝如何? 你要直说,不许恭维他。"素兰一想:"这个倒定要恭维几句才好,若实说了,是要出乱子来的。"便道:"这个人还有什么议论呢? 又忠直又正派,知恩报恩,还有什么说话? 公子恩能逾格,珊枝公而忘私,城外人都是这么讲。"公子大笑道:"这句话有些违心之论! 我闻珊枝颇不利于人口。"素兰见公子口虽如此说,心上觉得很乐,便答道:"没有说他的人。他待人也好,说他怎么呢?"公子道:"虽然这么说,我看他是个有心胸的人,就取他见事明白。说话透彻,一句话从他口里说出来,就与人两样,所以我倒喜欢他。就是肚子里不甚通,不如你们。我也曾教他念念诗、学学字,总弄不上来。今年稍明白些,寻常通候的书信也可以写写了。就这一样,别无他能。"素兰道:"他自小没有人教过他,但他这等聪明,也没有学不来的。"当下喝了些酒,又吃了些点心之类,又领了他逛了逛各处地方。

天色将晚,素兰告辞。公子道:"你若没有事,你今天住在这里,不必出城了。"素兰一怔,尚未答应,公子笑道:"这有何妨? 难道是瓜田李下②么?"素兰不语。公子又笑道:"我教你住在这里,也有个意思。先不是说那刻丝、顾绣的东西? 你若住在此,我晚上就教他们翻出来,明日你看看

---

① 轩轾(xuān zhì)——车前高后低叫轩,前低后高叫轾,比喻高低优劣。
② 瓜田李下——比喻易招嫌疑的境地。

可用得,检些去,省得又费第二回手。不过是这个意思。"素兰起初当是戏言,及听了这话,甚是感激,便道:"果然天也晚了,也恐赶不出城,我也要与珊枝谈谈,就在他那里住罢。"公子道:"很好,我就去看那些东西。"说罢,带了小丫环进去了,一径到夫人房里,将素兰的和词给他瞧。

夫人看了,赞好道:"是今天题的么? 字不是你写的,是珊枝写的么? 比往日好多了。"华公子笑道:"正是。"又道:"前日库房楼上那几箱的花绣片子,听得说都坏了,还有好的在里面么?"夫人道:"那六个箱子,坏的算起来也不过三分,有七分好的,而且倒是顶好的材料,如今新的还不及它。我已将好的挑了出来,分给十珠了。此刻还有三箱存着,要挑还可挑得出两箱。问他怎么?"公子道:"我想留着这些东西也无用,霉烂了也可惜,不如赏人。如今有几人个相公要开个铺子,正要到南边买些东西,又没人去买。我想起来,何不把这些赏了他们? 我们自己也用不着的。"夫人道:"明日再挑些看看,如有好的,就给他们。"当夜无话。

素兰在珊枝房内歇了。珊枝听得素兰在公子面前赞他好,十分欢喜,就与素兰谈心,又要与他换帖①。素兰虽不满珊枝,但见他这番相待,也乐得送情,应许了与他结盟。二人谈了半夜,方各安睡。

明日,华公子吩咐将那三个箱子抬下楼来,再叫十珠婢挑选,选出两箱即可用,都是些绣蟒以及刻丝、顾绣的裙料、褂料,还有枕罩、桌围、椅帔,各色铺垫料,并零件、荷囊、扇袋的花片子,共装了两大箱。算起时价来,也值数千金。叫人抬出去放在珊枝屋里。公子又问宝珠要出那文房什物以及玩器、书画闲放着不用的那本账来。

宝珠找了出来,公子看了,把笔点出了几十样,是新坑大端砚四方,中端砚六方,歙石砚十方,假铜雀砚二方,徽墨二十匣,印色一斤,田黄石图章两匣,青田石图章两匣,寿山石图章十匣、昌化石图章十匣,嘉兴刻花竹笔筒十个,大铜炉两座,小铜炉四座,大瓷瓶一个,大瓷瓯一个,宜兴茶壶二十把,云南玉碗一对,玉盘一个,围棋子两副,象牙象棋子两副,宝晋斋帖两部,阁帖两部,绛帖两部,其余杂帖数十种,南扇五十把,团扇四十把,绣花宫扇二十把,宜张二百张,高丽笺纸一百张,蓝绢红绢笺共四十张,白矾绢四匹,冷金捶金笺对纸共六十张,虚白笺一大捆,湖笔大小二百枝,香

---

①　换帖——交换载有姓名、年籍、宗世的兰谱,以结为兄弟,叫换帖。

珠三十挂,香料十斤,英德石四座,玉烟壶四个,玛瑙烟壶八个,水晶烟壶十二个,玉如意四匣,宋元名款赝笔字画四十轴,手卷十二个,册页二十本。把十珠婢忙个半天才找全了,堆了几张桌子。

公子吃过饭,点清了,也一样一样的搬到外边,叫素兰点了。珊枝与他开了一篇账单,素兰见了喜不可言。这也再想不到的事情,竟有了半个古董铺了!在珊枝处吃了饭,珊枝帮他一样样装好,装了几木箱,用棉花碎纸塞了空处,免得车上碰坏。也收拾到下午时候。华公子出来,素兰谢了,说了多少感恩的话。公子道:"我昨日与你讲明的,没有什么好东西在里头,这个比不得自己留下的。若铺子里卖的东西,也不过如此。若拿真古董出来,人也未必认得。"素兰道:"这已好极了!一刻时候要找这些东西,哪里去找?"就谢了公子出城。珊枝已预备了一个大车,拉了这几个箱子,与素兰送出城去不题。

且说蕙芳等,昨日早上见华公子叫了素兰进城,后来打听得一夜未归,今日又将一日尚未见他回来,心里猜疑,为什么事耽搁两日?再着人到素兰处打听,恰好素兰已回。少顷素兰到蕙芳处来,将华公子要他题那《桃花曲》,并待他一番光景,赏他好些东西,这铺子竟可开成了。蕙芳也甚欢喜,即同到素兰处,点了两支蜡,开了箱子,一件一件的看了,对素兰道:"这些东西若全买起来,也要好几千银子,而且未必有这好材料。再到度香处添几样,就可添可不添了。我明日就把橱柜置办起来,叫花儿匠来收拾花草,八月中秋竟可以开了!"素兰道:"题个什么名字呢?"蕙芳道:"我想题为'九香楼',可好么?"素兰道:"好个'九香楼'!妙极,妙极!"又请了宝珠、漱芳、玉林、兰保等来,大家看了都极喜欢,同赞素兰能干,叫华公子这般倾倒起来,又赞他题的曲子,素兰颇为得意。

明日,宝珠等到子云处,将华公子赏给素兰的东西一一说了,并要子云回去也把账单看了,点出花玻璃灯二十对,大小玻璃杂器四十件、料珠灯八盏、各色洋呢十板、各色纱衣料一百匹、各色贡缎二十匹、各色湖绉一百匹、各色绸绫一百匹、座钟四架、挂钟四架、洋表二十个、真古铜器一件、赝古铜器七件、碧霞玺带板两副、宝石大小六件、零星玉器一包、赝笔书画一箱、各色哔绒衣料十匹、沉香半斤、檀香四斤、各种香料四十斤、各种丸散二十瓶、香牛皮十张、佳纹席十张、湘妃竹扇料一捆、桄榔木对联两副、描金红花瓷碗四桶,其余玩意物件数十件,花木随时搬取不入数内。开了一个单子给与宝珠,宝珠大乐,谢了谢,道:"这几日不必搬出,到开市那几天搬到那边去罢。"

春航知道他们要开铺子，又闻得华公子、徐度香帮了许多物件，也要与蕙芳些东西。但系苏小姐过门未久，虽然鱼水情深，但将蕙芳之事骤然说起，恐她疑心，要吃醋起来，只得托辞要了二百两赤金，送与蕙芳添买货物。蕙芳本想不受，但恐春航心上过不去；又见宝珠、素兰得了多少东西，自己又有好胜之心，只得收了，托子云着人到苏杭添置一切。子云封了金子，开了一个清单，写了一封书，着人到他乃兄署中，叫管总的徐福亲自置办。

一日，子云正与静宜、南湘、高品闲话，只见书童拿了一包书信进来。子云一看，封面是屈道翁在南京途中寄来的，心中一喜。拆了总封，里头有十几封信，与各相好，却都是琴言笔迹，说自己跌坏了膀子不能写，无非是些道谢等语。内有《怀怡园诸同人》五古一篇，并沿途七律八首。又见琴言另有一封信，子云拆开，内里是三封，一封是诸名士同启，一封是众弟兄同启，一封庚香才子手启。子云一一拆看，与他们及与诸名旦的，写得已经沉痛，及看与子玉的信，是和的《金缕曲》，只见写着是：

　　岂料真如此！只朝朝泪珠盈把，袖痕凝紫。烟水孤村何处也，回首迷离难视。又雨细斜风不止。若果梦魂飞到，望长天早趁江云驶。须一刻，走千里。　　报君近事心先喜。纵生离只身还在，自应胜死。勉强加餐期日后，要使形骸尚似。居两地从今伊始，自古多情成积恨，恨东流不接西流水。肠断矣，写此纸！

子云等看了大奇道："不料玉侬竟能与庚香那首功力悉敌，一样沉痛！"高品道："玉侬学问几时长的。我去年没有见他能如此。"次贤道："这是新进长的，不料受乃翁陶镕了几天，就这些进境，若过两年，不知要好到怎样呢！"南湘道："我只道庚香这首词是绝唱，不能和的，谁又想和出这一首来！我看到非玉侬不能。"又见另写着一纸道：

　　本要依韵，因原唱"烂"字韵不能再用，勉强拾取反失性情，故另换韵。六月初九日阻风燕子矶，见铁索链孤身，俗称乃陈妙常妆楼下，即《秋江》送别处。回想从前置身优孟①曾演此事，不料今履其地矣！触目伤心，愁多于水。犹幸南风打头，吹我北向。夜梦偏左，言

---

①　优孟——春秋时楚国艺人，滑稽多智。其父楚相孙叔敖死后，贫困无依，便穿上其父衣冠，在楚庄王面前装扮孙叔敖，抵掌而谈，楚庄王很是感动，遂封叔敖子，后称一味模仿为优孟衣冠或优孟。

与心违。村鸡一鸣,揽衣起坐。伤哉,伤哉,何可言也! 勉力加餐,愿
期后会。请自宽解,以侍晨昏。夏秋多厉,千万珍重! 琴言百拜。
子云等看了,叹息一会。子云道:"怎样呢? 将庾香请来罢。"次贤道:"不
可,这首词他若见了,必有一悉伤心痛哭,那时在这里,倒叫他难为情。不如
送去与他,索性使他哭个尽性罢。"子云即着人将琴言并道生的信送与子玉。

　　却说子玉自前日春航处见了诸名旦,单少了琴言一人,又感伤了数
日。一夜在睡梦中,忽见云儿走来道:"少爷,琴言回来了!"子玉听了大
喜,即问道:"在哪里?"云儿道:"就在门外。"子玉忙到大门外一望,只见
烟水茫茫,杳无涯缦,失惊道:"这是什么地方?"迷迷离离,心无主意,沿
着江堤走去,唯见白浪滔天,帆樯来往。走了一箭远路,忽又见云儿赶来
道:"琴言在船上呢,闻说在燕子矶下守风。"子玉道:"此地到燕子矶有多
远?"云儿道:"这是观音门,燕子矶就在前面了,但须得个船渡去。"二人
在江边站了一会,见有一个小艇来,兰桨咿哑,极其干净。到了岸边仔细
一看,那荡桨的可不就是琴言!

　　子玉叫道:"玉侬从哪里来?"只见琴言拭一拭泪,将船拢了岸。子玉
上了船,却又不见了云儿。子玉模模糊糊的问道:"云儿呢?"琴言道:"他
又到前面去了。"子玉听琴言讲道:"一月之别,令人想死,你看我的眼睛
都哭肿了。你倒绝不想着我。你那首词,我将他烧了灰吞在肚里,变了一
肚子眼睛,哭也哭不出来。"子玉道:"可不是,你那上车时,我眼前一阵乌
黑,倒像坐在你的车沿上同了你去。后来你把我推下来,我像跌醒似的,
回去了病了十几天,怎么说我不想着你呢?"琴言道:"你怎么能到此地
来? 隔了二千五、六百里路呢!"子玉道:"方才云儿同我来的,我觉也不
甚远,一出大门便到这里。"琴言一面荡桨,一手搭在子玉膝上,说道:"我
如今恨你,我作了东流水,你作了西流水,接不到一处来。"

　　子玉尚未回言,只见琴言袅袅婷婷的站起来,坐在子玉怀里,一手勾
了子玉的肩。子玉甚觉不同,要扶他起来。忽然不是琴言,变了一个十
七、八岁女郎,高鬟滴翠,秋水无尘,面粉口脂,芬芳竟体。子玉大惊,要推
她起来,却两手无力,一身瘫软,只好怔怔的看着她。听得那女郎低低说
道:"良宵风月,千里姻缘。妾家不远,长板桥头青楼第二门便是。君如
不弃,愿订绸缪。"子玉大骇,心跳了一会,说:"桑中陌上,素所未经,此言
何其轻出? 一入人耳,力不能拔。知卿虽是戏言,但仆不愿闻此!"急欲

起身离座,被那女郎挽住,嗤嗤的笑道:"世间有此呆郎,是何腐见!踽踽凉凉,一至于此。但君拳拳于杜玉侬,非为色耶?男女取悦,天经地义。君何以胶柱之性,作刻舟之想?且两人凿枘,情何以生?你若非好色之心,你且将爱玉侬的心说出来,君虽口具雌黄,想难文饰。若以貌论,你看杜玉侬及我么?如今是泪眼将枯,面黄于蜡,憔悴欲死。劝你不必假惺惺,弃了他罢!"把子玉一把搂紧了。子玉大窘,只得叫道:"云儿快来!"那女郎又道:"呆郎,你叫什么!难道天下有女子调戏人的么?"子玉道:"你将何为?"那女郎道:"我也不过怜才爱貌的心,君固男子,岂无能为事耶?"子玉越急,正在无法,只见一个船拢将过来,船窗相对,却见琴言坐在舱里,吟他的《金缕曲》,凄惋欲泣。子玉叫道:"玉侬救我!"那女郎发起怒来,将他一推,狠狠的骂了一句道:"世间有此措大,令人气愤欲死!"

子玉见两船相并,便从船舱里跨了过去。一见琴言,喜不可言。但仔细看他,果然是泪眼将枯,面黄于蜡,见了子玉,唯有掩面悲啼,子玉便觉心如刀割。琴言说道:"谁叫你老远的来?怎么忘了我的话?我是叫你不要来的。你看这一派长江,太太心上不惦记你么?适或受了些惊险,叫我如何当得起?"便呜呜的哭起来。子玉好不伤心,极意宽慰。琴言道:"我今和了你的词。"即取出来给与子玉。子玉接了过来一看,不见有什么词,就是从前到华府去时寄他那块帕子,唯觉血泪斑斑可数。子玉此时心中如万箭攒心,停了一会,问道:"为何你一人在此?你那义父道翁先生呢?哪里去了?"琴言道:"你问我那义父么?"叹了一声,又泪如雨下,停了半晌,说道:"我也为要见你一面,不然这个地方就是我葬身之地了。"子玉不解所言,尚要问他,只听得后船舱有人出来,不见犹可,一见吓得魂不附体,原来不是别人,是他父亲梅学士,满面怒容,见了他大喝道:"无耻的东西!在家作得好事,如今又背了你母亲跑出来,这还了得!"子玉这一唬,口中不觉"哎呀"一声,要想往那个船上躲时,一脚蹭了空,"扑通"的一响,落在江里。将身一挣,出了一身冷汗,原来是场梦境。只听得虫声唧唧,月照纱窗,倚枕自思,唯有黯然神伤而已。

明日,子云处送了琴言的和词来,子玉看了一恸欲绝。过了半天,将这信与这词足足念了有百余遍。又喜琴言学问大进,竟成了名作。便缝了个古锦囊,置了此词,佩在身上。不知后事如何,且听下回分解。

第五十四回

才子词科登翰苑　佳人绣阁论唐诗

　　话说子玉得了琴言和词之后，悲楚了好几日；又想起那个梦，见琴言十分憔悴，不知是何吉凶。只是郁闷不解，终日精神涣散，涕泪沾巾。

　　一日，梅学士的家书回来，与颜夫人说在任上很好，也取了多少真才实学的士子；现今有个进士，保荐博学宏词进京，托他带了三千金回来。说子玉年已十九，可以完婚，若要等我任满回来，要到明年冬天，适或又有调动，更觉迟了。况王质夫又系至亲至好，一切可托仲清料理，不丰不俭，叫颜夫人办了这件亲事。又与子玉一个谕帖。说近日寄来诗文，颇有些进境。今秋有宏词之试，你要自己明白，如可以自信去得，即求人保荐；如果不能自信，也不必好此虚名。颜夫人问子玉道："你父亲问你信得过再去，信不过就不用去。你是怎样？"子玉道："自信呢，也拿不稳必定可取，但如我这样的也多，就考不上，也没有什么不是处。"

　　颜夫人请文辉来商量，将家信与他看了。文辉道："方才亲家与我的信，也是这些话。我去年就来问过的，我那里是早已预备停妥，不论迟早，总在八、九两月之内罢。至于考是必要去的，这有什么自信不自信？这事也在我，表妹不必费心。剑潭、恂哥也都要去的，一同求人保荐就是了。"颜夫人道："至于子玉的姻事，妹子实在不在行，也没有一个料理的人，总求表兄事事说明，应该怎样，我们这里就遵着办，倒不要含糊才好。"文辉道："这事也没有一定的办法。我们这样局面，太省也省不来，外面的排场是必要的。剑潭倒还明白，表妹一切吩咐他就是了。"坐一坐，别了颜夫人回去。将子玉、仲清、王恂托了刘尚书保了。

　　考期三日前，就忙乱起来，各士子投印结①、买卷子，海内文人纷纷拥

---

　　①　印结——文状的一种，凡官吏向上级长官所呈的保证文书称结，盖印的结称印结。

挤，自致仕先达以及布衣①，共有七、八百人。子云托人保了次贤，次贤忽然的抱病起来，不能赴试，子云甚为太息②。初九日，派了几位阅卷大臣，苏侯又做了总裁。华公子派了搜检官，徐子云派了收卷官，刘文泽派了弥封官，张仲雨派了巡逻官。

　　初十日一早，入场扃③试，题目是《拟汉诏》、《拟唐疏》、《五径条解》、《五代南北朝年号考》、《治河策》、《问酌六科则例》《增损盐法利弊》、《正本清源论》八题；二试是《大礼赋》、《大乐赋》、《大蒐赋》；三试《拟杜少陵北征诗》、《韩昌黎南山诗》，皆依元韵。这三场，子玉甚是得意。第一试共有八百人，就贴去了五百；第二场只三百名了；第三场出榜时，只取了六十名。王恂已被落，高品取在四十九，仲清取在二十七，子玉取在第二。另期殿试，子玉文星照命，也占鳌头。共取了三十二名，仲清、高品才高运蹇，皆被落。此科最年轻者，就是子玉一人，授了编修之职。颜夫人好不喜欢，正是身经三试，压倒群英，比中状元难得多了。子玉见仲清、高品、王恂等落第，心甚不安，并不以此自得，反谦谨了许多。拜了保荐老师，刘尚书是熟极的。及谒阅卷老师，苏侯见了子玉，就想起子云之言，真是日星鸾凤，喜不可言。王文辉与陆夫人心中半喜半闷：喜的是子玉考中；闷的是王恂、仲清不中。但接要去办女儿的喜事，也就喜多闷少。

　　一日，王恂的妻子孙佩秋与仲清的妻子蓉华，到琼华房里来贺喜。蓉华道："妹夫恭喜，压倒了天下英才！如今是玉堂金马，才子神仙，比今科鼎甲还要体面了好些。这是妹妹的福气，我如何比得上来！"佩秋讲道："二姑爷真是天下第一个才子！我听这些赴考鸿词，从前中过鼎甲、点过翰林的也有在内，也考不过二姑爷。二姑爷不是名闻天下么？状元三年出一个，这宏词科是几十年考一回。不比中状元强得多了？"你一句我一言，把个琼华说得脸红，又不好回答，心上虽是喜欢，但未过门，如何可以公然领谢，只得手拈衣带，低头不语，姑嫂二人见她不好意思，就不说了。

　　蓉华见她妆台上摆设得甚是精雅，见桌上有一本诗集，蓉华翻看时，是南海杜军门浣白夫人的诗草。蓉华道："这浣白夫人诗怎样？"琼华道：

① 布衣——平民。
② 太息——即叹息。
③ 扃（jiōng）——关门。

"诗也做得好,就是不脱闺门气,无甚体裁。"蓉华道:"你看那些题词呢,要算谁的好?"琼华道:"那瑶因女史,十首七绝就做得好。还有那浣香、浣兰这几首七律,真上绣口锦心,香因慧果,这两人不知是哪里人?"蓉华道:"这两人我七月内都已会过。有她们的诗么?我前日倒没有细看。"琼华翻了出来,蓉华看了道:"果然!这浣香、浣兰是苏年伯苏侯的女儿。浣香嫁与华家,浣兰就是田春帆新娶的夫人。这两姊妹真是才貌双全,世间少有的。"琼华道:"就是她们么?怪不得母亲回来,这么夸奖她们。"佩秋道:"她们姊妹倒像双生似的,一模一样,比二位姑娘生得还要像些。"

蓉华道:"我们虽是亲姊妹,其实不很像。你看二姑娘的秀艳风韵,倒像隐在肌肤眉目里面,像个碧纱笼罩着牡丹花,那花情花韵,隐隐的要透在外面,然却不露出来。我近来已是老干横斜,绝无姿态。你不见我面上颧骨也要显出来了。"佩秋道:"这是你近来瘦了些,终是有个外甥,自然累得慌了。我看苏氏姊妹,浣香华妍,像朵白牡丹,浣兰清艳,像是粉芍药;袁绮香像莲花,香能及远,觉有潇洒出尘之致。"蓉华道:"刘大嫂呢?"佩秋道:"刘大嫂倒像碧桃花儿似的。"琼华笑道:"刘大嫂小小巧巧,绝像樱桃花;他又会笑,又像含笑花,这个人最有趣的。"又问蓉华道:"那浣白夫人诗,你题没有?我打算也要题一首。"

蓉华道:"我实在心绪不佳,做出来也是不好,不如藏拙为妙。你是题的什么?你的歌行最好,自然是长古了。"琼华笑道:"我昨日胡乱做了一篇,要哥哥改改。他倒说好,就这么样。我细看实在不好,要重做了,还得姐姐润色润色。"蓉华笑道:"要我润色,那就请着了铁匠,点金成铁了。"佩秋道:"我看学做诗也不容易,人说'熟读唐诗三百首,不会吟诗也会吟'。若说唐诗三百首,我就很熟的,就是不会做诗。"蓉华道:"你是不肯做,做了又不肯给人看。前日你的《七夕》诗我就看得很好,为何有这样诗才要秘不示人呢?"佩秋笑道:"我何曾做什么《七夕》诗?你从何处看来?"蓉华道:"我听哥哥念的,还赞得了不得,这是谁做的呢?"佩秋笑道:"或者就是你哥哥做的,做得不好就说是我做的了。"

琼华笑道:"嫂嫂你说三百首很熟,你得意是那几首?"佩秋道:"我最爱念的是七绝,杜牧之的几首:'折戟沉沙铁未销'、'烟笼寒水月笼沙'、'青山隐隐水迢迢'、'落魄江湖载酒行'、'银烛秋光冷画屏';李义山之'君问归期未有期',温飞卿之'冰簟银床梦不成'。七律是李义山的《无题》六首,与沈佺期的'卢家少妇郁金堂',元微之的'谢公最小偏怜女'。五律喜欢的甚多。七古我只爱《长恨歌》《琵琶行》。五古我只爱李太白之'长安一片月'与'妾发初覆额'两首。"蓉华道:"你喜欢,我也喜欢些。五古如孟郊之'慈母手中线,游子身上衣',杜工部之'侍婢卖珠回,牵萝补茅屋',写得这般沉痛。七古如李太白之《长相思》、《行路难》、《金陵酒肆》、岑参之《走马行》,杜少陵之《古柏行》、《公孙大娘舞剑器》,韩昌黎之《石鼓歌》,李义山之《韩碑》。五律如'山中一夜雨,树杪百重泉','星随平野阔,月涌大江流','时有落花至,远随春水香','承恩不在貌,教妾若为容'。七律如崔颢之'岧峣太华俯咸京',崔曙之'汉文皇帝有高台',李白之'凤凰台上凤凰游',你倒不得意么?"佩秋道:"我也有得意的,譬如那大家的诗力量大,我就不能学他。若小巧些的,意远情长,还容易领略些。"

琼华道:"《唐诗三百首》,真是《全唐诗》中的精液!而温、李七古,止载义山《韩碑》一篇,便于初学津梁。若以我看去,一诗有一诗的好处,亦不以优劣论。但我看时人多好做七律,以其格局工整,可以写景,又可以传情;无如诗中最难学的就是他,我倒怕做,只好做七古。唐诗中的七古,佳者亦难尽述,即如《三百首》中,如岑参之《白雪歌》,内云:

北风卷地白草折,胡天八月即飞雪。忽如一夜春风来,千树万树梨花开。散入珠帘湿罗幕,狐裘不暖锦衾薄。将军角弓不得控,都护铁衣冷犹着。

写塞外胡天,偏用'梨花'、'珠帘'、'罗幕'、'狐裘'、'锦衾'、'角弓'、'铁衣'等字相间成文,便成了清清冷冷的世界,妙在言语之外。高适《燕歌行》云:'战士穷边半死生,美人帐下犹歌舞',写得军中苦者自苦,乐者自乐。王维《洛阳女儿行》云:

画阁珠楼尽相望,红桃绿柳垂檐向。罗帏送上七香车,宝扇迎归九华帐。春窗曙灭九微火,九微片片飞花琐。戏罢曾无理曲时,妆成只是薰香坐。

写女儿之娇艳自然,不同年年金线、代人作嫁的光景。若沉痛悲凉,则莫如老杜之《兵车行》、《哀江头》、《哀王孙》等篇。人说李、杜诗格不同,我说杜诗也有似太白处,其《寄韩谏议》云:

今我不乐思岳阳,身欲奋飞病在床。美人娟娟隔秋水,濯足洞庭

望八荒。鸿飞冥冥日月白，青枫叶赤天雨霜。玉京群帝集北斗，或骑
麒麟翳凤凰。芙蓉旌旗烟雾乐，影动倒景摇潇湘。星官之君醉琼浆，
羽人稀少不在旁。似问昨日赤松子，恐是汉代韩张良。

不绝似太白么？还有韩昌黎《谒衡岳庙》与《八月十五夜赠张功曹》诗，绝
似少陵。不知二公当日有意摹仿，还是无心相像的。"蓉华道："你真论诗
真切！将这些议论倒可以做一本《诗话》出来。"佩秋道："我也看得出，却
论不出来。说不真，说不透，倒教人驳起来。"琼华道："五律自然以真挚
为贵，其余写景写情，总也容易。如杜少陵之：

> 国破山河在，城春草木深。
>
> 感时花溅泪，恨别鸟惊心。
>
> 烽火连三月，家书抵万金。
>
> 白头搔更短，浑欲不胜簪。

四十字至情至语，为五律之冠！七律格律甚多，似以浩气流转为上。以我
的见解，首举一首为格，我想如祖咏《望蓟门》云：

> 燕台一去客心惊，笳鼓喧喧汉将营。
>
> 万里寒光生积雪，三边曙色动危旌。
>
> 沙场烽火侵胡月，海畔云山拥蓟城。
>
> 少小虽非投笔吏，论功还欲请长缨。

这个格律最妙，后来仿者甚多。如杜工部之'风急天高猿啸哀'，'花近楼
台高伤客心'，'岁暮天涯催短景'，'群山万壑赴荆门'，柳子厚之'城上
楼高接大荒'，刘禹锡之'王濬楼船下益州'，李义山之'猿鸟犹疑畏简
书'，皆是此格。此数首为一律，亦象一手。七律中亦有最真切者，如白
香山之《望月有感》云：

> 时难年荒世业空，弟兄羁旅各西东。
>
> 田园寥落干戈后，骨肉流离道路中。
>
> 吊影分为千里雁，辞根散作九秋蓬。
>
> 共看明月应垂泪，一夜乡心五处同。

这纯是血性语，几于天籁。香山诗当以此为第一。"蓉华道："此是遭遇使
然，所以人说穷而后工。"琼华道："穷而后工也是有的。然而人未尝无此
流离之苦，他却不能如此写，倒不写真情，要写虚景，将些凄风苦雨和在里
面，虽也动人，究竟是虚话，何能如此篇，字字真切！"佩秋笑道："我就不

喜欢这等诗,若学了他不是成了白话么?"琼华道:"诗只要好,就是白话
也一样好看。若极意雕琢,不能稳当,也不好看,倒反不如那白话呢。你
看岑参《逢入京使》那一首:

故园东望路漫漫,双袖龙钟泪不干。

马上相逢无纸笔,凭君传语报平安。

再如王维的:

独在异乡为异客,每逢佳节倍思亲。

遥知兄弟登高处,遍插茱萸少一人。

何尝不是白话? 却比雕琢的还要好。不然就要造意深远,措词香艳,字字
是露光花气,方能醒眼。如王昌龄《春宫曲》、《闺怨》,是人人说好的。其
余如温飞卿之:

冰簟①银床梦不成,碧天如水夜云轻。

雁声远过潇湘去,十二楼中月自明。

顾况的:

玉楼天半起笙歌,风送宫嫔笑语和。

月殿影开闻夜漏,水晶帘卷近秋河。

字字如花瓣露珠一样,你说可爱不可爱?"蓉华道:"被你批了出来,真觉
得醒眼些。你看那些诗首首是好的,也有可议处没有呢?"琼华道:"那我
不敢。我是什么人,敢议唐贤? 不要教人笑我骂我么!"蓉华道:"这是我
们的私见,有谁知道?"琼华道:"若说可议处,也有呢,我就要议那诗祖宗
那一首少陵《梦太白》,诗云:

死别已吞声,生别常恻恻。

江南瘴疠②地,逐客无消息。

故人入我梦,明我长相忆。

恐非平生魂,路远不可测。

此写得绝妙,并恐梦的不是真太白。以下接那'魂来枫林青,魂去关塞
黑'这两句,梦的是死太白,不像是活太白了。何不删了这两句,直接'君
今在罗网,何以有羽翼? 落月满屋梁,犹疑照颜色。'如此径住。那'水深

---

① 簟(diàn)——竹席。

② 瘴疠(zhàng lì)——指亚热带潮湿地区流行的恶性疟疾等传染病。

波浪阔,无使蛟龙得'也不要,倒觉含意不尽。"蓉华、佩秋都笑道:"真的,删了倒好,那个'枫林青'、'关塞黑'真有些鬼气。这是你的卓见!还有什么可议的么?"琼华道:"还有僧皎然《访陆鸿渐》那一首,古不像古,律不像律,不知选家何意? 其诗云:

> 移家虽带郭,野径入桑麻。
> 近种篱边菊,秋来未着花。
> 叩门无犬吠,欲去问西家。
> 报道山中去,归来每日斜。

毫无意味。若讲律,现重了'来去'两字,真已失律之至。此种诗似是而非,断不可以学!至于五绝小诗,另有别意,可入乐府。然尤难及者,如金昌绪之:

> 打起黄莺儿,莫教枝上啼。
> 啼时惊妾梦,不得到辽西。

白香山之:

> 绿蚁新醅酒,红泥小火炉。
> 晚来天欲雪,能饮一杯无?

此皆信手拈来,都成妙谛。"

佩秋道:"姑娘论诗深得三昧,若去考博学宏词,怕不是状元? 又是当初的黄崇嘏了。"琼华笑道:"单靠几句诗,中用么?"佩秋道:"二姑娘从前那些诗,我见你还要叫你哥哥改。不是我说,你哥哥倒未必做得出来;若做得出来,不至三场就被贴了。"蓉华笑道:"这句话给哥哥听见,他是要不依你的。"佩秋笑道:"我是没有学过做诗,但我前日听他们说杜少陵的《北征》,韩昌黎的《南山》,我将他翻出来看时,用的都是险韵。二位姑娘我倒考你一考罢,你们说《北征》多少韵?"蓉华笑道:"这倒被你考倒了。你是数了来难人的,我却没有数过,而且我也记不全。"琼华道:"《北征》好像七十韵。"佩秋道:"你记得他有几个重韵在里头?"

琼华道:"若说重韵,也只有一个'日'字。第三韵'朝野少暇日'与二十七韵'呕泄卧数日',这是的的确确是重的。"佩秋道:"还有'往者散何卒'与'几日休练卒',与后'佳气上金阙',下又是'洒扫数不阙',虽是一字两用,也要算重的。"琼华道:"这不好算重。一个是阙门的阙,一个是阙略的阙,不过是音同罢了,如何算得重韵? 至于'卒'字更不是重:'至尊尚蒙尘，几日休练卒'之卒，乃是兵卒；'潼关百万帅，往者散何卒'，此'卒'字读'促'音，乃散何卒然之速也。韵本两收。"

蓉华道："妹妹实在好记性！我只记得几句最佳的：是'瘦妻面复光，痴女发自栉'，还有'不闻夏殷衰，中自诛褒妲'，归美明皇，其意正大，不高于刘禹锡之'官军诛佞幸，天子舍妖姬'，白乐天之'六师不发无奈何，宛转蛾眉马前死'么？至于《南山》诗我虽看过，但一句也不记得，佶屈聱牙①的，如何念得？且字又难认。嫂嫂你倒记得清么？"佩秋道："我原是查了来，故意考你们的。若要念熟他，如何念得熟呢？且有一百韵之多，且字又难认。"琼华道："你数错了。《南山》诗一百零二韵，内中一个重韵也没有，真与《子虚》、《上林》一样，非大力量不能！"佩秋道："你说没有重韵，我说也有一韵：'常升棠麋望，戢戢见相凑'，又云'或散若瓦解，或赴若辐辏'，不是两个'凑'字？"琼华笑道："你又论错了。'或赴若辐辏'的'凑'字虽刻的是三点水，其意是辐辏之'辏'，是'车'字旁。我要请问嫂嫂，鸟兽的'兽'字 去了'犬'旁，是读什么字？"佩秋笑道："有这个字？想还是'兽'字。"琼华笑道："不是，是'畜'字，音'嗅'字。你不记得'因缘窥其湫，凝湛阁阴兽'注'兽，畜产也。'大约也是蛟龙所生的子，如虫的子为虾一样的光景。"

蓉华道："可惜你不能去考！你若去考时，倒是必取的。这些诗都能这么烂熟，真是亏你！"琼华笑道："我却倒是因出了这两个题目，新近才看熟的。"蓉华道："你拿那《南山》诗来给我瞧瞧。"琼华找了出来。蓉华看了两句，数了一数，问琼华道："第七韵是什么字？"琼华笑道："哪里有这种问法！就算熟极的，也不能记得第几韵是什么字。等我数下去。"即一韵一韵的念出来，笑道："是'瘦'字。"佩秋道："这实在难为她了，背得这么熟。想姑娘和韵是必定和得出来的。"琼华道："这一百二韵，字虽难些，倒容易用。那《北征》诗，方才姐姐说的'不闻殷夏衰，中自诛褒妲'，这个'妲'字就难用得很，不知他们考上的是怎样用？妹夫、哥哥的也是用妲姬的'妲'字，大概除了这个也无二用了。"佩秋笑道："只要问二姑爷就知用法了！"琼华脸上一红，不言语。

佩秋道："将来二姑爷过门，第一天就叫二姑爷要背清了诗韵进房。

---

①　佶(jí)屈聱(áo)牙——佶屈：曲折；聱牙：拗口。（文章）读起来不顺口。

不然关了房门，叫他跪在门外，别要理他，好叫他知道咱们女人中也有个博学的呢！"蓉华笑起来。琼华更觉含羞，停了一停，说道："想是我哥哥跪过的。"佩秋笑道："可惜我不配。若配时，你哥哥自然也要跪了。"蓉华道："日子快了，我们姐妹也不能常在一处了。妹妹是个有福气的，不比我们。"又说道："看看你外甥再来。"便出去了，佩秋也同了出去。琼华暗想道："姐姐一肚子的牢骚，这也难怪她。但姐夫这样才学，终要高发的，不过迟早些罢了。"又想自己的郎君才得十九岁，已能如此，真是难得。但听得从前有个什么琴言，害他病了几场，如今不知这琴言又怎样了？

却说王文辉定了九月十九日吉期。颜夫人写了家信，说子玉已中宏词，又即完姻，一切交与仲清办理。仲清打起精神，幸他本来旷达，也不将这些得失放在心里，便照常一样。过了几日，吉期已到，两边各请喜酒，还有那些名旦夹在里头，送戏送席的闹了好几天。洞房花烛之夜，子玉一见，颇觉心花开放。说也奇怪，倒不是做书人说谎，也是前定姻缘，皇天可怜子玉这一片苦心：因琴言是个男子，虽与子玉有些情分，究竟不能配偶，故将此模样，又生个琼华小姐出来，与琴言上妆时一样，岂不是个奇事？此事颜夫人久知，当日见了琴言，即说像她媳妇。这么看起来，就是两家的像貌，也是五百年前就定下的了。一见之后，又未免有些感触起来。忽又暗暗的解释，遂成就了良缘爱果，自然也不像那梦中措大的光景。若像那梦中的光景，岂不要将个琼华小姐气死了么！

明日，也请了袁琦香、苏浣香、浣兰、吴紫烟、王蓉华、孙佩秋来陪新人。群仙高会，又叙了一日。华夫人因是父亲得意门生，又是年伯母来请他，所以欣然而来。至排场热闹，与田家一样，不能细述。以后子玉闺房之乐，真是乐不可言。一个仕女班头，一个才人魁首。或早起看花，或迟眠玩月，或分题拈韵，或论古辨疑，成了个闺房良友，自然想念琴言之心也减了几分。

一日，子玉在房中与琼华谈心，值馆中有事请他，即便穿衣出门，不意将个小锦囊落在地下。琼华拾起解开时，见折着两张字，一张认得是子玉笔迹，一首《金缕曲》，反复吟哦，甚觉悲楚，知是送别词。再看那一张，也是《金缕曲》，想是那人和的，又看了信笺，写着琴言的名字，不觉心中甚喜，想道："我几次问他那琴言，他总不肯告诉我实话，倒取笑我，说我与他生得一样。如今叫我拿着了凭据，看他回来怎样抵赖？原来他们有这样深情,彼此魂梦相唤,又说肠已断了几回,这个情倒是人间少有的。"又想:"我在家时,常听得哥哥与姐夫议论这个琴言,说他这段情来得很奇,令人想不出来的。今看了这两首词,果然非有情有恨人说不出去。"便将那词稿收起,将那锦囊挂在一边。

少顷子玉回来,一时倒想不起锦囊。忽见挂在那边,便吃了一惊。琼华故作不见,只见子玉欲取不取,如有所思,颇为可笑。子玉忍不住把锦囊取了下来,捏了一捏,空空的,心甚着忙,知道琼华取了去了。别样倒还可以辩,唯有那信上有琴言的名字,如何辩得来? 欲要问时,又不好径问,只时时偷望琼华一眼。琼华忍不住笑了一笑,子玉借此进言,便问:"为何好笑?"琼华道:"我笑么? 我其实也不要笑,偏无故的笑起来。"子玉也笑道:"哪里有既不愿笑,而偏要笑的? 正是人世难逢开口笑。"琼华又笑说:"人生有几断肠时?"子玉听了这句已打到心坎里来,便不敢再问,心上想:"走开了就算了,省得讲这一番糊涂账。"琼华已瞧出他要走,若走了,这话就说不成,便要将话兜住他,对子玉道:"我今日见了两首好词,我念给你听。"便念将出来。子玉笑道:"你不必论什么,单论这两首词好不好?"琼华道:"好! 若不好,我还念熟他? 但我不甚懂得词中之意,你讲给我听。"子玉笑道:"但凡诗词的意也不能讲的,一时要凑成那一句,随便什么都会拉上来。只可说以指喻指之非指,以马喻马之非马。若要认真讲起来,那《离骚》美人,香草之言,也去凿凿的指明他吗?"琼华笑道:"寓言是寓言,实话是实话,我也会讲。"

子玉听了想走,琼华拉他坐下,便念那词道:"'何事云轻散,问今番,果然真到海枯石烂。'第一句就讲得这样沉痛,若叫我要接一句,就接不下了。好在一句推开,说'离别寻常随处有,偏我魂消无算。'人说'黯然而魂消者,唯别而已矣'。你便说魂消还不算,也不晓得消了多少回了。'又过了几回肠断',这肠也断了几回。"说到此,想了一想,又道:"'只道今生常厮守,盼银塘不隔秋河汉。谁又想,境更换。'又是一开一合。这上半阙已转了三层,这片情谁人道得出来? 若算常常厮守,毫无间隔,成了一家眷属不好吗? 偏偏的又要分离起来。"又念道:"'明朝送别长亭畔,忍牵衣道声珍重,此心更乱。'我读到此也觉心酸,况身亲其际,不知要怎样呢! 以后就去得远了,望又望他不见,也不知他到底在什么地方? 所以说'门外天涯何处是,但见江湖浩漫'。然江湖虽只浩漫,要说我的

愁肠,只怕一半还浣不尽呢! 所以说'也难浣愁肠一半'。底下真是奇
想,难道身虽离开了,不许我们魂梦相会么? 但隔得老远,魂梦又未必能
来。或者心动神知,且呼他的名字或者倒呼唤得来。于是非但我这边唤
他,他那里也呼唤我,两边凑合,竟能凑着也未可知。所以又说'若虑魂
梦飞不到,试宵宵彼此将名唤。墨和泪,请君玩。'这句也不消解,不过和
墨和泪请你看就是了。是这么解的不是?”

　　子玉笑道:“解得一点不错。”琼华道:“我且问你,这人与你常相厮
守,你却怎样位置他?”子玉道:“不过侍书捧研。”琼华道:“侍书捧研,何
用魂梦相唤?”子玉着了一分急,说道:“我说你是我的知己了,自然是洞
见肺腑,谁道你也不能知我,何况他人!”琼华笑道:“我讲得这么透彻,怎
说还不能知你呢?”子玉道:“别人讲些糊涂话也由他,你是不应该讲的。
现在相貌还有些……”便住了口。琼华道:“噫! 那你就应该住了口,不
说下去?”子玉看了琼华,琼华也看了子玉,子玉只得赔笑道:“这事也不
用讲他,横竖久后自知,也不须分辩的。我今日见着度香,说他夫人要请
你去赏菊花,还请庸庵与剑潭的夫人,并众相好的夫人。你去不去呢?”

　　琼华道:“我不去罢。”子玉道:“为什么不愿去?”琼华道:“一来我也
才过来,还没有满月;二来也要等太太吩咐,如太太去我就跟了去。”子玉
道:“他们不请太太,单请你们一辈人。度香并说他夫人讲的,日子还没
有定,要一家一家去问明了,都高兴来,要全到,不准少一个。还要没有大
风的日子。若有一个不高兴,再改期,所以预先要问定了。”琼华道:“且
看我们姐姐、嫂嫂怎样,他们若都去,我也去,如有不去的,我也就不去
了。”子玉恐她再问琴言的事,尽找些闲话与她讲。琼华明知子玉心事,
也不忍再问,叫他难为情了。正是:鱼水深情,凤凰良匹。曾经沧海难为
水,愿作鸳鸯不羡仙。

　　下卷要详叙琴言在路景况,且俟细细分解。

第五十五回

凤凰山下谒骚坛　翡翠巢边寻旧冢

话说琴仙出京之后，一路相思，涕零不已。十八站旱路到了王家营，渡了黄河，在清江浦南河赁店住了。写了江船，做了旗子，制了衔牌，耽搁了三日。道翁于漕、河两院都是相好，一概不惊动了，没有往拜。道翁有个长随叫刘喜，为人老实忠厚，四十多岁，跟随了五、六年，跟过江宁侯石翁太史①，善于烹调，如今叫他伺候琴仙。这刘喜正是个老婆子一样，饥则问食，寒则问衣，琴仙甚得其力。

开船之后三天，到了扬州。道翁怕那些商人缠扰，要来求诗求画，请吃酒，请听曲，便不上岸。但要等过关，只得在关口等候。

是日一早，想着平山堂，要带琴仙去逛逛，便在船上吃了早饭，叫刘喜去雇了一个小船，从小南门沿河绕西门而去。此日幸喜凉爽，天阴阴的没有太阳。琴仙看那一弯绿水，萍叶参差两岸，习习清风，吹得罗衫晃漾，甚是有趣。行了数里，见一个花园，围墙半倒，楼屋全斜，古木鸦啼，繁阴蝉噪，正是"朱楼青琐声歌地，蔓草荒榛瓦砾场。"道翁道："这是小虹园，我当日在此与诸名士虹桥修禊②，眼见琳宫梵宇，瑶草琪花，此刻成了这个模样，令人可感！前面还有大虹园，也差不多，略还好些。"琴仙道："若论这个园，当年只怕也与怡园仿佛。"道翁道："那本来不及怡园，若能两园相并，再连到平山堂，就比得上怡园了。"过了一会，又见满地的灵石，尚有堆得好好的几座，其余坍的坍，倒的倒，滚满一地。又见几处楼阁，有倒了一角的，有只剩几根柱竖着的，看了好不凄凉。过了一座石桥，上面题着"虹桥"两字。那边岸上又有个花园，虽然略好些，尚未倒败，但那些洞房、曲栏，当年涂泽的想必是些青绿朱丹，如今都成了一样颜色，是个白惨惨的死灰色。园中高处也望得见楼上的窗子，十二扇的只有七、八扇，还

---

① 太史——明清时翰林官的别称。

② 修禊——古时在农历三月三日，临水宴会，以除不祥，称为修禊。

有脱了半边斜挂在上面。唯有树木茂盛,密层层的望不见天,那些鸣蝉嘶得聒耳可厌。倒过了好一会,才过完。便又过了一座石桥,三面皆通,署名为"莲花桥",甚是完整。河面略宽了些,两岸绿柳阴中,露出几处红墙梵刹来,俨然图画。又见有几处酒帘飘漾,曲经通幽,琴仙游览不尽。

忽见前面有两个游船来,琴仙举眼望时,只见有两个人光了脊梁,都是皤皤大腹。那一个船坐着两个妇人,浓妆艳饰,粉黛霏霏。琴仙忽见她义父低着头看水,把扇子摭了脸,不知何意。琴仙又见那两个妇人,都眼瞪瞪望着他,一个还对他笑盈盈的。两船紧挨他的船身过去,两个妇人越看得认真,倒像要与他说话一般。琴仙不好意思,低了头望着别处。船过去时,琴仙身上忽然打来一样东西,吃了一惊,掉在船板上,看时,是一方白绢包着些果子。道翁一笑,拾起来解开,是些枇杷、杨梅、菱藕、桃梨之类。琴仙还不知从何处打来,问道翁:"这包是哪里掉下来的?"道翁道:"是那船上抛过来与你的,这倒成了安仁掷果了。"琴仙方明白是两个妇人送给他的,脸便红起来。道翁道:"这也不必管她,她既送来,也是她的好意,扰了她便了。"自己倒先吃了一个枇杷,琴仙终不肯吃。道翁道:"方才这两人是盐商家的伙计,认得我,我怕他们见了回去讲,又要来缠扰,幸他们没有见着。"

船到了一处,道翁同了琴仙上去逛了。琴仙见是个庙,进了山门,有个小小的园,也有栏杆、亭子。中间三间厅屋,写着"平湖草堂"。逛了一逛,也没有什么意思,便又下了船。到了平山堂,景致就好了。山脚下就是青松夹道,清风谡谡①,凉浸衣襟。一磴一磴的走到山门,进去瞻谒。宝殿巍峨,曲廊缭绕,一层高似一层。四处灵石层叠,花木繁重。瑶房珠户,不计其数。不过也是旧旧的了,还不见得很荒凉。

过了御书楼,才穿到平山堂上来,见了欧文忠公的亲笔。见有个和尚出来,见了道翁,忙笑嘻嘻的上前施礼,问道:"屈老爷几时到的?僧人眼也望穿了。"道翁一看,见那和尚有五十来岁,白白净净,高颧骨,颐下有三寸长的黑须。记得是个知客②,忘了他的名氏,便也拱一拱手,道:"才到,现等过关,今日晚上就要开船的。"那和尚道:"哪里有这样要紧?自

---

① 谡谡(sù)——形音挺拔。

② 知客——佛家语,禅院中负责接待宾客的僧人。

然盘桓几天。"便骨碌碌两眼在琴仙面上转了几转。看琴仙穿着件白罗衫子,脚下一双小皂靴,便知道是他的少爷,便也两手和南,琴仙也还了一揖。和尚连忙让坐,问了道翁去向,即叫人拿出茶来,笑嘻嘻的对着琴仙道:"少爷是头一回来,不晓得我们这里有个第二泉,请尝尝这个第二泉。"又吩咐人快将泉水泡那龙井茶来:"明日你们到镇江,就尝第一泉也不能胜似这个。"道翁道:"那第一泉也实在费力,往往取了出来,也不见得甚好。"和尚道:"你要把索子量准了尺寸,潮长时二丈四尺五寸,潮落时一丈六尺就够了,放到了数,才把桶盖扯起。若没有到泉出的地方,扯开了盖子,江水灌满了,泉不得进去,所以往往取出来不见好,就是没有量准尺寸。"道翁道:"是了,我只晓得金山脚下为第一泉,却不晓得潮涨潮落时的尺寸,故取出来仍是江水,倒辜负了这个第一泉了!"和尚道:"容易,明日我们摆过江去取来,吊桶是现成的。"道翁道:"也罢了,这第二泉尝了,也不输似第一泉。"

那和尚道:"屈老爷,我们想杀你。你去年说三月内就转来的,四月里包七太爷,鱼三老爷在这里赏芍药、看罂粟,说起你来,说:'三月十五盐台大人的寿旦,盐务里干礼之外,还要做架屏,一时扬州城里竟选不出一个作家来。'其实翰林、进士不少在这里,他们说做得不好,只得到江宁去找侯石翁老爷,送了十二色礼,六百银子;又请王大老爷王蒙山写了,又是三百两。他们说那时你老人家若来了,只消一桌酒,又快又好,连写带做不消两天工夫,岂不省事! 等你不来,叫他们东找人、西请人,好不为难。"道翁笑道:"这些商家就多花几个钱也不要紧。"和尚对琴仙道:"少爷,那边还有个花园,请去逛逛罢。"琴仙也想逛园,不敢说,看着道翁。道翁道:"也好,索性逛一逛。"和尚叫人开了门,引进了园,可惜是夏天,虽然今日没有太阳,也是热烘烘的,有那树木丛杂,翳障了不透风。各处逛了一逛,和尚又指那口井说:"就是第二泉。"

平山堂是江南胜地,凡各处过客到此无不游览。那和尚眼中男男女女也见过几千万了,却没有见过琴仙这样美貌。倒也不是邪心,不过那一双滑油油的眼睛,又生在个光头之上,分外觉得不好些。只管参前错后,挨来挨去,殷殷勤勤,借着指点景致,若遇见石径难走地方,他便搀一把、扶一扶,琴仙的纤手倒被他握了好几回。琴仙心上好不恨他,脸上已有了怒容,便对着道翁道:"回去罢,恐天要下雨。"和尚道:"不妨,就下雨难回,敝山房屋颇多,尽可下榻。"道翁也恐下雨,且闻隐隐的起雷,便也要回去了。那和尚尚要挽留,道翁决意要走。琴仙见那开园门的几个人,问他刘喜要钱,刘喜给了一百大钱,尚还嫌少。和尚喝退了,直送出山门。

道翁与琴仙下了船,仍坐船而回。只见往来游船甚多,一去一来也有大半天,回来船已过关。等道翁、琴仙上了大船,即打了三回锣,抽了跳,开起船。趁着微风,到了瓜州,又要过关。这瓜州地方没有什么逛处,道翁也无相好。明日又耽搁了半天,过了关。一日半到了江宁,在龙江关泊下。道翁忆着侯石翁,要在此与他盘桓几日。一早带了琴仙并刘喜,雇了个凉篷子,由护城河摇到了旱西门,进城雇了肩舆①,到凤凰山来访侯石翁。

这个侯石翁是个陆地神仙,今年已七十四岁。二十岁点了翰林,到如今已成了二十三科的老前辈,朝内已没有他的同年。此人从三十余岁就致仕而归,遨游天下三十余年。在凤凰山造了个花园,极为精雅。生平无书不读,喜作诗文,有千秋传世之想。当时推为天下第一才子。但此翁年虽七十以外,而性尚风流,多情好色,粉白黛绿,姬妾满堂。执经问字者,非但青年俊士,兼多红粉佳人。石翁游戏诙谐,无不备至。其平生著作,当以古文为最,而世人反重其诗名,凡得其一语褒奖,无不以为荣于华衮②。盖此翁论诗专主性灵,虽妇人孺子,偶有一、二佳句,便极力揄扬。故时人皆称之为"诗佛",亦广大法门之意,而好谈格调者,亦以此轻之。

道翁与琴仙到了园,叫刘喜先将名帖送进。琴仙见这个园四面尽编槿竹为篱,种些杂树。望着里头疏疏落落,有几处亭台、院宇,甚是清旷,却无围墙。不一会,刘喜同了一人出来,说"请",就将肩舆抬进。琴仙在轿窗里看时,高高下下,弯弯曲曲,有长松夹道,有修竹成林,有飞瀑如帘,有清泉作带,有三两处楼台接连,有十几抱树木交格,鹤羽皑皑于栏中,鹿鸣呦呦于栅内。

到了一处,下了轿。走上前去,只见松石边迎出一位老翁来,飘飘然有凌云之气,不衫不履的,上前一把拉了道翁的手,把琴仙看了一看,也一把拉了他的手,拉进了三间书屋。道翁与他叙礼,命琴仙拜见。石翁问

---

① 肩舆——轿子。
② 衮(gǔn)——古代君王等的礼服。

道："这位郎君与你是何瓜葛？"道翁道："此是小儿。"石翁呵呵大笑道："俭腹人要充饱学，寒乞儿要装富翁，再醮妇还想学新嫁娘！你是个秃尾獭狲，怎么忽然有个小儿？难道这位玉郎是你口里吐出来的么？"道翁笑道："胡说！这原是我过寄的螟蛉①。"石翁又笑道："原来是螟蛉！"便拉住琴仙，两目注定，说道："请起请起！好个玉郎！何物老妪，得此宁馨儿？难得，难得！"两人叙了叙契阔，就高谈起来。琴仙在旁，听那侯石翁声如洪钟，明炯炯两只三角眼睛，疏疏两撇白髭须。纵横舌辩，口似悬河。听得他将些疑难的经典，来问道翁说：经书上什么什么怎样解？史书上什么什么怎样解？子书上什么什么怎样解？《汉书》上什么什么怎样解？却见道翁一一的回答出来，石翁不住点头。后来见道翁也问了他几种书，石翁也答得明明白白。两人又对驳了一会，各自抚掌大笑。

　　石翁即吩咐家人备出饭来。石翁是不饮酒的，拿出来陪道翁。琴仙不肯喝酒，道翁善饮，便一人自酌。石翁道："我劝你也不必做官了。虽然得了别驾②，究也难展骥足。你的相知也尽多，难道舍了这六品前程，竟没有饭吃么？"道翁叹道："我并非老马恋栈，但也有个难处。你晓得我数十年来非特依然故我，反成个孑身，还是立锥无地。我若有你这样仙才浓福，自然也会安享了。正是命宫磨蝎，无可如何！"石翁道："仗文章也尽可自豪，何必手板③在身，浮沉宦海？依我殊可不必。或身依莲幕④，或遨游名山，岂不自由自在！"道翁道："你不见汤临川与梅国桢的回书，说：少与诸公比肩事主，老而为客，所不能也。仆少未立朝，老屈下位，岂能再作依人之想？况彩笔已还，枯肠难索，虚名有限，大敌恒多，养由基如一矢不中，毁者交集，我甚畏之。自今以后，将焚弃笔砚，善刀而藏，不作身后虚名之想，浮沉于半刺⑤间，以终老是身足矣！"

　　石翁也叹息了几声，又问道："王质夫、刘敬之都好么？"道翁道："甚好。我见他们一班的后人，个个都是佳品。"石翁道："都好么？"道翁道：

---

①　螟蛉（míng líng）——比喻义子。

②　别驾——官名，为州刺史的佐吏，后称通判为别驾。

③　手板——古代官吏上朝见天子时所执用的板子，此处指做官。

④　莲幕——大臣的幕府。

⑤　半刺——太守的属官，如通判、别驾等。

"第一是梅铁庵的令郎,名字玉号庚香,竟是人中鸾凤。今年若考宏词,是必中的。"石翁笑道:"宏词科也没有什么稀奇,熟读事、类、赋三部,就取得中宏词。"道翁道:"这是你老先生没有考上,所以提起你的牢骚来。"石翁道:"这也不然,我倒是公论。那梅铁庵的令郎怎么好呢?"道翁道:"第一相貌就好,温然如玉,学问各样全的,"石翁笑道:"相貌好了,自然心地灵慧,这是一定的。还有好的呢?"道翁把那几个名士一一说了,石翁道:"今年点状元的那个田君,他的父亲也算我的门生,中了进士就不在了。他的母舅张桐孙,也与我相好。这徐公子自然不用讲了,晓山相公可为善人裕后!"

道翁将怡园诸人分题的对子念与石翁,也赞了几联,说道:"倒不料一班小孩子居然能这样!真是英雄出少年,我辈老头儿倒要退避三舍了。"道翁又将那篇序又念了,石翁赞了两声道:"竟是一篇唐文,宋人四六无此谨严。但其中有两句还要斟酌斟酌。"道翁道:"就请教那两句呢?"石翁道:"'琉璃研匣,翡翠笔床,'是用《玉台序》,但他一浓一淡,相间成文,便入古格。他是'琉璃研匣,终日随身;翡翠笔床,无时离手'。此等句倒好。你换了'置鸲眼之端溪,卧鼠须之湘管',此调便入时格。篇中虽有丽句,却带古艳,唯此二语稍时,不称通篇。也只要点去'鸲眼'、'鼠须'四字,就救转来了。'琉璃研匣,常置端溪;翡翠笔床,时安湘管',便是六朝句法。老弟以为何如?"道翁道:"真一字之师,敢不拜服!"

道翁又饮了几杯酒,道:"老兄近来诗力益肆,正如浔阳九派,泛滥横溢,弟倾心已久。但阁下之诗无论游戏之言,也入全稿,似乎不可。何不分为'内集'、'外集'?"石翁道:"游戏之言,颇得天趣。《三百篇》不废《桑中》《溱洧》,何以圣人当日删《诗》,也不另编一集呢?"道翁道:"此是存本国土风,且寓惩创读诗者之逸志。若以吾兄现身说法,似以逸志为正音,以游戏为风雅。譬如群仙齐集于王母瑶池,而曲巷青楼之妖婢连袂而来,且得与彩鸾双成,并坐其间。无目者以为同一丽姝,而识者则既灌而往,已不欲观。且有妨于名教之作,尤宜割爱。兄如赵飞燕、卓文君风流太过,固不肯为小节所拘。但身后之名,权在人口,吾兄岂不自知?特以才华倜傥,厌作绳墨中生计耳!"石翁道:"敬佩良箴,自后必为留心,以赎前咎!"忽然看看琴仙,说道:"琼枝太艳。"又笑道:"无踰我园,无折我树檀。"琴仙听了说他"琼枝太艳",便有些不悦。道翁望着园中道:"你这园真好清净,正是合着'树深时见鹿,溪午不闻钟'两句。"石翁听了,始不为异,忽然悟了,说道:"可恶,可恶!"道翁也笑。

石翁道:"你送我副对子,要说得真切,不要那隔靴搔痒的话。"道翁念道:"天下词人皆后辈,"石翁大笑道:"当不起! 但马齿加长也还说得去。"道翁笑道:"下联倒难对呢。"又说道:"此地有个卢莫愁,借他对一对罢:'卢家少妇是乡亲'。"石翁狂笑起来道:"这个不可! 这一句倒可用作印章,作对子不好。再想副大方些的。"道翁道:"我又想了一副,但你又要疑心的。"石翁道:"你且说来,就骂我也只要骂得切当。"道翁道:"腹不负我,我不负腹;文如其人,人如其文。"石翁想了一想道:"对子虽非是你的好心,但于我颇合。文章俱在,也是共见共闻的。千秋位置,自有一定。就用这一副罢。"

石翁见琴仙玉笋尖尖的拿了把扇子,便要他的扇子看,顺便拉他的手看了一看,赞道:"此子有文在手,是有夙慧的。"便将他的手翻来翻去,迷离老眼看了两回。又将自己扇子递与琴仙。琴仙见这扇上画得甚好,不忍释手的看。石翁将琴仙的扇子看了一看,原来是道翁画的《梅妻鹤子图》,就拿手搁着,又谈了一回。道翁要回船,石翁约他明日一早去游玩诸名胜,道翁应了。同了琴仙,辞了石翁,仍旧坐了肩舆,由旧路出了旱西门,坐船而回。

天已晚了,琴仙在路上始知换了扇子,心中甚悔。回船告知道翁,道翁道:"明日我还去,与你换了来就是了。"

过了一夜,明早石翁打发人来请道翁并琴仙,琴仙执意不去,道翁亦不强他。来人送上扇子说:"昨日拿错了。"道翁接了过来,也没有看,将昨日琴仙带回的扇子与了他,即带了一个家人,坐了木船,同了去了。

琴仙出来,取过自己扇子一看,见上面题了一首诗,是

谁咏枝高出手寒,云郎捧研想应难。

美他野外孤飞鹤,日傍瑶林偷眼看。

琴仙看了,有些疑心,恍记得有个"云郎捧研"的故事。细细一想,心上恼起来,欲将这扇子撕了,忽又想等义父回来看看。"这种人何必与他相好!"便气愤忿的将扇子摺过一边,自己倒在床上发闷。忽又想起京中事来,更加凄楚。除了怡园一班名士之外,每见一个生人,必遭戏侮,甚为可恨! 越想越气,不觉掉下泪来。

　　刘喜送早饭进来,琴仙也不肯吃。刘喜见他烦闷,便撺掇他去游玩,说道:"大爷坐在船上,也闷得慌,不如进城逛逛。最好逛的是莫愁湖、秦淮河、报恩寺、雨花台、鸡鸣埭、玄武湖、燕子矶。小的同大爷进城散散闷。老爷总要晚上才回。"琴仙道:"我不高兴,怪热的天气,也不能走路。"刘喜道:"若别处还要走几步,若到莫愁湖、秦淮河、燕子矶,一直水路,坐了船去,不用走的。燕子矶我们前日走风,没有靠船,可惜明日就过了,开船再逛罢。今日去逛逛秦淮河,两边珠围翠绕,好不有趣呢!"琴仙道:"莫愁湖此去多远?"刘喜道:"也不多路,就在水西门一带。"琴仙心上想起怡园扶乩,有"后日莫愁湖上望,莲花香护女郎坟"之句,说他前生坟墓在此,心上便感触起来,十分伤感。便对刘喜道:"我有个亲戚的坟墓在莫愁湖,若去逛湖,我想去祭奠一番。"刘喜道:"这也不难,但是没有预备祭菜。"琴仙道:"不用菜,只要一杯酒,一炷香就够了。"刘喜道:"那更容易了。"便去叫了凉篷子,装了一个果盒,带了香、酒,交代了伙计们小心看船,扶了琴仙过了小船,双桨如飞的去了。

　　琴仙见是昨日所过的那条河,也有十余里,才到了莫愁湖。刘喜道:"我们且先逛逛,再去寻坟。"便引琴仙进了观音庵。到了里面,见两进重门,四面皆通,铺设精雅,满壁图书,尽是名人题咏。内中见有侯石翁的诗文,又见有江西学使梅士燮一副对子。琴仙见往来游玩的,也有士人,也有商贾,也有乡农,也有妇女们,摆着几张茶桌子,栏外就是满湖的荷花。和尚便泡了两碗茶来。刘喜请琴仙坐了,他拿了茶碗,又到一处去坐。琴仙见那些人走来走去,只管的看他,有几个村里的妇人,瓦盆大的脸,鳊鱼宽的脚,凸着肚子,一件夏布衫子浆得铁硬,两肩上架得空空的,口里嚼着大甜瓜,黄瞪瞪的眼珠,也看琴仙,当是戏台上的张生跑下来。把个琴仙看得好不耐烦,便叫刘喜还了茶钱,一径走出。只见摇船的提了酒盒上前,刘喜问道:"这个坟地在什么地方呢?"琴仙道:"我如何知道? 要去找呢。"刘喜道:"是哪一家的? 问了姓名方可去找。"琴仙一想,乩上并未判出姓名,便呆呆的想了一会,便说道:"我也不晓得姓什么。"刘喜笑道:"怎么亲戚的姓都忘了,那只好罢了。从何处找起?"琴仙道:"实不瞒你说,我从前请仙,乩上判出来,说我前世的坟墓在这莫愁湖上,却没有判出姓氏来。"刘喜道:"这话渺茫得很,哪知真与假呢?"琴仙道:"真得很,他各样事都判出来。"刘喜不好驳他。

琴仙走到湖边，只见一湖的荷花，红的似杨玉妃初酺御酒，白的似赵昭仪新浴兰场。中间有些采莲船，也有几个小女郎在船里，还有些小孩子光着身在湖里嬉水。琴仙暗暗的默祷道："上仙，上仙！承你指示了我的前身，又没有判出姓来，叫我身亲其地，无从寻觅，殊为恨事。怎样显个灵验出来，指点迷途！"琴仙一面祷告间，望四面空地虽多，并无坟墓。

忽见莲花丛中荡出个小艇来，有一穿红衣垂鬌女郎，年可十四五，长眉秀颊，皓齿明眸，妙容都丽。荡将过来，琴仙谛视，以为天仙游戏，尘寰中安得有此丽姝！自觉形神俱俗，肃然而立。见那女郎船上放了几朵荷花，船头上集着一群翠雀，啾啾唧唧，展翅刷翎，毫无畏人之态，琴仙心中甚异。只见那女郎双目瞪瞪的望着琴仙，琴仙也望着她。不一刻拢到岸来，那一群翠雀便刷的一声都飞向北去了。刘喜还拍一拍手赶它。刘喜问那女郎道："湖那边有什么玩的地方没有？"女郎道："那边是城墙，只有个杜仙女墓。看兰苕花、翡翠雀，最好玩的。方才那一群翠雀，就是杜仙女墓上的，它懒得飞，搭我的船过来。"

琴仙听了有个杜仙女墓，触动了心事，即问道，"这个杜仙女是几时人？"那女郎道："我却不知，只听说有七、八十年，也是个官家的女儿，死了葬在这里的。"琴仙问道："何以要称她仙女呢？"那女郎道："他看这个地方，也数得清的人家，如何有那样华妍妙丽的女郎？"见她常常的荡个小船，在莲花丛里或隐或现的，人若去赶她，就不见了。后来见那边有个小坟，坟周围有许多斑竹，坟后一盘凌霄花，那盖盘得有一间屋子大了，有无数的翠雀在里面作窠。又有许多兰花，奇奇怪怪，一年开到头。人若来了，回去就要生病。所以地方上人见有些灵验，便不敢作践，倒时常去修葺修葺，也没有牛羊去践踏他。到初一月半，还有人过湖烧香呢。"琴仙道："我也过湖看看，你肯渡我过去么？"女郎道："你就下船来。"

琴仙即叫刘喜拿了酒盒并香，叫船家先回船去。下了船，那女郎荡动了桨，刘喜也拿了一支桨帮着她荡。女郎问琴仙道："你是哪里人？"琴仙道："我本人苏州人，如今从京里来。"女郎又问道："如今要到哪里去？"琴仙道："到江西去。"女郎问一句，琴仙答一句，已到了湖岸，女郎道："我领你去罢。"琴仙道："很好。"

女郎拿了一张荷叶，一朵荷花，领了琴仙穿过树林。那城墙是因山为城的。走入斑竹丛中，见两树马樱花开满，还有几棵紫薇、木槿，果然有个小小坟墓,幽香扑鼻,开满了无数的惠兰。山脚下有一盘凌霄缠在石上,结了一个圆顶,绿荫荫如伞盖一般,里头啾啾唧唧,翠鸟乱鸣。清风一吹,香人心骨。琴仙先倒伤心,及走到了这个地方,翻觉尘心涤尽,诩诩欲仙。若能结庐在此,便比什么所在都好。抝苔剔藓的,将那坟垅看了许久,便叫刘喜从火镰内取了火,点了香,烧了酒,将那带来几样果子也摆在坟前。

那女郎道:"我来帮你。"于是将荷花剥下一瓣,放在坟前,满满斟了一花瓣酒,将那些果子放在荷叶里,叫刘喜将那盒子拿开,问琴仙道:"你为什么不拜两拜?"琴仙道:"我即是她,她即是我。"那女郎笑道:"这是怎么讲? 好呆话! 既有了你,就没有她;既还有她,就没有你。"琴仙听这话有些灵机,便看着女郎,女郎也看着琴仙。琴仙道:"你不知道我,只知道她,"女郎道:"我倒没见着她,倒见着你。无缘无故的祭她作甚?"琴仙道:"有个缘故,对你讲你也不明白。"那女郎道:"既不明白,也不消讲了。"琴仙就坐在地下,那女郎也坐在一旁。琴仙颇为留恋,不肯就走,倒是那女郎催他道:"可以回去了。"琴仙只得起身,将那些果子送与那女郎。女郎笑道:"我不吃这些东西。既然你送我,我不受你的又不好,与你种在此处,等你将来再来看罢。"在头上拔下根簪子,在坟前掘了几个小坑,将那桃、李、苹、梨四样种了,其余的还装在她盒子里,给刘喜带回。琴仙看了甚是诧异。女郎催促起身,遂下了船,渡过湖来。刘喜要给她的船钱,女郎笑道:"不要,不要,我不是撑渡船的。"琴仙见了更是不解,只得作谢而别。那女郎嫣然一笑,仍荡入莲花丛里去了。琴仙留心望她,只见花光湖水,一片迷离,望不清楚。不知那女郎去处,只得惆怅回船。

天色尚早,刘喜又要去逛秦淮河,把船荡进了水西关。到了秦淮河,果见两边画楼绣幙,香气氤氲。只见那楼上有好些妓女,或一人凭栏的,或两三人倚肩的,或轻摇歌扇,露出那纤纤玉手的。或咻咻唧唧的轻启朱唇讲话的,有妍有媸,不是一样。那些妓女见了琴仙这个美貌,便唤姐姐、呼妹妹的大家出来,俯着首看他。又把琴仙看得好不害羞,只得埋怨刘喜不该来,急要倒转船身回去。那两头又来些游船,有些妓女们陪着些客挤将拢来,个个挤眉擦眼的看他,琴仙真成了"看杀卫玠①"好容易把船挤了

---

① 看杀卫玠(jiè)——卫□,晋朝名士。自幼风神清秀,有玉人之称。京师人士闻其姿容,观者如堵,不久去世。人谓□被看杀。

过去,听得前面窗子一响,又有一个老妓出来,见了琴仙,目不转睛的看,又听得她叫一声:"张老保,你荡到哪里住?何不同到我们这里来?"张老保看着刘喜,把嘴往上扭扭,刘喜摇头道:"回去罢,我们大爷不肯去的。"那老妓还在上面招呼,张老保摇摇手,一径荡了过去。

　　出了水西关好半天,才到大船。天已黑了,上了船。只见两个家人慌慌张张的道:"大爷怎么此刻才回?了不得了,老爷在山上跌了一跤,晕了过去,救转来,现在还哼声不止呢!"琴仙听了,唬得一身冷汗,连忙进舱来。不知屈道翁性命如何,且听下回分解。

第五十六回

屈方正成神托梦　侯太史假义恤孤

话说琴仙上船，闻道翁跌坏，连忙进舱看视。道翁道："此刻略清爽些，就是半个身子动不来，想也就好的。我已服了好些药。你今日到何处去？"琴仙便说去逛莫愁湖："有个杜仙女墓，与仙乩上说的相对。"道翁也觉诧异道："果然有这个坟？有碑记没有呢？"琴仙道："没有碑记。"也将红衣女子的光景述了一遍。道翁猜是莲花神指点。父子两个说了一会话，琴仙又将石翁所赠的诗与道翁看了。道翁不觉动气，因说道："此老游戏散漫，习与性成，老来还是这样！我就素鄙其人，不过爱其才耳。将这扇子撕了罢。"琴仙即将扇子撕得粉碎。一夜无话。

明早将要过关，忽然起了大顶风，走了锚。白浪滔天。把船倒打上去，一直打到了燕子矶方才收住。连忙抛锚打橛，加缆守风。道翁叫过琴仙来，吩咐道："京中诸好友，也应写封信去道谢道谢。我膀子疼，你替我写，我念给你。写行书就是了，不必尽要楷书。"一面靠在靠枕上，一面念给琴仙。大同小异写了十几封，又写了好些诗，足足写了大半天。傍晚风小了些，道翁知他写乏了，便叫刘喜同他上岸去散散。刘喜同了琴仙，到燕子矶上逛了一逛，又到宏济寺，看了"悬崖撒手"处，再到了"铁索缆孤舟"，名胜不一而足，直到天黑而回。琴仙想和子玉的词，便卧在床想了半夜才妥。明日依然大风，不能开船，即写了这首词，又写了一封信，于外又写了两封，一与众名士，一与众弟兄，与道翁的信一处封了。道翁命家人进城，交城守营加封递寄。

道翁一生于笔墨一事，耗费心血，又伤于酒，前日这一跌已中了心，有时清楚，有时昏聩，若痰涌上来，便迷了心，连话也说不出来。兼之老年人了，大小便也不甚便，这些下人如何肯来服伺？就只刘喜一人，又兼买办、料理饮食，是以琴仙彻夜无眠，在中舱伺候。偏遇了日日顶风，江中船来来往往坏了多少。道翁自想："此病未必能好，就好了也是半身不遂之症。虽道路不多，但这个瘫痪人到省去，怎样见得上司？不如在此医好了,再去也不迟。"主意定了,叫人进城去租公馆,遂租了旱西门内一个护国寺养病。即搬运行李,开发船价,道翁与琴仙乘舆进了城。到了寓所,倒也干干净净的一所客房,每月房租银三两。道翁与琴仙对面做房,中间空了两间。

琴仙见这四间屋子甚是干净,院子里有两株大槐树遮住了,不见天日,后面也是个大院子,却是草深一尺。楼下有口棺木放着,却是空的。一边是四、五间厢房,一间做了厨房,那几间与下人住了。一边是墙,墙上有重门通着外面。初搬进来,尚未布置妥当,箱笼堆满一处。刘喜等先将道翁并琴仙的床帐铺设好了,琴仙自将笔研玩意布置,也挂了些字画,自此住在庙里,请医调治。

谁知道翁命逢阳九,岁数将终,非特不能好,倒添出别样病来。因他一生心血用枯,素有李长吉呕血之病,近来好了几年,此时重又大发,一日呕吐数次,神昏色丧,卧床不起。过了二十余日,更加沉重。琴仙见此光景,心如油沸,日夜在神前焚香祷告,愿以身代。道翁自知不免,见琴仙如此孝心,更增伤感,设或中道弃捐,教他如何归着,依靠谁人?想到此泪流不已。正在悲伤之际,琴仙捧了药碗进来,见了道翁不敢仰视,唯泪盈盈的站在一边。道翁叫他上来,琴仙放下药碗在床沿坐了。道翁执了他的手,叫了声"琴儿",便觉喉间噎住,说不出来。琴仙泪似穿珠,滴个不住,只得把袖子掩了面。道翁又一丝半气的接了一句说:"我害了你,你好端端……"琴仙忍住了哭,叫声:"爹爹,且请保重! 这年灾月晦,也是人人常有的。"道翁又叹了一声,琴仙道:"药已煎好了,请服罢。"道翁道:"病已至此,还服什么药! 可不必了。但我死后,你仍旧……"又歇了一会,说道:"仍旧到京去。我看你心气已定,我可放心。但我生无以为家,死无以为墓,照伍大夫以鸱夷裹尸,沉我于燕子矶下罢,切勿殡葬!"琴仙听了,肝肠寸断,双膝跪在床前,泪流满面,唯双手捧着药碗。道翁勉强吃了一口,咳嗽一声,又吐出许多血来。

时日将暮,琴仙方寸已乱,不知怎样。只听柏树上那几个老鸦"呀呀呀"的叫个不住,又有一个枭鸟在破楼上鼓唇弄舌,叫得琴仙毛发森竖。时已新秋天气,昼热夜凉,琴仙身上发冷,到自己房里去穿衣,走到中堂,一灯如豆,那盏小琉璃也是昏昏欲灭。窗外新月模糊,见树边有个人影,一闪即不见了,琴仙唬得打颤,连忙叫人。刘喜偏有事去了,那三个不见个影儿,也不知在哪里。琴仙战兢兢的走到房中,不防床前一个大乌黑的东西,冲将出来,把琴仙一撞,"哎呀"一声,栽倒在地,那东西一溜烟走了。唬得琴仙浑身发抖,停了好一回,爬起来,灯又灭了。再到外头来点了灯,重到房来,见地下有个小木盖子,将灯一照,床前一个大碗翻在那里。原来刘喜见琴仙天天不能吃饭,今日将莲子薏苡,蒸了一只一百天的大肥笋鸭子与琴仙,也只吃了几块。刘喜又怕那几个同伴要偷吃,便将盖子盖了,放在床下,不防哪里来了一个大狮毛狗,闻见了香味,倒来打扫一空,还把琴仙撞了一跤。

琴仙穿了个半臂,坐了一会,听得后头有响声,便又叫声"张贵",不听得答应,琴仙又不敢去看。刘喜是请大夫没有回来。又问了一声:"是谁?"也没有答应。再听得一声很响。像似棺材爆起来,又像鬼叫了几声。琴仙好不害怕,想到佛前去求告,却又心惊肉跳的不敢前去,要不去心又不安。重到道翁房里去看时,见昏昏沉沉的睡着了,便放大了胆,烧了一炉香,就在院子里跪下,叩头默祷,祷了三刻工夫,方才起来。树上落下一个虫,在发顶上蠕蠕的动。琴仙心慌,将袖子拂了下来,拿了香炉走进了房。方才坐下,心上还"突突"的跳,忽见自己肩上有三寸来长的一条蝎虎,爬到胸前来。琴仙魂不附体,不敢用手去撵他,将半臂一抖,蝎虎又倒走了回去,那尾还在他颈上一捎。琴仙骨节酥麻,不知怎样,只得将半臂脱了,扔在地下。那蝎虎又从颈上爬在头上,琴仙唬得哭叫起来。

却说刘喜回来了,进来见了,拿扇子打下来,一脚踏死。琴仙已唬得满身汗毛直竖,眼泪汪汪,且遍体发烧,眼睛冒火。刘喜与他赶了蚊帐,看他床下只有一个空碗,便问道:"那鸭子呢"琴仙道:"我不在房,一个大黑狗进来吃了。"刘喜骂了一声:"哪里来这个害瘟疫的狗!我还不敢放在厨房里,恐伙计们嘴馋,来撕了几块去,倒请了这只狗了。"琴仙道:"你为何去了这半天才回?"刘喜道:"那王大夫今日到仪徵县去了,要耽搁三四天才回。我只得去请了李大夫,也是个名医,住的远,来回有二十里路呢。"又问道:"老爷此刻怎样?"琴仙道:"还是这样。"刘喜道:"如果老爷有些长短,便怎样呢?"琴仙又哭道:"如果有什么不好,我也是死。"刘喜叹了一声,到道翁房里来看了一看,就到后头去了。

琴仙又到道翁的房来,只听得刘喜嚷道:"不好了!这些箱子到哪里去了?"琴仙听了,慌忙出来,走到后面厢房里看时,就剩了几个书画箱,其余搬运一空。见张贵、汪升、钱德的行李都没有了,便急得发怔,目定口呆。刘喜道:"奇怪,他们这三个人哪里去了? 此刻还不回来,这门开着,岂没有人进来的? 如何是好呢? 况且盘费银子也都在箱内,老爷房内一个小扁箱,只有几件单纱衣服。大爷你的东西也全偷去了。你房里那小箱子,也是几件纱衣。现在我身边存不到二十两银子,适或有起事来,这怎么样呢?"琴仙急得没有主意,只得说道:"这事断不可对老爷讲,别急坏了他。且等张贵等回来,再作商量。"琴仙与刘喜等到天明,绝无影响,方知三人偷了东西走了。琴仙却不是心疼东西,见道翁如此模样,设有不测,则殡殓之费皆无,如何是好? 便哭了半日,又剩一个刘喜,又不能分身寻觅。

忽听得道翁叫人,琴仙急忙过去。见他歪转半身,当他要解手,问了他,摇摇头,心上要坐起来。琴仙叫刘喜来帮着扶起,把两个大靠枕靠了背。道翁道:"你们去找我那些诗文集来。"琴仙忙去开了箱,一部一部的搬过来。道翁问了书名,又过了目,叫留下一本近作诗文稿子,一本书画册,其余都叫烧了。琴仙哭道:"这些诗文著作,一生的心血在内,正可以留以传世,为何要烧了呢?"道翁道:"你不知道,我没有这些东西,我也不至今日这个模样。总是它误了我,若留了它,将来是要害人的。叫人学了我,也与我一样偃蹇①一生,为造物所忌! 断断留不得,快拿去尽行烧了!"琴仙万种伤心,十分无奈,只得到外面烧了几种,又自藏了几种。道翁将方才留的诗文、字画付与琴仙道:"这个给你作个纪念。"琴仙见此光景,就要忍住哭也忍不住了,只是掩面呜咽。

道翁又叫取笔砚来,琴仙磨了墨送上;道翁要纸,琴仙又送上纸,扶正了他。刘喜搬过一张小桌放在床前,琴仙在旁照应。道翁端了一会,刘喜拧了毛巾与他擦了脸,漱了口。道翁执着笔,颤巍巍的一大一小写了一篇放下。又喘了一会,眼中掉下泪来,叫一声"琴儿,我有句话吩咐你。"琴仙含泪听训。道翁道:"你虽幼年失路,但看你立志不凡,我不须多嘱。你回京后自然旧业是不理的了,徐度香处尽可寄身。"琴仙听此,便哭起来,不能答应。道翁又道:"这个遗言你收好了,将来到京之后与度香,他必有个道理。"琴仙接了过来,看是:

---

①　偃蹇(yǎn jiǎn)——失志。

六月八日,偕侯石翁游清凉山登绝岩,为罡风①吹落堕地,致伤腰足,归卧不起,呕血数斗,现寓白下萧寺中。弥留之际,旦夕间事也。伤哉,伤哉!素车无闻,青蝇谁吊;骸轻蝉脱,魂咽江潮。一抔之土何方,六尺之孤谁托?琴儿素蒙青眼,令其来依。呜呼!度香知我,自能慰我于九泉也。残魂不馁,当为报德之蛇;稚子有知,亦作感恩之雀。肝胆素照,神魂可通。不尽之言,伏唯矜察。七月七日屈本立绝笔。

琴仙看了,不觉恸倒在地,刘喜也哭了。道翁命刘喜扶起琴仙,琴仙独自倚床而哭。道翁道:"不必哭了。我累了你,殡殓之后,即埋我于江岸,也不必等过百日,你速速进京罢。你将我的文凭,送到石翁处,托他在制台前缴了,要他与我做篇传。人虽不足传,但我一生之困苦艰难,也就少有的。"琴仙只自掩面哭泣,不能答应。刘喜也泪落不止。满屋中忽觉香风拂拂,道翁叫刘喜与他擦了身子,换了衣裳,桌上焚了一炉香,道翁跏趺②而坐。琴仙偷眼看他,像个不吉的光景。只见又提起笔来,在纸上写了四句道:

一世牢骚到白头,文章误我不封侯。

江山故国空文藻,重过南朝感旧游。

题罢,掷笔而逝。琴仙一见,又昏晕倒了,慌得刘喜神魂失措,一面哭,一面拍醒琴仙。琴仙跪在床前,抱了道翁双足,哭得昏而醒,醒而昏,足足哭了半天。刘喜连连解劝道:"大爷,事已如此,人死不能复生,料理后事要紧!这么个热天,也不宜耽搁。"琴仙哪里肯听,又哭了一好会,直到泪枯声尽,人也起不来了。刘喜扶了他起来,又拿水来与他净了脸,琴仙才敢仰视。

只见道翁容颜带笑,玉柱双垂,室中余香未散。琴仙对刘喜道:"你看老爷是成了仙了。"刘喜道:"老爷一生正直,岂有不成仙之理!"刘喜与琴仙商议道:"前日扣下船价二十两,已用了四两,还有十六两。我的箱子,他们算有良心,没有拿去,内中破破烂烂也可当得二、三十千,共凑起来五十吊钱是有的。老爷的后事,也只得将就办。或者报丧之后,有些分

① 罡(gāng)风——道家称天空极高处的风。后亦指强烈的风。
② 咖趺(jiā fū)——盘腿而坐。

子下来也未可定。但这件事怎样的办呢?"琴仙道:"这些事我都不知道,
尽要仗你费点心的了。"刘喜道:"这个不消吩咐。"于是先将道翁扶下,易
箦①之后,点了香烛,焚了纸钱。昨日请的李大夫方来,闻得死了,即忙回
转。刘喜出去料理,一个人又没有帮手,棺材买不对,只得向和尚买了那
一口停放在后楼的,就去了二十二千大钱。其余做孝衣,叫吹鼓手,请僧
念经,雇了一个厨子,忙得不了。琴仙诸事不能,唯在床上守尸痛哭,水浆
不入口者两日。刘喜又疼他,也无空劝他。入殓之后,停放中堂。琴仙穿
了麻衣,在灵帏伴宿,刘喜也开铺在一边。

　　此时正是中元时候,是盂兰盆鬼节。南京风俗,处处给孤鬼施食,烧
纸念经,并用油纸扎了灯彩,点了放在河中,要照见九泉之意。一日之内,
断风零雨,白日乌云,一刻一变,古寺中已见落叶满阶,萧萧瑟瑟。夜间月
映纸窗,秋虫乱叫,就是欢乐人到此也要感慨,况多愁善哭如琴仙,再当此
茕茕顾影,前路茫茫,岂不寸心如割! 正是死无死法,活无活法。若死了,
道翁这个灵柩怎样? 岂不做了负恩人? 若活了,请教又怎样熬这伤心日
子? 数日之间,将个如花如玉的容颜,也就变得十分憔悴了。饮食也减
了,一个来月,日间唯喝粥两碗,不是哭就是睡,也似成了病的光景。

　　那时晚上,酸风动魄,微雨打窗,琴仙反复不寐,百感交并起来。在房
里走了几步,脚下又虚飘飘的。听得刘喜鼻息如雷,琴仙走去看时,见枕
头推在一边,仰着面,开着口,鼻孔朝天,鼾声大振,一手摸着心坎。又见
一个耗子在他铺上走去,闻他的鼻子。琴仙恐怕咬他,喝了一声,耗子跳
了过去。琴仙也转身回铺,听得刘喜鼻子"哼哼哼"的叫了几声,便骂起
来,忽然一抢出来,往外就跑,唬得琴仙毛骨悚然,不知何故,忙出来拉他。
刘喜撞开长窗,望着大树直奔上去,两手抱住不放。琴仙不解其故,倒唬
得呆了。停了一会,不见响动,才大着胆走上前,见刘喜抱着树,又在那里
打鼾。琴仙见他尚是睡着,便叫了几声,推了几推。刘喜方醒过来,问道:
"做什么?"琴仙道:"你是什么缘故? 睡梦中跑出来抱住了树?"刘喜方揉
揉眼,停了一停,道:"原来是梦! 我方才见张贵来扯我的被窝,我正要捉
他,问他的箱子,一赶出来,抱住了他,不想抱着了树,又睡着了。"自己也
笑了一笑。琴仙又害怕又好笑,同了进来,关了窗子。刘喜倒身复睡,琴

---

　　① 箦(zé)——床席。

仙也只得睡下。

恍恍惚惚的一会,觉自己走出寺来,见对面有个书铺,招牌写着"华正昌"三字。有个老年掌柜的照应了他,琴仙即进铺内。忽听锣声锽锽,又接着作乐之声。回头看时,见一对对的旌旗幡盖,仪从纷纭。还有那金盔金甲,执刀列道,香烟成字,宝盖蟠云,玉女金童,华妆妙像。过了有半个时辰,末后见一座七香宝辇,坐着一位女神,正大华容,珠璎蔽面。看这些仪仗并那尊神,都进寺里去了。琴仙也跟了进去,却不是那个寺,宝殿巍峨,是个极大所在。只见那些仪从人,唱名参见后,两班排立,弓衣刀鞘,俨似军中,威严可畏。琴仙躲在一棵树后,偷望见那尊神后站着许多侍女,宫妆艳服,手中有捧如意的,有捧巾栉的,有捧书册的,有执扇的。

只见那尊神说了几句话,却听不明白。见人丛里走出一个童子来,约十二、三岁,虽然见他清眉秀目,却已头角峥嵘,英姿飒爽,走上阶去,长揖不拜。又见那尊神似有怒容,连连的拍案,骂那童子。见那童子口里也像分辩,两人似说了好一会话。然后见那尊神颜色稍和,那童子也就俯首而立。又见那尊神向右手站的一个侍女,说了一句什么,那侍女便入后殿。少顷捧着一个古锦囊出来,走近童子身边。那童子欲接不接似的,双手将衣襟拽起,侍女把锦囊一抖,见大大小小、新新旧旧、五颜六色共有百十来支笔,一齐倒入那童子衣兜里。见那童子谢了一声,站了一会,尊神又与他讲了好些话,那童子方徐行退下。

琴仙看他一直出了庙门,心上想道:"这不知是什么地方? 那个童子好不兀傲,到了此处,还是那样凛凛的神色,怎么跪也不跪的? 想是个有根气的人,来历不小。"琴仙将要出去,只见一个戴金幞头①、穿红袍的神人进来。仔细一看,就是他义父屈道翁! 琴仙吃了一惊,心上却不当他是死的。因为这个地方,不敢上前相见,仍躲在树后。见他义父上阶打了一躬,那尊神也不回礼,略把手举了一举。见他义父恭恭敬敬站在一旁,那尊神问了几句话,便听得一声云板,两边鼓乐起来,尊神退入后殿去了,仪从亦纷纷各散。见他义父独在阶下徘徊,仰瞻殿宇。琴仙此时忽想他已身死,一阵伤心,上前牵住了衣哭起来。见他义父也觉凄然,便安慰他道:"琴儿你受苦了! 也是你命里注定的。不过百日困苦,耐烦等候,自有个

---

① 幞(fú)头——古代一种头巾。

好人来带你回去。”

琴仙想要问他几件事情，却一件也想不起，就记得方才那个童子，问道："方才有个童子进来，那尊神给他许多笔，始而又骂他。这童子是什么人？"道翁道："这童子前身却不小，从六朝时转劫到此刻，想还骂他从前的罪孽。后来是个大作家，名传不朽的。三十年后见他一部小小的著作，四十年后还有大著作出来。"琴仙又问道："这位尊神是何名号？"道翁道："低声！"便左右顾盼了一会，他指头在琴仙掌中写了两字，琴仙看是"殿娥"二字，也不甚明白。再要问时，道翁已往外走。琴仙随在后头，见他出了庙门，上了马，也有两个皂隶跟着。道翁把鞭梢一指道："那边梅翰林来了！"琴仙回头一看，只见江山如画，是燕子矶边，自己仍在船上，道翁也不知去向。

忽见一个船靠拢来，见子玉坐在舱里，长吁短叹。琴仙又触起心事，欲要叫他，那船已与他的船相并。琴仙又见他舱里走出一个美人来，艳妆华服，与子玉并坐。琴仙细看，却又大骇，分明就是他扮戏的装束，面貌一毫不错。自己又看看自己，想不出缘故来。见他二人香肩相并，哝哝唧唧，好不情深意密，心上看出气来。忽见那美人拿了一面镜子，他们两人同照。听得那美人笑吟吟的说道："一镜分照两人，心事不分明。"听得子玉笑道："有甚不分明？"琴仙心上忍耐不住，便叫了一声："庾香好么？"那子玉毫不听见。琴仙又叫了一声，只听子玉说道："今日好耳热，不知有谁骂我"那美人忽然望见琴仙，便说道："什么人在这里偷看人？"便将镜子往琴仙脸上掷来，琴仙一躲，落在舱里，那边的船也不见了。

琴仙拾起镜子来一照，见自己变了那莫愁湖里采莲船上的红衣女子，心中大奇。忽又见许多人影从镜子里过去，就是那一班名士与一班名旦。自己忽将镜子反过来，隐隐的有好些人映在里面，好像是魏聘才、奚十一等类。正看时，那镜子忽转旋起来，光明如月，成了一颗大珠，颇觉有趣。忽然船舱外伸进一只蓝手，满臂的鳞甲，伸开五个大爪，把这面镜子抢去了。琴仙"哎哟"一声，原来是梦！

睁眼看时，已是日高三丈，刘喜早已起身了。琴仙起来，刘喜伺候洗脸。琴仙呆呆的想那梦，件件都记得逼清。将两头藏过，单将中间的梦与刘喜说了："老爷像成了神，但是位份也不甚大。"刘喜道："只要成了神就是了，想必天上也会升转的。"刘喜一会儿就送上饭来，就要到侯老爷那里去,告诉老爷这件事情,要他将文凭找出来。琴仙道:"文凭也在那个中箱子里,也偷了去了,怎样好呢?"刘喜道:"偷去了么? 那只好求侯老爷与制台讲明,想人已死了,也没有什么要紧的。"刘喜伺候了饭,脱了孝衫,便到凤凰山侯石翁处来。

那侯石翁自从见道翁跌了这一跤,甚不放心,隔了一日来找,道翁的船已不见了,当是开了船,直道他已经到任,再不料他已经身故。心上又想起琴仙见了那首诗,不知是喜是恼,想来经我品题,自然欣喜。但看他生得这般妙丽,却冷冰冰的,少些风趣。可惜如此美男,若能收他作个门生,足以娱此暮年! 正在胡思乱想,只见刘喜进来,在地下叩头。石翁问道:"怎么你又回来了? 不曾跟去么?"刘喜将道翁归天之事细细说了,又将遗言嘱托并张贵等偷去衣箱、银钱等物,并文凭也偷了去之事也说了。"如今少爷在寺里守灵,连衣食将要不给起来。"石翁听了大惊道:"有这等事! 我道是已经到任去了,哪知道这个光景!"便也洒了几点泪。刘喜道:"此时总要求老爷想个法子才好。"石翁道:"屈老爷相好呢尽多,但皆不在这里。我只好写几封信,你去刻了讣闻,拿来我这里发,也有些分子来,就可以办丧事了。我与屈老爷多年相好,况且他还有个孤儿在此,我自然要尽力照应的。官事我明日去见制台说,就着江上两县缉拿张贵等,并要行文到江西,恐他们将这文凭到江西去撞骗,也不可不防的。这些事都在我。明日还到寺里吊奠,面见你们少爷,再商量别的事。"刘喜叩谢了回来,对琴仙讲了,琴仙也没有什么感激。

明日,石翁去见了制台,说知此事。又到上元县与刘喜补了呈子,知县通详了,一面缉拿逃奴,一面行文到江西去了。

石翁过了一日,备了一桌祭筵,一副联额,亲到寺里来上香奠酒,痛哭了一场,倒哭得老泪盈盈,甚为伤感。琴仙在孝帏里也痛哭,心上想道:"此老倒也有些义气,听他这哭倒也不是假的。"石翁收了泪,叫自己带来的人挂了匾额,看了一看,叹口气,走进孝帏。琴仙忙叩头道谢,石翁蹲下身子,一把挽住,也就盘腿坐下,挨近了琴仙,握了琴仙的手,迷离了老眼。此时石翁如坐香草丛中,觉得一阵阵幽香随风钻入鼻孔,此心不醉而自醉。见他梨花似的,虽然容光减了好些,那一种叫人怜惜疼爱的光景也增了许多。琴仙心上不悦,身子移远些,石翁倒要凑近些,说道:"不料贤侄遭此大故! 昨日刘喜来说了方知,不然我还当往江西去了。前月初十日我到江边,见你们已开了船,谁知道有这此事!如今你心上打算怎样?"

琴仙心里很烦,但不得不回答几句,便说道:"承老伯的厚意,与先父张罗一切,甚是感激不尽!小侄的意思,且守过了百天,觅块地将先人安葬了,那时再做主意。"石翁道:"这是什么主意?你令先尊是湖北人,汨罗江是他的祖居,他数代单传,并无本家亲戚,你若到那里去,是没有一个人认得的,况如今又是孑然一身,东西都偷光了,回湖北这个念头可不必起了。京里人情势利,况你令尊也没有什么至交在京里。从来说'人在人情在',不是我说,贤侄你太生得娇柔,又在妙龄,如何受得苦?那奔走求食好不难呢!就我与你令尊,是三十年文章道义之交,我不提拔你,教谁提拔你?轮也轮到我,我是义不容辞的。歇天我来接你回去。这灵柩且寄停在这里,一两月后,找着了地再安葬不迟。你且放宽了心,有我在此,决不教你无依无靠。你天姿想是极好,将来成了名,也与你令尊争口气,我也于脸有光的。就此定了主意,不必三心二意。"

琴仙见他这个样子,两只生花老眼看定了他,口中虽说得正大光明,那神色之间总不像个好人。心上又气又怕,脸已涨红,低了头只不肯答应。石翁把琴仙的手握在掌中,两手轻轻的搓了几搓,笑眯眯的又问道:"前日扇上那首诗,看了可懂得么?"琴仙心中更气,把手缩进,将要哭了,便要站起来走开。石翁拉住道:"且慢!还有话说。你在京里时认得些什么人?"琴仙想不理他,又不好,只得忍住了气道:"人也认得几个。"石翁道:"是些什么人?"琴仙道:"都是一班正正经经的,倒也没有那种假好人。徐度香、梅庚香之外还有几个人,也是名士。"石翁笑道:"徐度香么,是晓山相国的公子,他与你相好么?"琴仙道:"是。现在先君还有一封遗书与他,托他照应的。"石翁笑道:"了不得了!快不要去。这些纨袴公子,你如何同得来的?他外面虽与你相好,心上却不把你当作朋友。你倒不要多心,不是我说,你的年纪太小,又生得这好模样,京城的风气极坏,嘴贫舌薄,断断去不得,你去了也要懊悔的。自然在我这里,你令尊九泉之下也放心。你拜我作义父也好,拜我作老师也好,我又是七十多岁的人,人家还有什么议论?且我家里姬妾也有好几个,疼你的人也多,娘儿们一样,自然有个照应。你若要到京,这路途遥遥的,路上我就不放心。而且人要议论我不是:'怎么把个至交的遗孤,撇在脑后也不照应,让他独自去了?'你想这句话我如何当得起?"

　　琴仙只当没有听见,洒脱了手,站得远远的。石翁没趣,睁大了三角眼,瞅了他一会,又道:"我是一片好心,你倒不要错了主意。"便起身要走。琴仙只得又叩了两个头,道:"小侄不认得外边,就算谢过孝了。"石翁要扶他,琴仙已站了起来,离远了。石翁走出窗外,当着琴仙送他,尚可说两句,谁知琴仙竟已入帏。石翁无奈,只得走了回去。想了半日,明日着人送了一担米,一担炭,四两银来,试试琴仙的心受不受,若受了,自然慢慢的还肯到他家里去。谁知琴仙执意不肯受,刘喜也不敢做主,只得原物璧还。石翁甚怒,骂他不受抬举,以后也就无颜再来。但心里一分恨,一分爱,一分怜,终日之间,方寸交战,作了许多诗。幸苏州巡抚请了他去,勾留两月始归。不知后事如何,且听下回分解。

第五十七回

袁绮香酒令戏群芳　　王琼华诗牌作盟主

话说前回书讲琴仙在江宁落难,受尽悲苦;这回又要说些京中事了。此时已到了十月初旬,小春天气,晴光和蔼,百卉发荣,怡园又要热闹起来。

且说徐子云的夫人袁绮香,生得婉娴柔静,贤淑无双,又且绣口锦心,才能咏絮。于十月初十日,请了华公子的夫人苏浣香,田春航的夫人浣兰,刘文泽的夫人吴紫烟,颜仲清的夫人王蓉华,梅子玉的夫人琼华,王恂的夫人孙佩秋。此时园子菊花开满,五色斑斓,是日晴光和蔼,风不扬尘,小毛衣服都用不着,绵的尽够了。袁绮香一早带了十二红婢,还有几个家人媳妇,先到园里候客。那日次贤、高品、南湘皆回避了。那十二红都是十五、六岁,有的已是云鬟堆鸦,有的还是垂髻刷翠,却一样的盈盈秋水,窄窄弓鞋。绮香夫人带了群婢在宝香堂伺候。今日宝香堂另是一番铺设,一色的锦蔽绣褥,翠幙银屏,中间堆了七层菊花。

到巳初一刻,刘文泽的夫人吴紫烟先到,车进了园门即换肩舆,抬到宝香堂前下轿,珠围翠绕的带了四个丫环。绮香迎接上堂,彼此见了礼。绮香笑道:"今日算你早,我是辰刻过来的。"紫烟道:"我今天卯正就起来。昨日姐姐说要辰正毕集的,已经到了巳初了,谁知这些姐姐们还没有一个来。"绮香道:"也差不多了。大约浣香来得迟些,自然先到浣兰处同来的。"家人媳妇报道:"王大姑奶奶与少奶奶、梅家少奶奶齐来了!"说罢,轿子已齐到堂前。姑嫂三位下了轿,一群仆妇丫环随在后头。绮香一一迎接。见琼华打扮今日分外娇艳,比陪新那一日更添了几分娇娆㛤嫿①。众姊妹序齿坐下,蓉华道:"我等二妹来就等了多时,只道客已到齐了,谁知苏家二位还没有来。"绮香道:"蓉妹、佩妹为什么不把侄儿带了来?"蓉华道:"孩子们怕见生人,一见就哭,所以没有带来。"因问道:"怎

---

① 㛤嫿(guǐ huà)——娴静美好貌。

么也不把侄儿侄女带过来玩玩?"绮香道:"你侄儿感冒才好,恐过来又冒了风。侄女我倒要带他过来,他不肯过来。"

正说话间,报道:"华夫人、田夫人到!"只见一群蝴蝶拥着两朵花王,出轿来莲步未移,香风已到。袁绮香接下台阶,苏氏姊妹笑盈盈的上前见礼,然后与佩秋、紫烟、蓉华、琼华都见了。各人挽着手,喜笑颜开,叙了一番。苏氏姊妹见了琼华分外亲爱,琼华见了浣香、浣兰也十分亲热。这一班姊妹,大约同是瑶池会上人,都有夙契。绮香道:"今日我们众姊妹都是通家世好,苏家二浣、王氏双华本是同胞不用说了,我们一共七人,今日仿他竹林七贤、做个桃园结义,大家团拜一拜,以后遇着就不许谦让。愚姐痴长,不识众位妹妹意下如何?"众佳人都应道:"甚妙!"浣香道:"妹子前日就有这心,今日正打算商议这事,不料姐姐先得我心。我们今日序齿之后,以后称呼就照这里的排行可么?"紫烟道:"更好了! 我与绮香姐姐都没有亲姊妹,我从前就厌人称我为大姑娘。如今好了,要改排行了。"绮香笑道:"你要改什么行? 大姑娘已改了大奶奶,你如今就想改大太太么?"说得众人笑了。

序齿袁绮香二十五岁,吴紫烟二十三岁,孙佩秋、王蓉华皆二十二岁,苏浣香二十一岁,浣兰十九,王琼华十八居末。绮香命丫环们焚了一炉百合香,铺了一条大锦毯,七美顺着年次,团团的拜了一拜,珠珞垂肩,云裳贴地,甚是好看。嗣后七美中称呼绮香为大姐,琼华为七妹,紫烟行二,佩秋行三,蓉华行四,浣香行五,浣兰行六,依次而坐。

琼华对绮香道:"大姐姐,我们今日之来,非为哺啜①,原为游园。若这一坐,天又短,只怕就逛不成了。列位姐姐心里怎样?"绮香笑道:"我不过借逛园之名,约妹妹们叙叙,若真要逛园,这五、六里一片大地方,山石荦角又难行走,况你那金莲三寸还不满,如何走得来?"浣兰道:"据我想,要逛尽这个园,一天也逛不到,不如到一个极高的所在望一望罢。"浣香道:"极高的所在,除非上山不可,但恐难走。"紫烟道:"我听说这园里有个缥缈亭,是最高的,我们就到那缥缈亭上去罢。"蓉华道:"我想登山不如临水,且闻得路路走得通的。不如坐个船游他一转,望着那些景致似乎比岸上还好些。"佩秋道:"说得是,又省力。若上山去,只怕也走乏了,

---

① 啜(chuò)——尝,吃。

还能游么?"绮香道:"既是这样,我们到吟秋榭顶上去,也望得个全景,就在那里坐罢。"于是一群粉黛都出了宝香堂后院,到了风露清吟馆那边下了船。主人只有七个,那七家的丫环,仆妇共有四十余人,用了十几个小船,一齐荡到吟秋榭来。

众佳人望着芙蓉如锦,空水澄鲜,岩岫如屏,寒林错落,就是绮香也记不清那些地方。那十二红婢是常过来折花摘果的,便指点此处是什么所在,那处是什么所在,众佳人目不暇给。到了吟秋榭,将三层游览过了,在第二层设了筵宴。众佳人酒量虽不算好,却也能饮几杯,最大者为吴紫烟、王蓉华。绮香命红雪、红云、红玉调丝品竹,小拍清歌。绮香道:"可惜我们酒量都是有限。我新年无事,与我们老爷编了一个酒令,行起来颇为热闹,不论多少人都放得进去。"浣香笑道:"这么说来,竟不是个酒令,是个阵图了。"绮香道:"却也有阵图在内。"蓉华道:"你且说这个令是怎样的? 若要人多也不难,我们带着这些女兵,都叫过来也就不少了。"绮香道:"要行这个令,只好如此。我这个令叫做'秦灭六国',又叫做'六国伐秦'。今天好在七人,正合秦、楚、齐、赵、韩、魏、燕七国。有七根筹,掣谁是谁,六国并力伐这秦国。还有小筹数十根,是七国的人物,掣着哪一国的就归那一国。"话未说完,喜得众佳人眉欢眼笑,都要试这个酒令。

绮香道:"我们且先点起将来,设有不合使唤的便不中用,出去战败了,倒累主人罚酒。"就先点自己的丫环,点了红香、红玉、红雪、红雯、红薇、红莲、红霓、红娟,其余那四个不能饮酒。浣香的十珠都可使唤,全点了。浣兰的四个丫环只点了一个小翠,才十三岁,生得很好,且又灵变;又点了许三姐。琼华的四个丫头点了一个青琴。蓉华两个丫头,点了一个秋莲。紫烟两个丫头,点了一个侍香。佩秋两个丫头,点了一个金凤。共二十四人,其余都命他们代酒。

绮香即命拿过筹来,先是七人掣了。顺着年齿掣去,绮香掣着秦,紫烟掣着楚,佩秋掣着燕,蓉华掣着赵,浣香掣着魏,浣兰掣着齐,琼华掣着韩。浣香道:"姐姐,你今日受了大敌了,我们六国今番并力,定要杀你个片甲不留!"绮香道:"慢说大话,少顷叫你这国投降,那国纳贡,好看罢!"蓉华道:"我若再掣着廉颇、蔺相如,就教你不敢出崤函①之外了。"琼华

---

①　崤(xiáo)函——崤山与函谷关,皆为河南的险要重地。

道:"我若掣了张子房,这博浪一椎,断不教他中个副车。"佩秋道:"我掣荆轲,也不至中铜柱的。"浣兰道:"我把田单的火车驱过来,看你有什么御敌的妙计!"紫烟道:"就是我国没有勇将,若能掣着了项重瞳就好了。"绮香道:"且慢高兴,我秦国是兵强将勇,没有一个弱兵。待我且先派定了人数再说。他们共二十四人,我用六个,你们一家用三个。"即叫浣香的爱珠、花珠过来道:"你两人到我大国来立些功业,不要在你那个小国埋没。"爱珠、花珠笑了,站了过来。绮香自己点了爱珠、花珠、红香、红玉、红雪、红霓。浣香自己留了宝珠、明珠、掌珠。浣兰留了许三姐、小翠,要了荷珠。紫烟留了侍香,要了红薇、赠珠。佩秋留了金凤,要了红莲、红娟。蓉华留了秋莲,要了红雯、画珠。琼华留了青琴,要了珍珠、蕊珠。

　　分派定了,绮香叫拿七个小筹来,先掣秦国的:爱珠掣了是白起,花珠掣的是商君,红香掣的是韩非子,红玉掣的是吕不韦,红雪掣的是李斯,红霓掣的是赵高。绮香笑道:"如何?你看我们文武皆全。"收过了筒,取紫烟楚国的筹来:侍香掣的是令尹子兰,红薇掣的是高唐神女,赠珠掣的是宋玉。紫烟笑道:"完了!一个佞人①,一个梦神,一个风流鬼,这如何打得仗来?"众佳人皆笑,也收过了。再掣佩秋的燕国小筹:金凤掣了荆轲,红莲掣了田光,红娟掣了骏马。佩秋道:"也不好,究竟是个不祥之兆。"蓉华笑道:"尚未出兵,倒已先砍了两个脑袋。"众人皆笑,又收过了。取蓉华的赵国来:秋莲掣了廉颇,画珠掣了蔺相如,红雯掣了平原君。蓉华道:"我这三根掣得好,大可折秦国的锐气!"再掣浣香的魏国:宝珠掣了信陵君,明珠掣了侯生,掌珠掣了醇酒妇人。大家又笑起来,绮香道:"这倒难,又算酒,又算妇人,横竖一出马就叫人开心的!"掌珠道:"换一根罢。"红香道:"好便宜事!"忙将筹拿开了。掌珠无奈,也只得捏了那根筹,脸上甚是羞愧。再掣浣兰的齐国,浣兰道:"我这国就掣得平常,只怕没有什么好筹在里头,再不能如蓉华姐姐的廉颇、蔺相如的。"看小翠掣一根已经失笑,再看三姐掣出来,大家笑得如花枝乱颤,扎挣不住。原来小翠一根是鸡鸣,三姐一根是狗盗,幸亏荷珠掣了孟尝君,稍可解嘲。再掣琼华的韩国:蕊珠掣了张子房,青琴掣了博浪椎,珍珠掣了圯②上老人。

---

①　佞(nìng)人——惯于用花言巧语谄媚人的人。
②　圯(yí)——桥。

琼华笑道:"我早说的,绮香姐姐,你仔细博浪椎,荆轲匕首好不厉害! 就是高唐神女,醇酒妇人,教你受用罢。"红薇道:"奶奶,且慢喜欢,只怕奶奶手下也有个笑话出来呢。"绮香道:"不用讲。"拿出谱来大家看时,见写道:

> 六国伐秦,无论秦胜秦败,六国皆要出马。起手以击鼓传花,花到谁国,即谁国先出。国君不出战,遣将出战。如三胜秦,秦王领群臣纳降,跪献酒三樽,与某国君臣贺。如某国为秦所败,亦君臣跪献秦国三樽,余皆仿此。一国如有三人,三人出马后,无论胜败,即退让他国出战。七国群臣各有故事可按,但系随手掣来,前后不同。如两人对敌,胜负后各运化本人故事饮酒。俱有详注,查对便明。如六国先后,以传花为次;一国诸将出马,以掷骰为次。数到谁则谁先出马。

众佳人看了笑道:"今日这个笑话必定闹得不少。不知谁国谁人先出,且把她们这些谱看看,是怎样的,可有些丑态在里头。"绮香道:"都有些,且不要看,若看了,必惹得她们这个喜欢,那个发气,莫如定了人再看。"

于是折了枝菊花来,命小丫环点鼓,到了蓉华鼓已住了。蓉华笑道:"我这三员勇将,正好出这个头阵,试试手段。"秋莲、画珠、红雯三个就上来,旁边又摆了一桌酒肴。秋莲把两个骰子一掷,掷了四点,是自己出马。秦国的爱珠、花珠、红香、红玉、红雪、红霙也过来,爱珠把骰子一掷,掷了二点,是花珠出马。花珠是商君,秋莲是廉颇。绮香翻出谱来,查到廉颇名下,内有一条:"廉颇如遇商君,俱系勇将,皆以划拳为令。如廉颇败了,必系老年无用,一败带上假白须,再败罚酒一大觥,三败罚饭一碗。"众佳人看了,不禁又笑。秋莲道:"姑奶奶,这廉颇也不见得好。"蓉华笑道:"你只要赢了,就不带胡子了。"

再看商鞅的谱:"商君足智多谋,能开阡陌①。如败后,手中藏一物,叫'胜家猜',猜不着平过,猜着了商君即以本物飞诗一句,不能或不合本题者罚一杯。"花珠道:"这还好,不甚累赘。"两人对垒起来。秋莲看了谱,心已怯了,输了三次。蓉华道:"好个廉颇,头一阵就打了败仗!"秋莲想跑开,被爱珠、花珠赶上,提了过来,戴上假须,飘飘漾漾的,众婢女把她形容个淋漓尽致,罚了一杯酒,又盛了一碗饭要她吃。秋莲笑道:"你们

---

① 阡陌——田地中间纵横交错的小路。

也有良心！戴上这个东西怎样吃得饭来？除非要用金钩挂胡子法子。"
红雪道："有钩子，早就预备的。"便在匣子里找出两个银钩来，挂在秋莲
耳上，两边分开。她佩秋想着她丈夫说的笑话，不留心说了出来道："倒
像个蝇拂子。"她蓉华瞅了她一眼道："请问这蝇拂子是谁家的？"一句话
说得佩秋两颊微红，幸众人不解，也过去了。秋莲只得央求旁人代了这碗
饭，便除下胡子，指着花珠道："我看你的笑话。"骰子掷了，是画珠，画珠
是蔺相如。蓉华道："廉颇无用，要见这相如了。"

绮香看蔺相如的谱："如败了，三杯俱系赵王代饮。"蓉华笑道："画姑
娘，你须仔细些，不要丧师辱国，反累我喝酒！"画珠道："奶奶放心，看我
赢她！"无奈行的是猜枚令，画珠藏了三个瓜子，三次都被花珠猜着。画
珠好不惭愧，只得说道："这酒我自喝罢。"绮香道："那不能！你若徇私，
是要罚三十杯的。"蓉华笑道："我喝，我喝！"一口气就喝了三杯。

轮到了红雯，是平原君谱上：平原君用丝绣平原，作交线之戏。平原
输了，叫人打了手，还要喝十大杯，说"有酒唯浇赵州土"，要他吐了才歇。
这红雯是酒量最小的，又兼胆小，见了这个令，先害怕起来，两手匡了一条
线，那十个指头就不住的发颤，惹得众佳人又笑。她自己也笑起来，越笑
越颤。绮香道："看来这个鸡爪风更不济事！蓉妹，不如带了她们来跪献
三杯罢。"蓉华笑道："尚可背城一战。"两人将线交了一回，红雯也赢了一
次，只打了两下手，喝了两小杯，余请旁人代了。花珠手中藏了一颗莲子，
叫红雯猜。画珠看见了，把脚踢一踢红雯的脚，红雯不解，看着画珠。画
珠又指着桌上一盘的莲子，红雯又看到隔壁去了，道是鸭掌，便说道："鸭
掌！"画珠听了大笑起来。红雯害臊说道："你故意玩我！"画珠道："我玩
你？"花珠道："她倒不是玩你，你倒是骂我。"便摊开手说道："露冷莲房坠
粉红。"红雯对画珠道："既是莲子，怎么踢我的脚，叫我如何想得出来？"
画珠道："难道你裙下的不是金莲，定要算鸭掌么？"众佳人都笑。

绮香笑向蓉华道："你三将出马，败了八阵，虽不算全军覆没，也不过
一息尚存。你看谱上，如九阵中只胜一阵者，虽免跪献之辱，也须领队前
来纳降。"蓉华笑道："这也不难。"便斟了一杯酒，走到绮香面前福了一
福，绮香也还了一礼，笑而受了。那画珠、秋莲、红雯只得也向花珠万福。
花珠笑道："我是甲胄在身，不能还礼。"画珠骂道："你威风不要使尽了，
只怕这回就要对人磕头呢！"

于是又击起鼓来,花到了紫烟住了。侍香、红薇、赠珠上来。赠珠把骰子一掷,数到红薇是高唐神女,众人皆笑。紫烟笑道:"好个红姑娘,高鬟大袖的真像个神女!"红薇脸已红了。那边爱珠、红玉、红香、红霙、红雪也过来。掷到爱珠,是白起。绮香道:"这叫做无情遇!"看谱:"如神女遇见白起,神女如何能敌? 须起倾国之兵尽出助战。如系文臣者,行藏阄令,手中各藏一物,国君点戏一出。如白起为净,神女为旦,其余助战者各肖其人定色。再查令尹子兰为丑,宋玉为生。"绮香命他们四人手中各藏一粒榛子,又道:"你们手里有也使得,没有也使得。你们伸过一手来,我说的戏内中查点角色,应到的不到罚,不应到的到也要罚。"绮香点了一出《刘唐》,是单是净角戏。看各人手中,个个都有。绮香笑道:"生旦不应到,各罚一杯。"绮香又点了一出《闹庄》,也是净角戏,生旦俱不应到,红薇又到了,又罚一杯。红薇不服,说道:"这出戏也要让我们国王点了。"紫烟道:"不错,我们上了她的当了!"紫烟点了一出生旦戏,想罚爱珠一杯,谁知爱珠是个空手,倒将侍香罚了一杯。

又击鼓传花到了浣香,数宝珠出马。浣香笑道:"这是我们的福将,四公子中的魁首,看你们什么人来抵敌罢。"那边数到了红雪,是李斯。绮香道:"好个对手!"看谱:"信陵君是运筹点将令。"就拿上一个酒筹来,宝珠掣了一支,看时是"蜡照半笼金翡翠。"注:"席中带金条脱玉钏者,饮一杯。"绮香道:"这一句只怕都要喝一杯。"六位佳人都喝了,独浣兰不喝。绮香问他,浣兰道:"这杯没有我的酒。"绮香不信,拉她手看时,是一对碧霞玺做成的镯子。众佳人道:"这真便宜了她!"那二十四个婢女,不是金的就是玉的,满堂都喝了一杯。佩秋道:"五妹好个福将! 一出来叫满堂喝酒。"

红雪掣了一支,是"玉搔头袅凤双飞"。注:"插金丝软凤钗者,饮一杯。"红雪四下留心,戴此钗的却亦不少。只见爱珠与红霙在那里交线玩耍,爱珠交错了,被红霙打了一下,爱珠格格的笑,把个金丝双凤钗颤得乱飞。红雪斟了一杯酒上前道:"在这里了!"爱珠道:"怎么你要消酒消到外国来了?"红雪道:"你不见你头上么? 方才这句诗是戴双凤钗的酒。"爱珠摸一摸钗,又看看众人道:"呸! 你瞧谁不戴,你偏来缠我。"说罢又笑。浣香笑道:"爱珠,你喝了罢,难逃公道。"爱珠看看主人,只得喝了一口。红雪还要她喝酒,爱珠把红雪一推,半杯酒也翻去了。绮香笑道:

"这爱儿真是可爱,不枉这个爱字!"

宝珠又掣了一根筹,是"轻敛翠蛾呈皓齿。"宝珠四下一望道:"有了,我来敬我们侍香妹妹。你看双蛾颦蹙,皓齿微呈,不是西子捧心的模样么?"侍香不肯,被宝珠捏着鼻子一灌,侍香一笑,喷了宝珠一身,众佳人皆笑。绮香道:"宝丫头了不得,真是个勇将!"

红雪又掣了一支,是"暗中唯觉睡鞋香",说道:"这句倒难。"绮香道:"你一个个闻去,是谁香的就叫她喝酒。"红雪笑道:"若要闻,那就……"便笑了不说,又说道:"我知道了,我来敬个人。"便斟了一杯来敬红薇。红薇道:"难道你真闻过我的脚么? 这奇不奇,无缘无故的来缠人!"红雪道:"我虽没有闻过你的脚,但常见你用松子粉浆缠足带,不是香的?"红薇被她说着,两颊通红,只得喝了一杯。宝珠又掣了一支,是"十指纤纤玉笋红。"看来看去,就是个小翠指甲尚是红的,要她喝了一杯。红雪掣了一支,是"天赐胭脂一抹腮。"看红雯喝了两杯酒,两颊尚是红的,也逼她喝了一杯。

重掷骰子,数到明珠,是侯生,是个顶针续麻令,李斯输了喝酒,侯生输了要喝酱油。明珠道:"这个酱油倒有些难喝呢。"花珠低低说道:"吃杯醋罢,比酱油还好些。"众佳人听了忍不住笑。明珠也不理她,说道:"十月之交。"红雪道:"交交黄鸟。"明珠道:"鸟鸣嘤嘤。"红雪道:"嘤其鸣矣。"明珠道:"请教,这个'矣'字怎样接? 这不是难人?"罚了红雪一杯,喝了说道:"我换一个'已'字罢。"即道:"已焉哉。"明珠道:"又要罚。"红雪道:"你单念过一部《诗经》,没有念过别的经书,就说没有'哉'字的起头。"明珠不服,红雪道:"你喝一杯酱油,我说给你。"明珠如何肯服,只是嘴强。红雪道:"你接不上来,怎么不要喝这酱油呢?"惹得众人皆笑。明珠道:"你若造一句,我就听不出,还有奶奶们听得出来。你如哄我喝了酱油,若说不出来,你要吃我的唾沫的。"红雪道:"是了,你喝罢。"明珠赌着气,真吃了一口酱油。红雪笑道:"《书经》上'唯二月,哉生魄哉生明','哉'字可作起句,怎么说没有'哉'字起句呢?"众佳人笑道:"这却说得是。"绮香笑道:"这唾沫可以免了。"后又换字顶了几句,红雪输了一杯。轮到掌珠是醇酒妇人,令是掷色,若输了,跪请本国王与敌国王出令。掌珠掷了么二三,红雪掷了四五六。掌珠跪在浣香面前,求救出令,把个华夫人笑得不止,便道:"出什么令呢?"便对绮香道:"我有一个

集词牌成韵的,两句三字,一句七字,要凑拍。"便念道:

　　宴清都,清平乐,八声甘州金缕曲。

"姐姐也照样说一个。"绮香道:"这个倒难,词牌我也不甚熟,比不得你是长填词的。这倒被你难倒了,我喝一杯罢。"浣香道:"姐姐不要谦,请说来。"绮香想了一想,也念道:

　　高阳台,尉迟杯,貂裘换酒醉蓬莱。

浣香道:"拜服,拜服! 姐姐说得这样凑拍,还说不熟呢。"那五位佳人都赞道:"两人都说得好,我们公贺一杯,为两盟主寿。再请多说几个,大家听听。"浣香道:"就是七个字的难凑些,只怕也没有多少呢。"又念道:

　　长相思,十二时,烛影摇红玉漏迟。

绮香道:"这个更好。"便也念道:

　　殢人娇,系裙腰,凤凰台上忆吹箫。

众佳人赞道:"妙极! 这两副比前更好了。词牌中七字的就这一句,被绮香姐姐说着了。"浣香道:"实在绣口锦心,令人拜倒!"又念道:

　　少年游,过秦楼,西江月明月棹孤舟。

下句换了八个字。绮香又想了一想,也念道:

　　红娘子,锦帐春,如梦令巫山一段云。

众佳人称赞不已,叫满堂都贺一杯。

　　于是又击鼓传花,传到佩秋的燕国,数骰子是金凤出马,为荆轲。那边数到了红玉,是吕不韦。荆轲行的是投壶令。浣兰道:"这令大约没有笑话了。"金凤投了一支"苏秦背剑",红玉投了一支"姜公钓鱼",那两支都没有中,各人饮了两杯。转到红莲的田光出来,是个哑口令:各出一指,如大指为金,食指为木,中指为土,无名指为水,小指为火。譬如一个出大指,一个出食指,便是金克木,大指赢,食指输了。一个出大指,一个出小指,是火克金,小指赢,大指输了。这三婢出得甚快,有输有赢。再换红娟的骏马上来,看谱是"马吊谱":大指为赏,中指为肩,小指为极,食指为百子,无名指不用。可用两手杀出,如此出二指,彼出一指,成了色样,是归出二指家,出一指者照贺例贺酒。如彼出两手三指,此出一手二指,成了色样,是归出两手家,总以少数凑成多数,余皆仿此。所贺之酒,数多则通场分喝。

　　蓉华道:"这个酒了不得! 若照贺例喝酒,譬如要一百贺的,难道也贺一百杯不成?"绮香道:"一百杯也不多,我们现在有三十余人,一家不过分得三杯酒,怕什么?"红娟道:"这个马吊色样我记不清楚,奶奶须与我记着。"浣香应了。红娟出了一个食指、一个小指,红玉偏偏出了一个小指,刚刚凑成一百两极,是个双尾蝎。浣香道:"这个就六十贺。"绮香道:"这倒好,叫通场伺候的都喝一杯。"红玉两手齐出,是一个食指、两个小指;红娟出了一个小指,是一百三极,凑成了"玉鲫鱼背",又是一百贺。佩秋道:"这酒实在消得多,不论多少,总通场一杯罢。"于是又通贺了一杯。红娟出了两个大指、一个食指,红玉出了一个大指,又凑成了三赏一百,是个"花兜肚",是十二贺。绮香等各饮一杯,红玉饮了两杯,红娟饮了三杯。这一回通计喝了一百七十二杯酒。

于是传花又传到浣兰,点将出马,是荷珠孟尝君;那边点了红霓的赵高。浣香笑道:"赵高如何是孟尝君的对手?"且看谱来:"孟尝君是食客三千,令两人用骰子六颗对掷。如遇红遇幺者,出钱投于盆内,六红即投六钱,两红两幺即投四钱,无红无幺即赢此钱。如孟尝君赢了,问那人'你有的是什么?没有的是什么?要的是什么?不要的是什么?'那人每件说一句唐诗,说得好免饮,说得不好与不能说者罚酒。如孟尝君输了,人也照样问他。"红霓与荷珠掷了一会,红霓输了,荷珠问道:"你有的是什么?"红霓道:"我有的是'绣檀回枕玉雕锼。'"荷珠又问道:"你没有的是什么?"红霓道:"我没有的是'珍簟新铺翡翠楼。'"荷珠又问道:"你要的是什么?"红霓道:"我要的是'红珠斗帐樱桃熟。'"荷珠道:"你不要的呢?"红霓道:"我不要的是'春入眉心两点愁。'"众佳人都赞道:"说得好!"

浣香对绮香道:"姐姐,足见你强将手下无弱兵,你的婢女都是这样绣口锦心,真令人羡慕之至!"绮香道:"她们虽然记得几句诗,然哪里及得尊婢们的般般皆会。"荷珠听他主人称赞红霓,心中有些不服,便说道:"这四句却说得好,但忘了你是赵高,一个老公也配用这些东西?"即笑说道:"你有的是'细草春香小洞幽',你没有的是'娇娆意绪不胜羞',你要的是'鸳鸯帐下书犹暖',你不要的是'嫁得萧郎爱远游!'"浣香听了,笑骂荷珠道:"荷儿怎么这般轻薄?"绮香正笑着,尚未开口,红霓气极,要打起荷珠来。荷珠再四的赔礼,群珠又与她央求,红霓方才饶她。众佳人笑道:"荷姑娘这几句太刻薄,幸遇着人多,不然是挨定霓姑娘的打。"

到了小翠的鸡鸣来了。小翠上来，就有些发怯，看谱是"接牌令"：两人将骨牌对接，么头对么，二头接二，接死了罚酒。小翠暗喜，两人就在地下接起来。小翠接死了三次，便发急起来，不知道要怎样奈何他，绮香道："今番有好令来了。"把谱一翻，是"鸡鸣出关"，三杯酒都要装着鸡啼，从板凳下钻过去、钻过来三次。众佳人掩口胡卢①。小翠听了这个，倒投其所好，毫不为难，便咪咪㖀㖀②的学起鸡叫来。学了几声，即从凳下钻了三次，惹得众人大笑。浣兰道："姐姐你好心，故意点她来作笑话！"绮香笑道："这是她自己掣着的。你倒别笑她，若不是她，别人也不能钻得这么灵便。"小翠钻完了，头上歪着个偏髻，嘻嘻的对着浣兰笑。浣兰视了她一个白眼道："你还乐得很呢！"酒是三姐代喝了。

到了三姐上前，红霓口里作呼狗声。三姐道："你运气好，别要赢我；你若赢了我，我真咬你一口！"翻出谱来，是"五毒令"：大指为蛤蟆，食指为蛇，中指为蜈蚣，无名指为蝎虎，小指为蜘蛛。分胜负是蜘蛛吃蝎虎，蝎虎吃蜈蚣，蜈蚣吃蛇，蛇吃蛤蟆，蛤蟆吃蜘蛛。两人就猜起来。三姐想道："他若料我出蜘蛛，他就出蛤蟆，我不如也蛇。"谁知红霓出了蜈蚣，三姐输了，便道："我倒想喝酒。"红霓笑道："你看看谱来喝。"绮香笑对浣兰道："妹妹，你手下那些鸡鸣、狗盗怎么好？又要作出好模样来了。"浣兰气愤愤的道："罢了，罢了！今日教姐姐的威风施尽，我只好慢慢的报仇。将来掣着了西楚霸王，钜鹿一战，才消得这口气呢！"众佳人笑道："还有一个韩国在那里，兵书尚未出来，只好盼她打胜仗了。"

看三姐的令谱：头一杯要装狗叫三声，第二、三杯要伏在地下爬两步，作狗叫三声。三姐笑道："吓！这个令如何来得？我当狗盗是什么东西，原来要装狗的。我不来！"说着就跑。众佳人听了，都笑得了不得。只见花珠、爱珠、红香、红玉、红雪、红霓一起赶上，围住了三姐，说道："凭你怎样厉害，今天在我们园里，你想走到哪里去？好好的叫了饶你。不然我们就按倒了你，剥你的皮！"便七手八脚，你一捏，我一捏。三姐身上最怕捏的，被她们缠住了，便笑作一团，身似紫薇花的乱颤起来，连连求告道："不要闹！不要闹！我叫！我叫！"那六个人还不肯信，五人围住了她，一

---

①　胡卢——大笑，笑声。

②　咪咪（zhòu）㖀㖀（zhōu）——咪，鸟嘴。㖀㖀，呼鸣声。

个拿了一杯酒，要她叫了再喝。三姐寡不敌众，只得"汪汪"的叫了三声，闹得哄然大笑，倒像百鸟齐鸣。三姐脸也红了，红霓还要她猜，三姐也想翻本，又猜，仍旧是输。三姐道："这回姐妹们可饶了我罢。"二珠、四红如何肯依。浣兰笑对绮香道："你这个无道强秦，到底要怎样？五国已给你吞食尽了，还要纵容这些豺狼虎豹去吃人！"绮香笑得伏桌难应。

三姐被她们围住，毫不容情，心生一计，想道："这些骚货，实在可恶！我今也顾不得作笑话，也叫她们作些笑话出来。"又想："顶坏是爱珠、红雪两个，待我玩她们一玩。"便装着笑盈盈的说道："姐妹们不要这样，你们让开些，我就伏在地下就是了。"诸人还不信，红雪道："我们就站开些，谅你也不能跑。"三姐故意慢慢的曲着腰，伏将下去，见红雪与爱珠都是三寸金莲，裙边下微露一线的镶边花裤。叫了一声，众人又笑。三姐乘其不备，一转身把爱珠两脚一抱，把她的裤腿往上一捋，露出雪霜似的一节小腿。三姐就学作狗叫一声，一口咬定，两手在腿上乱抓，把个爱珠唬得神号鬼叫，浑身一麻，已栽倒在地。那五个人上来救爱珠，三姐又将红雪腿上一口，再手也是乱抓。四个人见了，没命的跑开，笑得弯着了腰。这红雪也笑得麻倒在地，跌在爱珠身上。爱珠还当是三姐伏在她身上要咬她，极嚷极笑的，已带着哭声，将要哭了，三姐掩着嘴走开。那众佳人与众婢女都笑得粉黛霏霏，秋波揾泪。有堕钗的，有翻酒的，不一而足。爱珠与红雪在地上坐了好一会，才爬得起来，三姐还格格的笑。爱珠指着骂道："你这个短命鬼！你将来总教疯狗咬一口，肚里生出小狗子来！"红雪道："不要将来，只怕出门就教狗咬的。"三姐笑道："谁教你们太作恶了。我还容情，他们四个跑得快，不然叫你一窝子六个滚在一堆。"那六个人你一句，你一句，把三姐骂了好一会。众佳人方才笑完。紫烟一人尚有余笑。绮香对浣兰道："妹妹，你这个三姐真好，我拿个丫环与你换了罢。"浣兰道："姐姐要她作什么？她是只会装狗的。"紫烟笑道："姐姐，你招集这些亡命作甚？你真做秦始皇么？"大家又笑起来。

琼华道："我来灭秦了。她们也只有一个韩非子，只懂刑名，不懂兵法的。"数到蕊珠出马，是张良，是"金门射策令"：自己先出一句成语为题，将三个骰子摆出句中之意，将杯子盖了，叫那人也摆，摆出来相同的不论，如摆出来不同，请中人评论优劣，劣者罚酒。蕊珠将三个骰子摆了，将茶杯盖好，又将三个骰子递与红香道："你摆'九重春色醉仙桃'这一句。"

红香想了一想，摆了一个三，一个六，一个四，说道：“三六是九重，四即算仙桃，不知对不对？”蕊珠揭开杯子，是对的。蕊珠又摆了一句是“十三筝柱雁行斜。”红香想了一想，摆了两个五，一个三，蕊珠也说对了。又摆了一句，说道：“词源倒流三峡水。”红香想了一会，想不出个理来，便摆了三个三，问道：“是不是？”蕊珠道：“不是。”揭开杯子是三个四。红香拍手道：“妙极！这才是‘倒流’，我竟想不到，我罚酒就是了。”看韩非子罚酒的谱，是“作法自弊，轻则黥①面，重则刖②足。”蕊珠道：“取笔研来涂脸！”红香道：“姐姐饶了我罢！涂了脸又要擦脸，费事得很，我情愿跪了喝一杯罢。”蕊珠将要容情，倒是珍珠不肯，说道：“我还要与她来呢，一个容了情，个个要容情了。”便把笔在红香脸上画了一个眼镜，惹得满堂又笑起来。

红香好不有气，喝了一杯，忙忙的要水洗了脸。幸她倒是不擦粉的，不然便将脂粉洗去了。气愤忿地抬着手，向珍珠道：“你先来！你先来！你若输了，求人讨饶便不算人，只算是狗。”珍珠笑道：“我怕你？讨饶也算好汉么？”看谱上“圯上老人”的令，是盘象棋谱，名为八阵图，圯上老人下红子。珍珠象棋下得虽好，谱却不熟，偏偏遇着红香是爱打棋谱的。珍珠十分用心，无奈未得其妙，几着变化就迷住了。看看要输，宝珠要指点她，红香道：“谁叫了就算谁输，要照样罚酒。”琼华心甚着急，又不好教，看红香把她一个挂角将，就将死了。红香笑道：“今番得了！”查圯上老人的谱，是“脱鞋置酒，偏敬席上。”珍珠见了，说道：“这个断断使不得，怪脏的东西，那是什么样儿！”红香道：“不妨的。”便要来脱她的鞋。珍珠一跑，不防红雪在旁，暗中把脚一勾，珍珠跌了一跤，被红香上前按住，脱了她一只鞋下来。珍珠急得满脸飞红，一手拉住红香要夺回，不料红雪把鞋接了过去。正要装酒，不防又被花珠一手抢了，扔与珍珠，惹得大家笑个不住。珍珠着了鞋，捆上带子起来，将红香拧了两把，这一关也就算了。

只剩了一个青琴，是博浪椎，谱上是打擂，有闷雷、霹雷，是打秦国通国中人马。琼华道：“就要看这一将成功了。”蓉华道：“琴儿，你须与主人争个脸。”青琴笑道：“我这椎是要椎椎打中的。”浣兰道：“你若赢了她们，

---

① 黥（qíng）——在脸上刺成记号或文字并涂上墨，古代用作刑罚。

② 刖（yuè）——古代砍掉脚的酷刑。

非但与你主人争气,且与我等报仇。"浣香道:"这闷雷霹雷是可以乱打
的,你也不必容情,连她们的国王也可打得的。"佩秋道:"你若像了秋莲
的廉颇,就不好了。"紫烟道:"也不像要我们荆轲的匕首。"你一句我一句
的说笑。绮香笑道:"谅此孤军深入重地,焉有生还之理!"便命六人一起
上前与青琴对敌。说也奇怪,被青琴一顿闷雷劈雷,将二珠、四红打得个
个心惊胆怯。琼华好不得意,只管点头微笑,说道:"一将功成万骨枯!"
众佳人齐声称贺。绮香笑道:"这还了得,你是个顶小的小妹妹,公然欺
侮大姐姐来。这般可恶,你敢与我对敌么?"那五个佳人同声说道:"这有
什么不敢? 如果七妹胆怯,我们一齐相帮。"琼华笑道:"妹子愿避三舍,
如必不获命,也只可秣马厉兵,与姐姐周旋。"绮香笑道:"众志成城,坚不
可破,我让了你罢。"看青琴这打擂已赢得不少,爱珠、花珠、红香、红玉、
红雪、红霙都喝了许多酒。

　　浣香见天色已晚,便要进城,浣兰要留她,浣香不肯,定要回去。绮香
见太阳已落,也不好挽留,只得先送了浣香,便说道:"你们是不要紧,又
不赶城,到三更再散不迟。"十珠婢收拾零星,大家都下船,渡过了河,直
送到山下,上了轿出园,众姐妹方携着手,就近到了春风沉醉轩坐下。群
婢也都来了,煮茗清谈了一会,已点上灯。紫烟要打马吊,便拉了蓉华、佩
秋,三人打起蟾吊来。琼华看见有一匣诗牌,便与绮香、浣兰三人在一桌
打了一副,足足打到二更后,琼华方成了一首七律。绮香差了一韵,斗不
成;浣兰牌起得不好,尚差了十数字。琼华将牌摊出,那边蓉华等也过来
看时,只见斗的是:

　　　　饯别春光已半年,小春天气最堪怜。

　　　　酒分排阖纵横策,人比瑶池阆苑仙。

　　　　任说朝朝依玉树,终应步步让金莲。

　　　　彩云明月如相妒,照彻楼台分外鲜。

　　那五位佳人同声赞道:"这首诗倒像做成的,哪里像斗出来的! 真是
字字稳当,且切今日之事。"绮香又笑道:"我最爱是'任说朝朝依玉树,终
应步步让金莲'这一联,为我辈闺阁吐气,不然这个园,几成了那几个名
旦的梨园了。"蓉华道:"姐姐,那几个名旦你见过没有? 闻得二哥天天带
他们在园里。"绮香道:"若说这几个名旦,倒也生得很好,我也只见过五、
六个,到年节下,他们也进来贺节。不是我说,我们今日这一班人,倒有几

个像他们。"这句话就只紫烟想不出是谁,其余皆听得人说过,浣兰、琼华恐绮香说出来,便不约而同的将闲话拦住她。

又看将近三更,也要各散。绮香挽留不住,只得同散,便说道:"残月未尽,妹妹们可高兴? 能走到园门口不能?"众佳人情愿都走,一对对的手灯相照,众姊妹你携我,我携你,一路说说笑笑,穿过了好些石门竹径。正是"衣香鬓影留余艳,拾翠寻芳趁此时。"到了园门各自上车,在车里又各相辞谢了几句,方才坐了绣幌,辗动双轮,群婢各登车随后。绮香也与十二红各上车而回。不知后事如何,且听下回分解。

第五十八回
奚十一主仆遭恶报　潘其观夫妇闹淫魔

　　话说众佳人怡园一叙,正如群花齐放,百鸟争鸣,香留数日。后来彼此唱和了许多诗,传为佳话。这回又有几个下作人,做几件下作事出来。

　　却说奚十一选了广西一个知州,是个极苦的地方,十分不乐。心上想告病不去,又因近着他家乡,且菊花是广西人,借此可以回家看看,因此竭力唆成。奚十一近来得了家信,洋行倒了,盐场又为海水冲了,家事不好。又听得老太翁得了腿疾,也要告病。又想:"家内兄弟都已回去,也轮不到他做主,不如且到广西走走,看看局面怎样。"但此时已经盘费全无,而且又欠了潘三四千银子,急于要还,已来催逼,把个挥金如土的奚十一,闹得走头无路起来。潘三是个大账局,一天之内往来的保家不少,听说奚家的洋行倒了,盐场漂了,人口如风,已传遍了。别的账局,更不用说。奚十一竟至告贷无门,思前想后,不得主意。

　　此时十月天气,日短夜长,日里在外头张罗,夜间开了灯,唯以吃烟为事,吃迷了睡着不醒,一连几夜,把个菊花熬得清水直流。且自三月内修肾之后,虽然壮观了些,其实不甚中用。一来疙疙瘩瘩,皮肉粗了,而且周围不甚平整,兼之头重脚轻,虽见头脑狰狞,其实根株疲软,只好停顿多而纵送少。菊花才二十几岁,火盆似的,如何能常吃那粗粝东西?

　　一日,奚十一带了胡八出门去了,与唐和尚商量。一轮晴日,满照明窗。菊花梳了头,好不纳闷,无意之间到外边来散步。走到跟班房门口,见关着门,里面有笑声。菊花轻轻的在门缝里一张,见春兰弯着腰在炕边,看有四只脚站在一处。菊花一见,即把袖子掩了口。听巴英官说道:"你倒会长,怎么他不会长,总是这样的?"春兰道:"也觉长了些,没有你的长得快就是了。你人虽短,他倒长呢,与老爷的差不多了。"英官道:"老爷如今的还不及我了。"说话之间,两人的脚步又翻了转来,在前的此时在后,在后的忽又在前。菊花看得软洋洋的,牙齿咬得扎喇喇的响起来,心中受不得了。欲要骂他们几句,又不好意思,只得回房,心里想道:

"倒不料这两个小狗肏的也会闹鬼,还赚我说兔子不起阳的,谁晓得一炉的好烧饼! 既然会这样,那样想必也会的了。"想得脸红红的。

老婆子送了饭进来,菊花吃了饭,开了灯,忽然将那支枪看了一会,把双指围了一围,足足有一虎口粗细,放下夹在腿间。把烟挑了一盒出来,剪了灯煤,慢慢的一口一口吹了几口,惺眼瞢瞢的像要睡着,觉得有人伏在他身上来,亲了一个嘴。慢慢的睁开眼来,见是奚十一回来了。菊花笑了一笑,只见奚十一脸有笑容,就到那边躺下吹烟。菊花问道:"你今日为何回来得快?"奚十一叹口气道:"人情势利! 早知如此,我若省俭些,非但不欠账,而且还有余,何必要受人这些气! 今日若不是唐和尚、张仲雨做保,这潘三准不肯借钱,还要逼还欠帐。就是潘三他也借过我的钱,我何尝要过利钱? 不料此时将对扣的账来借给我,你想这个交情可叹不可叹? 我本来零零碎碎使了他三千银子,他如今加上利钱就算四千,再借给我二千两做盘缠,就要我写了一万银子的欠票。到江南太爷任上先还五千,到广东再还五千,他叫两个伙计同了去。我此时无法,只好依他,到了江南就好了,能一齐还了便更好,省得一路供养他们。带着两个账主回家,也不好看。"菊花道:"那个潘三原不是个东西,怪不得人要抠他的屁股。我就恨他那个讨人谦的嘴脸。"奚十一嘻嘻的笑,菊花道:"银子呢? 拿回来了?"奚十一道:"拿回来了。"菊花道:"我听得有个九香楼,是相公们新开的,卖些花绣东西。你与我买一样东西,我要两双花袖,一双要刻丝的,一双要拉锁的。"奚十一道:"我们此去正在苏州路过,到苏州去买罢,这里也是苏州来的。"菊花道:"我要他们这个。九香楼有的是内造货,什么王府里赏他的,苏州也不及他好。我要买也要不了多少钱。"奚十一也知道这个铺子是袁宝珠、苏蕙芳等开的,却因近日心绪不佳,没有去逛,如今有了盘缠,明日借此可以逛逛,便答应了。

奚十一忽从怀中摸出个纸包看看,重又揣好了。菊花问:"是什么东西?"奚十一道:"宝贝!"菊花道:"给我瞧瞧。"奚十一道:"停一停,用的时候给你瞧。"菊花笑嘻嘻的一骨碌爬了过来,伏在奚十一身上,在怀里掏了出来,解开一看,是几条白绫带子,便道:"呸! 这个宝贝,用也用了几十条了,不见得什么稀奇,现在还有几条存着呢。"奚十一道:"这个另是一种,你不信,少顷试试就知道好了。那个是两吊钱一条,这个是二两四钱银子一条呢。他说用得省可用一月,用得费也可二十天。"菊花笑道:"一月用一回就可一年了。"奚十一笑道:"大约与你用。不过十天也就算了。"菊花道:"稀罕这些东西!这是你用,你怎么说我用呢?"奚十一道:"那人说遇着干的就可多用几回;遇着湿的,几回泡透了,药性也就过了。"菊花把奚十一嘴上拧了一把,道:"你这个倒是干的!"便靠在奚十一身上,把带子理了一会,将一头扎在指上,擦到奚十一嘴上,格格的笑。

奚十一见他骚极了,便从荷包里取出一样东西往嘴里一放,叫菊花倒半杯烧酒来吃了,又吃了十几口烟。菊花道:"你这烟也应够了。"扑的一声,吹灭了灯,转身关上房门,两人索性脱光了,盖了被,奚十一将绫带扎上,不多一刻发起性来,果然与往常不同。入够了,菊花觉得美满异常;心中大乐,放出本事来,筛糠簸米似的拶①了一会,拶得奚十一药性大发,如狗跳一般,呱呱唠唠,淫声如吼,少顷便将菊花楦得难受。将有半个时辰,菊花已过了瘾。奚十一更加勇猛,菊花已觉干涩,便要将他带子解了,偏又扎得紧,被水浸透,再也解不开。奚十一爆涨如裂,只得顶紧了尚觉好些。菊花两眼胀红,云鬓颠散,又支持一会,说道:"烧干了,起来吧。"奚十一道:"起不来。"菊花道:"好人,饶了我罢。"奚十一道:"你以后还笑我不笑我呢?"菊花道:"我再不敢笑你了。"奚十一知她难受,便把腰一弓,头到门口,忽然如针刺的一疼,急拔了出来。

菊花起坐,披上衣服,道:"这带子怎么这般厉害?"奚十一道:"你里头怎样的?"菊花道:"起头甚好,后来便如炭火一样,直烧到心里来。方才你吃的什么药?以后不要吃它了。"奚十一道:"太吃多了。那卖药的说只要用一丸,我倒吃了三丸。但不知什么意思,涨得我那龟头上也很疼。"菊花揭起被来一看,觉比从前大了一倍,与那根烟枪一样粗细,头上亮澄澄的,周围起了一条红线。便把绢子与他抹了,将带解下,尚觉挺然可爱。又把双指在头上围了一围,赞了几声。奚十一道:"你拿半杯凉茶来,解了药性罢。"奚十一喝了一口茶,渐渐的收了,穿衣起来。一夕无话。

到了明日早饭后,奚十一即拉了姬亮轩坐了车,巴英官骑了马,到了九香楼。奚十一下了车,见是大门里面竖着一块屏风,两旁放着金字招牌,一块是"收买秦汉唐宋古玩书画",一块是"发卖苏杭花绣衣料一切洋

① 拶(zǎn)——压紧的意思。

货俱全"，还有一块是"内看金珠宝玉四时花木"。此时那九个名旦均已出班，内有未满师者，也是宝珠、蕙芳共同帮他们出了师，一齐搬在里头居住。里面有个花园，园里也有几十间房子，九旦就住在园里，将一所正楼名为"九香楼"，园即为"九香园"。

奚十一、姬亮轩走进了大门，见门房两人站起来招呼，一人便引他们进了二门。见上面是五间正屋，两边厢房。到了那东厢，便有个伙计出来招待，衣冠楚楚，相貌文雅，五十余岁年纪，请他们坐了，问了姓名，即有人送上茶来。奚十一四下张望，并不见班里一个人，便问那人道："这班掌柜的都不住在这里么？"那人道："都住在这里，后面有个花园，总在园里住。老爷要用些什么东西？若要花绣绸缎，请吩咐要什么颜色花样，就取出来。这东厢房是看花绣绸缎，西厢房是看洋货，正屋看书画，后楼是看珍玩珠宝。若要看花卉并上等的古玩，请到园里去。"奚十一道："我都要请教请教。"先将菊花的东西点了出来，果然精致，价也不昂。又要了些零碎东西，共花了十金，便要看看古董花木，即同亮轩走到中间正屋来。

从人揭开帘子，见是两面大玻璃窗，屋中摆设精雅，名人书画挂了好些。两边是书橱书架，还有些陈设古玩。那个伙计叫了一声："乌大爷，有客来了！"听得屋后靴声雌雌的，走出一个人，醒不醒、睡不睡的模样，穿一双旧皂靴，歪着膀子踢将出来。姬亮轩一看是乌大傻子。乌大傻作了揖，请二人坐了。奚十一道："你在这里掌柜么？"大傻笑道："闲着没有事，他们要我过来帮同照料。"姬亮轩从前打茶围上了大傻的当，后来已经说明，大傻倒说得好："我回去取钱来，你又走了。"又说他那日晚上，还给了他们十几吊钱。亮轩似信不信的，后来伍麻子即跟了长庆的媳妇回扬州去了，此话绝无对证。

三人讲了些闲话，奚十一便问大傻子："那些相公在什地方？"大傻道："今日就只王兰官、苏蕙芳在家，其余都出门去了。"奚十一道："我要看看花，你同我们去。"大傻便领了奚、姬二人，从东边进了一重门，见是一带游廊，假山层叠，花木扶疏。大大小小盆景有几千盆，有楼有阁，有台有池，甚是有趣。来到一所正楼之下，见有冷金笺写的一匾，为"九香楼"，是殿元公手笔。奚十一与姬亮轩在满园逛了一逛，见池子边尽是些杨柳芙蓉，还有些菊花，中间也有一座小桥，对岸一个坐落，闻得里头有欢笑之声。奚十一问道："那边是谁？"大傻道："那边就是王兰官的住房。

今日田状元与史翰林在这里。"奚十一就不便过去,在池畔站了一会。见那边园门口走进一人来,穿着新衣、新帽、新靴子,提着马鞭子,昂昂的走上了小石桥。见他才二十几岁,好生面善。想了一想,像是从前潘三那个赶车的,如今体面多了。那人一见了奚十一,低着头过去。大傻子道:"你应认得这人。"奚十一道:"好像潘三从前那个赶车的一样。"大傻道:"可不是他!如今他靠着他女人的福,不赶车,做了状元公的家人了。"

奚十一逛了一会,重到九香楼下来。园中有许多灌园的浇灌花木,还有几个扎花匠修剪花树,与那小使们川流不息。奚十一道:"好地方!可惜他们都不在家的,又遇着有客,不然喝个酒儿很好。"大傻道:"歇天等他们都在家时,我做个小东,请你二人来坐坐。你们也就要出京了,到广西去要见这样脑袋,是没有的。那里的班子尽是些湖南、贵州人。"亮轩道:"其实有两个在家,也可叫一个过来陪陪。"大傻不言语。

奚十一烟瘾来了,见这楼下头铺设得甚好,想开灯吃烟,就可等他们回来。烟枪是带着的,就少盏灯,问大傻道:"你去点一个灯来,我要吃两口。"大傻想了一想道:"这件东西只怕没有。"便蹓到扎花匠处,借了一个旧木盘,油腻灰尘积有半寸,盘里合着个小杯,放着一个瓦灯盏。大傻点着了,捧了过来道:"将就用用罢。"奚十一道:"怎么这样家伙?我用不惯,换了好的来。"大傻道:"要好的却没有。"亮轩道:"你们卖洋货,玻璃灯与那洋磁、洋铁盘子是有的,拿一副新的来用一用就是了。"大傻怔了一会,只得又去问伙计们借了一副干净的来。奚十一躺下便吹,亮轩、大傻也来挤在一堆。

忽听园里有人闹起来,大傻子留神细听,听得骂道:"哪里来的这个小杂种兔崽子,将这金桔摘得干干净净!"又有一人骂道:"不是那个小狗俞的?连那佛手也摘了两个!"就听得大闹起来。有个小孩子声音,乱骂乱嚷的。大傻子走了出去。奚十一懒得起身,但听得像巴英官的声音,与人嚷闹,便叫亮轩出去看看。见一丛人围着,走上前,见英官揪住了一个人,那人把马鞭子打了他几下,英官号啕哭骂道:"你骂我是兔崽子,你是驴崽子!将老婆的尿去讹钱,讹到了手,如今要充二爷了!"骂得那人气极了,又打了他几下。乌大傻连声劝解,亮轩也上前说道:"他是个孩子,你怎么动手就打?"那人道:"他先来揪住了我,要打我。我们才买了两盆金桔、两盆佛手,要抬回去,被他摘得干干净净,气人不气人!问问他,他开口就骂人。"那边蕙芳、兰保都出去看，却不认得英官，也不认得姬亮轩。

奚十一听了许久，忍不住出来，见众人劝开了，但心中甚怒。望见芙蓉花外站着两个玉人，认得是蕙芳、兰保，觉得光辉相映，不觉涎垂起来，便说道："你们这些相公好不讲理，怎么无缘无故的就打起人来？"蕙芳一看，认的是奚十一，便拉了兰保进去了。奚十一大怒，他也不管有客，便闯过桥去。亮轩跟着大傻子，一想："这事情有些不好。"便把灯收了，自己躲起来，免得带累他受气。奚十一走到屋子里，见残肴满桌，不见一人，明知他们躲了，心中更怒，拍着桌子嚷道："走个人出来！"不见答应，奚十一又拍桌子骂道："好大的相公！见了人都不理么？虽然出了班子，总是小旦，兔子变得成狗么？"听得里面有人说道："你们就出去见他，怕他怎么？这个无耻下作的东西，打了他也不要紧。"奚十一大怒，即将桌子一掀，碗盏砸了好些，大骂起来。里头也大骂，奚十一如何能忍，要赶进去打架，亮轩却劝住。

只见蕙芳、兰保出来，对奚十一点点头道："尊驾为什么发气？到小店来照顾什么？敢是敝伙计们得罪了？"奚十一听了，火上添油，圆睁两眼，大喝道："你别支起那屁架子！我照顾你？我要带你到安吉堂吃饭，还要留你过夜呢！"蕙芳气得满面通红，尚未回答，兰保已大怒说道："这个人真混账！认也不认得就闹起来，敢是个疯子？"奚十一听了，抢过来就抓兰保。兰保已按住他的手，说道："你要怎样？"奚十一也不回言，那只手又飞过一掌来。兰保一闪，就将他胁下一叉，奚十一踉踉跄跄直跌出去。奚十一自知要跌，幸记得后头有张桌子，把左手一扶，腰里使劲，扭转身来。因他身子高大，脚下虚浮，往前一撞，两手支住桌子，不防胯间那个镶嵌狗肾，恰恰的压在那花梨桌子角上。这中间只一压，头上就像裂开了缝的疼起来，两臂软了，扑在桌上不动，话也说不出来。兰保忍不住笑，叫园丁扶他出去。奚十一想要不依他们，无奈阳物已伤，适或再受了磕碰就不好了，嘴里骂了几句，也就出来。姬亮轩见奚十一不闹，自然更不敢闹，重到了九香楼下。英官收拾了烟枪，奚十一坐了一会，也就不大疼了，心中忿恨。来到外边，乌大傻躲得不见影儿，奚十一只得上车而回。

到了家，进了房，见菊花捆了绉纱包头，两太阳贴了两个小红膏药，两眼水汪汪的靠在枕上。奚十一将花袖给他看了，菊花才有笑容，软洋洋的坐不起来。奚十一道:"怎么样?"菊花道:"今日觉得不舒服。"奚十一摸他的手,有些发热,便笑道:"昨日弄伤了?"菊花笑道:"或者脱衣时冒了风,你出去后忽然就疼起来。"奚十一又开灯吃烟,菊花也吃了几口。奚十一越想越气,心上想个法子要收拾他们,又因有些阔人护着他,自己相与的都是些没有势力的;又因出京已近,闹出事来于功名有碍,只得罢了。菊花一连病了几日,奚十一的春药不能发试,心中便闷。

一日,唐和尚送行,约了潘三来。潘三打发人来说,跌坏了鼻子,要避风,不能来。奚十一、唐和尚都疑潘三怪了,是托辞的。那日奚十一见了得月,想与他叙叙,无奈唐和尚在前,只得忍住。酒也多喝了几杯,烟又多吹了几口,到二更后才回,醉醺醺的,底下那东西甚是作怪,时刻直竖起来,头上痒飕飕的,好不难受。看看菊花口里哼哼唧唧的,身上火炭一般,嘴唇皮结得很厚,鼻子里热气直冲,心里不忍。但可恨那东西不知为什么不肯安静,便想着英官多时没有做这件事了,又想道:"这个兔子与别人不同,真是屁中之精! 近来嫌我不好,勉勉强强的。今日我要收拾这个兔崽子!"酒醉模模糊糊,吃了四粒丸药,带了绫带,到书房叫英官来开上灯,叫他打烟。英官强头强脑的,打了几口便出去。奚十一叫住了,英官靠着门,望着奚十一道:"有什么事?"奚十一道:"走来。"英官不应,奚十一笑道:"你来,我有样东西给你看看。"英官方慢慢的走来道:"看什么?不是又有了翡翠镯子了!"奚十一坐起,拉了过来,抱了他。英官冷笑道:"闹什么鬼? 我又不是得月、卓天香,"贪了要烂鸡巴的! 我们好好的家伙,为什么要装这个狗鸡巴!"奚十一道:"好屁话!"便拽起长衣,扯开裤子,那物脱颖而出,见英官怒碨碨的跳突起来。英官一呆,一手攥住了,笑道:"怎么今日改了样儿了? 想是得了缺了,所以挺胸凸肚,不似候选时那滕头滕脑的。看将起来,这外官是不可不做的。"奚十一笑道:"放你的屁! 你既说我得了缺,我就给你留些别敬,叫你吃个脑满肠肥,省得你又要挑长挑短的说话。"便将绫带扎上。英官到此便服服贴贴,再不做作,承顺了他。二人这一会大闹,也就少有的。

人说巴英官屁股里头像个皮袋,口边像铁箍。算他十三岁厄,到如今大约着一千人没有,八百人总有多无少,里头长了一层厚膜,就如炉子搪上泥一样,凭你怎样,他也不疼。奚十一驰骤了一回,头上忽又疼起来,四面的筋暴涨如春笋经雷,参参怒长,一股气往顶上直冒。奚十一不顾死活,一顿乱舂。英官见他如此发狂,便把上脑箍的劲使出来,趁奚十一顶得紧紧的,便在他根子边一箍,箍得那绫带反松了一线。奚十一提不起来,觉内中一阵阵的如热油炸他那龟头,好不有趣,炸得他又痒又麻,便死力往里顶。再不料上头竹簧篷日久糟朽,豁啦一声,塌将下来。这半篷灰土,已有两担。奚十一大吃其惊,恐被压下,便使劲一拔,两人都"啊哟"一声,一同滚倒在地上,发昏去了。

众家人听见这一响,连忙过来看时,见篷塌了半边,并未压人,不知主人与英官何故躺倒。忙将灯照时,见奚十一的阳物血淋淋的只有半截。再看英官的屁股,也是血淋淋的,脏头拖出三四寸。众人个个失色,便大惊小怪乱闹起来,忙报与菊花知道。菊花听了,急得一身透汗,也顾不得病,穿上衣裳,着了裤子,袜子也穿不及,趿上鞋,把衣襟掩好,只扣了外面钮子,直跌直晃的出来。姬亮轩也睡了,听得闹,便也赶出来,穿上袜子,披上长衣,竟忘记穿裤子,慌慌张张赶到书房里,正与菊花撞个满怀,也不及回避,乱遭遭的闹在一块。菊花见奚十一如此光景,便哭起来。亮轩心慌,便仔细看了,奚十一尚有点气,便说:"不妨,姨奶奶且慢哭。我想老爷这个头,原是接上的,如今脱下来,不过是一时疼痛发晕,不如还请那个医生来商量。"菊花不得主意,一面去请医生,一面扶起奚十一,放在炕上。见奚十一面如纸灰,鼻间只有一丝气了。菊花好不伤心,口对口的与他接气。奚十一渐渐苏醒,把眼一睁,见了菊花落泪满面,心里甚是惭愧。忽又一疼,重又咬紧牙关,重复晕去。好一会才转来,叹了一口气。菊花心如刀割一般。那个医生还不见来。

这边亮轩看着英官这个模样,也十分心疼。便细细的照了他一会,叫人烧了一盆热水,拿块布泡热了与他揉,揉了一会,英官也醒转来。亮轩把蜡灯放在旁边,揉了一会,恐怕水溅袍子,便将前衿提起些,此时心里痛苦,再想不起自己没有穿裤子。菊花坐在炕上,亮轩蹲在地下,却是对面,中间放了一个蜡灯。菊花一手摸着奚十一心坎,回头看他服事英官,只见亮轩两腿中间,垂着一根肉柱,头锐根粗,倒有四寸来长,好个怪样!亮轩身子微动,那物也摆来摆去。菊花看了,心中一动,便扭转了头,又不好意思说他。但门外还有些人,若被他们看见了,也是不便。又看了两眼,心中突突的乱跳,只得说道:"姬师爷,你把巴英官的裤子替他穿上罢。"亮轩听了,便与英官扯上裤子,系好了,见自己衣里露出个膝盖来,才记得没有穿裤子,连忙站起,走了出去。这边春兰与老婆子将英官扶出,放在他自己炕上去了。

少顷医生来,亮轩又同了进来。那医生先将灯照了一照,然后诊了脉。菊花远远的坐着。那医生道:"今番难治了,这个除非神仙才能!"菊花求道:"先生,你行个方便,医好了我们老爷,你要多少谢仪,我一毫也不少你的。"那医生道:"奶奶,医生有割股之心,最肯行方便的,倒是奶奶你不肯行方便。他本是个残疾,修治好了,也只可随意用用,哪里可以当得铜烧铁铸的用法?你不见舂米的铁杵,几年还要换一回呢。"菊花涨红了脸,骂道:"呸!嚼你的舌头。这关我什么事来?他方才肏屁股肏断的,还有一个脏子头拖长三四寸的在那里呢。你也不问问缘故,一嘴的屁话混糟蹋人!"

那医生自知话说错了,便赔笑道:"奶奶不要生气,是我不是。我也急了说话,所以没有留心。如今尽我的心,谢仪不谢仪,我倒也不计论。但要说明:我只能救他这条命,不能再接那条卵子。"亮轩道:"先生说话文气些,奶奶在这里。"那医生道:"我这行业就不文气,说话焉能文气?天天的把那卵放在手里盘弄,觉得这个字顺口得很,没有忌讳了。"便又说道:"杀只鸡来,要一块活鸡皮。"菊花即叫人割了一块活鸡皮来。那阳善修拿些药和鸡皮捣烂了,与他洗净了血,敷上了药,也与从前一样的治法。留了一服药,"煎了与他吃,明日再来看罢。"亮轩又同他去看英官,阳善修也与他几味药吃了,说道:"这个不要紧,明日就缩进去的。"

阳善修去了,菊花就在书房中睡,陪了奚十一。这一唬,倒把个菊花的病唬好了。叫家人把顶篷支好,扫去了灰土。奚十一上了药,便止了痛。明日阳善修复来。过了十余日,伤痕平复。阳善修说道:"从此你要戒淫才好。若再把根子弄散了,那就有性命之忧。不如吃两剂寒凉药,断了性罢。"奚十一无奈,与菊花商量,菊花也只得由他。遂听了阳善修,吃了十剂凉药,从此春蚕如死,再不起性了。又谢了阳善修五十两。菊花便守了活寡。不知果然是真守还是假守,这也不能查她,外面确做出那从良极正派的样子来,以博虚名。

菊花恨极英官,等他脏头好了,痛打了一顿,撵他出去。姬亮轩馆地要紧,也只可忍心割爱。英官撵出之后,便到卓天香铺里去做了伙计。人爱他脑袋好,这个卯字号倒也生益兴隆。虽然英官脏头上去些,但屁股里已经受了伤，竟成了内外痔。后又广与人交，不到一年之功，竟是众毒齐发，把个巴英官活活烂死。岂不是件大奇事！这也是他的恶报了。

奚十一病好之后，带了菊花赴任。潘三打发伙计同去讨账。唐和尚倒十分惆怅，又请了几天送行，与得月送出城外，倒算个全始全终的交情了。

潘三因脸上有病，不好见风，这月内总不出门。却说潘三脸上害什么病呢？也有个缘故。潘三今年五十岁。若他的原配在这里，倒也五十三岁，已别过了十余年。潘三四十岁上，又娶了一房，是山西人，姓石，其父在京里开个油盐酱醋的小铺子，发了些财，开了个小账局。这个石氏颇有几分姿色，潘三看中了，娶他已有十年。石氏才二十八岁，情性风骚，起初与潘三尚称恩爱，后来见潘三心不足，鬼头鬼脑，瞒着她外面偷鸡盗狗，因此从醋里生出恨，恨里生出厌来。潘三爱她生得好看，便从爱里生出顺，顺里生出怕来。一边越软，一边越硬，日久相沿，潘三成了箴，石氏成了铁。石氏非但不许潘三在外胡闹，连晚上与她云雨的事，也要潘三求她半天，甚至叩头哀告，才许他上身。若遇石氏兴浓，潘三已经兴尽，便把潘三身上掐得稀烂。这老屁股上两边，劈劈啪啪要打个手酸。这潘三不以为苦，反以为乐。

叙起他们一件闲事来：今年六月初六，唐和尚生日，请潘三、奚十一在庙里吃面。又备了两桌，送与白菊花、石氏。石氏处是打发得月送去，这石氏见了得月那个模样，心中甚是爱他，给了他许多东西，便要他做干儿子？得月岂有不肯？便拜了干娘，以后常常叫他来走动。得月若来，必陪着石氏吃饭，或时抹牌玩耍。又知道潘三爱男风，必想得月，不许他进来窥探。潘三竟不敢进来，只好暗地垂涎。

一日活该闹出事来，得月来看干娘，那日天气很热，见石氏在房中将席子铺在地上，穿件没有领子的白罗布短袖汗衫，却也大镶大滚，只齐到腰间。穿条桃红纱裤，四寸金莲，甚是伶俏。两鬓茉莉花如雪，胸前映出个红纱兜肚。眉目澄清，肌肤白腻，实足动人。叫得月也在席上坐了，又叫小丫环拿了水果儿、冰梅汤、西瓜等类放在一边。叫小丫环走开了，两人将牙牌在席子上抹起来。石氏盘腿不惯，两脚踏地，像个半蹲半坐的模样儿。得月一面抹牌，两眼望着石氏裤裆，挤得紧紧的，中间一缝微凹，见乌影影的湿了一块。又见石氏眉欢眼笑，不觉心中大动，那物直竖起来。

得月脸红红的，不好意思，把腿压住了，心里想道："这么一样好菜，放在嘴边不瞢一瞢，真是个呆子。"到发牌时，故意把牌一弹，弹到石氏的凹处。石氏一笑，把腿一动，得月伸过手来拿牌，就把指头一戳，石氏便格格笑起来，骂道："小驴算子！你倒会调戏你的娘。"便过来，双手搂住了得月，亲了个嘴，要他送进舌头，即摸他那个东西，倒也伟然，炙手火热。即忙关了门，两人脱得精光。得月见那石氏身上肥不显肉，滑腻如酥，就在席子上玩起来。一个是新硎①初试，一个是积闷才消，你贪我爱，各到娇汗霍霍，筋酥骨软，方才云收雨散。自此更加亲爱，不消说三天一小叙，五天一大叙，大约已下了佛种了。

潘其观驮了个小小石牌，尚不知觉，一心倒想玩那得月。后来也有些疑心，看出石氏待得月的情景。过了两月，心生一计。一日候着得月进来，半路截留，邀他到一间书房内，开了一个灯与他吃烟。潘三睡在得月后头，摸摸索索，得月不肯。潘三道："你若不依我，我便不许你进来，你们娘儿两个做的事，当我不知道么？我不过不肯丢你们的脸。你若不依我，我以后见你们进来，我就打你。"那得月虽十七岁了，尚是胆小面嫩，被潘三说破，便脸红起来，不得主意。且他那个后门原与大路一样，什么要紧？只得说道："倒不是我不肯，只怕干娘知道了，倒要不依你。"潘三道："不妨，如今谅她也心虚，不敢与我闹了。"得月想着石氏，只得依了潘三。潘三乐极，便关了门，下了卷帘，得月坐在身上，斗了笋，一拍就合，大玩起来。

石氏那日约定得月早饭后来的，等了好一会，还不见来，心里也恐潘三半路打劫。她悄悄的到书房来，见关了门，更加疑心。听了一听，觉两人切切促促的私语，听不明白，便轻轻的走到窗下来。见又下了卷窗，便将舌尖舔破了纸一望，见潘三抱着得月，坐在身上，两脸相偎，索索的动。一看心中大怒，想要骂起来，又想道："不如在门口，候这老兔子出来，打他几下，方泄此恨！"主意定了，便拿张凳子，门边一坐。只听得得月说道："放我去罢，恐干娘等我心烦，是要骂我。"又听得潘三咂他的嘴，响了两三响，石氏更气得不可开交。忽见门一开，得月走了出来，一见石氏，满脸即涨得通红，站住了脚。石氏怒容满面，狠狠的瞅了她一眼。潘三一脚

---

① 硎（xíng）——磨刀石。

跨出来,石氏站起,一把将胡子揪牢。潘三魂不附体,低了头,一动也不敢动。石氏骂道:"你这不要脸的老王八! 老兔子! 自己的屁股被人龛出虫来,才花了钱请人挖干净了。你如今又想龛人! 你何不弯转你的屁子来龛你自己的? 他是我的干儿子,你胆包了身,你敢玩他!"便使劲一个嘴巴。潘三"啊哟"一声,血流满面,也顾不得胡子,死命的挣脱了,胡子已捋去了半边。石氏怒气未息,把得月光头上凿了几个栗暴,脸上拧了两把,得月战战兢兢,双膝跪下求饶。石氏又可怜他,拧了他的耳朵,同了进去。

且说潘三被石氏这一掌,如何就打得这般厉害,满面流血呢? 原来石氏带了两个银指甲,一抓戳在潘三鼻子上,因用力太猛,将那银指甲打断,既薄而尖,竟将潘三的鼻子尖刮断,故此流得满面的血。潘三痛不可忍,忙忙跑出,就请了与奚十一修肾的那个阳善修医治,也与他配了个假鼻子。潘三因在家不能医治,又怕他女人再打,竟不敢回家,就在城里他的那个靴铺内住着,日日请那阳善修进城与他诊视。服药两月有余,方见大好。从此各处传说,又有人赠他个美名,叫做"抓三爷",又叫"大眼三儿"。

奚十一断肾那几天,正是潘三抓鼻那几天,因此不能与奚十一送行,倒也不见怪他。不知为何,他们两人总是同病相怜的:那个烂鸡巴,这个便害臀风;那个接狗肾,这个便掏粪门;那个断龟头,这个又抓鼻子,你说奇不奇? 谁也想不出这个理来。只便宜了得月这个小秃厮,害了两人做了残废,他倒好端端的又拜了一个好干娘。不知后事如何,且听下回分解。

第五十九回

梅侍郎独建屈公祠　屈少君重返都门地

　　且说琴仙在南京护国寺里守灵,倏忽已经百日。主仆两人,虽日用有限,但天天供饭烧纸,连房租银子,一月也须十金,三月以来,将琴仙所剩衣物,尽行当卖。当时初冬时节,琴仙尚无棉衣,刘喜更不用说了。

　　一日,刘喜劝道:"大爷,我看你年纪轻轻,也不可过于古板。我想那侯老爷一片真心待你,自己来请你过去,还送钱米来,这也就难得了。你倒不要小看这位老爷,是王侯将相都敬重他的。他的门生好不多呢,现任官、进士、举人不知多少,还有些夫人、小姐们拜他做老师。那一年做起寿来,那些寿屏、寿诗,园内的房子处处都挂满了还挂不下。我看他的交游,比怡园的徐老爷还要阔些。你若去了,倒也可以认得些人,怕不有些好处出来?若长在此,举目无亲,将何度日?不要说别的,就老爷这口灵柩,也须入土为安。天又冷了,身上棉衣也没有。这个光景,须趁早定个主意,不是这样的。"琴仙道:"侯老爷那里,我就饿死也不去的。"刘喜道:"这却为何?真令人不懂。"琴仙道:"你外面留心访问,有进京的便人,我要寄信到京,借些钱来,好安葬老爷。"刘喜道:"要便人是天天有的,摺差、塘报①,哪一日没有?你写起来,我去寄就是了。"

　　琴仙于是哀哀切切,写了几封信与子玉、子云、蕙芳诸人,要他们专人来接他回去;子云信内并封着屈道翁遗言。写了一天,刘喜托便寄了。后来寺中又做起法事来,男女混杂,游人挤满,琴仙屋里常有人来张张望望的,琴仙好不气闷。刘喜见度日艰难,就算京里有人来接他们,也须两月之久,就到年底去了;便想出个法子,卖了两件衣裳,就借寺门口,摆了一个小摊,卖些水果、干果之类,一天也可趁得百十钱,借以糊口。琴仙在寓里也安心守着这一粥一饭,闲时写字画画,唯觉身上衣单,不能添制。

　　一日,侯石翁自苏州回来,闻知琴仙还在寺里,已到衣食不周,心上又

---

　　① 塘报——紧急走报者。

念着他。因前次送他米炭等物，倒去碰个钉子，虽然怀恨，但爱根未断，只得老了面皮，带了二十金，叫小童拿了，乘轿而来。

　　到了门口，只见刘喜摆着个小摊子，无非乌菱、荸荠、瓜子、花生之类。又见壁上挂了几张画，倒是生纸画的花卉，颜色鲜明，颇为可观。便问刘喜道："这是谁画的？"刘喜道："大爷画的。二十钱一张纸，弃了可惜，我拿来挂在这里。昨日倒有人说好，买了两张去，一张牡丹卖了二百钱，一张梅花卖了一百五十钱。还有人要定画八幅屏，他拿纸来，肯出两千钱呢。这个画画开了，比这摊子就好多了。"石翁只微笑。进来见琴仙在那里调脂弄粉，石翁眯齐了老眼，看他觉比从前胜了几分，从前像个葵心带病，此刻依然梅萼含香，就觉得翠袖寒生，缟衣雪素的光景。琴仙见了石翁，心里老大的一跳，只得上前见礼。石翁忘了前情，又握了他的手，说了几句话，坐了。琴仙勉强陪着，面上却是冷冰冰的。

　　石翁先将他的画赞了一番，想了一个赚他的法子来，便道："老世侄，你心上也不急？这两天各处也应有回信来了。我在苏州时，又将你令尊的事告诉人，人人都也肯帮。但你在这寺里终究不便，你若搬到我家里，我的相好也就是你令尊的相好，那时遇着人，必有见面之情，就好说了。你若在这里住，老远的人也不肯来。况且你这个光景，如何可以御冬？虽然梅花可耐冰雪，究这玉骨难受风霜。而且这个十方所在，闲杂人多，见你是个异乡之人，无依无靠的，将来就有人欺侮你。不是我说你，庙门口又挂了几张画卖钱，那些光棍恶少就借看画之名，谁人不好进来？这南京地方，十八省人都有的，有一种人以拐骗为业，叫做拐子，他见那年轻美貌的，他便用迷药弹在人身上，人就迷了性，会跟着他走，诱到别处去，他将这人装做女人去哄人，任人取乐，他待这人也就无所不至。这还是好的，还有把这个人弄残废，变得稀奇古怪的模样，到十字街口敲着锣叫人看，以此骗钱。这是常有的事！所以我天天不放心，惦记着你。难道你这样聪明人，一个吉凶祸福都想不出来？我待你这片情，也应体贴体贴，又焉知我们没有些缘法？不然为什么单把你放在我心里呢？不是老夫夸口，群屐风流，钗钿娟秀，老夫门墙之下，颇不寂寞。因见你有何郎之美，叔宝之姿，天意钟灵，自应倍惜。萤火不能自照，必借烛龙之光；蝇飞岂能及远，必附骥尾而显！为才人之子弟，即是龙门；居侯氏之园亭，胜于月府。一生佳话，千载风流！玉郎与石叟同游，旁观岂为不雅？海棠与梨花并植,相对亦可无猜。况歌童不乏樱桃,小婢尚多芍药,此中你也不少乐趣。凡事宜三思而行,不可执一!"

琴仙听了这些话,已气得满脸发烧。再看他的神情,那老面皮里紫光光的透出一团邪气。琴仙心里要痛骂他一场,方可泄恨;但又因他是个老辈,只得暂时忍住不理他。石翁见他脸上红红的,当他面嫩不好答应,自然心上有些回心了,便叫小童将银子送过来。石翁亲手送与琴仙,道:"这些须几两银子,先赎几件衣服穿了,明日我叫轿子来接你。"琴仙道声"多谢",又说道:"前次所赏之物,尚不敢受,如今更不敢受这赏赐。至于冻馁①两字,是命中注定的,譬如先父不死,也受不着人欺侮,何况冻馁!就使沿门乞食,古之英雄尚且不免,我何等之人,敢以为辱?就冻死饿死,也死得光明正大,决不教人笑话,做那些贪生怕死,亡廉丧耻的事来!"一头说,已不顾而走。石翁手里还捏着银包,听了这几句话,犹如钢刀削了他的老牛皮,气得须眉欲竖,真是平生未有之事,羞恼变怒,欲要发作。但看琴仙不知走到何处去了,刘喜看着他的摊子,不能进来。石翁只得收了银包,恨恨而出,便在刘喜面前把琴仙痛斥了一顿,说他不知好歹,不受抬举,将来的事情,他一些不照管了,上轿而去。

刘喜也摸不着头脑,到收摊时进来煮饭,见琴仙尚在房里哭泣,刘喜又劝了他,讲了些儴穗话。琴仙又不能将石翁的歹意告诉他,只好闷在心里,唯有呜咽而已。暂且按下不题。

且说梅士燮在江西学院任上,取士有方,文风大振,而且扬芳表烈,阐微显幽,奏了十数件要事。九重②大悦,即将梅士燮一月三迁,先升了詹事府正詹事③,又升了都察院④左副都御史,复升吏部左侍郎,现著来京供职。江西学政改放了陆宗沅。梅侍郎近又得了家信,已知子玉取了宏词,授职编修,又知娶了媳妇,心中大乐,即日起身还京。官场应酬无暇细述,自然纷纷的阻道送行。

----

① 冻馁(něi)——过分的寒冷和饥饿。
② 九重——天子所居地,此处指皇帝。
③ 詹事——官名,掌理东宫庶务。
④ 都察院——官署名,明清时掌监都察,纠劾官吏的工作,以都御史为长官,下有副都御史等。

　　梅侍郎于十一月初一日起程,正是一帆风送滕王阁,行了十日,到了南京,要在家耽搁几天,祭扫坟墓,查理田园,周恤亲戚。到了两日,第三日去拜制台,谈了一会,制台讲起江西有个通判屈本立,可认得么? 梅侍郎答以相好。制台就将屈本立死在南京,其行李、盘费为三个长随窃逃,侯石翁代他嗣子报了,行文到江西,昨接江西巡抚移文,内开吉安府差役拿获窃犯张贵、钱德二名,搜出南昌府通判凭文一角,皮箱两口,内存白银三百十七两零,金镯一个,衣服若干件,一并着役赍①解前来。但此衣物等须交还他嗣子收领,那二犯现收禁江宁县监,还有从犯一名汪升,已经身故了。但不知他嗣子下落,须问石翁便知。梅侍郎听了,心里颇为恺恻。又想道翁并无嗣子,想是近来过继的了。便辞了制台,到凤凰山来拜石翁。

　　石翁连忙接进,先道了喜,叙了契阔,即问宦囊如何。士燮笑道:"晚生靠祖宗的余荫,稍有几亩薄田,尽够饔飧,无须另积囊橐。论江西虽不算富足之邦,也算膏腴之地。若不论公明,任行暧昧,此行原也可腰缠十万,顾盼自豪。不敢瞒老前辈,晚生于各棚内棚规减去三分之二,其实比京官还强几倍呢。"石翁道:"吾兄清正,一乡所知,此行已邀简任,不久移节封疆。且令郎英年得隽,海内人才共皆钦仰,正是德门世庆!"士燮谦让了一番,即说起方才制台所问道生之子安在。石翁闻他提起琴仙,心上很想说他不好,叫士燮不必理他;忽又天良不昧,失口说了一句:"此子甚佳,现在旱西门内护国寺,离此不远。"士燮又问了些闲话,便告辞回家。

　　明日,先着人到护国寺问了,说要亲自过来,又遣人送了道翁一封奠仪,自己备了祭桌,到护国寺来。刘喜手忙脚乱,请个小和尚看了摊子,进来侍候。琴仙穿了孝衣,帏间俯伏,知是子玉的父亲,心里虽喜,然倒有些虚心,恐他风闻前事,问起他的根本来,甚是惶恐。只见梅侍郎进来上了香,奠了酒,行了礼,请出琴仙来。琴仙上前叩谢了,梅侍郎挽起,先把琴仙一看,点了一点头,叹了一声道:"道翁可为有子!"便问:"世兄尊庚多少?"琴仙答道:"十七岁。"梅侍郎又问道翁怎样病故,及现在他的光景,琴仙细细说了一遍。梅侍郎叹道:"尊公在日,海内知名,到处自有逢迎,就论此地相好也不少。怎么一故之后,没有一个人来问一问? 炎凉之态,

———————————

　　①　赍(jī)——携带。

令人可恨！如今且喜你失去的东西，追了些回来，现在制台处，因不知你的下落，托我访问。明日就可去领回的。"又道："尊公葬事一切在我，我回去就着人去找地，先安葬了再说别事。"琴仙想道："与其葬在别处，不如葬在莫愁湖杜仙女坟上，原是父女。"又恐梅侍郎不信，委委曲曲的讲了那底里。梅侍郎半信不信的道："明日我且去看看，问问地方，可以买得，就是那块。"琴仙一面看那梅侍郎的相貌，却与子玉半点不像，生得身瘦而长，一脸秋霜，凛然可畏，将近五十岁光景。此时琴仙称呼士燮为大人，自以为晚生。梅侍郎道："你尊公与我二十年交好，祖上还有年谊，你叫我为世叔，自己称侄就是了。方才这个称呼倒觉疏远。"说了些话，也就去了。琴仙心内安稳，且十分感激，意欲求他携带进京，尚有几天耽搁，且慢慢商量罢。

明日，带了刘喜即去拜谢。梅侍郎即命家人代琴仙写了领状，将失物领了出来，送还琴仙。琴仙从此得了生路，见两箱尽是他的衣服，尚余三百十七两银子，还有个金镯与零星几样玩器，便有恃不恐。与刘喜说：葬事、盘费都已有了，刘喜也甚喜欢。琴仙因是绸缎细毛衣服不好穿，就拿出几十两银子，只得自己同了刘喜到衣铺里去，买了两套素面羔皮的称身衣服，刘喜也买了一身。

这两日梅侍郎托人找买坟地，尚无回信，晚间睡了，梦见屈道翁纱帽红袍，欣然而来。士燮见了大奇，便问他为何这样打扮。道翁也不讲明，执着士燮的手道："明公不忘故旧，仗义恤孤，泉下人衔环难报。小女现寓莫愁湖畔，乞以骸骨付之，死且不朽。小儿流落，无所依栖，想万间广厦，可借一枝，诸祈怜悯！"说罢便拜，慌得士燮也答拜了。道翁起辞而去。忽又进来。手执莲花一枝，对士燮道："此花出于淤泥而临清波，岂得以淤泥为辱？既往不咎，明公幸勿鄙此花之所自出也。"说毕足起烟云，冉冉凌空而去。士燮醒来，把这梦中的言语，细细详了一会，心里已有几分明白："出于淤泥而临清波"，与"既往不咎"，想他这个义子，必是个小旦出身，这也不必论他，只要人好总是一样。又想着这道翁像成了神，莫非莫愁湖畔，果有他女儿的坟么？琴仙请仙之说，又见什么杜仙女，竟是真的了。半夜竟不能寐，天一明就起来，着人去请了屈大爷过来，有话商量。

不多一会，琴仙过来，就同他吃了早饭。梅侍郎且不说梦，要他同去逛莫愁湖,琴仙欣然。梅侍郎与琴仙各坐了轿,家人骑马,出了城,沿着城墙走去,约有二里路已到了。此时正是严冬天气,已下过了几场大雪。梅侍郎恐旷野寒冷,轿中披了元狐斗篷,及进了斑竹林中,反觉春风和煦,如二月间天气,绝不寒冷。那些竹树、花草,依然流青扑翠,芳馥如前。最奇的那盘凌霄花,开了数百朵,地下的兰蕙齐芳,那马缨花是盛夏时开的,也复含苞吐萼,一时就开了许多花出来,倒将个梅侍郎看得心惊,唯有肃然起敬。琴仙见墓门间多了四棵小树,已有三四尺高,仔细看时,就是杜仙女种的苹、梨、桃、李,每棵树上开了一朵花,芳艳无比,心中甚骇,怎么已经开花了?梅侍郎看了,连连称异,叹为"真神仙福地!"便问家人道:"此处大约是官地,没有地主的。"家人道:"凡靠城一带,俱系官基。"

梅侍郎才定了主意,在左右徘徊了一会儿,苕花丛中,飞出许多翠雀来,啁啁啾啾,望着梅侍郎、琴仙鸣个不已,飞来飞去,在他们身边旋绕了无数,然后飞往湖边去了。梅侍郎连连赞叹,对琴仙道:"这里真是个仙地!我素来不信神仙之说,如今眼见,不得不信。我并要与你尊公建一个祠,并供这女仙牌位,你说可好么?"琴仙听了,淌下泪来,就跪下叩谢。梅侍郎一发感慨起来,连忙挽起,说道:"我为这事倒多耽搁几天,虽等不及完工,也须筹划好了方可起身。"便叫琴仙回去,他就到江宁县中,与县尹商量建祠之说。知县一口应承,即传了工房丈量了地,唤了工头鸠工庀材,就在那里搭了厂,动起工来。

士燮择了二十四日下葬,即与他做了墓志,赶紧刻了,又写了神道碑,勒了石。到了二十四日,江宁诸绅士闻了士燮这个义举,来送葬者数百人,或作诗,或作歌行,或作文,或题祠中联额。士燮一一看了,等祠成之后,一齐刻在祠内。是日,祠已竖了梁柱,头门、二门、正厅三楹,两厢房、后楼三楹,余平厦六间,规模粗定。士燮不能等待,发了二千金与家中老总管梅成督造,又画了杜仙女像,命塑泥身彩画,一一分拨定了。那日就请琴仙过来商量,要带他进京。琴仙喜出望外,又复谢了。即算清房租,一直搬到梅侍郎的船上,并将领回之银,送与梅侍郎,梅侍郎仍叫他收了。此番琴仙感谢真到二十分。梅侍郎因道翁梦中之语,绝不查问琴仙根底,因刘喜称呼大爷,便命家下人也称呼为屈大爷。梅侍郎要他叔侄称呼,琴仙不敢,仍称大人,自称名字,梅侍郎也只好由他了。

送葬之日,侯石翁被众绅士拉了同去,也来走了一走。见琴仙尚是有气,话也不与他讲,石翁不乐,心里既恨琴仙,又妒士燮,一到就走,拜也没有拜一拜。后来诸绅士又有高兴的,出来倡捐,这个十两,那个二十,集腋成裘,又凑了数千金,把这屈公祠扩充起来,起了好些亭台楼阁,莫愁湖中造了湖心亭、九曲红桥,又造了几个船,以为春夏游湖之乐。屈公墓、杜仙女墓前,都建石牌坊、华表柱、翁仲,余外又围了一个园,种些花木,堆些假山,竟成了一个名胜。这屈公祠竟与孙楚楼、江令宅齐名不朽了。

梅侍郎于二十八日开船,在船上也是寂寞,倒将琴仙当着子玉一样,朝夕相依。又见他稳重灵警,十分契爱。又试他书本上,虽未用过功,而诗词杂艺,颇觉聪明。因想到京后,慢慢的再教他读书,学作文字。唯琴仙绝不敢题起认得子玉,心里还怕问他的出身,如果问他,只好撒两句谎,支吾遮饰,再不知道乃尊梦中已嘱咐了他。船到王家营子起早,已是腊月初八了,计日要到二十六日才能到京。日短夜长,只得昼夜兼程而进,且暂按下。

再说子玉见父亲超升了侍郎,喜出望外。已得了江西所发这信,计日早可到京,为何至今未到?颜夫人盼望更不必说,王文辉也时常来问信。那日已是腊月十五,门上送了一封信来,子玉看信面上是"江西学政梅宅梅庾香少爷手启,屈勤先寄",心中大喜,知琴仙到了江西任所了。便忙拆开,看见还有与子云、蕙芳、素兰、琪官的信,且搁过一边,拆开自己的信。见一张白纸写着"哀启者",大为骇然,想道:"难道道翁有什么缘故了?"遂细细地看下去,不觉泪珠点点地落将下来。及再看到"所有衣物尽为逃奴辈窃去,守棺萧寺,衣食全无,又屡遭侯石翁戏侮,本拟一死,又因旅榇无归,故而暂延残喘,务祈设法着人前来"等语,子玉不觉泪如泉涌,万箭攒心,毫无主意。也不忍再看,便吩咐套车到怡园找子云。谁知次贤、子云、南湘、高品没有一个在园子里,子玉更加着急,跟班们不知何事,又不敢问子玉。便又到九香楼,进去见诸名旦都在园中,南湘、高品、金粟都在这里。子玉不及叙话,一脸悲愁,就将琴仙给众人之信与他们看了。个个洒泪,再不料琴仙一出京就遭此大难,真令人竟想不到。蕙芳道:"如今没有别的,快找度香来商量。"于是打发人找寻子云。找着了子云,到了九香园,见了子玉的光景,急急的拆开信看了,已觉涕泪潸潸;又将道翁的遗言拆读,更加泪落如雨。子玉等与众人看了,个个大哭了一场,哭得九香楼下好不热闹。

众人哭毕，子云道："此事在我，明日即着人到江南去接玉侬回来，并办道翁葬事。但今年不能到了。"子云即回，要告诉次贤商量此事。子玉也无心在九香楼，便即回家。高品、史南湘、金粟与那些名旦，各惆怅无欢。

子云回园与次贤说了，次贤更痛得伤心。一夜之间，便摹了道翁神像。明日邀同众名士，在九香楼为位而哭，设奠三日。华公子得了信，也来哭奠。一个九香园倒成了屈道翁的丧居了，就没有穿孝的人。子云发了一千银子，打发家人星夜下了江南。

子玉连天的悲苦，日间不敢进内，一来怕颜夫人问他，二来怕琼华小姐看出，正是他的苦楚，比人更胜几倍。但心上有这样心事，脸上如何装得过来？颜夫人倒疑心他怕见父亲，想是他父亲就回来，因此着急。唯有那琼华小姐，异样心灵，便料定他另有心事，再三盘诘，子玉只得直说了。琼华小姐也只好宽慰几句，见他这个光景，也不好取笑他。过了几日，又得了梅侍郎家信，头站人已回，说二十三日就到了。便把子玉急上加急，若父亲回来，拘管住他，那就要闷死了。

正是悲尽欢来，到了二十二日，子玉同了仲清接出三十里之外，住了宿店。等到定更时候，头站到了，却是新收的家人，子玉不相认识。店家与他说了，才进来叩见，说老爷的轿子也就到了，今日是破站走的。子玉等到二更，听得门外车马声喧，知是到了，与仲清出外迎接。士燮出轿，仲清、子玉上前叩见了。士燮慰劳了几句，问了仲清好，即同到上房来。士燮昨日半夜起身，也乏极了，即忙坐下靠在枕上，问了子玉家内一番事，又问仲清妻子都好，兼询文辉近况。爷儿三个谈了一会，士燮惦记琴仙，问家人："怎么屈大爷的车子还不到来？"家人道："总也快了。"

不多一时，门外又车声辚辚，仲清、子玉想道："不知哪个屈大爷？想是任上同回来的。"只见一人照了灯笼，一个美少年走进来。仲清、子玉大奇，灯光之下不甚分明，觉得此少年骨格甚是不凡。琴仙早已看得清清楚楚，便一阵心酸，只得竭力忍住，先上前问了安。士燮道："这个是我的小儿，那个是我的内侄颜剑潭。"又对子玉、仲清道："这是屈道生先生的令郎，同我进京的。其中缘故也不及细说，你们见见，将来要在一处的。"子玉始而大骇，继而大乐，竟乐得笑将出来，琴仙见了子玉笑容满面，也觉喜欢，上前与二人见了礼，彼此面面相觑，心里明白，口里却都无话可讲。

士燮当着他们初次见面,自然是生的,没什么话说,哪里知道有缘故在内,便道:"今日乏极了,要躺躺。你们都到那边去吧。"

子玉甚喜,便拉了琴仙到那边屋里来。三人怔怔的,你看我,我看你,一个不敢问,一个不敢说。仲清心上也不知姑父知道琴仙细底不知,也不便问,只好心内细细的默想,竟是三个哑子聚在一处。子玉与琴仙,只好以眉目相与语。一会儿大家想着了苦,都低头颦眉泪眼的光景;一会儿想到此番聚会,也是梦想不到竟能如此,便又眉欢眼笑起来。倒成了黄梅时节,阴晴不定的景象。少顷送饭进来,琴仙吃了。那边士燮已安歇,琴仙困乏已甚,支持不住,便躺在炕上。子玉、仲清也都在炕上坐了。家人们出去。今日幸喜云儿没跟来,仲清也是新用的人,都不认识琴仙,故此一宵无话。

后来三人都也困乏,便都躺下,人静之后,细细的谈起来。此刻子玉、琴仙在一个枕上和衣而卧,竟把嫌疑也忘了。琴仙便哝哝唧唧说,出京时如何想念,在南京如何游玩,到莫愁湖亲见他前生坟墓,杜仙女怎样灵异,道翁临终时怎样伤心,众长随逃窃后怎样受苦,刘喜怎样尽心服侍,侯石翁怎样戏谑,又将梅侍郎来访他,怎样仗义安葬建祠的话,细细述了,说得子玉悲乐相乘。仲清在旁看他们并头而卧,哝哝私语,心上颇替他们快乐,想道:"这两人两年之内伤了无数的心,哭了无数的眼泪,才有今日这一叙,倒成了悲欢离合,真也奇极了!"后来琴仙又讲到他梦见神娥授笔,道翁成神,并舟中彼此照镜,正面反面,怎样又化了珠,为龙抢去,子玉、仲清也连连称异。子玉也将送行后怎样得病,得信后怎样悲伤,众人怎样祭奠道翁,度香已专人下了江南来接你,并安葬道翁,直说到今日再想不着你来。二人又复悲喜交集,琴仙又复感激子云与众人,不住在枕上与子玉、仲清连连叩头。

仲清问道:"你一路来,姑父知道你的事不知道呢?"琴仙道:"大约不知道。大人总也没有问我根底,我倒天天的防着问我,教我怎样回答呢?"子玉一想,不得主意。"设或将来问起来,你怎样回呢?"仲清道:"此事倒也瞒不得。明日一到家,家中人岂没有认得你的么? 依我想,此事瞒着倒也不便,若叫外人对姑父讲了,倒教你脸上更下不来,不如明日求姑母与姑父婉婉的讲明。姑父既看重他,今日也只好将他从前的倒说明了,彼此相安。况姑母甚说他好,如今转了一劫,也决不再题起已往的了。"

子玉道:"甚好。但我不便说,还是你去说。"仲清答应了,以后大家也就睡着了。

到天明时,仲清先醒,只见琴仙枕着子玉的手,尚呼呼睡着,子玉也未睡醒。仲清暗笑,唤醒了他们。琴仙见与子玉一枕,且枕着他的膀子,被仲清见了,甚是羞愧。子玉一个膀子被他枕得很酸,也不知觉,及要抬起手来,抬不动了,遂扑嗤的一笑。各人漱洗。士燮起来,急急的叫上车进城,三十里路甚快,一个多时辰已到了。梅侍郎且不到家,先宿了庙,明日五鼓时分上朝复命。

子玉先将琴仙在书房里安顿了。梅进、云儿一见琴仙,个个骇异,又猜是他,又猜不是他。若说是他,为何老爷与他抗礼,且又穿着素服,像个有孝的人;若说不是他,面貌再没有这般相像的了。众人疑疑惑惑,猜不出来。又听得叫"屈大爷",便知不是。

子玉趁这空儿,就请仲清对颜夫人讲明。琼华也在旁听了,望着子玉笑,看着子玉含羞含愧,局促不安。颜夫人听了,也以为异,便道:"这个孩子本来原好,如今既做了屈家的儿子,从前的出身,倒也不必提起了,算他转了个劫罢。"仲清道:"此事要姑母与姑夫说明才好,不然外人见了,终要说的,倒教琴仙难为情。"颜夫人也应了,说道:"你姑父重世交,又见他人好,决不看轻他的。"仲清见颜夫人应允了,也即告退。

琼华小姐进房,子玉同了进来。琼华道:"如今好了,是不要做梦天天的呼唤了。"子玉笑道:"我去同他进来见太太,你出去看看像不像。"琼华啐了一声,忽又说道:"你去同他进来见太太,我真要望望他。"子玉果然拉了琴仙进来,到内堂拜见了颜夫人。夫人见了也甚疼他,便叫了一声:"屈大爷受苦了!"琴仙先进来尚觉不安,及见颜夫人以礼相待,称他屈大爷,便安了心。琼华小姐在房门口偷望,果然像他,心中颇以为异,望了一望就进去了。颜夫人问了琴仙近况,琴仙略说了几句,也就告退。

明日,士燮面圣回家,合家迎接。琼华拜见了公公,士燮十分欢喜。颜夫人同着谈了一回,后将琴仙的事委委婉婉说了出来,就说他唱过戏,屈道翁见他人品好,所以收为义子,将子玉害病的话却隐藏不题。士燮道:"我已猜着了几分。"也将屈道翁梦中之言说了,又道:"前事也不必论他,这个孩子甚好,没有一点优伶习气,不说破真令人看不出来。"颜夫人道:"看这个孩子,将来有些造化,也未可定的。"士燮点头,索性叫了梅进进来,将琴仙之事与他说明:"都称呼为屈大爷,不许怠慢。如果怠慢了,我定不依!"士燮吩咐了,底下不敢不遵,以后众家人待琴仙竟是规规矩矩,不敢有一分放肆处,琴仙故能相安。

士燮即命收拾琴仙卧榻,日间叫他同着子玉在书房念书,又叫子玉尽心教他,不许轻看他。这句话,梅侍郎多说了,他岂知子玉心事?颜夫人不觉笑了一笑。子玉好不得意,正是十分美满,比中鸿词科还高兴了几倍。明日就有人与士燮接风,好不热闹。

琴仙初来,不好出门。一日,子玉带了他到众名士处一走,都相见了,齐与子玉称贺。又到了九香楼,见了九名旦,都各悲喜交集。琴仙也喜诸人都跳出了孽海,保全了清白身子。各诉离情,牵衣执手的,足足谈了一天。正是:

　　　　金乌玉兔如飞去,腊尽春回又一年。

家家年事不用细谈。未识新年有何好事出来,且听下回分解。

第六十回

金吉甫归结品花鉴　袁宝珠领袖祝文星

话说新年已过，又到元宵，大街三市，火树银花，好不热闹。子云于十三日请了华公子、田春航、梅子玉、史南湘、颜仲清、刘文泽、王恂、萧次贤、金粟、屈勤先，并九香园诸人作一大会。琴仙见了华公子，尚有些不安，华公子也不问起前事，以礼相待。

此时琴仙已出了旦党，入了士党。但从前作旦时傲睨①一切，此刻倒谦谦自守起来，因此上下诸人更加尊重他，绝没有一个人笑他。琴仙对了那些名旦，还是从前一样，并不生疏。是日觥筹交错，晚间灯火交辉。华公子进城后，子云又将那些灯试了一会，如见万花齐放，爆竹之声，声闻数里。二更后方煮茗清谈。琴仙一身历尽辛艰，此时才觉魔难尽释。然回想萧寺凄凉，孤灯残月，真如梦觉。

次贤又将琴仙从前的梦境，向吉甫细细的说了一遍。吉甫因笑向子云、次贤道："九香楼绝好一个花园，百花全有，如今单有一个花神牌位，且在隐僻处，与土地祠一样，岂不亵渎花神！我拟借他们九个，作个'九香花史'，众位以为何如？"众人均以为奇，同问道："请道其详。"次贤道："我久有此意，我欲画他们九个的小像。今你既有此意，妙不可言！我明白一一画出，就请你润色润色，就刻石供养在这九香楼下，做个花神。但只有九个，凑不出十二个来。"众人亦同说大妙。吉甫道："我倒有一个主意，但不知可行不可行？"子云问道："怎样呢？"吉甫道："花神若定要十二位，也可凑得上。只要把屈道翁做了芙蓉城主，再借重玉侬的前生、所说那杜仙女，凑上玉侬，不是十二位了？"春航道："妙妙！此像要画得像，不必说真姓真名，缀个别号，每人做一篇赞语，说得似真似幻的，要与人花两合。"

子玉道："这个图怎样的好呢？还是单画人，还是补景呢？"仲清道："自然单画人，一并的画法，后就缀小传一篇。刻石之后，可以榻出来，或

---

① 傲睨(nì)——傲慢轻视，目空一切。

裱册页,或裱手卷,皆可传世。"文泽道:"做两块好,就镶嵌在东面两楹。"王恂道:"若画杜仙女,就画他在采莲船上的样子。"吉甫道:"玉侬梦见那面镜子,必非无因。我画条龙执着这面镜子,就做头幅,好不好?"大家都说好。子玉道:"这云龙人必猜有个寓意在里头呢!"子云道:"这十一篇传赞,各人分了罢。"次贤道:"好!这一番大著作,倒要借吉甫以传!"吉甫道:"岂敢,岂敢!"次贤道:"不必过谦。道生先生故后,笔墨之道,自然要让你。大家公论,何必推辞?我就做云龙那一幅,作好了,你再给我改改。"子云道:"自然是借重你们二位。那十篇如今是这样:各人拈阄,拈到谁是谁。华星北也叫他做一篇在内。"南湘道:"甚好!"

于是写起阄①来,将屈道翁与杜仙女、屈琴仙,分做二阄,其余九人分作九阄。说也奇怪,想必文字有灵,前生缘法,子云拈了道翁,子玉拈了杜仙女、琴仙,金粟拈了宝珠,春航拈了蕙芳,仲清拈了琪官,文泽沾了春喜,南湘拈了兰保,王恂拈了桂保,高品拈了玉林,次贤拈了漱芳,单拈不着素兰,只好送与华公子去作了。

众人分派已定,子玉说道:"做传容易画画难,还要刻石,更须时日,不知几天可以告成?"吉甫道:"不消多日,碑是磨现成的。一面画,一面就叫季十矮子找人刻,大约十几天是必要的。嵌好这些碑,也要几天。我们这一叙,总在九香园了,索性多歇几天,我好加意画画。到二月初一日,在九香园聚会罢。"大家都说有理,于是各散。

子玉同了琴仙回家,正是内有韵妻,外有俊友,名成身立,清贵高华,好不有兴。子云写了一札与华公子,为素兰作传。这边次贤妙腕灵思,画了十天才成。画成又请吉甫一一的改好,画一个刻一个,倒也甚快。子云因受了感冒甚重,不敢用心,嘱将道翁、琴仙、杜仙女画在一幅,并求子玉作赞。到二十七日,连传、赞都也刻起,系是各人书丹。二十八日就搬往九香楼镶嵌,一日完工。

三十日,琴仙先到九香园看碑,九旦同到楼下。琴仙道:"今日也应祭一祭花神,明日我们方可聚会。这个花神就是我们的像,若叫他们来祭,我们也当不起,就是我们十个人祭一祭罢。"蕙芳等皆以为是,便设了酒果,焚了好香,十人齐齐拜了。

---

① 阄(jiū)——抓阄时卷起或揉成团的纸片。

琴仙看东楹嵌的第一方面,上云下水,云水中间隐着一龙,露出一爪,托着一面镜子,上题曰:"品花宝鉴",刻着次贤的赞语是:

> 上不在天,下不在田。云生九霄,水出重渊。神奇变化,气象万千。灵珠之圆,明镜之悬。烛微照幽,隐奸显贤。如月之临,如水之鲜。亦曰嫮其嫮,而妍其妍。

第二方画的人纶巾道服,左右侍仙子女各一,题曰"总持九香花主,三间道君,及左右花史,杜仙之像。"下有赞语是子玉手笔:

> 公气为云,公神为水。在天在地,靡尽靡止。司文曰郎,司花曰主。列宿之精,群芳之祖。左英琼瑶,右青珊瑚。一气二气,同归殊途。五色炫采,九华流香。心花意蕊,文运之祥。

宝珠道:"这几篇赞语,实在做得好! 若将我们实事叙在里头,虽然不致辱身,究竟也为贱行。"蕙芳道:"可不是,你看那些花谱花评,虽将那些人赞得色艺俱佳,究不免梨园习气。我们这一关倒可以算跳出了。"素兰等皆点首浩叹。

琴仙再看第三方,画一个仙女,云鬟雾縠,清艳绝伦。手拈一枝蕙花,琴仙已知是蕙芳。看题的是"锦衣花史苏仙"。是春航一篇跋语:

> 锦文花史苏仙,性灵慧警悟,色如瑶瑜。抟雪作肤,镂月为骨。常散花而翦彩,亦掷米以成珠。狡狯神通,均出三昧。曾游戏人间,使留恨于碧桃花者有焉。江皋仙影,时去时来;洛浦神光,乍离乍合。萧史常垂于彩凤,裴航终隔于蓝桥。是宜结十重珠网,护金屋于群玉山头;何幸启九叠银屏,窥素面于瑶台月下!

琴仙道:"这个跋语,跋得甚切!'狡狯神通,均出三昧'二语,尤妙!"蕙芳笑道:"凭他怎样讲,哪里还算得我们!"

看第四方,一个仙女月佩霓裳,十分娇艳,手捧明珠一颗,题曰:"弄珠花史袁仙"。有金粟赞曰:

> 仙露在霄,明珠出海。和神当春,秀气成采。不胫而走,不夜而光。琼花瑶蕊,国色天香。珍珠饰车,云锦缝裳。金支翠羽,玉佩明铛。华月光满,蓬山路长。既美且都,亦风而雅。学士满宫,首推大舍。

琴仙道:"瑶卿之秾艳韶华,却一起被静宜画出来,吉甫赞出来了!"宝珠道:"算花神罢了,我也配这样!"

看第五方,画一个仙女,意致飘洒,素艳欲流,手拈兰花一朵,题曰:"素心花史陆仙"。下有小传,为华公子撰:

> 陆仙性敏悟,姿容绝世,才艺过人。常衣紫绡衣,行吟风露间。其竟体之清芬,与兰香蕙馥相表里也。工词善书,流露人间,购之者千缗不获焉。昔钟嵘评诗,谓延颜之镂金错彩,不如谢康乐初日芙蓉。素面风流,是为绝艳。仙殆莲花化身者欤?

琴仙笑道:"这几句,倒比香畹的小照还画得像些。这'紫绡衣,行吟风露间',与'莲花化身'之说,却移不到他人的,真是你!"素兰笑道:"我如何敢当! 大抵既赞花神,自然就要竭力赞扬的了。"

琴仙再看第六方,仙女纤纤弱质,翾①舞凌风,有掌上轻盈之态,头上戴着金步摇,题曰:"纤纤花史金仙"。下萧次贤的七律一首:

> 蛾眉新月露纤纤,光彩天然不用添。
>
> 鸳锦裁成九华帐,鲛珠穿作十重帘。
>
> 隐身阆苑依琼树,近劫琅嬛典玉籖。
>
> 只恐留仙留不住,晓风吹上绿云尖。

琴仙道:"将庾香的神情骨相全写出来。"漱芳笑道:"我这个庾字,倒有些像,别样真令我惭愧死了!"

再看第七方画的仙女,在两棵玉树之下,有玉树凌风之致,题的是"娟娟花史李仙"。是高品的诗,琴仙道:"高卓然肯说好话吗?"玉林道:"这一回倒没有刻薄人。"蕙芳道:"这首诗算卓然极要好的了。"琴仙看是:

> 花情月色想娟娟,玉树临风更袅然。
>
> 帐里不知兰麝贵,梦中羞作雨云仙。
>
> 珊瑚枕上生红晕,翡翠楼头锁绿烟。
>
> 谪往天台守孤零,碧桃流水自年年。

琴仙道:"真说得好! 将珮仙浓香秀韵,一起写出来了!"玉林道:"这首诗究竟也不甚好,还有些刻薄。你看'帐里'、'梦中'等句,有什么好呢?"蕙芳道:"这倒没有什么,不过写的娇艳尊贵处。"

宝珠道:"卓然这等诗,就算他的好心了。若要他做庄重些,他也未尝不愿,但他那油嘴油舌说惯这一派,你们看他生平说过几句正经话来?

---

① 翾(xuān)——飞翔。

吉甫说他去年到京来,有个笑话:卓然有个表叔,请他吃饭,还有好几位客坐在那里。表叔问他道:'你去年回家,见我家里可好么?'卓然道:'很好! 前月表姊又生了个表弟。'那表叔一听就唬呆了,想道:'我三、四年不回家,怎样会生了儿子?'当着人又不好问他。那些客虽也听得不顺耳,但或者他说别个表姊,也就过去了。到客散后,表叔问他,方才这句话是怎么讲? 你们想想,卓然怎样回答? 他说:'我与表叔初次见面,自然要找句吉利话说,我随口找着这句,其实没有的事。'气得他表叔要死,然也奈何他不得。他的长亲,尚且要玩笑玩笑,何况他人?"众人大笑道:"那吉甫的嘴也不能让他。"

又看第八方,画一个仙女,玉貌锦衣,腰悬秋水,似公孙大娘模样,题曰:"侠隐花史王仙"。琴仙知是兰保,下看史南湘的七古:

我观王仙舞神剑,手挈寒泉一匹线。冬冬羯鼓始三挝,溜亮风生已迎面。彩虹映水合成团,流电穿云曲如线。破开点点绿沉枪,拨落纷纷大羽箭。锦衣玉貌何娉婷,白咽红颊长眉青。云裙轻曳锦靴起,去如飞鸟来如霆。四方观者围成堵,不美英雄美媚妩。绿云堆鬓翠鬐新,九梁插花步摇古。妾藉防身不爱名,娇娆我自惜轻生。请看世上黄衫客,多少恩仇报不成!

琴仙赞道:"这首七古实在做得好,念去比《公孙大娘舞剑器行》还刻画得入细!"王兰保笑而不言。蕙芳道:"去年奚十一闹来,幸亏着他,我就没有法了。"素兰道:"原来你也怕奚十一,难道他比潘三还厉害么?"蕙芳道:"潘三是个无用的人,那奚十一闹起来,就与前日魏聘才使来的车夫一样,你怕不怕?"兰保道:"那天适或我不在家,你便怎样?"蕙芳道:"我就躲开,不出来了。"琴仙问:"奚十一怎样?"兰保将他的样子学了一回,琴仙也觉好笑。蕙芳道:"听得奚十一出京去了。但我前日在剃头铺里,看见一个人,很像他那一天带来的那个小子,就不是他,也必是他的兄弟,再没有这么像的了。"兰保道:"或者奚十一没有带去,也论不定的。那个狗小子也只配做剃头的!"

琴仙又看第九方,画一株梅花,有一只喜鹊,梅花下有一个仙女。题曰:"报春花史林仙"。看有刘文泽一首小赋:

梅花枝上鸟报春,梅花树下倚玉人。杜兰香嫁不可见,绿萼华来幸接真。翠袖翩跹,缟衣自妍。韵生骨里,秀出天然。却珠钿而愈

美,洗脂粉而尤娟。纤纤兮云间新月,淡淡兮花外晴烟。秋水盈浦,
朝霞丽天。斯何修而若此,得非人而果仙?兰自秀兮菊自芳,思美人
兮何日忘!蓬莱清浅不可到,我欲从之骑凤凰。天风急吹袂,玉露冷
沾裳。吮纤毫而抒写,对玉貌而彷徨。

琴仙道:"好赋!正是松风竹雨,仙露明珠,将你那清腴娟秀,都一齐刻画
出来。"春喜道:"这是前舟在那里认真做赋,忘了题目了。"琴仙道:"却也
是你的光景。"

　　再看第十方,是一个桂树下,有个仙女,姿致风流,青眸善盼,题曰:
"蟾宫花史王仙"。知是桂保,有王恂五古一首:

　　　　青青月中桂,花开已及秋。皎皎蟾宫女,临镜常自愁。自从窃药
奔,与世无因由。广寒二万户,珍珠十二楼。圆圆复缺缺,轮转日一
周。世人徒仰望,不见蛾眉修。蓬莱水清浅,或可操神舟。银河望隔
浦,七夕诉离忧。唯此一轮月,梯虹亦难求。安得张丽华,缟素来嬉
游?

琴仙道:"好诗好诗!读之令人口齿俱香。蕊香真像嫦娥!"桂保道:"不
是我,这是蟾宫花史!"众人说道:"这些诗词赞语,他们倒是争奇角胜,哪
里记着本人?就是竹君的诗,与静宜、庾香这两个赞语,倒是切定题目说
的。"琴仙道:"都切得很。你将这些诗更换了人,便不像了。"宝珠道:"只
有静芳那一首,再不能更换的。"

　　琴仙再看第十一方,画一个杏花,下有一个仙女,珠腰玉臧,十分妖
媚,题曰:"及第花史秦仙",知是琪官。看颜仲清的序文:

　　　　及第花史秦仙,嬉戏人间,见之者有"红杏枝头春意闹"之比。
明眸善睐,笑靥常开。艳粉萦情,断红映肉。裛钗雀化,明镜鸾飞。
贮金屋以何嫌,映玉屏而同色。然而芳心未许,烈性常存。当机织
女,屡见投梭;出水神妃,未逢解佩。云袿风动,生步步之金莲;雾縠
香飘,讶朝朝之琼树。谁不曰人间绝世,亦何愧仙处无双?若论六宫
粉黛,定让龙头;以云一岁花司,是真凤尾!

琴仙痛赞了一会。蕙芳道:"你看这些诗文,各有体裁,正是格律不混,体制判
然。都是作手,难定优劣。"琴仙道:"虽是些小文章,但吉光片羽,彩散人间,
终胜雀屏五色。有此一赞,也不辜负我们数年辛苦了!"众人都皆欢喜。

　　琴仙就在九香楼吃了饭,坐了闲话。宝珠忽然说道:"今日众兄弟都

在一处，我想我们这十个人，同在京师沉沦菊部，如今个个跳了出来。虽然其中受苦的受苦，安逸的安逸，但自此以后，只要各人安分守己，想必没有风波出来。但我们这一班人，也算不得世间少有的。那一班名士，将我们抬举到这个地位，那倒是世间少有，你们心上感激不感激呢？"众人道："岂有不感激之理！"宝珠道："感激便思怎样报答呢？"众人皆不能对。宝珠道："我想个报答的法子：他们既将我们刻了像，做了花神，我们何不也将他们刻了像，就在楼上供养起来？他们称我们为'花史'，我们就称他们为'文星'，仿司空《诗品》，各作四言赞语一首，刻在上面。你们想这个报答可好么？"蕙芳道："这个是极妙！但我们的诗配不上他们，且请谁画这些像呢？"蕙芳道："就是瑶卿你与小梅两人分画罢，也不必画服饰，不衫不履的最妙。我们今晚先把赞语做起，明日与他们看看，然后再画。我们就各人还各人的礼，一个赞也不甚费力。"

琴仙心上甚喜，就辞了回家，到晚上构思起来，子玉面前也未讲起。这一晚各人的赞已做成。明日琴仙先到九香楼，将赞与众人看了。大家拿来评定一会，又各自斟酌一会，再公同推敲一会，尽善尽美了，宝珠便誊在一处。

诸名士纷纷已到，华公子、金吉甫也都到了。大家果然要祭花神，宝珠等拦住了。然犹摆了香案，各名士奠酒焚香，就没有下拜。然后在九香楼上摆了四席，序齿而坐。这一聚，正是人人意满，个个心欢，毫无不足之处。而且罗到珍馐，横陈肴错，花香人气，缭绕一堂。

酒至半酣，宝珠避席致辞，说："宝珠等十人，同入迷津，今登觉岸，将来勉盖前愆，勤修后果，得齿于人，皆诸贵人提拔之力！但感恩有心，报德无力，唯有日焚清香一炷，以祝诸贵人福寿绵长，荣华白首！晚日我等十人公同商议，亦欲在九香楼上，供设诸贵人文星禄位，也照样刻石，朝夕顶礼皈依。且各缀数语于后，当虔心诵佛。不识诸贵人不以贱地为鄙，俗笔为亵，使我等得遂所愿否？"众名士大喜，个个情愿，倒反谦让了几句。宝珠又道："度香先生提倡风雅，只得另立一品，在各位文星之上，曰：'群仙领袖'。未知诸贵人以为然否？"众人皆说："是极！"子云说：'这个何敢！'宝珠就将诗稿恭恭敬敬的取出来，却已誊在一处，端正的楷书。除"群仙领袖"徐文星之次，皆以年齿定的先后：第二是"仙中逸品萧文星"，第三是"仙中趣品高文星"，第四是"仙中狂品史文星"，第五是"仙中高品颜文星"，第六是"仙中和品刘文星"，第七是"仙中乐品王文星"，第八是

"仙中华品田文星",第九是"仙中豪品华文星",第十是"仙中上品金文星",第十一是"仙中正品梅文星"。众名士谦让道:"这些个品格过于谬赞了!"

遂看第一首,是他们十人公撰的,题曰"群仙领袖":

群仙领袖,能兼众为。不脱不粘,不即不离。得大自在,具广设施。亦无我欲,亦无我私。素月流天,照靡有遗。青空无云,霄露自降。大钟中虚,寸挺可撞。

第二首是金漱芳题的《仙中逸品》:

唯逸故淡,唯逸故闲。鹤鸣在林,云卧于山。秋花娟妍,清风往还。望彼竹林,客有笑颜。濯足清涧,抱琴禅关,江皋有梅,篱落有菊。小窗分茶,松花自熟。

第三首是李玉林题的《仙中趣品》:

乱头粗服,不亚妍妆。嬉笑怒骂,皆成文章。东方诙谐,淳于隐藏。颠倒四座,纵横满堂。言不为虐,行不失方。悠哉悠哉,聊复尔尔。弥勒一笑,皆大欢喜。

第四首是王兰保题的《仙中狂品》:

呼龙耕烟,磨刀割去。狂飙四起,落花纷纷。手捉明月,腹晒斜曛。悠悠青天,落落人群。醉死醉生,我不与闻。碧海骑鲸,瑶京散发。冠裳自嘉,奈此仙骨。

第五首是秦琪官题的《仙中高品》:

孤鹤冲烟,归鸿远飞。渺渺天际,云间翠微。独立千仞,好风吹衣。秋庭仰望,月明星稀。古松自挺,碧萝难依。太华入云,蓬莱隔水。谁登其峰,徒兴仰止。

第六首是林春喜题的《仙中和品》:

五味调剂,五声和平。暖气入律,春风自行。旭日霭霭,晴光争明。云辉锦集,月满川盈。《霓裳》一曲,《箫韶》九成。不矜不庄,或休或暇。惠而好我,是曰柳下。

第七首是王桂保题的《仙中乐品》:

粹然中和,其乐陶陶。畛畦悉泯,坦白是交。醉月秋夕,拥花春朝。洞房香暖,金殿声高。心香吐萼,意蕊含苞。日富日康,如宾如友。妻子好合,父母眉寿。

第八首是苏蕙芳题的《仙中华品》：

> 锦衣昼行，玉貌簪花。璧月宵满，明珠吐华。旭旭朝阳，灿灿流霞。金盘承露，粉壁笼纱。庄严妙相，天女笄珈。玉佩自鸣，貂褕为饰。云近蓬莱，望之五色。

第九首是陆素兰题的《仙中豪品》：

> 佩刀列戟，铸券剖符。以我如意，碎彼珊瑚。紫丝步障，红锦貂褕。浩歌落落，噀①玉喷珠。大白自赏，击缺唾壶。朔风横空，雪花如掌。吹角轮台，久无嗣响。

第十首是袁宝珠题的《仙中上品》：

> 无上上品，首推此君。静者多妙，飘然不群。具大智慧，博学多闻。温良冲淡，《九邱》《三坟》。磊磊落落，抱璞含芬。高谈雄辩，说剑论文。不合时宜，潇洒凌云。

第十一首是屈琴仙题的《仙中正品》：

> 朱为正色，雅为正声。射以观德，唯身是程。哀乐至性，而无过情。珠光月彩，内蕴晶莹。虞弦夏舞，景运休明。醴泉非水，瑞芝非草。景星庆云，金日恒少。

众名士看完，喜动颜色，痛赞不已，说道："可谓木桃之投，而得琼瑶之报矣！"是日畅饮欢呼而散。

素兰与春喜各画了几日，摹上了石，将赞语书丹，共有二十余日完竣。择于三月三日供设九香楼上，为长生禄位。琴仙过来与宝珠商量，必须作一篇祝文，方表诚意。宝珠等深以为然。于是十人公同斟酌，凑成一篇文，改削了几遍，倒也不见联缀痕迹。宝珠道："明日公祝，须请齐了诸位名士来。再我们跳出梨园，从前一切所有之物，都用不着了。孽根须净，色界尽除。将那所存的钗钿首饰，当着众名士，一齐熔化，舞袖歌裙，则一火而焚之，岂不爽快？"众人道："正合我等之意！"只有琴仙没有这些东西了。大家检出来，聚在一处，明日焚化。

到了初三，九香楼上，香花簇拥，蔬果纷陈，花排姐妹之班，雁次弟兄之序。宝珠虔诚恭敬，铺设了一会。诸名士齐到，上得楼来，已见红烛双辉，香烟云绕。十花史请他们坐了，便齐齐的拜起来。诸名士如何肯受，

---

① 噀（xùn）——含在口中而喷出。

连忙扶起。宝珠道:"昨日玉侬说的,要做篇祝文,我等胡乱凑了一篇,还求改正改正!"便将祝文拿出来。高品道:"必好的,我就读起来。"高品高声朗读,诸名士倾耳而听。听得高品读道:

维年月日,九香楼弟子花史袁宝珠等,谨爇百和之香,酿百花之酒,献于诸文星之座而祝曰:

维彼文星,川岳之灵。左奎右壁,纬史纶经。故在天为列宿,在世为传人。其光明也如火,其和煦也如春。其根于性也,为纲常伦纪;其见于词也,为变化奇神。言必由中,情多自妙。天籁一声,空号万窍。绪触而纷,丝萦而绕。对镜自看,顾影独笑。索实于虚,辨恶于好。春风秋月,不知其他。明眸皓齿,当如之何?粉白黛绿,铁马金戈。清歌宛转,妙舞婆娑。倏若驰驷,委若逝波。伤古今之一辙,恒日月之消磨。鉴彼造化,作为文章。群分以物,类聚以方。酬醋太白,颠倒雌黄。和于琴瑟,亮比笙簧。缠绵骚雅,姿肆韩庄。不怪不乱,取艳取香。寓意严正,措词明光。朱霞丽天而绚彩,金刀映日而生芒。泉泻涧而注急,花凌风而舞狂。秋零一庭,残香数星。鬼则夜哭,神则昼惊。铸鼎象物,尽相穷形。魔女旁立,龙姑前迎。金支翠羽,电掣雷鸣。拂笺霍小玉,捧研董双成。神娥授笔,使之为文。祝曰:"笔之色兮有五,笔之花兮半含吐,砰礚①声声击天鼓,青鸾鸣兮紫凤舞,小言詹詹兮足千古!

祝文读完,众花史齐齐下拜了,便将那些舞衫、歌扇、翠羽、金钿,在园中太湖石畔烧化起来。诸名士看那火光五色,吐金闪绿。

将到烧完时,忽然一阵香风,将那灰烬吹上半空,飘飘点点,映着一轮红日,像无数的花朵与蝴蝶飞舞。金迷纸醉,香气扑鼻。越旋越高,到了半天,成了万点金光,一闪不见。园中万花如笑,颤巍巍的像要说话一般。正是:

亲逢天女散花时,手授生花笔一支。

碧海愁多填未满,蓬山路远到无期。

风尘面目轮蹄迹,徐庾文章温李诗。

我自有情君莫问,此中得失寸心知!

① 礚(hōng)——同訇,形容大声。